NORA ROBERTS

INSEL DER SEHNSUCHT

ROMAN

Aus dem Amerikanischen
von Kirsten Sonntag

WILHELM HEYNE VERLAG
MÜNCHEN

Die Originalausgabe SANCTUARY erschien
erstmals 1997 bei G. P. Putnam's Son, New York.

Penguin Random House Verlagsgruppe FSC® N001967

Vollständige Taschenbuchausgabe 07/2023
Copyright © 1997 by Nora Roberts
Copyright © 1998 der deutschsprachigen Ausgabe
by Wilhelm Heyne Verlag, München
Copyright © 2023 dieser Ausgabe
by Wilhelm Heyne Verlag, München,
in der Penguin Random House Verlagsgruppe GmbH,
Neumarkter Str. 28, 81673 München
Umschlaggestaltung: t. mutzenbach design
unter Verwendung von Shutterstock.com
(Ivonne Wierink, Steve Bower, MarkVanDykePhotography,
Ricardo Reitmeyer, Scott Woodham Photography, Ken Schulze)
Satz: Leingärtner, Nabburg
Druck und Bindung: GGP Media GmbH, Pößneck
Printed in Germany
ISBN: 978-3-453-42753-2

www.heyne.de

TEIL EINS

Von Wind und Wetter geschüttelt komme ich zurück ...
Mein Körper ein Sack voller Knochen, gebrochen ...

JOHN DONNE

1

Sie träumte von Sanctuary. Im Mondlicht erstrahlte das große Haus leuchtend weiß. Majestätisch auf einer Anhöhe gelegen, herrschte es wie eine Königin auf ihrem Thron über die Dünen im Osten und das Marschland im Westen. Das Haus, ein prachtvolles Denkmal menschlichen Hochmuts und Glanzes, ragte schon mehr als ein Jahrhundert nahe den Schatten des Waldes immergrüner Eichen auf, wo der Fluss in düsterem Schweigen dahinglitt.

Im Schutz der Bäume blinkten goldene Feuerfliegen, und die Tiere der Nacht erwachten zum Leben, bereit, zu jagen oder gejagt zu werden. Im Schatten, im Verborgenen, lauerte die Gefahr.

Kein Lichtstrahl erhellte die schmalen, hohen Fenster von Sanctuary. Kein Lichtstrahl fiel über die eleganten Veranden, die weiten Türen. Es herrschte tiefe Nacht, und vom Meer drang ihr feuchter Atem hoch. Die einzigen Geräusche, die die Dunkelheit zerrissen, waren der Wind im raschelnden Laub der hohen Eichen und das trockene Knacken der Palmwedel, die wie knochige Finger aneinanderschlugen. Die weißen Säulen bewachten die breite Veranda wie Soldaten, aber niemand öffnete ihr zur Begrüßung die mächtige Tür.

Bei jedem Schritt knirschten Sand und Muscheln unter ihren Füßen. Sie näherte sich dem Haus. Glockengeläut erklang im Wind, kurze Tonfolgen eines Liedes. Die Hollywoodschaukel quietschte in ihren Ketten, aber niemand räkelte sich in ihr, um die Nacht und den Anblick des Mondes zu genießen.

In der Luft lag der Duft von Jasmin und Moschusrosen, noch verstärkt durch den Salzgeruch des Meeres. Allmählich hörte sie jetzt auch dies, das leise und stete Heranrollen des Wassers, das sich über Sand ergoss und sich dann wieder in sein eigenes Herz zurückzog.

Der Rhythmus, der beständige und geduldige Schlag, erinnerte alle Bewohner der Insel Lost Desire daran, dass das Meer jederzeit das Land samt allem, was sich darauf befand, zurückfordern konnte.

Und dennoch verspürte sie bei diesem Geräusch Freude; es war der Klang ihres Zuhauses und ihrer Kindheit. Damals war sie so frei und ungebunden wie ein Reh durch den Wald gelaufen, hatte die Sümpfe erkundet, war in jugendlicher Unbekümmertheit über die weißen Strände gerannt.

Jetzt war sie kein Kind mehr – und wieder zu Hause.

Mit schnellen Schritten nahm sie die Stufen, eilte über die Veranda und umschloss mit ihrer Hand den dicken Messingknauf, der wie ein verlorener Schatz glänzte.

Die Tür war verschlossen.

Sie drehte den Knauf nach rechts und nach links, stemmte sich gegen die schwere Mahagonifüllung. *Lass mich rein,* dachte sie, und das Herz begann in ihrer Brust zu hämmern. *Ich bin zurück nach Hause gekommen. Ich bin wieder da.*

Aber die Tür blieb verschlossen. Sie drückte ihr Gesicht gegen die hohen Glasscheiben daneben, aber drinnen herrschte undurchdringliche Dunkelheit.

Angst überkam sie.

Jetzt rannte sie – um das Haus herum, über die Terrasse, wo Blumen aus den Töpfen quollen und die Lilien eine farbenprächtige Revue aufführten. Die Musik des Glockenspiels verwandelte sich in einen harschen Missklang, das Rauschen der Palmwedel in warnendes Zischen. Sie nahm den Kampf mit der nächsten Tür auf; weinend hämmerte sie mit den Fäusten auf sie ein.

Bitte, bitte, lass mich rein. Ich möchte zurück, zurück nach Hause.

Schluchzend stolperte sie den Gartenweg entlang. Sie wollte auf die Rückseite des Hauses, zur gazebespannten Schwingtür der hinteren Veranda. Sie war nie verschlossen – Mama war der Ansicht, dass eine Küche Besuchern immer offenstehen solle.

Aber sie konnte die Tür nicht finden. Dicht an dicht erhoben sich vor ihr die mächtigen Bäume; Zweige und herabhängende Flechten versperrten ihr den Weg.

Sie hatte sich verirrt. In ihrer Verwirrung stolperte sie über Wurzeln. Die Bäume bildeten mit ihren Ästen einen Baldachin, den der Mond nicht durchdringen konnte, und verzweifelt versuchte sie, in der Finsternis etwas zu erkennen. Der Wind frischte auf, heulte und versetzte ihr strafende Schläge mit flacher Hand. Die Palmwedel hieben wie Schwerter auf sie ein. Sie drehte sich um, doch da, wo zuvor der Weg gewesen war, verlief nun der Fluss und trennte sie von Sanctuary. Das hohe Gras am schlüpfrigen Ufer wogte wild hin und her.

In diesem Moment sah sie sich selbst, weinend und allein am anderen Ufer.

Und in diesem Moment wusste sie, dass sie tot war.

Jo kämpfte sich den Weg aus dem Traum. Als sie am Ende des Tunnels auftauchte, spürte sie beinahe noch seine scharfen Kanten auf ihrer Haut. Ihre Lunge schmerzte, und ihr Gesicht war nass von Schweiß und Tränen. Mit zitternder Hand tastete sie nach der Nachttischlampe und stieß in ihrer Hast, der Dunkelheit zu entfliehen, ein Buch und den überquellenden Aschenbecher zu Boden.

Als das Licht endlich brannte, zog sie die Knie an die Brust, umschlang sie mit den Armen und schaukelte sacht, um sich zu beruhigen.

Es ist ja nur ein Traum, sagte sie sich. Nur ein böser Traum.

Sie war zu Hause, in ihrem eigenen Bett, in ihrer Wohnung, Meilen entfernt von der Insel, auf der Sanctuary stand. Eine erwachsene Frau von siebenundzwanzig Jahren sollte sich nicht von einem albernen Traum verrückt machen lassen.

Aber sie zitterte noch, als sie nach einer Zigarette griff. Erst nach drei Anläufen gelang es ihr, das Streichholz zu entzünden.

Viertel nach drei zeigte der Wecker auf dem Nachttisch. Es wurde fast zu einer Gewohnheit. Dabei gab es nichts Schlimmeres, als um drei Uhr morgens nervös wachzuliegen. Sie streckte die Beine aus dem Bett und bückte sich nach dem umgekippten Aschenbecher. Die Schweinerei wollte sie erst am Morgen beseitigen. Sie saß auf der Bettkante, das übergroße

T-Shirt bauschte sich über ihren Schenkeln, und sie zwang sich zur Ruhe.

Sie hatte keine Ahnung, warum sie ihre Träume zurück auf die Insel Lost Desire führten, zurück zu dem Haus, das sie mit achtzehn verlassen hatte. Aber die anderen Symbole, dachte Jo, konnte wohl jeder Psychologiestudent im ersten Semester deuten. Das Haus war verschlossen, weil sie bezweifelte, dass irgendjemand sie mit offenen Armen begrüßen würde, falls sie je nach Hause zurückging. Erst neulich hatte sie darüber nachgedacht und sich gefragt, ob sie den Weg überhaupt noch finden würde.

Sie war nun fast im Alter ihrer Mutter, als sie damals die Insel verlassen hatte. Als sie einfach verschwunden war und ihren Mann mit den drei Kindern zurückgelassen hatte, ohne sich ein einziges Mal umzudrehen.

Hat Annabelle jemals davon geträumt, nach Hause zurückzukehren und vor einer verschlossenen Tür zu stehen, fragte sich Jo.

Sie wollte nicht weiter darüber nachdenken, sich nicht mehr an die Frau erinnern, die ihr zwanzig Jahre zuvor das Herz gebrochen hatte. Jo ermahnte sich, dass sie inzwischen längst darüber hinweg sein sollte. Sie konnte ohne ihre Mutter leben, ohne Sanctuary und ihre Familie. Sie hatte es geschafft – zumindest beruflich.

Geistesabwesend tippte sie die Asche von der Zigarette und schaute sich in ihrem Schlafzimmer um. Es war einfach und praktisch eingerichtet. Trotz ihrer vielen weiten Reisen gab es nur wenige Souvenirs. Außer den Fotos natürlich. Sie hatte die Schwarzweißabzüge mit Passepartouts versehen, gerahmt und diejenigen, die sie am beruhigendsten fand, in dem Raum aufgehängt, in dem sie schlief.

Hier eine leere Parkbank mit schwarzem schnörkeligen Eisengestell. Und dort eine einsame Weide, deren filigranes Laub sich wie ein Spitzenschleier über einen spiegelglatten Teich ergoss. Der Garten im Mondschein war eine Studie in Licht und Schatten, Struktur und kontrastierenden Formen. Der menschenleere Strand mit der gerade den Horizont durchbrechenden Sonne verlockte den Betrachter regelrecht, in das Foto einzutreten und den rauen Sand unter den Füßen zu spüren.

Sie hatte das Strandfoto erst in der vorigen Woche aufgehängt, nachdem sie von einem Shooting in den Outer Banks von North Carolina zurückgekehrt war. Jo kam zu dem Schluss, dass sie vielleicht deshalb wieder an zu Hause gedacht hatte. Sie war nicht weit davon entfernt gewesen. Sie hätte nur noch ein kleines Stück in Richtung Süden nach Georgia fahren und dann auf die Insel übersetzen müssen.

Es gab keine Straße nach Desire, keine Brücke führte über den Sund.

Aber sie war nicht nach Süden gefahren. Sie hatte den Auftrag abgeschlossen und war nach Charlotte zurückgekehrt, um sich wieder in ihre Arbeit zu vergraben.

Und in ihre Alpträume.

Sie drückte die Zigarette aus und stand auf. Sie wusste, dass sie nicht mehr einschlafen würde, also schlüpfte sie in ihre Jogginghose. Die Arbeit in der Dunkelkammer würde sie auf andere Gedanken bringen.

Wahrscheinlich bin ich wegen des Buchprojekts so nervös, sagte sie sich, während sie das Schlafzimmer verließ. Es war ein riesiger Schritt in ihrer Karriere. Obwohl sie nie an ihren Arbeiten gezweifelt hatte, war das Angebot eines großen Verlagshauses, eine Auswahl ihrer Fotos zu einem Bildband zusammenzustellen, doch ziemlich unerwartet gekommen.

Naturstudien von Jo Ellen Hathaway, dachte sie, als sie sich in der kleinen Kochnische einen Kaffee machte. Nein, das klang nach einem wissenschaftlichen Projekt. *Blicke ins Leben?* Hochtrabend.

Sie lächelte flüchtig, strich ihr rotes Haar zurück und gähnte. Am besten machte sie nur die Aufnahmen und überließ die Auswahl des richtigen Titels den Experten.

Sie konnte sehr wohl unterscheiden, wann sie sich besser im Hintergrund hielt und wann es galt, Stellung zu beziehen. Eines von beiden hatte sie die meiste Zeit ihres Lebens getan. Vielleicht würde sie ja ein Exemplar des Buches nach Hause schicken. Was würde ihre Familie wohl davon halten? Würde der Bildband eines der Beistelltischchen zieren, wo ein Übernachtungsgast darin blättern und sich fragen konnte, ob Jo Ellen Hathaway wohl irgendwie mit den Hathaways verwandt war, die die Pension führten?

Würde ihr Vater es überhaupt aufschlagen und erkennen, was sie in all den Jahren gelernt hatte? Oder würde er nur die Achseln zucken, das Buch ungeöffnet beiseitelegen und zu einem Spaziergang über seine Insel aufbrechen? Über Annabelles Insel.

Es war unwahrscheinlich, dass er heute noch an seiner ältesten Tochter interessiert sein würde. Und es war dumm von dieser Tochter, dieser Frage jetzt noch Bedeutung beizumessen.

Mit einem Achselzucken vertrieb Jo ihre Gedanken und nahm einen blauen Becher vom Haken. Während sie wartete, dass der Kaffee durchlief, lehnte sie sich an die Arbeitsplatte und schaute aus dem kleinen Küchenfenster hinaus.

Immerhin hatte es ein paar Vorteile, um drei Uhr morgens auf den Beinen zu sein. Das Telefon klingelte nicht. Niemand kam vorbei, niemand faxte ihr, niemand erwartete etwas von ihr. Und wenn sich ihr Magen nervös verkrampfte und ihr Kopf schmerzte, dann bekam das außer ihr selbst niemand mit.

Die Straßen jenseits des Küchenfensters waren dunkel und leer und feucht vom spätwinterlichen Regen. Eine Straßenlaterne warf eine kleine Lichtpfütze – einsames Licht, dachte Jo. Niemand sonnte sich darin. Die Einsamkeit barg so viele Rätsel. So unendlich viele Möglichkeiten.

Sie verspürte den Drang, den solche Szenen bei ihr oft auslösten. Sie ignorierte den Duft des frischen Kaffees, griff nach ihrer Nikon und schlüpfte barfuß hinaus in die frostige Nacht, um die ausgestorbene Straße zu fotografieren.

Das beruhigte sie wie nichts sonst. Mit der Kamera in der Hand und einem Bild im Kopf konnte sie alles andere vergessen. Mit bloßen Füßen patschte sie durch die eiskalten Pfützen und experimentierte mit verschiedenen Blickwinkeln. Ärgerlich und doch abwesend schüttelte sie ihr Haar nach hinten. Hätte sie es schneiden lassen, würde es ihr jetzt nicht ständig ins Gesicht hängen.

Sie machte fast ein Dutzend Aufnahmen, bevor sie zufrieden war. Als sie sich umdrehte, wanderte ihr Blick nach oben. Sie stellte fest, dass in ihrer Wohnung alle Lichter brannten. Es war ihr nicht aufgefallen, dass sie für den kurzen Weg vom Schlafzimmer in die Küche so viele angemacht hatte.

Mit geschürzten Lippen überquerte sie die Straße und veränderte erneut die Brennweite. Sie ging in die Hocke und richtete die Kamera nach oben, um die erleuchteten Fenster in dem dunklen Gebäude einzufangen. *Höhle einer Schlaflosen,* dachte sie. Mit einem leisen Lachen, das so unheimlich hallte, dass sie erschauderte, ließ sie die Kamera sinken.

Gott, vielleicht war sie ja verrückt. Würde eine normale Frau um drei Uhr morgens, nur spärlich bekleidet und vor Kälte zitternd, Fotos von ihren eigenen Fenstern machen?

Sie rieb sich die brennenden Augen und wünschte sich sehnlichst das Einzige, das sich ihr immer zu entziehen schien. Normalität.

Dafür brauchst du Schlaf, dachte sie. Mehr als einen Monat hatte sie schon nicht mehr durchgeschlafen. Du musst regelmäßig essen. Sie hatte in den vergangenen Wochen fünf Kilo abgenommen, und ihre lange Gestalt wirkte bereits knochig. Deine Gedanken müssen endlich zur Ruhe kommen. Sie konnte sich nicht erinnern, jemals darauf Wert gelegt zu haben. Freunde? Sicher hatte sie Freunde, aber niemanden, der ihr so nahestand, dass sie ihn mitten in der Nacht hätte anrufen können, um sich trösten zu lassen.

Familie. Nun, sie hatte eine Familie. Einen Bruder und eine Schwester, deren Leben sich von ihrem getrennt hatten. Einen Vater, der für sie fast ein Fremder war. Eine Mutter, von der sie seit zwanzig Jahren nichts mehr gehört oder gesehen hatte.

Nicht meine Schuld, machte sich Jo klar, als sie die Straße überquerte. Es war Annabelles Schuld. Alles war anders geworden, nachdem Annabelle Sanctuary den Rücken gekehrt und ihre vollkommen fassungslose Familie zerstört und mit gebrochenen Herzen zurückgelassen hatte. Das Dumme war, so sah Jo es, dass die anderen niemals darüber hinweggekommen waren. Sie schon.

Sie war nicht auf der Insel geblieben, um jedes Sandkorn zu bewachen, wie es ihr Vater tat. Sie hatte ihr Leben nicht darauf ausgerichtet, Sanctuary in Schuss zu halten, wie es ihr Bruder Brian tat. Und sie hatte sich nicht in alberne Phantasien und schnelle Abenteuer gestürzt wie ihre Schwester Lexy.

Stattdessen hatte sie studiert, gearbeitet und sich ihr eigenes Leben aufgebaut. Und wenn sie jetzt etwas zittrig auf den Beinen war, dann nur, weil sie es übertrieben hatte, weil sie sich zu großem Druck ausgesetzt hatte. Sie war ein bisschen ausgepumpt, nichts weiter. Ein paar Vitamine und schon wäre sie wieder fit.

Vielleicht sollte ich mal Urlaub machen, dachte Jo, als sie den Schlüsselbund aus ihrer Tasche kramte. Es war schon drei – nein, sogar vier – Jahre her, dass sie ganz privat, ohne einen Fotoauftrag in der Tasche, verreist war. Vielleicht Mexiko oder die Karibik. Irgendwo, wo es gemächlicher zuging und die Sonne schien. Einfach mal einen Gang runterschalten und zur Ruhe kommen. So würde sie den kleinen Durchhänger überwinden.

Als sie in die Wohnung kam, trat sie auf einen kleinen, quadratischen Briefumschlag, der auf dem Boden lag. Einen Moment lang stand sie wie angewurzelt da und starrte, eine Hand an der Türklinke, die andere um die Kamera gelegt, auf den Umschlag.

War er schon da gewesen, als sie die Wohnung verlassen hatte? Warum lag er direkt hinter der Tür? Der erste war vor einem Monat angekommen, zwischen ihrer gewöhnlichen Post, nur mit ihrem Namen in Druckbuchstaben darauf.

Ihre Hände begannen wieder zu zittern, als sie sich befahl, die Tür zu schließen und den Schlüssel herumzudrehen. Ihr Atem stockte, aber sie bückte sich und hob ihn auf. Vorsichtig legte sie die Kamera ab und öffnete den Umschlag.

Als sie den Inhalt herausnahm, gab sie ein langgezogenes, leises Stöhnen von sich. Das Foto war sehr professionell aufgenommen und auf Standardformat zurechtgeschnitten. Wie die anderen drei. Die Augen einer Frau, schwere Lider, mandelförmig, mit langen Wimpern und fein geschwungenen Brauen.

14

Jo wusste, dass sie blau waren, tiefblau, denn es waren ihre Augen. Blankes Entsetzen spiegelte sich in ihnen.

Wann war das Foto entstanden? Wie und warum? Fassungslos schlug sie die Hand vor den Mund, starrte auf die Aufnahme und wusste, dass in diesem Moment der Ausdruck ihrer Augen perfekt mit dem auf dem Foto übereinstimmte. Panik überkam sie. Sie rannte quer durch die Wohnung in das kleine Gästezimmer, das sie als Dunkelkammer eingerichtet hatte. Hektisch riss sie eine Schublade auf, durchwühlte den Inhalt und stieß schließlich auf die Umschläge, die sie dort vergraben hatte. In jedem steckte eine andere Schwarzweißaufnahme, zehn mal fünfzehn Zentimeter groß.

In ihren Ohren pochte das Blut, als sie die Abzüge nebeneinanderlegte. Auf dem ersten waren die Augen geschlossen, als wäre sie im Schlaf fotografiert worden. Die beiden nächsten zeigten Schritt für Schritt das Erwachen. Die Lider ganz leicht geöffnet, nur einen Hauch der Iris zeigend. Auf dem vierten waren die Augen ganz offen, aber unscharf und umwölkt.

Sie hatten sie verunsichert, ja sogar nervös gemacht, als sie sie in ihrer Post gefunden hatte. Aber sie hatten ihr keine Angst eingejagt.

Und jetzt die letzte Aufnahme. Genau auf ihre Augen gerichtet. Auf ihre hellwachen, schreckerfüllten Augen.

Jo trat zurück und erschauderte. Sie bemühte sich, ruhig zu bleiben. Warum nur die Augen? fragte sie sich. Wie war ihr jemand so nah gekommen, ohne dass sie es gemerkt hatte? Wer auch immer es gewesen war, er musste eben unmittelbar auf der anderen Seite ihrer Wohnungstür gestanden haben.

Erneut von Panik ergriffen, rannte sie in die Diele und überprüfte hektisch die Türschlösser. Ihr Herz hämmerte gegen die Rippen, als sie sich mit dem Rücken gegen die Tür fallen ließ. Dann wurde sie wütend.

Mistkerl, dachte sie. Er wollte sie terrorisieren. Er wollte, dass sie sich in ihrer Wohnung verkroch, beim Anblick ihres eigenen Schattens in Panik geriet und aus lauter Angst, dass er sie beobachten könnte, keinen Schritt mehr vor die Tür wagte.

Sie, die in ihrem ganzen Leben nie Angst gehabt hatte, war ihm ausgeliefert.

Sie war allein in fremden Städten unterwegs gewesen, auf belebten Straßen und in einsamen Gassen, sie hatte Berge bestiegen und Urwälder durchquert. Mit ihrer Kamera als Schutzschild hatte sie nie eine Spur von Angst empfunden. Und jetzt zitterten ihre Knie wie Wackelpudding – nur wegen einer Handvoll Fotos.

Die Angst hatte sich langsam aufgebaut, das gestand Jo sich jetzt ein. Sie war in den letzten Wochen größer geworden, hatte sich in ihr vorangebohrt, nach und nach. Jo fühlte sich hilflos, ausgeliefert, so verdammt allein.

Sie riss sich von der Tür los. So wollte, konnte sie nicht leben. Sie würde es einfach ignorieren, verdrängen. Es tief in sich vergraben. Und sie war weiß Gott eine Expertin im Verdrängen von Traumata, kleinen oder großen. Und dies hier war nur eines mehr.

Sie würde ihren Kaffee trinken und sich an die Arbeit machen.

Gegen acht hatte sie den ganzen Kreislauf passiert: Sie hatte sich durch die Müdigkeit gekämpft, war durch nervöse Energie und schöpferische Ruhe geglitten, um wieder bei der Müdigkeit zu landen.

Sie konnte nicht mechanisch arbeiten, noch nicht einmal bei den einfachsten Handgriffen in der Dunkelkammer. Es war ihr wichtig, jeden Schritt mit voller Aufmerksamkeit zu erledigen. Und dazu musste sie ruhig sein, musste sie sowohl die Wut als auch die Angst in den Griff bekommen. Bei ihrer ersten Tasse Kaffee redete sie sich ein, den Sinn der Fotos erkannt zu haben. Jemand bewunderte ihre Arbeiten und wollte ihre Aufmerksamkeit erwecken, wollte ihren Einfluss für sein eigenes Werk nutzen.

Das machte Sinn.

Manchmal hielt sie Vorträge oder leitete Workshops. Außerdem hatte sie in den vergangenen drei Jahren drei größere Ausstellungen gehabt. Es war nicht sonderlich schwierig oder ungewöhnlich, ein Foto von ihr zu machen – oder mehrere.

Das war sicher eine Erklärung.

Wer auch immer es war, er war einfach nur kreativ. Er hatte den Augenbereich vergrößert, zurechtgeschnitten und ihr die Fotos als eine Art Serie geschickt. Obwohl die Abzüge aussahen, als seien sie erst kürzlich gemacht worden, gaben sie keinerlei Aufschluss darüber, wann oder wo genau die Aufnahmen entstanden waren. Die Negative konnten ein Jahr alt sein. Oder zwei. Oder fünf.

Definitiv hatten sie ihre Aufmerksamkeit geweckt, aber sie hatte überreagiert, es zu persönlich genommen.

In den letzten Jahren hatte sie immer wieder Arbeitsproben von Bewunderern ihrer Bilder bekommen. Normalerweise waren Briefe dabei, in denen ihre Fotos gelobt wurden, bevor die Absender zur Sache kamen und sie um Tipps oder Unterstützung baten oder ihr ein gemeinsames Projekt vorschlugen.

Ihr beruflicher Erfolg war noch relativ jung. Sie hatte sich noch nicht an den Druck und die Zwänge gewöhnt, die der kommerzielle Erfolg und die Erwartungen mit sich brachten und die wirklich zur Last werden konnten.

Während sie ihren nervösen Magen ignorierte und den inzwischen eiskalten Kaffee schlürfte, gestand Jo sich ein, dass sie nie gelernt hatte, mit diesem Erfolg umzugehen.

Ich hätte alles viel besser im Griff, dachte sie und ließ den hämmernden Kopf über ihren schmerzenden Schultern kreisen, wenn mich die anderen in Ruhe das machen ließen, was ich am besten kann.

In ihrer Dunkelkammer hingen feuchte Abzüge zum Trocknen. Sie hatte den letzten Stapel Negative entwickelt und legte einen Kontaktbogen unter die Lampe auf ihrer Arbeitsplatte. Mit einer Lupe studierte sie Bild für Bild.

Einen Moment lang fühlte sie Panik und Enttäuschung. Die Bilder waren allesamt unscharf, verschwommen. Verdammt, verdammt, wie konnte das sein? War es der ganze Film? Sie bewegte sich, blinzelte und sah das vergrößerte Bild von hohen Dünen und Schilf plötzlich klar werden.

Halb aufstöhnend, halb lachend lehnte sie sich zurück und ließ ihre verspannten Schultern kreisen. »Nicht die Abzüge sind verschwommen und unscharf, du Idiotin«, murmelte sie. »Es liegt an dir.«

Sie legte die Lupe weg und schloss die Augen. Sie war zu antriebslos, um sich aufzuraffen und noch einen Kaffee zu machen. Sie wusste, dass sie dringend etwas essen musste. Und sie wusste, dass sie Schlaf brauchte. Dass sie sich hinlegen sollte, alles von sich wegschieben und sich einfach fallen lassen.

Aber davor hatte sie Angst. Im Schlaf würde ihr sogar das bisschen Kontrolle entgleiten.

Sie dachte sogar schon daran, zum Arzt zu gehen und sich etwas für ihre Nerven geben zu lassen, bevor sie endgültig durchbrannten. Aber sofort musste sie an die Psychiater denken. Bestimmt würden sie in ihrem Hirn herumschnüffeln, es durchwühlen und Dinge ans Tageslicht zerren, die sie eigentlich vergessen wollte.

Sie würde es in den Griff bekommen. Sie hatte Übung darin, Dinge zu regeln. Oder, wie Brian immer gesagt hatte, sie verstand es perfekt, sich den Weg freizuboxen, sodass sie alles selbst regeln konnte.

Welche Wahl hatte sie, hatten sie alle gehabt, als sie allein und verlassen auf jenem verdammten Fleckchen Land mitten im Nirgendwo festsaßen?

Bei diesen Gedanken überfiel sie Wut, ganz unvermittelt und heftig. Sie erzitterte, ballte die Fäuste im Schoß und musste sich zwingen, die hitzigen Worte hinunterzuschlucken, die sie ihrem Bruder – der nicht mal da war – am liebsten entgegengeschleudert hätte.

Müde, sagte sie sich. Sie war einfach todmüde, sonst nichts. Sie musste ihre Arbeit beiseitelegen, das Schlafmittel nehmen, das sie neulich gekauft hatte, das Telefon abstellen und schlafen. Dann würde sie sich besser fühlen. Stärker.

Als die Hand auf ihre Schulter fiel, stieß sie einen gellenden Schrei aus und warf den Kaffeebecher von sich.

»Himmel, Jo!« Bobby Banes machte einen Satz zurück und ließ die Post fallen.

»Was machst du? Was, zum Teufel, machst du hier?« Jo

sprang von ihrem Hocker auf, der krachend umfiel, während Bobby sie verblüfft anstarrte.

»Ich … Du hast doch gesagt, du würdest um acht anfangen. Ich bin nur ein paar Minuten zu spät.«

Um Atem ringend, griff Jo nach der Kante ihrer Arbeitsplatte, um nicht das Gleichgewicht zu verlieren. »Um acht?«

Ihr Praktikant nickte vorsichtig. Er schluckte und kam ihr nicht näher. Sie sah für seine Begriffe noch ziemlich wild und angriffslustig aus. Er arbeitete schon das zweite Semester für sie und hatte sich eingebildet, nun langsam zu wissen, wie er ihre Anweisungen zu verstehen hatte, wie er am besten mit ihren Launen klarkam und wie er vermied, sie in Rage zu bringen. Aber er hatte keine Ahnung, wie er mit der brennenden Angst in ihrem Blick umgehen sollte.

»Warum, zum Teufel, hast du nicht angeklopft?«, fuhr sie ihn an.

»Hab ich doch. Und als du dich nicht gerührt hast, dachte ich mir schon, dass du hier hinten in der Dunkelkammer bist, also hab ich mit dem Schlüssel aufgeschlossen, den du mir gegeben hast, als du neulich für den Auftrag unterwegs warst.«

»Gib ihn mir zurück. Sofort.«

»Klar, Jo.« Den Blick unverwandt auf sie gerichtet, kramte er in der Tasche seiner modisch verwaschenen Jeans. »Ich wollte dich nicht erschrecken.«

Jo zwang sich zur Ruhe und griff nach dem Schlüssel. Die Angst ließ jetzt etwas nach, und die Sache war ihr eher peinlich. Um etwas Zeit zu gewinnen, bückte sie sich und stellte den umgekippten Schemel wieder auf. »Tut mir leid, Bobby. Du hast mir einen Mordsschreck eingejagt. Ich hab dich nicht klopfen hören.«

»Schon in Ordnung. Soll ich dir noch einen Kaffee holen?«

Sie schüttelte den Kopf und gab ihren zitternden Knien nach. Als sie sich auf den Schemel fallen ließ, zwang sie sich zu einem Lächeln. Er war ein guter Schüler – ein bisschen eingebildet wegen seiner Arbeiten, aber er war erst einundzwanzig.

Was sein Äußeres betraf, machte er einen auf Kunststudent:

19

dunkelblonder, schulterlanger Pferdeschwanz und einen einzelnen goldenen Ohrring, der sein langes, schmales Gesicht betonte. Seine Zähne waren perfekt. Seine Eltern waren wohl Anhänger der Kieferorthopädie, dachte sie, während sie die Zunge über ihren leichten Überbiss gleiten ließ.

Aber er hatte ein gutes Auge und eine Menge Talent. Deswegen arbeitete er schließlich bei ihr. Jo war immer bereit zurückzuzahlen, was sie selbst bekommen hatte.

Weil seine großen braunen Augen sie noch immer argwöhnisch musterten, bemühte sie sich um ein etwas netteres Lächeln. »Ich hatte eine schlechte Nacht.«

»Sieht man.« Auch er unternahm den Versuch eines Lächelns. »Die Kunst besteht darin zu sehen, was wirklich da ist, stimmt's? Und du siehst wirklich erschlagen aus. Hast nicht geschlafen, was?«

Wenn Jo eines nicht war, dann eitel. Achselzuckend rieb sie ihre müden Augen. »Nicht viel.«

»Du solltest es mal mit Melatonin versuchen. Meine Mutter schwört drauf.« Er bückte sich, um die Scherben des Kaffeebechers zusammenzuklauben. »Und außerdem solltest du nicht so viel Kaffee trinken.«

Er warf ihr einen Blick zu und sah, dass sie gar nicht zuhörte. Sie ist mit den Gedanken schon wieder woanders, dachte Bobby. Wie so oft in letzter Zeit. Er sollte es besser aufgeben, seine Mentorin zu einer gesünderen Lebensweise bekehren zu wollen. Aber einen Versuch wollte er noch riskieren.

»Du hast dich wieder von Zigaretten und Kaffee ernährt, stimmt's?«

»Ja.« Gedankenversunken und halb schlafend hing sie auf dem Schemel.

»Das Zeug wird dich noch umbringen. Und außerdem brauchst du mehr Bewegung. Du hast in den letzten Wochen fast zehn Pfund abgenommen und bist viel zu dünn für deine Größe. Bei deinen leichten Knochen neigst du zu Osteoporose. Du musst deine Knochen und Muskeln stärken.«

»Hm-hmm.«

»Du solltest mal zum Arzt gehen. Wenn du mich fragst, hast

du Anämie. Du bist ganz blass, und in deine Tränensäcke könntest du deine halbe Ausrüstung packen.«

»Nett, dass du das bemerkt hast.«

Er hob die größten Scherben auf und warf sie in den Papierkorb. Natürlich hatte er es bemerkt. Ihr Gesicht zog die Blicke auf sich. Er hatte sie nie geschminkt gesehen. Ihr Haar trug sie meist zurückgebunden, aber jeder, der ein halbwegs gutes Auge besaß, konnte erkennen, dass sie es mit ihrem ovalen Gesicht mit den hohen Wangenknochen, den exotischen Augen und dem sinnlichen Mund besser offen tragen sollte.

Bobby fühlte, wie seine Wangen heiß wurden. Sie würde ihn auslachen, wenn sie wüsste, dass er ganz zu Beginn, als er gerade bei ihr angefangen hatte, ein bisschen in sie verknallt gewesen war. Inzwischen wusste er, dass es sowohl berufliche Bewunderung als auch körperliche Anziehung gewesen war. Über das mit der körperlichen Anziehung war er hinweg. Fast jedenfalls.

Aber kein Zweifel: Wenn sie nur das Geringste tun würde, um ihren Magnolienteint zu betonen, wenn sie nur ein bisschen Farbe auf ihren sinnlichen Mund und die länglichen Lider gegeben hätte, dann hätte sie einfach umwerfend aussehen können.

»Ich könnte dir Frühstück machen«, sagte er. »Falls du außer Schokoriegel und dem knatschigen Toast irgendwas im Haus hast.«

Jo atmete tief durch. »Nein, ist schon in Ordnung. Wir können unterwegs eine Kleinigkeit essen. Ich bin schon spät dran.«

Sie ließ sich vom Hocker gleiten und bückte sich nach der Post.

»Eigentlich könntest du dir's doch leisten, mal ein paar Tage auszuspannen und gar nichts zu tun. Meine Mom kennt da eine tolle Fitnessfarm in Miami.«

Seine Worte drangen nur noch als Summen an ihr Ohr. Sie hob den Umschlag auf, auf dem in säuberlichen Druckbuchstaben ihr Name stand. Sie wischte sich den Schweiß von der Stirn. Der Umschlag war dicker und schwerer als die anderen zuvor. *Wirf ihn weg,* sagte ihr der Verstand. *Mach ihn nicht auf. Schau nicht rein.*

Aber ihre Finger berührten schon die Klappe. Diesmal ergoss sich eine Flut von Fotos auf den Boden. Sie hob eines auf. Es war ein gut gemachter Schwarzweißabzug.

Diesmal nicht nur ihre Augen, sondern eine Ganzkörper-Aufnahme. Sie erkannte den Hintergrund – ein Park ganz in der Nähe, wo sie oft spazieren ging. Ein anderes Foto zeigte sie in der Innenstadt von Charlotte, an der Bordsteinkante stehend, die Kameratasche über der Schulter.

»Hey, das ist ein tolles Bild von dir.«

Als sich Bobby bückte, um nach dem Abzug zu greifen, schlug sie nach seiner Hand und fuhr ihn an: »Finger weg. Fass bloß nichts an.«

»Jo, ich …«

»Komm mir bloß nicht zu nah.« Keuchend ließ sie sich auf alle viere fallen und durchwühlte hektisch die Abzüge. Alle zeigten sie bei ganz gewöhnlichen, alltäglichen Dingen. Mit Tüten beladen aus dem Supermarkt kommend, in ihr Auto steigend oder den Wagen verlassend.

Er ist überall, er beobachtet mich. Wo ich auch bin, was ich auch tue. Er jagt mich, dachte sie, und ihre Zähne begannen aufeinanderzuschlagen. Er jagt mich, und ich kann nichts tun. Nichts außer …

Dann schaltete alles in ihr ab. Das Foto in ihrer Hand zitterte, als wäre eine plötzliche Bö in den Raum gefahren. Sie konnte nicht schreien. Sie schien keine Luft mehr in der Lunge zu haben.

Sie spürte ihren Körper nicht mehr.

Das Foto war brillant aufgenommen. Meisterhafter Umgang mit Licht, Schatten und Struktur. Sie war nackt, ihre Haut glänzte unwirklich. Ihr Körper war in einer Ruhepose arrangiert, das zerbrechliche Kinn nach unten gerichtet, der Kopf leicht angewinkelt. Ein Arm war über ihre Taille drapiert, der andere wie im Schlaf geschwungen oberhalb ihres Kopfes ruhend.

Aber ihre Augen waren geöffnet, ihr Blick starr. Die Augen einer Puppe. Tote Augen.

Einen Moment lang war sie wieder hilflos in ihrem Alptraum

gefangen, sich selbst anstarrend und unfähig, den Weg hinaus aus dem Dunkel zu finden.

Aber selbst in ihrem Entsetzen erkannte sie die Unterschiede. Die Frau auf dem Foto hatte wallendes Haar, das ihr Gesicht wie ein Fächer umgab. Und das Gesicht war weicher, der Körper reifer als ihr eigener.

»Mama?«, flüsterte sie und griff das Bild mit beiden Händen. »Mama?«

»Was ist los, Jo?« Erschüttert hörte Bobby seine eigene Stimme zittern und brechen, als er in Jos leere Augen blickte. »Was, zum Teufel, ist los?«

»Wo sind ihre Kleider?« Jo neigte den Kopf und begann, ihren Körper hin und her zu wiegen. Ihr Kopf war voller Geräusche, voller tosender, donnernder Geräusche. »Wo ist sie?«

»Nimm's dir nicht so zu Herzen.« Bobby machte einen Schritt auf sie zu und bückte sich, um ihr das Bild aus den Händen zu nehmen.

Ihr Kopf fuhr herum. »Bleib stehen.« Das Blut schoss ihr wieder in die Wangen und färbte sie hochrot. In ihren Augen flackerte ein seltsamer Ausdruck. »Fass mich nicht an. Fass sie nicht an.«

Erschreckt und verblüfft richtete er sich wieder auf und hob beschwichtigend die Hände. »Okay, okay, Jo.«

»Du darfst sie nicht anfassen.« Sie war kalt, so kalt. Sie schaute wieder runter auf das Foto. Es war Annabelle. Jung, unwirklich schön und so kalt wie der Tod. »Sie hätte uns nicht verlassen dürfen. Sie hätte nicht weggehen dürfen. Warum ist sie gegangen?«

»Vielleicht konnte sie nicht anders«, sagte Bobby leise.

»Nein, sie hat zu uns gehört. Wir haben sie gebraucht, aber sie hat uns nicht gewollt. Sie ist so schön.« Tränen rollten über Jos Wangen, und das Foto bebte in ihrer Hand. »Sie ist so schön. Wie eine Märchenprinzessin. Ich habe sie mir immer als Prinzessin vorgestellt. Sie hat uns verlassen. Sie hat uns verlassen und ist weggegangen. Jetzt ist sie tot.«

Ihr Blick verschwamm, ihre Haut wurde heiß. Sie drückte das Foto an ihre Brust, krümmte sich zusammen und weinte.

»Komm, Jo.« Behutsam berührte Bobby sie. »Komm mit mir. Du brauchst jetzt Hilfe.«

»Ich bin so müde«, murmelte sie und ließ sich von ihm aufheben wie ein Kind. »Ich will zurück nach Hause.«

»Okay, mach einfach die Augen zu.«

Mit dem Bild nach unten segelte das Foto sanft zu Boden, auf all die anderen Gesichter. Auf der Rückseite waren große Druckbuchstaben zu sehen.

TOD EINES ENGELS

Ihr letzter Gedanke, bevor die Dunkelheit sie umfing, war Sanctuary.

2

Bei Tagesanbruch hing wie ein schwindender Traum noch Dunst in der Luft. Lichtstrahlen durchbrachen den Baldachin des Eichenlaubs und ließen den Tau glitzern. Ammern und Teichrohrsänger erwachten in ihren Nestern im dichten Geäst und sangen ihre Morgenlieder. Ein Kardinal schoss wie ein roter Blitz lautlos zwischen den Bäumen hindurch.

Er liebte diese Tageszeit. In der Morgendämmerung forderte noch niemand seine Zeit oder Energie, und er konnte allein sein, konnte seinen Gedanken nachhängen.

Brian Hathaway hatte noch nirgendwo anders als auf Desire gelebt. Und er hatte nie etwas anderes gewollt. Er war auf dem Festland gewesen und hatte Großstädte besucht. Einmal hatte er sogar spontan Urlaub in Mexiko gemacht, sodass man sagen konnte, er war schon im Ausland gewesen.

Aber Desire war, mit all seinen Vorzügen und Nachteilen, seine Heimat. In einer stürmischen Septembernacht vor dreißig Jahren war er hier geboren worden. In dem mächtigen eichenen Himmelbett, in dem er heute schlief, hatten ihn sein Vater und eine alte, Maiskolbenpfeife rauchende Schwarze, deren Eltern Hausklaven bei seinen Vorfahren gewesen waren, ans Licht der Welt geholt.

Miss Effie hieß die alte Frau, und als er noch ein kleiner Junge gewesen war, hatte sie ihm oft die Geschichte seiner Geburt erzählt. Wie der Wind geheult und das Meer getost hatte, und wie seine Mutter in dem großen Haus, in dem mächtigen Bett niedergekommen war und ihn wie eine Kriegerin lachend aus ihrem Leib katapultiert hatte, direkt in die Arme seines ungeduldig wartenden Vaters.

Es war eine schöne Geschichte. Früher hatte sich Brian vorstellen können, wie seine Mutter gelacht und sein Vater gespannt darauf gewartet hatte, ihn in die Arme zu nehmen.

Jetzt war seine Mutter schon lange fort und die alte Miss Effie schon lange tot. Es war lange, lange her, dass sein Vater darauf gewartet hatte, ihn in die Arme zu nehmen.

Brian ging durch den sich allmählich lichtenden Morgennebel, unter hohen Bäumen hindurch, deren Stämme mit violetten und roten Flechten überzogen waren, durch das kühle, diffuse Licht, das die Farne und das Palmendickicht umgab. Er war ein großer, schlaksiger Mann, der in seiner Gestalt seinem Vater sehr ähnelte. Er hatte dunkles, widerspenstiges Haar, einen bräunlichen Teint und kühle blaue Augen. Frauen fanden sein schmales Gesicht melancholisch und sehr anziehend. Sein Mund war entschlossen und eher grüblerisch als fröhlich.

Und das fanden die Frauen ebenfalls anziehend – die Herausforderung, diese Lippen zu einem Lächeln zu bewegen.

Die fast unmerkliche Veränderung des Lichts verriet ihm, dass es Zeit war, nach Sanctuary zurückzukehren. Er musste den Gästen Frühstück machen.

Brian fühlte sich in der Küche ebenso wohl wie im Wald. Auch das war ein Punkt, den sein Vater sehr seltsam fand. Und Brian hatte schon das eine oder andere Mal amüsiert bemerkt, dass sich Sam Hathaway fragte, ob sein Sohn wohl schwul sei. Denn wenn ein Mann kochte, um damit seinen Lebensunterhalt zu verdienen, konnte schließlich mit ihm irgendwas nicht stimmen.

Wenn es ihre Art gewesen wäre, offen über solche Dinge zu sprechen, hätte Brian ihm gesagt, dass er durchaus Spaß daran hatte, perfekte Baisers zuzubereiten, und beim Sex trotzdem Frauen bevorzugte. Aber er neigte nun mal nicht zu Vertraulichkeiten.

Und lag dieser Wunsch, andere Menschen auf Distanz zu halten, nicht in der Familie?

Brian bewegte sich im Wald so leise wie das Rotwild, das dort zu Hause war. Er entschied sich für den längeren Weg, der ihn am Half Moon Creek vorbeiführte, wo der Nebel wie weißer Rauch vom Wasser aufstieg und drei Hirschkühe gemächlich in der morgendlichen Stille ästen.

Es ist noch Zeit, dachte Brian. Auf Desire war immer Zeit. Er ließ sich auf einem umgestürzten Baumstamm nieder, um den Anblick der mit Morgentau bedeckten Blüten zu genießen.

Die Insel war an der weitesten Stelle nur zwei Meilen breit und weniger als dreizehn Meilen lang. Brian kannte jeden Zentimeter: den sonnengebleichten Sand der Strände, die kühlen, schattigen Sümpfe mit den urzeitlich wirkenden, behäbigen Alligatoren. Er liebte die weich geformten Dünen, die herrlich feuchten, wogenden, von jungen Kiefern und majestätischen Eichen gesäumten Wiesen.

Aber am meisten liebte er den Wald mit seinen dunklen Tiefen und Geheimnissen.

Er kannte die Geschichte der Insel und wusste, dass hier einst Baumwolle und Indigopflanzen angebaut, die Felder von Sklaven bestellt worden waren. Seine Vorfahren hatten auf diese Weise ein Vermögen gemacht. Die Reichen hatten dieses entlegene kleine Paradies als Spielwiese entdeckt, hatten hier Rotwild und Wildschweine gejagt, Muscheln gesammelt, im Fluss und im Meer gefischt.

Sie hatten im Glanz der kristallenen Kronleuchter rauschende Bälle gefeiert, im Spielsaal achtlos riesige Summen gesetzt, den guten Bourbon der Südstaaten getrunken und dicke Havannas geraucht. Sie hatten an den heißen Sommernachmittagen auf der Veranda gelegen und sich von Sklaven kühle Limonade servieren lassen.

Sanctuary war eine Enklave der Privilegierten gewesen – und das Vermächtnis eines zum Untergang verurteilten Lebensstils.

Mehr Geld noch war durch die Hände des Stahl- und Schiffsmagnaten gegangen, der Sanctuary zu seinem privaten Refugium gemacht hatte.

Und auch wenn das Geld inzwischen verbraucht war, stand Sanctuary noch immer. Und die Insel war noch immer in den Händen der Nachkommen dieser Baumwollkönige und Stahlbarone. Die über die Insel verstreuten Cottages, hinter den Dünen aufragend, in den Schatten der Bäume geschmiegt oder das breite Band des Pelican Sound überblickend, wurden von einer Generation an die nächste weitergegeben, sodass nie mehr als eine Handvoll Familien Desire ihre Heimat nennen konnte.

Und so sollte es bleiben.

Sein Vater kämpfte ebenso erbittert gegen Landerschließer wie gegen Umweltschützer. Auf Desire würde es keine Ferien-hotels geben, und keine noch so wohlmeinende Institution konnte Sam Hathaway davon überzeugen, seine Insel zum Na-turschutzgebiet erklären zu lassen.

Es ist, dachte Brian, das Denkmal meines Vaters für seine treulose Frau. Sein Segen und sein Fluch.

Heute kamen trotz oder vielleicht wegen der Abgeschieden-heit viele Besucher. Um das Haus, die Insel, die Stiftung erhal-ten zu können, hatten die Hathaways einen Teil ihres Zuhauses zu einer Pension gemacht.

Brian wusste, dass Sam es hasste, dass er jeden Schritt eines Fremden auf der Insel verabscheute. Dies war das Einzige ge-wesen, worüber er seine Eltern jemals hatte streiten hören. An-nabelle wollte die Insel für mehr Touristen zugänglich machen, wollte Menschen anlocken, um das gesellschaftliche Leben wie-der anzukurbeln, das ihre Vorfahren so sehr genossen hatten. Sam hatte darauf bestanden, alles unverändert und unberührt zu lassen und die Zahl der Tagesausflügler und Übernachtungs-gäste streng zu kontrollieren – wie ein alter Geizkragen seine Pennys. Brian glaubte, dass es das gewesen war, was seine Mut-ter schließlich fortgetrieben hatte – das Bedürfnis nach Men-schen, nach Gesichtern, nach Stimmen.

Aber sosehr sich sein Vater auch bemühte, er konnte dem Wandel ebensowenig Einhalt gebieten wie die Insel dem Meer.

Veränderungen, dachte Brian, während sich das Wild mit synchronen Bewegungen abwandte und im Schutz der Bäume verschwand. Er selbst konnte auf Veränderungen verzichten, aber was den Hotelbetrieb betraf, waren sie notwendig gewe-sen. Und Tatsache war, dass es ihm Spaß machte, die Pension zu betreiben, Dinge zu planen und in die Tat umzusetzen, die tagtäglichen Abläufe zu steuern. Er mochte die Gäste, die Stim-men der Fremden; er liebte es, ihre Gewohnheiten und Erwartungen zu beobachten, und er hörte sich gerne die Geschichten ihrer unterschiedlichen Welten an.

Die Menschen störten sein Leben nicht – solange sie nicht blieben. In jedem Fall glaubte er nicht, dass Menschen auf lange Sicht blieben.

Annabelle war nicht geblieben.

Leicht irritiert von dem unerwarteten Schmerz einer zwanzig Jahre alten Narbe erhob sich Brian. Er schob den Gedanken beiseite, wandte sich um und schlug den gewundenen, leicht ansteigenden Weg nach Sanctuary ein.

Als er aus dem Schatten der Bäume trat, herrschte gleißendes Licht. Es traf auf den Wassernebel des Springbrunnens und verwandelte jeden einzelnen Tropfen in einen Regenbogen. Brian betrachtete den hinteren Teil des Gartens. Die Tulpen wucherten wild. Die Nelken sahen ein wenig zerzaust aus, und die … was, um Himmels willen, war das rote Zeug da eigentlich?, fragte er sich. Er war bestenfalls ein mittelmäßiger Gärtner und bemühte sich nach Kräften, den Garten in Ordnung zu halten. Die zahlenden Gäste erwarteten neben blitzblank polierten Antiquitäten und exquisiten Mahlzeiten eben auch gepflegte Gartenanlagen.

Sanctuary musste für die Besucher tipptopp in Schuss gehalten werden, und das bedeutete viel Arbeit. Aber ohne zahlende Gäste hätten sie Sanctuary nicht halten können. Und so, dachte Brian, während er nachdenklich auf die Blumen hinabschaute, sind wir in einem Teufelskreis gefangen. Es war wie eine Schlange, die sich in den eigenen Schwanz biss. Eine ausweglose Falle.

»Ageratum.«

Brian blickte auf. Er musste gegen die Sonne blinzeln, um das Gesicht der Frau scharf sehen zu können. Aber er hatte sie schon an der Stimme erkannt. Irritiert stellte er fest, dass sie ihm gefolgt sein musste, ohne dass er sie bemerkt hatte. Es war nicht das erste Mal, dass Dr. Kirby Fitzsimmons ihn irritiert hatte.

»Ageratum«, wiederholte sie lächelnd. Sie wusste, dass sie ihm auf die Nerven ging, und das betrachtete sie als Fortschritt.

Es hatte schließlich fast ein Jahr gedauert, bis sie ihm diese Reaktion entlockt hatte. »Die Blumen, die du da anfunkelst. Der Garten müsste mal wieder in Ordnung gebracht werden, Brian.«

»Werd ich schon erledigen«, entgegnete er und besann sich auf seine wirksamste Waffe. Schweigen.

In Kirbys Gegenwart fühlte er sich immer ein wenig befangen. Es waren nicht nur ihre Blicke. Sie war ziemlich attraktiv, vorausgesetzt, man stand auf grazile Blondinen. Aber Brian glaubte vielmehr, dass seine seltsame Befangenheit mit ihrer Art zusammenhing, die alles andere als grazil war. Sie war effizient, kompetent und schien zu allem und jedem einen Kommentar auf Lager zu haben.

Ihre Stimme war für Brian der Inbegriff der High Society Neuenglands. Oder, wenn er in weniger gnädiger Stimmung war, der Inbegriff der verdammten Yankees. Außerdem hatte sie diese Yankee-Wangenknochen. Und meergrüne Augen und eine ganz leichte Stupsnase. Ihre Lippen waren voll – nicht zu breit und nicht zu schmal. Noch etwas, das an ihr verwirrend perfekt war.

Ständig rechnete er mit der Nachricht, dass sie zurück aufs Festland gegangen sei, das kleine Cottage, das sie von ihrer Oma geerbt hatte, hinter sich abgeschlossen und die Idee begraben hätte, auf der Insel eine Arztpraxis zu betreiben. Aber sie blieb Monat um Monat und wurde mehr und mehr Teil des Inselalltags.

Und ging ihm unter die Haut.

Sie lächelte ihn immer noch an, und in ihrem Blick lag wieder dieser belustigte Ausdruck. Dann strich sie sich eine sanft gewellte Strähne ihres weizenblonden, locker auf ihre Schultern fallenden Haars zurück. »Ein herrlicher Morgen.«

»Es ist noch früh.« Er vergrub seine Hände in den Hosentaschen. In Kirbys Gegenwart wusste er nie so genau, was er mit ihnen anfangen sollte.

»Aber nicht zu früh für dich.« Sie legte den Kopf auf die Seite. Herrgott, was für ein Vergnügen, ihn anzusehen. Seit Monaten hatte sie gehofft, mehr mit ihm zu machen, als ihn nur anzusehen, aber Brian Hathaway war einer dieser Einheimischen, die nur schwer rumzukriegen waren. »Das Frühstück ist wohl noch nicht fertig?«

»Erst ab acht.« Das wusste sie doch ebensogut wie er. Schließlich kam sie oft genug.

»Ich kann warten. Was gibt's denn heute Besonderes?«

»Weiß ich noch nicht.« Da sie sich nicht abschütteln ließ, nahm er resigniert in Kauf, dass sie sich gleichzeitig mit ihm in Bewegung setzte.

»Ich plädiere für Zimtwaffeln. Davon könnte ich einen ganzen Berg verdrücken.« Sie räkelte sich, die Finger über dem Kopf ineinander verschränkt.

Er bemühte sich zu ignorieren, wie sich ihr T-Shirt über ihre kleinen, festen Brüste spannte. Kirby Fitzsimmons zu ignorieren war für ihn zum Full-time-Job geworden. Er bog um die Hausecke und sprang geschmeidig über die Frühlingsblumen, die den Weg aus Muschelkies säumten. »Du kannst im Salon warten. Oder im Speisezimmer.«

»Ich würde aber viel lieber in der Küche sitzen. Ich sehe dir gerne beim Kochen zu.« Bevor er sich eine Ausrede einfallen lassen konnte, war sie schon durch die hintere Tür in die Küche geschlüpft.

Und wie immer war die Küche blitzblank. Kirby mochte es, wenn ein Mann ordentlich war, ebenso wie sie einen durchtrainierten Körper und einen wachen Kopf schätzte. Brian verfügte über diese drei Eigenschaften, und deshalb fragte sie sich, wie er wohl als Liebhaber war.

Sie hoffte es eines Tages herauszufinden. Wenn sich Kirby etwas vorgenommen hatte, erreichte sie es normalerweise auch. Sie musste nur seinen Schutzpanzer knacken.

Es war kein Desinteresse. Sie hatte bemerkt, wie er sie beobachtete, wenn er in seltenen Augenblicken einmal nicht auf der Hut war. Es war reine Sturheit. Und auch die gefiel ihr. Sie mochte seine Gegensätze.

Als sie sich auf den Hocker an der Frühstückstheke setzte, war ihr klar, dass er kein Wort mehr von sich geben würde, wenn sie nicht stocherte. Das war die Distanz, die er zwischen sich und den anderen aufrechterhielt. Und sie wusste, dass er ihr eine Tasse seines wirklich vorzüglichen Kaffees eingießen und sich daran erinnern würde, dass sie ihn mit Milch trank. Das war seine angeborene Gastfreundschaft.

Kirby gönnte ihm einen Augenblick Ruhe und nahm einen Schluck dampfenden Kaffee. Sie hatte ihn nicht aufgezogen, als sie sagte, dass sie ihm gerne beim Kochen zusah.

Normalerweise waren Küchen vielleicht eine weibliche Domäne, aber diese hier war absolut männlich. Genau wie ihr Besitzer, dachte Kirby, mit seinen großen Händen, dem widerspenstigen Haar und dem kantigen Gesicht.

Sie wusste – denn es gab auf dieser Insel wenig, was einer nicht vom anderen wusste –, dass Brian die Küche acht Jahre zuvor renoviert hatte. Er hatte das Dekor bestimmt, hatte die Farben und Materialien ausgesucht. Er hatte eine richtige Werkstatt daraus gemacht mit Arbeitsplatten aus Granit und Schränken aus glänzendem Edelstahl.

Es gab drei breite Fenster mit einfachen Rahmen aus naturbelassenem Holz. Unterhalb der Fenster stand eine rauchgraue Eckbank für Mahlzeiten im Familienkreis, obwohl die Hathaways, soweit sie wusste, selten zusammen aßen. Der Boden war cremefarben gefliest, die Wände weiß und ohne irgendwelche Verzierungen.

Aber es gab auch gemütliche Akzente: die glänzenden Kupfertöpfe, die an Haken hingen, die aus Pfefferschoten und Knoblauchknollen geflochtenen Zöpfe, das Regal mit den antiken Küchenutensilien. Sie konnte sich vorstellen, dass er sie eher praktisch als gemütlich fand, aber sie gaben dem Raum Wärme.

Den aus Backsteinen gemauerten Herd hatte er frei im Raum stehen lassen, und jetzt erinnerte er an die Zeiten, als die Küche das Herzstück des ganzen Hauses gewesen war, ein Ort, an dem man zusammenkam und verweilte. Sie mochte es, wenn er im Winter Feuer im Herd machte und sich der Geruch des brennenden Holzes mit dem der vor sich hin köchelnden Eintöpfe oder Suppen vermischte.

Der professionelle Großküchenherd kam ihr dagegen wie

eine Maschine vor, für deren Bedienung man Ingenieur sein musste. Andererseits hieß Kochen für sie, eine Tiefkühlmahlzeit aus der Gefriertruhe zu holen und in die Mikrowelle zu werfen.

»Ich mag diesen Raum«, sagte sie. Brian war damit beschäftigt, in einer blauen Keramikschüssel zu rühren, und brummte nur kurz. Sie betrachtete es als Antwort und ließ sich vom Hocker rutschen, um sich noch einen Kaffee einzuschenken. Dann trat sie hinter ihn und schaute ihm über die Schulter, wobei sie seinen Arm streifte. Beim Anblick des Schüsselinhalts musste sie grinsen. »Waffeln?«

Er trat von einem Bein aufs andere. Ihr Duft war ihm im Weg. »Das wolltest du doch, oder?«

»Ja.« Sie hob ihre Kaffeetasse und lächelte ihm über den Rand hinweg zu. »Ist nett, wenn man bekommt, was man will. Findest du nicht?«

Sie hat die verdammtesten Augen überhaupt, dachte er. Als Junge hatte er an Meerjungfrauen geglaubt. Alle hatten sie Augen wie Kirby gehabt. »Solange du nur Waffeln willst, ist das auch kein Problem.«

Er trat zurück, ging um sie herum und nahm das Waffeleisen aus dem Küchenschrank. Nachdem er es angeschlossen hatte, drehte er sich um und stieß mit ihr zusammen. Automatisch fasste er mit seiner Hand nach ihrem Arm, um ihr Halt zu geben. Und zog die Hand nicht weg.

»Du bist mir im Weg.«

Sie beugte sich nach vorne, nur ein wenig, und genoss das Kribbeln in ihrer Magengegend. »Ich dachte, ich könnte dir helfen.«

»Womit?«

Sie lächelte, ließ den Blick von seinen Augen zum Mund und wieder zurück wandern. »Womit auch immer.« Was soll's, dachte sie und legte ihre freie Hand auf seine Brust. »Brauchst du nichts?«

Sein Puls beschleunigte sich. Seine Finger schlossen sich fester um ihren Arm, ohne dass er es verhindern konnte. Er dachte darüber nach, o ja, er dachte wirklich darüber nach. Wie würde es sich anfühlen, sie an die Arbeitstheke zu drängen und sich zu nehmen, was sie ihm ständig unter die Nase hielt?

Dann würde sie wahrscheinlich nicht mehr so frech grinsen.

»Du bist mir im Weg, Kirby.«

Er hielt sie immer noch fest. Ein eindeutiger Fortschritt, dachte sie. Sein Herzschlag hatte sich unter ihrer Hand beschleunigt. »Ich bin dir jetzt schon fast ein Jahr im Weg, Brian. Wann wirst du endlich etwas dagegen tun?«

Sie sah ein rasches Aufflackern in seinen Augen, bevor sie sich zu einem schmalen Schlitz verengten. Vor Spannung setzte ihr Atem kurz aus. *Endlich,* dachte sie und schmiegte sich an ihn.

Er ließ ihren Arm los und trat so plötzlich und abrupt zurück, dass sie diesmal beinahe aus dem Gleichgewicht geraten wäre. »Trink deinen Kaffee«, sagte er. »Ich hab noch viel zu tun.«

Zufrieden stellte er fest, dass er offensichtlich den richtigen Knopf erwischt hatte, denn ihr herausforderndes Lächeln war verschwunden. Ihre feinen Brauen hatten sich zusammengezogen, ihr Blick war finster geworden, und ihre Augen funkelten wütend.

»Verdammt, Brian, wo ist das Problem?«

Mit einer geschickten Handbewegung ließ er den Teig von der Schöpfkelle auf das heiße Waffeleisen fließen. »Ich habe kein Problem.« Während er das Waffeleisen schloss, warf er ihr einen schnellen Blick zu. Ihr Gesicht war rot angelaufen und ihr Mund zusammengekniffen. Sie ist fuchsteufelswild, dachte er. Gut so.

»Was soll ich also tun?« Sie ließ die Kaffeetasse so heftig niedersausen, dass die heiße Flüssigkeit auf seine blitzblanke Arbeitsfläche spritzte. »Soll ich hier demnächst nackt aufkreuzen?«

Seine Mundwinkel zuckten. »Hm, gar nicht so schlecht, die Idee. Danach könnte ich die Preise erhöhen.« Er legte den Kopf zur Seite. »Vorausgesetzt, du siehst nackt gut aus.«

»Ich sehe nackt *toll* aus, und ich habe dir genug Gelegenheiten gegeben, das selbst herauszufinden.«

»Ich glaube, ich schaffe mir lieber meine eigenen Gelegenheiten.« Er öffnete den Kühlschrank. »Willst du Eier zu den Waffeln?«

Kirby ballte die Fäuste, erinnerte sich dann aber an den Eid, den sie abgelegt hatte: Sie wollte heilen, nicht verletzen. Sie drehte sich auf dem Absatz um. »Steck dir deine Waffeln sonstwohin«, murmelte sie und verschwand durch die Hintertür.

Brian wartete, bis er die Außentür mit einem lauten Krachen ins Schloss fallen hörte, bevor er sich ein Grinsen erlaubte. Diesen kleinen Machtkampf hatte er wohl gewonnen, und er beschloss, sich zur Belohnung ihre Waffel schmecken zu lassen. Er ließ sie gerade auf den Teller gleiten, als die Tür aufflog.

Lexy warf sich kurz in Pose, eher eine alte Gewohnheit als der Versuch, ihren Bruder zu beeindrucken. Ihre üppige Haarpracht ringelte sich in zahllosen Spirallocken bis auf die Schultern hinab und leuchtete in ihrer aktuellen Lieblingsfarbe: renaissancerot.

Sie mochte diesen Tizian-Look und betrachtete ihn gegenüber dem Vanilleblond, das sie in den vergangenen Jahren getragen hatte, als enorme Erleichterung. Blond zu sein bedeutete nämlich eine ganze Menge Arbeit.

Das Renaissancerot war nur eine Nuance heller und leuchtender als ihr natürlicher Haarton und passte gut zu ihrem Teint, dem milchigen Weiß mit einem Anflug Rosa. Von ihrem Vater hatte sie die changierenden haselnussbraunen Augen geerbt. An diesem Morgen erschienen sie dunkler, so wie das Meer an einem bewölkten Tag, und waren sorgfältig mit Eyeliner und Wimperntusche geschminkt.

»Waffeln«, bemerkte sie. Ihre Stimme klang wie das Schnurren einer Katze. Sie hatte es so lange geübt, bis es ganz natürlich klang. »Mmmh, lecker.«

Unbeeindruckt riss Brian die erste Ecke heraus und stopfte sie sich in den Mund. »Ist meine.«

Lexy schüttelte ihre Zigeunermähne zurück, schlenderte zu der Frühstückstheke und setzte einen hübschen Schmollmund auf. Sie klimperte mit den Lidern und schenkte ihrem Bruder, als er ihr den Teller zuschob, ein betörendes Lächeln. »Danke, mein Süßer.« Sie legte ihre Hand auf seine Wange und drückte ihm einen Kuss auf die andere.

Lexy hatte die für eine Hathaway untypische Angewohnheit, andere zu berühren, zu küssen und zu umarmen. Brian konnte sich erinnern, dass sich Lexy nach dem Verschwinden ihrer Mutter oft wie ein junges Hündchen in die Arme der anderen geschmiegt hatte und gestreichelt sein wollte. Mein Gott, dachte er, damals war sie erst vier. Er wuschelte ihr durchs Haar und reichte ihr den Sirup.

»Ist schon jemand auf?«

»Hmm, das Paar im blauen Zimmer zerwühlt gerade die Betten, und Tante Kate duscht.«

»Ich dachte, du wärst heute mit dem Frühstück dran.«

»Bin ich auch«, antwortete sie mit vollem Mund.

Er musterte kritisch ihr kurzes, hauchdünnes, wild gemustertes Kleid. »Ist das deine neue Uniform?«

Sie schlug die langen Beine übereinander und ließ ein Stück Waffel zwischen ihre Lippen gleiten. »Gefällt sie dir?«

»Du wirst dich mit den Trinkgeldern bald zur Ruhe setzen können.«

»Klar.« Sie lachte kurz auf und schob die Waffel auf ihrem Teller herum. »Davon hab ich schon immer geträumt: irgendwelchen Leuten Essen servieren, ihr schmutziges Geschirr abräumen und ihr überflüssiges Kleingeld einstecken, damit ich mich eines Tages in Glanz und Gloria zur Ruhe setzen kann.«

»Wir haben alle unsere geheimen Phantasien«, sagte Brian leichthin und setzte eine Tasse Kaffee mit viel Milch und viel Zucker neben ihr ab. Er verstand ihre Verbitterung und Enttäuschung, auch wenn er ihr nicht zustimmen konnte. Er liebte seine Schwester, und deshalb fragte er sie feixend: »Möchtest du meine hören?«

»Du willst bestimmt den Betty-Crocker-Rezept-Wettbewerb gewinnen.«

»Hey, das wär doch was!«

»Ich wäre beinahe berühmt geworden, Bri.«

»Aber du bist doch berühmt. Alexa Hathaway, die Inselprinzessin.«

Sie rollte die Augen und griff nach der Kaffeetasse. »Ich hab nicht mal ein Jahr in New York überstanden. Nicht mal ein verdammtes Jahr!«

»Wer will das schon?« Allein bei der Vorstellung wurde ihm übel. Überall Gedränge, Verkehr, Gestank.

»Ist nicht so einfach, auf Desire Schauspielerin zu werden.«

»Wenn du mich fragst, Schatz, du machst es ganz prima. Und wenn du schmollen willst, nimmst du die Waffeln am besten mit hoch in dein Zimmer. Du verdirbst mir nämlich die gute Laune.«

»Du hast's gut.« Energisch schob sie die Waffeln von sich. Brian erwischte den Teller gerade noch rechtzeitig, bevor er von der Tischplatte rutschte. »Du hast hier alles, was du willst. Du lebst einfach so vor dich hin, Tag für Tag, Jahr für Jahr. Du machst immer wieder die gleichen Dinge. Daddy hat dir das Haus praktisch übergeben, damit er den ganzen Tag lang über die Insel trotten und aufpassen kann, dass sich niemand auch nur an einem seiner kostbaren Sandkörner vergreift.«

Sie rappelte sich von ihrem Hocker hoch und breitete theatralisch die Arme aus. »Und auch Jo hat, was sie will. Sie ist eine bekannte Fotografin mit fetten Aufträgen und reist in der Weltgeschichte herum, um ihre Bilder zu machen. Und was hab ich? Einen tollen Lebenslauf mit ein paar Werbespots, ein paar Statistenrollen und einer Hauptrolle in einem Stück in Pittsburg, das gleich nach der Premiere abgesetzt wurde. Und jetzt sitze ich wieder hier, decke Tische und mache fremden Leuten das Bett. Ich hasse es.«

Er wartete einen Moment, dann applaudierte er. »Gut gebrüllt, Lex. Und deine Worte kannst du auch gut plazieren. Deine Gestik lässt allerdings zu wünschen übrig.«

Ihre Lippen zitterten, aber dann strafften sie sich. »Verdammter Kerl!« Erhobenen Hauptes stolzierte sie aus dem Raum.

Brian griff nach ihrer Gabel. Scheint so, als wäre das heute mein zweiter Sieg, dachte er und beschloss, sich auch über ihr Frühstück herzumachen.

Eine Stunde später verkörperte Lexy lächelnd wieder den totalen Südstaatencharme. Sie war eine ausgesprochen begabte Kellnerin, was sie in New York vor dem Verhungern bewahrt hatte, und bediente die Gäste voller Freundlichkeit und Anmut.

Sie trug jetzt einen engen Rock, kurz genug, um Brian zu ärgern, was durchaus beabsichtigt war, und einen ärmellosen Pulli, der ihren Körper ihrer Meinung nach am vorteilhaftesten zur Geltung brachte. Sie hatte eine tolle Figur und arbeitete hart, damit sie auch so blieb. Ganz egal, ob Kellnerin oder Schauspielerin, das war ihr Kapital. So wie ihr strahlendes Lächeln.

»Soll ich Ihren Kaffee nicht lieber noch mal aufwärmen lassen, Mr. Benson? Wie schmeckt Ihnen das Omelett? Brian ist ein ausgezeichneter Koch, finden Sie nicht auch?«

Da Mr. Benson ihre Brüste zu schätzen schien, beugte sie sich noch etwas weiter vor, damit er für sein Trinkgeld auch was geboten bekam, bevor sie sich dem nächsten Tisch zuwandte.

»Sie reisen heute ab, nicht wahr?« Sie warf den frisch Verheirateten ein entzückendes Lächeln zu. »Ich hoffe, dass Sie uns bald wieder besuchen.«

Sie segelte durch den Raum und sah sofort, ob ein Gast Lust auf einen kurzen Plausch hatte oder lieber in Ruhe gelassen werden wollte. Wie gewöhnlich war unter der Woche nicht viel los, und sie hatte genug Zeit, um den Speiseraum zu ihrer Bühne zu machen.

Aber eigentlich träumte sie davon, vor vollen Häusern zu spielen, auf den großen New Yorker Bühnen. Aber stattdessen, dachte sie, das sommersonnige Lächeln fest im Gesicht, spiele ich die Rolle der Kellnerin in einem Haus, das sich niemals verändert, auf einer Insel, die sich niemals verändert.

Seit hundert Jahren hat sich nichts verändert, dachte sie. Lexy machte sich nicht viel aus Geschichte. Für sie war die Vergangenheit langweilig und so unabänderlich in Stein gehauen wie Desire und seine Handvoll Bewohner.

Die Pendletons heirateten die Fitzsimmons oder die Brodies oder die Verdons. Das waren die vier großen Familien der Insel. Manchmal tanzte ein Sohn oder eine Tochter aus der Reihe und heiratete jemanden vom Festland. Manchmal zog sogar jemand weg, aber die allermeisten blieben und lebten Generation für Generation im selben Cottage – höchst selten gesellte sich mal ein neuer Name zu den alteingesessenen.

Es ist alles so … vorhersehbar, dachte sie, als sie ihren Bestellblock umblätterte und den nächsten Tisch anstrahlte.

Ihre Mutter hatte einen Mann vom Festland geheiratet, und nun herrschten die Hathaways über Sanctuary. Es waren die Hathaways, die hier gelebt und gearbeitet hatten, die nun schon seit mehr als dreißig Jahren Schweiß und Herzblut investierten, um das Haus zu halten und die Insel zu bewahren.

Aber Sanctuary war noch immer das Haus der Pendletons, oben auf dem Hügel, und so würde es immer bleiben.

Es schien kein Entrinnen zu geben.

Sie stopfte die Trinkgelder in ihre Tasche und räumte das schmutzige Geschirr ab. In dem Moment, in dem sie die Küche betrat, wurde ihr Blick frostig. Es machte sie wütend, dass Brian die kalte Schulter nicht zu bemerken schien, die sie ihm vor die Nase hielt.

Laut klirrend stellte sie das Geschirr ab, schnappte sich die Kanne mit dem frischen Kaffee und segelte zurück in den Speiseraum.

Zwei Stunden lang servierte sie, deckte sie ab und auf – und träumte von dem Ort, an dem sie sein wollte.

Broadway. Sie war sich so sicher gewesen, dass sie es schaffen würde. Jeder hatte ihr gesagt, dass sie ein Naturtalent sei. Das war natürlich *vor* New York gewesen, wo sie plötzlich eine von Hunderten anderer junger Frauen war, denen man dasselbe bescheinigt hatte.

In ihrem ersten Monat gab es ein böses Erwachen nach dem anderen. Niemals hatte sie mit so viel Konkurrenz gerechnet und auch nicht mit so viel Hoffnungslosigkeit in den Gesichtern der Mädchen, die sich bei den Vorsprechterminen versammelten.

Ein paar Angebote hatte sie bekommen – aber die meisten hätten über die Couch des Produzenten geführt. Und dazu war sie zu stolz und zu selbstbewusst.

Ihr Stolz, ihr Selbstbewusstsein und – sie musste es sich eingestehen – ihre Naivität hatten sie jetzt wieder an ihren Ausgangspunkt zurückgebracht.

Aber nur vorübergehend, rief sich Lexy in Erinnerung. In knapp einem Jahr wurde sie fünfundzwanzig und bekam ihr Erbe ausgezahlt. Dann wollte sie zurück nach New York gehen, diesmal erfahrener, vorsichtiger und klüger.

So schnell gab sie sich nicht geschlagen. Eines Tages würde sie auf der Bühne stehen, und die Zuneigung und Bewunderung ihres Publikums schlüge über ihr zusammen. Dann wäre sie jemand.

Jemand anders als Annabelles jüngste Tochter.

Sie trug das letzte Geschirr in die Küche. Brian war schon beim Aufräumen. Kein schmutziger Topf mehr in der Spüle, kein Fleck mehr auf der Arbeitsfläche. Obwohl sie wusste, dass es gemein war, neigte sie den Geschirrstapel ganz, ganz langsam, bis die Tasse, die zuoberst auf den Tellern stand, umkippte – der Kaffeerest ergoss sich auf den Boden, bevor die Tasse selbst fiel und klirrend auf den Fliesen zerschellte.

»Huch«, sagte sie boshaft, als Brian sich umdrehte.

»Du scheinst Spaß daran zu haben, dich zum Narren zu machen«, sagte er kühl. »Das kannst du jedenfalls ziemlich gut.«

»Ach ja?« Sie ließ auch den Rest des Stapels fallen. Mit lautem Krachen schlug er auf, Essensreste und Scherben spritzten in alle Richtungen. »Und wie war *das*?«

»Verdammt noch mal, was willst du mir beweisen? Dass du alles kaputtmachen kannst? Dass sich immer ein Dummer findet, der deinen Dreck wegräumt?« Wütend ging er zum Wandschrank und holte den Besen heraus. »Mach es selbst weg.« Er hielt ihr den Besen entgegen.

»Bestimmt nicht.« Obwohl sie ihre impulsive Tat schon bereute, schob sie den Besen zurück. Das bunte Tongeschirr zu ihren Füßen sah aus wie Karneval in Scherben. »Sind doch deine kostbaren Teller. Kehr du sie auf.«

»Du wirst hier saubermachen, oder ich versohle dir mit diesem Besen den Hintern.«

»Versuch's nur, Bri.« Provozierend baute sie sich vor ihm auf.

Sie wusste, dass sie im Unrecht war, und das stachelte sie nur noch mehr dazu an, nicht klein beizugeben. »Versuch's nur, und ich kratz dir die Augen aus. Ich kann deine ewigen Befehle nicht mehr hören. Dieses Haus gehört mir genauso wie dir.«

»Na, hier scheint sich ja nichts verändert zu haben.«

Die Wut stand Brian und Lexy noch in den Gesichtern, als sie sich fast gleichzeitig umdrehten – und mit weit aufgerissenen Augen zur Tür starrten. Dort stand Jo, zwei Koffer zu ihren Füßen und Erschöpfung in ihren Augen.

»Als ich das Krachen und kurz darauf zwei fröhliche Stimmen hörte, wusste ich, dass ich wieder zu Hause bin.«

Einem urplötzlichen Stimmungswandel folgend, hakte sich Lexy bei Brian unter. »Schau, Brian, noch ein verlorener Sprössling kehrt wieder heim. Hoffentlich ist noch was von dem Festkalb da.«

»Ein Kaffee wäre mir lieber«, sagte Jo und schloss die Tür hinter sich.

3

Jo stand am Fenster ihres früheren Kinderzimmers. Der Ausblick war immer noch derselbe. Der schöne Garten wartete geduldig darauf, vom Unkraut befreit und gegossen zu werden. Die mit buschigem Steinkraut bewachsenen Rabatten waren schon golden überhaucht, und die schweren Blütenköpfe der Traubenhyazinthen wiegten sich im Wind. Die Stiefmütterchen, umgeben von den hoch aufragenden violetten Blütenrispen der Iris und den leuchtend gelben Tulpen, streckten ihre kleinen, lustigen Gesichter der Sonne entgegen. Die Vergissmeinnicht und Nelken blühten so verlässlich wie eh und je.

Das Licht schimmerte herrlich golden und perlmuttartig; die Wolken zogen langsam dahin und warfen sanfte Schatten. Es war ein Bild des Friedens, der Einsamkeit, märchengleicher Perfektion. Hätte sie die Energie gehabt, wäre sie in diesem Augenblick rausgegangen, hätte es auf den Film gebannt und es sich zu eigen gemacht.

Er hatte ihr gefehlt. Seltsam, dass ihr erst jetzt auffiel, wie sehr sie ihn vermisst hatte, den Blick aus dem Fenster des Zimmers, in dem sie während der ersten achtzehn Jahre ihres Lebens fast jede Nacht geschlafen hatte.

Viele Stunden hatte sie mit ihrer Mutter im Garten verbracht, hatte die Namen der Blumen und alles über ihre Bedürfnisse und Eigenheiten gelernt, hatte das Gefühl von Erde zwischen ihren Fingern und die Sonne auf ihrem Rücken genossen. Vögel und Schmetterlinge, die Melodie des Windes, die Plusterwölkchen, die vor dem zartblauen Himmel dahinzogen, all das gehörte zu den gehüteten Erinnerungen an ihre frühe Kindheit.

Offenbar habe ich den Zugang zu den Erinnerungen verloren, bemerkte Jo, während sie sich müde vom Fenster abwandte. Die Bilder, die sie von dieser Szene entweder mit der

Kamera oder in ihrer Erinnerung festgehalten hatte, waren über lange Zeit verschwunden gewesen.

Auch ihr Zimmer hatte sich kaum verändert. Im privaten Flügel von Sanctuary waren Annabelles Stil und Geschmack noch immer lebendig. Für ihre älteste Tochter hatte sie ein Himmelbett aus glänzendem Messing mit verspielten Kranzleisten und Knäufen ausgesucht. Der Bettüberwurf war aus antiker irischer Spitze und ein Familienerbstück der Pendletons, das Jo wegen seines Musters und seiner Struktur immer sehr gemocht hatte. Und weil es so unverwüstlich und zeitlos wirkte.

Die Tapete zeigte fröhliche Sträußchen blühender Traubenhyazinthen auf einem elfenbeinfarbenen Hintergrund und gerahmt von einem Fries in warmem Honiggelb.

Annabelle selbst hatte die Antiquitäten ausgesucht – die kugeligen Lampen und die Tischchen aus Ahornholz, die zierlichen Stühle und die Vasen, die immer mit frischen Blumen gefüllt waren. Sie hatte ihre Kinder früh an das Leben und den Umgang mit kleinen Kostbarkeiten gewöhnen wollen. Den Sims des kleinen marmornen Kamins zierten Kerzen und Muscheln. Das Regal auf der gegenüberliegenden Seite des Zimmers beherbergte mehr Bücher als Puppen.

Annabelle war tot. Ganz gleich, wie viel sich von ihr noch trotzig in diesem Raum, in diesem Haus, auf dieser Insel gehalten hatte, sie war tot. Irgendwann im Lauf der vergangenen zwanzig Jahre war sie gestorben, war ihr Verschwinden unwiderruflich besiegelt worden.

Warum hatte jemand diesen Tod unsterblich gemacht und auf Film gebannt? Und warum war der Beweis ihres Todes Annabelles Tochter zugeschickt worden?

TOD EINES ENGELS

Diese Worte hatten auf der Rückseite des Fotos gestanden. Jo erinnerte sich nur zu gut an sie. Sie presste den Handballen fest zwischen die Brüste, um ihr klopfendes Herz zu beruhigen. Was für eine Art von Krankheit ist das?, fragte sie sich. Was für eine Art von Bedrohung? Und wie viel davon war gegen sie selbst gerichtet?

Das Foto war bei ihrer Rückkehr in die Wohnung verschwunden gewesen. All die anderen, die alltäglichen Fotos von ihr selbst, lagen noch in der Dunkelkammer auf dem Boden verstreut, wo sie sie in ihrer Panik hatte fallen lassen.

Und obwohl sie stundenlang jeden Quadratzentimeter ihrer Wohnung abgesucht hatte, war der Abzug, der sie so aus der Fassung gebracht hatte, verschwunden geblieben.

Und wenn er nie existiert hatte …? Mit geschlossenen Augen ließ sie die Stirn an die Fensterscheibe sinken. Wenn sie ihn in ihrer Phantasie selbst fabriziert hatte, wenn sie sich irgendwie wünschte, dass ihre Mutter nackt und tot zu sehen war – als was stand sie dann da?

Was konnte sie eher akzeptieren? Ihre eigene geistige Instabilität oder den Tod ihrer Mutter?

Sie zwang sich, ruhig und tief durchzuatmen. Ich muss etwas Praktisches machen, beschloss sie, etwas ganz Alltägliches, und so tun, als wäre das ein völlig normaler Besuch zu Hause. Sie musste nachdenken, planen. Irgendwie musste sie wieder einen klaren Kopf bekommen. Und sich dann auf den nächsten Schritt konzentrieren.

Aber ihre Gedanken schweiften ab, sie träumte fast.

Als es klopfte, waren scheinbar erst Sekunden vergangen, aber Jo fühlte sich wie aus dem Schlaf gerissen und war völlig desorientiert. Sie sprang auf, peinlich berührt, tagsüber bei einem Nickerchen erwischt worden zu sein. Bevor sie die Tür öffnen konnte, steckte Kate schon den Kopf ins Zimmer.

»Ach, hier bist du. Mein Gott, Jo, du siehst ja aus wie der Tod persönlich. Setz dich hin, trink den Tee hier und erzähl mir, was mit dir los ist.«

Typisch Kate, dachte Jo, diese offene, sachliche, zupackende Art. Lächelnd beobachtete sie, wie Kate mit dem Teetablett in den Händen den Raum betrat. »Du siehst wunderbar aus.«

»Ich achte eben auf mich.« Kate stellte das Tablett auf dem niedrigen Beistelltisch neben der Sitzgruppe ab und zeigte auf einen Sessel. »Was *du* ganz offensichtlich nicht tust. Du bist viel zu dünn, viel zu blass, und deine Haare sehen katastrophal aus. Aber keine Angst, das kriegen wir alles schon wieder hin.«

Aus einer mit Efeuranken bemalten Kanne goss sie den Tee in zwei dazu passende Tassen. »Also los, erzähl.« Sie lehnte sich bequem zurück, nahm einen Schluck und legte erwartungsvoll den Kopf auf die Seite.

»Ich gönn mir eine Pause«, begann Jo. »Nur ein paar Wochen.«

»Jo Ellen, mir kannst du nichts vormachen.«

Nein, das habe ich nie gekonnt, dachte Jo, niemand hatte es je gekonnt, von dem Augenblick an, als Kate Sanctuary zum ersten Mal betreten hatte. Sie war einige Tage nach Annabelles Verschwinden eingetroffen und wollte eine Woche bleiben. Zwanzig Jahre später war sie noch immer da.

Und wir haben sie weiß Gott gebraucht, erinnerte sich Jo, während sie fieberhaft überlegte, wie viel sie Katherine Pendleton wirklich erzählen musste. Um Zeit zu gewinnen, nippte sie an ihrem Tee.

Kate war Annabelles Cousine, und die Familienähnlichkeit zeigte sich an den Augen, am Teint und an der Gestalt. Doch dort, wo Annabelle in Jos Erinnerung immer weich und weiblich gewirkt hatte, war Kate kantig und präzise.

Ja, Kate achtet auf sich, stimmte ihr Jo innerlich zu. Sie trug einen knabenhaften Kurzhaarschnitt, der wie eine rotbraune Kappe erschien und zu ihrem immer aufmerksamen Fuchsgesicht und ihrer praktischen Veranlagung passte. Sie kleidete sich leger, aber niemals nachlässig. Ihre Jeans waren immer gebügelt und ihre T-Shirts appetitlich frisch. Ihre Nägel trug sie kurz, sauber gefeilt und nie ohne drei Schichten transparenten Lack. Trotz ihrer fünfzig Jahre war sie rank und schlank, sodass man sie von hinten ohne weiteres für einen Teenager halten konnte.

Kate war an einem absoluten Tiefpunkt in ihr Leben getreten und hatte ihnen Halt gegeben. Sie war einfach da gewesen, hatte sich um alles gekümmert, hatte jedem von ihnen gesagt, was als Nächstes getan werden musste, und sie in ihrer trockenen Art gepiesackt und gleichzeitig geliebt, bis sich in ihrem

Leben zumindest ein Anschein von Normalität eingestellt hatte.

»Du hast mir gefehlt, Kate«, murmelte Jo, »wirklich gefehlt.«

Kate betrachtete sie einen Moment lang schweigend, und ein amüsierter Ausdruck huschte über ihr Gesicht. »Du kannst mich nicht ablenken, Jo Ellen. Du hast Probleme, und du kannst dir aussuchen, ob du mir davon erzählen möchtest oder ob ich mich raushalten soll. Ich werde beides akzeptieren.«

»Ich brauche etwas Zeit für mich.«

Das, dachte Kate, ist zweifellos wahr. Sie kannte Jo sehr genau und bezweifelte, dass ein Mann die Schuld an dem verletzten Blick in ihren Augen trug. Vielleicht ihre Arbeit. Die Arbeit, der Jo freiwillig ihr Leben untergeordnet hatte.

Mein kleines Mädchen, dachte Kate, mein armes, kleines Mädchen. Was hat man dir nur angetan?

Kate fasste den Henkel ihrer Tasse fester, damit ihre Finger nicht zitterten. »Hat man dir weh getan?«

»Nein, nein.« Jo stellte ihre Tasse ab und drückte ihre Hände auf die schmerzenden Augen. »Ich bin nur überarbeitet. Zu viel Stress. Ich habe mich in den letzten Monaten wohl ein bisschen übernommen. Der Druck, nichts weiter.«

Kate runzelte die Stirn. Die Falte, die sich dabei zwischen ihren Brauen bildete, war, wenig schmeichelhaft, als die Pendleton'sche Sorgenfalte bekannt. »Welcher Druck hat dich so dünn gemacht, Jo Ellen, und lässt deine Hände zittern?«

Wie zur Abwehr verkrampfte Jo ihre fahrigen Hände im Schoß. »Man könnte wohl sagen, ich habe zu wenig auf mich geachtet.« Jo lächelte schwach. »Ich gelobe Besserung.«

Kate tippte mit ihren Fingern auf die Armlehne des Sessels und studierte Jos Gesicht. Ihr Kummer schien tiefer zu sitzen als nur berufliche Sorgen. »Bist du krank gewesen?«

»Nein.« Die Lüge kam ihr fast so leicht über die Lippen, wie sie es gehofft hatte. »Ich bin bloß ein bisschen kaputt. Ich habe in der letzten Zeit nicht gut geschlafen.« Unter Kates Blicken nervös geworden, stand Jo auf und kramte in den Taschen der achtlos über eine Stuhllehne geworfenen Jacke nach Zigaretten. »Ich plane ein Buch – das hab ich dir doch neulich geschrieben.

Ich glaube, das überfordert mich etwas.« Sie zündete sich eine Zigarette an. »Das ist Neuland für mich.«

»Du solltest stolz auf dich sein, anstatt darüber krank zu werden.«

»Du hast ja recht. Absolut recht.« Jo stieß den Rauch aus. »Ich lege jetzt mal eine Pause ein.«

Das ist längst noch nicht alles, entschied Kate, aber für den Augenblick war es genug. »Es ist gut, dass du nach Hause gekommen bist. Ein paar Wochen bei Brians guter Küche und du wirst wieder etwas zunehmen. Außerdem können wir hier Hilfe immer gut gebrauchen. Die meisten Zimmer und Cottages sind den ganzen Sommer über ausgebucht.«

»Das Geschäft läuft also gut?«, erkundigte sich Jo ohne großes Interesse.

»Die Menschen entfliehen ihrer eigenen Routine und nehmen die von jemand anders an. Die meisten, die hierherkommen, sind auf der Suche nach Ruhe und Einsamkeit. Aber natürlich wollen sie nicht auf saubere Bettwäsche und frische Handtücher verzichten.«

Kate legte ihre Fingerspitzen aneinander und dachte kurz an die Arbeit, die sie am Nachmittag noch erwartete. »Lexy hilft ein bisschen mit«, fuhr sie fort, »aber sie ist so unverlässlich und sprunghaft wie eh und je. Sie hat einige Enttäuschungen erlebt und muss lernen, erwachsen zu werden.«

»Kate, Lex ist vierundzwanzig. Sie sollte langsam erwachsen sein.«

»Manche brauchen dafür eben länger. Das ist kein Fehler, sondern eine Tatsache.« Kate erhob sich. Sie war immer bereit, ihre Küken zu verteidigen. Auch gegen eines der anderen.

»Und manche lernen nie, mit der Wirklichkeit klarzukommen«, warf Jo ein. »Und machen ihr Leben lang andere für ihr Versagen und ihre Enttäuschungen verantwortlich.«

»Alexa ist keine Versagerin. Du hattest nie genug Geduld mit ihr – anders als sie mit dir. Auch das ist eine Tatsache.«

»Ich habe sie nie darum gebeten, geduldig mit mir zu sein«, entgegnete Jo. »Ich habe weder sie noch irgendjemanden sonst um etwas gebeten.«

»Nein, du hast nie um etwas gebeten, Jo«, antwortete Kate ruhig. »Hättest du um etwas gebeten, hättest du auch etwas zurückgeben müssen. Hättest du zugelassen, dass sie dich brauchen, hättest du dir vielleicht eingestehen müssen, auch sie zu brauchen. Es ist Zeit, dass ihr drei euch über ein paar Dinge klar werdet. Immerhin ist es schon zwei Jahre her, dass ihr alle drei gleichzeitig hier im Haus wart.«

»Ich weiß, wie lange es her ist«, sagte Jo bitter. »Und ich bin auch diesmal von Brian und Lexy nicht besser empfangen worden, als ich es mir vorgestellt hatte.«

»Vielleicht hättest du mehr bekommen, wenn du mehr erwartet hättest.« Kate hob die Brauen. »Du hast übrigens noch nicht nach deinem Vater gefragt.«

Verärgert drückte Jo ihre Zigarette aus. »Und was, bitte, soll ich fragen?«

»Sei nicht so schnippisch zu mir, junge Dame. Wenn du in diesem Haus wohnen willst, wirst du denen, die es in Schuss halten, den nötigen Respekt entgegenbringen. Und du wirst deinen Teil dazu beitragen, während du hier bist. Die Hauptlast ruht schon seit einigen Jahren auf Brians Schultern. Es ist höchste Zeit, dass sich auch der Rest der Familie mal ins Zeug legt. Es ist überhaupt höchste Zeit, dass ihr euch endlich mal wie eine Familie benehmt.«

»Ich bin keine Pensionswirtin, Kate, und ich kann mir nicht vorstellen, dass Brian begeistert ist, wenn ich plötzlich meine Nase in seine Angelegenheiten stecke.«

»Du musst wahrlich keine Pensionswirtin sein, um dich um die Wäsche zu kümmern oder die Möbel zu polieren oder die Veranda zu fegen.«

Angesichts von Kates eisigem Tonfall flüchtete sich Jo in ihre Verteidigungshaltung. »Ich hab doch nicht gesagt, dass ich nicht meinen Teil dazu beitragen will, ich meinte doch nur, dass …«

»Ich weiß schon, was du gemeint hast, junge Dame, und du sollst wissen, dass ich von dieser Attitüde die Nase gestrichen voll habe. Jedes von euch Kindern würde lieber im Sumpf versinken, als eins seiner Geschwister um Hilfe zu bitten. Und lieber würdest du dir die Zunge abbeißen, als deinen Vater um etwas zu bitten. Ich weiß nicht, ob es nur kindischer Trotz oder ob es dir wirklich egal ist, aber ich bitte dich, dieses Verhalten abzulegen, solange du hier bist. Hier ist euer Zuhause. Und ich wünschte, es würde sich auch so anfühlen.«

»Kate«, begann Jo, während Kate auf die Tür zusteuerte.

»Nein, ich bin jetzt zu wütend, um mit dir zu reden.«

»Ich hab doch nur gemeint …« Als die Tür ins Schloss fiel, ließ Jo mit einem langen Seufzer die Luft aus ihrer Lunge entweichen.

Ihr Kopf schmerzte, ihr Magen war ein einziger dicker Knoten, und ein dumpfes Schuldgefühl beschlich sie.

Kate hatte unrecht. Es fühlte sich ganz wie zu Hause an.

Vom Rand der Sümpfe aus beobachtete Sam Hathaway einen Falken, der über seinem Jagdrevier kreiste. Sam hatte das Haus an diesem Morgen schon vor Anbruch der Dämmerung verlassen und war auf die dem Land zugewandte Inselseite hinübergewandert. Er wusste, dass Brian etwa zur selben Zeit aus dem Haus gegangen war, aber sie hatten nicht miteinander gesprochen. Jeder ging seiner eigenen Wege.

Manchmal nahm Sam den Jeep, aber meistens ging er zu Fuß. An manchen Tagen lief er zu den Dünen und beobachtete, wie die Sonne über dem Meer aufging, wie sie das Wasser blutrot, dann golden und schließlich blau färbte. Wenn der Strand breit und hell und funkelnd vor ihm lag, lief er manchmal meilenweit und suchte dabei mit angestrengtem Blick nach Erosionen, hielt nach frischen Sandanhäufungen Ausschau.

An manchen Tagen wanderte er lieber hinüber zum Waldrand hinter den Dünen, wo es in den kleinen Seen und Moortümpeln vor Leben wimmelte. An manchen Morgen zog er die dort herrschende Ruhe und das gedämpfte Licht dem Donnern der Wellen und den gleißenden Strahlen der aufgehenden Sonne vor. Wie ein geduldiger Reiher, der auf einen ahnungslosen Fisch wartete, konnte er minutenlang reglos am Ufer stehen.

An manchen Tagen vergaß er bei den dick mit Entengrütze überzogenen Tümpeln unter den schattigen Weiden, dass neben dieser, seiner eigenen Welt noch eine andere existierte. Hier waren für ihn der Alligator, der im Schutze des Schilfs seine letzte Mahlzeit verdaute, und die Schildkröte, die sich neben dem umgestürzten Baumstamm sonnte und vielleicht die nächste Beute des Reptils war, wirklicher als alle Menschen.

Aber nur ganz, ganz selten ließ Sam die Weiher hinter sich liegen, um im Schatten des Waldes zu verschwinden. Der Wald war Annabelles liebster Aufenthaltsort gewesen.

An anderen Tagen zog es ihn hierher, zu den Sümpfen und ihren Geheimnissen. Hier gab es einen Kreislauf, den er verstand – Wachstum und Niedergang, Leben und Tod. Das war die Natur, sie konnte er akzeptieren. Sie entzog sich der Macht des Menschen, und niemand würde – solange Sam über sie wachte – irgendwelche Eingriffe wagen.

An den Rändern der Sümpfe beobachtete er die Krabben, die so geschäftig im Schlamm umherhuschten, dass sie dabei feine, wie Seifenlauge knisternde Geräusche machten. Sam wusste, dass sich Waschbären und andere Raubtiere anschleichen, die emsigen Krabben aus dem Schlamm kratzen und verspeisen würden, sobald er sich zurückzog.

Jetzt färbte sich mit der Ankunft des Frühlings das wogende goldgelbe Schilfgras grün, und auf den Wiesen zeigten Meerlavendel und Ochsenauge erste Blüten. Schon mehr als dreißigmal hatte er das Frühjahr auf Desire einziehen sehen, und er war es immer noch nicht leid.

Es war das Land seiner Frau gewesen, das in ihrer Familie von einer Generation an die nächste weitergegeben wurde. Aber als er es zum ersten Mal betreten hatte, war es auch sein Land geworden. Ebenso wie Annabelle sein geworden war, als er sie zum ersten Mal gesehen hatte.

Die Frau war nicht bei ihm geblieben, aber nach ihrem Verschwinden blieb ihm wenigstens das Land.

Sam war als Fatalist geboren – oder zu einem geworden. Dem Schicksal konnte man nicht entgehen.

Annabelle hatte ihm das Land gegeben, und er hütete es sorgsam, verteidigte es entschlossen und verließ es so gut wie nie.

Sam betrachtete die vom Wasser ausgewaschenen und bloß-gelegten Wurzeln der Bäume dicht am Flussufer. Manche waren der Meinung, dass man Maßnahmen zum Schutz der Flussufer ergreifen sollte, aber Sam glaubte, dass sich die Natur ihren Weg schon suchte. Wenn die Menschen, und sei es in der besten Absicht, Hand anlegten, um den Lauf des Flusses zu verändern – welche Auswirkungen würde das in anderen Bereichen haben?

Nein, er würde alles unverändert lassen, würde das Land und das Meer, den Wind und den Regen die Sache unter sich ausfechten lassen.

Nur ein paar Schritte entfernt stand Kate und beobachtete ihn. Er war ein hochgewachsener, drahtiger Mann mit rötlich brauner Haut und dunklem, allmählich ergrauendem Haar. Sein entschlossener Mund lächelte nicht oft, und noch seltener lachten seine changierenden haselnussbraunen Augen. Tief eingegrabene Falten umfächerten diese Augen, und wie es bei Männern oft der Fall war, gewann sein Gesicht dadurch.

Er hatte große Hände und Füße, beides hatte er seinem Sohn vererbt. Aber Kate wusste, dass sich Sam mit einer fast unheimlichen, geräuschlosen Anmut bewegen konnte, wie es keinem Stadtmenschen jemals gelungen wäre.

In zwanzig Jahren hatte er sie weder je willkommen geheißen noch zum Gehen aufgefordert. Sie war einfach gekommen und geblieben und erfüllte einen Zweck. In schwachen Momenten erlaubte sich Kate die Frage, was er wohl denken oder tun oder sagen würde, wenn sie einfach ihre Koffer packen und gehen würde.

In fast jedem Augenblick dieser zwanzig Jahre hatte sie Sam Hathaway geliebt.

Kate straffte die Schultern, hob das Kinn. Obwohl er vermutlich schon gemerkt hatte, dass sie da war, würde er erst mit ihr reden, wenn sie ihn ansprach.

»Jo Ellen ist mit der Morgenfähre gekommen.«

Sam wandte den Blick nicht von dem kreisenden Falken. Ja, er hatte Kate bemerkt, und er wusste, dass ein ihrer Meinung nach wichtiger Grund sie in die Sümpfe geführt haben musste. Denn Kate mochte weder das Sumpfland noch die Alligatoren.

»Warum?« Das war alles, was er sagte, und Kate stöhnte ungeduldig auf.

»Sie ist hier zu Hause oder etwa nicht?«

Seine Stimme klang schleppend, so als würde er die Worte nur widerwillig formen. »Kann mir nicht vorstellen, dass sie es so sieht. Hat sie jahrelang nicht getan.«

»Ganz gleich, wie sie es sieht, es *ist* ihr Zuhause. Du bist ihr Vater und wirst sie begrüßen wollen.«

Er sah ein Bild seiner ältesten Tochter vor sich. Und darin erkannte er so klar und deutlich seine Frau, dass ihn Wut und Verzweiflung überkamen. Aber seine Stimme klang gleichgültig. »Später, wenn ich wieder zurück bin.«

»Es ist fast zwei Jahre her, dass sie zum letzten Mal zu Hause war. Sam, komm mit und begrüß deine Tochter.«

Ärgerlich und verunsichert trat er von einem Bein aufs andere. »Es ist noch genug Zeit, es sei denn, sie hat vor, mit der Nachmittagsfähre wieder zurück aufs Festland zu fahren. Wenn ich mich recht erinnere, hat sie's noch nie lange an einem Ort ausgehalten. Damals konnte sie es kaum erwarten, von Desire zu verschwinden.«

»Aufs College gehen, einen Beruf erlernen und sich ein eigenes Leben aufbauen ist nicht einfach verschwinden.«

Obwohl er sich weder bewegte noch einen Ton von sich gab, wusste Kate, dass dieser Hieb gesessen hatte, und gleichzeitig bedauerte sie, dass es notwendig gewesen war, ihn auszuführen. »Sie ist zurückgekommen, Sam. Und ich bin sicher, dass sie eine Weile bleiben wird. Aber darum geht es doch gar nicht.«

Kate trat zu ihm, packte seinen Arm und zwang ihn, sie anzuschauen. Manchmal musste man Sam etwas härter anfassen, damit er begriff. Und das würde sie nun tun.

»Sie leidet. Sie sieht nicht gut aus, Sam. Sie hat stark abgenommen und ist weiß wie die Wand. Sie sagt, sie sei nicht krank gewesen, aber ich weiß, dass sie nicht die Wahrheit sagt. Sie sieht aus, als würde sie jeden Augenblick zusammenklappen.«

Zum ersten Mal huschte ein Schatten der Besorgnis über sein Gesicht. »Ist sie bei ihrer Arbeit verletzt worden?«

Na endlich, dachte Kate, aber hütete sich, ihre Befriedigung zu zeigen. »Es ist nicht diese Art von Verletzung«, sagte sie mit weicherer Stimme. »Es ist eine innere Wunde. Man kann sie nicht sehen, aber sie ist da. Sie braucht ihr Zuhause, ihre Familie. Sie braucht ihren Vater.«

»Wenn Jo ein Problem hat, wird sie schon allein damit klarkommen. War doch immer so.«

»Weil ihr nie etwas anderes übriggeblieben ist«, entgegnete Kate. Sie hätte ihn am liebsten so lange geschüttelt, bis sich der Riegel löste, der sein Herz verschloss. »Verdammt, Sam, sei doch einmal für sie da.«

Er schaute an Kate vorbei hinaus auf die Sümpfe. »Sie braucht keinen Vater mehr, der ihre Wunden und Kratzer verarztet. Die Zeiten sind vorbei.«

»O nein, da täuschst du dich.« Kate gab seinen Arm frei. »Sie ist noch immer deine Tochter. Und sie wird es immer bleiben. Belle ist nicht die Einzige, die weggegangen ist, Sam.« Sie beobachtete, wie sich sein Gesicht bei ihren Worten verfinsterte, und schüttelte wütend den Kopf. »Auch Brian und Lexy haben sie verloren. Aber sie hätten nicht auch noch dich verlieren müssen.«

Seine Brust hatte sich zusammengeschnürt. Er wandte sich ab und blickte wieder über die Sümpfe. Er wusste, dass der innere Druck wieder abnehmen würde, sobald er alleine war. »Ich habe gesagt, dass ich sie später begrüßen werde. Wenn Jo Ellen mir etwas zu sagen hat, kann sie es dann tun.«

»Bald wirst du feststellen, dass du *ihr* etwas zu sagen hast, dass du ihnen *allen* etwas zu sagen hast.«

Sie ließ ihn allein und hoffte, dass er es bald selbst merken würde.

4

Brian stand in der Tür der nach Westen gewandten Terrasse und betrachtete seine Schwester. Er stellte fest, dass sie zerbrechlich und verängstigt wirkte. Irgendwie verloren im gleißend hellen Sonnenlicht zwischen all den Blumen. Sie trug immer noch die Kleidung, in der sie angekommen war, die weite Hose und den übergroßen Pulli, und eine Sonnenbrille mit runden Gläsern.

Aber sie ist schon immer hart im Nehmen gewesen, erinnerte er sich. Schon als kleines Mädchen hatte sie immer alles allein machen wollen, hatte allein alle Antworten finden, allein jedes Puzzle zusammensetzen, allein jeden Kampf ausfechten wollen.

Sie hatte nie Angst gehabt, war höher als alle anderen in die Bäume geklettert, weiter als alle anderen aufs Meer hinausgeschwommen, schneller als alle anderen durch den Wald gerannt. Nur um zu zeigen, dass sie es konnte. Es kam ihm vor, als hätte Jo Ellen immer irgendetwas beweisen wollen.

Und nachdem ihre Mutter fortgegangen war, schien Jo Ellen mit aller Kraft demonstrieren zu wollen, dass sie außer sich selbst nichts und niemanden brauchte.

Aber jetzt, dachte Brian, scheint ihr doch etwas zu fehlen. Er trat hinaus in den Garten und sagte nichts, als sie ihm den Kopf zuwandte und ihn durch die getönten Gläser ihrer Sonnenbrille anblickte. Schweigend setzte er sich neben sie in den Schaukelstuhl und stellte den Teller, den er mitgebracht hatte, auf ihrem Schoß ab.

»Iss«. Mehr sagte er nicht.

Jo blickte auf das gebratene Hühnchen, den frischen Krautsalat, die goldgelben Kekse. »Ist das heute das Mittagessen?«

»Die meisten Gäste haben eine Lunchbox mitgenommen. Viel zu schönes Wetter, um drinnen zu essen.«

»Kate hat erzählt, du hättest sehr viel zu tun.«

»Ziemlich viel.« Er setzte den Schaukelstuhl in Bewegung. »Warum bist du eigentlich hier, Jo?«

»Schien mir im Augenblick genau das Richtige zu sein.« Sie nahm einen Hühnerschenkel vom Teller und biss hinein. Ihr Magen zog sich kurz zusammen, als wüsste er noch nicht so genau, ob er mit etwas Essbarem einverstanden sein sollte. Aber Jo bestand darauf und schluckte den Bissen hinunter. »Ich erledige einfach meinen Teil der Arbeit und werde dir ansonsten nicht in die Quere kommen.«

»Ich habe nie gesagt, dass du mir im Weg bist«, bemerkte er mild.

»Dann eben Lexy.« Jo biss noch einmal von dem Hühnerschenkel ab und blickte mit finsterer Miene auf die hellrosa Geranien, die aus einem mit pausbäckigen Putten verzierten Steinbottich quollen. »Du kannst ihr sagen, dass ich nicht gekommen bin, um ihr auf die Nerven zu gehen.«

»Sag's ihr am besten selbst.« Brian öffnete die mitgebrachte Thermoskanne und goss die frisch zubereitete Limonade in den Becher. »Ich werde mich hüten, den Vermittler zwischen euch zu spielen. Ich hab nämlich keine Lust, von beiden Seiten Schläge zu kassieren.«

»Gut, dann halt dich eben raus.« Ihr Kopf begann wieder zu schmerzen, aber sie nahm den Becher und trank. »Ich hab wirklich keine Ahnung, warum sie so sauer auf mich ist.«

»Wirklich nicht?« Brian zögerte einen Moment, dann setzte er die Thermoskanne an den Mund und trank direkt daraus. »Du bist erfolgreich, bekannt, finanziell unabhängig, ein aufgehender Stern auf deinem Gebiet. All das, was sie selbst gerne wäre.« Er nahm einen Keks, brach ihn in der Mitte durch und reichte Jo eine Hälfte.

»Ich habe es ganz allein geschafft, und zwar nur für mich selbst. Ich habe mir bestimmt nicht den Arsch aufgerissen, nur um sie in den Schatten zu stellen.« Ohne nachzudenken stopfte sie sich den Keks in den Mund. »Es ist doch nicht meine Schuld, dass sie die kindische Vorstellung hat, ihren Namen in bunter Neonschrift blinken zu sehen und von ihrem begeisterten Publikum mit Rosen überhäuft zu werden.«

»Auch wenn du es für kindisch hältst, ist es ihr größter Wunsch.« Er erhob die Hand, bevor Jo das Wort ergreifen konnte. »Und ich werde mich hüten, zwischen eure Fronten zu geraten. Ihr könnt meinetwegen aufeinander losgehen, aber in deinem Zustand würdest du wahrscheinlich den kürzeren ziehen.«

»Ich will mich doch gar nicht mit ihr streiten«, entgegnete Jo wütend. Sie konnte den Duft des Blauregens riechen, der sich ganz in der Nähe um die schmiedeeisernen Spaliere rankte – eine weitere lebendige Erinnerung an ihre Kindheit. »Ich bin nicht gekommen, um mich mit irgendjemandem zu streiten.«

»Ach, ist ja ganz was Neues.«

Brians Worte ließen ein Lächeln über ihre Lippen huschen. »Vielleicht bin ich ja reifer geworden.«

»Es geschehen doch immer noch Zeichen und Wunder. Iss jetzt deinen Krautsalat.«

Mit einem leisen Lachen nahm Jo ihre Gabel und stocherte in dem Krautsalat herum. »Erzähl mir, was es hier Neues gibt, Bri, und was sich nicht verändert hat.«

»Mal überlegen. Giff Verdon hat ein weiteres Zimmer an Verdon Cottage angebaut.«

»Moment mal.« Jo runzelte die Stirn. »Der kleine Giff, der magere Junge, der immer hinter Lex her war?«

»Genau der. Ein bisschen kräftiger ist er allerdings geworden, und ziemlich geschickt mit Hammer und Säge. Er repariert einfach alles. Aber hinter Lexy ist er immer noch her.«

Jo prustete und schaufelte, ohne es zu bemerken, den Krautsalat in sich hinein. »Sie würde ihn doch bei lebendigem Leib verspeisen.«

Brian zuckte die Achseln. »Vielleicht, aber ich glaube, er ist ein zäherer Brocken, als sie denkt. Und eine der Sanders-Töchter, Rachel, hat sich mit einem Collegejungen aus Atlanta verlobt. Im September zieht sie rüber aufs Festland.«

»Rachel Sanders.« Jo versuchte, sich zu erinnern. »War das die mit dem Lispeln oder die mit dem Kichern?«

»Die mit dem Kichern. Die Ohren konnten einem davon abfallen.« Brian registrierte zufrieden, dass Jo mit Appetit aß, und lehnte sich entspannt zurück. »Vor mehr als einem Jahr ist die alte Mrs. Fitzsimmons gestorben.«

»Die alte Mrs. Fitzsimmons«, murmelte Jo. »Sie hat immer Austern auf ihrer Veranda geöffnet. Ich durfte sie oft fotografieren. Als ich noch klein war und gerade erst fotografieren gelernt habe. Ich muss ihr wirklich auf die Nerven gegangen sein, aber sie hat sich nichts anmerken lassen, saß ganz ruhig in ihrem Schaukelstuhl und hat mich üben lassen.«

Jetzt lehnte sich Jo zurück und ließ sich in den Rhythmus der Schaukel fallen, der so langsam und monoton war wie der der ganzen Insel. »Ich hoffe, es ging schnell und ohne Schmerzen.«

»Sie ist im Schlaf gestorben, im gesegneten Alter von sechsundneunzig Jahren. Etwas Besseres kann man sich nicht wünschen.«

»Nein.« Jo schloss die Augen, das Essen war vergessen. »Was ist aus ihrem Cottage geworden?«

»Vererbt. Damals, im Jahr 1923, haben die Pendletons den Fitzsimmons einen Großteil des Landes abgekauft, aber das Haus und das Land, auf dem es steht, gehörten ihr nach wie vor. Ihre Enkelin hat es bekommen.« Brian öffnete nochmals die Thermoskanne und nahm diesmal einen ordentlichen Schluck. »Eine Ärztin. Sie hat hier eine Praxis eröffnet.«

»Wie? Es gibt jetzt einen Arzt auf Desire?« Jo öffnete die Augen und hob die Brauen. »Gut, gut. Richtig zivilisiert. Gehen die Leute denn auch zu ihr?«

»Scheint so, zwar etwas zögernd, aber immerhin. Sie gibt nicht so schnell auf.«

»Sie muss nach mindestens zehn Jahren die erste neue Einwohnerin hier sein.«

»So ungefähr.«

»Ich kann mir nicht vorstellen, warum jemand …« Jo brach ab, als es ihr plötzlich wieder einfiel. »Moment. Hieß sie nicht Kirby? Kirby Fitzsimmons? Als wir noch Kinder waren, hat sie doch immer die Sommerferien hier verbracht!«

»Offenbar hat's ihr hier so gut gefallen, dass sie gerne wiedergekommen ist.«

»Ich werd verrückt. Kirby Fitzsimmons. Und dazu noch als Ärztin.« Vergnügen machte sich in ihr breit, ein fast vergessenes Gefühl, das sie beinahe nicht wiedererkannte. »Wir sind zusammen durch die Gegend gezogen. Ich kann mich noch gut an den Sommer erinnern, als Mr. David auf die Insel kam, um Fotos zu machen. Seine ganze Familie hat er mitgebracht.«

Sie genoss die Erinnerung an ihre kleine Freundin mit der schnellen Stimme, die unverkennbar nach den Nordstaaten klang, an die Abenteuer, die sie sich gemeinsam ausgedacht oder erlebt hatten.

»Du bist mit seinen Söhnen abgezogen, ohne mich eines Blickes zu würdigen«, fuhr Jo fort. »Wenn ich nicht gerade Mr. David so lange genervt habe, bis ich mit seiner Kamera ein paar Bilder machen durfte, habe ich mit Kirby jede Menge Unsinn angestellt. Mein Gott, die zwanzig Jahre kommen mir wie ein Tag vor. Das war der Sommer, in dem …«

Brian nickte, dann beendete er den Satz. »Der Sommer, in dem Mama fortging.«

»Es ist alles ganz verschwommen«, murmelte Jo, und die Freude in ihrer Stimme erstarb. Sie fuhr mit den Fingern hinter die Brillengläser, um ihre Augen zu reiben. »Ich bin ganz früh aufgestanden, um Mr. David auf seinen Streifzügen zu begleiten. Wir haben unsere Schinkensandwiches verspeist und uns im Fluss abgekühlt. Mama hat eine alte Kamera für mich ausgegraben, die alte Brownie, und ich bin zum Cottage der Fitzsimmons' rübergerannt, um so lange zu fotografieren, bis Mrs. Fitzsimmons Kirby und mich rausgeschmissen hat. Die Tage damals waren so lang. Wir hatten Stunden und Stunden, so viele Stunden, bis die Sonne unterging und Mama uns zum Abendessen rief.«

Sie schloss fest die Augen. »So viele Bilder, und ich kann kein einziges wirklich deutlich sehen. Und dann war sie weg. Eines Morgens bin ich aufgewacht und habe mich auf einen herrlichen Sommertag gefreut, und sie war einfach weg. Und wir konnten nichts machen.«

»Der Sommer war vorbei«, sagte Brian leise. »Für uns alle.«

»Ja.« Ihre Hände hatten wieder zu zittern begonnen. Jo suchte in ihrer Tasche nach Zigaretten. »Denkst du manchmal noch an sie?«

»Warum sollte ich?«

»Fragst du dich nicht manchmal, wohin sie gegangen ist? Was sie gemacht hat? Oder warum?«

»Es hat nichts mehr mit mir zu tun.« Brian erhob sich und nahm den Teller. »Oder mit dir. Oder mit irgendjemandem von uns. Es ist in diesem Sommer zwanzig Jahre her, Jo Ellen, viel zu lange, um sich den Kopf darüber zu zerbrechen.«

Sie öffnete den Mund und schloss ihn gleich wieder, als sich Brian abwandte und schweigend zurück zum Haus ging. Aber ich zerbreche mir den Kopf darüber, dachte sie. Und ich habe Angst.

Lexy kochte noch immer vor Wut, als sie über die Dünen zum Strand hinunterlief. Jo war einzig und allein deshalb zurückgekommen, um mit ihren Erfolgen und ihrem tollen Leben anzugeben.

Jo würde triumphieren, während sie, Lexy, ihren Misserfolg zu verdauen hatte. Dieser Gedanke machte sie rasend, während sie durch die Dünen lief und mit ihren Sandalen den Sand aufwirbelte.

Aber diesmal würde sie sich nicht vor ihrer Schwester verbeugen. Sie würde nicht mehr die kleine Schwester des großen Stars mimen. Aus dieser Rolle war sie herausgewachsen. Und es war höchste Zeit, dass auch alle anderen es merkten.

Auf dem breiten, halbmondförmigen Strand waren nur wenige Menschen. Ihre Reviere hatten sie mit Decken und bunten Sonnenschirmen markiert. Lexy bemerkte einige der fröhlich gestreiften Lunchboxen von Sanctuary.

In ihre Nase drang ein Duftgemisch aus Seeluft, Sonnencreme und gebratenem Hühnchen. Ein kleines Kind schaufelte eifrig Sand in sein rotes Eimerchen, während seine Mutter im Schatten des faltbaren Sonnendachs ein Taschenbuch las. Ein Mann verwandelte sich unter der gnadenlosen Sonne langsam in einen Hummer. Zwei Paare, die sie beim Frühstück bedient hatte, verspeisten gemeinsam ihr Picknick und lachten, während Annie Lennox' Stimme aus dem tragbaren Kassetten-recorder erklang.

Sie wollte niemanden hier sehen – keinen von ihnen. Das war ihr Strand. Sie drehte sich um und lief noch ein gutes Stück, der natürlichen Biegung des Strandes folgend.

Sie sah jemanden im Wasser, glänzende gebräunte Schultern, von der Sonne gebleichtes Haar. Giff war zuverlässig, ein richtiges Gewohnheitstier, dachte sie. In jeder Mittagspause ging er kurz schwimmen. Und Lexy wusste, dass er scharf auf sie war.

Er hatte nie ein Geheimnis daraus gemacht, und sie wäre die Letzte gewesen, der es nicht schmeichelte, das Interesse eines attraktiven Mannes zu wecken. Und sie genoss es besonders dann, wenn ihr Ego gelitten hatte. Vielleicht konnten ja ein kleiner Flirt und ein rasches Abenteuer den Tag noch retten.

Die Leute erzählten, dass ihre Mutter gern geflirtet hatte. Lexy war zu klein gewesen, als dass sie sich an mehr als an undeutliche Bilder und vage Düfte erinnern konnte, aber sie war fest überzeugt, dass ihr eigener Hang zum Flirten kein Zufall war. Ihre Mutter hatte es genossen, immer gut auszusehen und den Männern den Kopf zu verdrehen. Und wenn die Theorie von einem geheimen Liebhaber stimmte, dann hatte Annabelle mit zumindest einem Mann mehr getan, als ihm nur den Kopf zu verdrehen.

Zu diesem Schluss war jedenfalls die Polizei nach monate-langen Ermittlungen gekommen.

Lexy war ihrer eigenen Meinung nach in Sachen Sex ziemlich gut. Sie hatte es schon so oft bestätigt bekommen, dass sie es als eine Art Kunstfertigkeit betrachtete. Für sie gab es nichts, das besser geeignet war, Spannungen abzubauen und in den Mittelpunkt des Interesses eines anderen Menschen zu rücken.

Und sie liebte die heißen, feuchten Empfindungen, die damit verbunden waren. Es spielte keine Rolle, dass die meisten Männer gar nicht merkten, ob sie dabei an sie oder an den gerade angesagten Hollywoodtypen dachte. Solange sie nur gut schauspielerte und sich an den richtigen Text erinnerte.

Lexy betrachtete sich als geborene Schauspielerin.

Und sie beschloss, dass es nun Zeit war, den Samtvorhang für Giff Verdon zu öffnen.

Sie ließ ihr Badetuch in den Sand fallen, keine Sekunde daran zweifelnd, dass er sie beobachtete. Alle Männer taten das. Nur wenige Schritte vom Wasser entfernt nahm sie ihre Sonnenbrille ab und ließ sie betont achtlos auf das Badetuch fallen. Langsam streifte sie die Sandalen von den Füßen, fasste den Saum ihres kurzen Sommerkleides, hob ihn und zog das Kleid über den Kopf. Der Bikini, der zum Vorschein kam, bedeckte nur wenig mehr als der Tanga und BH einer Stripperin.

Nachdem sie den dünnen Baumwollstoff zu Boden hatte gleiten lassen, schüttelte sie langsam ihren Kopf und strich mit beiden Händen ihr Haar zurück.

Giff ließ sich von der nächsten Welle überrollen. Er wusste genau, dass Lexy jede Bewegung, jede Geste ganz bewusst einsetzte. Aber es machte für ihn keinen Unterschied. Er konnte seinen Blick nicht von ihr abwenden, konnte nicht verhindern, dass sich sein Körper beim Anblick ihrer prächtigen Rundungen, ihrer golden schimmernden Haut und ihres Haares, das sich wie lodernde Flammen über ihre Schultern ergoss, wie auf Knopfdruck anspannte, hart wurde und sich nach ihr sehnte.

Während sie ins Wasser watete und die Wellen an ihr hochstiegen, stellte er sich vor, wie es sich anfühlen würde, sich im Rhythmus der Wellen in ihr zu wiegen. Er bemerkte, dass auch sie ihn beobachtete. Ihre lachenden Augen waren so grün wie das Meer.

Sie tauchte unter und kam mit nassem, glänzendem Haar wieder zum Vorschein; die Wassertropfen perlten über ihre Haut.

»Das Wasser ist heute ganz schön kalt«, rief sie ihm zu. »Und ziemlich aufgewühlt.«

»Normalerweise gehst du doch nie vor Anfang Juni rein.«

»Vielleicht will ich es heute kalt haben.« Sie ließ sich von einer Welle näher an ihn herantragen. »Und rau.«

»Morgen wird's kälter und rauer«, sagte er. »Es wird Regen geben.«

»Mmm.« Sie ließ sich einen Moment lang auf dem Rücken treiben und betrachtete den blassblauen Himmel. »Dann komm ich morgen noch mal.« Sie ließ ihre Füße wieder nach unten sinken und trat auf der Stelle, ohne ihn aus den Augen zu lassen.

Seit ihrer Teenagerzeit war sie daran gewöhnt, dass er sie mit seinen großen dunklen Augen wie ein junger Hund anschaute. Sie waren gleichaltrig und quasi Seite an Seite aufgewachsen, aber sie bemerkte, dass er sich während ihres Jahres in New York verändert hatte.

Sein Gesicht war markanter geworden, sein Mund schien entschlossener und selbstsicherer. Seine langen Wimpern, die ihm früher den Spott der anderen Jungen eingetragen hatten, wirkten jetzt nicht mehr weiblich. Wenn er sie anlächelte, erschienen Grübchen in seinen Wangen – in Kindertagen ein weiteres Handicap.

»Siehst du etwas Interessantes?«, fragte er sie.

»Kann sein.« Seine Stimme passte zu seinem Gesicht. Erwachsen und männlich. Zufrieden registrierte sie das Kitzeln in ihrer Magengrube; es war unerwartet stark. »Kann schon sein.«

»Ich kann mir vorstellen, dass du einen Grund hast, fast nackt hier rauszuschwimmen. Sagst du mir, warum? Oder soll ich raten?«

Lachend strampelte sie gegen die Strömung an, um den Abstand zwischen ihnen beizubehalten. »Vielleicht wollte ich mich nur abkühlen.«

»Scheint wohl so.« Er erwiderte ihr Lächeln. Zufrieden stellte er fest, dass er sehr wohl begriffen hatte – besser, als sie ahnte. »Ich hab gehört, dass Jo mit der Morgenfähre gekommen ist.«

Ihr Lächeln verschwand, und ihr Blick wurde kühl. »Ja, und?«

»Du willst also ein bisschen Dampf ablassen, stimmt's? Und ich soll dir dabei helfen.« Als sie ihn wütend anfauchte und sich mit den Füßen abstieß, um zurück zum Ufer zu schwimmen, bekam er gerade noch ihre Taille zu fassen. »Ich helfe dir gern dabei«, sagte er, während sie versuchte, sich freizustrampeln. »Das habe ich mir schon immer gewünscht.«

»Nimm deine Hände ...« Das Ende ihres Befehls wurde von seinem Mund erstickt. Sie hatte nicht damit gerechnet, dass Giff so rasch und entschlossen reagieren würde. Sie hatte nicht bemerkt, dass seine Hände so groß und stark waren und sein Mund so ... so sexy, als er mit dem scharfen Geschmack der See auf ihren traf.

Er zog sie an sich und reagierte mit einem heiseren Stöhnen, als sich ihre Lippen einladend öffneten. Als sie ihre Beine um seine Taille schlang und ihren Körper an seinen schmiegte, war er verloren.

»Ich will dich.« Er löste seine Lippen von ihren und ließ sie über ihren Hals wandern, während die Wellen sie umspülten und ihre Glieder miteinander verstrickten. »Verdammt, Lex, du weißt genau, dass ich dich immer gewollt habe.«

Das Wasser schlug tosend über ihrem Kopf zusammen. Die See zog sie in die Tiefe, machte sie schwindlig. Dann war sie wieder im gleißenden Sonnenlicht, und ihr Mund verschmolz mit seinem.

»Okay, jetzt. Jetzt sofort.« Keuchend stieß sie die Worte aus, erstaunt, wie greifbar und stark sich ihr Verlangen, das dichte, heiße Knäuel, anfühlte. »Hier.«

So lange er denken konnte, hatte er sie so haben wollen. Bereit und willig und gierig. Seine Lust steigerte sich zu Schmerz. Er wollte in ihr sein, sie besitzen. Und er wusste, dass er sie nehmen und im gleichen Augenblick verlieren würde, wenn er jetzt seinem Begehren nachgab.

Stattdessen ließ er seine Hände von ihrer Taille zum Po gleiten und grub seine Daumen in ihr Fleisch, bis ihr Blick dunkel und leer wurde. »Ich habe gewartet, Lex.« Unvermittelt gab er sie frei. »Und das kannst du auch.«

Nur mit Mühe konnte sie sich oberhalb der Wellen halten und spuckte einen Mundvoll Wasser aus, während sie ihn verblüfft anstarrte. »Wovon, zum Teufel, redest du?«

»Ich habe keine Lust, den Blitzableiter zu spielen und dir dann hinterherzuschauen, wenn du zufrieden abziehst.« Er hob die Hand und strich sein tropfnasses Haar zurück. »Wenn du mehr von mir willst als *das,* dann weißt du, wo du mich findest.«

»Du Arschloch.«

»Geh du erst mal deine Wut abreagieren, mein Schatz. Wir können uns wieder unterhalten, wenn du in Ruhe über alles nachgedacht hast.« Abrupt umfasste er ihren Arm. »Wenn ich mit dir schlafe, dann ist es aus mit uns beiden. Vielleicht denkst du auch darüber nach.«

Sie schlug seine Hand weg. »Fass mich nie wieder an, Giff Verdon.«

»Ich werde mehr tun, als dich bloß anfassen«, murmelte er, während sie in die Wellen eintauchte und Kurs auf den Strand nahm. »Ich werde dich heiraten«, sagte er, nur laut genug für seine eigenen Ohren. Er atmete tief aus, als er sie aus dem Wasser waten sah. »Falls ich mich nicht vorher umbringe.«

Um das Hämmern aus seinem Körper zu vertreiben, tauchte er unter. Aber als sich ihr Geschmack einfach nicht aus seinem Mund vertreiben ließ, kam er zu dem Schluss, dass er entweder der schlaueste oder der dümmste Mann auf Desire war.

Jo hatte gerade ihre ganze Energie zusammengenommen und sich zu einem Spaziergang durch den Garten aufgerafft, als ihr Lexy entgegengestürmt kam. Sie hatte sich noch nicht einmal abgetrocknet, und das dünne Sommerkleid klebte wie eine zweite Haut an ihrem Körper. Jo straffte die Schultern und zog eine Augenbraue hoch.

»Und, wie war's im Meer?«

»Geh zum Teufel.« Schwer atmend, erfüllt von brennender Demütigung, baute sich Lexy vor ihr auf. »Geh einfach zum Teufel.«

»Ich habe fast den Eindruck, dass ich dort schon angekommen bin. Und der Empfang war so, wie ich es erwartet habe.«

»Warum erwartest du überhaupt etwas? Dieses Haus bedeutet dir doch gar nichts, genauso wenig wie wir.«

»Woher weißt du, was mir etwas bedeutet, Lexy?«

»Ich habe dich noch nie Betten machen oder Tische abräumen sehen. Wann hast du zum letzten Mal ein Klo geputzt oder Staub gesaugt?«

»Ach, das hast du heute schon alles getan?« Jo ließ ihren Blick von Lexys feuchten, sandigen Beinen bis zu ihrem tropfnassen Haar wandern. »Muss aber ein komisches Klo gewesen sein.«

»Ich bin dir keine Rechenschaft schuldig.«

»Dasselbe gilt für mich, Lex.« Als Jo sich abwenden wollte, griff Lexy nach ihrem Arm und riss sie wieder herum.

»Warum bist du zurückgekommen?«

Jo wurde von einer Welle der Müdigkeit und Erschöpfung erfasst, am liebsten wäre sie in Tränen ausgebrochen. »Ich weiß nicht. Jedenfalls nicht, um dich zu verletzen. Ich will niemandem hier weh tun. Und ich bin zu müde, um mich jetzt mit dir zu streiten.«

Verblüfft starrte Lexy sie an. Die Schwester, die sie kannte, hätte sie sarkastisch abgekanzelt. Sie hatte Jo nie zurückweichen, nie schwanken sehen. »Was ist los mit dir?«

»Ich sag's dir, wenn ich's selbst weiß.« Jo schüttelte die Hand ab, die sie aufhielt. »Du lässt mich in Ruhe, und ich lass dich in Ruhe, okay?«

Sie drehte sich um, lief mit schnellem Schritt den Weg entlang und verschwand in Richtung Meer. Der Dünenlandschaft mit ihren glänzenden Gräsern schenkte sie kaum einen Blick und schaute auch nicht auf, um den Flug der heiser schreienden Möwe zu verfolgen. Sie musste nachdenken. Eine oder zwei Stunden in Ruhe ihren Gedanken nachhängen. Dann wusste sie, was zu tun war, wie sie es ihnen sagen würde. Wenn sie es ihnen überhaupt sagte.

Konnte sie ihnen von ihrem Zusammenbruch erzählen? Konnte sie überhaupt jemandem erzählen, dass sie zwei Wochen im Krankenhaus verbracht hatte, weil ihr die Nerven durchgegangen waren und irgendetwas in ihrem Kopf ausgesetzt hatte? Wie würden sie reagieren – mitfühlend, gleichgültig oder ablehnend?

Und was würde es bringen?

Wie sollte sie ihnen von den Fotos erzählen? Ganz gleich, welche Kämpfe sie mit ihnen ausgetragen hatte – es war ihre

Familie. Wie sollte sie sie damit konfrontieren? Durfte sie alte Wunden aufreißen und die Vergangenheit wieder heraufbeschwören? Und wenn jemand das Foto sehen wollte, musste sie sagen, dass es verschwunden war.

So wie Annabelle.

Vielleicht hatte es auch niemals existiert.

Sie würden sie für verrückt halten. Arme Jo Ellen, total durchgedreht.

Konnte sie ihnen erzählen, dass sie tagelang ihre Wohnung nicht verlassen, am ganzen Körper gezittert, alle Türen abgeschlossen hatte, nachdem sie aus dem Krankenhaus entlassen worden war? Dass sie sich dabei ertappt hatte, wie sie kopflos, völlig hektisch nach dem Foto gesucht hatte, das bewies, dass sie nicht richtig verstört war?

Und doch hatte sie das Foto ganz deutlich vor Augen. Die Textur, die Nuancen, die Komposition. Auf dem Foto war ihre Mutter jung gewesen. Und hatte Jo sie nicht so in Erinnerung – jung? Das lange, wallende Haar, die weiche Haut? Wenn sie das Opfer von Halluzinationen gewesen wäre, hätte sie ihre Mutter dann nicht genau in diesem Alter vor sich gesehen?

Ungefähr in meinem Alter, dachte Jo. Das war bestimmt ein weiterer Grund für all die Träume, die Ängste, die Panik. War Annabelle so rastlos, so nervös wie ihre Tochter gewesen? Hatte es überhaupt einen Liebhaber gegeben? Man hatte es gemunkelt, nicht einmal einem Kind waren diese Gerüchte verborgen geblieben. Aber es gab keinen Beweis dafür, kein Indiz für ihre Untreue unmittelbar vor dem Verschwinden. Aber danach kochte die Gerüchteküche, die Leute zerrissen sich das Maul.

Andererseits wäre Annabelle dann diskret und überlegt vorgegangen. Sie hatte sich auch nicht anmerken lassen, dass sie weggehen wollte, und dennoch war sie verschwunden.

Hatte es Daddy wirklich nicht gewusst?, fragte sich Jo. Ein Mann musste doch merken, wenn seine Frau ruhelos und unzufrieden und todunglücklich war. Jo wusste, dass sie sich über die Zukunft der Insel gestritten hatten. War das der Grund gewesen? War Annabelle deswegen so unglücklich gewesen, dass sie ihrem Zuhause, ihrem Mann, ihren Kindern den Rücken gekehrt hatte? Hatte er es nur nicht gemerkt? Oder war er etwa schon damals blind für die Gefühle der Menschen in seiner Umgebung gewesen?

Sie konnte sich nicht erinnern, ob er jemals anders gewesen war. Aber ganz sicher war damals im Haus gelacht worden. Die Echos hallten noch durch ihren Kopf. Momentaufnahmen von ihren Eltern, wie sie sich in der Küche umarmten, wie ihre Mutter lachte, wie sie Hand in Hand mit ihrem Vater am Strand spazieren ging.

Es waren undeutliche Bilder, sie waren mit der Zeit so verschwommen, als hätte man sie schlecht entwickelt, aber sie waren da. Und sie waren echt. Wenn es ihr gelungen war, so viele Erinnerungen an ihre Mutter aus dem Gedächtnis zu verdrängen, dann sollte es ihr auch gelingen, sie wieder zurückzuholen. Und vielleicht würde sie dann anfangen zu begreifen.

Das Knirschen von Schritten im Sand ließ sie abrupt aufblicken. Die Sonne stand hinter ihm, ließ ihn im Schatten stehen. Das Schild seiner Mütze bedeckte seine Augen. Sein Gang war gelöst und sicher.

Ein anderes lang vergessenes Bild schoss ihr durch den Sinn. Sie sah sich selbst als kleines Mädchen mit wehendem Haar lachend und rufend den Pfad hinunterrennen. Und dann machte sie einen großen Satz. Er hatte seine Arme weit ausgebreitet, um sie aufzufangen, hoch in die Luft zu werfen und dann fest an sich zu drücken.

Mit einem Zwinkern vertrieb Jo das Bild und auch die Tränen, die mit der Erinnerung gekommen waren. Er lächelte nicht, und sie wusste, dass er, wie sehr sie sich auch dagegen sträubte, Annabelle in ihr sah.

Sie hob das Kinn und schaute ihm in die Augen. »Hallo, Daddy.«

»Jo Ellen.« Einen Schritt von ihr entfernt blieb er stehen und musterte sie. Er erkannte, dass Kate recht hatte. Das Mädchen sah blass, krank und angespannt aus. Da er nicht wusste, wie er sie berühren sollte, und außerdem nicht glaubte, dass ihr eine Berührung angenehm gewesen wäre, vergrub er die Hände in den Hosentaschen. »Kate hat mir gesagt, dass du hier bist.«

»Ich bin mit der Morgenfähre gekommen«, sagte sie, obwohl sie wusste, dass diese Erklärung überflüssig war.

Einen langen Augenblick lang standen sie sich unbeholfener als zwei Fremde gegenüber. Sam trat von einem Bein aufs andere. »Probleme?«

»Ich mach nur eine Pause.«

»Du siehst krank aus.«

»Hab zu viel gearbeitet.«

Stirnrunzelnd blickte er auf die Kamera, die an einem Gurt um ihren Hals baumelte. »Sieht nicht so aus, als würdest du eine Pause machen.«

Abwesend legte sie die Hand um die Kamera. »Alte Gewohnheiten legt man nicht so schnell ab.«

»Stimmt.« Er atmete tief aus. »Heute liegt ein wunderbares Licht auf dem Wasser, und die Wellen gehen recht hoch. Ist bestimmt ein schönes Foto.«

»Ich werd mal schauen. Danke.«

»Setz das nächste Mal einen Hut auf. Du holst dir sonst einen Sonnenbrand.«

»Ja, du hast recht. Ich werde daran denken.«

Ihm fiel nichts mehr ein, also nickte er ihr zu und setzte sich wieder in Bewegung. »Nimm dich vor der Sonne in acht«, bemerkte er nochmals, als er an ihr vorbeiging.

»Ich pass schon auf.« Sie wandte sich schnell ab und ging nun blind weiter, denn sie hatte gerade den Duft der Insel an ihm wahrgenommen, ihren reichen, dunklen Duft, und er brach ihr das Herz.

Viele Meilen entfernt ließ er unter dem roten Glühen der Dunkelkammerlampe das Papier mit der Emulsionsseite nach oben in die mit Entwicklerflüssigkeit gefüllte Schale gleiten. Es machte ihm Spaß, den viele Jahre zurückliegenden Augenblick wiederzubeleben, zu beobachten, wie er langsam auf dem Papier auftauchte, Schatten für Schatten, Linie für Linie.

Er hatte diesen Schritt so gut wie vollendet und wollte nun noch das ganze Vergnügen auskosten, bevor er aufbrach.

Er hatte sie zurück nach Sanctuary getrieben. Bei diesem

Gedanken gluckste er vor Lachen. Es hätte gar nicht besser laufen können. Sie war jetzt genau da, wo er sie haben wollte. Er hätte sie auch schon vorher bekommen können, mindestens ein halbes Dutzend Male.

Aber es musste perfekt sein. Er wusste um die Schönheit der Perfektion und die Befriedigung, die es bereitete, sorgfältig darauf hinzuarbeiten.

Nicht Annabelle, sondern Annabelles Tochter. Ein perfekter Kreis schloss sich. Sie würde sein Triumph sein, sein Meisterstück.

Sie erobern, nehmen und töten.

Und jeder Schritt sollte auf Film gebannt werden. Oh, wie sehr Jo das gefallen würde. Er konnte es kaum erwarten, ihr das alles zu erklären, ihr, dem einzigen Menschen, der seinen Ehrgeiz und seine Kunst begreifen würde.

Ihre Arbeiten fesselten ihn, und die Tatsache, dass er sie verstand, hatte ihn schon mit ihr vertraut werden lassen. Und sie würden sich noch näher kommen.

Lächelnd nahm er den Abzug aus der Entwicklerflüssigkeit und schüttelte ihn kurz ab, bevor er ihn in den Fixierer tauchte. Sorgfältig prüfte er die Temperatur der Flüssigkeit, wartete geduldig, bis die Zeitschaltuhr klingelte und er das weiße Licht anschalten konnte, um den Abzug genau zu betrachten.

Schön, einfach wunderschön. Herrliche Komposition. Effektvolle Beleuchtung – ein perfekter Schimmer über ihrem Haar, die Rundungen des Körpers und ihr Teint durch die richtigen Schatten betont. Und das Motiv, dachte er. Perfekt.

Als der Abzug endgültig fixiert war, nahm er ihn aus seinem Bad und spülte ihn unter fließendem Wasser ab. Jetzt konnte er von dem träumen, was kommen würde.

Er war ihr näher als je zuvor. Er war mit ihr durch die Fotografien verbunden, die ihre beiden Leben widerspiegelten. Er konnte es kaum erwarten, ihr das nächste zu schicken. Aber er musste den Zeitpunkt sorgfältig auswählen.

Neben ihm lag aufgeschlagen ein zerlesenes Tagebuch; die fein säuberlich niedergeschriebenen Worte waren im Lauf der Zeit verblichen.

Der entscheidende Augenblick ist das ultimative Ziel meiner Arbeit. Den kurzen, flüchtigen Moment festhalten, in dem alles Dynamische, alle Elemente eines Motivs den Höhepunkt erreichen. Welcher Augenblick kann entscheidender, endgültiger sein als der des Todes? Und wie kann der Fotograf größere Macht über diesen Augenblick, über das Bannen dieses Augenblicks auf den Film erlangen, als dass er den Tod plant, inszeniert, herbeiführt? Allein dieser Akt verbindet Motiv und Künstler, macht ihn zum Teil der Kunst und des geschaffenen Bildes.

Da ich nur eine Frau töten werde, nur einen entscheidenden Augenblick herbeiführen werde, habe ich sie mit größter Sorgfalt ausgewählt.

Ihr Name ist Annabelle.

Leise seufzend hängte er den Abzug zum Trocknen auf und knipste das Deckenlicht an, um ihn betrachten zu können.

»Annabelle«, murmelte er. »Du warst wunderschön. Und deine Tochter ist dein Ebenbild.«

Dann ließ er die ins Leere starrende Annabelle zurück, um die letzten Einzelheiten seines Aufenthalts auf Desire zu planen.

5

Der Fährdampfer überquerte den Pelican Sound und bewegte sich ostwärts, in Richtung Lost Desire. Nathan Delaney stand wie damals, als zehnjähriger Junge, an der Steuerbordreling. Es war nicht dasselbe Fährschiff wie damals, und er war auch kein Junge mehr, aber er wollte den Augenblick so genau wie möglich wiederaufleben lassen.

Vom Meer wehte ein kühler Wind, der einen rauen, geheimnisvollen Geruch mit sich brachte. Er hatte es wärmer in Erinnerung, aber damals war es schließlich schon Ende Mai und nicht Mitte April gewesen.

Ziemlich genau wie damals, dachte er, während er sich erinnerte, wie er, seine Eltern und sein jüngerer Bruder im dichten Gedränge an der Steuerbordreling eines anderes Schiffs gestanden und dem ersten Blick auf Desire und dem Beginn ihres Inselsommers entgegengefiebert hatten.

Er entdeckte keinen großen Unterschied. Auf der Insel ragten die majestätischen, mit Flechten behangenen Eichen, die Palmen und die Magnolien mit ihrem glänzenden Laub auf; sie blühten noch nicht.

Hatten sie damals schon geblüht? Ein kleiner Junge, der sich auf tausend Abenteuer freute, achtete nicht besonders auf blühende Bäume.

Er griff nach dem Fernglas, das um seinen Hals hing. Sein Vater hatte ihm an diesem Morgen geholfen, die Brennweite richtig einzustellen, sodass er einen schnellen Blick auf einen Buntspecht erhaschen konnte. Das übliche Gezänk war gefolgt, denn auch Kyle wollte durch das Fernglas schauen, und Nathan hatte sich geweigert, es ihm zu geben.

Er erinnerte sich, dass seine Mutter über sie gelacht und sein Vater sich zu Kyle hinuntergebeugt hatte, um ihn durch Kitzeln und ein paar Späße von dem Fernglas abzulenken. In seinem

Geist sah Nathan das Bild, das sie abgegeben hatten. Die hübsche Frau mit dem wehenden Haar und den dunklen, vor Aufregung und Freude funkelnden Augen. Die beiden kräftigen, blitzblank geschrubbten, sich kabbelnden Jungen. Und den großen, dunkelhaarigen Mann.

Und nun, dachte Nathan, bin ich als Einziger übriggeblieben. Irgendwie war er in den Körper seines Vaters hineingewachsen, war von dem kleinen, untersetzten Jungen zu einem Mann mit langen Beinen und schmalen Hüften geworden. Wenn er in den Spiegel blickte, erkannte er in seinen hohlen Wangen und den dunkelgrauen Augen seinen Vater wieder. Aber er hatte den schön geschwungenen Mund seiner Mutter und ihr dunkelbraunes, mal golden, mal rötlich schimmerndes Haar. Sein Vater hatte immer gesagt, es erinnere ihn an altes Mahagoniholz.

Nathan fragte sich, ob Kinder wirklich nur aus den Eigenschaften ihrer Eltern zusammengesetzt waren. Und ihn schauderte.

Ohne Fernglas sah er, wie die Insel langsam Form annahm. Er konnte die verschwommenen Farben der Wildblumen erkennen, die Rosa- und Violetttöne von Lupinen und Sauerklee. Vereinzelte Häuser wurden sichtbar, ein paar gerade und gewundene Straßen, ein Flüsschen, das zwischen Bäumen verschwand. Die dunklen Schatten des Waldes, einst bewohnt von Wildschweinen und Pferden, die schimmernden Sümpfe und die wogenden Halme der im strahlenden Morgenlicht grün und golden glänzenden Gräser ließen die Insel geheimnisvoll erscheinen.

Dann sah er plötzlich einen weißen Flecken aufblitzen, ganz unvermittelt, so wie ein Sonnenstrahl, der auf Glas trifft. Sanctuary, dachte er und wandte den Blick nicht mehr ab, bis die Fähre Kurs auf die Anlegestelle nahm und das Haus schließlich nicht mehr zu sehen war.

Nathan wandte sich von der Reling ab und ging zu seinem Jeep zurück. Nachdem er eingestiegen und nur noch in Gesellschaft der dröhnenden Schiffsmotoren war, fragte er sich, ob er wohl verrückt war, hierher zurückzukehren und die Vergangenheit zu erforschen und in gewisser Weise zu wiederholen.

In New York hatte er alles, was ihm etwas bedeutete, in seinen Jeep gepackt – es war erstaunlich wenig gewesen. Aber er hatte nie das Bedürfnis verspürt, viele Dinge besitzen zu müssen. Das hatte ihm auch die Scheidung vor zwei Jahren erleichtert. Maureen war die Sammlerin gewesen, und es hatte ihnen beiden viel Zeit und Nerven gespart, dass er ihr beim Auflösen ihrer gemeinsamen Wohnung an der West Side freie Hand ließ.

Und sie hatte ihn beim Wort genommen: Sehr viel mehr als seine Kleidung und eine Matratze war ihm nicht geblieben.

Dieses Kapitel seines Lebens war jedenfalls abgeschlossen, und in den vergangenen zwei Jahren hatte er sich ausschließlich seiner Arbeit gewidmet. Gebäude entwerfen war sein Beruf und seine Leidenschaft, und New York hatte ihm nur als Ausgangsbasis für seine Reisen und Studienaufenthalte gedient. Er hatte sich die Zeit gegönnt, andere Gebäude zu studieren, ihre Kunst zu erforschen – von den berühmten Kathedralen Italiens und Frankreichs bis zu den rationellen Wüstenhäusern im Südwesten der USA.

Dann hatte er seine Eltern verloren, ganz plötzlich und unwiderruflich. Und er hatte sich selbst verloren. Er fragte sich, warum er auf Desire die Bruchstücke wiederzufinden hoffte.

Aber er war fest entschlossen, für mindestens ein halbes Jahr zu bleiben. Nathan hatte es als gutes Omen betrachtet, dasselbe Cottage buchen zu können, in dem er und seine Familie jenen Sommer verbracht hatten. Er wusste, dass er den Echos ihrer Stimmen nachspüren und sie mit den Ohren eines Mannes hören würde. Er würde ihre Geister mit den Augen eines Mannes sehen.

Und er kam mit den Absichten eines Mannes zurück nach Desire.

Würden sie sich an ihn erinnern? Annabelles Kinder?

Bald werde ich es wissen, dachte er, als die Fähre an der Ufermauer anlegte.

Er wartete, bis er an der Reihe war, und beobachtete, wie die Holzkeile vor den Rädern des Pick-ups vor ihm entfernt wurden. Eine fünfköpfige Familie, und aus der Ausrüstung auf der Ladefläche schloss er, dass sie ihre Ferien auf dem Campingplatz der Insel verbringen würden. Nathan schüttelte den Kopf. Er fragte sich, wie man freiwillig in einem Zelt auf dem harten Boden schlafen und das dann auch noch Urlaub nennen konnte.

Das Licht trübte sich, als sich plötzlich Wolken vor die Sonne schoben. Mit gerunzelter Stirn stellte er fest, dass sie rasch von Osten herangetrieben kamen, und er erinnerte sich, dass es auf der Insel von einem Moment auf den nächsten zu regnen beginnen konnte. Damals hatte es drei endlose Tage lang sintflutartig geschüttet. Und schon am zweiten Tag hatten sich Kyle und er hoffnungslos in der Wolle gehabt.

Langsam fuhr er von der Fähre auf die holperige, schlaglochübersäte Straße, die weg von der Anlegestelle führte. Durch sein heruntergekurbeltes Wagenfenster hörte er die fröhliche Rock'n'Roll-Musik aus dem Autoradio des Pick-ups plärren. Die Camperfamilie genoss ganz offensichtlich schon jetzt ihren Urlaub, ganz gleich, ob es regnete oder die Sonne schien. Er war entschlossen, ihrem Vorbild zu folgen und den Vormittag in vollen Zügen zu genießen.

Natürlich würde er mit Sanctuary konfrontiert, aber er wollte sich dem Haus mit den Augen eines Architekten nähern. Er erinnerte sich, dass es ein wunderbares Beispiel des amerikanischen Kolonialstils war – breite Veranden, imposante Säulen, hohe, schmale Fenster. Selbst als Kind war er schon interessiert genug gewesen, um einige der architektonischen Details zu registrieren.

Da gab es ein Türmchen mit einem schmalen, rundherum verlaufenden Austritt. Und vorspringende Balkone mit verschnörkelten Eisengittern. Die Kamine waren aus zartgefärbten Steinen vom Festland gemauert und das Haus selbst aus Zypressen und Eichen von der Insel gezimmert.

Da gab es ein Räucherhäuschen, das damals noch in Betrieb gewesen war, und längst verfallene Sklavenhütten, wo er und Kyle in einer dunklen Ecke eine zusammengerollte Klapperschlange aufgestöbert hatten.

Im Wald gab es Wild und in den Sümpfen Alligatoren. In der Luft lag das Geflüster von Piraten und Geistern. Es war ein herrlicher Ort für kleine Jungs, ein herrlicher Ort für große Abenteuer. Und für dunkle, gefährliche Geheimnisse.

Er durchfuhr das westliche Marschland mit den blubbernden Sümpfen und den schmalen, baumbewachsenen Inselchen. Der Wind hatte aufgefrischt und rauschte durch das Schilfgras. Am Rand der Sümpfe gingen zwei Silberreiher auf ihren stelzenartigen, staksigen Beinen im seichten Wasser Patrouille.

Dann begann der Wald, üppig wuchernd und exotisch fremd. Nathan verlangsamte das Tempo, sodass der Pick-up aus seinem Blickfeld verschwand. Hier herrschte Stille, hier waren all die dunklen Geheimnisse zu Hause. Sein Herz begann unangenehm zu pochen, und seine Hände schlossen sich fester um das Lenkrad. Die Schatten waren tief, und die Flechten hingen wie Gespinste monströser Spinnen von den Ästen. Um sich selbst zu testen, hielt er an und stellte den Motor ab. Er hörte nichts – nur seinen eigenen Herzschlag und die Stimme des Windes.

Geister, dachte er. Er würde hier nach ihnen Ausschau halten. Und wenn er sie wirklich fand, was dann? Würde er sie lassen, wo sie Nacht für Nacht ihr Unwesen trieben, oder würden sie ihn weiter heimsuchen, ihn bis in den Schlaf verfolgen?

Er atmete tief aus und ertappte sich dabei, wie er nach den Zigaretten griff, obwohl er schon seit einem Jahr nicht mehr rauchte. Ärgerlich drehte er den Zündschlüssel im Schloss, bekam aber nur ein langsam ersterbendes Rumpeln als Antwort. Er trat mehrmals das Gaspedal durch und drehte noch einmal den Zündschlüssel – nichts.

»Verdammt«, murmelte er. »Das ist großartig.«

Er ließ sich in den Sitz zurückfallen und trommelte mit den Fingern ungeduldig auf das Lenkrad. Was lag näher, als auszusteigen und einen Blick unter die Kühlerhaube zu werfen? Er wusste, was er da sehen würde. Einen Motor. Schläuche und Röhren und Riemen. Nathan wurde klar, dass er von Motoren und Schläuchen und Röhren genauso viel Ahnung hatte wie von Gehirnchirurgie. Er war auf einer gottverlassenen Straße liegengeblieben – das hatte er nun davon, dass er sich von einem Freund hatte breitschlagen lassen, ihm seinen gebrauchten Jeep abzukaufen.

Resigniert stieg er aus und öffnete die Kühlerhaube. Klar, dachte er, genau das, was ich erwartet habe. Ein Motor. Er beugte sich darüber, stocherte ein wenig darin herum und spürte den ersten dicken Regentropfen auf seinen Rücken klatschen.

»Wird ja immer besser.« Er stieß die Hände in die vorderen Taschen seiner Jeans und blickte finster drein. Und sein Blick wurde immer finsterer, je stärker ihm der Regen auf den Kopf prasselte.

Er hätte schon Verdacht schöpfen sollen, als der Freund ihm mit dem Jeep grinsend eine Werkzeugkiste in die Hand gedrückt hatte. Nathan erwog, ihn herauszukramen und mit dem Schraubenschlüssel auf dem Motor herumzuschlagen. Anspringen würde der Wagen zwar dadurch wahrscheinlich nicht, aber er konnte wenigstens seine Wut abreagieren.

Er machte einen Schritt zurück und erstarrte, als der Geist aus dem Wald heraustrat und ihn anblickte.

Annabelle.

Der Name schoss ihm durch den Kopf, und gleichzeitig schnürte es ihm die Kehle zu. Da stand sie im Regen, starr wie ein geblendetes Reh, ihr rötlich schimmerndes Haar hing in feuchten Strähnen herab, und die großen blauen Augen schauten ihn ruhig und traurig an.

Dann regte sie sich und strich sich ihr nasses Haar aus dem Gesicht. Und ging auf ihn zu. Jetzt sah er, dass er keinen Geist, sondern eine Frau aus Fleisch und Blut vor sich hatte. Es war nicht Annabelle, aber er war ganz sicher, dass es Annabelles Tochter war.

»Panne gehabt?« Jo versuchte, ihre Stimme unbekümmert klingen zu lassen. So, wie er sie anstarrte, wünschte sie sich, den Wald lieber nicht verlassen zu haben. Er wäre sicher auch allein klargekommen. »Sie stehen doch bestimmt nicht zum Spaß hier im Regen.«

»Nein.« Glücklicherweise hörte sich seine Stimme normal an. »Die Kiste springt nicht mehr an.«

»Tja, das ist wirklich ein Problem.« Irgendwie kam ihr sein Gesicht bekannt vor. Ein attraktives Gesicht, stark und kantig und männlich. Und interessante Augen, dachte sie, ganz reines

Grau und ein offener Blick. »Haben Sie die Ursache schon gefunden?«

Ihre Stimme klang wie Honig und Schlagsahne, sie hatte dieses Südstaatentimbre. Das half ihm, die Anspannung abzulegen. »Ich habe zumindest den Motor gefunden«, antwortete er lächelnd.«

»Gut. Und jetzt?«

»Jetzt überlege ich, wie lange ich ihn mir anschaue und so tue, als wüsste ich, was ich mir da anschaue, bevor ich mich wieder reinsetze.«

»Was? Sie können Ihr Auto nicht in Gang bringen?«, fragte sie so überrascht, dass er ärgerlich die Brauen zusammenzog.

»Nein, kann ich nicht. Ich trage schließlich auch Schuhe und habe keine Ahnung, wie man Leder gerbt.« Er machte Anstalten, die Kühlerhaube herunterkrachen lassen, aber Jo hielt sie fest.

»Ich sehe mal nach.«

»Sind Sie zufällig Automechanikerin?«

»Nein, aber das Wichtigste weiß ich.« Sie schob ihn zur Seite und prüfte als Erstes die Batteriekabel. »Die sehen in Ordnung aus, aber Sie sollten auf Korrosion achten, falls Sie vorhaben, länger auf Desire zu bleiben.«

»Ein halbes Jahr oder so.« Er beugte sich ebenfalls über den Kühlerrand. »Worauf soll ich achten?«

»Darauf. Die Feuchtigkeit macht den Autos hier ganz schön zu schaffen. Sie stehen mir im Weg.«

»Sorry.« Er trat zur Seite. Ganz offensichtlich erinnerte sie sich nicht mehr an ihn, und er beschloss, sich nicht zu erkennen zu geben. »Wohnen Sie hier auf der Insel?«

»Nicht mehr.« Jo schob ihre um den Hals baumelnde Kamera nach hinten auf den Rücken, um zu verhindern, dass sie gegen den Wagen knallte.

Nate betrachtete sie interessiert und stellte fest, dass es sich um eine Nikon handelte. Ganz offensichtlich eine Profikamera. Sein Vater hatte so eine gehabt. Und er hatte auch eine.

»Haben Sie im Regen fotografiert?«

»Ich bin noch vor dem Regen aufgebrochen«, antwortete sie

abwesend. »Ihr Keilriemen muss bald ausgetauscht werden, aber das ist nicht der Grund.« Sie richtete sich auf. Es schien ihr nichts auszumachen, dass es jetzt wie aus Kübeln goss. »Steigen Sie ein, damit ich hören kann, wie der Motor klingt.«

»Sie sind der Boss.«

Ihre Lippen zuckten, als er sich umdrehte und in den Jeep stieg. Sein Ego war wohl ein wenig angekratzt. Mit zur Seite geneigtem Kopf lauschte sie dem Rumpeln des Motors. Dann beugte sie sich wieder über den Kühlerrand. »Noch mal«, rief sie und murmelte dann: »Vergaser.«

»Was?«

»Der Vergaser«, wiederholte sie etwas lauter und öffnete mit dem Daumen die kleine Metallklappe. »Starten Sie noch mal.«

Diesmal sprang der Motor an. Mit zufriedenem Nicken schloss sie die Kühlerhaube und ging um den Wagen herum zur Fahrertür. »Er war verstopft, sonst nichts. Fahren Sie bald mal in einer Werkstatt vorbei. Wann haben Sie den Wagen zum letzten Mal durchchecken lassen?«

»Hab ihn erst vor ein paar Wochen gekauft. Von einem Freund.«

»Ach so. Keine gute Idee. Aber heute kommen Sie wenigstens an Ihrem Ziel an.«

Als sie sich gerade umdrehen wollte, griff er durch das geöffnete Wagenfenster nach ihrer Hand. »Kann ich Sie nicht irgendwohin mitnehmen? Es gießt in Strömen, und das ist das Mindeste, was ich für Sie tun kann.«

»Nicht nötig. Ich kann …«

»Vielleicht bleibe ich ja wieder liegen.« Er schenkte ihr ein charmantes, überzeugendes Lächeln. »Und wer soll dann meinen Vergaser reparieren?«

Sie wusste, dass es dumm war, sein Angebot abzulehnen. Und noch dümmer, sich gefangen zu fühlen, nur weil er ihre Hand umfasst hielt. Sie zuckte die Achseln. »Also gut.« Sie zuckte mit ihrer Hand, woraufhin er sie zu ihrer Erleichterung sofort losließ. Mit schnellen Schritten lief sie um den Jeep herum und ließ sich, von Kopf bis Fuß durchnässt, auf den Beifahrersitz fallen.

»Aber innen sieht er ja ganz passabel aus.«

»Mein Freund kennt mich zu gut.« Nathan machte den Scheibenwischer an und wandte sich dann an Jo. »Wohin?«

»Geradeaus und an der nächsten Gabelung rechts. Sanctuary ist nicht weit. Nichts auf dieser Insel ist weit.«

»Trifft sich gut. Ich will auch nach Sanctuary.«

»Ach ja?« Die Luft im Wageninneren war verbraucht. Der strömende Regen schien sie von der Außenwelt abzuschneiden. Die Bäume waren nur noch wie durch einen dichten Schleier zu erkennen, und alle Geräusche schienen von den Fluten gänzlich geschluckt zu werden. »Wohnen Sie im Haupthaus?«

»Nein, ich hole nur die Schlüssel zu dem Cottage ab, das ich gemietet habe.«

»Für ein halbes Jahr, sagen Sie?« Sie war erleichtert, als der Wagen anfuhr. »Ein ziemlich langer Urlaub.«

»Ich habe Arbeit mitgebracht. War Zeit für einen Tapetenwechsel.«

»Ganz schön weit weg von zu Hause«, sagte sie und lächelte, als sie seinen Seitenblick bemerkte. »In Georgia bleibt ein Yankee nicht unbemerkt. Selbst wenn ihr keinen Ton sagt – ihr bewegt euch schon anders.« Sie strich ihr nasses Haar zurück. Wenn sie zu Fuß zurückgegangen wäre, bemerkte Jo, hätte sie keine Konversation machen müssen. »Sie wohnen also im Little Desire Cottage, unten am Fluss.«

»Woher wissen Sie das?«

»Ach, hier weiß jeder alles. Nein, meine Familie vermietet die Cottages und betreibt die Pension und das Restaurant. Und zufällig habe ich gestern die Betten von Little Desire für den Yankee bezogen, der ein halbes Jahr bleiben will.«

»Also sind Sie meine Automechanikerin, Vermieterin und Zimmermädchen. Da hab ich ja wirklich Glück gehabt. Und an wen muss ich mich wenden, wenn mein Abfluss verstopft ist?«

»Dann öffnen Sie den Unterschrank und holen den Stampfer raus. Und falls Sie dafür eine Bedienungsanleitung brauchen, werde ich sie Ihnen gerne aufschreiben. Hier ist die Gabelung.«

Nathan bog rechts ab. »Noch eine Frage. Wenn ich gerne ein

paar Steaks auf den Grill werfen, eine Flasche Wein aufmachen und Sie zum Abendessen einladen würde, an wen muss ich mich dann wenden?«

Jo wandte sich ihm zu und schenkte ihm einen kühlen Blick. »An meine Schwester. Wahrscheinlich hätten Sie bei ihr mehr Glück. Sie heißt Alexa.«

»Kann sie auch Vergaser reparieren?«

Lachend schüttelte Jo den Kopf. »Nein, aber sie ist dafür sehr dekorativ und lässt sich gern von Männern einladen.«

»Sie etwa nicht?«

»Sagen wir es so: Ich bin etwas wählerischer als Lexy.«

»Autsch.« Pfeifend rieb sich Nathan die Brust über seinem Herzen. »Volltreffer.«

»Ich erspare uns beiden nur Zeit. Da ist Sanctuary.«

Durch den Regenvorhang sah er das Haus langsam auftauchen. Majestätisch erhob es sich aus dem leichten Nebel, der dicht über dem Boden lag. Es war alt und erhaben, so elegant wie eine Südstaatenschönheit, die sich für eine Abendgesellschaft zurechtgemacht hat. Geschwungene Einfassungen nahmen den hohen Fenstern die Strenge, und schmiedeeiserne Gitter schmückten die Balkone, auf denen Terrakottatöpfe mit Blumen standen.

»Verblüffend«, sagte Nathan halb zu sich selbst. »Die jüngeren Anbauten fügen sich perfekt in die Originalstruktur ein und betonen sie eher noch, anstatt modern zu erscheinen. Eine wunderbare Harmonie. Klassischer Südstaatenstil, ohne abgedroschen zu sein. Als wäre die Insel für dieses Haus geschaffen worden und nicht umgekehrt.«

Am Ende der Auffahrt hielt er an und bemerkte erst dort, dass Jo ihn ansah. Zum ersten Mal stand Neugier in ihren Augen.

»Ich bin Architekt«, erklärte er. »Gebäude wie dieses begeistern mich immer wieder.«

»Na, dann möchten Sie sicher auch eine Besichtigungstour durch die Räume machen.«

»Zu gerne. Und allein dafür würde ich Ihnen ein Abendessen schulden.«

»Vielleicht führt Sie ja Tante Kate durchs Haus. Sie ist eine Pendleton«, fügte Jo hinzu, als sie die Tür öffnete. »Und Sanctuary gehört zum Besitz der Pendletons. Sie kennt das Haus am besten. Treten Sie ein. Hier können Sie ein bisschen trocknen und die Schlüssel in Empfang nehmen.«

Sie ging rasch die Treppe hoch und blieb auf der Veranda stehen, um ihr nasses Haar auszuschütteln. Sie wartete, bis er neben ihr stand.

»Mein Gott, diese Tür.« Ehrfurchtsvoll ließ Nathan seine Fingerspitzen über das Holz gleiten.

»Honduranisches Mahagoni«, klärte Jo ihn auf. »Importiert im frühen neunzehnten Jahrhundert. Lange bevor man sich Gedanken über die Abholzung des Regenwaldes machte. Aber sie ist wirklich wunderschön.« Jo drehte den schweren Messingknauf und betrat Seite an Seite mit ihm Sanctuary.

»Die Bodendielen sind aus Kiefernholz«, begann sie. »Ebenso die Haupttreppe. Das Geländer ist Eiche und wurde hier auf Desire hergestellt, als es noch eine Baumwollplantage war. Der Kronleuchter ist etwas jünger und wurde von der Gattin Stewart Pendletons, des Reeders, der das Haupthaus wieder aufbaute und die Flügel anfügte, in Frankreich gekauft. Ein Großteil des Mobiliars ist im Bürgerkrieg verlorengegangen, aber Stewart und seine Frau haben ausgedehnte Reisen unternommen und hier und dort Antiquitäten gekauft, die ihnen gefielen und zu Sanctuary passten.«

»Er hatte ein ausgezeichnetes Auge«, kommentierte Nathan, während sein Blick durch die weite, hohe Halle schweifte.

»Und eine dicke Brieftasche«, fügte Jo hinzu. Sie zwang sich zur Geduld und ließ ihn sich in Ruhe umschauen.

Die Wände waren in sanftem Blassgelb gehalten, das die Halle selbst an den gnadenlos heißen Sommernachmittagen kühl erscheinen ließ. Sie waren mit dunklen Holzpaneelen gerahmt, die zusammen mit der reich verzierten Stuckdecke luxuriös wirkten.

Das Mobiliar war schwer und aufwändig, wie geschaffen für ein prachtvolles Foyer. Ein Paar George-II.-Armsessel mit muschelförmiger Rückenlehne rahmten einen achteckigen

Kredenztisch, den eine hohe Messingurne mit süß duftenden Lilien und Wildgräsern schmückte.

Obwohl er selbst keine Antiquitäten – oder irgendetwas anderes – sammelte, betrachtete er stets alle Aspekte eines Bauwerks, auch die Innenräume. Er studierte das flämische Standkabinett aus geschnitzter Eiche, den mannshohen Spiegel mit dem vergoldeten Rahmen, den mit Intarsien verzierten Leuchter, die Zartheit von Queen Anne und den Glanz von Louis-quatorze. Eine perfekt gelungene Mischung der Epochen und Stile.

»Unglaublich.« Die Hände in den Gesäßtaschen seiner Jeans vergraben, wandte er sich an Jo. »Eine Wahnsinnsvorstellung, an einem solchen Ort zu leben.«

»In mehr als einer Hinsicht.« Ihre Stimme klang trocken, fast ein wenig bitter. Fragend zog er eine Braue hoch, aber sie schwieg. »Die Rezeption ist im vorderen Salon untergebracht.«

Sie durchquerte die Halle, betrat den ersten Raum zu ihrer Rechten und bemerkte, dass dort im Kamin Feuer brannte – wahrscheinlich zur Begrüßung des Yankees und um die anderen Gäste auch an diesem Regentag, an dem sie das Haus nicht verlassen konnten, bei Laune zu halten.

Sie ging zu dem mächtigen alten Chippendale-Schreibtisch, öffnete die Schreibklappe und blätterte durch die Unterlagen der zu vermietenden Cottages. Das Büro für den tagtäglichen Verwaltungskram befand sich oben im Familienflügel, und dort stand auch der Computer, mit dem sich Kate herumschlug.

»Little Desire Cottage«, verkündete Jo und zog den Mietvertrag aus dem Papierstapel. Sie registrierte, dass er schon abgestempelt war, um den Erhalt der Anzahlung zu bestätigen, und dass sowohl Kate als auch Nathan Delaney ihn unterschrieben hatten.

Jo legte den Vertrag beiseite und öffnete eine Schublade, aus der sie die Schlüssel für das Cottage nahm. »Der hier ist für die Vorder- und die Hintertür, und der kleinere ist für den Abstellraum unter dem Cottage. Aber an Ihrer Stelle würde ich dort nichts Wichtiges aufbewahren, denn der Fluss tritt manchmal über die Ufer und überschwemmt den Raum.«

»Ich werde daran denken.«

»Das Telefon habe ich gestern freigeschaltet. Alle Gespräche werden auf das Cottage gebucht und erscheinen auf Ihrer monatlichen Abrechnung.« Sie öffnete eine andere Schublade und nahm eine schmale Mappe heraus. »Hierin finden Sie alle wichtigen Informationen. Den Fahrplan der Fähre, Gezeiteninformationen, wo Sie ein Boot oder eine Angelausrüstung mieten können. In einer kleinen Broschüre wird die Insel beschrieben, die Geschichte, Flora und Fauna. Warum starren Sie mich eigentlich so an?«

»Sie haben wundervolle Augen. Es ist schwer, sie nicht anschauen.«

Sie drückte ihm die Mappe in die Hand. »Sehen Sie sich lieber das hier an.«

»Okay.« Nathan öffnete die Mappe und begann sie durchzublättern. »Sind Sie immer so nervös, oder ist das Ihre Reaktion auf mich?«

»Ich bin nicht nervös, nur ungeduldig. Ich habe nämlich keinen Urlaub. Haben Sie noch irgendwelche Fragen – zum Cottage oder zur Insel?«

»Ich werde es Sie wissen lassen.«

»Weitere Informationen über das Cottage finden Sie in der Mappe. Wenn Sie bitte hier unterschreiben würden, um den Empfang der Schlüssel und des Informationsmaterials zu bestätigen. Und dann sind wir auch schon fertig.«

Die Geschwindigkeit, mit der sich ihre Südstaatengastfreundlichkeit verflüchtigte, entlockte ihm ein Lächeln. »Ich möchte Ihre wertvolle Zeit nicht über Gebühr in Anspruch nehmen«, sagte er und griff nach dem Stift, den sie ihm entgegenhielt. »Aber ich werde wiederkommen.«

»Frühstück, Mittag- und Abendessen werden im Speisezimmer der Pension serviert. Die entsprechenden Zeiten finden Sie ebenfalls in der Mappe. Wenn Sie mittags picknicken möchten, bekommen Sie ein Lunchpaket.«

»Mögen Sie Picknicks?«, fragte er sie.

Sie stieß einen Seufzer aus, nahm ihm den Stift aus der Hand und setzte ihre Initialen unter seine Unterschrift. »Sie verschwenden nur Ihre Zeit mit mir, Mr. Delaney. Ich bin nicht an Ihnen interessiert.«

»Jede intelligente Frau weiß, dass eine solche Aussage nur eine Herausforderung ist.« Er beugte sich über das Papier, um ihre Initialen zu entziffern. »J. E. H.«

»Jo Ellen Hathaway«, klärte sie ihn auf in der Hoffnung, er möge dann verschwinden.

»Es war mir ein Vergnügen, von Ihnen gerettet zu werden, Jo Ellen.« Er streckte ihr seine Hand entgegen und registrierte amüsiert, dass sie sie erst nach kurzem Zögern ergriff.

»Wenn Sie Ihren Jeep durchchecken lassen wollen: Wenden Sie sich an Zeke Fitzsimmons. Er wird ihn wieder auf Vordermann bringen. Ich wünsche Ihnen einen angenehmen Aufenthalt auf Desire.«

»Der Anfang war schon besser als erhofft.«

»Dann können Sie nicht allzu viel erwartet haben.« Sie entzog ihm ihre Hand und führte ihn zurück zum Haupteingang. »Der Regen hat nachgelassen«, sagte sie, als sie ihm die Tür öffnete. »Sie können das Cottage gar nicht verfehlen.«

»Nein.« Er erinnerte sich an den Weg. »Bestimmt nicht. Bis bald, Jo Ellen.« Bis sehr bald, dachte er, aus mehreren Gründen.

Mit zur Seite geneigtem Kopf schloss sie ohne ein weiteres Wort die Tür und ließ ihn mit der Frage, was er als Nächstes tun sollte, allein auf der Veranda stehen.

6

An seinem dritten Tag auf Desire wachte Nathan voller Panik auf. Sein Herz hämmerte, er war kurzatmig und schweißüberströmt. Mit geballten Fäusten richtete er sich ruckartig im Bett auf, sein Blick jagte die dunklen Schatten im Raum.

Schwaches Sonnenlicht drang durch die Lamellen der Jalousie und ließ auf dem dünnen grauen Teppichboden einen Käfig entstehen.

Einen quälenden Augenblick lang war sein Hirn leer, gefangen in den Bildern, die es überströmt hatten. Bäume im Mondschein, Nebelfinger, der nackte Körper einer Frau, dunkles Haar wie ein aufgeschlagener Fächer, weit aufgerissene, glasige Augen.

Er gab sich einen Ruck und stand auf. In dem engen Bad stieg er in die weiße Badewanne, zog den fröhlich gestreiften Duschvorhang zu und drehte das heiße Wasser auf. Er wusch den Schweiß ab und stellte sich vor, dass die Panik wie ein dunkelroter Schleier von ihm glitt und im Abfluss ihre Kreise zog, bevor sie verschwand.

Als er sich abtrocknete, war der Raum voller Wasserdampf. Aber sein Kopf war wieder klar.

Er schlüpfte in ein abgetragenes kurzärmliges Sweatshirt und in eine alte, kurze Turnhose und ging unrasiert und mit nassem Haar in die Küche, um Wasser für den Instantkaffee aufzusetzen. Er schaute sich um und runzelte angesichts der alten Kaffeekanne und des einfachen Plastikfilters zum wiederholten Mal die Stirn. Selbst wenn er die richtige Größe gewusst hätte, wäre es ihm bestimmt nicht in den Sinn gekommen, Filtertüten mitzubringen.

In diesem Augenblick hätte er tausend Dollar für eine Kaffeemaschine bezahlt. Er stellte den Wasserkessel auf die vordere Platte des Herdes, der sicher älter als er selbst war, und ging hinüber zu der Sitzecke des großen Mehrzweckraums, um die Morgennachrichten einzuschalten. Der Empfang war miserabel und die Programmauswahl mehr als mager.

Keine Kaffeemaschine, kein Pay-TV, dachte Nathan, als er endlich die Frühnachrichten eines der drei zu empfangenden Sender auf dem Bildschirm hatte. Er erinnerte sich noch gut daran, wie er und Kyle sich über das spärliche Fernsehprogramm beklagt hatten.

In dieser blöden Glotze kommt ja noch nicht mal Der Sechs-Millionen-Dollar-Mann. *So 'n Mist.*

Ihr seid schließlich nicht hier, um vor dem Fernseher zu sitzen.

Ach, Mom.

Die Farbgestaltung kam ihm verändert vor. Er hatte die breiten, tiefen Sessel und das Sofa in sanften Pastelltönen in Erinnerung. Nun waren sie in einem geometrischen Muster in satten Grün- und Blautönen und in leuchtendem Gelb bezogen.

Der Ventilator, der in der Mitte des Raumes an der Decke angebracht war, hatte damals gequietscht. Jetzt hatte er den unwiderstehlichen Drang verspürt, an der Strippe zu ziehen, und festgestellt, dass nur das leise Zischen der Flügel zu hören war.

Aber immer noch teilte der lange Esstisch aus Kiefernholz den Raum – an diesem Tisch hatten er und seine Familie in jenem Sommer gegessen, sich mit Brettspielen die Zeit vertrieben und riesengroße Puzzles zusammengesetzt.

Er wandte sich von dem Fernseher ab und ging zurück zum Herd, um das dampfende Wasser auf seinen Instantkaffee zu schütten. Mit dem Kaffeebecher in der Hand ging er hinaus zu der gazebespannten Verandatür und schaute auf den Fluss.

Jetzt, wo er hier war, tauchten viele Erinnerungen an der Oberfläche auf. Und deshalb war er ja gekommen. Um sich an jenen Sommer zu erinnern, Schritt für Schritt, Tag für Tag. Und um zu entscheiden, was mit den Hathaways geschehen sollte.

Er nahm einen Schluck Kaffee und verzog bei seinem schlechten, bitteren Geschmack das Gesicht. Er hatte festgestellt, dass im Leben einige Dinge schlecht und bitter waren, also trank er weiter.

Jo Ellen Hathaway. Er hatte sie als mageres Mädchen mit spitzen Ellenbogen, zerzaustem Pferdeschwanz und ungestümem Temperament in Erinnerung. Mit zehn hatte er noch nicht viel mit Mädchen anfangen können, also hatte er ihr nicht viel Aufmerksamkeit geschenkt. Sie war einfach eine von Brians kleinen Schwestern gewesen.

Das war sie immer noch, dachte Nathan. Und sie war immer noch mager. Auch ihr Temperament war offenbar unverändert. Nur der lange Pferdeschwanz war verschwunden. Der kürzere Stufenschnitt passte besser zu ihrer Persönlichkeit, zu ihrem Gesicht. Zu ihrer Lässigkeit.

Er fragte sich, warum sie so blass und müde aussah. Sie schien nicht der Typ zu sein, der sich wegen einer gescheiterten Liebesaffäre oder einer beendeten Beziehung vor Gram verzehrte. Aber irgendetwas quälte sie. Ihre Augen waren voller Sorgen und Geheimnisse.

Und das war das Problem. Er hatte eine Schwäche für Frauen mit traurigen Augen.

Er beschloss, sich zurückzuhalten. Wenn er versuchte herauszufinden, was hinter diesen großen, traurigen Veilchenaugen vorging, konnte dies seiner eigentlichen Absicht zuwiderlaufen. Er brauchte Zeit und musste objektiv bleiben, bevor er den nächsten Schritt unternahm.

Er trank noch ein paar Schlucke Kaffee und beschloss dann, sich ordentlich anzuziehen und auf einen Sprung hinüber nach Sanctuary zu gehen, um sich dort ein Frühstück mit einem anständigen Kaffee zu gönnen. Danach wollte er gleich wieder zurückkommen, um zu beobachten und zu planen. Er brauchte Zeit, um noch mehr Geister heraufzubeschwören.

Aber im Augenblick wollte er nur hier stehen, durch die feine Gaze blicken, die feuchte Luft spüren, zuschauen, wie die Sonne langsam den schimmernden Nebel aufsaugte, der dicht über dem Boden lag und wie ein Elfenflügel über dem Fluss schwebte.

Wer auch immer diesen Platz für das Cottage ausgesucht hat, es war eine gute Wahl, dachte er. Der Ort bot Einsamkeit, Abgeschiedenheit und einen herrlichen Blick. Die Bauweise selbst war einfach und funktional. Ein wetterfester, auf Stelzen errichteter Kasten aus Zedernholz mit einer großzügigen, überdachten Veranda auf der Westseite und einem nicht überdachten, kleinen Freisitz auf der Ostseite. Im Inneren lag das nach oben hin spitz zulaufende Dachgebälk frei, was den Raum großzügig und offen erscheinen ließ. Auf jeder Seite lagen zwei Schlafräume und ein Bad.

Er und Kyle hatten jeder sein eigenes Zimmer gehabt. Als Älterer hatte er das größere Zimmer beansprucht. In dem breiten Doppelbett hatte er sich sehr erwachsen und überlegen gefühlt. Für seine Tür hatte er ein Schild geschrieben: Vor dem Eintreten Bitte Anklopfen.

Es hatte ihm gefallen, lange aufzubleiben und zu lesen, seinen Gedanken nachzuhängen, den gedämpften Stimmen seiner Eltern oder dem Brummen des Fernsehers zu lauschen. Er mochte es, wenn er sie über eine Sendung lachen hörte.

Das schnelle Glucksen seiner Mutter, das tiefe Lachen seines Vaters. Er hatte diese Geräusche während seiner Kindheit sehr oft gehört. Und es machte ihn traurig, dass er sie nie wieder hören würde.

Eine Bewegung stach ihm ins Auge. Nathan drehte den Kopf, und dort, wo er ein Reh erwartet hatte, sah er einen Mann am Flussufer entlanghuschen. Er war groß und schlaksig, sein Haar so dunkel wie Ruß.

Seine Kehle war trocken geworden, und Nathan zwang sich, den Becher zu heben und noch einen Schluck Kaffee zu trinken. Er beobachtete, wie der Mann näher kam und die stärker werdende Sonne auf sein Gesicht fiel.

Es war nicht Sam Hathaway, stellte Nathan fest, während sich ein Lächeln auf seinem Gesicht breitmachte, es war Brian. Zwanzig Jahre hatten sie beide zu Männern gemacht.

Brian blickte auf, zwinkerte gegen die Sonne und fixierte die Gestalt hinter der gazebespannten Verandatür. Er hatte vergessen, dass das Cottage jetzt bewohnt war, und er nahm sich vor, künftig auf der anderen Flussseite entlangzuwandern. Nun musste er wohl ein wenig Konversation machen.

Er hob grüßend die Hand. »Morgen. Wollte Sie nicht stören.«

»Haben Sie auch nicht. Ich habe nur schlechten Kaffee ge-trunken und mir den Fluss angeschaut.«

Klar, der Yankee, erinnerte sich Brian, der Halbjahresgast. Er hörte förmlich Kate, wie sie ihn bat, ihn nett und zuvor-kommend zu behandeln. »Schönes Fleckchen.« Brian versenkte seine Hände in den Hosentaschen. »Haben Sie sich schon ein-gerichtet?«

»Ja, ich bin gerade dabei, mich einzuleben.« Nathan zögerte, doch dann wagte er den nächsten Schritt. »Jagst du immer noch den Geisterhengst?«

Brian zwinkerte überrascht und neigte den Kopf zur Seite. Der Geisterhengst war eine Legende aus der Zeit, in denen Wildpferde über die Insel gestreift waren. In der Sage hieß es, dass das größte von ihnen, ein mächtiger, blitzschneller schwar-zer Hengst, noch immer durch die Wälder zog. Und wem es ge-lang, ihn zu fangen, auf seinen Rücken zu springen und ihn zu reiten, dem würden alle Wünsche erfüllt.

Als Junge hatte sich Brian nichts sehnlicher gewünscht, als derjenige zu sein, der den Geisterhengst fing und ritt.

»Ich halte immer noch nach ihm Ausschau«, murmelte Brian und trat näher. »Kennen wir uns?«

»Wir haben hier eine Nacht draußen verbracht, auf der anderen Flussseite in einem zusammengeflickten Zelt. Wir hatten als Halfter ein Seil mitgenommen, außerdem zwei Taschenlampen und eine Tüte Chips. Und wir haben fest ge-glaubt, wirklich Hufe und ein hohes, wildes Wiehern gehört zu haben.« Nathan lächelte. »Vielleicht haben wir's ja wirklich gehört.«

Brians Augen weiteten sich, und die dunklen Schatten ver-schwanden aus seinem Blick. »Nate? Nate Delaney? Das gibt's doch nicht!«

Die Verandatür quietschte zur Begrüßung, als Nathan sie aufstieß. »Komm hoch, Bri. Ich mach dir eine Tasse lausigen Kaffee.«

Grinsend stieg Brian die Treppe hoch. »Du hättest mir sagen sollen, dass du kommst, dass du hier bist.« Brians Hand schoss hervor und packte Nathans. »Tante Kate kümmert sich um die

Vermietung der Cottages. Mein Gott, Nate, du siehst aus wie ein Penner.«

Mit entschuldigendem Grinsen fuhr sich Nathan über die Bartstoppeln. »Ich bin im Urlaub.«

»Nicht zu fassen. Nate Delaney.« Brian schüttelte noch immer ungläubig den Kopf. »Was hast du in all den Jahren gemacht? Wie geht's Kyle und deinen Eltern?«

Das Lächeln verflog. »Erzähl ich dir später.« Zumindest einen Teil davon, fügte Nathan im stillen hinzu. »Zuerst mach ich den lausigen Kaffee.«

»Aber nein. Komm mit rüber ins Haus. Dort gibt's einen anständigen Kaffee und was zum Essen.«

»Einverstanden. Lass mich nur schnell eine Hose und Schuhe anziehen.«

»Ich kann's kaum glauben. Unser Yankee ist wieder da«, sagte Brian, als Nathan im Blockhaus verschwand. »Verdammt, da werden eine Menge Erinnerungen wach.«

Nathan drehte sich kurz um. »Das kann man wohl sagen.«

Wenig später saß Nathan in der Küche von Sanctuary, und der himmlische Duft von frischem Kaffee und gebratenem Speck stieg ihm in die Nase. Er schaute Brian zu, der mit geschickten Handgriffen Pilze und Paprika für die Omeletts hackte.

»Scheint so, als würdest du das nicht zum ersten Mal machen.«

»Du hast offenbar die Hotelbroschüre noch nicht gelesen. Meine Küche hat fünf Sterne.« Brian schob Nathan einen Kaffeebecher über den Tisch. »Hier, trink.«

Nathan schlürfte einen Schluck und schloss genießerisch die Augen. »Ich habe in den letzten zwei Tagen Spülbrühe getrunken, und das hat sicher seine Spuren hinterlassen, aber ich würde sagen, dass dies der beste Kaffee ist, den die zivilisierte Welt je gesehen hat.«

»Da hast du verdammt recht. Warum bist du denn nicht eher rübergekommen?«

»Ich hab mich eingelebt, gar nichts gemacht.« Und mich an die Geister der Vergangenheit gewöhnt, dachte Nathan. »Aber nachdem ich das hier probiert habe, werde ich Stammgast.«

Brian warf das geschnittene Gemüse in eine Pfanne und machte sich ans Käsereiben. »Warte erst, bis du mein Omelett probierst. Aber jetzt verrat mir, wie du so steinreich geworden bist, dass du es dir leisten kannst, ein halbes Jahr nichts zu tun, außer am Strand zu sitzen?«

»Ich habe Arbeit mitgebracht. Ich bin Architekt. Solange ich mein Reißbrett und meinen Computer dabeihabe, kann ich überall arbeiten.«

»Aha, Architekt.« An der Theke lehnend, schlug Brian die Eier auf. »Und – bist du gut?«

»Meine Gebäude können es mit deinem Kaffee aufnehmen.«

»Nun gut.« Grinsend wandte sich Brian dem Herd zu. Mit geübter Hand goss er die geschlagenen Eier in die Pfanne und warf dann einen Blick auf die Kekse, die er zum Bräunen in den Ofen geschoben hatte. »Und was macht Kyle? Ist er so reich und berühmt geworden, wie er es sich immer gewünscht hat?«

Nathan setzte den Kaffeebecher ab und wartete, bis sich seine Hände und seine Stimme stabilisierten. »Er war auf dem besten Weg. Er ist tot, Brian. Vor ein paar Monaten gestorben.«

»Himmel, Nathan.« Schockiert drehte sich Brian um. »Verdammt, das tut mir leid.«

»Er ist nach Europa gegangen und hat die letzten Jahre dort gelebt. Es ist auf einer Jacht passiert, bei einer Art Party. Kyle hat ziemlich viel gefeiert«, murmelte Nathan, während er sich über die Schläfen strich. »Sie sind auf dem Mittelmeer gekreuzt. Es hieß, dass er wohl zu viel getrunken hatte und über Bord fiel. Vielleicht hat er sich noch den Kopf angeschlagen. Jedenfalls war er sofort tot.«

»Das ist hart. Es tut mir sehr leid.« Brian wandte sich wieder seiner Pfanne zu. »Schlimme Sache, einen Angehörigen zu verlieren.«

»Das stimmt.« Nathan atmete tief durch und verschränkte die Arme vor der Brust. »Es ist nur ein paar Wochen nach dem Tod meiner Eltern passiert. Zugunglück in Südamerika. Dad war oft beruflich unterwegs, und nachdem Kyle und ich aus dem Haus waren, hat Mom ihn begleitet. Sie sagte, sie fühlten sich dann immer wie Frischverheiratete auf Hochzeitsreise.«

»Himmel, Nathan, ich weiß gar nicht, was ich sagen soll.«

»Sag nichts.« Nathan zuckte die Achseln. »Irgendwie geht's weiter. Ich denke, dass Mom ohne Dad verloren gewesen wäre, und ich weiß nicht, wie die beiden jemals Kyles Tod verarbeitet hätten. Man muss sich immer wieder klarmachen, dass alles im Leben einen Sinn hat und dass man damit fertigwerden kann.«

»Aber manchmal stinkt der Sinn zum Himmel«, bemerkte Brian ruhig.

»Ziemlich oft sogar. Aber das ändert nichts an den Tatsachen. Es ist schön, wieder hier zu sein. Und es ist schön, dich wiederzusehen.«

»Wir haben einen tollen Sommer zusammen verbracht.«

»Einen der tollsten in meinem ganzen Leben.« Nathan brachte ein schiefes Lächeln zustande. »Gibst du mir dieses Omelett, oder muss ich erst darum betteln?«

»Betteln verboten.« Brian ließ es auf den Teller gleiten. »Aber ein Kniefall nach Verzehr erwünscht.«

Nathan griff nach der Gabel und machte sich über das köstlich duftende Omelett her. »Und jetzt erzähl mir deine Abenteuer der letzten zwanzig Jahre.«

»Viel Abenteuer gibt's nicht zu berichten. Die Pension erfordert viel Zeit. Wir haben jetzt rund ums Jahr Gäste. Je hektischer ihr Leben wird, desto mehr Leute wollen ihm entfliehen. Zumindest für ein Wochenende. Und wohin flüchten sie? Auf unsere Insel. Wir beherbergen sie, bekochen sie, unterhalten sie.«

»Hast du Frau und Kinder?«

»Nein, du?«

»Ich hatte eine Frau«, antwortete Nathan trocken. »Wir haben uns getrennt. Keine Kinder. Deine Schwester hat mich übrigens empfangen. Jo Ellen.«

»Ach ja?« Brian schenkte Nathan Kaffee nach. »Sie ist selbst erst vor einer Woche angekommen. Lex ist auch hier. Wir sind eine große, glückliche Familie.«

Erstaunt nahm Nathan Brians ironischen Tonfall zur Kenntnis. »Und dein Dad?«

»Auch mit Dynamit bekäme man ihn nicht von Desire runter.

Er fährt nicht mal mehr zum Einkaufen rüber aufs Festland.« Er blickte zur Tür und sah Lex hereinkommen.

»Die ersten Frühaufsteher schreien schon nach Kaffee«, begann sie und brach ab, als sie Nathan erblickte. Wie auf Knopfdruck schleuderte sie ihr Haar zurück, legte den Kopf zur Seite und setzte ein verführerisches Lächeln auf. »Besuch in der Küche?« Lässig trat sie näher und lehnte sich lasziv an die Theke, umgeben von einem Hauch Eternity, das sie sich kurz zuvor aus einer Zeitschriftenprobe an den Hals gerieben hatte. »Sie müssen schon was Besonderes sein, wenn Brian Sie in sein Allerheiligstes vordringen lässt.«

Nathans Hormone schlugen einen instinktiven Purzelbaum, und beinahe hätte er angesichts des mehr als eindeutigen Auftritts laut losgelacht. Ein süßes Betthäschen, war sein erster Eindruck, den er jedoch nach einem längeren Blick in ihre Augen revidierte. Sie waren wach und ausgesprochen selbstbewusst. »Er hatte Mitleid mit einem alten Freund«, sagte Nathan.

»Ach, wirklich?« Ihr gefiel sein kantiges Äußeres, und mit Genugtuung registrierte sie das Wohlgefallen auf seinem Gesicht. Sie hatte ihre Wirkung nicht verfehlt. »Dann stell mir deinen alten Freund doch mal vor, Bruderherz. Wusste gar nicht, dass du einen hast.«

»Nathan Delaney«, sagte Brian knapp und wandte sich ab, um nach der nächsten Kanne frisch durchgelaufenen Kaffees zu greifen. »Meine kleine Schwester Lexy.«

»Hallo, Nathan.« Lexy streckte ihm ihre Hand mit den flammend rot lackierten Nägeln entgegen. »Für Brian bin ich immer noch ein kleines Mädchen mit Zöpfen.«

»Ein Privileg des großen Bruders.« Er bemerkte, dass der Händedruck der Sirene fest und entschlossen war. »Aber in meiner Erinnerung tragen Sie auch Zöpfe.«

»Ach ja?« Enttäuscht, dass er ihre Hand nicht länger gedrückt hielt, stützte sich Lexy mit den Ellbogen auf die Theke und beugte sich zu ihm. »Kaum vorstellbar, dass ich mich nicht an Sie erinnern kann. Normalerweise vergesse ich keinen attraktiven Mann, der mir über den Weg gelaufen ist.«

»Du warst damals gerade aus den Windeln«, warf Brian sar-

kastisch ein, »und noch keine Femme fatale. Heute gibt's übrigens Omelett mit Käse und Pilzen zum Frühstück«, sagte er,
ihren giftigen Blick geflissentlich ignorierend.

Lexy riss sich zusammen und setzte ihr charmantestes
Lächeln auf. »Danke, Süßer«, säuselte sie und griff nach der
mit dampfend heißem Kaffee gefüllten Kanne, die er ihr mit
Schwung über die Theke zuschob. Dann wandte sie sich mit
einem bezaubernden Augenaufschlag Nathan zu. »Es gibt auf
Desire leider nur sehr wenige interessante Männer.«

Da es ihm dumm vorkam, der Versuchung zu widerstehen,
und sie es außerdem ganz offensichtlich zu erwarten schien,
schickte er ihr einen langen Blick nach, während sie aus der Küche segelte. Grinsend wandte er sich dann wieder Brian zu. »Da
hast du aber eine nette kleine Schwester. Glückwunsch, Bri.«

»Eigentlich hätte sie eine ordentliche Tracht Prügel verdient –
sich einem Fremden derart an den Hals zu werfen.«

»Mach dir meinetwegen kein Kopfzerbrechen. Dieser Typ
Frau bringt nur Ärger mit sich. Und ich habe schon genug
Probleme.«

»Geht mich nichts an«, murmelte Brian. »Lexy ist fest entschlossen, nicht nur nach Problemen zu suchen, sondern sie
auch zu finden.«

»Aber Frauen, die so aussehen wie Lexy, sind normalerweise auch in der Lage, sich wieder aus der Affäre zu ziehen.«
Er fuhr herum, als sich die Tür erneut öffnete. Diesmal trat Jo in
die Küche.

Und Frauen, die so aussehen wie Jo, dachte Nathan, ziehen
sich nicht aus der Affäre – sie boxen sich heraus.

Jo hielt inne, als sie ihn sah. Sie zog die Brauen zusammen
und fuhr sich über die Stirn. »Sie scheinen sich hier ja ganz wie
zu Hause zu fühlen, Mr. Delaney.«

»Stimmt, Miss Hathaway.«

»Das klingt aber reichlich förmlich«, kommentierte Brian,
während er nach einem frischen Kaffeebecher griff, »für jemand, der diese junge Dame in den Fluss gestoßen und sich bei
dem Versuch, sie wieder rauszuziehen, eine blutige Lippe geholt hat.«

»Ich hab sie nicht reingestoßen.« Ein Lächeln erschien auf Nathans Gesicht, als er sah, dass sich Jos Brauen abermals zusammenzogen. »Sie ist reingerutscht. Aber soweit ich mich erinnere, hat sie mir tatsächlich die Lippe blutig geschlagen und mich außerdem einen Yankee-Mistkerl genannt.«

Die Erinnerung kreiste in ihrem Kopf, zunächst nur ganz verschwommen und dann plötzlich glasklar. Der heiße Sommernachmittag, der Sturz in den eiskalten Fluss, der Kopf unter Wasser. »Mr. Davids Sohn!« Eine heiße Welle schoss durch ihren Magen und erreichte ihr Herz. »Aber welcher?«

»Nathan – der Ältere.«

»Klar.« Sie schüttelte ihr Haar zurück – allerdings nicht mit dem verführerischen Gehabe ihrer Schwester, sondern voll Ungeduld. »Natürlich hast du mich gestoßen. Ich bin kein einziges Mal in den Fluss gefallen – es sei denn, ich hab's extra gemacht oder bin reingestoßen worden.«

»Du bist ausgerutscht«, korrigierte Nathan sie. »Und ich hab dir rausgeholfen.«

Lachend schüttelte sie den Kopf. Dann nahm sie den Becher, den Brian ihr entgegenstreckte. »Wie dem auch war – ich kann damit leben. Immerhin hab ich dir eins auf die Lippe gegeben. Und außerdem verdanke ich deinem Vater sehr viel.«

Nathans Kopf begann zu pochen – ganz plötzlich und heftig. »Meinem Vater?«

»Ich bin ihm nachgelaufen wie ein junger Hund, hab ihm Löcher in den Bauch gefragt: wie er fotografierte, warum er gerade diese Aufnahme machte, wie die Kamera funktionierte. Er hatte so viel Geduld. Dabei muss ich ihn wahnsinnig gemacht haben – ständig hab ich ihn bei der Arbeit unterbrochen. Aber er hat mich nie weggeschickt. Er hat mir enorm viel beigebracht. Nicht nur die Grundlagen, sondern auch das richtige Sehen. Ich glaube, ich schulde ihm Dank für jede Fotografie, die ich gemacht habe.«

»Du bist eine professionelle Fotografin?«

»Jo ist sogar eine richtig bekannte Fotografin«, sagte Lexy bissig, als sie wieder in die Küche kam. »Die Globetrotterin J. E. Hathaway, die im Vorbeigehen die Leben der Menschen einfängt. Zwei Omeletts, Brian, zweimal Bratkartoffeln, einmal Schinken, einmal Wurst. Zimmer 201 ist beim Frühstück, Miss Weltreisende, du kannst die Betten machen.«

»Vorhang, bitte«, murmelte Jo, während Lexy schon wieder aus der Küche rauschte. Dann wandte sie sich Nathan zu. »Ja, ich verdanke es größtenteils David Delaney, dass ich Fotografin geworden bin. Hätte es Mr. Delaney nicht gegeben, wäre ich heute vielleicht so frustriert und von der Welt enttäuscht wie Lexy. Wie geht es deinem Vater?«

»Er ist tot«, antwortete Nathan knapp und erhob sich. »Ich muss jetzt gehen. Danke für das Frühstück, Brian.«

Schnell verließ er die Küche. Die Schwingtür pendelte noch ein paarmal nach.

»Tot? Bri?«

»Ein Unfall«, erklärte ihr Brian. »Vor ungefähr drei Monaten. Auch seine Mutter hat's erwischt. Und einen Monat später hat er seinen Bruder verloren.«

»O Gott.« Jo fuhr sich mit der Hand übers Gesicht. »Da bin ich ja ganz schön ins Fettnäpfchen getreten. Komme gleich wieder.«

Sie setzte den Becher ab und eilte hinaus, um Nathan noch einzuholen. »Nathan! Nathan, warte einen Augenblick.« Am Muschelkiesweg erreichte sie ihn. »Es tut mir leid.« Sie packte seinen Arm. »Es tut mir leid, dass ich so unsensibel war.«

Nathan riss sich zusammen. »Schon in Ordnung. Der Schmerz ist noch ziemlich frisch.«

»Hätte ich nur geahnt …« Unvermittelt hielt sie inne und zuckte hilflos die Achseln. Wahrscheinlich wäre sie in jedem Fall ins Fettnäpfchen getreten. Sie war im Umgang mit anderen schon immer etwas unbeholfen gewesen.

»Du konntest es ja nicht ahnen.« Nathan drückte ihre Hand, die noch immer auf seinem Arm lag. Sie sieht so unglücklich aus, dachte er. Und dabei hatte sie doch nur zufällig eine offene Wunde berührt. »Mach dir keine Sorgen mehr.«

»Ich wünschte, ich wäre mit ihm in Kontakt geblieben.« Ihre Stimme klang nun nachdenklich. »Ich wünschte, ich hätte ihm für alles danken können, was er für mich getan hat.«

»Vergiss es.« Er drehte sich jäh zu ihr um. »Wenn wir uns bei jemandem dafür bedanken, dass er unserem Leben eine Richtung gegeben hat, dann ist das so, als würden wir ihn dafür verantwortlich machen. Dabei ist jeder für sich selbst verantwortlich.«

Sie trat einen Schritt zurück. »Stimmt schon, aber manche Menschen üben Einfluss darauf aus, welchen Weg man einschlägt.«

»Dann ist's ja komisch, dass wir beide wieder hier gelandet sind, was?« Er blickte an ihr vorbei hinüber zu Sanctuary, dessen Fenster in der Sonne glänzten. »Warum bist du zurückgekommen, Jo?«

»Hier ist mein Zuhause.«

Er richtete den Blick wieder auf sie, auf ihre blassen, eingefallenen Wangen, die gequälten Augen. »Und hierher kommst du zurück, wenn du einsam, unglücklich und verletzt bist?«

Sie verschränkte die Arme vor der Brust, als ob sie fröstelte. Sie, normalerweise selbst in der Beobachterrolle, war es nicht gewöhnt, so deutlich ins Visier genommen zu werden. »Ist eben so.«

»Offenbar haben wir beide fast im selben Augenblick beschlossen hierherzukommen. Schicksal? Oder Glück?« Nathan lächelte leise, denn er hatte sich für das Letztere entschieden.

»Zufall«, entgegnete Jo. »Und warum bist du zurückgekommen?«

»Wenn ich das bloß wüsste.« Er stieß den Atem scharf zwischen den Zähnen durch, dann sah er sie wieder an. »Wo wir schon mal hier sind – begleitest du mich zu meinem Cottage?«

»Du kennst den Weg.«

»In Gesellschaft läuft sich's aber besser.«

»Ich hab dir doch bereits gesagt, dass ich nicht interessiert bin.«

»Und ich sage dir, ich schon.« Lächelnd strich er ihr eine widerspenstige Haarsträhne hinters Ohr. »Wäre lustig zu sehen, wer wen rüber auf die andere Seite stößt.«

Normalerweise flirteten die Männer nicht mit ihr. Jedenfalls war es ihr noch nie aufgefallen. Die Tatsache, dass er es tat –

und sie es bemerkte –, irritierte sie. »Ich hab noch 'ne Menge Arbeit.«

»Stimmt. Betten abziehen in Zimmer 201. Bis später, Jo Ellen.«

Da er sich zuerst umdrehte, hatte sie die Gelegenheit, ihm nachzuschauen. Absichtlich schüttelte sie den Kopf, damit ihr die widerspenstige Strähne wieder übers Ohr fiel. Dann ließ sie die Schultern kreisen, als wollte sie eine unangenehme Berührung abschütteln.

Aber sie musste zugeben, dass sie schon interessierter war, als sie vorgehabt hatte.

7

Nathan hatte eine Kamera mitgenommen. Er hatte sich verpflichtet gefühlt, einigen Spuren zu folgen, die sein Vater auf Desire hinterlassen hatte – oder sie auszulöschen. Er hatte sich für die schwere alte Pentax entschieden – eine der Lieblingskameras seines Vaters und ohne Zweifel eine, die David Delaney in jenem Sommer mit nach Desire genommen hatte.

Er hatte auch die sperrige Hasselblad und die praktische Nikon sowie eine große Auswahl an Linsen und Filtern und Filmmaterial mitgehabt. Nathan hatte alles eingepackt und nun, im Cottage, so ordentlich verstaut, wie es ihm sein Vater beigebracht hatte.

Aber wenn sein Vater auf die Jagd nach einem Motiv gegangen war, hatte er normalerweise die Pentax gewählt.

Nathan entschied sich für den Strand mit den schäumenden Wellen und dem glitzernden Sand. Angesichts des gnadenlos hellen Sonnenscheins setzte er seine Sonnenbrille auf und wanderte den markierten Pfad zwischen den Wanderdünen entlang. Der kräftig vom Meer landeinwärts wehende Wind zerzauste seine Haare.

Von der Flut angeschwemmte Muscheln zierten den Strand. Hinter ihnen bildeten sich, mit der Unterstützung des Windes, bereits winzige Dünen. Kleine Wasserläufer huschten auf dem Schaum hin und her wie emsige Geschäftsleute, die von einem wichtigen Meeting zum nächsten eilten. Und dort, hinter der ersten Reihe von Wellenkämmen, flogen drei Pelikane in militärischer Formation. Ohne ihren Verband zu lösen, stiegen und sanken sie. Stieß einer plötzlich kopfüber in die Wellen, folgten die anderen bedingungslos. Drei Spritzerfontänen, drei Steigflüge, drei Frühstücksportionen in den Schnäbeln.

Mit geübter Bewegung hob Nathan die Kamera, nahm die Schutzkappe von der Linse und stellte die Pelikane scharf ein.

Er folgte ihnen, als sie an den Wellenkämmen emporstiegen und sich in die Luft erhoben. Und beim nächsten Sturzflug fing er sie ein.

Er ließ die Kamera sinken und lächelte. In den vergangenen Jahren hatte er oft über längere Perioden auf sein Hobby verzichtet. Jetzt wollte er alles aufholen und mindestens eine Stunde pro Tag damit verbringen, sich wieder an das Vergnügen zu gewöhnen und sein Auge zu verbessern.

Einen besseren Einstieg hätte er sich nicht wünschen können. Der Strand gehörte nur den Vögeln und Muscheln. Seine Fußstapfen waren die einzigen. Das allein ist schon ein Wunder, dachte er. Wo sonst war ein Mensch so mutterseelenallein, wo sonst konnte er diese Schönheit, diesen Frieden und diese Einsamkeit genießen?

All das brauchte er jetzt. Wunder, Schönheit, Frieden. Die Hand um die Kamera gelegt, stieg Nathan die Böschung hinunter und erreichte den weichen, feuchten Sandstrand. Er bückte sich, um eine Muschel zu betrachten, mit der Fingerspitze die Umrisse eines Seesterns nachzuziehen.

Aber er ließ alles dort, wo er es vorgefunden hatte, und nahm es nur auf Film gebannt mit.

Die Luft und die Bewegung beruhigten seine angespannten Nerven. Sie ist Fotografin, dachte Nathan, als er ein hübsches Cottage betrachtete, das hinter den Dünen hervorlugte. Hatte sein Vater gewusst, dass das kleine Mädchen in seine Fußstapfen getreten war? Hätte es ihn interessiert? Wäre er stolz oder erfreut gewesen?

Er erinnerte sich, wie ihm sein Vater zum ersten Mal eine Kamera erklärt hatte. Die großen Hände hatten auf seinen kleinen geruht und sie sanft und geduldig geführt. Der Geruch von Rasierwasser auf den Wangen seines Vaters, ein herber Duft. Brut. Ja, Brut. Das hatte Mom am besten gefallen. Die Wange seines Vaters war glattrasiert und lag fest an seiner eigenen. Sein dunkles Haar war in großen Wellen ordentlich nach hinten gekämmt, seine klaren grauen Augen blickten sanft und ernst.

Gib immer auf deine Ausrüstung acht. Vielleicht verdienst du ja eines Tages mit ihr deinen Lebensunterhalt. Betrachte die ganze Welt

durch sie, und entdecke, was es zu entdecken gibt. Lerne hinzu-
schauen, und du wirst mehr als alle anderen sehen. Vielleicht wirst
du ja auch etwas anderes und benutzt sie nur, um bestimmte Augen-
blicke festzuhalten. Urlaub, Familie. Es sind deine Augenblicke, und
deshalb sind sie wichtig. Respektiere deine Ausrüstung, lerne, rich-
tig mit ihr umzugehen, und du wirst diese Augenblicke niemals ver-
lieren.

»Wie viele haben wir trotzdem verloren?«, fragte sich Nathan laut. »Und wie viele haben wir aufbewahrt, die wir besser verloren hätten?«

»Wie bitte?«

Nathan fuhr herum, als ihn die Stimme aus seinen Gedanken riss und er eine Hand an seinem Arm spürte. »Was?« Rasch trat er einen Schritt zurück und erwartete, einen seiner Geister vor sich zu sehen. Stattdessen erblickte er eine hübsche, schlanke Blondine, die ihn durch ihre getönten Gläser anschaute.

»Entschuldigen Sie, ich habe Sie erschreckt.« Sie neigte den Kopf zur Seite, aber ihre Augen blieben fest auf sein Gesicht gerichtet. »Alles klar bei Ihnen?«

»Ja.« Nathan fuhr sich mit der Hand durchs Haar, das zittrige Gefühl in seinen Beinen ignorierend. Wesentlich schwerer ignorieren ließ sich das peinliche Gefühl, das sich bei ihm einstellte, als die Frau fortfuhr, ihn unverhohlen zu studieren wie ein Insekt unterm Mikroskop. »Ich habe nicht gewusst, dass jemand hier ist.«

»Meine morgendliche Joggingrunde«, erklärte sie ihm, und erst jetzt bemerkte er, dass sie ein durchgeschwitztes, graues T-Shirt und eine bequeme, rote Radlerhose trug. »Das Cottage, durch das Sie eben gestarrt haben, gehört mir.«

»Aha.« Nathan richtete erneut den Blick auf die silbrig schimmernden Zedernschindeln, auf das geschwungene braune Dach mit dem als Balkon dienenden Vorsprung. »Eine tolle Aussicht haben Sie da.«

»Am besten sind die Sonnenaufgänge. Sind Sie wirklich sicher, dass bei Ihnen alles klar ist?«, fragte sie ihn noch mal. »Tut mir leid, wenn ich Ihnen auf die Nerven gehe, aber wenn ich einen Mann allein am Strand stehen und Selbstgespräche führen sehe, werde ich stutzig. Ist mein Job«, fügte sie hinzu.

»Küstenwache?«, erkundigte er sich trocken.

»Nein.« Lächelnd streckte sie ihm die Hand entgegen. »Ärztin. Doktor Fitzsimmons. Kirby Fitzsimmons. Ich führe meine Praxis im Cottage.«

»Nathan Delaney. Medizinisch gesund. Hat hier früher nicht eine alte Dame gewohnt? Eine kleine, schmale Frau mit weißem Dutt?«

»Ja, meine Großmutter. Haben Sie sie gekannt? Stammen Sie etwa von hier?«

»Nein, nein, ich erinnere mich bloß an sie. Ich habe als Junge hier auf der Insel einen Sommer verbracht. Und jetzt kommen viele Erinnerungen zurück. Sie sind gerade mitten in eine hineingeplatzt.«

»Oh.« Die Augen hinter den getönten Gläsern verloren ihr klinisches Interesse und blickten wärmer drein. »Das erklärt einiges. Ich weiß, wovon Sie sprechen. Ich habe viele Sommerferien hier verbracht, und die ganze Zeit kommen mir Erinnerungen. Deshalb habe ich nach dem Tod meiner Großmutter beschlossen, mich hier niederzulassen. Ich habe die Insel immer geliebt.«

Geistesabwesend streckte sie ihr Bein nach hinten aus, griff nach dem Fuß und zog die Ferse an den Po. »Dann sind Sie also der Yankee, der sich für ein halbes Jahr im Little Desire Cottage eingemietet hat.«

»Hat sich offenbar rumgesprochen.«

»Wundert Sie das? Die Insel ist winzig klein, und es passiert nicht allzu oft, dass ein alleinstehender Mann ein halbes Jahr hierbleibt. Die Damenwelt hier ist neugierig.« Kirby wiederholte die Übung mit dem anderen Bein. »Ich glaube, ich erinnere mich sogar an Sie. Sind Sie und Ihr Bruder nicht mit Brian Hathaway herumgezogen? Ich erinnere mich, wie meine Oma mal gesagt hat, dass die Delaney-Jungs und Brian zusammenhalten wie ein Klumpen Dreck.«

»Gutes Gedächtnis. Sie waren in diesem Sommer also auch hier?«

»Ja, es war mein erster Sommer auf der Insel. Deshalb kann ich mich wohl auch so gut an alles erinnern. Haben Sie Brian schon gesehen?«, erkundigte sie sich beiläufig.

»Er hat mir gerade ein Frühstück gemacht.«

»Sein Frühstück ist göttlich.« Jetzt war es Kirby, die durch ihr Cottage hindurchschaute. »Ich habe gehört, dass Jo wieder hier ist. Ich werde heute Abend nach der Praxis mal vorbeischauen.« Sie blickte auf die Uhr. »Und da in zwanzig Minuten meine Sprechstunde beginnt, mache ich mich mal besser auf die Socken. Es war nett, Sie wiederzusehen, Nathan.«

»Schön, Sie kennenzulernen. Doc«, fügte er hinzu, während sie sich in Bewegung setzte.

Lachend drehte sie sich noch einmal zu ihm um und joggte rückwärts. »Allgemeinpraxis«, rief sie ihm zu. »Von der Wiege bis zur Bahre. Kommen Sie vorbei, wenn's bei Ihnen kneift.«

»Werd's mir merken.« Er lächelte ihr nach und beobachtete noch eine Weile ihren fröhlich wippenden Pferdeschwanz.

Neunzehn Minuten später zog sich Kirby ihren weißen Kittel über die Levi's. Den Arztkittel betrachtete sie als eine Art Tradition; er half ihr, misstrauischen Patienten klarzumachen, dass sie wirklich Ärztin war. Der Kittel und das um ihren Hals baumelnde Stethoskop signalisierten den Insulanern, dass es schon seine Richtigkeit hatte, dass Mrs. Fitzsimmons' kleine Enkelin ihnen in den Körperöffnungen herumstocherte.

Sie betrat ihr Büro – ehemals die Speisekammer ihrer Großmutter. An einer Wand hatte Kirby die alten Regale stehenlassen; sie beherbergten nun Bücher und das kleine Faxgerät, das sie mit dem Festland verband. Die anderen Regale hatte sie herausgenommen, denn sie plante nicht, dem Beispiel ihrer Großmutter zu folgen und von eingeweckten Tomaten bis hin zu süßsaurer Wassermelone alles Mögliche zu lagern.

Eigenhändig hatte sie den kleinen, liebevoll polierten Kirschholzschreibtisch in den Raum geschleppt. Sie hatte ihn als eines von wenigen Stücken aus Connecticut mit auf die Insel genommen. Auf der Platte befanden sich eine in Leder gefasste Schreibunterlage und ein dazu passender Terminkalender – das Abschiedsgeschenk ihrer konsternierten Eltern.

Ihr Vater war auf Desire groß geworden und betrachtete es als Glück, der Insel entkommen zu sein.

Sie wusste, dass ihre Eltern angesichts ihres Entschlusses, in die väterlichen Fußstapfen zu treten und Medizin zu studieren, geradezu entzückt gewesen waren. Und sie hatten fest damit gerechnet, dass ihre Tochter in seine renommierte, auf Herzchirurgie spezialisierte Privatpraxis eintreten und auch den von ihnen so geliebten luxuriösen Lebensstil übernehmen würde.

Stattdessen hatte sie sich für Allgemeinmedizin, für das windschiefe Cottage ihrer Großmutter und das einfache Inselleben entschieden.

Sie hätte nicht glücklicher sein können.

Ihre ersten Wochen in der neueröffneten Praxis hatte Kirby damit verbracht, Bleistifte zu spitzen, um sie anschließend auf der Schreibunterlage wieder stumpf zu kritzeln.

Aber sie hatte durchgehalten, und allmählich verwendete sie die Bleistifte immer öfter dazu, Termine in den Kalender einzutragen. Ein hustendes Baby, eine arthritisgeplagte ältere Dame, ein Kind mit Masern.

Zuallererst hatten sich ihr entweder ganz junge oder ganz alte Patienten anvertraut. Nach und nach waren dann auch die anderen mit ihren alltäglichen Wehwehchen zu ihr gekommen. Jetzt war sie als Doc Kirby bekannt, und die Praxis trug sich.

Kirby warf einen Blick in ihren Terminkalender. Ein gynäkologischer Routinecheck, eine Nachuntersuchung einer schweren Nebenhöhlenentzündung, schon wieder die Matthews-Jungen mit ihren üblichen Ohrenschmerzen, und dann noch das Simmons-Baby zur nächsten Impfung. Ihr Wartezimmer platzte zwar nicht gerade aus allen Nähten, aber immerhin war sie am Vormittag beschäftigt. Und außerdem, wer wusste das vorher schon, konnten sich im Laufe des Tages auch noch akute Notfälle in ihrer Praxis einfinden.

Ginny Pendleton hatte den Zehn-Uhr-Termin für die gynäkologische Untersuchung, was bedeutete, dass Kirby noch ein paar Minuten Zeit hatte, denn Ginny kam regelmäßig zu spät. Kirby legte die entsprechende Akte bereit, ging rüber in die

Küche, goss den restlichen Kaffee, den sie schon am frühen Morgen gemacht hatte, in ihre Tasse und betrat ihr Sprechzimmer.

Das Zimmer, in dem sie einst in den lauen Sommernächten geträumt hatte, war jetzt frisch und sauber. Anstelle der sonst in Sprechzimmern üblichen Bilder des Nervensystems oder des Mittelohrs zierten Wildblumenposter die weißen Wände. Kirby war der Meinung, anatomische Zeichnungen machten die Patienten nur nervös.

Nachdem sie die Patientenakte in den Halter neben der Tür gesteckt hatte, nahm sie einen rückenfreien Baumwollkittel aus dem Schrank – die Wegwerfpapierkittel hatten für sie etwas Erniedrigendes – und legte ihn ans Fußende des Untersuchungsstuhls. Summend begleitete sie die beruhigende Mozartsonate, die leise aus dem Lautsprecher der Stereoanlage drang. Kirby hatte festgestellt, dass sich selbst jene Patienten, die sonst nicht viel mit klassischer Musik anzufangen wussten, bei diesen Klängen entspannten.

Sie legte die Instrumente zurecht, die sie für die Routine-Untersuchung brauchte, und nahm gerade den letzten Schluck Kaffee, als sie die helle Melodie hörte, die ihr mitteilte, dass sich die Tür zur Praxis geöffnet hatte.

»Entschuldigung, tut mir leid«, keuchte Ginny, während Kirby in das Wohnzimmer trat, das außerdem als Wartezimmer diente. »Gerade als ich gehen wollte, klingelte das Telefon.«

Sie war Mitte zwanzig, und Kirby hatte ihr schon tausendmal zu erklären versucht, dass sich ihr Faible für die Sonne in zehn Jahren bitter rächen würde.

Sie hatte schulterlanges weißblondes, gnadenlos kräuseliges Haar, das nach einem Radikalschnitt schrie.

Ginny stammte aus einer Fischerfamilie, und obwohl sie das Boot geschickt wie ein Pirat steuern, Fische so professionell wie ein Chirurg ausnehmen und Austern mit atemberaubender Geschwindigkeit öffnen konnte, arbeitete sie lieber auf dem Heron-Campingplatz, wies den Touristen die Plätze zu, half Neuankömmlingen beim Zeltaufbau und kümmerte sich um die Buchhaltung.

»Immer komme ich zu spät«, stöhnte Ginny mit ihrem entwaffnenden Grinsen, das Kirby zum Lachen brachte.

»Und jeder weiß es. Also los jetzt. Zuerst ins Glas pinkeln, das kennst du ja schon. Dann kommst du wieder ins Untersuchungszimmer, ziehst dich aus und schlüpfst in die Schürze, die Öffnung nach vorne. Wenn du fertig bist, sagst du Bescheid.«

»Ist gut. War übrigens Lexy, die angerufen hat«, rief Ginny, während sie in ihren Cowboystiefeln über den Flur zur Toilette stapfte. »Sie fühlt sich irgendwie gereizt.«

»Nichts Neues bei Lexy«, antwortete Kirby.

Ginny erzählte munter weiter, während sie die Toilette verließ und das Sprechzimmer betrat.

»Jedenfalls kommt Lexy heute Abend gegen neun vorbei.« Der erste Cowboystiefel polterte zu Boden. »Nummer zwölf ist im Augenblick frei – mein Lieblingsplatz. Wir wollen ein Lagerfeuer machen und zwei Sixpacks knacken. Hast du auch Lust?«

»Danke für die Einladung.« Erneutes Poltern. »Mal seh'n. Falls ich vorbeikomme, bringe ich auch ein Sixpack mit.«

»Ich wollte, dass Jo mitkommt, aber du weißt ja selbst, wie zickig Lex da ist. Ich hoffe, Jo kommt trotzdem.« Ginny schnappte nach Luft, und Kirby stellte sich vor, wie sie sich gerade aus ihrer Jeans schälte. »Hast du sie schon gesehen? Jo, meine ich.«

»Nein, ich wollte im Lauf des Tages mal vorbeischauen.«

»Ganz schön dicke Luft bei denen. Keine Ahnung, warum Lex so sauer auf Jo ist. Irgendwie scheint sie im Augenblick sauer auf so ziemlich jeden zu sein, der ihr übern Weg läuft. Sogar auf Giff. Wenn mich ein Typ wie Giff so anschauen würde, dann würde ich Freudensprünge machen. Und das sage ich nicht, weil Giff mein Cousin ist.«

»Giff wird sie schon weich bekommen, jede Wette«, bemerkte Kirby, während sie die Patientenakte aus dem Halter nahm. »Er ist mindestens so dickköpfig wie sie. So, und jetzt auf die Waage. Irgendwelche Beschwerden, Ginny?«

»Nein, fühle mich prima.« Ginny stieg auf die Waage und kniff die Augen fest zu. »Sag mir bitte nicht, wie viel.«

Lächelnd schob Kirby das Gewicht nach rechts, noch ein bisschen, noch ein bisschen. Hoppla, fast achtzig Kilo.

»Sag mal, Ginny, treibst du eigentlich Sport?«

Die Augen noch immer geschlossen, trat Ginny unruhig von einem Bein aufs andere. »Quasi.«

»Aerobic. Dreimal pro Woche zwanzig Minuten. Und nicht mehr so viele Süßigkeiten.« Kirby schob das Gewicht gehorsam auf null, bevor Ginny die Augen öffnete. »So, und jetzt der Blutdruck.«

»Vielleicht kaufe ich mir das Jane-Fonda-Video. Was hältst du übrigens von diesem Fettabsaugen?«

Kirby pumpte die Armmanschette auf. »Ich denke, du solltest ein paarmal pro Woche Strandläufe machen und dir eine Zeitlang einfach vorstellen, Möhren wären Schokoriegel. Auf die Weise verlierst du die überschüssigen fünf Pfund genauso schnell. Der Blutdruck ist in Ordnung. Wann war deine letzte Periode?«

»Vor zwei Wochen. Allerdings fast eine Woche zu spät. Ich hatte eine Scheißangst.«

»Aber du benutzt doch dein Diaphragma, oder?«

Ginny verschränkte die Arme vor der Brust. »Na ja, meistens. Aber manchmal stört's eben.«

»Eine Schwangerschaft aber auch.«

»Ich mach's nur mit Kondom. Ohne Ausnahme. Auf Platz sechs sind grade ein paar nette Typen angekommen.«

Seufzend schlüpfte Kirby in ihre Untersuchungshandschuhe. »Gleich mit jedem zu schlafen kann ganz schön gefährlich werden.«

»Ich weiß, es macht aber verdammt viel Spaß.« Lächelnd betrachtete Ginny das Monet-Poster, das Kirby an der Decke festgetackert hatte. »Und in die meisten bin ich auch ein bisschen verknallt. Früher oder später wird mir schon noch der Richtige übern Weg laufen. Die große Liebe. Aber bis dahin lass ich nichts anbrennen.«

»Ich finde, du verkaufst dich unter Wert«, entgegnete Kirby.

»Ich weiß nicht.« Ginny versuchte sich vorzustellen, sie selbst wanderte über die Blumenwiese auf dem Poster, und grub dabei ihre Finger mit den vielen Ringen in ihr Zwerchfell. »Hast du noch nie einen Typen gesehen, den du so dringend haben wolltest, dass sich in deinem Bauch alles zusammenzog?«

Kirby dachte an Brian und konnte gerade noch verhindern, dass ihr ein Seufzer entschlüpfte. »O doch.«

»Siehst du. Und wenn mir das passiert, überlege ich nicht lange. Es ist so eine Art ... Urinstinkt, verstehst du?«

»Ich denke schon. Aber Urinstinkte hin, Bequemlichkeit her, Ginny – ich möchte, dass du immer dein Diaphragma benutzt.«

Ginny rollte die Augen. »Ja, Doktor. Ach, wenn wir schon bei Männern und Sex sind – Lexy hat ein Auge auf den Yankee geworfen. Sie sagt, der ist allererste Sahne.«

»Ach der – den hab ich auch schon getroffen«, erwiderte Kirby.

»Und – hat sie recht?«

»Er ist ziemlich attraktiv.« Behutsam hob Kirby Ginnys rechten Arm und begann mit dem Abtasten der Brust.

»Hat sich rausgestellt, dass er ein alter Freund von Bri ist. Hat hier mit seinen Eltern mal Urlaub gemacht. Sein Vater ist der Fotograf, der damals die Aufnahmen für den Bildband über die Insel gemacht hat. Meine Mutter hat das Buch noch im Schrank stehen.«

»Der Fotograf – natürlich. Den hatte ich ganz vergessen. Er hat Großmutter aufgenommen. Nach seiner Abreise hat er ihr einen gerahmten Abzug geschickt. Ich hab das Bild noch in meinem Schlafzimmer hängen.«

»Ma hat heute Morgen das Buch rausgekramt, als ich ihr davon erzählt habe. Ist wirklich schön«, fügte Ginny hinzu, während Kirby ihr in Sitzposition half. »Ein Bild zeigt Annabelle Hathaway und Jo bei der Gartenarbeit. Ma sagte, das war in dem Sommer, in dem Annabelle weggelaufen ist.«

»Das ist schon zwanzig Jahre her. Komisch, dass die Leute es nicht einfach ruhen lassen und vergessen.«

»Die Pendletons sind Desire«, erklärte Ginny. »Annabelle war eine Pendleton. Auf dieser Insel vergisst kein Mensch irgendetwas. Sie war wirklich schön«, fügte sie hinzu, während sie vom Untersuchungsstuhl kletterte. »Ich kann mich nicht sehr gut an sie erinnern, aber als ich heute Morgen das Foto gesehen habe, musste ich wieder an sie denken. Wenn Jo sich nur ein bisschen Mühe geben würde, könnte sie genauso aussehen.«

»Ich kann mir vorstellen, dass Jo lieber wie Jo aussieht. So, du bist vollkommen gesund, Ginny, kannst dich wieder anziehen. Wir sehen uns gleich noch draußen.«

»Danke. Und versuch doch heute Abend vorbeizukommen. Wir machen einen richtigen Frauenabend draus. Nummer zwölf.«

»Mal sehen.«

Um vier schloss Kirby die Praxis. Der einzige Notfall war ein Tourist gewesen, der am Strand eingeschlafen war und sich dabei einen schlimmen Sonnenbrand eingefangen hatte. Nachdem der letzte Patient verarztet war, hatte sie eine Viertelstunde damit verbracht, ihr Make-up aufzufrischen, ihr Haar zu bürsten und Parfüm aufzulegen.

Sie sagte sich, dass sie das nur tat, um sich selbst zu gefallen, aber als sie sich auf den Weg rüber zu Sanctuary machte, musste sie sich eingestehen, dass sie sich etwas vormachte. Sie hoffte, dass sie frisch genug aussah und gut genug roch, um Brian Hathaway leiden zu lassen.

Sie verließ das Haus durch die Tür zum Strand. Kirby liebte es, von ihrem Haus aus direkt auf das Meer zu blicken. Sie sah eine Familie im seichten Wasser planschen. Das helle Lachen der beiden Kinder drang durch das Rauschen des Meeres bis zu ihr.

Sie setzte ihre Sonnenbrille auf und schlenderte die Stufen hinunter. Der schmale Pfad, den Giff angelegt hatte, führte ums Haus herum, weg von den Dünen. Noch auf dem Sand erhoben sich ein paar knorrige, windgepeitschte Zypressen, und selbst jetzt blies ihr der Wind Sand um die Knöchel. Ihre Fußabdrücke fügten sich zwischen die bereits im Sand vorhandenen.

Sie machte einen großen Bogen um die Ausläufer der Dünen – sie lebte nun schon lange genug auf der Insel, um das zerbrechliche Gleichgewicht dieses Systems zu kennen und zu respektieren. Kurz darauf hatte sie das gleißende, heiße Sonnenlicht des Strandes hinter sich gelassen und war in die kühle, schummrige Höhle des Waldes eingetaucht.

Sie ging mit schnellen Schritten, nicht hastig, sondern einfach nur zügig auf ihr Ziel zu. Sie war an das Rascheln und Knacken des Waldes gewöhnt, sie kannte die Geräusche und das Licht ganz genau. Um so irritierter hielt sie plötzlich inne und lauschte. Das Herz schlug ihr bis zum Hals.

Die Schatten absuchend, drehte sie sich langsam um die eigene Achse. Sie war sicher, etwas gehört, gespürt zu haben. Und sie hatte immer noch das unbehagliche Gefühl, beobachtet zu werden.

»Hallo?« Beim Echo ihrer eigenen Stimme fuhr sie zusammen und ärgerte sich im selben Augenblick über ihre kindische Reaktion. »Ist da jemand?«

Das Knistern von Laub, das Rascheln eines Kaninchens und die Stille, die schwer im Schatten der Bäume hing. Natürlich war hier niemand. Und selbst wenn jemand da war – was machte es schon? Sie drehte sich um und zwang sich, langsam den Weg weiterzugehen.

Ein Schweißtropfen rann ihren Rücken herunter, und ihr Atem begann zu jagen. Gegen die aufsteigende Angst ankämpfend, drehte sie sich abermals um, überzeugt, diesmal den Hauch einer Bewegung zu entdecken. Nichts außer einem Gewirr aus Ästen und Zweigen und Flechten.

Verdammt, dachte sie und presste die Hand auf ihr rasendes Herz. Irgendjemand *war* hier. Hinter einem Baumstamm versteckt, im Schutz des Schattens. Etwas beobachtete sie. Nur Kinder, versuchte sie sich zu beruhigen. Nur ein paar Kinder, die ihr einen Streich spielten.

Sie lief einige Schritte rückwärts, den Blick mal links, mal rechts aufs Gebüsch gerichtet. Und da hörte sie es wieder, nur ein ganz leises, verstohlenes Geräusch. Sie versuchte, etwas zu rufen, irgendeinen auf freche Kinder gemünzten Kommentar, aber ihre Kehle war vor Schreck wie zugeschnürt. Instinktiv drehte sie sich um und beschleunigte ihr Tempo.

Als das Geräusch näher kam, vergaß sie ihren Stolz und rannte los.

Und der, der sie beobachtete, lachte sich ins Fäustchen und blies ihr einen Kuss hinterher.

Keuchend stürzte Kirby zwischen den Bäumen hindurch; ihre Turnschuhe hinterließen auf dem Pfad ein wildes Muster. Sie konnte gerade noch ein erleichtertes Schluchzen unterdrücken, als sich das Licht endlich veränderte, als es um sie herum heller wurde und sie schließlich aus dem Wald gerannt kam. Sie warf einen Blick über ihre Schulter und rechnete fest damit, ein Monster hinter sich auftauchen zu sehen.

Sie schrie laut auf, als sie plötzlich gegen eine harte Brust prallte und Arme um sich spürte.

»Was ist los? Was ist passiert?« Brian wollte sie schon wieder freigeben, aber sie schlang ihre Arme um ihn und vergrub sich an seiner Brust. »Bist du verletzt? Lass mal sehen!«

»Nein, nein, ich bin nicht verletzt. Einen Moment, ich brauche nur einen Moment.«

»Okay, in Ordnung.« Er lockerte seinen Griff und strich ihr beruhigend übers Haar. Er hatte gerade im äußersten Zipfel des Gartens Unkraut gejätet, als er jemanden in Panik durch den Wald hatte jagen hören. Er war einige Schritte auf den Wald zugelaufen, um nach dem Rechten zu schauen, als sie zwischen den Bäumen hervorstürzte und mit ihm zusammenstieß. Jetzt hämmerte Kirbys Herz gegen seines, das fast so schnell schlug wie ihres.

»Jemand hat mir einen Streich gespielt«, presste sie mit heiserer Reibeisenstimme hervor. »Wahrscheinlich Kinder. Sicher nur Kinder. Ich hab mich richtig verfolgt gefühlt. Es waren bestimmt nur Kinder. Ich hab eine Riesenangst gehabt.«

»Jetzt ist alles vorbei. Atme mal tief durch.« Sie ist so klein, dachte er. Ein schmaler Rücken, Wespentaille, seidiges Haar. Ohne es zu merken, zog er sie näher an sich. Es fühlte sich gut an, sie im Arm zu halten, und gleichzeitig schien sie ihm winzig genug zu sein, um sie in die Hosentasche zu stecken.

Und wie wundervoll sie roch. Ganz kurz ließ er seine Wange über ihren Kopf gleiten und sog ihren Duft ein, spürte ihr feines Haar an seiner Haut, während er ihr beruhigend über den Nacken strich.

»Ich weiß nicht, warum ich derart in Panik geraten bin. Das ist mir noch nie passiert.« Und während sie langsam ruhiger wurde, bemerkte sie, dass er sie noch immer in den Armen hielt. Ganz nah. Dass seine Hände sie streichelten. Ganz sanft. Dass seine Lippen ihr Haar liebkosten. Ganz zart.

»Brian.« Sie flüsterte seinen Namen, während ihre Hände über seinen Rücken glitten und sie den Kopf hob.

»Es ist vorbei. Dir ist nichts passiert.« Und bevor er begriff, was geschah, lag sein Mund auf ihrem.

Es traf ihn wie ein Faustschlag in den Magen, es nahm ihm den Atem, machte ihn schwindlig und ließ seine Knie zittrig werden. Dann öffneten sich ihre warmen, weichen Lippen unter seinen, und ihr entschlüpfte ein leises Seufzen.

Als sein Mund ihren erobert hatte, hörte sie auf zu denken. Sie machte eine absolut neue Erfahrung, lernte einen ganz neuen, schwindelerregenden Reiz kennen. Sie war immer in der Lage gewesen, klaren Kopf zu bewahren, irgendwie aus sich herauszutreten und das Geschehen zu kontrollieren und zu steuern. Aber jetzt geriet sie selbst in den Strudel, wurde von ihren Gefühlen mitgerissen.

Sein Mund war heiß und hungrig, sein Körper hart, seine Hände fordernd. Zum ersten Mal in ihrem Leben fühlte sie sich wirklich schwach und zerbrechlich, so als sei sie ihm auf Gedeih und Verderb ausgeliefert.

Und dieses Gefühl war unglaublich erregend. Sie murmelte immer wieder seinen Namen, während sich sein Mund holte, was er wollte. Sie schlang ihre Arme um seinen Hals und ließ den Kopf in den Nacken fallen. Zum ersten Mal in ihrem Leben ergab sie sich einem Mann freiwillig und bedingungslos.

Es war diese Veränderung, ihre plötzliche Hingabe, das hilflose Stöhnen, das ihn plötzlich zurückzucken ließ. Er hatte sie auf ihre Fußspitzen angehoben, seine Finger gruben sich in ihren Körper, und das Einzige, woran er noch denken konnte, war, sie auf der Stelle zu nehmen.

Himmel, im Garten seiner Mutter. Am hellichten Tag. Im Schatten seines eigenen Hauses. Angeekelt schob er sie auf Armeslänge weg.

»Ist es das, was du wolltest?«, fuhr er sie wütend an. »Du hast ja nichts unversucht gelassen, um mir zu zeigen, dass ich genauso schwach werde wie alle anderen.«

Das Karussell in ihrem Kopf drehte sich noch. »Was?« Sie blinzelte, um wieder zu sich zu kommen. »Was meinst du?«

»Die Frau-in-Not-Nummer hat funktioniert. Volltreffer.«

Jetzt war auch Kirby wieder auf dem Boden der Tatsachen angekommen. Als sie seine Worte und das, was er damit sagen wollte, begriff, weiteten sich ihre Augen vor Entrüstung.

»Glaubst du im Ernst, ich hätte das alles inszeniert, mich lächerlich gemacht, nur um von dir geküsst zu werden? Du bist ein arrogantes, eitles, wichtigtuerisches Arschloch!« Zutiefst getroffen und beleidigt stieß sie ihn von sich. »Ich bin alles andere als berechnend, und die Frau-in-Not-Nummer habe ich nicht abgezogen, weder jetzt noch sonst irgendwann. Ich bin wegen Jo hierhergekommen, nicht deinetwegen. Du bist mir nur zufällig über den Weg gelaufen.«

»Ach ja? Ich vermute, deshalb hast du dich mir auch gleich an den Hals geworfen.«

Sie atmete tief durch, fest entschlossen, das Ganze ruhig und mit Würde über die Bühne zu bringen. »Das Dumme daran ist nur, lieber Brian, dass du mich küssen wolltest, und ganz offensichtlich hat es dir gefallen. Und jetzt willst du mir die Schuld in die Schuhe schieben und bezichtigst mich irgendwelcher Tricks, weil du mich gerne noch mal küssen würdest. Du willst mich noch mal so anfassen wie eben, und aus irgendwelchen Gründen rastest du deshalb aus. Aber das ist dein Problem. Wie gesagt, ich bin wegen Jo gekommen.«

»Die ist gar nicht da«, presste Brian mühsam hervor. »Ist mit ihrer Kamera unterwegs.«

»Auch gut. Dann richte ihr doch bitte was aus. Heron-Campingplatz, neun Uhr. Frauenabend. Kannst du dir das merken, oder willst du's dir aufschreiben?«

»Ich werd's ihr sagen. Sonst noch was?«

»Nein, nichts mehr.« Sie drehte sich um, zögerte. Zum Teufel mit dem Stolz – sie brachte es nicht fertig, allein zurück in den Wald zu gehen. Sie änderte die Richtung und schlug den

Muschelkiesweg ein. Der Rückweg würde so zwar mehr als doppelt so lange dauern, aber immerhin konnte sie beim Laufen ihre Wut loswerden.

Brian blickte ihr stirnrunzelnd nach, dann sah er zum Wald hinüber. Plötzlich war er davon überzeugt, dass nichts von dem, was gerade stattgefunden hatte, inszeniert war. Und das bedeutete, dass er sich nicht nur zum Idioten gemacht hatte, sondern auch äußerst unhöflich war.

»Bleib stehen, Kirby, ich bringe dich nach Hause.«

»Nein danke.«

»Bleib stehen, hab ich gesagt!« Mit zwei großen Schritten holte er sie ein und packte ihren Arm. Als ihr Kopf herumwirbelte, stellte er verblüfft fest, dass sie wirklich fuchsteufelswild aussah.

»Ich sag dir Bescheid, wenn ich von dir angefasst werden will, Brian, und ich sag dir auch Bescheid, wenn ich was anderes von dir möchte. Aber bis dahin«, mit einem heftigen Ruck riss sie sich von ihm los, »komme ich allein klar.«

»Tut mir leid.« Im selben Augenblick verfluchte er sich. Er hatte sich gar nicht entschuldigen wollen. Angesichts ihrer hochgezogenen Augenbrauen und ihres amüsierten Blicks hätte er sich am liebsten die Zunge abgebissen.

»Hast du was gesagt?«

Zu spät, dachte er. »Tut mir leid, hab ich gesagt. War nicht so gemeint. Ich fahr dich nach Hause.«

Sie neigte den Kopf, richtig majestätisch, dachte er, und lächelte zufrieden. »Danke, wirklich nett von dir.«

8

Du solltest Bier mitbringen und keinen tollen Wein.« Ärgerlich warf Lexy Schlafsack und Tasche in Jos Land Rover.

»Ich mag halt lieber Wein.« Jo bemühte sich, ihre Stimme freundlich klingen zu lassen.

»Wundert mich außerdem, was du daran findest, die Nacht im Wald zu verbringen.« Finster blickte Lexy auf Jos ordentlich zusammengerollten, teuren Schlafsack. Für Jo Ellen immer nur vom Feinsten, dachte sie grimmig und stellte ihre beiden Sixpacks in den Wagen. »Da gibt's keine Pianobar, keinen Zimmerservice und keinen dämlichen Oberkellner.«

Jo dachte an die Nächte, die sie im Zelt, in billigen Motels oder zitternd vor Kälte in ihrem Jeep verbracht hatte. Sie wuchtete die schwere Tasche mit den Lebensmitteln, die sie Brian abgeschwatzt hatte, in den Wagen und strich ihr Haar zurück. »Ich werd's überleben.«

»Ich bin sauer. Ich bin stinksauer, verstehst du? Ich wollte mal einen einzigen Abend ohne dich verbringen, nur mit Freundinnen, mit *meinen* Freundinnen.«

Jo schlug die hintere Wagentür zu und biss die Zähne zusammen, als der Knall wie ein Gewehrschuss widerhallte. Es wäre besser, einfach kehrtzumachen, dachte Jo, und zu Hause zu bleiben. Dann konnte Lexy sehen, wie sie zum Campingplatz kam.

»Ginny ist auch *meine* Freundin, und Kirby habe ich seit Jahren schon nicht mehr gesehen.« Jo ging um den Wagen herum, stieg ein, legte die Hände aufs Steuer und wartete.

Die Vorfreude, die sie verspürt hatte, als Brian ihr Kirbys Einladung ausgerichtet hatte, war ihr mittlerweile gründlich vergangen, und ihr Magen zog sich vor Ärger zusammen. Aber sie war fest entschlossen, sich nicht von den Sticheleien ihrer Schwester abschrecken zu lassen.

Da muss ich jetzt durch, dachte Jo, als Lexy mit aller Wucht die Beifahrertür zuschlug.

»Anschnallen«, befahl Jo, und aufstöhnend tat Lexy, was ihre Schwester von ihr verlangte. »Hör mal, warum können wir uns nicht einfach betrinken und wenigstens einen Abend lang so tun, als kämen wir miteinander aus? Für eine begnadete Schauspielerin wie dich sollte das doch wirklich kein Problem sein.«

Lexy neigte den Kopf und schenkte Jo ein zuckersüßes Lächeln. »Fick dich ins Knie, Schwesterherz.«

»Auf geht's.« Jo ließ den Motor an und griff ganz automatisch nach einer Zigarette.

»Würde es dir was ausmachen, im Auto nicht zu rauchen?«

Jo drückte den Anzünder hinein. »Ist *mein* Wagen.«

Sie fuhren in Richtung Norden, unter den Reifen summte der Asphalt. Die Luft, die durch die geöffneten Fenster in den Wagen strömte, war weich wie Samt und beruhigte ihre angespannten Nerven.

Sie erinnerte sich, wie sie auf dieser Straße gefahren war, wie der Wind ihr durchs Haar geblasen und das Autoradio geplärrt hatte. Auch damals hatte Lexy neben ihr gesessen.

Damals, in dem Frühling, bevor Jo die Insel verlassen hatte. Ein milder, duftender Frühling. Achtzehn war ich damals, dachte sie, und Lexy fünfzehn. Tante Kate hatte ihre Schwester in Atlanta besucht, und so war niemandem aufgefallen, dass sich die beiden Teenager aus dem Staub machten.

Sie hatten ausgelassen gekichert, hatten ein Gefühl von Freiheit und Abenteuer verspürt. Irgendwie hatten sie sich verbunden gefühlt. Dieses Gefühl musste irgendwann auf der Strecke geblieben sein.

»Wie geht's Giff?«, hörte sich Jo fragen.

»Woher soll ich das wissen?«

Jo zuckte die Achseln. Auch damals hatte es Giff schon auf Lexy abgesehen. Und auch damals hatte Lexy es sehr wohl gewusst. Jo wollte eigentlich nur wissen, ob es immer noch so war. »Ich habe ihn noch nicht gesehen. Ich habe gehört, er ist Schreiner und macht alles Mögliche.«

»Er ist 'n Arschloch. Habe keine Ahnung, was er macht.«
Lexy blickte grimmig aus dem Fenster, während sie sich an seinen atemberaubenden Kuss erinnerte. »Ich interessiere mich
nicht für die Jungs von der Insel. Ich stehe auf Männer.« Sie
blickte Jo herausfordernd an. »Männer mit Stil und Geld. Wie
unser Yankee zum Beispiel.«

Jo horchte auf. »Unser Yankee?«

»Nathan Delaney. Er sieht aus, als würde er sich auskennen …
auch mit Frauen. Ist genau mein Typ. Und außerdem reich.«

»Woher weißt du, dass er Geld hat?«

»Er kann sich ein halbes Jahr Urlaub leisten. Ein Architekt
mit eigener Firma muss einfach Geld haben. Er ist weit gereist.
Männer, die was von der Welt gesehen haben, können einer
Frau 'ne Menge zeigen. Er ist geschieden. Und geschiedene
Männer mögen nette Frauen.«

»Hast ja offenbar deine Hausaufgaben gemacht.«

»Na klar.« Lexy räkelte sich. »Und ich würde sagen, Nathan
Delaney ist genau mein Typ. Ich hoffe, er wird mir in der nächsten Zeit die Langeweile vertreiben.«

»Bevor du zurück nach New York kannst«, sagte Jo.

»Genau.«

»Sehr interessant.« Im Lichtkegel der Scheinwerfer tauchte
der Wegweiser zum Campingplatz auf. Jo trat auf die Bremse
und bog in den Seitenweg ein. »Ich habe immer geglaubt, du
würdest ein bisschen mehr von dir selbst halten.«

»Du hast doch keine Ahnung, was ich von mir oder sonst-
was halte.«

»Offensichtlich nicht.«

Sie kamen an dem kleinen Empfangshäuschen vorbei, das
nach Sonnenuntergang ohnehin nicht mehr besetzt war, und Jo
konzentrierte sich auf den gewundenen Weg, der an Teichen
und Tümpeln vorbeiführte. Hier und dort brannten Lagerfeuer.
Vereinzelt leuchteten Lilien im Mondlicht.

Sie nahm sich vor, später hierher zurückzukommen und Bilder zu machen. Bilder, die die Ruhe und die Leere widerspiegelten. Das Alleinsein. Die Sicherheit.

»Da ist Kirbys Wagen.«

Lexys Worte rissen Jo aus ihren Gedanken. Sie atmete tief durch. »Was?«

»Dort drüben, das schicke kleine Cabrio. Das ist Kirbys. Stell dich gleich dahinter.«

»Okay.« Jo parkte den Rover ein. Nachdem sie den Motor abgestellt hatte, bemerkte sie, dass die Luft voller Geräusche war. Das Summen und Rascheln und Knistern der kleinen Welt, die hinter den Dünen und jenseits des Waldrandes versteckt lag. Und außerdem hingen tausend Gerüche in der Luft – von Wasser und Fischen und feuchter Vegetation.

»Jo Ellen!«

Kirby tauchte aus dem Dunkel auf und fiel Jo stürmisch um den Hals. Unerwartete Umarmungen hatten Jo schon immer aus der Fassung gebracht. Bevor sie reagieren konnte, gab Kirby sie auch schon wieder frei, hakte sich bei Jo unter und strahlte sie an.

»Ich freue mich so, dass du gekommen bist! Herrlich, dich wiederzusehen! Wir haben uns so viel zu erzählen! Hey Lexy, hol deine Sachen, und dann machen wir ein paar Dosen auf.«

»Sie hat Wein mitgebracht«, sagte Lexy abfällig, während sie die Heckklappe öffnete.

»Dann lassen wir eben die Korken knallen. Außerdem haben wir jede Menge zu essen. Ich wette, bis Mitternacht ist es uns speiübel.« Plaudernd folgte Kirby Jo um den Wagen. »Gott sei Dank bin ich Ärztin. Was ist denn das?« Sie steckte die Nase in die braune Einkaufstüte. »Hm, lecker, Pastete. Wo hast du die her?«

»Die hab ich Brian aus dem Kreuz geleiert«, antwortete Jo.

»Gut gemacht.« Kirby stemmte die Tüte und klemmte Lexys Sixpack unter den Arm. »Ich nehm das hier schon mal mit. Ginny kümmert sich ums Lagerfeuer. Soll ich dir mit dem Rest helfen?«

»Danke, geht schon.« Jo schulterte ihre Kameratasche, klemmte den zusammengerollten Schlafsack unter den einen Arm und die Weinflaschen unter den anderen. »Das mit deiner Großmutter tut mir sehr leid, Kirby.«

»Danke, Jo. Aber sie hatte ein langes Leben, so wie sie sich's immer gewünscht hat. Hey, Lexy, ich kann dir die Tasche abnehmen.« Kirby blickte schnell zwischen den beiden Schwestern hin und her und kam zu dem Schluss, dass die Spannung, die bei der Ankunft ganz offensichtlich zwischen den beiden geherrscht hatte, schon etwas abgenommen hatte. »Ich sterbe vor Hunger. Hatte heute kein Mittagessen.«

Lexy schlug die Wagentür zu. »Dann lass uns gehen. Ich brauch erst mal ein Bier.«

»Mist, meine Taschenlampe steckt hinten in meiner Jeans.« Kirby drehte sich um und hob die rechte Hüfte. »Kommst du dran?«, fragte sie Jo.

Jo nestelte an Kirbys Gesäßtasche herum, und dank ihrer geschickten Finger gelang es ihr, die Taschenlampe herauszuziehen. Sie knipste sie an, und die drei schlugen den schmalen Fußpfad ein.

Auf dem freien Platz war schon alles vorbereitet, das Lagerfeuer knisterte einladend. Ginny hatte eine Laterne angezündet und für die Getränke eine mit Eis gefüllte Truhe bereitgestellt, auf deren Deckel sie saß, sich Chips aus einer Tüte in den Mund steckte und aus einer Bierdose trank.

»Da ist sie ja!« Ginny hob zur Begrüßung ihre Bierdose. »Hallo, Jo Ellen Hathaway! Willkommen zu Hause.«

Grinsend ließ Jo ihren Schlafsack fallen. Zum ersten Mal fühlte sie sich zu Hause. Und willkommen. »Danke.«

»Dass du Ärztin geworden bist.« Im Schneidersitz saß Jo vor dem Lagerfeuer und schlürfte aus einem Plastikbecher Chardonnay. Eine Flasche steckte bereits mit dem Hals im Sand. »Kann ich mir gar nicht vorstellen. Als wir klein waren, wolltest du doch immer Archäologin oder so was werden. Ein weiblicher Indiana Jones. Und die Welt erforschen.«

»Ich hab mich halt entschlossen, stattdessen die menschliche Anatomie zu erforschen.« Schon etwas mehr als leicht beschwipst, strich Kirby Brians köstliche Entenleberpastete auf einen Cracker. »Und mir macht's Spaß.«

»Über deinen Beruf wissen wir Bescheid, Jo, aber gibt es einen Mann in deinem Leben?«, fragte Kirby.

»Nein. Und bei dir?«

»Ich hab's mehrfach bei deinem Bruder versucht, aber er beißt einfach nicht an.«

»Brian.« Jo verschluckte sich beinahe an ihrem Wein. »Brian?«, wiederholte sie.

»Klar. Er ist solo, attraktiv und intelligent.« Kirby leckte ihren Daumen ab. »Und er macht leckere Pastete. Warum also nicht Brian?«

»Weiß nicht. Er ist …« Jo machte eine ausladende Handbewegung. »… halt Brian.«

»Er tut so, als würde er sich nicht für Kirby interessieren.« Lexy beugte sich vor, um nach der Pastete zu greifen. »Stimmt aber nicht.«

»Stimmt nicht?« Kirby blickte auf, ihre Augen verengten sich. »Woher weißt du das?«

»Eine Schauspielerin muss Menschen beobachten, die Rollen, die sie spielen.« Lexy leckte ihre Finger ab. »Du machst ihn nervös, und das ärgert ihn. Was bedeutet, dass du ihn ärgerst, weil du dich bemerkt.«

»Meinst du wirklich?« Obwohl sich ihr Kopf schon mächtig drehte, leerte Kirby ihren Becher und schenkte sich noch Wein nach. »Hat er irgendwas über mich gesagt? Hat er – Moment.« Sie hob die Hand und rollte die Augen. »Das ist ja kindisch. Vergiss bitte, dass ich gefragt habe.«

»Je weniger Brian über irgendwas spricht, desto mehr beschäftigt es ihn«, erklärte ihr Lexy. »Und deinen Namen erwähnt er so gut wie nie.«

»Wirklich?«, vergewisserte sich Kirby abermals und wurde zusehends munterer. »Stimmt das echt? Na fein. Vielleicht sollte ich ihm dann doch noch eine Chance geben.«

Sie blinzelte, als ein Lichtblitz ihre Augen traf. »Was soll das?«, fragte sie, als Jo ihre Kamera sinken ließ.

»Du hast grade so verdammt zufrieden ausgesehen. Rück ein bisschen näher an Lex, Ginny. Dann bekomm ich euch alle drei drauf.«

»Jetzt ist sie schon wieder dran«, murmelte Lexy, aber trotzdem schleuderte sie ihr Haar zurück und warf sich in Pose.

120

Als das Blitzlicht aufflammte, stellte Jo fest, dass sie alle drei schön waren. Jede auf ihre Art. Ginny mit ihrem wasserstoffblonden Kraushaar und dem offenen Lächeln, Lexy mit ihrem trotzigen Selbstbewusstsein und Kirby mit ihrer Ausstrahlung von Sicherheit und Klasse.

Jo legte die Kamera beiseite und erhob sich aus ihrem Schneidersitz. »Ich muss mal pinkeln.«

»Ich komme mit«, murmelte Kirby, als Jo aus dem Lichtschein des Lagerfeuers verschwand. Sie knipste ihre Taschenlampe an und folgte Jo. »Hey, Jo, warte.« Sie musste einen Schritt zulegen, um Jo einzuholen. Als Kirby sie erreicht hatte, griff sie nach Jos Arm. »Erzählst du mir, was los ist?«

»Meine Blase ist voll. Dir als Ärztin sollten die Symptome bekannt sein.«

Als sich Jo wieder abwenden wollte, verstärkte Kirby ihren Griff. »Schatz, ich frage dich als Freundin und als Ärztin. Großmutter hätte gesagt, du siehst krank aus. Und mein erster Eindruck ist, dass du völlig am Ende bist. Erzähl mir doch, was mit dir los ist.«

»Ich weiß nicht.« Jo drückte ihre Hand auf die Augen, die kurz davor waren, sich wieder mit Tränen zu füllen. »Ich kann nicht drüber sprechen. Ich brauche Zeit und Ruhe.«

»Okay.« Vertrauen gewinnt man nur langsam, dachte Kirby. »Komm doch einfach mal in meiner Praxis vorbei. Ich checke dich durch.«

»Weiß nicht. Mal sehen. Ich denk drüber nach.« Jo hatte sich jetzt wieder im Griff und rang sich ein Lächeln ab. »Aber eins kann ich dir sagen.«

»Was denn?«

»Ich muss wirklich pinkeln.«

»Also los.« Kichernd richtete Kirby den Lichtkegel auf den schmalen Pfad. »Wenn du hier ohne Taschenlampe unterwegs bist, könntest du zwischen den Zähnen eines Alligators enden.« Vorsichtig leuchtete Kirby das dichte Unterholz ab, das einen kleinen Tümpel säumte.

»Ich glaube, ich könnte blind über die Insel laufen. So was vergisst man nicht. Ich habe alles hier mehr vermisst, als mir bewusst war, Kirby, aber trotzdem fühle ich mich noch wie eine Fremde.«

»Du bist ja erst zwei Wochen da. Nimm dir die Zeit, von der du vorhin gesprochen hast.«

»Ich versuch's. Lass mich zuerst«, sagte Jo und betrat mit eingezogenem Kopf das kleine Plumpsklo. Kirby begann zu lachen, doch nachdem Jo die Tür hinter sich geschlossen hatte, erschauerte sie plötzlich. Sie fühlte sich vollkommen allein, vollkommen ausgeliefert. Die Geräusche aus den Sümpfen brachen über sie herein, das Rascheln, das Rufen, das Knistern. Langsam zogen Wolken vor dem Mond vorbei, und sie umschloss die Taschenlampe fest mit beiden Händen.

Kein Grund, in Panik zu geraten, beruhigte sie sich. Was sollte ihr schon auf dieser Insel passieren können? Aber als Jo aus dem Häuschen trat, atmete Kirby erleichtert auf.

»Du bist dran«, sagte Jo, während sie ihre Jeans zuknöpfte. »Nimm aber die Taschenlampe mit – ich wäre beinahe reingefallen. Da drinnen ist es so finster wie in einem Grab, und so fühlt sich's auch an.«

»Wir hätten zu den richtigen Toiletten rübergehen sollen.«

»So lange hätte ich's nicht mehr ausgehalten.«

»Wohl wahr. Du wartest auf mich, okay?«

Jo nickte und lehnte sich an die Brettertür. Als sie rechts neben sich Schritte hörte, machte sie vor Schreck einen Satz.

»Hallo …?« Die männliche Stimme hatte einen angenehmen Klang.

»Hallo. Wir überlassen Ihnen gleich das Feld.«

»Nicht nötig. Ich mache vor dem Schlafengehen nur noch einen kleinen Mondscheinspaziergang. Ich campe drüben auf Platz zehn.« Er kam einige Schritte näher, blieb aber im Schatten verborgen. »Wunderschöne Nacht. Wunderschönes Fleckchen. Ich habe nicht damit gerechnet, eine wunderschöne Frau zu treffen.«

»Die Insel hält eben immer eine Überraschung bereit.« Jo blinzelte ins Licht seiner Laterne. »Das macht ihren Reiz aus.«

»Ganz sicher. Und den genieße ich in vollen Zügen. Abenteuer auf Schritt und Tritt, finden Sie nicht? Immer die Vorfreude auf was Neues. Ich liebe die ... Vorfreude.« Plötzlich fiel ihr auf, dass seine Stimme keineswegs angenehm klang. Sie war wie Sirup – zu süß, zu klebrig, zu zäh.

»Dann kommen Sie auf Desire ja voll auf Ihre Kosten.«

»Das kann man wohl sagen.«

Hätte sie jetzt die Taschenlampe gehabt, hätte sie auf ihre guten Manieren gepfiffen und ihm direkt ins Gesicht geleuchtet. Es ist die Stimme aus der Dunkelheit, sagte sie sich, die das Ganze so unheimlich und gefährlich erscheinen lässt. Als sie die Tür neben sich quietschen hörte, drehte sie sich schnell um und griff nach Kirbys Hand, noch bevor Kirby aus dem Häuschen getreten war.

»Wir haben Gesellschaft bekommen«, sagte Jo und bemerkte verärgert, dass ihre Stimme zu laut und zu fröhlich klang. »Scheint heute Abend ein beliebter Platz zu sein. Nummer zehn hat gerade mal vorbeigeschaut.«

Aber als sie sich umdrehte und Kirbys Hand mit der Taschenlampe hob, war niemand mehr da. Hastig entriss sie Kirby die Lampe und ließ den Lichtkegel hektisch durchs Gebüsch gleiten.

»Er war hier. Da war jemand. Ich hab's mir nicht eingebildet. Ganz bestimmt nicht.«

»Beruhige dich.« Kirby legte ihre Hand auf Jos Schulter und stellte fest, dass sie am ganzen Körper zitterte. »Ist ja schon gut. Wer war's denn?«

»Keine Ahnung. Er war plötzlich da. Ich hab mit ihm gesprochen. Hast du's denn nicht gehört?«

»Nein, ich habe nichts gehört.«

»Er hat ganz leise geredet, fast geflüstert. Deshalb. Er wollte nicht, dass du ihn hörst. Aber er war hier.« Jos Finger umklammerten Kirbys, die Panik hatte sie jetzt vollends ergriffen. »Ich schwöre dir, dass er hier war, ganz nah.«

»Ich glaube dir, Jo, warum sollte ich daran zweifeln?«

»Weil er weg ist und ...« Sie atmete tief durch und strich mit beiden Händen ihr Haar zurück. »Ach, ich weiß nicht. Es ist alles ein einziges Durcheinander. Es war so dunkel, und er hat mir einen Riesenschrecken eingejagt. Ich konnte nicht mal sein Gesicht sehen. Er muss sich rangeschlichen haben.«

»Kann passieren. Heute Nachmittag hat mir jemand einen ähnlichen Streich gespielt. Auf dem Weg nach Sanctuary, mitten im Wald. Ich bin gerannt wie ein Hase.«

Jo lachte erleichtert auf und rieb sich die feuchten Handflächen an ihren Jeans trocken. »Wirklich?«

»Ich bin am ganzen Körper bebend in Brians Arme gerannt. Jedenfalls kam er sich männlich und stark genug vor, mich zu küssen, also war's immerhin nicht umsonst.«

Jo stellte dankbar fest, dass ihre Knie nicht mehr zitterten. »Und – wie war's?«

»Phantastisch. Ich glaube, ich geb ihm wirklich noch 'ne Chance.« Freundschaftlich drückte sie Jos Hand. »Geht's dir wieder besser?«

»Ja, tut mir leid.«

»Ist doch nicht schlimm. Ist tatsächlich ein bisschen gruselig hier.« Dann erschien ein breites Grinsen auf ihrem Gesicht. »Komm, lass uns zurückschleichen und Lex und Ginny einen Schrecken einjagen.«

Als sie sich Hand in Hand in Bewegung setzten, beobachtete er sie noch immer aus dem Schutz der Bäume heraus. Lächelnd genoss er den gedämpften Klang der weiblichen Stimmen, die sich langsam entfernten. Schon gut, dachte er, dass sie in Begleitung der anderen gekommen ist. Wäre Jo Ellen ihm allein so nah gewesen, hätte er sich vielleicht versucht gefühlt, schon zum nächsten Stadium überzugehen.

Und dazu war die Zeit noch nicht reif, noch nicht ganz. Er war noch nicht so weit, den letzten Schritt zu tun und die Vorfreude gegen die Wirklichkeit einzutauschen. Es gab noch einiges vorzubereiten, zu genießen.

Oh, wie sehr er sich nach ihr sehnte. Danach, ihren sinnlichen Mund zu spüren, ihre langen Beine auseinanderzuspreizen, seine Hände um ihren hübschen weißen Hals zu legen.

Er schloss die Augen und ließ die Bilder in seinem Kopf ablaufen. Annabelles erstarrtes Antlitz, so reglos und so perfekt, war zum Leben erwacht und sein geworden. War Jo geworden.

Eine Passage aus dem Tagebuch, das er bei sich trug, kam ihm in den Sinn.

Mord *fasziniert uns alle. Und jeder, der das leugnet, lügt. Der Mensch wird magisch vom Spiegelbild seiner eigenen Sterblichkeit angezogen. Tiere töten, um zu überleben – für Beute, für ihr Revier, für ihre Fortpflanzung. Die Natur tötet ohne Emotionen.*

Aber der Mensch tötet auch zu seinem Vergnügen. Das ist schon immer so gewesen. Unter allen Lebewesen sind wir die einzige Spezies, die weiß, dass die Gewalt über Leben und Tod den Gipfel der Kontrolle und der Macht darstellt.

Bald werde ich es in Perfektion erleben. Und es festhalten. Meine eigene Unsterblichkeit.

Er erschauerte vor Lust.

Vorfreude, sinnierte er, während er seine Taschenlampe wieder anknipste. Ja, er liebte die Vorfreude über alles.

9

Das fröhliche Pfeifen riss Nathan aus dem Schlaf. Gerade hatte er von einem Vogel geträumt, der munter zwitschernd auf einem Ast des Ahornbaumes direkt vor seinem Fenster saß. Auch damals hatte dort ein Vogel gesessen, eine Spottdrossel, und jeden Morgen, den ganzen Sommer hindurch, ihr Begrüßungslied gesungen. Er hatte sie Bud genannt.

Dampfend heiße Tage, ausgefüllt mit solch wichtigen Dingen wie Radfahren, Ballspielen und Brauselecken.

Er war am Boden zerstört gewesen, als Bud Ende August plötzlich verschwunden war, aber seine Mutter hatte ihm erklärt, dass Bud wahrscheinlich in seinen Winterurlaub aufgebrochen sei.

Nathan wälzte sich auf die andere Seite und träumte, Bud würde ihn jetzt mit dem geträllerten »Ring of Fire« wecken. Im Halbschlaf sah er den Vogel auf die Fensterbank hüpfen; er hatte sich in ein Zeichentricktier verwandelt, in eine Disney-Figur mit langen schwarzen Federn und einem wettergegerbten Johnny-Cash-Gesicht.

Als der Vogel begann, akrobatische Sprünge und Pirouetten zu vollführen, wachte Nathan vollends auf. Verwirrt starrte er aufs Fenster, irgendwie in der Erwartung, dort einen bunten, wild umherwirbelnden Comicvogel zu sehen.

»Himmel.« Er fuhr sich mit der Hand übers Gesicht. »In Zukunft kein Dosenchili mehr um Mitternacht, Delaney.«

Er drehte sich noch mal um und vergrub sein Gesicht im Kopfkissen. Langsam wurde ihm klar, dass draußen zwar kein Vogel war, aber das Pfeifen sehr wohl.

Murrend rappelte er sich auf, blinzelte in Richtung Wecker und taumelte schlaftrunken zur Tür, um festzustellen, wer um Viertel nach sechs so gutgelaunt pfiff.

Er folgte dem Pfeifen – jetzt war es »San Antonio Rose« –

durch die gazebespannte Verandatür und die Stufen hinunter. Ein knallroter Pick-up parkte hinter seinem Jeep in der Einfahrt. Sein Besitzer machte sich auf einer Trittleiter unter dem Haus zu schaffen, wobei er sich die Lunge aus dem Leib pfiff. Angesichts der Muskeln, die durch sein dünnes, blaues T-Shirt hindurch zu sehen waren, überdachte Nathan seine zuvor gefassten Mordpläne.

»Was, zum Teufel, treiben Sie da?«

Der Pfeifer drehte den Kopf und grinste ihm zu. »Morgen. Hier sind ein paar undichte Stellen. Muss in Ordnung gebracht werden, bevor es so heiß wird, dass Sie die Klimaanlage brauchen.«

»Sie reparieren also die Klimaanlage?«

»Junge, ich repariere alles.« Er stieg von der Leiter, wischte seine Hand an der Jeans ab und streckte sie dann Nathan entgegen. »Ich bin Giff Verdon. Das Mädchen für alles.«

Nathan betrachtete die freundlichen braunen Augen, die schiefen Schneidezähne, die zerzausten, sonnengebleichten Strähnen, die unter der Baseballkappe hervorstanden, und gab sich geschlagen. »Können Sie auch Kaffee machen? Einen ordentlichen, meine ich.«

»Wenn Sie die entsprechenden Geräte haben, kein Problem.«

»Ich habe da eine Art Tüte mit so einem …« Nathan deutete die Form mit vagen Gesten an. »Topf.«

»Filterkaffee. Das ist der beste. Sie sehen aus, als könnten Sie einen gebrauchen, Mr. Delaney.«

»Nathan. Ich biete hundert Dollar für einen richtig guten Kaffee.«

Grinsend schlug Giff Nathan auf die Schulter. »Wenn du ihn so nötig brauchst, Nathan, dann ist er umsonst. Also los.«

»Fängst du immer in aller Herrgottsfrühe an?«, erkundigte sich Nathan, während er hinter Giff die Stufen hinaufstieg.

»Wenn man früh anfängt, hat man mehr vom Tag.« Giff ging ohne Umschweife auf den Herd zu und füllte Wasser in den Kessel. »Hast du Filtertüten?«

»Nein.«

»Gut, dann tut's das hier.« Giff riss ein paar Küchentücher

von der Rolle, faltete sie geschickt und steckte sie in den Plastikfilter. »Du bist Architekt, stimmt's?«

»Stimmt.«

Nathan ließ die Zunge über seine Zähne gleiten und zog kurzfristig in Erwägung, sie sich zu putzen. Aber erst nach dem Kaffee. Welten werden erobert, Ozeane überquert, Frauen verführt – aber alles erst nach dem Kaffee. Das Leben würde wieder lebenswert sein. Nach dem Kaffee.

»Wollte ich auch immer werden.«

»Was wolltest du auch immer werden?«, fragte Nathan abwesend, während sich Giff über den Herd beugte.

»Architekt. Ich habe immer alles vor meinem geistigen Auge gesehen. Gebäude, Fenster, Dächer, Ziegelsteine, Mauern.« Giff löffelte gemahlenen Kaffee in die Filtertüte; man sah, dass er Übung darin hatte. »Ich konnte in meiner Vorstellung sogar in die Häuser reingehen. Manchmal habe ich Sachen rumgeschoben. Diese Treppe gehört dort nicht hin, besser steht sie hier.«

»Ich verstehe, was du meinst.«

»Konnte mir aber kein Studium leisten, deshalb bin ich Schreiner geworden und baue die Dinger.«

Nate nahm zwei Kaffeebecher aus dem Regal. »Du baust also Häuser?«

»Na ja, nicht richtig. Jedenfalls keine tollen. Eigentlich repariere ich mehr, mache Ausbesserungsarbeiten.« Liebevoll tätschelte er den Werkzeuggürtel, der um seine Hüfte geschnallt war. »Ich schwinge den Hammer. Hier auf der Insel gibt's immer irgendwas zu tun – da kommt keine Langeweile auf. Vielleicht nehme ich mir ja eines Tages eines der Häuser in meinem Kopf und baue es zusammen.«

An den Tisch gelehnt, beobachtete Nathan interessiert, wie Giff das kochende Wasser in den Filter goss. »Hast du auch schon auf Sanctuary gearbeitet?«

»Klar, 'ne ganze Menge sogar. Ich hab Brian bei der Küchenrenovierung geholfen. Miz Pendleton will vielleicht eine Sauna anbauen. Eine Art Solarium. Wo man einen Whirlpool und einen Fitnessraum reinstellen kann. Die Leute legen jetzt Wert auf so was, wenn sie Urlaub machen. Ich arbeite gerade an einem Entwurf.«

»Am besten auf der Südseite«, murmelte Nathan leise vor sich hin. »Da ist das Licht gut, und das Ganze würde im Garten verschwinden.«

»Ja, genauso habe ich mir's vorgestellt«, stimmte ihm Giff grinsend zu. »Wenn du es genauso siehst, kann ich ja gar nicht auf dem Holzweg sein.«

»Ich würde mir den Entwurf gerne ansehen, wenn du so weit bist.«

»Ehrlich?« Giff strahlte. »Dann schau ich mal vorbei, wenn ich ein bisschen weiter bin. Das Angebot ist noch besser als hundert Dollar für den Kaffee. Dauert noch einen Augenblick, bis er durchgelaufen ist«, fügte er hinzu, als er sah, dass Nathan ungeduldig die sich nur langsam füllende Kanne beobachtete. »Für die meisten guten Dinge im Leben braucht man Geduld.«

Als Nathan nach zwei Tassen Kaffee unter der Dusche stand und das Wasser auf seinen Rücken trommeln fühlte, musste er Giff recht geben. Manche Dinge waren es wert, dass man auf sie wartete. Sein Kopf war jetzt wieder klar, das Koffein hatte ihn auf Trab gebracht. Nachdem er sich angezogen und die dritte Tasse hinuntergestürzt hatte, war er bereit für den Fußmarsch nach Sanctuary und ein anständiges Frühstück.

Als Nathan das Cottage verließ, ertappte er sich dabei, wie er »I Walk the Line« vor sich hin pfiff. Schon wieder Johnny Cash, dachte er kopfschüttelnd. Und dabei stand er gar nicht auf Countrymusik.

Als er in das Dämmerlicht des Waldes trat, verlangsamte er automatisch seinen Schritt und folgte zwischen herabhängenden Ästen und Flechten hindurch der sanften Biegung des Flusses. Ein vorüberflatternder Farbschimmer stach ihm ins Auge, und er blieb stehen, um dem sonnengelben Schmetterling nachzuschauen.

Obwohl es ein Umweg war, folgte er dem Weg neben dem Fluss. Er wusste, dass ihn der Wasserlauf noch tiefer in die kühle Stille führen würde.

Dann sah er sie zusammengekauert neben einem umge-

129

stürzten Baumstamm liegen. Die Ärmel ihrer weiten Jacke hatte sie bis über die Ellbogen hochgeschoben, und ihr Haar war zu einem widerspenstigen Pferdeschwanz zusammengebunden. Ein Knie ruhte auf dem feuchten Boden, das andere Bein hatte sie aufgestellt, um im Gleichgewicht zu bleiben.

Er hätte nicht sagen können, warum er sie so anziehend fand. Warum sie auf ihn so … interessant wirkte.

Reglos verharrte er und beobachtete, wie Jo ihre Vorbereitungen traf. Er glaubte zu wissen, was sie einfangen wollte. Das Spiel des Lichts auf dem Wasser, die Schatten der Bäume auf der dunklen Oberfläche, den fast durchsichtigen Dunstschleier, der im Begriff war, sich zu lichten. Ein kleines Wunder, das nicht vielen Menschen auffiel.

Als er das Reh zwischen den Bäumen hervortreten sah, machte er so vorsichtig er konnte einen Schritt nach vorne und ging dicht hinter ihr in die Hocke. Sie zuckte zusammen, als seine Hand ihre Schulter berührte.

»Schsch. Schau mal nach links«, flüsterte er ihr ins Ohr.

Obwohl ihr das Herz immer noch bis zum Hals klopfte, schwenkte sie langsam die Kamera herum. Nachdem sie das Reh im Sucher hatte, atmete sie tief durch und wartete.

Als das Reh den Kopf hob, um Witterung aufzunehmen, drückte Jo ab. Und noch einmal, als das Tier auf den Fluss blickte und schließlich direkt zu den beiden Menschen herüberschaute. Ihre Arme begannen zu schmerzen, als die Sekunden zu Minuten wurden. Aber sie regte sich nicht, um das Tier nicht aufzuschrecken. Und sie wurde belohnt: Das Reh schritt anmutig durch das Gras, gefolgt von seinem Kitz, das nun den Schutz der Bäume verließ. Seite an Seite tranken die beiden aus dem Fluss.

Sie würde die Aufnahme ein wenig unterbelichten, um die unwirkliche Atmosphäre dieser Szene zu betonen. Die Abzüge würden märchenhaft werden – im wahrsten Sinne des Wortes.

Erst als der Film verknipst war, ließ sie die Kamera sinken, und selbst dann verharrte sie reglos und beobachtete fasziniert, wie die Rehmutter und ihr Kitz hinter der Biegung des Flusses verschwanden.

»Danke, ich hätte sie vielleicht nicht gesehen.«

»Das glaube ich nicht.«

Sie wandte sich ihm zu und zuckte kurz zurück. Ihr war nicht aufgefallen, dass er ihr so nahe gekommen war, dass seine Hand immer noch auf ihrer Schulter ruhte. »Du bewegst dich ziemlich lautlos, Nathan. Ich habe dich nicht kommen hören.«

»Du warst ja auch vollkommen vertieft. Ist die Aufnahme, die du vor dem Reh machen wolltest, was geworden?«

»Das werden wir sehen.«

»Ich fotografiere auch. Ist ein altes Hobby von mir.«

»Kein Wunder, das liegt dir ja sozusagen im Blut.«

Ihre Worte trafen ihn schmerzhaft. Er schüttelte den Kopf. »Es ist keine Leidenschaft. Nur amateurhaftes Interesse, trotz der tollen Ausrüstung, die ich jetzt habe.«

Sie wusste nicht, ob es leichter war, über solche Verluste zu sprechen oder sie zu ignorieren. Sie entschied sich fürs Ignorieren.

»Auf alle Fälle«, fuhr er fort, »ist meine Ausrüstung weitaus professioneller als meine Fähigkeiten.« Er lächelte sie an. »Im Gegensatz zu dir.«

»Woher willst du wissen, ob ich gut bin – du hast doch noch gar nichts von mir gesehen.«

»Gute Frage. Ich könnte sagen, weil ich dir jetzt bei der Arbeit zugesehen habe: Du bist geduldig und behutsam und ruhig. Das sind wichtige Eigenschaften.«

»Kann sein, aber jetzt war ich lange genug ruhig.« Sie wollte sich aus der Hocke erheben, aber er ließ seine Hand von ihrer Schulter zum Ellbogen gleiten und zog sie mit sich hoch. »Ich will dich nicht von deinem Spaziergang abhalten.«

»Jo Ellen, wenn du mich weiter so abblitzen lässt, bekomme ich noch Komplexe.« Lächelnd hob er die Spiegelreflexkamera hoch, die um ihren Hals baumelte. »Dieses Modell habe ich auch.«

»Ach ja?« Mit Rücksicht auf seinen Vater entschied sie, ihm die Kamera nicht aus der Hand zu nehmen. »Wie ich eben schon gesagt habe: Es wäre seltsam, wenn du kein Interesse an

Fotografie hättest. War dein Vater enttäuscht, als du nicht in seine Fußstapfen getreten bist?«

»Nein.« Nathan fuhr fort, die Nikon zu betrachten, und erinnerte sich, wie ihm sein Vater den Apparat erklärt hatte. »Meine Eltern haben mich nie zu irgendwas gedrängt. Ich konnte immer tun, was ich wollte. Aber Kyle war Berufsfotograf.«

»Ach, das wusste ich nicht.« Auch Kyle ist tot, fiel ihr plötzlich ein, und unwillkürlich berührte sie Nathans Hand. »Wenn es dir noch weh tut, müssen wir nicht darüber reden.«

»Aber einfach ignorieren kann man es auch nicht.« Nathan zuckte die Achseln. »Kyle lebte in Europa – in Mailand, Paris, London. Er hat Modefotos gemacht.«

»Das ist eine Kunst für sich.«

»Ja. Und du fotografierst Flüsse.«

»Unter anderem.«

»Ich würde gern mehr von dir sehen.«

»Warum?«

»Weil Fotografieren, wie gesagt, mein Hobby ist.« Er ließ ihre Kamera los. »Und ich möchte viel Zeit damit verbringen, solange ich hier bin. Außerdem würde ich gerne deine Bilder sehen, weil sie ja … mit meinem Vater zu tun haben.«

Jetzt hatte er sie. Von ihrem Gesicht konnte er fast ablesen, wie aus Ablehnung Zustimmung wurde. »Ich habe einige mitgebracht. Komm halt mal vorbei.«

»Prima, wie wär's jetzt gleich? Ich bin ohnehin auf dem Weg nach Sanctuary.«

»Einverstanden, aber viel Zeit hab ich nicht. Im Haus gibt's 'ne Menge zu tun.« Sie wollte sich nach ihrer Kameratasche bücken, aber er kam ihr zuvor.

»Hier.«

Während sie sich auf den Weg machten, zog Jo eine Packung Zigaretten aus ihrer Jackentasche und zündete sich eine an.

Wenig später blies sie den Rauch aus und betrachtete ihn aus ihren zu schmalen Schlitzen verengten Augen. »Warum hat dich deine Frau verlassen?«, fragte sie ihn unvermittelt.

»Warum glaubst du, dass sie es war, die mich verlassen hat?«

»Okay – warum hast du sie verlassen?«

»Wir haben uns getrennt.« Er schob eine herabhängende Flechte aus dem Weg. »Haben uns auseinandergelebt. Willst du herausfinden, was für ein Ehemann ich war, bevor ich dir ein Steak grillen darf?«

»Nein.« Sie verzog die Lippen. »Aber gar keine schlechte Idee. Warum wechseln wir nicht einfach das Thema? Also, wie war deine erste Woche auf Desire?«

Er blieb stehen, drehte sich um und blickte sie an. »Ist das nicht die Stelle, wo du damals ins Wasser gefallen bist?«

»Nein. Die Stelle, an der du mich ins Wasser gestoßen hast, ist ein Stück flussabwärts. Und wenn du vorhast, es wieder zu tun, dann weißt du, was geschieht.«

»Weißt du, einer der Gründe, weshalb ich zurück auf die Insel gekommen bin, ist der, dass ich mich noch einmal an die Tage und Nächte von damals erinnern möchte.« Er machte einen Schritt auf sie zu, und sie trat einen Schritt zurück. »Bist du ganz sicher, dass es nicht doch hier war?«

»Ja, ganz sicher.« Er trieb sie noch einen Schritt weiter ans Wasser. Sie versuchte, ihn mit der Hand abzuwehren, aber das Ergebnis war, dass sie dem Ufer noch näher kam. »Und ich bin mir auch ganz sicher, dass mir das nicht noch einmal passiert.«

»Sei dir da nicht *zu* sicher.« Als sie auf dem schlüpfrigen Gras ins Rutschen geriet, hielt er sie fest und drückte sie an sich. »Hoppla.« Grinsend schlang er seine Arme um ihre Taille. »So schnell kann's gehen.«

Sie umfasste seine Arme – nur für alle Fälle. »Jetzt langt's aber.«

»Ach komm schon, Vorfreude ist der halbe Spaß.«

»Was?« Sie erstarrte zur Salzsäule. *Ich liebe die Vorfreude.* »Was hast du gesagt?«

»Dass es nur ein Spaß ist. Hey.« Als sie plötzlich ins Straucheln geriet, zog er sie noch fester an sich. »Pass auf, oder wir nehmen gleich beide ein morgendliches Bad.«

Es gelang ihm, sie vom Ufer wegzuziehen. Ihr Gesicht war totenblass, und sie zitterte so stark, dass ihre Haut unter seinen Handflächen zu pulsieren schien.

»Ganz ruhig«, murmelte er beschwichtigend. »Ich wollte dich nicht erschrecken.«

»Nein.« Ihre Angst verflog so schnell, wie sie gekommen war, und sie kam sich lächerlich vor. Aber ihr Herz pochte noch immer, und sie hatte nichts dagegen, dass er sie in den Armen hielt. Sie fragte sich, wie lange es schon her war, dass jemand sie umarmt und ihr Schutz und Geborgenheit gegeben hatte. »Es war nicht deinetwegen. Mir ist da was passiert. Vor ein paar Tagen, auf dem Campingplatz. Ein Typ hat was Ähnliches zu mir gesagt. Er hat mir einen Mordsschrecken eingejagt.«

»Das tut mir leid.«

Sie seufzte tief auf. »Ist wirklich nicht deine Schuld. Meine Nerven sind im Augenblick nicht gerade die besten.«

»Hat er dir weh getan?«

»Nein, nein, er hat mich nicht mal berührt. Es war nur so gruselig.«

Sie ließ den Kopf an seine Schulter sinken und schloss die Augen. Es wäre so einfach gewesen, einfach stehenzubleiben. Gehalten zu werden. In Sicherheit zu sein. Aber der einfache Weg war nicht immer der richtige. Und auch nicht der klügste.

»Ich werde nicht mit dir schlafen, Nathan.«

Er hielt noch einen Augenblick inne und genoss das Gefühl, ihren Körper dicht an seinem, ihr Haar an seiner Wange zu spüren. »Na, dann kann ich mich ja gleich im Fluss ertränken. Du hast den Traum meines Lebens zerstört.«

Sie unterdrückte ein Lächeln. »Ich will dir nichts vormachen.«

»Warum kannst du mich nicht ein bisschen belügen? Sei nett zu meinem Ego.« Er zog sanft an ihrem Pferdeschwanz, und sie hob den Kopf. »Warum fangen wir nicht mit etwas Einfachem an und arbeiten uns dann langsam zu den komplizierteren Dingen vor?«

Sie beobachtete, wie sich sein Blick auf ihre Lippen senkte und dann langsam wieder hoch zu ihren Augen wanderte. Sie konnte den Kuss beinahe spüren. Es wäre ganz einfach, die Augen zu schließen und ihm freie Hand zu lassen. Es wäre ganz einfach, sich nach vorn zu beugen und ihm entgegenzukommen.

Stattdessen hob sie die Hand und legte ihre Finger auf seinen Mund. »Nicht.«

Seufzend nahm er ihre Hand und ließ seine Lippen über ihre Knöchel gleiten. »Du lässt einen Mann ganz schön hart für sein Vergnügen arbeiten, Jo.«

»Ich werde nicht eines deiner Vergnügen sein.«

»Du bist es schon.« Er hielt ihre Hand umschlossen und wandte sich in Richtung Sanctuary. »Frag mich bitte nicht, warum.«

Da er keine Antwort zu erwarten schien, folgte Jo ihm schweigend. Ich muss über diese Sache nachdenken, entschied sie. Sie war ehrlich genug, um sich einzugestehen, dass er sie nicht völlig kaltließ. Da war dieses Kribbeln, das erste Anzeichen körperlicher Lust.

Vielleicht verlor sie allmählich den Verstand, aber die grundlegenden Mechanismen ihres Körpers schienen in Ordnung zu sein.

Sie hatte dieses Kribbeln in ihrem Leben nicht so oft verspürt, dass sie es als selbstverständlich hingenommen hätte. Und wenn es dem Mann, der es verursacht hatte, ganz offensichtlich nicht anders ging ... dann war das ein Grund, über die Sache nachzudenken.

Im Augenblick hatte sie die Situation jedenfalls noch unter Kontrolle; sie konnte sie begreifen, analysieren. Aber sie hatte das dumpfe Gefühl, dass das Kribbeln eines Tages zum Jucken werden könnte. Und das Dumme am Jucken war, dass es nur nachließ, wenn man sich kratzte.

»Wir müssen uns aber beeilen«, sagte sie zu Nathan, als sie auf den Seiteneingang zusteuerte.

»Ich weiß. Da sind noch ein paar Betten zu machen, stimmt's? Ich werde dich nicht lange aufhalten, denn ich freue mich schon auf Brians Frühstück.«

»Vielleicht kannst du ihn ja überreden, danach mit dir zum Strand oder zum Angeln zu gehen, falls du noch nichts anderes vorhast. Brian arbeitet zu viel.«

»Er liebt das Haus und seine Arbeit.«

»Ich weiß.« Sie durchschritten einen langen Gang mit Wandgemälden, die den Wald und den Fluss zeigten. »Aber deshalb muss er Sanctuary ja nicht ununterbrochen dienen.« Sie drückte einen Knopf, und ein Teil des Wandgemäldes glitt zur Seite.

»Seltsame Art, das auszudrücken.« Nathan folgte ihr durch die Öffnung und die Treppe hinauf zu den einstigen Dienstbotenzimmern, die heute Teil des privaten Flügels des Hauses waren. »Sanctuary dienen.«

»Aber so ist es. Ich denke, das tun wir alle, wenn wir hier sind.«

Am Ende der Treppe wandte sie sich nach links. Als sie an der ersten offenen Tür vorbeikamen, warf sie einen raschen Blick in Lexys Zimmer. Das mächtige Himmelbett war leer. Und natürlich nicht gemacht. Überall lagen Klamotten verstreut – auf dem Aubusson-Teppich, den glänzenden Bodendielen, den Queen-Anne-Sesseln. Der Duft von Creme, Parfüm und Puder lag in der Luft – unverkennbar weiblich.

»Na ja, vielleicht doch nicht alle«, murmelte Jo im Vorübergehen.

Sie zog einen Schlüssel aus ihrer Tasche und öffnete die schmale Tür. Beim Eintreten sah Nathan sich erstaunt um. Er befand sich in einer voll ausgestatteten, perfekt organisierten Dunkelkammer.

Auf den Holzdielen lag ein alter, fadenscheiniger Teppich, vor dem Fenster hingen dicke Vorhänge, die ringsherum befestigt waren, damit sie sich nicht lösten. Auf den zweckmäßigen grauen Metallregalen standen fein säuberlich aufgereiht Flaschen mit Chemikalien und verschiedene Plastikwannen sowie Kästen aus dickem schwarzem Karton, in denen er Fotopapier, Kontaktbögen und Abzüge vermutete. Außerdem befanden sich in dem Raum ein langer Arbeitstisch aus Holz und ein hochbeiniger Hocker.

»Ich wusste nicht, dass du hier eine Dunkelkammer hast.«

»War früher mal Bade- und Ankleidezimmer.« Jo knipste das Licht an und wandte sich den Abzügen zu, die sie am Vorabend entwickelt hatte und die immer noch auf der Leine hingen. »Ich habe Kate so lange bekniet, bis ich die Wand und die

Badausstattung rausreißen und den Raum in eine Dunkelkammer verwandeln durfte. Ich hatte drei Jahre gespart, um mir die Ausrüstung kaufen zu können.«

Sie strich liebevoll über den Vergrößerer. »Den hat mir Kate zum Geburtstag gekauft. Brian hat mir die Regale und den Arbeitstisch besorgt. Und Lex hat mir das Papier und die Entwicklerflüssigkeit geschenkt. Sie haben mich damit überrascht, bevor ich mein Erspartes dafür ausgeben konnte. Das war mein schönster Geburtstag überhaupt.«

»Die Familie hält eben zusammen«, sagte Nathan und bemerkte, dass sie ihren Vater nicht erwähnt hatte.

»Ja, manchmal schon.« Ihr war klar, welche Frage er nicht gestellt hatte. »Er hat mir den Raum geschenkt. Für meinen Vater war es nicht leicht, eine Wand aufzugeben.« Sie wandte sich ab, um nach einem Kasten zu greifen. »Hier drin sammle ich die Bilder für das Buch, das ich gerade mache. Es sind die besten, obwohl ich noch einige aussortieren muss.«

»Du machst ein Buch? Das ist ja toll!«

»Wird sich noch rausstellen. Bis dahin gibt's jedenfalls noch eine Menge Arbeit.« Sie trat einen Schritt zurück, um ihm Platz zu machen.

Schon beim ersten Abzug war ihm klar, dass er eine ausgezeichnete Fotografin vor sich hatte. Sein Vater war ein guter Fotograf gewesen, zuweilen begnadet. Aber wenn sie sich als David Delaneys Schülerin betrachtete, dann hatte sie ihren Mentor weit hinter sich gelassen.

Das Schwarzweißfoto war spannungsgeladen, die Linien so scharf und deutlich wie mit einem Skalpell geritzt. Das Bild zeigte eine Brücke, die über tosendes Wasser führte – die weiße Brücke war leer, das dunkle Wasser aufgewühlt, und die Sonne durchbrach im Hintergrund den Horizont.

Ein anderes Bild zeigte einen Baum mit einer weit ausladenden, unbelaubten Krone auf einem frisch gepflügten Feld. Er hätte die Furchen zählen können. Er blätterte die Fotos langsam durch, ohne ein Wort zu sagen, immer wieder erstaunt, was sie alles sah, auf den Film bannte und mit sich nahm.

Er kam zu einer Nachtaufnahme, die ein Ziegelgebäude

mit dunklen Fenstern zeigte – nur ganz oben waren drei hell erleuchtete Fenster zu sehen. Er konnte die nassen Ziegelsteine erahnen, den leichten Nebel, der über schwarzen Pfützen lag. Und er fühlte die eisige, feuchte Luft förmlich auf seiner Haut.

»Sie sind phantastisch, und du weißt es. Du musst entweder total neurotisch oder bescheiden sein, wenn du nicht wahrhaben willst, wie begabt du bist.«

»Bescheiden bin ich nicht«, erwiderte sie mit einem schiefen Lächeln. »Schon eher neurotisch. Kunst erfordert gewisse Neurosen.«

»Neurotisch würde ich nicht sagen.« Er ließ das letzte Foto sinken, um in ihrem Gesicht zu forschen. »Ich glaube, du bist einsam. Warum bist du so einsam?«

»Ich weiß nicht, was du meinst. Meine Arbeit …«

»Ist brillant«, unterbrach er sie. »Und zugleich traurig. Jedes dieser Fotos sieht aus, als wäre gerade jemand weggegangen, und nun ist niemand mehr da außer dir.«

Widerstrebend nahm sie ihm das Bild aus der Hand und legte es zurück in den Karton. »Porträtfotografie interessiert mich eben nicht. Ist nicht mein Ding.«

»Jo.« Behutsam berührte er mit seiner Fingerspitze ihre Wange und erkannte an dem Aufflackern in ihren Augen, dass sie diese einfache Geste erschreckte. »Du schließt die Menschen aus. Deine Bilder macht das sehr interessant und emotional. Aber was ist mit dem Rest deines Lebens?«

»Meine Arbeit ist der Rest meines Lebens.« Entschlossen stellte sie den Karton ins Regal zurück. »So, und jetzt habe ich noch einen anstrengenden Vormittag vor mir.«

»Ich werde nicht mehr viel davon in Anspruch nehmen.« Aber anstatt zur Tür zu gehen, wandte er sich den zum Trocknen aufgehängten Abzügen zu. Plötzlich lachte er auf. »Du sagst, du hättest kein Interesse an Porträtfotografie, aber du triffst den Nagel auf den Kopf.«

Mit finsterer Miene trat sie hinter ihn und sah, dass er die Campingplatzbilder betrachtete. »Das kann man wohl kaum Arbeit nennen, das ist …«

»Großartig«, beendete er den Satz. »Witzig und doch liebevoll. Das ist die Ärztin mit dem Arm um deine Schwester. Und wer ist die Frau mit dem riesigen Lächeln?«

»Ginny Pendleton«, murmelte Jo leicht amüsiert. Ginnys Lächeln war wirklich riesig. »Eine Freundin.«

»Es sind alles Freundinnen – das sieht man sofort. Gegenseitige Zuneigung, Frauen unter sich. Und man erkennt, dass die Fotografin auch dazugehört, selbst wenn sie auf dem Foto nicht zu sehen ist.«

Jo war unangenehm berührt. »Wir waren betrunken, oder zumindest auf dem besten Wege.«

»Macht doch nichts. In dieses Buch passt es wahrscheinlich nicht, aber vielleicht in dein nächstes. Ein bisschen Spaß kann nicht schaden.«

»Es gefällt dir einfach nur, attraktive Frauen zu betrachten, die halb hinüber sind.«

»Klar, warum auch nicht?« Mit seiner Fingerspitze hob er ihr Kinn, als sie sich abwenden wollte. »Ich würde gerne ein Selbstporträt von dir in einer solch lockeren Stimmung sehen.«

Seine Augen waren warm und freundlich und so verdammt anziehend, wie sie direkt in ihre blickten. Wieder fühlte sie das Kribbeln, diesmal noch stärker.

»Geh jetzt, Nathan.«

»Okay.« Bevor sie es verhindern konnte, berührte sein Mund sanft ihre Lippen. Und dann noch mal, ein bisschen länger, ein bisschen fester. Wärmer, als ich erwartet habe, dachte er, und aufregender. Sie hatte die Augen nicht geschlossen und die ganze Zeit ohne zu blinzeln seine fixiert. »Du hast gezittert«, sagte er leise.

»Nein, habe ich nicht.«

Er glitt mit seinen Daumen an ihrem Unterkiefer entlang, bevor er die Hände sinken ließ. »Einer von uns beiden war's jedenfalls.«

Und sie hatte panische Angst, dass es ihr wieder passieren würde. »Du gehst nicht fort.«

»Ich glaube nicht – jedenfalls nicht so, wie du meinst.« Jetzt berührte sein Mund ihre Stirn. Sie erzitterte diesmal nicht, aber ihr Herz setzte einen Schlag lang aus. »Nein, ganz bestimmt nicht so, wie du meinst.«

Nachdem er gegangen war, stürzte sie zum Fenster, riss den Vorhang weg und öffnete es. Sie brauchte Luft, frische Luft, um sich abzukühlen und wieder einen klaren Kopf zu bekommen. Und dann sah sie ihn – drüben bei den Dünen, das Haar vom Wind zerzaust, mit flatterndem Hemd.

Allein, so wie ihr Vater immer allein war und jeden, der es wagte, sich ihm zu nähern, an dem eigenhändig errichteten Schutzwall abprallen ließ. Mit aller Wucht knallte sie das Fenster zu und riss die Vorhänge vor.

Verdammt, sie war nicht ihr Vater. Sie war nicht ihre Mutter. Sie war sie selbst. Und vielleicht hatte sie gerade deshalb manchmal das Gefühl, gar niemand zu sein.

10

Giff pfiff mal wieder. Nathan versuchte, das Lied zu identifizieren, während er, am Frühstückstresen sitzend, seinen Toast in Angriff nahm, aber dieses kannte er nicht. Er konnte nur vermuten, dass Giff inzwischen so tief ins Country-and-Western-Gebiet vorgedrungen war, dass er ihm mit seinen beschränkten Kenntnissen nicht mehr folgen konnte.

Dem Burschen macht seine Arbeit offenbar Spaß, dachte Nathan. Und offenbar konnte er wirklich alles reparieren. Nathan war sicher, dass es Brian eine Menge Überwindung gekostet hatte, Giff während der Frühstücksschicht den Geschirrspüler auseinandernehmen zu lassen.

Brian kochte und rührte und brutzelte, Giff pfiff und klimperte mit den blechernen Eingeweiden des Geschirrspülers, und Nathan verspeiste genüsslich seine zweite Portion Toast mit Apfel-Chutney.

»Wie sieht's aus, Giff?« Brian drückte sich um Giff herum, um eine fertige Mahlzeit unter dem Wärmestrahler abzustellen.

»Die Hälfte hab ich schon.«

»Wenn das Ding nach dem Frühstück nicht wieder läuft, wird Nate den Tellerstapel hier per Hand abwaschen müssen.«

»Ich?« Nathan verschluckte sich beinahe an seinem Bissen. »Aber ich hab doch nur einen Teller benutzt.«

»Das ist die Hausordnung. Wer in der Küche essen darf, muss mit anfassen. Stimmt's, Giff?«

»Klar. Aber ich denke, so weit wird's nicht kommen. Gleich hab ich sie.« Als Lexy in die Küche schwebte, genehmigte sich Giff einen kurzen Blick. »Wäre doch gelacht, wenn ich sie nicht hinbekäme«, sagte er grinsend.

Auch Lexy riskierte einen Blick. Verdammt süß sah er aus mit seiner Baseballkappe und dem schmuddeligen T-Shirt. »Noch zwei große Frühstück, eins mit Schinken, eins mit Speck.

Zwei Spiegeleier, Speck, Bratkartoffeln und Toast. Giff, nimm deine Treter aus dem Weg«, meckerte sie ihn an, als sie sich an ihm vorbeischob, um ihre Bestellung unter dem Wärmestrahler vorzuziehen.

Noch während sie aus der Küche segelte, machte sich ein breites Grinsen auf Giffs Gesicht breit. »Verdammt hübsch, deine Schwester, Bri.«

»Du musst's ja wissen.« Brian schlug zwei Eier auf und ließ sie geschickt in die Pfanne gleiten.

»Sie ist total verrückt nach mir.«

»Kann man wohl sagen. Sie konnte sich bei deinem Anblick kaum noch beherrschen.«

Giff schnaubte. »So ist sie halt. Sie will, dass die Männer hinter ihr herrennen wie junge Hunde. Und wenn sie das nicht tun, ist sie beleidigt. Sie wird's schon merken. Man muss nur verstehen, wie eine Frau tickt, das ist alles.«

»Wer, zum Teufel, versteht, wie eine Frau tickt?« Brian deutete mit dem Kochlöffel auf Nathan. »Du etwa, Nate?«

Nathan taxierte den nächsten Bissen Toast und beobachtete, wie der Sirup hinuntertropfte. »Nein«, entschied er. »Nein, ich kann wirklich nicht behaupten, dass ich's verstehe. Und ich habe auf diesem Gebiet immerhin einiges an Forschung betrieben. Man könnte wohl sagen, ich habe ihm einen Teil meines Lebens gewidmet. Die Ergebnisse lassen allerdings zu wünschen übrig.«

»Entscheidend ist nicht, wie viel Zeit man reinsteckt.« Geduldig drehte Giff eine Schraube nach der anderen in den Geschirrspüler. »Man muss sich nur auf eine bestimmte Frau konzentrieren. Es ist wie bei einem Motor. Einer funktioniert nicht automatisch wie der nächste, auch wenn es dieselbe Marke ist. Jeder hat seine eigenen Macken. Alexa zum Beispiel …«

Er brach ab, um eine Schraube zu versenken und nach der nächsten zu greifen. »Sie ist einfach zu hübsch. Sie hat nichts anderes im Kopf als ihr Aussehen und denkt ständig darüber nach. Und das tut ihr nicht gut.«

»In ihrem Bad stehen genug Dosen und Farbtöpfe rum, um 'ne komplette Fassade zu streichen«, bemerkte Brian.

»Manche Frauen empfinden das als Verantwortung. Lex zum Beispiel rastet aus, wenn ein Mann ihr nicht vierundzwanzig Stunden am Tag nachschleicht. Und wenn er ihr vierundzwanzig Stunden am Tag nachschleicht, hält sie ihn für einen Idioten, der nur ihr Äußeres sieht. Der Trick besteht darin, einen gesunden Mittelweg zu finden und sie im richtigen Moment an der richtigen Stelle zu treffen.«

Brian ließ die Rühreier auf den Teller gleiten. Perfekte Beschreibung von Lexy, dachte er. Widersprüchlich und am Ende nur Ärger. »Also mir ist das zu kompliziert.«

»Frauen sind immer kompliziert.« Giff schob seine Baseballkappe in den Nacken. »Aber das macht ja den Reiz aus. So, der läuft wieder«, fügte er hinzu und deutete mit dem Kinn in Richtung Geschirrspüler.

Lexy musste jeden Augenblick mit den nächsten Bestellungen zurückkommen. »Ginny, ich und noch ein paar andere wollen heute Abend am Strand ein Lagerfeuer machen«, sagte er beiläufig. »Unten bei den Osprey-Dünen. Ich hab eine Menge Holzabfälle gesammelt, und heute haben wir eine klare Nacht.« Als Lexy die Küche betrat, war Giff mehr als zufrieden. »Ich dachte, Bri, vielleicht sagst du deinen Gästen und den Campern Bescheid.«

»Worum geht's denn?«, erkundigte sich Lexy neugierig.

»Um das große Lagerfeuer.«

»Heute?« Mit leuchtenden Augen stellte sie die Teller ab. »Wo?«

»Unten an den Osprey-Dünen.« Bedächtig räumte Giff sein Werkzeug in den Metallkoffer. »Du kommst doch, Brian, oder?«

»Kann ich noch nicht sagen, Giff. Hab 'ne Menge Papierkram zu erledigen.«

»Ach, komm schon, Bri.« Lexy gab ihm einen Stups, als sie nach den fertigen Frühstückstellern griff. »Sei kein Spielverderber. Ist doch klar, dass wir alle kommen.« In der Hoffnung, Giff eins auszuwischen, schenkte sie Nathan ein betörendes Lächeln. »Du kommst doch auch, oder? Es gibt nichts Schöneres als ein Lagerfeuer am Strand.«

»Das werde ich mir nicht entgehen lassen.« Er schaute vorsichtig zu Giff hinüber und hoffte, dass er seinen Hammer schon weggepackt hatte.

»Toll!« Im Vorübergehen warf sie ihm einen ihrer verführerischen Augenaufschläge zu, die sie für besondere Anlässe reservierte. »Ich sag's gleich weiter.«

Giff erhob sich. »Kein Grund für Sorgenfalten, Nate. Lexy flirtet für ihr Leben gern.«

»Macht ganz den Eindruck.«

»Mich stört's nicht.« Sich wie zu Hause fühlend, griff sich Giff einen Keks aus der Schale und biss hinein. »Wenn sich ein Mann für eine schöne Frau entscheidet, muss er damit leben. Du kannst also ruhig einen Blick riskieren.« Er packte seinen Werkzeugkoffer und hob zum Abschied die Hand. »Wenn du dich allerdings nicht mit dem Blick begnügst, müssen wir uns noch mal unterhalten. Also dann, bis heute Abend.«

Pfeifend verschwand er.

»Weißt du, Bri…« Nathan stellte seinen Teller ins Spülbecken. »Der Junge hat Bizepse wie aus Beton. Ich glaube, ich werde nicht mal einen Blick riskieren.«

»Sehr vernünftig. Und jetzt kannst du als Gegenleistung fürs Frühstück den Geschirrspüler einräumen.«

»Ich hab heute Abend keine Lust auf Leute, Kate. Ich verzieh mich lieber in die Dunkelkammer.«

»Nein, das wirst du nicht.« Kate ging zu Jos Kommode, nahm die Bürste mit dem einfachen Holzstiel und deutete wie mit einer Pistole auf sie. »Du wirst zur Feier des Tages Lippenstift auflegen, dein Haar ein bisschen zurechtmachen und mit zum Lagerfeuer gehen. Dort wirst du tanzen, Wein trinken und dich amüsieren.«

Bevor Jo protestieren konnte, hob Kate mit der ihr eigenen Autorität die Hand. »Spar dir deine Worte, Mädchen. Denselben Kampf hatte ich gerade mit Brian – und ich habe ihn gewonnen. Du kannst also gleich aufgeben.«

Kate warf Jo die Bürste zu, und Jo fing sie, bevor sie die Borsten pieksten. »Aber welchen Unterschied macht es schon …«

»Es macht einen, glaub mir«, fiel Kate ihr ins Wort. »Es ist höchste Zeit, dass die Bewohner dieses Hauses lernen, sich ab und zu auch mal Spaß zu gönnen. Und wenn ich mit dir fertig bin, ist dein Vater an der Reihe.«

Verächtlich schnaufend ließ sich Jo auf ihr Bett fallen. »An dem beißt du dir die Zähne aus.«

»Er wird mitkommen«, erwiderte Kate grimmig, während sie Jos Garderobe sichtete. »Und wenn ich ihn k.o. schlagen und eigenhändig runter zum Strand schleifen muss. Hast du denn eigentlich kein einziges anständiges Kleidungsstück?«

Ohne auf die Antwort zu warten, ging sie zur Tür und rief über den Gang: »Alexa! Such bitte eine Bluse für deine Schwester raus und bring sie rüber.«

»Ich will aber keinen von ihren Fummeln.« Alarmiert sprang Jo vom Bett. »Wenn ich gehen muss, dann in meinen eigenen Sachen. Und weil ich nicht gehe, spielt's auch keine Rolle.«

»Du wirst gehen. Mach dir ein paar Locken ins Haar. Ich kann es nicht mehr so traurig runterhängen sehen.«

»Ich hab nichts, um mir Locken ins Haar zu machen, selbst wenn ich's wollte, was ich nicht tue.«

»Hah!« war Kates einzige Antwort. »Alexa, kommst du bitte mit der Bluse und deinen Lockenwicklern rüber zu deiner Schwester?«

»Bleib, wo du bist, Lex«, rief Jo. »Kate, ich bin nicht mehr sechzehn!«

»Nein, bist du nicht«, erwiderte Kate mit entschlossenem Nicken, wobei ihre tropfenförmigen goldenen Ohrringe heftig hin und her baumelten. »Du bist eine erwachsene Frau, und zwar eine sehr hübsche. Und es ist höchste Zeit, dass du das den anderen zeigst. Also noch mal: Du wirst heute Abend mitgehen, und du wirst dich dafür hübsch machen. Keine Widerrede. Immer diese Kinder. Die denken doch glatt, sie könnten's mit mir aufnehmen«, murmelte sie, während sie in Jos Bad verschwand. »Nicht mal Wimperntusche hat sie. Wenn du eine Nonne werden willst, geh ins Kloster. Ein Lippenstift ist kein Werkzeug des Satans.«

Lexy erschien, die Bluse über der Schulter und den Karton

mit den elektrischen Lockenwicklern in der Hand. Sie freute sich schon auf den Abend und war bester Laune. »Hat Kate einen ihrer Anfälle?«

»Kann man wohl sagen. Ich will keine Locken!«

»Ach, komm schon, Jo Ellen.« Lexy stellte den Karton auf der Kommode ab und musterte erst mal sich selbst im Spiegel. Sie hatte sich nur dezent geschminkt, passend zu ihrer lässigen Kleidung.

»Und deine Klamotten werd ich auch nicht anziehen.«

»Wie du meinst.« Mit nachdenklich gespitzten Lippen wandte sich Lexy ihrer Schwester zu und betrachtete sie von Kopf bis Fuß. In ihrer guten Laune war sie großzügig. »Hmmm. Rüschen passen wirklich nicht zu dir.«

»Wenn du was Neues zu vermelden hast, sag Bescheid.«

Jos Sarkasmus perlte an Lexy ab. Langsam umkreiste sie ihre Schwester. »Hast du ein schwarzes T-Shirt, das nicht so weit ist, dass du zweimal reinpasst?«

Jo nickte finster. »Glaub schon.«

»Und schwarze Jeans?« Als Jo zustimmend nickte, legte Lexy zufrieden den Zeigefinger an die Lippen. »Ja, ich glaube, so geht's. Schlicht und hip. Vielleicht ein paar Ohrringe und einen schicken Gürtel, aber mehr nicht. Und auch keine Locken.«

»Keine Locken?«

»Nein, aber du brauchst eine neue Frisur.« Lexy tippte sich noch immer nachdenklich an die Lippen; dann kniff sie die Augen zusammen und nickte. »Ich glaube, ich weiß, wie. Hier ein bisschen weg und da ein bisschen weg.«

»Ein bisschen weg?« Schützend fasste sich Jo mit beiden Händen an den Kopf. »Was meinst du mit weg? Ich lasse mir nicht von dir die Haare schneiden.«

»Warum denn nicht? Die hängen ja doch nur traurig runter.«

»Genau«, schaltete sich nun Kate wieder ein. »Lexy hat wirklich ein Händchen für Haare. Wenn ich keine Zeit habe, um rüber aufs Festland zu fahren, schneidet sie auch meine. Geh und wasch sie, Jo. Und du, Lexy, holst deine Schere.«

»Schon gut, schon gut.« Als Zeichen ihrer Kapitulation hob Jo die Hände. »Wenn sie mich skalpiert, muss ich wenigstens

146

nicht die halbe Nacht mit einem Haufen Kindsköpfen im Sand sitzen und mir blöde Lieder anhören.«

Eine Viertelstunde später saß sie mit einem Handtuch um die Schultern inmitten ihrer herabrieselnden Haarspitzen. »Himmel.« Jo kniff die Augen zusammen. »Ich bin wirklich verrückt. Daran besteht jetzt kein Zweifel mehr.«

»Hör auf zu meckern«, befahl ihr Lexy, aber ihre Stimme klang eher amüsiert als verärgert. »Bis jetzt ist ja noch gar nichts passiert. Denk außerdem mal daran, wie lange dir diese Prozedur Kate vom Hals hält.«

»Ja, ja.« Jo bemühte sich, ihre Schultern zu entspannen. »Wenigstens etwas.«

»Du hast tolles Haar, Jo. Schön voll mit einer leichten Naturwelle.« Im Spiegel warf sie einen kurzen Blick auf ihre eigene Mähne, die aus wilden Korkenzieherlocken bestand. »Meine Haare sind so glatt wie Schnittlauch, und ich muss 'ne Menge Geld für meine Locken hinlegen. Das Leben ist ungerecht.«

Achselzuckend machte sie sich wieder an die Arbeit. »Du brauchst nichts weiter als einen guten Schnitt. Dafür werde ich schon sorgen.«

»Schneid aber bitte nicht zu viel ab …« Mit schreckensweiten Augen sah Jo eine zehn Zentimeter lange Strähne in ihren Schoß fallen. »Verflucht, was machst du da?«

»Keine Panik, ich schneide dir nur einen Pony.«

»Einen Pony? Ich will aber gar keinen Pony!«

»Du bekommst trotzdem einen. Nur ein paar Fransen. Deine Augen sind dein ganz großer Pluspunkt, und der Pony wird sie betonen. Außerdem sieht er richtig lässig aus.« Sie kämmte und schnipselte, trat zurück, verzog das Gesicht und schnipselte weiter. »Mir gefällt's. Echt.«

»Wie schön für dich«, murmelte Jo. »Dann kannst du die Frisur ja tragen.«

»Du wirst deine Meinung gleich ändern.« Lexy gab einen Klecks Haargel in ihre Hand, rieb die Handflächen und ließ sie anschließend über Jos feuchte Frisur gleiten. »Du brauchst nur ein bisschen davon. Einen ganz kleinen Klecks.«

Finster betrachtete Jo die Tube. »Ich mag das Zeug nicht.«

»Du wirst es in Zukunft benutzen. Nur ein klitzekleines bisschen«, wiederholte sie. Dann griff sie zum Föhn. »Du kannst es auch von selbst trocknen lassen, aber mit dem Föhn bekommst du mehr Volumen rein. Du brauchst morgens bestimmt nicht länger als zehn Minuten.«

»Bis jetzt habe ich zwei gebraucht. Bist du vielleicht bald fertig?« Sie sagte sich, dass ihr die Frisur gleichgültig war. Sie hatte es satt, hier rumzusitzen, nichts weiter. Nein, sie war nicht nervös.

»Prima.« Lexy schaltete den Föhn aus und zog den Stecker raus. »Alles, was du tust, ist meckern und nörgeln. Meinetwegen kannst du weiter wie eine Hexe rumlaufen, ist mir doch scheißegal.« Lexy stürmte aus dem Zimmer. Widerwillig zog sich Jo das Handtuch von den Schultern.

Als sie sich im Spiegel erblickte, hielt sie einen Moment inne und trat dann näher. Sah irgendwie … nett aus. Zögernd strich sie durch ihr Haar. Nichts hing mehr traurig runter. Die Ohren waren frei, den Nacken hatte Lexy angestuft. Ist eigentlich ganz fetzig, dachte Jo. Und der Pony war gar keine schlechte Idee. Vorsichtig schüttelte sie den Kopf. Alles fiel mehr oder weniger wieder an seinen Platz zurück. Und keine störenden Strähnen hingen ihr mehr in die Augen.

Sie fuhr sich mit der Bürste durchs Haar und beobachtete zufrieden, dass sich ihre Wellen locker und natürlich legten. Ordentlich geschnitten, dachte sie. Und es hatte einen gewissen Stil. Sie musste wirklich zugeben, dass ihr die Frisur stand.

Sie erinnerte sich, wie sie auf dem Bett saß und ihre Mutter ihr das Haar bürstete.

Du hast schönes Haar, Jo Ellen. So dick und weich.

Es hat dieselbe Farbe wie deins, Mama.

Ich weiß. Lachend nahm Annabelle ihre Tochter in den Arm. Du bist mein kleiner Zwilling.

»Wir sind keine Zwillinge, Mama«, flüsterte Jo jetzt. »Ich kann nicht sein wie du.«

Hatte sie deshalb nie mehr aus ihrem Haar gemacht, als es mit einem Gummiband zusammenzunehmen? Hatte sie deshalb nicht mal Wimperntusche? War es Sturheit oder Angst, die sie davon abhielt, sich länger als fünf Minuten mit ihrem Aussehen zu beschäftigen? Sich wirklich anzuschauen?

Wenn ich nicht verrückt werden will, dachte Jo, muss ich lernen, mein Spiegelbild anzuschauen. Und um es anzuschauen, muss ich lernen, es zu akzeptieren.

Sie atmete tief durch und ging rüber in Lexys Zimmer. Lexy war im Bad damit beschäftigt, aus ihrem schier unerschöpflichen Kosmetikfundus einen passenden Lippenstift auszusuchen.

»Tut mir leid.« Als Lexy nichts sagte, machte Jo einen zweiten Anlauf. »Lexy, es tut mir leid. Du hattest absolut recht. Ich war eklig und habe nur rumgemeckert.«

Lexy starrte auf die goldfarbene Hülle hinunter und drehte den schimmernden roten Stift rein und wieder raus. »Und warum?«

»Ich habe Angst.«

»Wovor?«

»Vor allem.« Das Geständnis erleichterte sie. »Im Augenblick habe ich vor allem Angst. Sogar vor einem Haarschnitt.« Sie zwang sich zu einem Lächeln. »Auch wenn er richtig toll ist.«

Auch Lexy ließ sich zu einem schwachen Lächeln hinreißen, als sich ihre Blicke im Spiegel trafen. »Sieht wirklich gut aus. Es sähe noch besser aus, wenn du dich ein bisschen schminken würdest. Wenigstens die Augen.«

Seufzend blickte Jo auf das enorme Kosmetikdepot. »Warum nicht? Kann ich irgendwas davon nehmen?«

»Klar, was du möchtest. Wir gehören zum selben Farbtyp.« Lexy wandte sich wieder dem Spiegel zu und malte sorgfältig ihre Lippen aus. »Jo ... hast du Angst vorm Alleinsein?«

»Nein. Ich fühle mich allein ziemlich wohl.« Jo griff nach dem Rouge und schnupperte vorsichtig daran. »Das ist so ziemlich das Einzige, was mir keine Angst macht.«

»Komisch. Alleinsein ist das Einzige, was mir Angst macht.«

Das Feuer loderte hoch auf. Die Flammen erhoben sich vom weißen Sand in den schwarzen, diamantbesetzten Nachthimmel. Wie ein rituelles Feuer der Kelten, dachte Nathan, während er, ein eiskaltes Bier trinkend, die Flammen beobachtete. Er stellte sich vor, wie in lange Gewänder gehüllte Gestalten um das Feuer tanzten und einem primitiven Gott Opfer darbrachten.

Die Nacht war kühl, das Feuer heiß, und der tagsüber so oft verwaiste Strand war voller Menschen und Musik. Aber er war noch nicht ganz bereit, sich ins Getümmel zu stürzen. Stattdessen beobachtete er die tanzenden Paare.

Und er dachte an die Fotos, die Jo ihm am Vormittag gezeigt hatte, an die vor Kälte erstarrten Szenen der Einsamkeit. Vielleicht ist mir dadurch klar geworden, wie einsam ich selbst geworden bin, dachte er.

»Na, Süßer.« Ginny ließ sich neben ihn in den Sand fallen. »Was machst du hier so ganz allein?«

»Nach dem Sinn des Lebens suchen.«

Sie lachte fröhlich. »Ist doch ganz einfach: das Leben selbst.« Sie hielt ihm einen Hot Dog entgegen – kross gebraten, frisch aus dem Feuer. »Beiß mal.«

Nathan biss in das Würstchen; es schmeckte nach Holzkohle und Sand. »Lecker.«

Sie lachte und tätschelte ihm kameradschaftlich das Bein. »Grillen ist nicht gerade meine Spezialität. Aber mein Frühstück ist verdammt gut, falls du … mal in der Nähe bist.«

Das war eine eindeutige und lockere Einladung. Und hier war auch ihr riesiges Lächeln, durch den Tequila schon ein wenig verrutscht. »Das ist ein attraktives Angebot.«

»Komm schon, Süßer, alle Frauen auf dieser Insel zwischen sechzehn und sechzig würden sich drum reißen, mit dir ins Bett zu springen. Ich will nur als Erste an der Reihe sein.«

Nathan kratzte sich sein Kinn; er wusste nicht, was er darauf antworten sollte. »Na ja, ich liebe ein gutes Frühstück, aber …«

»Jetzt lass dir mal deswegen keine grauen Haare wachsen.« Sie packte seinen Arm und drückte ihn, als wollte sie seinen Bizeps testen. »Weißt du, was du tun solltest, Nathan?«

»Was denn?«

»Du solltest tanzen.«

»Ach, wirklich?«

»Klar doch.« Sie sprang auf die Füße und streckte ihm ihre Hand entgegen. »Und zwar mit mir. Komm schon, Dicker. Lass uns mal ein bisschen Sand aufwirbeln.«

Er fasste ihre Hand. Sie war so warm und angenehm, dass er grinsen musste. »Okay.«

»Ginny hat sich einen Yankee geschnappt«, kommentierte Giff, während Ginny Nathan hinter sich herzog.

»Sieht so aus.« Kirby leckte sich den klebrigen Rest des Marshmallows vom Daumen ab. »Sie weiß, wie man sich amüsiert.«

»Ist ja nicht schwer.« Die Bierdose in der Hand, überblickte Giff den Strand. Manche tanzten, andere saßen um das funkenstiebende Feuer herum, wieder andere verschwanden in der Dunkelheit, um allein zu sein. Die Kinder spielten Nachlaufen, und die Älteren saßen in ihren mitgebrachten Campingstühlen, tauschten den letzten Klatsch aus und beobachteten die Jungen.

»Es scheinen sich nicht alle amüsieren zu wollen.« Kirby warf schon wieder einen Blick in Richtung Sanctuary, aber es kam immer noch niemand.

»Du hältst nach Brian Ausschau und ich nach Lexy.« Giff legte freundschaftlich den Arm um ihre Schultern. »Warum tanzen wir nicht? Dabei können wir gemeinsam Ausschau halten.«

»Gute Idee.«

Dann erschien Brian auf einer der Dünen, eingerahmt von Lexy und Jo. An der höchsten Stelle blieb er stehen und überblickte majestätisch den Strand. »Und das, meine Kinder, all das wird eines Tages euch gehören.«

»Oh, Bri.« Lexy stieß ihm in die Rippen. »Sei nicht so albern.« In diesem Moment hatte sie Giff entdeckt. Als sie sah, dass er engumschlungen mit Kirby tanzte, fühlte sie einen kleinen eifersüchtigen Stich. »Ich hab Lust auf Krabben«, bemerkte sie leichthin und lief hinunter zum Strand.

»Jetzt könnten wir noch entkommen«, sagte Jo. »Kate ist noch damit beschäftigt, Daddy runterzuschleppen. Wir könnten nach Norden verschwinden, einen großen Bogen machen und wieder zu Hause sein, bevor sie hier ankommt.«

»Dann müssten wir später dafür büßen.« Resigniert stemmte er die Fäuste in seine Hosentaschen. »Hast du eine Ahnung, warum wir uns bei gesellschaftlichen Anlässen so unwohl fühlen, Jo Ellen?«

»Zu viel Hathaway«, begann sie.

»Und zu wenig Pendleton«, schloss er. »Lexy hat wahrscheinlich unsere Portion des Pendleton'schen Erbteils abbekommen«, fügte er hinzu, als sich Lexy ins Getümmel stürzte.

»Komm, wäre doch gelacht, wenn wir das nicht auch könnten.«

Kaum hatten sie den Strand erreicht, fiel ihnen Ginny schon um den Hals. »Warum kommt ihr denn so spät? Ich bin schon halb erledigt. Nate, lass uns den beiden hier mal ein Bier besorgen, damit sie aufholen können.« Sie wirbelte herum, stieß mit jemandem zusammen und kicherte im selben Augenblick. »Hey, Morris, tanzt du mit mir? Los, komm schon.«

Nathan atmete tief aus. »Keine Ahnung, woher sie die Energie nimmt. Sie hat mich richtig fertiggemacht. Willst du 'n Bier?«

»Ich hol welches«, erbot sich Brian und verschwand.

»Deine Frisur gefällt mir.« Nathan hob vorsichtig Jos Pony an. »Wirklich hübsch.«

»Lexy hat ein bisschen herumgeschnipselt, das ist alles.«

»Du siehst wunderbar aus.« Er strich sanft über ihre Schulter, ließ seine Hand über ihren Arm gleiten und fasste nach ihrer Hand. »Gefällt dir das etwa nicht?«

»Nein, ich … Fang bitte nicht schon wieder damit an, Nathan.«

»Zu spät.« Er kam ihr ein Stück näher und roch den warmen, leicht würzigen, interessanten Duft. »Du trägst Parfüm?«

»Lexy …«

»Es gefällt mir.« Er beugte sich zu ihr und beschnüffelte zu ihrer Verwirrung ihren Hals und ihren Nacken. »Sehr sogar.«

Sie hielt einen Moment lang den Atem an, aber dann trat sie brüsk einen Schritt zurück. »Deswegen hab ich's bestimmt nicht aufgelegt.«

»Ich mag's trotzdem. Willst du tanzen?«

»Nein.«

»Prima, ich auch nicht. Dann lass uns doch ans Lagerfeuer setzen und streiten.«

Es war so absurd, dass sie beinahe lachen musste. »Setzen wir uns einfach ans Feuer. Und wenn du zudringlich wirst, lass ich meinen Daddy sein Gewehr holen und dich abknipsen. Und weil du ein Yankee bist, wird dir auch niemand zu Hilfe kommen.«

Lachend legte er seinen Arm um ihre Taille und ignorierte, dass sie bei seiner Berührung instinktiv zusammenzuckte. »Dann sitzen wir eben nur da.«

Er holte ihr ein Bier, spießte einen Hot Dog auf und setzte sich neben sie. »Aha, du hast also deine Kamera mitgebracht.« Automatisch legte sie ihre Hand auf die abgenutzte Lederhülle in ihrem Schoß. »Gewohnheit. Ich warte besser noch ein bisschen, bis ich sie rausnehme. Manchmal schreckt die Kamera die Leute ab. Aber wenn sie genug getrunken haben, dann stören sie sich nicht mehr daran.«

»Ich dachte, du machst keine Porträts.«

»Tu ich normalerweise auch nicht.« In Unterhaltungen kam sie sich oft unter Druck gesetzt vor. Sie griff in ihre Tasche und suchte nach einer Zigarette. »Leblose Objekte muss man nicht mit Alkohol bestechen oder sonstwie umgarnen, um ein Bild zu machen.«

»Ich hab erst ein Bier getrunken.« Er nahm ihr das Feuerzeug aus der Hand, legte die andere Hand schützend drumherum und gab ihr Feuer. Über der Flamme trafen sich ihre Blicke. »Und umgarnt hast du mich auch nicht gerade. Aber fotografieren darfst du mich trotzdem.«

Sie betrachtete ihn durch den Rauch hindurch. Kantiges Gesicht, ausdrucksvolle Augen, starker Mund. »Vielleicht.« Sie nahm ihm das Feuerzeug ab und steckte es in die Tasche. Was würde sie durch das Objektiv entdecken? Und welche Wirkung würde es auf sie haben? »Ja, vielleicht.«

»Wäre es dir unangenehm, wenn ich dir sagen würde, dass ich hier auf dich gewartet habe?«

Sie sah ihn an und wandte dann den Blick ab. »Ja. Sogar ziemlich.«

»Dann werde ich es nicht erwähnen«, sagte er. »Und ich werde auch nicht sagen, dass ich dich da oben auf der Düne gesehen und gedacht habe, na endlich, wo hat sie denn gesteckt?«

Jo klemmte den Hot-Dog-Spieß zwischen die Knie, damit sie eine Hand fürs Bier frei hatte. Die Hand war feucht. »Ich bin gar nicht zu spät. Das Feuer brennt kaum eine Stunde.«

»Ich meine nicht heute Abend. Und wahrscheinlich sollte ich auch nicht sagen, wie verdammt attraktiv ich dich finde.«

»Ich glaube nicht, dass …«

»Also wechseln wir schnell das Thema.« Er lächelte sie an und freute sich dabei über den verwirrten Ausdruck in ihren Augen und ihren leicht unwillig verzogenen, sinnlichen Mund.

»Hier sind eine Menge Gesichter. Du könntest ein Buch nur über Gesichter machen. Gesichter von Desire.« Er bewegte sich ein wenig, sodass ihre Knie aneinanderstießen.

»Ich habe das erste Buch noch lange nicht fertig, und an ein zweites denke ich gar nicht.«

»Aber irgendwann bestimmt. Du bist viel zu talentiert und ehrgeizig, um nicht an ein zweites zu denken. Aber jetzt erzähl mir doch einfach von diesen Leuten hier.«

»Von wem denn?«

»Von allen. Von jedem.«

Jo hielt ihren Hot Dog in die Flamme und beobachtete, wie das Fett zischend ins Feuer tropfte. »Das ist Mr. Brodie – der alte Mann da drüben, der mit der weißen Kappe und dem Baby auf dem Schoß. Es ist sein Urenkel, der vierte, wenn ich mich nicht irre. Seine Eltern haben um die Jahrhundertwende als Dienstboten auf Sanctuary gearbeitet. Er ist auf Desire geboren und aufgewachsen.«

»Und hat auf Sanctuary gelebt?«

»Sie haben viel Zeit auf Sanctuary verbracht, aber seine Familie hat in ihrem eigenen Cottage auf ihrem eigenen Land gewohnt. Das hat man ihnen als Dank für ihre treuen Dienste geschenkt. Er hat im Zweiten Weltkrieg als Kanonier gedient und in Paris seine Frau kennengelernt. Sie hieß Marie Louise und hat hier mit ihm gelebt, bis sie vor drei Jahren starb. Sie haben vier Kinder, zehn Enkel und jetzt vier Urenkel. Er hat immer

Pfefferminzbonbons in seiner Hosentasche.« Sie sah ihn an. »Ist es das, was du wissen willst?«

»Ja, genau das.« Er fragte sich, ob ihr selbst aufgefallen war, dass ihre Stimme beim Erzählen ganz warm klang. »Noch eine, bitte.«

Irgendwie albern, dachte sie seufzend. Aber immerhin machte er sie nicht nervös. »Da ist Lida Verdon, eine Cousine von mir, von der Pendleton'schen Seite. Dort drüben, die müde wirkende, schwangere Frau, die gerade mit dem Kleinen schimpft. Sie erwartet gerade ihr drittes Kind in vier Jahren. Wally, ihr Mann, ist so hübsch wie sechs Teufel, aber keinen Pfifferling wert. Er ist Lastwagenfahrer und meistens unterwegs. Verdient nicht schlecht, aber Lida sieht nicht viel davon.«

Ein Kind lief vor Vergnügen quietschend an ihnen vorbei, seinen Daddy im Schlepptau. Jo drückte die Zigarette im Sand aus und verscharrte sie. »Wenn Wally mal zu Hause ist«, fuhr sie fort, »ist er meistens betrunken. Zweimal hat sie ihn schon vor die Tür gesetzt, und zweimal hat sie sich wieder erweichen lassen. Lida ist ungefähr so alt wie ich, es liegen nur zwei Monate zwischen uns. Ich hab ihre Hochzeitsfotos gemacht, darauf sieht sie richtig jung und hübsch und glücklich aus. Und jetzt, vier Jahre später, ist sie total am Ende. Es gibt nicht nur Märchen auf Desire«, fügte sie leise hinzu.

»Nein.« Er legte den Arm um sie. »Nirgendwo gibt's nur Märchen. Erzähl mir von Ginny.«

»Von Ginny?« Jo lachte kurz auf und blickte dann den Strand hinunter. »Von Ginny muss man nichts erzählen. Man braucht sie nur anzuschauen. Siehst du, wie sie Brian gerade zum Lachen bringt? So sieht man ihn nur selten lachen. Aber sie schafft's garantiert.«

»Ihr seid gemeinsam aufgewachsen.«

»Ja. Fast wie Schwestern, obwohl sie in Lexys Alter ist. Ginny war immer die Erste, die was Neues ausprobiert hat – besonders wenn es was Schlimmes war. Sie ist einfach neugierig und – oh, ich wette, da hat sie auch die Finger im Spiel.«

Er war viel zu sehr damit beschäftigt, Jo anzuschauen, um es zu bemerken. Sie sah jetzt entspannter und glücklicher aus. »Was denn?«

»Schau mal da drüben.« Jo lehnte sich in seinen Arm zurück und deutete zum Ufer. »Lex und Giff raufen. Schon als Babys haben sie sich ständig in der Wolle gelegen. Ginny ist mit beiden befreundet und hat bestimmt was damit zu tun.«

»Will sie denn, dass die beiden sich streiten?«

»Nein, du Dummkopf.« Lachend zog Jo ihren brutzelnden Hot Dog aus dem Feuer und steckte den Spieß in den Sand. »Sie will, dass sie ein Paar werden.«

Nathan dachte nach. Als Giff die um sich schlagende und schimpfende Lexy hochstemmte und à la Rhett Butler wegtrug, sah er interessiert zu. »Wenn das so ist, dann werde ich Ginny bitten, für mich auch mal einen Streit anzuzetteln.«

»Nur bin ich ein härterer Brocken als meine Schwester«, sagte Jo trocken.

»Kann sein.« Nathan zog den Hot Dog vom Spieß und jonglierte ihn zum Abkühlen von einer Hand in die andere. »Aber immerhin kochst du schon für mich.«

Unbeirrt schleppte Giff die immer noch heftig protestierende Lexy den Strand entlang, bis das Lagerfeuer nur noch ein entferntes Flackern war. Als sie weit genug weg waren, setzte Giff sie ab.

»Für wen hältst du dich eigentlich?« Sie stieß ihn mit beiden Händen von sich.

»Für den, der ich immer war«, erwiderte er gelassen. »Wird Zeit, dass du deine Augen aufmachst und mal genauer hinschaust.«

»Oh, ich hab dich ziemlich genau betrachtet, aber ich sehe niemanden, der das Recht hat, mich gegen meinen Willen irgendwohin zu schleppen.« Auch wenn es noch so aufregend war, fügte sie im Stillen hinzu. Auch wenn es noch so romantisch war. »Ich habe mich gerade mit jemandem unterhalten.«

»Nein, hast du nicht. Du hast dich dem Typen an den Hals geworfen, um mich auf die Palme zu bringen. Und diesmal hat's auch funktioniert.«

»Ich war nur nett und höflich zu einem Mann, den mir Ginny vorgestellt hat. Ich gebe ja zu, dass er attraktiv ist. Ein Rechtsanwalt aus Charleston, der mit Freunden ein paar Tage hier zeltet. Ganz harmlos.«

»Klar, deshalb war er auch drauf und dran, dich zu befummeln.« Giffs normalerweise sanfte Augen sprühten Funken. »Du hattest genug Zeit, dich auszutoben, Lexy. Aber jetzt bist du wieder zurück, und es ist Zeit, dass du endlich erwachsen wirst.«

»Erwachsen werden.« Sie stemmte die Hände in die Hüften und merkte gar nicht, dass die Wellen knapp vor ihren Füßen ausrollten. »Ich *bin* erwachsen. Du gehörst leider zu denen, die das noch nicht bemerkt haben. Ich mache, was ich will und wann ich will und mit wem ich will!«

Sie drehte sich um und wandte sich erhobenen Hauptes zum Gehen. Giff rieb sich das Kinn und ärgerte sich, dass er die Geduld verloren hatte. Aber jetzt war's zu spät.

Er rannte los. Als sie ihn heranstürmen hörte, drehte sie sich um und hatte nur noch Zeit, kurz aufzuschreien, bevor er sie zu Boden riss.

»Hey, du hirnloser Idiot, du ruinierst meinen Rock.« Wütend bearbeitete sie ihn mit Ellbogen, Knien und Zähnen. Sie wälzten sich auf dem Strand, wurden von der heranrollenden Brandung überspült. »Ich hasse dich! Ich hasse dich abgrundtief, Giff Verdon.«

»Nein, tust du nicht, Lexy. Du liebst mich.«

»Ha. Du kannst mich am Arsch lecken.«

»Mach ich gerne, mein Schatz.« Er drückte ihre Arme in den Sand, schwang sich in Sekundenschnelle rittlings auf sie und grinste triumphierend auf sie hinab. »Aber ich werde mich schön langsam vorarbeiten.« Er beugte sich zu ihr hinunter, und als sie ihren Kopf zur Seite warf, streiften seine Lippen ihre warme, weiche Haut unterhalb des Ohrs. »Keine schlechte Stelle, um anzufangen.«

Ein heißes, feuchtes Schaudern durchlief sie. »Ich hasse dich. Ich hab gesagt, dass ich dich hasse.«

»Ich weiß, was du gesagt hast.« Seine Lippen glitten ihren

Hals entlang, und als er bemerkte, dass sich ihr Körper langsam unter seinem entspannte, durchströmte ihn eine Welle der Lust. »Küss mich, Lexy. Los, küss mich.«

Leise aufseufzend wandte sie ihm ihr Gesicht zu. Ihre Lippen trafen sich. »Halt mich fest. Berühr mich. Was machst du bloß mit mir? Oh, ich hasse dich dafür.«

»Das Gefühl kenn ich.« Er streichelte ihr Haar, ihre Wangen, während sie sich unter ihm wand. »Hab keine Angst, ich würde dir niemals weh tun.«

Verzweifelt griff sie nach seinem Haar und zog ihn zu sich herunter. »Ich brauche dich. In mir. Ich bin so leer«, stöhnte sie. Ihr Körper bäumte sich auf.

Er umfasste ihre Brust und knetete sie mit seiner Handfläche. Dann gab er seinem Verlangen nach, schob ihre Bluse hoch und liebkoste sie mit seinen Lippen.

Ihr Geschmack, ihr heißer, feuchter, stechender Geschmack pulsierte wie Whiskey in seinem Blut. Er wollte es langsam, sanft. Darauf hatte er sein Leben lang gewartet. Aber sie wand und krümmte sich unter ihm, ihre Hände forderten mehr und mehr. Als sich sein Mund auf ihre Lippen senkte, konnte er nicht mehr denken, kaum noch atmen, nur noch schmecken und hören.

Keuchend zerrte er an ihrem nassen Rock, kämpfte sich fieberhaft durch den an ihrem Körper klebenden Stoff, bis seine Hand an ihrem Oberschenkel hochgleiten konnte, bis er sie fand. Sie bäumte sich wild gegen seine Hand auf und kam zum Höhepunkt, bevor er mehr tun konnte, als aufzustöhnen.

»Himmel, Lexy.«

»Schnell, Giff, ich bring dich um, wenn du jetzt aufhörst, ich schwör's dir.«

»Nicht nötig«, stieß er hervor. »Zieh diese verdammten Klamotten aus.« Mit einer Hand riss er ihren Rock herunter, mit der anderen zerrte er an seiner Jeans. »Verflucht, Lexy, hilf mir.«

»Ich versuch's.« Sie lachte jetzt, verheddert in ihrem nassen Rock, noch immer auf der Welle ihres schnellen, harten Orgasmus reitend. Ihr Blut rauschte so laut in ihren Ohren, dass sie das Meer kaum noch hörte. »Ich fühle mich herrlich. Wie betrunken. Los, beeil dich.«

»Zum Teufel damit.« Er schleuderte seine Jeans beiseite, riss sich das T-Shirt vom Leib und zog sie samt Rock und allem ins Wasser.

»Was machst du da? Der ist ganz neu!«

»Ich kauf dir einen neuen. Ich kauf dir ein ganzes Dutzend. Aber ich will dich jetzt haben.« Er riss den elastischen Bund des Rocks über ihre Hüften und war in ihr, bevor sie es überhaupt begriff.

Voll Lust schrie sie auf. Sie schlang ihre Beine um seine Schenkel, grub ihre Finger in seine Schultern und beobachtete sein Gesicht. Seine dunklen Augen fixierten sie, sahen nur sie.

Als die Welle sie innerlich und äußerlich erfasste, drängte sie ihren Körper an seinen und gab sich ihm ganz hin. Sie wusste, dass er sie wieder zurückbringen würde.

»Ich liebe dich«, stammelte er, während sein Körper auf den Höhepunkt zuraste. »Ich liebe dich, Lexy.«

Dann ließ er sich gehen. Gemeinsam erbebten ihre Körper und entspannten sich kurz darauf. Eng umschlungen ließen sie sich von den Wellen wiegen. Es ist perfekt, dachte er. Einfach und frei und richtig. Er hatte immer gewusst, dass es so sein würde.

»Hey, ihr da draußen.«

Er warf einen trägen Blick zum Strand und sah eine mit beiden Armen winkende Gestalt. Grinsend drückte er seine Lippen an Lexys Haar. »Hallo, Ginny.«

»Die Klamotten hier kommen mir so bekannt vor. Seid ihr etwa nackt?«

»Schon möglich.« Lachend hielt er die kichernde Lexy umschlungen.

»Ginny, er hat meinen neuen Rock ruiniert.«

»War auch höchste Zeit.« Sie warf den beiden einen Handkuss zu. »Ich lauf noch ein Stückchen. Muss wieder einen klaren Kopf bekommen. Lexy, Miz Kate hat's tatsächlich geschafft, deinen Daddy runter zum Lagerfeuer zu schleppen. Ich würd mir an deiner Stelle was überziehen, bevor ich zurückginge.«

Mehr als ein wenig schwankend und selbst leise kichernd, ging Ginny den Strand hinunter. Sie freute sich, die beiden so zu sehen. Schließlich war der gute alte Giff schon seit Jahren hinter ihr her, und Lexy, na ja, Lexy hatte sich im Kreis gedreht und darauf gewartet, dass Giff sie einholte.

Sie musste einen Moment stehenbleiben und warten, bis sich das Karussell in ihrem Kopf etwas langsamer drehte. Die Turbo-Tequilas wären wirklich nicht mehr nötig gewesen, dachte sie. Aber andererseits war das Leben zu kurz, um irgendwas zu verpassen.

Eines Tages würde auch sie den Mann finden, der ihr zeigte, wo's langging. Und bis dahin würde sie sich wunderbar auf der Suche nach ihm amüsieren.

Und wie bestellt kam ihr plötzlich ein Mann entgegengelaufen. Ginny deutete einen Hüftschwung an und zauberte ein breites Grinsen auf ihr Gesicht. »Na, Hübscher, was machst du denn hier, so ganz allein?«

»Nach dir suchen, Süße.«

Selbstbewusst schüttelte sie ihr Haar zurück. »Na, wenn das kein Zufall ist.«

»Ich würd's eher Schicksal nennen.« Er streckte ihr seine Hand entgegen, und Ginny ergriff sie, ohne zu zögern. Es war ihre Glücksnacht, da war sie ganz sicher.

Gerade betrunken genug, dass es leicht geht, dachte er, als er sie tiefer ins Dunkel führte. Und nüchtern genug, dass es Spaß macht.

Teil zwei

Welche Wunde ist je schneller
als nach und nach geheilt?

Shakespeare

11

Zum ersten Mal seit vielen Wochen wachte Jo erholt und hungrig auf. Sie fühlte sich ausgeglichen, ja fast glücklich. Kate hat wieder mal recht gehabt, dachte Jo, während sie sich mit den Fingern durchs Haar fuhr. Sie hatte den Abend unter Menschen bitter nötig gehabt; die Leute, die Musik, das Fest hatten ihr gutgetan. Und die Gesellschaft eines Mannes, der sie ganz offensichtlich attraktiv fand, hatte auch nicht geschadet. Jo kam zu dem Schluss, dass ein paar weitere Stunden mit Nathan auch nicht übel wären.

Als sie auf dem Weg nach unten an der Dunkelkammer vorbeikam, dachte sie zum ersten Mal nicht an den Umschlag mit den Fotos, den sie ganz hinten in einer Schublade versteckt hatte. Zum ersten Mal dachte sie nicht an Annabelle.

Stattdessen stellte sie sich vor, wie es wäre, wieder runter zum Fluss zu gehen – und Nathan dort zu treffen. Rein zufällig natürlich. Ich bin schon fast wie Ginny, dachte sie lächelnd. Ich überlege, wie ich die Aufmerksamkeit eines Mannes auf mich ziehe. Aber wenn Ginny damit Erfolg hatte, warum dann nicht auch sie? Was war gegen einen Flirt mit einem Mann einzuwenden, den sie interessant fand? Den sie erregend fand.

Also bitte. Nachdenklich blieb sie auf der Treppe stehen. Eigentlich war es gar nicht so schwer zuzugeben, dass sie ihn tatsächlich erregend fand – die Art, wie er ganz unbefangen ihre Hand nahm, seinen offenen Blick, der ihren suchte und festhielt. Die gelassene, selbstbewusste Haltung, mit der er sie geküsst hatte. Er war einfach aufgetaucht, hatte sich eine Kostprobe genommen, sie für gut befunden und dann wieder den Rückzug angetreten. Als ob er genau wüsste, dass sich später noch günstigere Gelegenheiten bieten würden.

Eigentlich sollte ich sauer sein, dachte sie. Wieder mal diese typisch männliche Arroganz. Aber irgendwie schien sie diesmal ihre primitivsten Triebe zu reizen. Sie fragte sich, wie sie bei diesem Spiel am Ende wohl abschneiden würde.

Lächelnd nahm sie die letzten Stufen. Sie hatte so ein Gefühl, als ob sie Nathan Delaney noch gewaltig überraschen würde. Und auch sich selbst.

»Ich würde es ja machen, Sam, aber ich erwarte heute Vormittag noch ein paar neue Gäste.« Kate blickte auf, als Jo die Küche betrat, und warf ihr ein zerstreutes Lächeln zu. »Guten Morgen, Schatz. Du bist früh dran.«

»Da bin ich ja nicht die Einzige«, erwiderte Jo mit einem schnellen Blick auf ihren Vater, während sie auf die Kaffeekanne zusteuerte. Er war offensichtlich auf dem Sprung. »Gibt's Probleme?«

»Nur ein kleines. Wir erwarten mit der Morgenfähre ein paar Camper, und andere Gäste reisen ab. Ich hab gerade den Anruf bekommen, dass die Familie gepackt hat und abreisefertig ist, aber niemand da ist, der sie auschecken kann.«

»Ist Ginny nicht im Empfangshäuschen?«

»Nein, da meldet sich keiner. Und auch bei ihr zu Hause ist niemand. Ich nehme an, dass sie verschlafen hat.« Kate brachte ein schwaches Lächeln zustande. »Wo auch immer. Scheint so, als hätte das Lagerfeuer noch 'ne Weile gebrannt.«

»Als ich gegen Mitternacht gegangen bin, hat's jedenfalls noch ordentlich gelodert.« Jo versuchte sich zu erinnern, ob sie Ginny vor ihrem Aufbruch noch gesehen hatte.

»Wenn die jungen Mädchen in ihren eigenen Betten schlafen würden, wie sich's gehört«, brummte Sam, »wären sie morgens auch rechtzeitig bei der Arbeit.«

»Sam, du weißt genau, dass das nicht Ginnys Art ist. Sie ist so zuverlässig wie die Sonne.« Mit besorgter Miene warf Kate einen Blick auf die Uhr. »Vielleicht geht es ihr ja nicht gut.«

»Vielleicht hat sie einen Kater, meinst du wohl.«

»Soll schon mal vorkommen«, erwiderte Kate harsch. »Tatsache ist, dass wir einen Gästewechsel haben und ich hier nicht wegkann, selbst wenn ich wüsste, wie man ein Zelt aufbaut. Tut mir leid, Sam, aber diesmal musst du ein bisschen deiner kostbaren Zeit opfern und dich selbst darum kümmern.«

Sam blickte sie erstaunt an. Es kam nicht oft vor, dass sie in so scharfem Ton mit ihm sprach. Aber es schien, als käme es in letzter Zeit immer häufiger vor. Um des lieben Friedens willen zuckte er die Achseln. »Schon gut, ich fahr rüber.«

»Jo wird dich begleiten«, sagte Kate brüsk, worauf sich Vater und Tochter verblüfft anblickten. »Du könntest Hilfe brauchen.« Wenn sie die beiden dazu zwang, den Vormittag gemeinsam zu verbringen, würden sie vielleicht miteinander ins Gespräch kommen. »Jo, du kannst vom Campingplatz aus nach Ginny schauen. Vielleicht ist ihr Telefon ja nur ausgestöpselt, oder sie fühlt sich wirklich nicht gut. Ich bin jedenfalls erst beruhigt, wenn ich weiß, was mit ihr los ist.«

Jo nestelte an dem Gurt ihrer Kamera – ihre Pläne für den Vormittag konnte sie wohl begraben. »Klar, kein Problem.«

»Sag mir bitte Bescheid, wenn du sie aufgetrieben hast.« Entschlossen schob Kate Sam und Jo aus der Küche. »Um die Hausarbeit braucht ihr euch keine Gedanken zu machen. Lexy und ich kriegen das schon geregelt.«

Jo stieg auf den Beifahrersitz des alten Blazers ihres Vaters und schnallte sich an. Riecht nach ihm hier, stellte sie fest. Nach Meer und Sand und Wald. Der Motor sprang sofort an und lief rund. Er hat noch nie irgendetwas, das ihm gehört, vernachlässigt, dachte sie. Außer seinen Kindern.

Ärgerlich über sich selbst zog sie die Sonnenbrille aus der Brusttasche ihres Hemds und setzte sie auf. »War nett, das Lagerfeuer gestern Abend«, begann sie.

»Muss noch nachschauen, ob der Junge den Strand wieder in Ordnung gebracht hat.«

Jo nahm an, dass von Giff die Rede war, und war im Gegensatz zu ihrem Vater überzeugt, dass er bestimmt nicht das kleinste Fetzchen Papier im Sand übersehen hatte. »Die Pension läuft ja gut. Es ist ziemlich viel los für die Jahreszeit.«

»Werbung«, sagte Sam knapp. »Kate kümmert sich drum.«

Jo kämpfte gegen einen tiefen Seufzer an. »Ich würde meinen, Mundpropaganda reicht aus. Und das Restaurant lockt dank Brians Kochkünsten doch immer genug Gäste an.«

Sam brummte nur kurz. Niemals würde er begreifen, was

einen Mann an den Herd trieb. Nicht, dass er seine Töchter besser verstand. Die eine ging nach New York und konnte sich nichts Schöneres vorstellen, als damit berühmt zu werden, sich in Fernsehspots die Haare zu waschen, und die andere zog durch die ganze Welt, um Fotos zu schießen. Es würde ihm ein ewiges Rätsel bleiben, wie er der Vater dieser Kinder sein konnte.

Aber schließlich war ja auch Annabelle beteiligt gewesen.

Resigniert gab Jo ihre Konversationsversuche auf. Sie kurbelte ihr Fenster runter, genoss den sanften Wind auf ihrer Haut, lauschte dem Surren der Reifen auf dem Asphalt.

»Halt.« Spontan packte sie Sams Arm. Nachdem er den Wagen zum Stehen gebracht hatte, sprang sie flink raus und ließ ihn mit unwillig gerunzelter Stirn hinter dem Steuer zurück.

Auf einem kleinen Erdhügel neben einer Pfütze sonnte sich eine Schildkröte, den Kopf steil in die Luft gerichtet, sodass sich das hübsche Muster ihres Halses im Wasser spiegelte. Sie nahm keinerlei Notiz von Jo, die sich langsam anschlich und ihre Kamera in Position brachte.

Dann raschelte es leise, und die Schildkröte zog blitzartig ihren Kopf ein. Mit angehaltenem Atem sah Jo im nächsten Augenblick einen Reiher aufsteigen; wie ein weißer Geist schnellte er vollkommen mühelos in die Luft, um wenig später mit ausgebreiteten Schwingen im Wind zu segeln. Er flog über die Kette kleiner Seen und winziger Inseln hinweg und verschwand schließlich hinter dem Wald.

»Ich hab mir früher immer versucht vorzustellen, wie es ist, sich so leicht in die Luft zu erheben und mit ein paar Flügelschlägen wegzufliegen.«

»Ich kann mich erinnern, dass du die Vögel immer am liebsten gemocht hast«, sagte Sam hinter ihr. »Ich wusste nicht, dass du auch ans Wegfliegen gedacht hast.«

Jo lächelte leise. »Ich hab's mir immer gewünscht. Mama hat mir die Geschichte von der Schwanenprinzessin erzählt, von dem schönen jungen Mädchen, das von einer Hexe in einen Schwan verwandelt worden ist. Ich fand die Vorstellung herrlich.«

»Sie hat viele Geschichten gekannt.«

»Ja.« Jo drehte sich um und blickte in das Gesicht ihres Vaters. Ob es ihm immer noch weh tut, an seine Frau zu denken?, fragte sie sich. Würde es weniger schmerzen, wenn sie ihm sagte, dass Annabelle wahrscheinlich tot war? »Ich wünschte, ich könnte mich an alle erinnern«, murmelte sie.

Sie atmete tief durch. »Daddy, hat sie dich jemals wissen lassen, wohin sie gegangen ist – oder warum?«

»Nein.« Der warme Ausdruck, der sein Gesicht überzogen hatte, während er mit Jo den Flug des Reihers beobachtete, verwandelte sich in eine eisige Maske. »Das brauchte sie nicht. Sie war frei, sie ist gegangen, weil sie es so wollte. Wir sollten jetzt besser weiterfahren und unsere Arbeit tun.«

Er drehte sich um und ging zurück zum Wagen. Der Rest der Fahrt verlief schweigend.

Jo hatte früher oft auf dem Campingplatz gearbeitet. Den Familienbetrieb kennenlernen, hatte Kate es genannt. Die Arbeit hatte sich im Lauf der Jahre nicht wesentlich verändert. Die große Karte, die im Empfangshäuschen an die Wand getackert war, zeigte die einzelnen Zeltplätze, die Wege und die sanitären Einrichtungen. Belegte Plätze wurden mit blauen Reißnägeln gekennzeichnet, reservierte mit roten und freie mit grünen. Die grün markierten Plätze mussten überprüft werden.

Auch die Toiletten- und Duschhäuschen wurden zweimal täglich überprüft und gereinigt. Da es unwahrscheinlich war, dass Ginny das nach dem Lagerfeuer noch einmal getan hatte, übernahm Jo notgedrungen diese Arbeit.

»Ich kümmere mich um die Duschen«, sagte sie zu Sam, der sich schon über den Papierkram der ungeduldig wartenden Abreisegäste hergemacht hatte. »Und dann geh ich rüber zu Ginnys Cottage und sehe nach, was mit ihr los ist.«

»Geh zuerst rüber zu ihr«, entgegnete Sam, ohne aufzublicken. »Die Duschen sind schließlich ihr Job.«

»Okay. Dauert sicher nicht länger als eine Stunde. Ich komme dann wieder hierher.«

Sie schlug den Fußweg in Richtung Osten ein. Wenn ich ein Reiher wäre, dachte sie lächelnd, wäre ich mit ein paar Flügelschlägen drüben bei Ginny. Aber der schmale Pfad schlängelte sich fast einen Kilometer bergauf, bergab, am schlüpfrigen Teichufer entlang und durch mannshohes Schilf hindurch.

Sie kam an einem kleinen Spitzzelt vorbei. Offensichtlich keine Frühaufsteher, bemerkte sie. Der Reißverschluss des Zelteingangs war fest verschlossen. Zwei Waschbären tapsten ihr über den Weg, musterten sie mit ihren klugen Augen und liefen dann weiter ihrem Frühstück entgegen.

Ginnys Hütte aus Zedernholz war unter hohen Bäumen versteckt. Rechts und links neben der Tür standen zwei leuchtend rote Töpfe mit knallbunten Plastikblumen, daneben ein Flamingopärchen aus verwittertem Kunststoff. Ginny erzählte jedem, dass sie Blumen und Tiere mochte – und zwar am liebsten aus Plastik.

Jo klopfte, wartete einen Augenblick und trat dann ein. Der Hauptraum war nur ein paar Quadratmeter groß, eine schmale Theke trennte die Küchenzeile vom Wohnbereich. Aber auch der Platzmangel konnte nichts gegen Ginnys Sammelleidenschaft ausrichten. Jede noch so winzige Fläche war mit Schnickschnack vollgestellt – mit Andenkenaschenbechern, Porzellanpuppen mit Rüschenkleidern und Kristallpudeln.

An den rosa gestrichenen Wänden hingen kitschige Poster – hauptsächlich Stilleben mit Blumen und Früchten. In einer Mischung aus Rührung und Amüsement entdeckte Jo zwischen den grellbunten Drucken eine ihrer eigenen Schwarzweißfotografien. Es war ein Schnappschuss aus ihrer Teenagerzeit, der Ginny schlummernd in einer Hängematte auf Sanctuary zeigte.

Grinsend näherte sich Jo der Schlafzimmertür. »Ginny, falls du nicht allein bist, deckt euch zu. Ich komme.«

Aber das Schlafzimmer war leer. Das Bett war ungemacht und genauso wie der Fußboden mit Kleidungsstücken übersät. Sieht aus, als hätte sich Ginny nicht so recht entscheiden können, was sie zum Lagerfeuer anziehen sollte, dachte Jo.

Sie warf noch einen Blick ins Bad, um sicherzugehen, dass die Hütte leer war. Die Plastikablage über dem winzigen Waschbecken war gerammelt voll mit Kosmetika. Das Waschbecken war noch mit einer Puderschicht bedeckt. Auf dem Badewannenrand standen drei Shampooflaschen, eine davon noch aufgeschraubt. Den Spülkasten zierte eine gehäkelte Puppe, die unter ihrem Rüschenrock eine Ersatzrolle Toilettenpapier versteckte.

Typisch Ginny.

»In wessen Bett du heute wohl aufwachst?«, murmelte Jo seufzend und verließ die Hütte. Das Schrubben der Klo- und Duschhäuschen blieb ihr wohl nicht erspart.

Dort angekommen, zog Jo den Schlüsselbund aus der Gesäßtasche ihrer Jeans und schloss den kleinen Putzraum auf, in dem sie fein säuberlich aufgereiht Reinigungsmittel und Badutensilien vorfand. Es war immer wieder verblüffend festzustellen, wie diszipliniert Ginny bei ihrer Arbeit war, auch wenn der Rest ihres Lebens chaotisch und unvorhersehbar erschien.

Mit Schrubber, Eimer, Scheuertuch, Reinigungsmitteln und Gummihandschuhen bewaffnet, betrat Jo die Damenduschen. Eine Frau um die fünfzig putzte sich übers Waschbecken gebeugt die Zähne. Jo bedachte sie mit einem abwesenden Lächeln und füllte den Eimer mit Wasser.

Die Frau spülte sich den Mund aus und spuckte den Schaum ins Becken. »Wo ist Ginny heute?«

»Oh.« Jo blinzelte gegen die scharfen Dämpfe an, die aus der Reinigerflasche aufstiegen. »Ginny ist heute auf der Vermisstenliste.«

»Hat wohl zu viel gefeiert«, sagte die Frau mit freundlichem Lachen. »Das Lagerfeuer war toll. Mein Mann und ich haben es genossen – so sehr, dass wir heute fast nicht aus den Federn gekommen wären.«

»Dafür ist der Urlaub doch da. Zum Feiern und Ausschlafen.«

»Vom Letzteren ist mein Mann leider schwer zu überzeugen.« Die Frau nahm eine Tube aus ihrem Necessaire, gab etwas Creme auf ihre Fingerspitzen und massierte sie ins Gesicht ein. »Dick hat auch im Urlaub seinen festen Stundenplan. Und jetzt sind wir schon fast eine Stunde zu spät mit unserer Wanderung.«

»Macht doch nichts, die Insel läuft Ihnen schon nicht weg.«

»Sagen Sie das mal Dick.« Sie lachte wieder und begrüßte

dann eine jüngere Frau, die mit einem etwa dreijährigen Mädchen an der Hand das Duschhäuschen betrat. »Guten Morgen, Meg. Und wie geht's der hübschen Lisa heute?«

Das Mädchen kam munter plappernd angerannt.

Mit den fröhlichen Stimmen im Hintergrund machte sich Jo an die Arbeit. Die ältere Frau hieß Joan, und offensichtlich hatten sie und ihr Mann Dick den Zeltplatz neben Meg und ihrem Mann Mick. Anscheinend hatte sich zwischen ihnen in den vergangenen zwei Tagen die typische Urlaubsfreundschaft entwickelt. Sie machten aus, am Abend gemeinsam Fisch zu grillen, und dann verschwand Meg mit ihrer Tochter in einer der Duschkabinen.

Beim Aufwischen hörte Jo das Plätschern des Wassers und das vergnügte Quietschen des kleinen Mädchens. Das war es, was Ginny an ihrer Arbeit so mochte: kleine Fetzen aus den Leben anderer Menschen zu sammeln. Aber sie konnte auch daran teilnehmen, mitmachen. Die Leute erinnerten sich an sie. Auf ihren Urlaubsschnappschüssen und später in den Familienalben war oft genug auch Ginny zu sehen. Sie kannten ihren Namen, und wenn sie im nächsten Jahr wiederkamen, fragten sie immer nach Ginny.

Weil sie sich nicht versteckt, dachte Jo, während sie sich auf den Schrubber stützte. Ginny verschwand nicht einfach im Hintergrund. Sie war wie eine ihrer leuchtend bunten Plastikblumen. Offen und fröhlich.

Vielleicht sollte ich auch mal ein paar Schritte nach vorne machen, dachte Jo. Endlich raus aus dem Hintergrund. Nach vorn ins Rampenlicht.

Sie sammelte ihre Utensilien zusammen, verließ den Damenbereich und ging hinüber zur Tür zu den Herrenduschen. Dort klopfte sie dreimal kräftig an, wartete einige Augenblicke und klopfte nochmals.

Zögernd öffnete sie die Tür zuerst einen Spaltbreit, spähte in den Raum, stieß die Tür dann ganz auf und rief: »Es wird gleich geputzt. Ist hier jemand?«

Als sie vor Jahren Ginny einmal geholfen hatte, war Jo auf einen älteren, notdürftig in sein Handtuch gehüllten Mann getroffen, der sein Hörgerät im Zelt vergessen hatte. Und sie hatte keine Lust auf eine weitere Erfahrung dieser Art. Als sie kein Geräusch hörte – kein laufendes Wasser, kein Rauschen der Spülung –, trat sie ein, wobei sie selbst so viel Lärm wie möglich machte.

Als allerletzte Vorsichtsmaßnahme stellte sie die geöffnete Tür fest und hängte das große Plastikschild mit der Aufschrift WIR MACHEN IHRE TOILETTEN SAUBER in Augenhöhe auf. Beruhigt ließ sie den Eimer voll Wasser laufen und gab Reiniger dazu. Zwanzig Minuten, höchstens dreißig, und ich bin durch, sagte sie sich. Zur Ablenkung begann sie, den Rest des Tages zu planen.

Sie konnte zur Nordküste hochfahren. Dort standen die Ruinen einer alten spanischen Mission, die im sechzehnten Jahrhundert erbaut und im siebzehnten Jahrhundert verlassen worden war. Die Spanier hatten bei ihren Bemühungen, die nicht sesshaften indianischen Ureinwohner zum Christentum zu bekehren, nicht sehr viel Erfolg gehabt, und die von den Missionaren geplante Siedlung war nie entstanden.

Es war ein schöner Tag für die Fahrt hoch zur Nordspitze; am späten Vormittag würde das Licht phantastisch sein – ideal, um die Ruinen und die von den Indianern zurückgelassenen Muschelterrassen zu fotografieren. Vielleicht hatte Nathan ja Lust, sie zu begleiten. Sie konnten Brian bitten, ihnen ein Lunchpaket zu packen, und dann würden sie ein paar nette Stunden mit den Geistern der spanischen Mönche verbringen.

Als plötzlich das Licht ausging, stieß sie vor Schreck den Eimer um. Während sie herumwirbelte, den Schrubber wie eine Waffe vorgestreckt, hörte sie die schwere Tür zufallen. »Wer ist da?«, rief sie und tastete sich in dem schummrigen Licht, das durch ein kleines Milchglasfenster hoch oben in der Wand drang, in Richtung Tür.

Die Tür öffnete sich nicht. Nackte Panik stieg in ihr auf. Ihre Kehle war wie zugeschnürt. Sie warf sich gegen die Tür, hämmerte mit den Fäusten gegen das Holz. Das Blut pochte in ihren Ohren. Sie war sicher, dass jemand in das Duschhäuschen geschlüpft war und jetzt hinter ihr stand.

Sie sah nichts – nur leere Kabinen, den stumpfen Glanz des feuchten Bodens. Sie hörte nichts – nur ihren jagenden Atem. Erschöpft ließ sie sich an die Tür sinken, um nur nicht dem Raum den Rücken zuzukehren. Ihre Blicke hetzten nach links und rechts, suchten nach Bewegungen in den Schatten.

Schweiß lief ihr den Rücken hinunter, eiskalter Schweiß. Sie bekam nicht genug Luft, ganz gleich, wie schnell und tief sie einatmete. Ein Teil ihres Gehirns schien noch zu funktionieren und sagte ihr: Du kennst die Signale, Jo Ellen, lass sie nicht die Oberhand gewinnen, lass dich nicht gehen. Wenn du jetzt zusammenklappst, landest du wieder im Krankenhaus. Reiß dich zusammen, komm schon, reiß dich zusammen.

Sie presste die Hand vor den Mund, um ihre Schreie zu unterdrücken, die dann als Wimmern hervorbrachen. Sie fühlte, wie ihr die Kontrolle über sich selbst entglitt, wie die Panik ihren Willen zermürbte, bis sie ihr Gesicht resigniert an die Tür sinken ließ.

»Bitte, bitte, lass mich raus. Bitte lass mich hier nicht allein.«

Und dann hörte sie Schritte, draußen auf dem Kiesweg, und öffnete den Mund, um zu schreien. Aber sie war wie gelähmt vor Angst, stolperte ein paar Schritte zurück. Mit schreckensweiten Augen starrte sie auf die Tür; das Blut hämmerte schmerzhaft unter ihrer Haut. Von der Tür kam ein Kratzen, dann ein Fluch. Als sie sich öffnete und gleißend helles Sonnenlicht hereinströmte, wurde Jo schwarz vor Augen.

Sie sah die Silhouette eines Mannes. Als ihre Knie nachgaben, griff sie wieder nach dem Schrubber und schwang ihn wie ein Schwert. »Stehenbleiben. Sofort stehenbleiben.«

»Jo Ellen? Was, zum Teufel, ist hier los?«

»Daddy?« Der Schrubber polterte zu Boden. Fast wäre Jo ihm gefolgt, aber seine Hände packten sie und zogen sie hoch.

»Was ist passiert?«

»Ich konnte nicht mehr raus. Ich konnte nicht. Er beobachtet mich. Ich konnte nicht mehr weg.«

Sam begriff nicht, wovon sie sprach, aber er sah, dass sie leichenblass war und am ganzen Körper zitterte. Instinktiv nahm er sie auf seine Arme und trug sie hinaus in die Sonne. »Ist ja gut, ist ja alles gut, mein Pudding.«

Diesen alten Kosenamen hatten sie beide vergessen. Jo drückte ihr Gesicht an seine Schulter und klammerte sich auch dann noch an ihn, als er sich auf einer steinernen Bank niedergelassen hatte und sie auf seinem Schoß hielt.

Sie ist immer noch klein, stellte er überrascht fest. Wie konnte das sein, wo sie doch immer so groß und erwachsen wirkte? Wenn sie als kleines Mädchen Alpträume hatte, hatte sie so auf seinem Schoß Schutz gesucht. Sie hatte immer nach ihm gerufen, wenn sie schlecht träumte.

»Hab keine Angst. Du musst jetzt keine Angst mehr haben.«

»Ich konnte nicht mehr raus.«

»Ich weiß. Jemand hat ein Stück Holz unter die Türklinke geklemmt. Waren wohl Kinder. Nur ein dummer Streich.«

»Kinder«, stieß sie hervor. »Kinder, die mir einen Streich gespielt haben. Ja. Sie haben das Licht ausgeknipst und mich eingeschlossen. Und ich bin in Panik geraten.« Sie schloss die Augen und konzentrierte sich darauf, wieder ruhig und gleichmäßig zu atmen. »Ich war so kopflos, dass ich noch nicht mal daran gedacht habe, das Licht einfach wieder anzuschalten.«

»Du hattest eben Angst. Komisch, früher hattest du vor nichts und niemandem Angst.«

»Nein.« Sie öffnete ihre Augen wieder. »Nein, früher hatte ich keine Angst.«

»Früher hättest du diese Tür eingetreten und dem, der sich so einen Scherz erlaubt hätte, das Fell über die Ohren gezogen.«

Bei dieser Erinnerung an die frühere Jo musste sie lächeln. »Hätte ich das wirklich getan?«

»Du hattest immer einen gemeinen Zug an dir.« Da sie nicht mehr zitterte und nicht mehr das Mädchen, das er einst getröstet hatte, sondern eine erwachsene Frau war, tätschelte er linkisch ihre Schulter. »Bist halt ein bisschen weicher geworden.«

»Wahrscheinlich mehr als nur ein bisschen.«

»Na, ich weiß nicht. Wer, glaubst du, hat dich beobachtet?«

»Was?«

»Du hast doch eben gesagt, dass dich jemand beobachtet hätte. Wen meintest du?«

Die Fotos, dachte sie. Ihr eigenes Gesicht. Annabelles Gesicht. Jo schüttelte hastig den Kopf und wandte ihren Blick ab. Nicht jetzt, war alles, was sie denken konnte. Noch nicht. »Ich hab nur geplappert. War dummes Zeug, tut mir leid.«

»Du musst dich nicht entschuldigen. Mädchen, du bist ja immer noch weiß wie die Wand. Komm, ich bring dich nach Hause.«

»Ich hab das ganz Zeug da drinnen gelassen.«

»Ich kümmere mich schon drum. Bleib du einfach hier sitzen, bis du zur Ruhe gekommen bist.«

»Geht schon wieder, ich brauch nur noch einen kleinen Moment.« Aber als Sam sich erhob, griff Jo nach seiner Hand. »Danke, Daddy, dass du die Gespenster verjagt hast.«

Er blickte auf ihre ineinanderliegenden Hände hinab. Ihre war schmal und weiß – die Hand ihrer Mutter, dachte er traurig. Aber dann schaute er ihr ins Gesicht – und sah seine Tochter. »Darin war ich wohl ziemlich gut.«

»Du warst großartig. Und du bist es heute noch.«

Seine Hand kam ihm plötzlich grob und plump vor. Er löste sie aus ihrer und trat einen Schritt zurück. »Ich räume schnell die Putzmittel weg, und dann fahren wir nach Hause. Vielleicht brauchst du ja nur ein gutes Frühstück.«

Nein, dachte Jo, als sie ihm nachsah, ich brauche meinen Vater. Und erst in diesem Augenblick begriff sie, wie sehr.

12

Jo war nicht mehr in Picknicklaune; allein beim Gedanken an Essen drehte sich ihr Magen um. Sie beschloss, sich allein auf den Weg zu machen. Entweder in die Sümpfe oder runter zum Strand. Wenn sie noch genug Energie aufgebracht hätte, hätte sie versucht, noch die Morgenfähre rüber zum Festland zu erreichen, um für ein paar Stunden ins Getümmel von Savannah einzutauchen.

Aber stattdessen klatschte sie sich kaltes Wasser ins Gesicht und setzte ihre Fängerkappe auf. Als sie diesmal an der Dunkelkammer vorbeiging, konnte sie der Versuchung nicht widerstehen reinzugehen, die Schublade zu öffnen und den Umschlag hervorzukramen. Mit zitternden Fingern breitete sie die Fotos auf der Arbeitsplatte aus.

Es war ein Foto von ihrer Mutter dabei gewesen, ganz bestimmt. Aber es war verschwunden. Ein Foto von einer Toten. Jo konnte es sich nicht eingebildet haben. So etwas konnte man sich einfach nicht einbilden. Hätte sie es sich nur eingebildet, wäre sie geisteskrank gewesen. Und das war sie nicht. Es konnte einfach nicht sein. Sie hatte es gesehen, es war da gewesen.

Mit aller Macht riss sie sich von den Fotos los und zwang sich, die Augen zu schließen, ihre Atemzüge zu zählen, langsam ein- und auszuatmen, ganz regelmäßig, bis ihr Herz wieder ruhiger schlug.

Zu genau konnte sie sich noch an ihren Zusammenbruch erinnern, an das Gefühl, die Kontrolle zu verlieren. Sie hatte keine Lust, das noch mal zu erleben.

Tatsache war, dass das Foto fehlte. Aber es hatte existiert – auch das war eine Tatsache. Also hatte es jemand weggenommen. Vielleicht hatte Bobby bemerkt, wie sehr es sie in Panik versetzte, sodass er es weggeworfen hatte. Oder jemand war in ihre Wohnung eingebrochen, während sie im Krankenhaus lag, und hatte es an sich genommen.

Derjenige, der es ihr geschickt hatte, war zurückgekommen, um es wieder an sich zu bringen. Hastig stopfte Jo die Fotos zurück in den Umschlag. Ihr war jetzt egal, wie verrückt sich diese Geschichte anhörte, aber so musste es gewesen sein. Jemand spielte ein grausames Spiel mit ihr, und indem sie sich verrückt machen ließ, reagierte sie so, wie er es wollte.

Wütend warf sie den Umschlag zurück in die Schublade, knallte sie zu und verließ die Dunkelkammer.

Eine Möglichkeit konnte sie allerdings mit einem einfachen Anruf entweder bestätigen oder von der Liste streichen. Eilig lief sie in ihr Zimmer, holte ihr Adressbuch aus der Schreibtischschublade und blätterte es hastig durch. Ich werde ihn ganz einfach fragen, dachte sie, während sie Bobbys Nummer wählte. Sie würde ihn möglichst beiläufig fragen, ob er ein Bild mitgenommen hatte. Bobby teilte seine Wohnung mit ein paar Kumpels – hoffentlich war er da.

Nach dem dritten Klingeln waren ihre Nerven bis zum Zerreißen angespannt.

»Hallo?«

»Bobby?«

»Nein, hier ist Jack, aber ich hätte auch Zeit, Süße.«

»Hier ist Jo Ellen Hathaway«, sagte sie knapp. »Ich würde gerne Bobby sprechen.«

»Oh.« Ein leises Räuspern folgte. »Entschuldigen Sie, Miss Hathaway, ich dachte, es wäre eine von Bobbys … äh … Nein, er ist nicht da.«

»Können Sie ihm ausrichten, er möchte sich mit mir in Verbindung setzen? Ich gebe Ihnen die Nummer, unter der ich zu erreichen bin.«

»Klar, aber ich weiß nicht, wann er wieder auftaucht. Er ist direkt nach den Abschlussprüfungen verschwunden, keine Ahnung, wohin. Fotografieren, hat er gesagt.«

»Ich gebe Ihnen auf alle Fälle meine Nummer«, erwiderte Jo und sagte sie ihm durch. »Sagen Sie ihm bitte Bescheid, wenn er wieder da ist.«

»Aber klar, Miss Hathaway. Er freut sich bestimmt, dass Sie angerufen haben. Er hat sich schon Gedanken über … äh … ich meine, er würde im Herbst gern weiter bei Ihnen arbeiten. Ähm, wie geht's Ihnen denn so?«

Kein Zweifel, dass Bobbys Mitbewohner von ihrem Zusammenbruch wusste. »Sehr gut, danke.« Ihre Stimme klang kühl, so kühl, dass er nicht weiterfragen würde. »Wenn Sie von Bobby hören, sagen Sie ihm doch bitte, dass es wichtig ist.«

»Tu ich gerne, Miss Hathaway. Ähm, …«

»Danke, Jack, auf Wiederhören.« Langsam ließ sie den Hörer sinken und schloss die Augen.

Es war ihr egal, dass Bobby seinen Mitbewohnern von ihren Problemen erzählt hatte. Es musste ihr egal sein, denn sie konnte sich nicht auch noch darüber aufregen. Es war wohl auch zuviel von Bobby verlangt gewesen, für sich zu behalten, dass man seine völlig durchgedrehte Mentorin ins Krankenhaus gefahren hatte.

Zum Teufel damit. Sie konnte damit klarkommen. Würde damit klarkommen. Und wenn sie hier nicht die ersehnte Ruhe fand, würde sie eben ihre Koffer packen und woanders hingehen.

Aber wohin? Eine Welle der Hoffnungslosigkeit überkam sie. Wohin ging man, wenn man seinen letzten Zufluchtsort hinter sich ließ?

Nach und nach verpuffte ihre Energie. Mit bleiernen Füßen ging sie die Treppe hinunter. Sie war zu müde, um woanders hinzugehen. Sie lief auf die Hängematte zu, die zwischen zwei Eichen gespannt war, und stieg hinein. Als würde man in einen Bauch klettern, dachte Jo, als sie sich hineinfallen ließ und die Hängematte sacht schaukelte.

An heißen Nachmittagen hatte sie hier manchmal ihre Mutter vorgefunden und sich an sie geschmiegt. Annabelle hatte ihr Geschichten erzählt. Sie roch nach Sommer und Sonne, und sie schaukelten endlos vor sich hin und konnten durch das Laub der Bäume den blauen Himmel sehen.

Die Bäume sind höher geworden, sinnierte Jo. Sie hatten mehr als zwanzig Jahre Zeit, um zu wachsen – genau wie sie selbst. Aber wo war Annabelle?

Er schlenderte die Uferpromenade von Savannah entlang. Die Geschäfte und umherbummelnden Touristen würdigte er keines Blickes. Es war nicht perfekt gewesen. Nicht mal fast perfekt. Es war die falsche Frau gewesen. Natürlich hatte er das gewusst. Auch als er sie fotografiert hatte, war ihm das klar gewesen.

Es hatte ihn erregt – aber nur einen Augenblick lang. Ein kurzer Moment, vorbei – wie wenn man zu früh kam.

Als er auf den Fluss starrte, beruhigte er sich. Eine Übung, die seinen Herzschlag verlangsamte, seinen Atem regelmäßig gehen ließ und seine Muskeln entspannte. Auf seinen Reisen hatte er dieses mentale Training erlernt.

Wenig später ließ er wieder Geräusche in sich eindringen – Stück für Stück. Das Klingeln eines vorbeifahrenden Fahrrads, das Surren von Autoreifen auf Asphalt. Stimmen von Passanten, das Lachen eines Kindes, das Eis leckte.

Er war wieder ruhig, hatte sich unter Kontrolle und blickte lächelnd hinaus aufs Wasser, während der Wind in seinem Haar spielte. Er sah gut aus – und er war sich dessen bewusst. Er hatte ein markantes Gesicht und eine attraktive Figur, und er genoss es, wenn er die Aufmerksamkeit der Frauen erregte.

Ginnys hatte er ganz sicher geweckt.

Ohne zu zögern war sie mit ihm hinter die Dünen verschwunden. Beschwipst hatte sie mit ihm geflirtet, die Zunge schwer von Tequila.

Sie wusste nicht, was sie traf. Bei der Erinnerung musste er ein Lachen unterdrücken. Ein schneller, fester Schlag auf den Hinterkopf, und sie war umgefallen. Er hatte sie nur noch ins Gebüsch tragen müssen. Er war so voller Vorfreude gewesen, dass sie ihm beinahe schwerelos erschien. Erregt hatte er sie ausgezogen. Ihr Körper war zwar fülliger gewesen, als er es sich gewünscht hatte, aber sie war ja auch nur Übungsobjekt gewesen.

Er hatte sich nicht genug Zeit gelassen. Jetzt, im Nachhinein, konnte er das feststellen. Er hatte sich zu sehr beeilt, hatte mit der Ausrüstung geschlampt, weil er zu begierig darauf war, die ersten Aufnahmen zu machen. Sie war nackt, die Hände über dem Kopf an einem Baum festgebunden. Er hatte sich nicht die Zeit genommen, ihr Haar fächerförmig auszubreiten, das Licht und die Winkel zu perfektionieren.

Nein, er war von der Macht des Augenblicks überwältigt worden und hatte sie in dem Moment, in dem sie wieder zu Bewusstsein kam, vergewaltigt. Eigentlich hatte er vorgehabt, zuerst mit ihr zu reden, die wachsende Angst in ihren Augen festzuhalten, während sie allmählich begriff, was er plante.

Sie versuchte, etwas zu sagen. Ihre wundervollen langen Beine arbeiteten, strampelten, traten um sich. Ihr Körper bäumte sich auf. Dann fühlte ich diese ruhige, kalte Kontrolle einsetzen.

Sie war das Motiv, ich der Künstler.

So war es mit Annabelle gewesen, dachte er. Und so hätte es auch diesmal sein sollen.

Aber der erste Orgasmus war enttäuschend gewesen. So … gewöhnlich. Er hatte nicht mal Lust gehabt, sie noch mal zu nehmen. Es war mehr eine Art Pflicht als ein Vergnügen gewesen. Nicht mehr als ein weiterer notwendiger Schritt in Richtung seines eigentlichen Ziels: das entscheidende Foto.

Aber als er den Seidenschal aus seiner Tasche gezogen, um ihren Hals gelegt und langsam immer fester zugezogen und beobachtet hatte, wie ihre Augen groß und größer wurden, wie ihr Mund nach Luft schnappte, wie sie darum kämpfte einen Schrei herauszubringen …

Das war wesentlich besser gewesen. Dieser Orgasmus war wirklich schön gewesen, heftig und lang und befriedigend.

Und die letzte Aufnahme von ihr, die des entscheidenden Augenblicks, war vielleicht eine seiner besten.

Er würde sie *Tod eines Flittchens* nennen. Und mal ehrlich, was sonst war sie gewesen? Jedenfalls kein Engel. Nein, billig und gewöhnlich, entschied er. Nicht mehr als ein Wegwerfartikel.

Und deshalb war die ganze Sache nicht mal annähernd perfekt gewesen. Es war ihre Schuld, nicht seine. Nachdem er zu diesem Schluss gelangt war, besserte sich seine Laune zusehends. Das Motiv hatte versagt – nicht der Künstler.

Das nächste Mal würde es perfekt sein. Mit Jo.

Leise seufzend tätschelte er die lederne Brieftasche, in der er die Fotos aufbewahrte. Er hatte sie in den Räumen entwickelt, die er ganz in der Nähe angemietet hatte. Und jetzt war es Zeit, wieder zurück nach Desire zu fahren.

Weil Lexy wieder mal nirgends zu finden war, ging Brian selbst raus in den Garten, um Unkraut zu jäten. Lexy hatte zwar versprochen, es zu tun, aber Brian war ziemlich sicher, dass sie Giff gerade zu einem Mittagsquickie überredete. Er hatte die beiden in der Nacht zuvor von seinem Fenster aus beobachtet, wie sie klatschnass, sandig und kichernd wie kleine Kinder den Weg heraufkamen. Selbst sein müder Schädel hatte begriffen, dass zwischen den beiden mehr gelaufen war als ein gemeinsames Bad im Meer. Er hatte es halb amüsiert, halb neidisch zur Kenntnis genommen.

Es schien ihnen so leicht zu fallen, den anderen zu nehmen, wie er war, nur für den Augenblick zu leben. Obwohl er annahm, dass Giff mehr im Sinn hatte als den Augenblick und dass Lexy einen schnellen Steptanz auf seinem Herz vollführen würde.

Aber Giff war geduldig und klug, und vielleicht würde Lexy nach seiner Pfeife tanzen, bevor er fertig war. Es würde interessant sein, das zu beobachten. Aus sicherer Distanz.

Er blickte hinab auf die Akeleistauden, auf ihre kleinen violetten und gelben Trompetenblüten. Sie waren fröhlich und hübsch, und es war seine Aufgabe, dafür zu sorgen, dass sie auch so blieben. Er griff in die große Tasche seiner Gartenschürze, um den Handrechen herauszufischen. In diesem Augenblick hörte er das Wimmern.

Er blickte auf und sah die Frau in der Hängematte. Und sein Herz setzte einen Schlag lang aus. In dem grünen Schatten schimmerte ihr Haar dunkelrot, und ihre herabhängende, schmale Hand wirkte blass und elegant. Vor Schreck war er einen Schritt auf sie zugegangen, aber als sie unruhig den Kopf drehte, trat er wieder zurück.

Nein, es war nicht seine Mutter – es war seine Schwester. Verblüffend, wie sehr sie Annabelle ähnelte, wenn man sie aus einer bestimmten Perspektive, in einem bestimmten Licht sah. Und das machte es schwierig, die Erinnerungen zu begraben und den Schmerz zu vergessen. Seine Mutter hatte es geliebt, an heißen Sommernachmittagen eine Stunde in der Hängematte zu schwingen. Und wenn Brian zufällig vorbeikam, hatte er sich neben sie ins Gras gesetzt. Sie fuhr ihm liebevoll durchs Haar und erkundigte sich nach den Abenteuern, die er tagsüber erlebt hatte.

Und sie hörte immer zu. Oder tat wenigstens so, dachte Brian jetzt. Wahrscheinlich hatte sie ihren Gedanken nachgehangen, während er plapperte. Vielleicht hatte sie von ihrem Liebhaber geträumt, davon, ihrem Mann und den Kindern zu entkommen. Von der Freiheit, die ihr mehr bedeutete als ihre Familie.

Aber es war Jo, die jetzt in der Hängematte schlief. Und offensichtlich träumte sie nicht gerade friedlich.

»Jo.« Er legte seine Hand auf ihre Schulter und rüttelte sie sanft. »Komm schon, Schatz, wach auf.«

Im Traum grub das Ungeheuer, das sie zwischen den gespenstisch verzerrten, sturmgepeitschten Bäumen des Waldes hindurch verfolgte, seine scharfen Nägel in ihr Fleisch.

»Nein!« Sie schnellte in die Höhe und entzog sich seinem Griff. »Fass mich nicht an!«

»Ganz ruhig.« Er spürte den Luftzug ihrer Faust, die an seinem Gesicht vorbeischoss, und war sich nicht ganz sicher, ob er ärgerlich oder beeindruckt sein sollte. »Hey, ich hab keine Lust auf 'ne gebrochene Nase.«

Mit rasendem Atem und hohlem Blick starrte sie ihn an. »Brian.« Sie ließ sich zurück in die Hängematte fallen. »Tut mir leid. Ich hab schlecht geträumt.«

»Hab ich mir fast gedacht.« Die Besorgnis überwog letztlich, und er machte sich plötzlich mehr Sorgen, als er es für möglich gehalten hätte. Kate hatte wie immer recht. Irgendetwas stimmte nicht mit Jo. Er ließ sich am Rand der Hängematte nieder. »Willst du irgendwas? Soll ich dir ein Glas Wasser holen?«

»Nein.« Als sie die Augen wieder öffnete, stellte sie überrascht fest, dass er seine Hand schützend über ihre gelegt hatte.

Sie konnte sich nicht erinnern, wann er das letzte Mal ihre Hand berührt hatte. Oder sie seine. »Nein danke, mir geht's gut. War nur ein Alptraum.«

»Schon als Kind hattest du oft Alpträume. Du bist weinend aufgewacht und hast nach Daddy gerufen.«

»Ja.« Sie brachte ein schwaches Lächeln zustande. »Manche Dinge legt man eben nicht ab.«

»Hast du noch viele Alpträume?« Er bemühte sich, seine Stimme beiläufig klingen zu lassen, aber er bemerkte das Aufflackern in ihren Augen.

»Jedenfalls rufe ich nicht mehr nach Daddy«, antwortete sie förmlich.

»Nein, das hab ich auch nicht angenommen.« Er wollte aufstehen, weggehen. Gingen ihn ihre Probleme denn nicht schon seit Jahren nichts mehr an? Aber er blieb sitzen und schaukelte die Hängematte sanft hin und her.

»Es ist kein Verbrechen, seine Probleme allein zu lösen.«

»Tust du das, Jo? Probleme lösen? Keine Angst – ich hab genug eigene, ich muss mich nicht auch noch um deine kümmern.«

Aber er blieb immer noch bei ihr sitzen, und sie schaukelten gemeinsam im Schatten der Bäume. Ein seltsames Gefühl trieb ihr die Tränen in die Augen. Vorsichtig tastete sie sich vor. »Ich habe in letzter Zeit viel über Mama nachgedacht.«

Seine Schultern strafften sich. »Warum?«

»Ich habe sie oft gesehen, im Geist.« Das verschwundene Foto. »Habe oft von ihr geträumt. Ich glaube, sie ist tot.«

Tränen liefen ihr übers Gesicht, ohne dass Brian oder sie es zunächst bemerkten. Als er sie weinen sah, krampfte sich sein Magen zusammen. »Warum tust du dir das an, Jo Ellen? Warum quälst du dich mit einer Sache herum, die vor zwanzig Jahren geschehen ist und die niemand mehr rückgängig machen kann?«

»Ich weiß es nicht – ich kann es nicht erklären, es ist einfach da.«

»Sie hat uns verlassen, und wir sind darüber hinweggekommen. So ist es doch, oder?«

»Aber was ist, wenn sie nicht freiwillig gegangen ist. Wenn jemand sie einfach mitgenommen hat. Was ist, wenn …«

»Was ist, wenn sie von kleinen grünen Männchen entführt worden ist?«, entgegnete er knapp. »Himmel, die Polizei hat ein Jahr lang ermittelt. Sie haben nichts gefunden, was auf eine Entführung hingedeutet hätte. Sie ist gegangen, so einfach ist das. Hör endlich auf, dich damit verrückt zu machen.«

Sie schloss wieder die Augen. Vielleicht tat sie das ja wirklich – sich langsam selbst in den Wahnsinn treiben. »Ist es denn besser, sich vorzustellen, dass sie immer gelogen hat, wenn sie sagte, dass sie uns liebt? Ist das etwa gesünder, Brian?«

»Es ist besser, die Sache ruhen zu lassen.«

»Und allein zu sein«, murmelte sie. »Wir alle sind allein, denn wir glauben niemandem mehr, der behauptet, uns zu lieben. Wir denken, es sei wieder nur eine Lüge. Es ist besser, von Anfang an allein zu bleiben, als wieder allein gelassen zu werden. Ist es nicht so?«

Sie war der Wahrheit so nahe gekommen, dass Brian wütend wurde. »Du bist diejenige, die Alpträume hat, Jo, nicht ich.« In Sekundenschnelle traf er seine Entscheidung und stand auf, bevor er seine Meinung ändern konnte. »Komm mit.«

»Wohin?«

»Wir fahren ein Stück. Komm schon.« Wieder griff er nach ihrer Hand. Er zog sie von der Hängematte und zog sie in Richtung seines Wagens.

»Wohin? Warum?«

»Tu doch wenigstens einmal, worum du gebeten wirst.« Er drückte sie auf den Beifahrersitz, schlug die Tür zu und stellte zufrieden fest, dass sie so verblüfft war, dass sie sitzen blieb. »Kate raubt mir schon den letzten Nerv«, brummte er, während er einstieg und den Zündschlüssel ins Schloss steckte. »Du bist am Heulen. Mir reicht's allmählich. Ich hab auch noch ein eigenes Leben, weißt du.«

»Ja, ich weiß.« Schniefend fuhr sie sich mit dem Handrücken über die feuchten Wangen. »Du hast's wirklich schwer.«

»Halt einfach den Mund.« Mit quietschenden Reifen wendete er. »Du kommst hier an, nichts als Haut und Knochen, blass wie der Tod, und jetzt wollen wir endlich wissen, was mit dir los ist. Vielleicht kehrt ja dann endlich wieder Ruhe ein.«

Ihre Augen verengten sich zu schmalen Schlitzen, ihre Hand schloss sich um den Türgriff. »Wohin fahren wir?«

»Du«, verbesserte er sie, »du fährst jetzt zum Arzt.«

»Den Teufel werd ich tun. Halt sofort an und lass mich raus.«

Mit zusammengebissenen Zähnen beschleunigte er den Wagen. »Du gehst jetzt zum Arzt. Und wenn ich dich eigenhändig ins Sprechzimmer schleppe. Mal sehen, ob Kirby wenigstens halb so gut ist, wie sie glaubt.«

»Ich bin nicht krank.«

»Dann brauchst du ja auch keine Angst vor einer Untersuchung zu haben.«

»Ich hab keine Angst, ich bin sauer. Und ich denke gar nicht daran, Kirbys Zeit zu verschwenden.«

Er bog in die schmale Auffahrt, brachte den Wagen mit einer Vollbremsung zum Stehen und packte seine Schwester an der Schulter. Seine Augen funkelten. »Du kannst jetzt wie ein normaler Mensch reingehen oder mich zwingen, dich über der Schulter in die Praxis zu schleppen. Du hast die Wahl, Jo Ellen.«

Sie starrten einander an. Jo begriff, dass er mindestens so wütend wie sie selbst war. In einem Wortgefecht hätte sie ihn vielleicht zur Strecke gebracht. Aber in einer körperlichen Auseinandersetzung hatte sie gegen ihn nicht die geringste Chance.

Erhobenen Hauptes stieg sie aus dem Wagen und ging die Stufen zu Kirbys Cottage hoch.

Kirby war in der Küche und gerade damit beschäftigt, sich ein Brot zu schmieren. »Hi.« Sie leckte sich die Erdnussbutter vom Daumen, während sie – noch ihr Begrüßungslächeln im Gesicht – erstaunt von einer finsteren Miene in die andere schaute. Seltsam, dachte sie, wie sich die beiden auf einmal ähneln. »Wollt ihr auch ein Brot?«

»Hast du Zeit für eine Untersuchung?« fragte Brian knapp und schob seine Schwester ein Stück nach vorn.

Kirby biss in ihr Brot, während Jo ihren Bruder mit einem grimmigen Blick strafte. »Klar. Mein nächster Termin ist erst um halb zwei.« Sie lächelte breit. »Wer will sich denn heute für mich ausziehen?«

»Sie isst gerade zu Mittag«, informierte Jo ihren Bruder.

»Erdnussbutterbrot gilt nur für Kinder bis sechs als Mittagessen.« Er gab ihr noch einen Schubs. »Geh jetzt und zieh dich aus. Wir verlassen die Praxis erst, wenn Kirby dich von Kopf bis Fuß untersucht hat.«

»Das ist offenbar mein erster Entführungstermin.« Kirby warf Brian einen nachdenklichen Blick zu. »Geh schon mal nach hinten, Jo, in mein ehemaliges Kinderzimmer. Ich komme gleich nach.«

»Mir fehlt aber gar nichts.«

»Umso besser. Dann habe ich nicht viel Arbeit, und du kannst dich nachher an deinem Bruder rächen.«

»Prima.« Jo drehte sich um und ging in die Diele.

»Was soll das, Brian?«, murmelte Kirby, nachdem Jo die Tür hinter sich geschlossen hatte.

»Sie hat Alpträume und isst nichts. Heute Morgen ist sie weiß wie die Wand vom Campingplatz wiedergekommen.«

»Was hat sie auf dem Campingplatz gemacht?«

»Ginny ist heute nicht zur Arbeit erschienen.«

»Ginny? Das sieht ihr aber gar nicht ähnlich.« Kirby runzelte die Stirn. »Ich bin froh, dass du Jo zu mir gebracht hast. Ich habe ihr neulich schon mal gesagt, dass sie sich untersuchen lassen sollte.«

»Ich will, dass du herausfindest, was sie hat.«

»Brian, ich kann ihren Körper untersuchen, und wenn sie ein physisches Problem hat, werde ich es finden. Aber ich bin kein Psychiater.«

Enttäuscht vergrub er die Hände in den Hosentaschen. »Finde einfach raus, was mit ihr los ist.«

Kirby nickte und drückte ihm den Rest ihres Sandwichs in die Hand. »Im Kühlschrank ist Milch – bedien dich.«

Als Kirby das Sprechzimmer betrat, lief Jo dort – noch voll bekleidet – auf und ab. »Hör zu, Kirby …«

»Jo, du vertraust mir doch, oder?«

»Das hat doch nichts mit …«

»Lass mich dich einfach untersuchen, dann sind alle zufrieden.« Sie nahm einen frischen Untersuchungskittel. »Geh rüber ins Bad, zieh das über und pinkel in diesen Becher.« Dann zog sie ein neues Krankenblatt und ein unbeschriebenes Formular aus der Schreibtischschublade. Jo beobachtete sie mit gerunzelter Stirn. »Ich brauche noch ein paar Informationen zu deiner Krankengeschichte – die letzte Periode, gesundheitliche Probleme, Medikamente, die du nimmst, Allergien und so weiter. Du kannst den Bogen ausfüllen, während ich die Urinanalyse mache. Du gibst besser nach,« fügte sie hinzu, während sie Jos Namen auf das Krankenblatt schrieb. »Brian ist stärker als du.«

Jo zuckte die Achseln und verschwand in Richtung Bad.

»Dein Blutdruck ist ein bisschen hoch.« Kirby löste die Manschette von Jos Arm. »Keine große Sache, hängt vermutlich mit einer leichten Gemütsschwankung zusammen.«

»Sehr witzig.«

Kirby wärmte das Stethoskop zwischen ihren Handflächen an und drückte es dann auf Jos Rücken. »Tief einatmen, und ausatmen. Noch mal. Du hast übrigens auch Untergewicht. Als Frau beneide ich dich darum, aber als Ärztin macht es mir ein bisschen Sorgen.«

»Ich hatte in letzter Zeit wenig Appetit.«

»Die Küche von Sanctuary sollte dem abhelfen.« Sie griff nach dem Ophtalmoskop und leuchtete in Jos Auge. »Kopfschmerzen?«

»Im Moment oder allgemein?«

»Sowohl als auch.«

»Im Augenblick ja, aber ich glaube, das kommt von meiner kleinen Auseinandersetzung mit meinem Bruderherz.« Sie seufzte. »In den letzten Monaten hatte ich allerdings tatsächlich mehr Kopfschmerzen als in all den Jahren zuvor.«

»War das ein eher dumpfer Schmerz oder mehr ein Stechen?«

»Meistens die dumpfe Variante.«

»Schwindelgefühle, Ohnmacht, Übelkeit?«

»Ich … nein, eigentlich nicht.«

Kirby legte ihre Hand auf Jos Schulter. »Nein oder eigentlich nicht?« Jo zuckte die Achseln, und Kirby legte ihr Instrument beiseite. »Jo, ich bin Ärztin und gleichzeitig deine Freundin. Du musst mir ehrlich sagen, was mit dir los ist. Es ist doch klar, dass alles, was in diesem Raum gesagt wird, unter uns beiden bleibt.«

Jo atmete tief ein und verschränkte die Hände im Schoß. »Ich hatte einen Nervenzusammenbruch.« Erleichtert atmete sie aus – jetzt war es raus. »Ungefähr einen Monat bevor ich hierherkam. Ich bin zusammengeklappt, einfach so, konnte nichts dagegen tun.«

Schweigend legte Kirby beide Hände auf Jos Schultern und massierte sie behutsam. Jo blickte auf und sah Mitgefühl in Kirbys sanften, grünen Augen. Tränen stiegen in Jo auf. »Ich bin mir so lächerlich vorgekommen.«

»Aber warum denn?«

»Ich hab mich noch nie so hilflos gefühlt. Ich bin immer mit allem klargekommen, Kirby, egal, was kam. Aber plötzlich kam mir alles wie ein riesiger Berg vor. Und ich hab nicht mehr gewusst, ob bestimmte Dinge wirklich passiert sind oder ob ich sie mir nur eingebildet habe. Ich weiß es einfach nicht. Und dann bin ich zusammengebrochen.«

»Bist du zum Arzt gegangen?«

»Es blieb mir gar nichts anderes übrig. Ich bin vor meinem Assistenten zusammengeklappt, er hat mich direkt ins Krankenhaus gefahren. Sie haben mich ein paar Tage dabehalten. Diagnose Nervenzusammenbruch. Auch wenn unsere Gesellschaft noch so modern ist, auch wenn man über alles reden kann – ich schäme mich entsetzlich deswegen.«

»Es besteht überhaupt kein Grund, dass du dich schämst. Und du hast das Recht zu fühlen, was immer du fühlen möchtest.«

Jo verzog den Mund. »Ich muss mich also nicht dafür schämen, dass ich mich schäme.«

»So ist es. Hast du viel gearbeitet?«

»Ziemlich viel. Aber mir gefällt es so.«

»Gesellschaftliche Kontakte?«

»Gleich null, aber mir gefällt es so. Das gilt übrigens auch für mein Sexleben. Ich hatte keine Probleme mit Männern und wollte auch gar keinen. Ich habe in letzter Zeit oft an meine Mutter gedacht«, fügte Jo leise hinzu. »Ich bin jetzt ungefähr so alt wie sie damals, als sie fortging und plötzlich alles anders wurde.«

Als dein Leben zusammenbrach, dachte Kirby. »Und du fragst dich jetzt, ob wieder alles anders wird, ob du wieder machtlos dastehst. Ich bin kein Psychiater, Jo, nur eine ganz normale praktische Ärztin. Was ich dir hier sage, ist nur die Vermutung einer Freundin, nicht mehr. Was haben denn die Ärzte bei deiner Entlassung gesagt?«

»Ähm, weiß ich nicht so genau.« Jo rutschte unruhig auf ihrem Stuhl hin und her. »Ich habe mich sozusagen selbst entlassen.«

»Verstehe. Du hast auf dem Bogen keine Medikamente angegeben.«

»Ich nehme auch keine. Frag mich nicht, was sie mir verschrieben haben. Ich habe noch nie welche genommen. Ich will keine Pillen nehmen – und ich will nicht mit Psychiatern reden.«

»Okay, wir gehen jedenfalls nach dem guten alten Prinzip vor und schließen erst mal alle körperlichen Ursachen aus. Ich verordne dir eine Menge frische Luft, ausreichend Schlaf, eine ordentliche Ernährung – und ab und zu mal Sex, wenn sich die Gelegenheit bietet – safe natürlich«, fügte sie lächelnd hinzu.

»Sex interessiert mich nicht besonders.«

»Dann, mein Schatz, musst du tatsächlich verrückt sein.«

Jo blinzelte, dann lachte sie kurz auf, während Kirby ihre Armbeuge mit Alkohol abtupfte. »Danke.«

»Beschimpfungen werden nicht in Rechnung gestellt. Und der letzte Punkt meiner Verschreibung lautet reden. Einfach reden – zum Beispiel mit mir, mit deiner Familie, mit jedem, dem du vertraust und der dir zuhört. Lass es nicht wieder so weit kommen. Es gibt Menschen, die sich Sorgen um dich machen. Beug dich ein bisschen vor.«

Sie schüttelte den Kopf, bevor Jo das Wort ergreifen konnte. »Auch dein Bruder macht sich Sorgen um dich – sonst hätte er dich nicht hierhergeschleppt, an den Ort, den er meidet wie die Pest, seitdem ich hier meine Praxis eröffnet habe. Und wenn ich mich nicht völlig täusche, tigert er jetzt draußen nervös auf und ab und ist krank vor Sorge, dass ich ihm eröffne, seine Schwester hat nur noch drei Wochen zu leben.«

»Würde ihm recht geschehen.« Jo seufzte auf. »Auch wenn ich mich jetzt schon wieder besser fühle als seit Wochen.« Dann sah sie die Spritze, und ihre Augen weiteten sich vor Schreck. »Wofür, zum Teufel, soll das gut sein?«

»Ich brauche nur ein bisschen Blut.« Kirby grinste, die Nadel in die Luft gerichtet. »Schrei ganz laut, und es wird keine Sekunde dauern, bis er vor uns steht.«

Jo wandte den Blick ab und hielt den Atem an. »Den Gefallen tu ich ihm bestimmt nicht.«

Nachdem sich Jo wieder angezogen hatte, drückte Kirby ihr eine große Plastikflasche in die Hand. »Sind nur Vitamine«, sagte sie. »Hochkonzentriert. Wenn du dich vernünftig ernähren würdest, brauchtest du sie nicht. Eine Intensivkur kann im Augenblick jedenfalls nicht schaden. Ich rufe dich an, wenn die Ergebnisse der Blutuntersuchung da sind. Alles andere ist im grünen Bereich.«

»Das weiß ich zu schätzen, ehrlich.«

»Du kannst selbst dafür sorgen, dass es so bleibt: Pass ein bisschen auf dich auf und sprich dich bei mir aus, wenn dir danach zumute ist.«

»Werde ich tun.« Es war ihr immer schwergefallen, ihre Gefühle zu zeigen, aber trotzdem machte sie einen Schritt auf Kirby zu und küsste sie auf die Wange. »Werde ich tun. Versprochen. Mir geht's jetzt schon besser als seit Monaten.«

»Gut. Wenn du Dr. Kirbys Anweisungen folgst, wird's dir bald noch besser gehen.« Sie öffnete die Tür für Jo.

Brian tat genau das, was Kirby erwartet hatte – er tigerte unruhig in ihrem Wohnzimmer auf und ab. Als er die beiden sah, blieb er stehen. Kirby lächelte strahlend.

»Sie haben ein fünfzig Kilo schweres Mädchen bekommen, Daddy. Glückwunsch.«

»Sehr lustig. Was ist jetzt los mit dir?«, fragte er Jo.

Sie legte den Kopf zur Seite und kniff die Augen zusammen. »Du kannst mich mal!«, zischte sie und ging zur Tür. »Ich laufe zurück. Danke, Kirby, dass in deinem Terminkalender noch Platz für die Sonderwünsche dieses Idioten war.«

»Oh, war mir ein Vergnügen. Daran arbeite ich immerhin schon seit Monaten.« Sie kicherte, als die Tür hinter Jo zufiel.

»Ich will jetzt endlich wissen, was meine Schwester hat.«

»Im Augenblick leidet sie an einer akuten Bruderitis. Ziemlich lästig, aber nur selten tödlich.«

»Ich will eine anständige Antwort«, presste er zwischen den Zähnen hervor, was sie mit einem zustimmenden Nicken quittierte.

»Ich mag dich noch mehr, wenn du auch mal menschliche Züge zeigst.« Sie griff nach der Kanne und bemerkte, dass er frischen Kaffee aufgegossen hatte. »Anständige Antworten, einverstanden. Also, setz dich.«

Der Ernst in ihrer Stimme versetzte ihm einen Stich. »Wie schlimm ist es?«

»Nicht halb so schlimm, wie du offenbar glaubst. Du nimmst ihn schwarz, stimmt's? Wie ein ganzer Mann.« Ihr Atem stockte, als er ihren Arm packte.

»Ich bin nicht in der Stimmung für solche Sprüche.«

»Okay, meine witzige Bemerkung macht dich also nicht lockerer. Es wird zwei Wochen dauern, bis ich alle Ergebnisse habe, aber ich kann sagen, was ich für einen Eindruck habe. Jo ist erschöpft. Sie ist ausgepowert und überlastet. Was sie braucht, ist genau das, was du ihr geben kannst: Unterstützung und Zuwendung, auch wenn sie sich noch so sehr dagegen wehrt.«

Erleichterung machte sich in ihm breit. »Das ist es? Das ist alles?«

Sie wandte sich ab, um ihm eine Tasse Kaffee einzuschenken. »Es gibt da so etwas wie die ärztliche Schweigepflicht.«

»Jo ist meine Schwester.«

»Ja, und ich freue mich zu sehen, dass dir diese Beziehung etwas bedeutet. Da war ich mir nämlich gar nicht sicher. Hier.«

Sie drückte ihm die Tasse in die Hand. »Sie ist nach Hause gekommen, weil sie ihre Familie braucht. Seid also für sie da. Mehr kann ich dir nicht sagen. Alles andere muss von ihr selbst kommen.«

»Okay«, sagte er. »Ich werde also dafür sorgen, dass sie regelmäßig etwas Anständiges isst und dass Lexy sie in Ruhe lässt.«

»Du bist so süß«, murmelte Kirby.

»Nein, bin ich nicht.« Brüsk stellte er die Tasse ab und wich zurück. Seine Angst war so weit verflogen, dass er Kirby wieder deutlich sah. Ihre Meerjungfrauenaugen, die ihn anlächelten. »Ich will endlich wieder meine Ruhe haben, und das wird erst der Fall sein, wenn Jo die Alte ist.«

Sanft lächelnd kam Kirby auf ihn zu. »Lügner, Betrüger, Softie.«

»Bleib stehen.«

»O nein.« Sie streckte die Hände nach seinem Gesicht aus. Diesmal hatte er mehr als nur ihre Lust erweckt, und sie konnte nicht widerstehen. »Ich habe deine Schwester untersucht, und die Rechnung ist noch offen.« Sie stellte sich auf die Zehenspitzen. »Glaub ja nicht, dass ich billig bin.« Sie ließ ihre Lippen über seine gleiten.

Seine Hände umfassten ihre Taille, als sich ihre Lippen öffneten. »Ich hab gesagt, du sollst stehenbleiben.« Er neigte den Kopf und erwiderte ihren Kuss. »Warum hörst du nicht?«

»Weil ich einen Dickkopf habe.«

»Weil du aggressiv bist.« Seine Zähne zupften an ihrer Unterlippe. »Und ich mag keine aggressiven Frauen.«

»O doch.«

»O nein.« Er schob sie an die Theke, sein Körper drängte sich voller Verlangen ihrem entgegen, bis sein Mund sich holen konnte, wovon er geträumt hatte. »Aber ich bin verrückt nach dir. Zufrieden?«

Sie legte den Kopf in den Nacken und stöhnte leise auf, als sein Mund ihren Hals hinabglitt. »Gib mir fünf Minuten, um meine Nachmittagstermine abzusagen. Wir werden es beide nicht bereuen. Brian, halt mich fest.«

»Das wird nicht einfach.« Er liebkoste ihr Ohrläppchen, an dem ein kleiner Smaragdstecker blitzte, ließ seine Lippen wie im Fieber wieder zu ihrem Mund gleiten. Ihre Nägel gruben sich in seine Schultern. Er stellte sich vor, sie auf der Stelle zu nehmen, nur eben seine Hose aufzuknöpfen, ihre enge Jeans runterzustreifen und einzutauchen, bis dieses verzweifelte Verlangen gestillt war.

Aber er nahm sie nicht. Stattdessen benutzte er den in seinem Innern lodernden Schmerz, um sie beide zu kontrollieren. Er legte die Hand auf ihren Hals und schob ihren Kopf von sich weg, bis sich ihre Blicke trafen.

»Es wird so sein, wie ich es möchte, und du musst es akzeptieren.«

Schauer der Lust durchliefen sie. »Aber …«

»Nein, damit sind wir fertig. Genauso wie mit den kindischen Spielchen. Und jetzt bestimme ich. Wir werden es zu Ende bringen, wenn ich wiederkomme.«

Ihr Atem ging stoßweise, ihr Blut raste durch ihren Körper. Einen Augenblick lang hasste sie ihn dafür, dass er in der Lage war, sie mit kühlem, kontrolliertem Blick zu mustern. »Du glaubst wohl, du kannst mich abschütteln?«

»O nein, ich glaube nicht, dass du dich durch irgendetwas abschütteln lässt.« Auf seinem Gesicht machte sich langsam ein gefährliches Grinsen breit. »Obwohl es besser für dich wäre. Denn ich komme wieder«, wiederholte er, während er zurücktrat. »Und dann ist mir egal, ob du bereit bist oder nicht.«

Kirby versuchte sich zu sammeln und all ihren Stolz zusammenzuraffen. »Du bist ein arrogantes Arschloch!«

»Stimmt.« Er drehte sich um, ging zur Tür und betete, dass er es bis vors Haus schaffte, ohne doch noch schwach zu werden, denn alles in ihm sehnte sich nach ihr. Er warf einen letzten Blick zurück und sah sie mit zerzaustem, in der Sonne glänzendem Haar, mit gefährlich funkelnden Augen und noch feuchten, halbgeöffneten Lippen dastehend und ihm nachstarrend. »Ich würde mich schnell noch ein bisschen frischmachen, Doc. Da kommt nämlich schon dein nächster Patient.«

Mit diesen Worten schlug er die Tür hinter sich zu.

13

Little Desire Cottage war nur ein kleiner Umweg auf dem Weg zurück nach Sanctuary. In jedem Fall, beschloss Jo auf der Suche nach einer Rechtfertigung, werden mir ein paar zusätzliche Schritte guttun.

Vielleicht wollte sie noch einige Fotos vom Fluss in der Nachmittagssonne machen, nachsehen, wie viele Wildblumen schon aufgeblüht waren. Und da sie bereits ganz in der Nähe war, wäre es fast unhöflich gewesen, wenigstens nicht mal kurz vorbeizusehen.

Außerdem gehörte das alles hier ihrer Familie.

Sie dachte sich sogar einen Vorwand für ihre Stippvisite aus und sagte ihn im Geiste mehrmals auf, um den richtigen Ton zu treffen. Umso enttäuschter war sie, als sie vor dem Cottage stand und feststellen musste, dass Nathans Jeep nicht da war.

Am Fuß der Treppe hielt Jo inne, kämpfte einen Augenblick lang mit sich und stieg dann, bevor sie ihren Entschluss ändern konnte, rasch die Stufen hoch. Was sollte verkehrt daran sein, ihm eine kurze Nachricht zu hinterlassen? Sie störte ja niemanden und schnüffelte schließlich auch nicht herum. Sie wollte nur – Mist, die Tür war abgeschlossen.

Das war die zweite Überraschung. Auf Desire schloss kaum jemand seine Haustür ab. Neugierig drückte Jo nun ihr Gesicht an die Glasscheibe und spähte ins Innere des Cottage.

Auf dem langen Küchentisch thronte ein Laptop – ausgeschaltet und mit geschlossenem Deckel. Daneben stand ein kleiner Drucker, und am Tisch lehnten mehrere lange Pappröhren. Blaupausen, vermutete Jo. Ein großes Stück Papier war ausgerollt und an den Ecken mit einem Glas Instantkaffee, einem Aschenbecher und zwei Kaffeebechern beschwert. Aber wie sehr sie auch den Kopf verdrehte, sie konnte nicht erkennen, was sich darauf befand.

Sie erinnerte sich daran, dass es mindestens ein Dutzend anderer Dinge zu tun gab, als hier auf Nathan zu warten.

Während sie eilig die Stufen hinunterstieg und sich auf den Heimweg machte, kam sie zu dem Schluss, dass es gut war, dass sie Nathan nicht angetroffen hatte. Eigentlich legte sie keinen Wert auf die Art von Komplikationen, die Nathan Delaney gerade in ihr Leben brachte, besonders nicht in der Situation, in der sie sich im Augenblick befand. Gerade jetzt, wo sie endlich wieder Boden unter den Füßen zu spüren begann.

Wenn sie die Beziehung zu ihm fortsetzte, würde sie ihm von den … Vorfällen erzählen müssen. Und wenn sie ihm davon berichtete, wäre das wahrscheinlich auch schon das Ende der Beziehung. Wer ließ sich schon – noch dazu im Urlaub – mit einer Verrückten ein?

Der Weg wurde immer schmaler; Palmettopalmen überwucherten ihn fast vollständig. Sie hörte das Kreischen eines Truthahns, untermalt von dem langgezogenen, perlenden Gesang einer Grasmücke. Mit sich hadernd, beschleunigte sie ihr Tempo, sodass ihr bei jedem Schritt die Kameratasche gegen die Hüfte schlug.

Wenn sie also erst gar nichts mit ihm anfing, sparte sie ihnen beiden Zeit und Ärger.

Warum, zum Teufel, war er bloß nicht da gewesen?

»Pst.« Giff legte die Hand auf Lexys Mund, als er hörte, wie sich Schritte der kleinen, mit Eichen und Palmendickicht umstandenen Lichtung näherten. »Da kommt jemand«, flüsterte er.

»Oh.« Blitzschnell griff Lexy nach ihrer abgestreiften Bluse und hielt sie sich vor die Brüste. »Ich dachte, du hättest gesagt, Nathan sei heute rüber aufs Festland gefahren.«

»Ist er auch. Ich hab ihn auf dem Weg zur Fähre getroffen.«

»Aber wer – oh.« Lexy kicherte leise, während sie zwischen den Palmwedeln hindurchspähte. »Es ist nur Jo. Schaut ziemlich finster drein, wie immer.«

»Pst.« Giff drückte Lexys Kopf nach unten. »Ich hab keine Lust, von deiner Schwester mit runtergelassener Hose erwischt zu werden.«

»Aber du hast doch einen so süßen ...« Grinsend streckte sie die Hand nach ihm aus. Mit mühsam unterdrücktem Kichern wälzten sich die beiden im Gras, bis Jo schließlich außer Sichtweite war.

»Du bist schrecklich, Lexy.« Giff setzte sich rittlings auf sie und sah lächelnd auf sie hinab. Sie trug noch ihren BH – sie waren noch nicht dazu gekommen, ihn auszuziehen –, und Giff genoss das seidige Gefühl an seiner Brust. »Was hätten wir denn sagen sollen, wenn sie uns so gesehen hätte?«

»Wenn sie nicht weiß, was hier passiert, wär's höchste Zeit gewesen, dass sie jemand aufklärt.«

Kopfschüttelnd beugte er sich hinunter, um ihre Nasenspitze zu küssen. »Du bist manchmal gemein zu deiner Schwester.«

»Ich bin gemein zu ihr?«, schnaubte Lexy. »Umgekehrt wird eher ein Schuh draus!«

»Na ja, vielleicht seid ihr ja beide gemein zueinander. Ich hab den Eindruck, dass es Jo in der letzten Zeit nicht besonders gut gegangen ist.«

»Wieso denn? Sie hat doch ein tolles Leben«, widersprach Lexy, während sie Giffs Haare zerwühlte. »Sie hat ihre Arbeit, sie reist durch die ganze Welt. Die Leute sind total begeistert von ihren Fotos. Sie verdient einen Haufen Geld und ist nicht auf unser Treuhandvermögen angewiesen.«

Liebevoll strich Giff über Lexys Gesicht. »Schatz, es ist einfach Zeitverschwendung, neidisch auf Jo zu sein.«

»Neidisch?« Ihre Augen weiteten sich. »Warum, verdammt, sollte ich neidisch auf Jo Ellen sein?«

»Genau.« Er küsste sie. »Ihr beide seid hinter derselben Sache her. Ihr seid zwar so unterschiedlich wie Tag und Nacht und geht ganz verschiedene Wege, aber ihr habt dasselbe Ziel.«

»Ach wirklich?« Ihre Stimme klang kühl. »Und was für ein Ziel soll das sein?«

»Glücklich sein. Das, was die meisten Menschen im Grunde wollen. Und ihr Zeichen setzen. Nur weil sie es vor dir erreicht hat, ist deins nicht weniger wichtig. Aber immerhin hatte sie drei Jahre Vorsprung.«

Diese Tatsache schien Lexy nicht im geringsten zu beschwichtigen. Ihre Stimme klang nun nicht mehr kühl, sondern eisig. »Warum hast du mich eigentlich hierhergebracht? Nur um über meine Schwester zu plaudern?«

»Du hast mich hierhergebracht, Schatz.« Grinsend hielt er sie noch immer unter sich fest. »Wenn ich mich recht erinnere, bist du plötzlich beim Sand Castle Cottage aufgetaucht, wo ich mich um meine Angelegenheiten gekümmert habe. Du hast mir etwas ins Ohr geflüstert, und wo du sogar schon die Decke in deiner Tasche hattest, was soll ein Mann da machen?«

»Keine Ahnung, Giff. Was soll ein Mann da machen?«

»Ich glaube, ich muss es dir zeigen.«

Er nahm sich viel Zeit. Am Abend zuvor waren sie von den Ereignissen überrollt worden, war es wie ein heißer Rausch über sie gekommen, aber heute, im kühlen Schatten, bewegten sich seine Hände ganz langsam. Und obwohl sein Mund vor Verlangen brannte, überstürzte er nichts. Er küsste sie immer wieder, als sehnte er sich nach nichts anderem als nach ihrem Mund.

Ihr Seufzen kam tief aus ihrem Inneren.

Sie konnte genausogut verführt wie genommen werden. Er hatte sein Leben lang darauf gewartet, beides zu tun. Alles an ihr war ihm wertvoll. Und das konnte er ihr jetzt zeigen, Zentimeter für Zentimeter. Und bald würde er es ihr sagen, Wort für Wort.

Als er in sie eindrang, begrüßte sie ihn mit einem heiseren, süßen Stöhnen. Er richtete sich auf ihr auf, um ihr mehr zu geben, um mehr von ihr zu nehmen, und sein Rhythmus war so langsam und gelassen wie der des Flusses neben ihnen.

Als er sich hinabbeugte, um mit seinen Lippen ihre Brüste zu liebkosen, stöhnte sie auf.

»Komm du zuerst«, flüsterte er. »Ich will dich dabei sehen.«

Sie konnte es nicht mehr aufhalten. Sie wurde von der Lust hinweggerissen wie ein Blatt von der Strömung des Flusses. Der Orgasmus durchflutete ihren Körper, lang und süß und tief. Sie konnte kaum seinen Namen flüstern, als die Woge sie überkam.

Als sich ihr Mund langsam wieder schloss, senkte er seine Lippen auf ihn hinab und ergoss sich in sie.

»Mmmmm.« Zu mehr war sie nicht imstande, während er sich herumrollte und ihren Kopf an seine Brust drückte. So einen Höhepunkt hatte sie noch nie erlebt, einen, der sie wie mit seidenen Fingern von den Zehenspitzen bis zu den Haarwurzeln durchlief.

Das Hämmern seines Herzens unter ihrer Wange verriet ihr, dass es ihm genauso ging.

Lächelnd liebkoste sie mit ihren Lippen seine Brust. »Dafür musst du aber 'ne Menge trainiert haben.«

Mit geschlossenen Augen spürte er die Luft über sein Gesicht streichen und ihr Haar in seiner Hand kitzeln. »Man muss manche Dinge so lange üben, bis man sie gut macht.«

»Ich würde sagen, du machst sie gut.«

»Ich habe mein Leben lang auf dich gewartet, Lexy.«

Seine klaren Worte ließen sie erschaudern. Alles schien so einfach, so leicht. Sie hob den Kopf, und als sie ihm ins Gesicht sah, durchlief sie wieder ein Zittern. »Ich glaube, tief in meinem Innern ging's mir genauso.«

Als er seine Augen öffnete, grinste sie ihn frech an. »Aber du warst immer so mager.«

»Und du warst so flach wie ein Bügelbrett.« Sie kicherte, während er ihre Brüste umfasste. »Die Dinge ändern sich.«

Sie schoss in die Höhe und schwang sich rittlings auf ihn. »Und du hast mich immer an den Haaren gezogen.«

»Dafür hast du mich gebissen. An meiner linken Schulter kann man sogar noch deine Zähne sehen.«

Lachend schüttelte sie ihr Haar zurück. Es würde ganz schön weh tun, es zu entwirren, aber sie musste zugeben, dass es sich gelohnt hatte. »Du lügst!«

»Tu' ich nicht. Mama nennt's mein Hathaway-Brandzeichen.«

»Zeig her.« Sie zog und zerrte an ihm, bis er sich auf die Seite rollte, kniff die Augen zusammen und untersuchte seine Schulter, bis sie die schwache weiße Narbe entdeckte. Ihr Brandzeichen. Irgendwie gefiel ihr der Gedanke, dass er es trug. »Wo? Ich kann nichts finden.« Sie betrachtete die Haut genauer.

»Ach, du meinst das kleine Ding hier? Das ist doch gar nichts. Jetzt würde ich es viel besser können.«

Bevor er sich wehren konnte, grub sie ihre Zähne in seine Schulter. Jaulend bäumte er sich auf und rollte sich so lange hin und her, bis sie in die Decke verheddert waren. Endlich gelang es ihm, sie zu fassen, und als sie sich außer Atem geschlagen gab, stieg schon die nächste Welle der Lust in ihr auf.

»Es ist höchste Zeit, dass ich dir meine Marke aufdrücke.«

»Wag es ja nicht, mich zu beißen, Giff.« Kichernd und zappelnd setzte sie sich zur Wehr. »Autsch, verdammt!«

»Aber ich hab dich noch gar nicht gebissen.«

»Irgendwas hat es jedenfalls getan.«

Blitzschnell sprang er auf, riss sie hoch und nahm sie auf die Arme. Der Gedanke an eine Schlange hatte ihn durchzuckt. Entsetzt beobachtete sie, wie er mit kaltem, konzentriertem Blick den Boden absuchte.

Nichts kroch vor ihm durchs Gras. Aber er sah ein silbernes Glitzern. Er setzte Lexy ab und drehte sie um, sodass er ihre Schulter untersuchen konnte. Nur ein leicht geröteter Kratzer war auf ihrem Schulterblatt zu sehen. »Du bist über etwas gerollt, nichts weiter.« Sanft küsste er den Kratzer. Dann bückte er sich nach dem kleinen silbernen Gegenstand. »Ein Ohrring.«

Mit abwesendem Blick rieb sich Lexy die schmerzende Stelle. Wie er mich eben hochgerissen und auf seine Arme genommen hat, dachte sie verträumt, als würde ich gar nichts wiegen. Und wie er mich festgehalten hat – als würde er mich gegen ein feuerspeiendes Ungeheuer verteidigen.

Bilder von Lancelot und Guinevere, Bilder von nebelumwaberten Burgen kamen ihr in den Sinn, bevor sie einen Blick auf den Ohrring warf, den Giff aufgehoben hatte. Es war eine Kette aus vielen kleinen silbernen Sternen.

»Der gehört Ginny«, sagte Lexy mit gerunzelter Stirn. Sie nahm Giff das Schmuckstück aus der Hand, um es genauer zu betrachten. »Es ist einer ihrer Lieblingsohrringe. Komisch, wie kommt der denn hierher?«

Giff zog seine Brauen zusammen. »Wir sind wohl nicht die ersten, die dieses nette Plätzchen hier entdeckt haben.«

Lachend ließ sich Lexy wieder auf die Decke fallen und legte den Ohrring behutsam neben sich, bevor sie nach ihrer Bluse griff. »Wahrscheinlich hast du recht. Trotzdem ganz schön weit weg vom Campingplatz und ihrem Cottage. Hat sie nicht gestern abend diese Ohrringe getragen?«

»Ich achte nicht besonders auf die Ohrringe meiner Cousine«, sagte Giff trocken.

»Ach, ist ja eigentlich egal. Ich bring ihn ihr zurück – sobald sie wieder auftaucht.«

Giff stieg in seine Unterhose. »Was meinst du damit?«

»Ginny muss bei dem Lagerfeuer einen heißen Typ getroffen haben. Heute Morgen ist sie nicht zur Arbeit erschienen.«

»Was heißt nicht zur Arbeit erschienen? Ginny kommt doch jeden Tag!«

»Heute Morgen aber nicht. Ich hab's mitbekommen, während ich das Frühstück serviert habe.« Lexy durchwühlte ihre Tasche nach einer Spange und machte sich daran, mit den Fingern ihr zerzaustes Haar zu entwirren. »Autsch, verdammt. Es war eine Menge los auf dem Campingplatz, und Ginny war nicht da. Kate hat Daddy und Jo rübergeschickt.«

Giff zog seine Jeans an und stand auf, um den Reißverschluss hochzuziehen. »Haben sie in ihrem Cottage nachgeschaut?«

»Ich war mit meiner Arbeit fertig, bevor die beiden zurückgekommen sind, aber ich denke schon. Kate war jedenfalls ganz schön aus dem Häuschen.«

»Das sieht Ginny gar nicht ähnlich. Sie hat zwar ihren eigenen Kopf, aber sie würde Kate nie so hängenlassen.«

»Vielleicht ist sie ja krank.« Lexy strich nachdenklich über den Ohrring, bevor sie ihn in die Tasche ihrer superknappen Shorts gleiten ließ, die sie angezogen hatte, um Giff in Fahrt zu bringen. »Sie hat gestern jede Menge Tequila getrunken.«

Er nickte zustimmend, aber er wusste, dass sie selbst mit dem übelsten Kater zur Arbeit erschienen wäre oder für Ersatz gesorgt hätte. Er erinnerte sich, wie sie ausgesehen hatte, als sie in der Dunkelheit über den Strand gestapft war und ihm und Lexy zugewinkt hatte. »Ich schau gleich mal nach ihr.«

»Ja, tu das.« Lexy stand auf und genoss seine Blicke, die an ihren Beinen hingen. »Vielleicht kannst du ja später …« Sie schlang ihre Arme um ihn, ließ ihre Hände über seinen Rücken gleiten. »… auch noch mal nach mir schauen.«

»Darüber hab ich gerade nachgedacht. Ich hab mir gedacht, ich werde heute Abend bei euch im Restaurant essen … und mich von dir bedienen lassen.«

»Oh.« Sie zog ihre Kätzchenschnute, während sie einen Schritt zurücktrat und genüsslich eine ihrer Korkenzieherlocken in die Länge zog. »Das hast du dir also gedacht?«

»Ja. Und, hab ich mir gedacht, dass ich nach dem Essen die Treppe hochgehe und vielleicht rechts in dein Zimmer abbiege. Wir könnten's zur Abwechslung auch mal im Bett versuchen.«

»Lass mich überlegen.« Sie ließ ihre Zungenspitze über die Oberlippe gleiten. »Ja, ich glaube, heute Abend ist es noch frei – kommt allerdings auf dein Trinkgeld an.«

Grinsend zog er sie an sich und küsste sie.

Als sie wieder Luft bekam, atmete sie langsam aus. »Kein schlechter Start.« Sie bückte sich, um die Decke zusammenzufalten, und wandte ihm bewusst ihren Hintern in der knappen Shorts zu. Dann sah sie ihn an. »Ich werde dich exzellent bedienen.«

Als Giff hinter dem Steuer seines Lieferwagens saß und in Richtung Campingplatz fuhr, normalisierte sich auch sein Puls langsam wieder. Diese Frau war wirklich unglaublich. Das Leben mit ihr würde ein einziges Abenteuer sein. Sie hatte wahrscheinlich noch nicht begriffen, dass er vorhatte, sein Leben mit ihr zu verbringen, aber er arbeitete daran.

Sobald er sie davon überzeugt hatte, dass er genau das war, was sie brauchte, war es so weit. Und bis dahin würden sie jede Menge Spaß haben.

Er bog auf den Campingplatz ab und nahm stirnrunzelnd den Jungen zur Kenntnis, der anstelle von Ginny neben dem Empfangshäuschen stand. »Hallo, Colin.« Giff bremste und steckte den Kopf aus dem Fenster. »Schiebst du hier heute Dienst?«

»Sieht so aus.«

»Hast du Ginny gesehen?«

»Keine Spur von ihr.« Der Junge machte eine vage Handbewegung. »Hat wahrscheinlich 'nen Typen aufgerissen.«

»Kann sein.« Aber irgendwie fühlte sich Giff unbehaglich. »Ich fahr mal eben rüber zu ihrem Cottage und sehe nach dem Rechten.«

»Klar.«

Giff fuhr Schrittgeschwindigkeit, stets darauf gefasst, dass ihm ein Kind vor den Wagen laufen könnte. Jetzt, wo bald der Sommer begann, kamen viele Familien mit Kindern auf die Insel. Die, die nicht zelteten, sondern ein Cottage gemietet hatten, würden den halben Tag am Strand schmoren und dann in ihre Cottages zurückkehren und die Klimaanlagen voll aufdrehen. Was bedeutete, dass es für ihn eine Menge Arbeit geben würde.

Vor Ginnys Cottage brachte er den Wagen zum Stehen und sprang hinaus. Er hoffte, sie mit hämmerndem Schädel stöhnend im Bett vorzufinden. Das würde wenigstens die Stille erklären. Wenn Ginny zu Hause war, dröhnte das Radio in voller Lautstärke, der Fernseher lief, und sie sang oder beteiligte sich stimmgewaltig an einer der Talkshows, nach denen sie süchtig war.

Aber jetzt hörte er nur das trockene Klacken der Palmwedel im Wind, das dumpfe Quaken der Frösche im Wasser. Er ging zur Tür, und da er sich in ihrem Cottage so zu Hause wie bei sich selbst fühlte, öffnete er sie, ohne anzuklopfen.

Als ein Mann vor ihm stand, blieb ihm das Herz stehen. »Allmächtiger, Bri, du hast mich zu Tode erschreckt.«

»Tut mir leid.« Brian lächelte kurz. »Ich habe deinen Wagen gehört und dachte, Ginny käme.« Er blickte über Giffs Schulter hinweg. »Sie ist nicht zufällig bei dir?«

»Nein, ich hab gerade erfahren, dass sie nicht zur Arbeit erschienen ist, und wollte mal nach dem Rechten sehen.«

»Hier ist sie jedenfalls nicht. Sieht auch nicht so aus, als wäre sie heute schon hier gewesen.« Er warf einen Blick über seine Schulter. »Die Frau ist so unordentlich wie ein ganzer Haufen pubertierender Teenager.«

»Vielleicht steckt sie irgendwo auf dem Campingplatz.«

Brians Blick wanderte über die Bäume, die die mannshohen Schilfbüschel umgaben. »Ich habe den Wagen drüben beim Platz Nummer eins abgestellt und bin zu Fuß gekommen. Ich hab schon nach ihr gefragt, aber ich habe keinen getroffen, der sie seit gestern Abend gesehen hat.«

»Irgendwas stimmt hier nicht.« Das seltsame Gefühl in Giffs Magengegend steigerte sich zu einem dumpfen Schmerz. »Bri, irgendwas ist hier faul.«

»Da hast du wohl recht. Es ist jetzt schon nach zwei. Selbst wenn sie die Nacht irgendwo anders verbracht hätte, wäre sie inzwischen wieder aufgetaucht.« Er kratzte sich besorgt im Nacken, während er noch einen Blick auf das Chaos in Ginnys Cottage warf. »Wir müssen uns jetzt ans Telefon hängen.«

»Ich sage meiner Mutter Bescheid. Sie hat im Handumdrehen ein Dutzend Leute benachrichtigt. Komm, ich fahr dich rüber zu deinem Wagen.«

»Danke.«

»Ginny war gestern Abend ziemlich betrunken«, sagte Giff, als er sich hinters Steuer klemmte. »Ich hab sie gesehen – Lexy und ich haben sie gesehen. Wir waren im Wasser ... sind geschwommen«, fügte er mit einem raschen Seitenblick hinzu.

»Soso, geschwommen.«

Giff wartete einen Moment, rückte zögernd seine Baseball-Kappe zurecht. »Wie sage ich dir am besten, dass ich mit deiner Schwester schlafe?«

Brian rieb sich die Augen. »Das war wohl eine Methode. Unter den gegebenen Umständen ist es nicht so leicht für mich, mir einen Glückwunsch abzuringen.«

»Willst du wissen, was ich vorhabe?«

»Nein.« Brian hob abwehrend die Hand. »Nein, das interessiert mich wirklich nicht.«

»Ich werde sie heiraten.«

»Jetzt werde ich dir nie mehr gratulieren können.« Brian starrte Giff an. »Bist du verrückt?«

»Ich liebe sie.« Giff warf den Rückwärtsgang ein und wendete den Wagen. »Ich hab sie schon immer geliebt.«

Brian hatte ein deutliches Bild vor Augen, wie Lexy fröhlich lachend Giffs noch blutendes Herz von einer Klippe ins Meer kickte. »Du bist ein großer Junge, Giff. Du weißt, worauf du dich da einlässt.«

»Das stimmt. Und ich weiß auch, wie wenig Anerkennung Lexy von dir und dem Rest ihrer Familie bekommt.« Giffs normalerweise freundliche Stimme hatte nun einen scharfen Klang. »Sie ist intelligent, sie ist stark, sie hat ein großes Herz, und wenn man von ihren Launen absieht, kann man sich hundertprozentig auf sie verlassen.«

Brian atmete langsam aus. Außerdem war sie rücksichtslos, impulsiv, eitel. Und doch hatte Giff mit seiner Beschreibung nicht unrecht, und Brian war beschämt. »Du hast ja recht. Komisch, so gut hat sie noch nie jemand charakterisiert.«

»Siehst du, sie braucht mich.« Giff trommelte mit den Fingern aufs Lenkrad. »Ich wäre dir dankbar, wenn du ihr nichts von unserer Unterhaltung erzählen würdest. Sie weiß nämlich noch nichts von meinen Plänen.«

»Oh, glaub mir, das Letzte, worüber ich mit Alexa reden möchte, ist ihr Liebesleben.«

»Gut. Aber ich bin vom Thema abgekommen. Ich wollte sagen, dass ich Ginny gestern Abend zum letzten Mal gesehen habe. Muss so gegen Mitternacht gewesen sein. Sie war auf dem Strand in Richtung Süden unterwegs und hat uns zugewunken.«

»War sie allein?«

»Ja, sie hat gesagt, sie müsste ihren Kopf wieder klar bekommen.«

»Also, wenn sie den Strand weitergegangen ist, könnte sie dort entweder jemanden getroffen haben, wieder zurückgegangen sein oder die Abkürzung durch die Dünen genommen haben.«

»Wir haben heute einen Ohrring von ihr gefunden – auf der Lichtung auf dieser Seite des Flusses.«

»Wann?«

»Noch nicht lange her«, antwortete Giff, während er neben Brians Wagen zum Stehen kam. »Lexy und ich haben …«

»Verschon mich bitte mit Einzelheiten. Was seid ihr, Kaninchen?« Er schüttelte den Kopf. »Bist du sicher, dass es Ginnys Ohrring ist?«

»Ja, Lexy ist ganz sicher. Und sie glaubt, dass Ginny ihn gestern Abend getragen hat.«

»Solche Dinge merkt Lexy sich. Trotzdem komisch, dass Ginny auf so einem Umweg nach Hause gegangen sein soll.«

»Das hab ich auch gedacht. Aber vielleicht war sie nicht allein. Normalerweise verlässt Ginny keine Party, bevor sie nicht wirklich zu Ende ist – es sei denn, sie feiert in kleinerem Kreis weiter.«

»Das Ganze sieht Ginny trotzdem nicht ähnlich.«

»Stimmt. Langsam mache ich mir ernsthafte Sorgen, Bri.«

»Ja, ich auch.« Brian sprang aus Giffs Wagen, drehte sich um und lehnte sich ins heruntergekurbelte Fenster. »Sag deiner Mutter, sie soll sich ans Telefon hängen. Ich fahre inzwischen runter zur Fähre. Wer weiß – vielleicht hat sie ja den Mann ihrer Träume getroffen und ist mit ihm nach Savannah durchgebrannt.«

Um sechs lief die Suche nach Ginny auf Hochtouren – auf allen Waldwegen, entlang der Wanderrouten im Norden der Insel, an dem halbmondförmigen Strand und rechts und links der zahlreichen Trampelpfade, die sich durch die Sümpfe schlängelten. Manche der Inselbewohner, die die Insel nach Ginny durchkämmten, mussten unwillkürlich an die Suche nach einer anderen Frau denken.

Auch nach zwanzig Jahren war die Erinnerung daran noch lebendig. Und während sie nach Ginny suchten, unterhielten sich viele hinter vorgehaltener Hand über Annabelle.

Ginny hatte es wohl genauso wie Belle gemacht, dachten einige. Der Hafer hatte sie gestochen. So waren sie eben, die Pendleton-Mädchen, wild und unberechenbar. Nein, Annabelle nicht, sagten manche, aber Ginny. Annabelle war ein stilles Wasser gewesen, während Ginny eher der Brandung glich.

Auf der Kaimauer platzte Nathan geradewegs in eine dieser

Unterhaltungen. Er warf seine Aktentasche auf den Beifahrersitz und verstaute die Einkäufe im hinteren Teil des Wagens.

Dann fuhr er nach Sanctuary.

Auf der breiten Haupttreppe sah er Jo sitzen, den Kopf auf
den Knien. Als sie den Jeep hörte, blickte sie auf, und in ihren
Augen konnte er die Geister erkennen, die sie quälten.

»Wir können sie nicht finden.« Sie presste die Lippen zusammen. »Ich spreche von Ginny.«

»Ich habe schon davon gehört.« Er ließ sich neben ihr nieder
und legte den Arm um ihre Schultern, sodass sie sich an ihn
lehnen konnte. »Ich komme gerade von der Fähre.«

»Wir haben überall gesucht. Schon seit Stunden. Sie ist weg,
einfach verschwunden, Nathan, so wie damals ...« Sie konnte
es nicht aussprechen, würde es nicht aussprechen. »Wenn sie
auf der Insel wäre, hätten wir sie gefunden.«

»Die Insel ist nicht gerade klein.«

»Nein.« Jo schüttelte den Kopf. »Wenn sie es darauf anlegen
würde, sich versteckt zu halten, wäre es bestimmt kein Problem. Dann könnte sie den Suchtrupps gezielt aus dem Weg gehen. Ginny kennt die Insel ganz genau, sie kennt jeden Stein
und jeden Winkel. Aber sie hat keinen Grund, sich zu verstecken. Sie ist einfach weg.«

»Auf der Morgenfähre hab ich sie nicht gesehen. Ich habe
zwar den größten Teil der Überfahrt verschlafen, aber so einfach übersieht man Ginny trotzdem nicht.«

»Das haben wir schon überprüft – sie war tatsächlich nicht
auf der Fähre.«

»Okay.« Er strich mit seiner Hand ihren Arm auf und ab und
versuchte nachzudenken. »Ein privates Boot. Hier gibt's 'ne
Menge davon – von Inselbewohnern oder Touristen.«

»Sie kann selbst ein Boot steuern, aber auf der Insel fehlt
keins. Niemand hat sein Boot als vermisst gemeldet oder be-
richtet, dass sich Ginny eins ausgeliehen hat.«

»Vielleicht jemand, der einen Tagesausflug gemacht hat?«

»Ja, vielleicht.« Sie nickte, versuchte, diese Möglichkeit zu
akzeptieren. »Das glauben inzwischen wohl die meisten. Sie
hat einfach alles stehen- und liegenlassen und ist mit einem

Typen durchgebrannt. Das hat sie schon mal gemacht, aber nie, wenn sie Dienst hatte, und nie, ohne ein Wort zu sagen.«

Er erinnerte sich, wie sie ihn angelächelt hatte. Hey, Süßer. »Sie hat gestern Abend einige Tequila gekippt.«

»Ja, das hab ich auch schon gehört.« Sie wandte sich von ihm ab und schaute trotzig zu Boden. »Aber Ginny ist keine billige, betrunkene Schlampe.«

»Das hab ich weder gesagt noch gemeint.«

»Es ist so einfach zu sagen, es war ihr egal. Sie ist einfach gegangen, ohne ein Wort, ohne einen Gedanken an jemanden zu verschwenden.« Jo sprang auf, während die Worte aus ihr heraussprudelten. »Sie hat ihre Familie, ihr Zuhause und die Menschen, die sie liebten, verlassen, ohne daran zu denken, dass sie sich wahnsinnige Sorgen machen und verletzt sein würden.«

Ihre Augen funkelten vor Wut, und ihre Stimme überschlug sich. Es war ihr egal, dass sie jetzt von ihrer Mutter sprach, egal, dass ihr sein mitleidiger Blick verriet, dass er es wusste.

»Ich glaube es nicht.« Sie atmete tief ein und ließ die Luft langsam wieder entweichen. »Und ich habe es nie geglaubt.«

»Es tut mir so leid.« Er erhob sich und nahm sie in die Arme. Obwohl sie sich dagegen wehrte, hielt er sie fest. »Es tut mir so leid, Jo.«

»Ich will dein Mitleid nicht. Ich will gar nichts, weder von dir noch von sonst jemandem. Lass mich los.«

»Nein.« Zu viele haben sie schon gehen lassen, dachte Nathan. Er drückte sein Gesicht an ihr Haar und hielt sie fest.

Plötzlich gab sie ihren Widerstand auf und schlang die Arme fest um ihn. »Oh, Nathan, ich hab solche Angst. Es ist, als würde sich alles wiederholen. Und ich weiß nicht, warum.«

Über ihren Kopf hinweg starrte er auf den Garten. »Welchen Unterschied würde es machen? Würde es dir helfen, wenn du wüsstest, warum?«

»Wahrscheinlich nicht. Manchmal denke ich, es würde alles nur noch schlimmer machen. Für uns alle.« Sie drückte ihren Kopf an seinen Hals und war dankbar, dass er da war, dass er sie hielt. »Ich kann nicht mitansehen, wie in meinem Vater die Erinnerungen wieder hochkommen, und in Lexy und Brian.

Wir sprechen nicht darüber, irgendwie bringt es keiner von uns fertig. Aber die Erinnerung ist da, sie arbeitet in uns, und ich glaube, sie hat sich wie ein Keil zwischen uns geschoben, uns voneinander weggetrieben.« Sie stieß einen langen Seufzer aus, aber sein Herzschlag dicht neben ihrem beruhigte sie. »Ich muss mehr an Mama als an Ginny denken, und ich hasse mich dafür.«

»Das darfst du nicht.« Seine Lippen berührten ihre Schläfe, ihre Wange, ihren Mund. »Das darfst du nicht«, wiederholte er und küsste sie leidenschaftlicher als beabsichtigt. Er neigte den Kopf in eine andere Richtung und küsste sie wieder. »Bleib bei mir, nur noch einen Augenblick«, flüsterte er, während sie ihre Arme hinabsinken ließ. »Halt mich fest, nur noch einen Moment.«

Sie löste sich aus seiner Umarmung. »Ich muss jetzt gehen.«

Er griff nach ihr, hielt ihre Finger fest. »Komm mit mir. Komm mit mir nach Hause. Vergiss es für eine Weile.«

In ihren Augen spiegelten sich tausend Gefühle wider. Sie nahmen sie in Besitz, ließen sie leuchtend blau erstrahlen. »Ich kann nicht.«

Sie trat zurück, drehte sich um, rannte die Stufen hoch und ließ die Tür hinter sich ins Schloss fallen, ohne sich noch einmal umzuschauen.

14

Sechsunddreißig Stunden nachdem Ginny nicht zur Arbeit erschienen war, betrat Brian müde das Wohnzimmer der Familie und streckte sich auf der alten Couch aus. Er war erschöpft und wusste nicht, was er noch tun sollte. Sie hatten die Insel nach allen Richtungen durchkämmt, hatten Dutzende von Telefonaten geführt. Schließlich war die Polizei verständigt worden.

Aber sie waren nicht besonders interessiert gewesen. Schließlich handelte es sich um eine sechsundzwanzigjährige Frau – und dazu um eine Frau, die als besonders lebenslustig bekannt war. Um eine Frau, die kam und ging, wann es ihr passte, die keine Feinde hatte und das Leben genoss.

Vor zwanzig Jahren, erinnerte sich Brian, als eine andere Frau verschwunden war, hatten sie sich etwas mehr Mühe gegeben, hatten etwas länger und etwas intensiver gesucht, um Annabelle zu finden. Die Polizisten waren über die Insel getigert, hatten Fragen gestellt, Notizen gemacht, ernste Gesichter gezogen. Aber damals war Geld im Spiel gewesen – Treuhandvermögen, Besitz, Erben. Erst nach und nach hatte er begriffen, dass die Polizei ein mögliches Verbrechen untersuchte. Und dass sein Vater der Hauptverdächtige war.

Aber als nicht der geringste Hinweis auf ein Verbrechen auftauchte, war das Interesse der Polizei schließlich verflogen. Und Brian nahm an, dass das Interesse in Ginny Pendletons Fall noch viel schneller verfliegen würde.

Er erwog flüchtig, nach der Fernbedienung zu greifen und den Fernseher einzuschalten. Das Wohnzimmer – oder das Familienzimmer, wie Kate es hartnäckig nannte – wurde nur selten benutzt.

Natürlich war es Kate, die die Einrichtung ausgesucht hatte – bequeme tiefe Sessel, schwere alte Tische und das Sofa, das zum Nickerchen einlud. Auf dem Boden hatte sie jede

Menge Sitzkissen verteilt. Aber es war nicht gerade typisch für die Hathaways, sich abends vor dem Fernseher zu versammeln. Wir sind Einzelgänger, dachte Brian. Jeder von uns findet viel schneller Vorwände, um für sich allein zu sein, als Gründe, seine Zeit mit den anderen zu verbringen.

Das machte das Leben irgendwie ... einfacher.

Er stand auf und ging zu dem kleinen Kühlschrank hinter der Mahagoni-Bar – eine weitere von Kates verbohrten Ideen. Sie sorgte stets dafür, dass die Bar und der Kühlschrank gut gefüllt waren. Als ob sich die Familie nach einem langen Arbeitstag zu einem Drink, zu einer Unterhaltung treffen würde. Brian musste lächeln, als er ein Bier öffnete.

Ziemlich unwahrscheinlich.

Der Gedanke klang noch bitter in ihm nach, als sein Vater den Raum betrat. Verblüfft starrten sie sich an – es war schwer zu sagen, wen dieses unerwartete Zusammentreffen mehr überraschte.

»Fertig mit der Arbeit?«, fragte Sam schließlich.

»Sieht so aus. Es gibt nichts mehr zu tun.« Da es Brian lächerlich vorkam, so herumzustehen, sagte er achselzuckend: »Willst du auch ein Bier?«

»Nichts dagegen.«

Brian holte noch eine Flasche aus dem Kühlschrank und öffnete sie, während sein Vater zögernd durch den Raum ging. Sam nahm einen ordentlichen Schluck. Eigentlich hatte er sich bei einem Baseballspiel entspannen und nach einem doppelten Bourbon ins Bett gehen wollen. Er hatte keinen Schimmer, wie er mit seinem Sohn ein Bier trinken sollte.

»Es regnet«, sagte er, sich langsam vortastend.

Brian hörte den Regen ans Fenster trommeln. »War ein ziemlich trockener Frühling.«

Sam nickte und trat unbehaglich von einem Bein aufs andere. »Ein paar von den kleineren Tümpeln sind kurz vor dem Austrocknen. Wurde allmählich Zeit.«

»Den Touristen wird's nicht gefallen.«

»Nein.« Sams Stirnrunzeln war schon fast ein Reflex. »Aber wir brauchen den Regen.«

Wieder machte sich das zähe Schweigen zwischen ihnen breit. Brian gab sich einen Ruck. »So, das Wetter hätten wir hinter uns gebracht. Was ist das nächste Thema?«, fragte er kühl. »Politik? Oder vielleicht Sport?«

Sam entging der Sarkasmus in Brians Stimme nicht. Aber er entschied, ihn zu ignorieren. »Wusste gar nicht, dass du dich dafür interessierst.«

»Stimmt. Was sollte ich auch über solche Männerthemen wissen? Ich verstehe doch nur was vom Kochen.«

»So habe ich es nicht gemeint«, erwiderte Sam gelassen. Aber seine Nerven waren dünner, als ihm lieb war. Er musste sich zusammennehmen, um seine Ruhe zu bewahren. »Ich habe bloß nicht gewusst, dass du dich dafür interessierst.«

»Du hast doch keine Ahnung, was mich interessiert. Du weißt nicht, was ich denke, du weißt nicht, was ich will und was ich fühle. Weil du dich nie dafür interessiert hast.«

»Brian Hathaway.« Kates Stimme klang scharf, als sie mit Lexy den Raum betrat. »So spricht man nicht mit seinem Vater.«

»Lass den Jungen ausreden.« Sams Blick ruhte auf Brian, als er sein Bier abstellte. »Er hat das Recht dazu.«

»Er hat kein Recht, respektlos zu sein.«

»Kate.« Sam warf ihr einen scharfen Blick zu, dann nickte er Brian zu. »Also, spuck aus, was du zu sagen hast.«

»Das würde Jahre dauern und nichts ändern.«

Sam ging hinter die Bar. Er brauchte jetzt seinen Whiskey. »Dann mach wenigstens einen Anfang.« Er goss drei Fingerbreit Jim Beam in ein niedriges Glas, und nach kurzem Zögern füllte er ein zweites Glas und schob es Brian über den blanken Tresen zu.

»Ich trinke keinen Bourbon. Was meiner Männlichkeit wahrscheinlich weiteren Abbruch tut.«

Sam spürte einen dumpfen Schmerz in seiner Kehle und hob sein Glas. »Jeder erwachsene Mann kann selbst entscheiden, was er trinkt. Und du bist ja wohl mittlerweile erwachsen. Warum sollte es dich interessieren, was ich über dich denke?«

»Ich habe dreißig Jahre gebraucht, um das zu begreifen«, gab Brian zurück. »Und wo, zum Teufel, warst du während der letzten zwanzig Jahre?« Diese Frage hatte ihn offenbar schon lange beschäftigt. »Du bist gegangen – genau wie sie. Bei dir war's nur noch schlimmer, denn du hast uns an jedem einzelnen verdammten Tag zu verstehen gegeben, dass du dich einen Dreck um uns scherst. Wir waren unglücklicherweise da, aber immerhin konntest du uns bei Kate abladen.«

Kampfeslustig trat Kate Brian entgegen. »Jetzt hör mir mal gut zu, Brian William Hathaway …«

»Lass ihn«, befahl Sam. »Sprich weiter«, sagte er zu Brian. »Du hast sicher mehr zu sagen.«

»Welchen Unterschied macht das schon? Gehst du dann zurück und bist da, als ich mit zwölf von zwei Touristenjungs verdroschen worden bin, weil sie Lust dazu hatten? Oder als ich fünfzehn war und mir von meinem ersten Bier todschlecht geworden ist? Als ich siebzehn war und eine Scheißangst hatte, ich hätte Molly Brodie geschwängert, als wir zusammen unsere Unschuld verloren haben?«

Er ballte wütend die Fäuste – er hatte nicht damit gerechnet, in seinem Innern einen derart lodernden Zorn vorzufinden. »Du warst nie für mich da – Kate war da. Sie hat meine Schrammen verarztet und mich getröstet, wenn ich es gebraucht habe. Sie hat mir Autofahren beigebracht, Vorträge gehalten und mich gelobt. Du nicht. Nicht ein einziges Mal. Keiner von uns braucht dich jetzt noch. Und wenn du Mama mit derselben Missachtung behandelt hast, dann ist es kein Wunder, dass sie gegangen ist.«

Bei diesen Worten zuckte Sam zusammen – das erste Zeichen von Gefühl während der bitteren Tirade. Mit zitternder Hand griff er nach seinem Glas, aber noch bevor er antworten konnte, fiel ihm Lexy von der Tür aus ins Wort.

»Was redet ihr da? Was soll das ausgerechnet jetzt? Ginny ist etwas zugestoßen!« Mit tränenerstickter Stimme kam sie in den Raum gestürzt. »Irgendwas Schreckliches ist mit ihr passiert. Ich weiß es. Und was tut ihr? Ihr steht da und beschimpft euch. Warum könnt ihr die alten Geschichten nicht auf sich beruhen lassen und so tun, als spielten sie keine Rolle?«

»Weil sie eine Rolle spielen!« Wütend, dass sie nicht mal jetzt seine Partei ergriff, stürzte sich Brian auf Lexy. »Weil wir genau deshalb eine so zerrissene Familie sind, weil du genau deshalb nach New York abhaust und versuchst, die Leere in deinem Leben mit Männern auszufüllen. Weil genau das Jo krank gemacht hat. Und weil ich genau deshalb nicht mit einer Frau zusammen sein kann, ohne mir vorzustellen, dass ich sie eines Tages abschiebe, wie er es mit Mama getan hat. Es spielt eine Rolle, weil es keinem von uns gelingt, glücklich zu sein.«

»O doch, ich bin glücklich!« Lexys Stimme überschlug sich, während sie ihn anschrie. Sie wollte ihren Widerspruch hinausbrüllen, wollte ihm das Gegenteil beweisen. »Ich werde glücklich sein. Ich werde alles bekommen, was ich will.«

»Was, zum Teufel, ist hier los?« Jo legte eine Hand an den Türrahmen und starrte sie an. Die lauten Stimmen hatten sie aus ihrem Zimmer getrieben.

»Brian ist ekelhaft, einfach ekelhaft.« Mit einem wilden Aufschluchzen drehte sich Lexy um und stürzte in Jos Arme.

Fassungslos blickte Jo auf die Szenerie: Lexy schluchzend in ihren Armen, ihr Bruder und ihr Vater, die sich über die Bar hinweg wie zwei Boxer vor dem Kampf anstarrten, und inmitten des ganzen Durcheinanders Kate, leise vor sich hin weinend.

»Was ist passiert?«, presste Jo hervor, während ihr Kopf zu hämmern begann. »Geht es um Ginny?«

»Denen ist Ginny egal!« Lexy wurde erneut von Schluchzen geschüttelt. »Denen ist sie doch ganz egal!«

»Nein, es geht nicht um Ginny.« Erfüllt von Wut und Schmerz, löste sich Brian von der Bar. »Es ist nur ein typischer Hathaway-Abend. Und ich hatte einfach nur die Nase voll davon.«

Mit wenigen großen Schritten war er aus dem Raum. Neben Lexy blieb er einen Augenblick stehen, hob die Hand, als wollte er ihr übers Haar streichen, aber ließ sie wieder sinken, ohne sie berührt zu haben.

Jo atmete tief durch. »Kate?«

Mit einer brüsken Bewegung wischte sich Kate die Tränen aus dem Gesicht. »Schatz, bringst du Lexy bitte in ihr Zimmer? Ich komme gleich nach.«

»Klar.« Jo warf einen kurzen Blick auf ihren Vater – auf sein versteinertes Gesicht, seine undurchdringlichen Augen, und entschied, dass es besser war, keine Fragen zu stellen. »Komm, Lexy«, murmelte sie. »Komm, ich bringe dich hoch.«

Nachdem sie verschwunden waren, kramte Kate ein Taschentuch aus ihrer Jeans und schnäuzte sich. »Ich will Brians Verhalten nicht entschuldigen«, begann sie, »aber er ist müde und erschöpft. Das sind wir alle, aber er hat mit der Polizei gesprochen und sich außerdem noch um den Pensionsbetrieb gekümmert. Er ist einfach am Ende seiner Kräfte, Sam.«

»Aber er hat recht.« Sam nahm einen großen Schluck und hoffte, der scharfe Alkohol werde das Schuldgefühl wegspülen, das in seiner Kehle brannte. »Ich bin ihnen kein Vater mehr gewesen, nachdem Belle uns verlassen hat. Ich habe alles dir überlassen.«

»Sam …«

»Willst du behaupten, es sei anders gewesen?«

Leise seufzend ließ sie sich auf einen der Barhocker fallen. Sie war müde. »Nein, so war es wohl.«

Sam stieß ein mühsames Lachen aus. »Man kann über dich sagen, was man will, aber ehrlich bist du immer gewesen. Bewundernswert und erstaunlich zugleich.«

»Ich wusste gar nicht, dass dir so etwas auffällt. Ich predige schon seit Jahren eine etwas freundlichere Version dessen, was Brian eben gesagt hat.« Sie neigte den Kopf, und obwohl ihre Augen noch gerötet waren, hielten sie seinem Blick stand. »Schien aber keinen Eindruck auf dich zu machen.«

»Ein bisschen schon.« Er stellte sein Glas ab und rieb sich sein Gesicht. Vielleicht war er nur müde und traurig und erinnerte sich zu genau an seine Versäumnisse, aber plötzlich kamen ihm die Worte, die er auszusprechen nie für möglich gehalten hatte, über die Lippen. »Ich wollte nicht, dass sie mich brauchen. Ich wollte nicht, dass mich irgendjemand braucht. Und noch viel weniger wollte ich sie brauchen.«

Das musste reichen. Es war mehr, als er jemals gesagt hatte. Aber sie schaute ihn so geduldig und mitfühlend an, dass er weitersprach.

»Belle hat mein Herz gebrochen. Und als ich irgendwann darüber hinweg war, Kate, warst du da, und alles schien seinen Gang zu gehen.«

»Wenn ich nicht geblieben wäre …«

»Hätten sie niemanden gehabt. Du hast deine Sache gut gemacht, Kate. Das hab ich eben erst kapiert, als der Junge es mir ins Gesicht geschleudert hat. Es hat ihn viel Mut gekostet, das zu tun.«

Kate schloss die Augen. »Ich werde euch Männer nie verstehen, und wenn ich noch ein halbes Jahrhundert lebe. Bist du jetzt stolz, dass er dich angeschrien und beschimpft hat?«

»Ich respektiere ihn dafür. Mir ist klar geworden, dass ich ihm bisher nicht den Respekt entgegengebracht habe, den ein erwachsener Mann verdient.«

»Hallelujah«, murmelte Kate, griff nach Brians unberührtem Glas, leerte es in einem Zug und schüttelte sich.

Sams Mund verzog sich zu einem Lächeln. Sie sah hübsch aus, wie sie ihre geballte Faust ans Herz drückte und mit rotem Gesicht und aufgerissenen Augen nach Luft japste. »Du warst noch nie für Whiskey zu haben.«

Kate rang nach Atem und stieß ihn sofort wieder aus, weil die Luft in ihrer Kehle höllisch brannte. »Heute ist eine Ausnahme. Ich bin fix und fertig.«

Er nahm ihr das Glas aus der Hand. »Pass auf, sonst wird dir noch schlecht davon.« Stattdessen holte er eine angebrochene Flasche ihres Lieblingschardonnays aus dem Kühlschrank.

Als er ihr ein Glas davon eingoss, starrte sie ihn an. »Ich hatte keine Ahnung, dass du weißt, was ich gerne trinke.«

»Ich kann doch nicht zwanzig Jahre lang mit einer Frau zusammenleben, ohne nicht wenigstens ein paar ihrer Vorlieben zu bemerken.« Beim Klang seiner Worte fühlte er seinen Nacken rot werden. »Unter einem Dach leben, meine ich.«

»Natürlich. Was hast du jetzt mit Brian vor?«

»Was ich mit ihm vorhabe?«

»Sam.« Ungeduldig nahm sie einen Schluck Wein, um den Geschmack des Bourbons aus ihrem Mund zu vertreiben. »Du wirst diese Chance doch nicht vergeben?«

Da ist sie wieder, die alte Kate, war alles, was er denken konnte. Sie piesackte ihn, während er sich nichts als Ruhe und Frieden wünschte. »Er war wütend, und er hat seinem Ärger Luft gemacht. Das ist alles.«

»Das ist nicht alles.« Sie beugte sich über die Bar und griff nach seinem Arm, bevor er ihr durch die Lappen gehen konnte. »Brian hat dir eine Tür geöffnet, Sam. Und du solltest jetzt Manns genug sein hindurchzugehen.«

»Er braucht mich nicht mehr.«

»Das ist die größte Scheiße, die ich jemals gehört habe.« Sam gelang es, sein Lachen hinter einem Husten zu verbergen – Kate war zu wütend, um es zu bemerken. »Ihr seid so unglaublich stur, allesamt. Jedes einzelne graue Haar auf meinem Kopf ist die Folge der Hathaway'schen Sturheit.«

Er warf einen Blick auf ihren Rotschopf. »Aber du hast doch kein einziges graues Haar.«

»Dafür zahle ich auch einen Haufen Geld«, schnaubte sie. »Und jetzt hör mir mal gut zu, Sam. Ganz egal, wie alt deine Kinder heute sind – sie brauchen dich immer noch. Und es ist höchste Zeit, dass sie endlich bekommen, was du ihnen und dir selbst seit Jahren verwehrst: Anteilnahme, Aufmerksamkeit und Zuneigung. Wenn Ginnys Verschwinden das zum Vorschein gebracht hat, bin ich fast froh darüber. Und ich werde nicht tatenlos zusehen, wie ihr vier euch wieder voneinander entfernt.«

Sie glitt vom Barhocker. »Und jetzt werde ich versuchen, Lexy zu beruhigen, was mich wahrscheinlich die halbe Nacht kosten wird. Aber auf diese Weise hast du jede Menge Zeit, dich mit deinem Sohn auszusprechen.«

»Kate …« Unsicher griff er nach der Bourbonflasche. Als sie an der Tür stehenblieb und ihn mit ihren funkelnden Augen anblickte, schob er die Flasche wieder beiseite. »Ich weiß nicht, wie ich anfangen soll.«

»Du Dummkopf«, sagte sie, und ihre Stimme klang dabei so zärtlich, dass sein Nacken zum zweiten Mal in kurzer Zeit rot anlief. »Der Anfang ist schon gemacht.«

Brian wusste genau, wohin er ging. Er versuchte erst gar nicht, sich vorzumachen, er würde sich durch einen langen Spaziergang abreagieren können. Selbst wenn er die Insel zu Fuß umrundet hätte, hätte er innerlich noch immer gekocht. Er ärgerte sich maßlos, dass er die Beherrschung verloren hatte, dass er Dinge gesagt hatte, die die Sache auch nicht besser machten. Und es tat ihm leid, dass er Kate und Lexy zum Heulen gebracht hatte.

Das Leben war einfacher, wenn man die Dinge für sich behielt, wenn man einfach damit lebte und sich nicht weiter darum kümmerte.

War es nicht das, was sein Vater all die Jahre getan hatte?

Brian kämpfte sich gegen den peitschenden Regen voran. Er hatte keine Jacke übergezogen und war bis auf die Knochen durchweicht. Während er durch den nassen Sand der Dünen stapfte, hörte er die Brandung tosen, und er benutzte die beleuchteten Fenster der Cottages als Kompass in der Dunkelheit.

Als er die Treppe zu Kirbys Haus hochging, hörte er einen Fetzen klassischer Musik. Er sah sie durch die regennasse Scheibe der verglasten Tür. Sie trug einen weiten, weichen blauen Trainingsanzug und war barfuß. Ihre Zehennägel hatte sie rosa lackiert. Als sie sich zum Gemüsefach ihres Kühlschranks runterbeugte, fiel ihr blondes Haar wie eine Gardine vor ihr Gesicht. Mit einem Fuß klopfte sie den Takt den Musik mit.

Zufrieden registrierte Brian den kurzen Anflug von Lust. Ohne anzuklopfen, öffnete er die Tür.

Kirby schoss in die Höhe und schnappte nach Luft. »Oh, Brian, ich hab dich gar nicht kommen hören.« Aus dem Gleichgewicht geraten, griff sie nach der offenen Kühlschranktür. »Gibt's was Neues von Ginny?«

»Nein.«

»Oh, ich dachte …« Ihre Fingerspitzen pochten, als sie sich durchs Haar fuhr. Seine Augen schimmerten dunkel, waren direkt auf sie gerichtet. Irgendetwas Gefährliches glitzerte in ihnen. Ihr klopfte das Herz bis zum Hals. »Du bist ja völlig durchnässt.«

»Es regnet«, sagte er, während er auf sie zukam.

»Ich, äh …« Ihre Knie begannen zu zittern, und sie kam sich ziemlich lächerlich vor. »Wie wär's mit einem Glas Wein? Gieß uns welchen ein, während ich dir ein Handtuch hole.«

»Ich brauche kein Handtuch.«

»Okay.« Sie konnte den Regen auf seinem Körper förmlich riechen – und die Hitze, die von ihm ausging. »Dann hole ich den Wein.«

»Später.« Er streckte die Hand aus und schloss die Kühlschranktür. Dann griff er nach ihr, zog sie an sich und küsste sie gierig.

Und während ihr ein leises Stöhnen entwich, glitten seine Hände unter ihren Pulli und ergriffen entschlossen Besitz von ihren Brüsten. Als seine Zähne an ihrer Zunge knabberten, durchliefen sie kleine Schauer des Schmerzes und der Angst. Dann glitten seine Hände abwärts, umfassten ihren Po und hoben sie einige Zentimeter über den Boden; der nasse Jeansstoff presste sich gegen das wilde Ziehen zwischen ihren Oberschenkeln.

Als sich seine Lippen ihren Hals hinabbewegten, gelang es ihr, einen tiefen Atemhauch auszustoßen. »So viel zum Thema Small Talk.« Gierig machte sie sich über sein Ohr her. Als sie sein Fleisch zwischen ihren Zähnen spürte, bekam sie Lust auf mehr. »Das Schlafzimmer ist nebenan.«

»Ich brauche kein Bett«, raunte er ihr grinsend ins Ohr. »Wie du weißt, bin ich am besten in der Küche.«

Dann setzte er sie wieder auf den Boden ab, hob ihre Arme über ihren Kopf, umfasste mit einer Hand ihre beiden Handgelenke und drückte sie mit dem Rücken an die Tür. »Sieh mich an!«, befahl er, während er seine freie Hand in ihre Jogginghose gleiten ließ und mit seinen Fingern in sie eintauchte.

Sie stieß einen überraschten Schrei aus – Schock und Lust lagen jetzt ganz nah beieinander. Instinktiv drängte sich ihr Körper ihm entgegen, und ihre Hüften fielen in den atemlosen Rhythmus ein, den er vorgab. Ihr Blick wurde glasig, ihr Atem ging schneller, und der Höhepunkt überkam sie wie eine Explosion.

Sie war schon feucht gewesen, und das allein hatte seine Erregung gesteigert. Aber als sich ihr Blick verschleierte und sie kam, brannte auch sein Körper vor Verlangen. Atemlos zog er ihr das Sweatshirt über den Kopf, liebkoste mit seinen Lippen ihre Brust.

»Mehr«, flüsterte er heiser, während er ihr die Hose über die Hüften zog. Als sein Mund nach unten wanderte, umklammerte sie seine Schultern und stöhnte leise auf.

»O Gott, was machst du mit mir?«

»Ich fresse dich.«

Dann spürte sie nur noch seinen Mund, seine Zähne, seine Zunge. Er brachte sie an den Rand der Bewusstlosigkeit. Als sie die glühende Welle erfasste, ließ sie den Kopf in den Nacken fallen. Ihre Knie gaben nach, Schweiß überströmte ihren Körper. Die Macht des Höhepunkts riss sie fort wie ein vorbeirauschender Zug; sie war hoffnungslos in seinem Sog gefangen.

Wenig später entspannte sich ihr Körper, und ihr Kopf fiel zurück, als er sie auf die Arme nahm. Jetzt konnte sie nichts mehr erschüttern – auch nicht die Tatsache, dass er sie auf den Küchentisch niederlegte wie den Hauptgang, den er sich sorgfältig selbst zubereitet hatte, um seinen Hunger zu stillen.

Mit einer entschlossenen Bewegung zog er sein Hemd aus, wobei er den Blick fest auf sie gerichtet hielt. Dann stemmte er zuerst den rechten Fuß und dann den linken an die Tischkante, zog seine Turnschuhe aus, warf sie achtlos beiseite und öffnete die Knöpfe seiner Jeans, zog den Reißverschluss hinunter.

Ihr Blick wurde langsam wieder klar. Gut so, dachte er. Er wollte noch einmal beobachten, wie er sich wieder trübte. Als er aus den Jeans stieg, ließ er seinen Blick über sie gleiten. Über ihre rosige, feuchte Haut, ihre sanften Rundungen und ihr blondes Haar, das sich über das dunkle Holz ergoss. Sie war schön – atemberaubend. Wenn er wieder in der Lage war zu sprechen, würde er es ihr sagen. Dann bestieg er sie. Und als sie unter ihm erzitterte, huschte ein Lächeln über sein Gesicht.

»Und jetzt sag: Nimm mich, Brian.«

Sie hatte Mühe, genug Atem zu bekommen, und als seine

Daumen rau über ihre Brustwarzen fuhren, stieß sie ein er-
sticktes Stöhnen aus.

»Los, sag's.«

Ihr Körper bäumte sich unter ihm auf. »Nimm mich, Brian.
Um Himmels willen.«

Mit einem schnellen, harten Stoß war er in ihr und bemerkte,
dass sich ihr Meerjungfrauenblick wieder verschleierte. »Und
jetzt nimm mich, Kirby.«

»Ja.« Sie legte die Arme um seinen Nacken, schlang ihre
Beine um seine Taille und begann den schnellen, dunklen Ritt.

Keuchend brach er über ihr zusammen, und zum ersten Mal
seit Tagen waren sowohl sein Körper als auch sein Geist entspannt. Er spürte sie noch unter sich zittern – die Nachbeben
von gutem, hartem Sex.

Er rieb sein Gesicht an ihrem Haar und sog genüsslich den
Duft ein. »Das war als Vorspeise gerade richtig.«

»Oh, mein Gott.«

Lächelnd richtete er sich auf; er freute sich, ihr glückliches
Gesicht zu sehen. »Du hast nach Pfirsich geschmeckt.«

»Kurz bevor du gekommen bist, habe ich ein Schaumbad genommen.«

»Kein schlechtes Timing.«

Sie streckte die Hand aus, um ihm das Haar aus dem Gesicht
zu streichen. »Kann man wohl sagen. Du hast ziemlich gefährlich und erregt ausgesehen, als du hier reingekommen bist.«

»So habe ich mich auch gefühlt. Wir hatten gerade eine kleine
Familienszene auf Sanctuary.«

»Das tut mir leid.«

»Ist nicht dein Problem. Jetzt könnte ich übrigens einen Wein
vertragen.« Er drehte sich ein wenig, ließ sich vom Küchentisch
gleiten und ging zum Kühlschrank.

Kirby genoss seinen Anblick. »Die Weingläser sind im zweiten
Schrank von links«, sagte sie. »Ich hol mir einen Bademantel.«

»Nicht nötig«, sagte er, als sie vom Küchentisch glitt.

»Ich werde nicht nackt in der Küche rumstehen.«

»O doch.« Er füllte zwei Gläser, bevor sein Blick in ihre Richtung wanderte. »Lange wirst du ohnehin nicht mehr stehen.«

Amüsiert zog sie die Brauen hoch. »Ach nein?«

»Nein.« Er reichte ihr ein Glas und stieß mit ihr an. »Auf der Theke hier hättest du genau die richtige Höhe.«

Sie nippte an ihrem Wein. »Auf der *Küchen*theke?«

»Ja, und dann ist da noch der Boden.«

Kirby betrachtete den weißen Linoleumboden, den ihre Groß-mutter drei Jahre zuvor hatte verlegen lassen. »Der Boden.«

»Und wenn du Wert auf Tradition legst, schaffen wir's ir-gendwann auch bis ins Bett – in etwa drei Stunden, schätze ich.« Er warf einen Blick auf die Uhr am Herd. »Wir haben noch jede Menge Zeit. Frühstück gibt's erst um acht.«

Kirby wusste nicht, ob sie lachen oder schlucken sollte. »Du hast ja großes Vertrauen in dein Stehvermögen.«

»Groß genug jedenfalls. Und wie sieht's mit deinem aus?«

Die Herausforderung brachte sie zum Lachen. »Ich werd schon mit dir fertig, Brian – mehr noch: Ich sorge dafür, dass wir es überleben. Schließlich bin ich Ärztin.«

»Na, dann.« Er stellte sein Glas ab. Als er ihre Taille um-fasste, quietschte sie auf – und als ihr Po den Resopaltresen be-rührte, stieß sie ein entsetztes Kreischen aus. »Hu, ist das kalt.«

»Das hier auch.« Brian tauchte einen Finger in seinen Wein und ließ den Tropfen auf ihre Brustwarze fallen. Dann beugte er sich hinab und leckte ihn genießerisch auf. »Wir müssen eben dafür sorgen, dass dir warm wird.«

15

Sam hielt es für ein schlechtes Zeichen, wenn ein Mann seinen ganzen Mut zusammennehmen musste, nur um mit seinem Sohn zu sprechen. Und noch schlechter war es, wenn man endlich so weit war und den Knaben dann noch nicht mal fand.

Die Küche war aufgeräumt und leer – weit und breit keine Spur von Brian. Die Kaffeemaschine war ausgeschaltet, und im Ofen bräunten keine Kekse. Sam hielt einen Augenblick lang inne – er fühlte sich in dem Raum, den er nach wie vor unbeirrt als weibliche Domäne betrachtete, ziemlich deplatziert.

Er wusste, dass Brian morgens gewöhnlich einen Spaziergang machte, aber er wusste auch, dass er davor schon die Kaffeemaschine anstellte und Kekse oder irgendein interessantes Brot in den Ofen schob. Und gewöhnlich war Brian zu dieser Zeit auch zurück. In einer halben Stunde würde sich der Speisesaal langsam mit Gästen füllen, die ihr Frühstück haben wollten.

Sam drehte seine Mütze in den Händen – er verfluchte das Gefühl von Besorgnis, das sich in ihm breitmachte. Er war schon einmal morgens aufgewacht, um feststellen zu müssen, dass jemand aus seiner Familie verschwunden war. Auch damals ohne jedes Anzeichen, ohne jede Warnung.

Hatte er den Jungen aus dem Haus gejagt? Musste er sich nun in den folgenden Jahren mit der Frage quälen, ob er noch jemanden aus Sanctuary vertrieben hatte?

Er schloss die Augen, bis es ihm gelungen war, dieses scheußliche Schuldgefühl zu verdrängen. Er hatte keine Lust, dafür die Verantwortung zu übernehmen. Brian war schließlich ein erwachsener Mann – genau wie Annabelle eine erwachsene Frau gewesen war. Sie hatten ihre eigenen Entscheidungen getroffen. Er setzte seine Mütze auf und wandte sich zum Gehen.

Als er aus dem Garten ein Pfeifen hörte, war er zugleich erleichtert und besorgt.

Brian blieb stehen und hörte auf zu pfeifen, als er seinen Vater aus der Küche in den Garten kommen sah. Mit einem Schlag war seine gute Laune verflogen, und er ärgerte sich, dass seine Einsamkeit so abrupt beendet wurde.

Brian nickte Sam kurz zu und schob sich an ihm vorbei in die Küche. Sam verharrte noch einige Augenblicke reglos, kämpfte innerlich. Es war für einen Mann nicht zu übersehen, dass Brian die Nacht mit einer Frau verbracht hatte. Beim Anblick des entspannten, zufriedenen Gesichtsausdrucks seines Sohnes kam er sich töricht vor – und Neid stieg in ihm auf. Wieviel einfacher wäre es für alle Beteiligten, wenn er einfach davongehen und die Dinge auf sich beruhen lassen würde.

Mit leisem Schnauben nahm er seine Mütze wieder ab und ging ins Haus.

»Ich muss mit dir reden.«

Brian warf ihm einen raschen Blick zu. Er hatte schon seine Schürze umgebunden und schüttete Kaffeebohnen in die elektrische Mühle. »Ich habe zu tun.«

Sam baute sich breitbeinig vor ihm auf. »Ich muss trotzdem mit dir reden.«

»Dann musst du reden, während ich arbeite.« Brian schaltete die Kaffeemühle an, die sich lärmend ans Werk machte. »Ich bin heute nämlich ein bisschen spät dran.«

»Hmm.« Sam drehte die Mütze in seinen Händen und beschloss zu warten, bis der Kaffee gemahlen war, anstatt gegen den Lärm anzuschreien. Er beobachtete, wie Brian das Kaffeepulver abmaß, Wasser in die große Kaffeemaschine füllte und das Gerät anschaltete. »Es geht um gestern Abend.«

Brian goss Milch in die Schüssel und maß die Menge mit einem kurzen Blick. »Ich habe alles gesagt, was zu sagen war, und ich weiß nicht, warum wir alles noch mal aufrühren sollten.«

»Du magst deinen Teil gesagt haben, aber vielleicht möchte ich auch meinen sagen.«

Brian griff nach einem Holzlöffel, zog die Schüssel heran und begann, den Teig zu rühren. »Ich denke, du hattest ein halbes Leben lang Zeit, deinen Teil zu sagen. Und ich habe jetzt zu tun.«

»Du bist ein harter Brocken, Brian.«

»Ich hatte ein gutes Vorbild.«

Ein hübscher, gut gezielter kleiner Pfeil. Sam nahm ihn zur Kenntnis, akzeptierte ihn. Trotzdem hatte er die Rolle des Bittstellers satt. Entschlossen legte er seine Mütze beiseite. »Hör an, was ich zu sagen habe, und die Sache ist erledigt.«

»Also los.« Brian ließ den Teigklumpen auf ein bemehltes Brett klatschen und knetete ihn dann mit aller Kraft durch.

»Du hattest recht.« Sam spürte, wie sich seine Kehle zuschnürte, und schluckte. »Mit jedem Wort hattest du recht.«

Die Hände bis zu den Knöcheln im Teig vergraben, wandte Brian langsam den Kopf und starrte seinen Vater verblüfft an. »Wie bitte?«

»Hast du Teig in den Ohren?«, knurrte Sam ungeduldig. »Ich habe gesagt, dass du recht hattest. Wie lange dauert es denn noch, bis mit dieser verdammten Maschine eine Tasse Kaffee fertig ist?«, murmelte er mit anklagendem Blick auf das Gerät.

Langsam knetete Brian weiter, den Blick auf Sam gerichtet. »Du kannst dir schon eine eingießen, wenn du sie brauchst.«

»Das tue ich.« Er öffnete die Schranktür und betrachtete stirnrunzelnd die Batterie von Gläsern und Porzellan.

»Die Kaffeetassen stehen schon seit acht Jahren woanders«, sagte Brian nachsichtig. »Zwei Schränke weiter links.«

Leise grunzend goss Sam sich einen Kaffee ein. Nach dem ersten Schluck ging es ihm schon besser. Er nahm noch einen.

»Gut, dein Kaffee.«

»Liegt allein an den Bohnen.«

»Macht wohl einen Unterschied, wenn man sie frisch mahlt.«

»Das kann man wohl sagen.« Brian ließ den Teig zurück in die Schüssel klatschen, breitete ein Tuch darüber und machte sich an den Abwasch. »Weißt du, dass das die erste halbwegs normale Unterhaltung zwischen uns ist?«

»Ich habe mich dir gegenüber falsch verhalten.« Sam starrte auf das schwarze Getränk in seiner Tasse. »Es tut mir leid.«

Brian hielt inne, schnappte nach Luft. »Was?«

»Verdammt noch mal, muss ich denn alles wiederholen?« Sam blickte auf. In seinen Augen lag Enttäuschung. »Ich entschuldige mich bei dir, und du solltest groß genug sein, das anzunehmen.«

Beschwichtigend hob Brian die Hand – nicht schon wieder ein Streit. »Damit habe ich nicht gerechnet. Du hast mich kalt erwischt«, erklärte Brian, als er den Kühlschrank öffnete. »Ich würde vielleicht annehmen, wenn ich wüsste, wofür genau du dich entschuldigst.«

»Dafür, dass ich nicht da war, als du mit zwölf verhauen worden bist, als du mit fünfzehn deinen ersten Rausch hattest, als du mit siebzehn mit einem Mädchen geschlafen hast und nicht wusstest, was man tun muss, um nicht gleich Vater zu werden.«

Mit zitternden Händen nahm Brian eine Bratpfanne aus dem Schrank. »Kate ist mit mir rüber nach Savannah gefahren und hat mir Kondome gekauft.«

»Unmöglich.« Wenn Brian ihm die Pfanne auf den Kopf geschlagen hätte, hätte er nicht schockierter sein können. »Kate hat dir Gummis gekauft?«

»Allerdings.« Bei dieser Erinnerung musste Brian unwillkürlich grinsen. »Sie hat mir einen Vortrag über Verantwortung und solche Dinge gehalten und mir dann eine Packung Kondome gekauft.«

»Gütiger Himmel.« Auch Sam konnte sich das Lachen nicht verkneifen. »Ich kann's nicht glauben.« Dann räusperte er sich und straffte die Schultern. »Eigentlich wäre es ja meine Aufgabe gewesen.«

»Kann man wohl sagen.« Brian ließ die Würstchen in die Pfanne gleiten. »Und warum hast du's nicht getan?«

»Weil deine Mutter mir nicht gesagt hat, dass der Augenblick gekommen ist, in dem ein Vater mit seinem Sohn sprechen muss. Oder dass Lexy mehr Anerkennung braucht. Ich hab die Dinge zwar beobachtet, aber niemand hat mir einen Stoß gegeben. Ich hab's einfach auf sich beruhen lassen.« Er stellte die Tasse ab. »Ich bin's nicht gewohnt, mich zu erklären, und ich mag's nicht.«

Brian nahm eine zweite Schüssel aus dem Schrank und schlug das erste Ei für die Pfannkuchen auf. »Kann ich verstehen.«

»Ich habe sie geliebt.« Langsam schnürte sich seine Kehle wieder zu, und Sam war froh, dass Brian sich auf seine Arbeit konzentrierte. »Es fällt mir nicht leicht, das auszusprechen. Vielleicht hab ich's ihr nicht oft genug gesagt. Das Gefühl war immer da, aber die Worte nur selten. Ich brauchte Belle. ›Mein ernster Sam‹ hat sie mich genannt. Sie war gern unter Menschen, sie unterhielt sich gern über alles Mögliche. Sie liebte dieses Haus, diese Insel. Und eine Zeitlang hat sie auch mich geliebt.«

Brian kam es vor, als hätte er aus dem Mund seines Vaters noch nie eine längere Rede als diese gehört. Er wollte ihn nicht unterbrechen. Schweigend goss er die zerlassene Butter in die Schüssel.

»Sicher hatten wir unsere Probleme. Aber wir haben uns immer wieder zusammengerauft. In der Nacht, in der du zur Welt kamst … Gott, was hatte ich da für eine Angst. Belle überhaupt nicht. Für sie war alles ein großes Abenteuer. Und als alles vorbei war und du an ihrer Brust lagst, hat sie gelächelt. ›Schau nur, was für ein wunderschönes Baby wir gemacht haben, Sam. Und wir werden noch viel mehr machen.‹ So eine Frau muss ein Mann einfach lieben«, murmelte Sam. »Er hat keine andere Wahl.«

»Ich hab immer geglaubt, du hättest sie nicht geliebt.«

»Ich habe sie geliebt.« Sam griff wieder nach seiner Tasse. Die vielen Worte hatten seine Kehle ausgetrocknet. »Erst nach vielen Jahren ohne sie habe ich aufgehört, sie zu lieben. Vielleicht habe ich sie verjagt, aber ich weiß nicht, womit. Diese Ungewissheit hat mich im Lauf der Zeit fertiggemacht.«

»Das tut mir leid.« Er sah das überraschte Aufflackern in den Augen seines Vaters. »Ich hatte keine Ahnung, dass es dir was ausmacht. Ich dachte, nichts davon würde dir was ausmachen.«

»Oh, doch. Aber mit der Zeit lernt man, mit dem zu leben, was man hat.«

»Und du hattest die Insel.«

»Auf sie konnte ich mich verlassen. Die Insel hat mich davor bewahrt, den Verstand zu verlieren.« Er atmete tief ein. »Aber ein guter Vater wäre für seinen Sohn da gewesen, wenn er sich zu viel Budweiser hinter die Binde gekippt hätte.«

»Löwenbräu.«

»Lieber Himmel, ein Importbier. Kein Wunder, dass ich dich nicht verstehe.«

Seufzend betrachtete Sam den Mann, der sein Sohn war. Den Mann, der eine Schürze trug und Kuchen backte. Ein Mann mit festem Blick und breiten Schultern, korrigierte er sich.

»Jetzt haben wir beide gesagt, was wir zu sagen hatten. Ich weiß zwar nicht, ob es etwas ändert, aber ich bin froh, dass wir es getan haben.« Sam streckte seine Hand aus und hoffte, dass es die richtige Geste war.

Bei dem höchst ungewohnten Anblick von Vater und Sohn, die sich vor dem Herd die Hände schüttelten, blieb Jo wie angewurzelt in der Tür stehen. Peinlich berührt schauten die beiden Männer sie an. Aber Jo war zu müde und zu gereizt, um sich zu fragen, was da vor sich ging.

»Lex fühlt sich nicht gut. Ich übernehme ihre Schicht.«

Brian griff nach der Gabel und wendete hastig die Würstchen in der Pfanne, bevor sie anbrannten. »Du willst servieren?«

»Hab ich doch gerade gesagt.«

»Wann hast du das zum letzten Mal gemacht?«, fragte Brian.

»Als ich letztes Mal hier war und ihr knapp an Leuten wart.«

»Du bist eine miserable Kellnerin!«

»Eine andere hast du nicht, mein Lieber. Lexy hat rasende Kopfschmerzen, und Kate hat drüben auf dem Campingplatz alle Hände voll zu tun. Du musst also mit mir leben.«

Sam griff nach seiner Mütze und ging zur Tür. Die Aussprache mit seinem Sohn war ihm schwer genug gefallen. Er war nicht scharf darauf, jetzt dasselbe mit einer Tochter durchzumachen. »Ich hab einiges zu tun«, murmelte er und zuckte fast zusammen, als Jo ihm einen vernichtenden Blick zuwarf.

»Wo sind die verdammten Bestellblöcke?«

»Oberste Schublade, gleich unter der Kasse.« Aus dem Augenwinkel heraus sah Brian, wie sein Vater aus der Küche schlüpfte. Typisch, dachte er grimmig. »Die Computerkasse ist neu«, sagte er an Jo gewandt. »Hast du schon mal mit so einem Ding gearbeitet?«

»Wie sollte ich? Ich bin schließlich keine Verkäuferin, ich bin keine Kellnerin, ich bin eine gottverdammte Fotografin.«

Brian kratzte sich im Nacken. Es würde ein langer Vormittag werden. »Geh hoch, gib Lexy ein paar Aspirin und schick sie runter.«

»Wenn du sie haben willst, geh sie holen. Ich hab im Augenblick die Nase voll von Lexy und ihrem Gejammer.« Jo knallte den Bestellblock auf die Theke und ging hinüber zur Kaffeemaschine. »Wie immer will sie im Mittelpunkt stehen.«

»Sie war außer sich.«

»Kann sein, aber irgendwann gefiel sie sich in dieser Rolle. Und ich musste es ausbaden. Bis zwei Uhr morgens mussten Kate und ich sie trösten. Erst dann bin ich ins Bett gekommen. Und jetzt ist sie diejenige, die behauptet, Kopfschmerzen zu haben.« Jo rieb sich die Stirn. »Gibt's hier unten Aspirin?«

Brian nahm ein Fläschchen aus dem Regal und stellte es auf die Theke. »Nimm die Kaffeekanne und mach die erste Runde. Heute gibt's außer allem auf der Karte Pfannkuchen mit Heidelbeeren. Und wenn du unbedingt ein böses Gesicht ziehen musst, dann tu's hier in der Küche. Draußen wird nur gelächelt. Stell dich den Gästen mit deinem Namen vor, und tu so, als wärst du freundlich. Das gleicht vielleicht dein Schneckentempo aus.«

»Du kannst mich mal«, schnaubte sie, aber griff nach der Kaffeekanne und dem Bestellblock und verließ die Küche.

Es wurde nicht besser.

Innerlich kochend zerteilte Brian eine Grapefruit und warf von Zeit zu Zeit einen grimmigen Blick auf die beiden Teller, die schon seit mindestens fünf Minuten unter dem Wärmestrahler standen. Noch zwei Minuten, dachte er, und ich kann das Essen wegwerfen und noch mal von vorne anfangen.

Wo, zum Teufel, blieb Jo?

»Viel los heute Morgen.« Nathan kam durch die Hintertür geschlendert. »Hab eben mal kurz durch die Fenster in den Speisesaal geschielt. Jeder Platz besetzt.«

»Sonntagvormittag.« Brian wendete den tausendsten Pfannkuchen des Morgens. »Sonntags nehmen sich die Leute besonders viel Zeit fürs Frühstück.«

»Ich auch.« Grinsend betrachtete Nathan den Herd. »Die Heidelbeerpfannkuchen sehen göttlich aus.«

»Immer schön der Reihe nach. Verdammt, wo bleibt Jo nur? Kennst du dich mit Computern aus?«

»Bin stolzer Besitzer von dreien dieser Dinger. Warum?«

»Hiermit bist du an die Kasse abkommandiert.« Brian deutete mit dem Daumen hinter sich. »Mach dich mit dem Ding vertraut. Ich kann nicht jedes Mal meine Arbeit unterbrechen, nur weil sie alle Rechnungen durcheinanderbringt.«

»Willst du, dass ich Kassierer spiele?«

»Willst du ein Frühstück oder nicht?«

»Warum spiele ich nicht den Kassierer?«, beschloss Nathan und wandte sich der Maschine zu.

Mit rotem Kopf kam Jo in die Küche gestürzt, die Arme voll mit schmutzigem Geschirr. »Sie hat's gewusst. Sie hat gewusst, dass heute der Teufel los ist. Wenn ich das überlebe, bringe ich sie um. Was machst du denn hier?«, schnauzte sie Nathan an.

»Ich bin dein neuer Kollege.« Er beobachtete, wie sie das Geschirr in die Spüle stellte und nach den fertigen Bestellungen griff. »Süß siehst du heute aus, Jo Ellen.«

»Du kannst mich mal«, murmelte sie, als sie die Tür mit der Schulter aufschob.

»Ich fürchte, zu den Gästen ist sie genauso freundlich.«

»Mach mich bitte nicht unglücklich«, erwiderte Nathan. »Ich hatte gehofft, dass ich das einzige Wesen bin, das in den Genuss ihrer Beschimpfungen kommt.«

»Wirst du sie wieder in den Fluss werfen?«

»Sie ist ausgerutscht. Und außerdem … schwebt mir mit Jo Ellen was ganz anderes vor.«

Brian rieb sich das Gesicht. »Ich möcht's gar nicht hören.«

»Ich denke, du solltest wissen, was ich meine.« Zur Demonstration packte Nathan sie, als sie gerade wieder durch die Tür trat, zog sie an sich und küsste sie auf den Mund. Einen Moment lang war Jo völlig verblüfft.

»Bist du verrückt geworden?« Um sich aus seiner Umarmung zu befreien, stieß sie ihren Ellbogen in seinen Bauch. Dann drückte sie ihm einen Stapel Rechnungen, Geldscheine und Kreditkarten in die Hand. »Hier, mach dir deinen Reim drauf.« Sie griff sich eine frischgefüllte Kaffeekanne und knallte die Bestellungen auf die Theke. »Zweimal Heidelbeerpfannkuchen, Rührei, Speck und Vollkorntoast. Eine Bestellung weiß ich nicht mehr auswendig, steht aber alles auf dem Zettel. Kekse und Sahne sind übrigens bald aus. Und wenn das kleine Monster an Tisch drei noch mal seinen Saft umkippt, erwürge ich es mitsamt seinen Eltern.«

Grinsend sah Nathan ihr nach, als sie aus der Küche wirbelte. »Ich glaube, es ist Liebe, Bri.«

»Sieht mir eher nach Wahnsinn aus. Und jetzt lass die Hände von meiner Schwester und tipp die Bestellungen ein, wenn dir was an deinem Frühstück liegt.«

Um halb elf wankte Jo in ihr Zimmer und ließ sich bäuchlings aufs Bett fallen. Alles tat ihr weh. Der Rücken, die Füße, der Kopf, die Schultern. Jemand, der das nicht erlebt hat, dachte sie, hat keine Ahnung, was für ein harter Job Bedienen ist. Sie war auf Berge geklettert, durch Flüsse gewatet, hatte tagelang in der Wüste gelebt – und würde es für das richtige Foto jederzeit wieder tun. Aber noch mal bedienen? Um keinen Preis.

Widerwillig musste sie zugeben, dass Lexy alles andere als eine Faulenzerin war und den Job auch noch leicht aussehen ließ.

Aber trotzdem hatte Lexy sie um den nächtlichen Schlaf und den herrlichen, frischen Morgen gebracht, und ihretwegen brannten Jos Füße ganz fürchterlich.

Als sich die Matratze plötzlich senkte, machte Jo sich bereit zum Angriff. »Hau ab, Lexy, oder ich bringe dich um«, zischte sie.

»Nur keine Panik, weit und breit keine Lexy.«

Jo drehte den Kopf und blitzte Nathan aus zusammengekniffenen Augen an. »Was machst du denn hier?«

»Schon zum zweiten Mal diese Frage.« Er streckte die Hand

aus, um ihr Haar hinters Ohr zu schieben, sodass er ihr Gesicht ganz sehen konnte. »Im Augenblick schaue ich dich an. Ganz schön anstrengender Vormittag, was?«

Seufzend schloss sie die Augen. »Hau ab.«

»Zehn Sekunden Fußmassage, und du flehst mich an zu bleiben.«

»Fußmassage?«

Sie zog ihr Bein an, doch er schloss die Finger um ihr Fußgelenk und hielt es fest, während er ihren Schuh auszog. »Zehn, neun, acht …«

Während er seine Hände über ihre Fußsohlen gleiten ließ, durchliefen sie Schauer der Wonne, und sie stöhnte leise.

»Ich hab's ja gesagt. Entspann dich. Glückliche Füße sind der Schlüssel zum Universum.«

»Galileo?«

»Carl Sagan«, erwiderte er grinsend. »Hast du unten wenigstens was zu essen bekommen?«

»Wenn ich jemals wieder einen Pfannkuchen zu Gesicht bekomme, kriege ich einen Schreikrampf.«

»Das denke ich mir. Ich hab dir was anderes mitgebracht.«

Interessiert öffnete sie ein Auge. »Was denn?«

»Hmm. Du hast sehr schöne Füße. Lang, schmal und einen eleganten, hohen Rist. In nicht allzu ferner Zukunft werde ich deine Zehen küssen und mich nach oben vorarbeiten. Ach, du meinst, was ich dir zu essen mitgebracht habe?« Er knetete ihre Ballen und bewegte sich langsam in Richtung Ferse vor. »Erdbeeren mit Sahne, Brians köstliche Kekse mit hausgemachter Marmelade und ein bisschen Speck, für den Eiweißbedarf.«

»Warum?«

»Weil du essen musst.«

Fast wäre ihr schon ihre Standardreaktion, »Kein Hunger«, herausgerutscht, aber dann fiel ihr ein, was Kirby ihr verordnet hatte. Und Erdbeeren waren ja auch nicht schlecht. Sie richtete sich auf und kam sich unter Nathans Blicken, der ihr im Schneidersitz, ihren Fuß im Schoß, gegenübersaß, irgendwie kindisch vor. Sie nahm die Schüssel mit den Erdbeeren und pickte mit den Fingern eine heraus.

»Du kannst dir den ganzen Aufwand sparen«, sagte sie. »Ich glaube, ich werde mit dir schlafen.«

»Uff, da fällt mir ja ein Stein vom Herzen.«

Sie biss in die Erdbeere, die so unerwartet süß und aromatisch schmeckte, dass sie unwillkürlich lächeln musste. »Ich bin heute Vormittag wohl etwas daneben.«

»Ach ja?« Er griff nach ihren Zehen und knetete sie sanft. »Ist mir gar nicht aufgefallen.«

»Willst du damit etwa sagen, dass ich immer eklig bin?«

»Nicht immer. Und das Wort meiner Wahl wäre ›gereizt‹ gewesen.«

»Ein Erbe der Hathaways.« Weil die Erdbeeren ihren Appetit geweckt hatten, griff sie nach dem Speck. »Gestern Abend hatten wir einen Familienstreit. Deshalb liegt Lexy heute noch mit Kopfschmerzen im Bett, und ich musste das Frühstück servieren.«

»Packst du hier immer mit an?«

Sie schüttelte den Kopf. »Ich hab bisher kaum geholfen.«

»Du hast schon gekellnert, Betten gemacht, Toiletten geputzt.«

»Woher weißt du das denn?«

Der scharfe Klang ihrer Stimme verwirrte ihn. »Von dir. Du hast mir erzählt, dass du hier im Haus Toiletten geputzt hast.«

»Ach so, das meinst du.« Sie kam sich töricht vor, nahm einen Keks und brach ihn in der Mitte durch.

»Was hast du denn gedacht?«

»Ach, nichts. Vor ein paar Tagen haben mir Kinder einen Streich gespielt und mich auf dem Campingplatz in die Männerduschen eingesperrt. Ich hab einen Riesenschreck bekommen.«

»Das ist nicht lustig.«

»Nein, fand ich auch nicht.«

»Hast du sie geschnappt?«

»Nein, als mich mein Vater befreit hat, waren sie schon über alle Berge. War eigentlich auch keine große Sache.«

»Männerduschen putzen kommt also auch noch auf die Liste. Und zwischen all diesen Jobs stellst du einen Fotoband zusammen und findest immer noch Zeit, neue Aufnahmen zu machen. Und wie sieht's mit dem Vergnügen aus?«

»Fotografieren ist für mich ein Vergnügen.« Sie griff nach der nächsten Erdbeere. »Ich bin zum Lagerfeuer gekommen.«

»Und fast bis Mitternacht geblieben. Du wildes Geschöpf.«

»Ich mache mir nichts aus Partys.«

»Woraus machst du dir denn was – außer dem Fotografieren? Bücher, Filme, Kunst, Musik? Sich kennenlernen nennt man dieses Spielchen übrigens«, klärte er sie auf, als sie nicht antwortete. »Ist ganz praktisch, besonders wenn man vorhat, miteinander zu schlafen.« Amüsiert beugte er sich zu ihr vor, aber sie wich ihm aus. »Krieg ich auch eine Erdbeere?«

Da er immer noch ihre Füße massierte, steckte sie ihm eine Erdbeere in den Mund.

Mit seinen Lippen streifte er ihre Fingerspitzen und sog sie mit der Frucht ein. Lächelnd gab er sie wieder frei. »Das nennt sich subliminale sensorische Stimulation. Oder verständlicher ausgedrückt: Ich habe angebissen.«

»Das hab ich verstanden.«

»Gut. Also, wie sieht's mit Kino aus?«

Sie versuchte sich zu erinnern, ob sie jemals ein Mann in so kurzer Zeit so oft durcheinandergebracht hatte. Die Antwort lautete eindeutig nein. »Ich mag am liebsten die alten Schwarzweißstreifen, besonders die Schwarze Serie. Die Kameraführung, Licht und Schatten sind einfach unglaublich.«

»*Der Malteser Falke?*«

»Das ist der beste von allen.«

»Na also.« Er tätschelte ihren Fuß. »Schon haben wir eine Gemeinsamkeit. Und wie sieht's mit aktuelleren Filmen aus?«

»Da mag ich am liebsten Action pur. Bei Filmen mit Anliegen langweile ich mich zu Tode. Ich sehe mir lieber an, wie Schwarzenegger fünfzig Bösewichter umnietet, als einer Handvoll Leute zuzuhören, die sich in einer fremden Sprache über ihre Traumata auslassen.«

»Da bin ich aber erleichtert. Wenn ich mir solche Filme hätte ansehen müssen, wäre aus unseren fünf Kindern und dem Golden Retriever wohl doch nichts geworden.«

Jo musste lachen – ein gedämpftes, kehliges Lachen, das er auf lächerliche Weise erregend fand. »Wenn das die Alternative ist, finde ich vielleicht doch Gefallen an Untertiteln.«

»Nächster Punkt: deine Lieblingsstadt?«

»Florenz«, antwortete sie, ohne nachzudenken. »Die Sonne, die Farben.«

»Und die Gebäude. Ihr Alter, ihre Pracht. Der Palazzo Pitti, der Palazzo Vecchio.«

»Ich habe eine wundervolle Aufnahme vom Palazzo Pitti bei Sonnenuntergang.«

»Die würde ich gerne sehen.«

»Ich hab sie leider nicht dabei«, erwiderte sie abwesend, während in ihrer Erinnerung der Augenblick wieder lebendig wurde: die letzten Strahlen der tiefstehenden Sonne, der plötzliche Luftzug, der von einem Schwarm aufstiebender Tauben verursacht wurde. »Sie ist in Charlotte.«

»Ich kann warten.« Bevor sie reagieren konnte, drückte er ihren Fuß. »Wie wär's, wenn du mir nach deinem Frühstück die wirklich schönen Stellen der Insel zeigen würdest?«

»Heute ist Sonntag.«

»Ja, das Gerücht wurde mir auch schon zugetragen.«

»Nein, ich meine, heute ist Gästewechsel. Die meisten Cottages werden von Sonntag bis Sonntag vermietet. Sie müssen geputzt werden, bevor um drei die neuen Gäste ankommen.«

»Noch mehr Hausarbeit. Was, zum Teufel, würden die hier ohne dich tun?«

»In der Woche, bevor ich angekommen bin, haben Kate zwei Zimmermädchen gekündigt. Sie haben Jobs drüben auf dem Festland angenommen. Und da ja Lexy und ich da sind, hat sich Kate bisher noch nicht nach Ersatz umgesehen.«

»Wie viele Cottages sind es?«

»Sechs.«

Er dachte einen Augenblick nach und erhob sich dann. »Gut, dann fangen wir am besten gleich an.«

»Wir?«

»Klar. Ich kann mit einem Staubsauger und einem Mop umgehen. Auf die Weise bist du schneller fertig, und wir finden noch einen Fleck am Strand, wo uns keiner beim Zanken stört.«

Sie raffte sich auf und ließ ihre Füße – ihre unglaublich glücklichen Füße – in die Schuhe gleiten. »Ich kenne da ein paar Fleckchen – vorausgesetzt, du kennst dich mit Staubsaugern so gut aus wie mit den Reflexzonen.«

»Jo Ellen.« Er umfasste ihre Hüfte – eine Geste, die sie schockierend intim fand. »Es gibt da was, das du wissen solltest.«

Er war noch verheiratet. Er wurde steckbrieflich gesucht. Er fuhr auf perverse Praktiken ab. Verwundert über sich selbst, ließ sie den Atem entweichen. Sie hatte gar nicht geahnt, dass sie über so viel Phantasie verfügte. »Was denn?«

»Ich will auch mit dir schlafen.«

Sie brach in schallendes Gelächter aus. »Aber Nathan, das weiß ich doch, seitdem du die Insel betreten hast.«

Er war glücklich, wieder hier zu sein – ihr so nah zu sein. Wenn er sie beobachtete, verspürte er eine kribbelnde Vorfreude auf das, was kommen würde. Wann es ihm passte.

Er hoffte, es so lange wie möglich hinauszögern zu können. Immerhin hatte er alles genau geplant, und Geld war kein Problem. Er hatte alle Zeit der Welt. Je mehr er sie einlullte, je mehr sie sich entspannte, desto befriedigender und besser würde es sein. Und dann würde er sie aufschrecken – durch ein plötzliches Reißen an der Kette, von der sie nichts ahnte und die sie doch verband.

Ja, er konnte warten. Er konnte die Sonne und die Brandung genießen und sie bis ins letzte Detail kennenlernen. Genauso wie er sie in Charlotte kennengelernt hatte.

Er ließ sie an der langen Leine. Vielleicht würde er sich sogar ein bisschen in sie verlieben. Was für eine köstliche Ironie das hatte.

Die ganze Zeit hätte sie keine Ahnung, dass er ihr Schicksal in der Hand hatte. Ihr Leben.

16

Ich kapiere nicht, warum du nicht einen Tag freinehmen und ein bisschen Zeit mit mir verbringen kannst.«

Giff ließ seine Nagelmaschine sinken, ging in die Hocke und betrachtete Lexys Schmollmund. Es war wohl so eine verdammte Laune der Natur, dass Frauen mit Schmollmündern für Männer so reizvoll aussahen. »Schatz, ich hab dir doch gesagt, dass ich in dieser Woche viel zu tun habe. Und heute ist erst Dienstag.«

»Was spielt es schon für eine Rolle, welcher Tag heute ist?« Verzweifelt hob sie die Hände. »Hier ist doch ein Tag wie der andere.«

»Ich kann dir sagen, welche Rolle das für mich spielt.« Er ließ seine Hand über den Bodenbelag gleiten, den er gerade ausgerollt hatte. »Ich habe Miss Kate versprochen, dass ich bis Samstag mit der Verandaerweiterung fertig bin.«

»Dann wirst du eben erst am Sonntag fertig.«

»Ich hab ihr aber Samstag versprochen.« Für Giff war damit alles gesagt. Aber da er mit Lexy sprach, brachte er noch etwas mehr Geduld als üblich auf und erklärte ihr den Zusammenhang. »Das Cottage ist nächste Woche vermietet. Und weil Kate Colin im Augenblick den ganzen Tag auf dem Campingplatz braucht und Jed diese Woche noch in die Schule gehen muss, bevor es Sommerferien gibt, muss ich meine Arbeit allein geregelt bekommen.«

Lexy war die verdammte Veranda egal. Der Boden war jedenfalls schon fast fertig. Wie lange konnte es denn dauern, bis das blöde Dach gebaut war? »Nur ein einziger Tag, Giff.« Sie ging neben ihm in die Hocke und legte ihren ganzen Charme in ihre Stimme, während sie ihm ins Ohr säuselte. »Nur ein paar Stunden. Wir könnten mit deinem Boot rüber aufs Festland fahren und in Savannah schön essen gehen.«

»Lex, dafür hab ich im Augenblick wirklich keinen Nerv. Wenn ich bis Samstag hiermit fertig bin, haben wir das ganze Wochenende Zeit. Die anderen Jobs kann ich verschieben.«

»Ich will aber nicht am Wochenende rüberfahren.« Ihre Stimme hatte den sanft schnurrenden Unterton verloren und klang jetzt eher nach einem Maulesel. »Ich will sofort hier weg.«

Giff hatte eine fünfjährige Cousine, die ihren Willen mit der gleichen Dickköpfigkeit und Beharrlichkeit ertrotzte, aber er fürchtete, dass Lexy über diesen Vergleich wenig erfreut gewesen wäre. »Ich kann jetzt aber nicht weg«, wiederholte er geduldig. »Du kannst gerne das Boot nehmen und allein rüberfahren, wenn du es nicht erwarten kannst.«

»Ganz allein?«

»Nimm halt deine Schwester mit, oder eine Freundin.«

»Jo ist der letzte Mensch, mit dem ich den Tag verbringen würde. Und Freundinnen hab ich keine. Ginny ist weg.«

Auch ohne dass er die Sturzbäche von Tränen sah, die aus ihren Augen quollen, wusste er, dass hier die Ursache ihrer jüngsten Verstimmung lag. Aber daran konnte er nichts ändern. Auch ihm ging es seit Ginnys Verschwinden alles andere als gut.

»Wenn du mit mir rüberfahren willst, musst du dich eben bis Samstag gedulden. Ich halte mir das Wochenende frei. Wir können drüben in einem Hotel übernachten, und ich lade dich zu einem tollen Abendessen ein.«

»Du kapierst überhaupt nichts!« Sie sprang auf. »Samstag ist nicht heute, und ich werde verrückt, wenn ich nicht sofort von hier wegkomme. Warum hast du jetzt keine Zeit für mich? Warum hast du nie Zeit für mich?«

»Ich tue, was ich kann.« Langsam war seine Geduld zu Ende. Giff griff nach der Maschine und machte sich wieder an die Arbeit.

»Du unterbrichst noch nicht mal für fünf Minuten deine Arbeit. Du quetschst mich einfach zwischen zwei Jobs. Selbst eine blöde Veranda ist wichtiger als ich.«

»Ich hab's Kate versprochen.« Er erhob sich, griff nach dem nächsten Brett, legte es auf den Sägebock und maß es aus. »Und ich halte mein Wort, Lexy. Wenn du am Wochenende immer noch rüber nach Savannah fahren willst, können wir es dann gern tun. Mehr kann ich dir nicht anbieten.«

»Schon gut.« Sie hob das Kinn. »Ich finde schon jemanden, der glücklich ist, wenn er den Tag mit mir verbringen kann.«

Mit einem dicken Bleistift markierte Giff die benötigte Länge. Dann musterte er sie mit einem kühlen Blick aus seinen eng zusammengekniffenen Augen. Er erkannte die Drohung – und er wusste, dass sie sie wohl in die Tat umsetzen würde. »Stimmt«, erwiderte er kühl. »Es ist deine Entscheidung.«

Seine Worte trafen sie wie eine Ohrfeige. Sie hatte erwartet, dass er ihr eine Szene machen würde. Daraus hätte sich dann ein lautstarker Streit entwickelt, und schließlich hätten sie sich in der leeren Hütte wieder versöhnt.

Dann hätte sie ihn überredet, mit ihr nach Savannah zu fahren.

Die Szene, die sie in ihrem Kopf schon fest vorgeplant hatte, löste sich jetzt in nichts auf. Den Tränen nah, wandte sie sich ab. »Gut, dann bau deine dämliche Veranda, und ich tue, was ich tun muss.«

Schweigend sah Giff ihr nach, wie sie die provisorische Treppe hinunterstieg. Er zwang sich zu warten, bis seine Wut sich legte, bevor er die Kreissäge einschaltete. Zorn konnte ihn bei der Arbeit teuer zu stehen kommen, und er hatte keine Lust, mit seinem Finger dafür zu bezahlen. Ich werde alle Finger brauchen, dachte er, wenn sie mit ihrer Drohung ernst macht.

Nur so konnte er die Faust ballen, mit der er dem Typen die Fresse polieren würde.

Lexy hörte das Kreischen der Kreissäge und biss die Zähne zusammen. Egoistisches Arschloch, dachte sie. Sie war ihm völlig gleichgültig. Sie lief mit schnellen Schritten, ihre Augen brannten, ihr Atem ging stoßweise. Sie war allen gleichgültig, niemand kümmerte sich um sie, niemand verstand sie. Nicht mal Ginny …

Ihr Magen krampfte sich zusammen, sodass sie stehenbleiben musste. Ginny war weg. Einfach verschwunden. Alle Menschen, an denen sie hing, verschwanden auf die eine oder andere Weise. Offenbar liebten sie sie nicht so sehr, dass sie blieben.

Zuerst hatte sie geglaubt, dass Ginny etwas Schlimmes zugestoßen sei. Dass sie entführt oder halb betrunken in den Sumpf gefallen und von einem Alligator verschlungen worden sei.

Das war natürlich Unsinn. Es hatte mehrere Tage gedauert, bis Lexy zu dem Schluss gekommen war, dass auch Ginny sie verlassen hatte. Weil niemand blieb – ganz egal, wie sehr man ihn brauchte.

Aber diesmal … Sie warf einen vernichtenden Blick zurück auf das Cottage, an dem Giff arbeitete, … diesmal würde *sie* verschwinden.

Sie hasste Giff, weil sie sich fast in ihn verliebt hätte.

Aber das war jetzt vorbei. Diesen Gefallen würde sie ihm nicht tun. Stattdessen, dachte sie, als sie aus der Sonne in den Schatten des Waldes trat, stattdessen werde ich Giff ein bisschen leiden lassen.

Als ihr Blick wenig später auf Little Desire Cottage und den Mann fiel, der auf der Veranda saß, überzog ein Lächeln ihr Gesicht. Darauf hätte sie auch schon früher kommen können.

Nathan Delaney. Genau der Mann, den sie jetzt brauchte. Er war erfolgreich, gebildet, kultiviert. Er war viel gereist, hatte interessante Dinge erlebt. Und er sah toll aus – so toll, dass es sogar Jo aufgefallen war.

Lexy öffnete die kleine rote Tasche, die über ihrer Schulter baumelte. Sie sprühte sich eine Ladung Mundwasser in den Mund, damit ihr Atem wieder frisch wurde, kramte ihre Puderdose heraus und bestäubte sorgfältig Nase und Stirn. Ihr war heiß, also brauchte sie kein Rouge, aber sie zog ihre Lippen mit einem frischen, einladenden Rot nach. Zum Schluss gab sie ein paar Spritzer Parfüm hinter ihre Ohren und brachte mit ihren Fingern Ordnung in ihr Haar. Sie hatte die Szene schon fix und fertig in ihrem Kopf.

Freundlich lächelnd ging sie auf das Cottage zu. »Hallo, Nathan.«

Nathan hatte seinen Computer draußen auf dem Campingtisch auf der Veranda stehen und genoss die kühle Brise, während er arbeitete. Der Entwurf war beinahe fertig. Als er die Stimme hörte, blickte er abwesend auf – und stellte fest, dass sein Nacken bei der Arbeit steif geworden war.

»Hallo, Lexy.« Er rieb sich die schmerzende Stelle.

»Du arbeitest doch wohl nicht an einem so herrlichen Vormittag.«

»Ich feile nur noch an ein paar Details.«

»Hey, ist das einer von diesen tollen kleinen Computern? Wie kann man damit bloß solch riesige Gebäude entwerfen?«

»Tja, das ist ein Wunder der modernen Technik.«

Lachend legte sie den Kopf zur Seite. »Oh, jetzt hab ich dich unterbrochen. Dir wäre wohl am liebsten, wenn ich mich verziehe.«

»Nein, nein, nicht nötig. Jetzt habe ich wenigstens einen Vorwand für eine Pause.«

»Fein. Darf ich mir den Entwurf mal anseh'n? Oder magst du es nicht, wenn jemand deine halbfertigen Arbeiten betrachtet?«

»Aber nein, komm ruhig rauf und schau's dir an.«

Als sie die Treppe hochkam, warf er einen Blick auf die Uhr. Eigentlich hatte er noch zwei Stunden an dem Plan arbeiten wollen. Und um eins war er verabredet – zu einem Picknick an der Nordspitze der Insel. Um Jo Ellen Hathaway besser kennenzulernen.

Trotzdem lächelte er Lexy an – wer konnte ihr widerstehen? Sie war bildhübsch, duftete frisch wie der Frühling und hatte endlos lange Beine.

»Möchtest du was trinken?«

»Mach dir keine Arbeit, ich trinke einfach ein bisschen bei dir mit, okay?« Sie griff nach dem Glas, das auf dem Tisch stand, und nippte daran. »Hmm, Eiskaffee, prima.« Sie hasste Eiskaffee und hatte nie begriffen, warum man ein köstliches warmes Getränk derart herunterkühlte.

Sie ließ die Zunge über die Oberlippe gleiten und setzte sich neben ihn. Aber nicht zu nah. Das wirkte schnell plump. Sie schaute auf den Monitor und war so verblüfft, einen bis ins kleinste Detail ausgearbeiteten Grundriss zu sehen, dass sie beinahe den Anlass ihres Besuchs vergaß.

»Ist ja toll! Wie kann man all das mit einem Computer machen? Ich dachte immer, Architekten würden mit Stiften und Linealen arbeiten.«

»Nicht mehr so oft wie früher. Heute nehmen uns Zeichenprogramme eine Menge Arbeit ab«, erklärte er. »Auf diese Weise kann man Wände rausnehmen, Winkel verändern, Türen verbreitern, Räume vergrößern – und anschließend alles wieder rückgängig machen, ohne einen Radiergummi zu benutzen.«

»Faszinierend! Wird dieses Haus wirklich gebaut?«

»Vermutlich. Es ist ein Ferienhaus und soll irgendwann mal an der Westküste Mexikos stehen.«

»Eine richtige Villa.« Gedanken an heiße Rhythmen, exotische Blumen und weiß livrierte Bedienstete schossen ihr durch den Kopf. »Bri war mal in Mexiko. Ich war noch nirgends.« Unter gesenkten Lidern warf sie ihm einen Blick zu. »Du hast bestimmt schon die ganze Welt gesehen.«

»Die ganze Welt sicher noch nicht, aber das eine oder andere Fleckchen schon.« Hinten in seinem Kopf läutete eine Alarmglocke, aber er tat das Gefühl als lächerlich und egozentrisch ab. »An der Westküste gibt's herrliche Klippen, von denen man wundervolle Ausblicke aufs Meer hat. Das Grundstück liegt direkt oberhalb des Pazifiks.«

»Ich war noch nie am Pazifik.«

»Dort unten ist er ziemlich wild. Dieser Teil hier« – er deutete auf den Monitor – »ist der Poolbereich. Dach und Wände bestehen vollkommen aus Glas, das Dach kann per Knopfdruck geöffnet werden. Und da ist der Pool. Er wird nach Westen in die vorhandenen Felsen integriert, mit kleinen Wasserfällen und solchem Schnickschnack. Er soll wie eine kleine Lagune wirken.«

»Ein Swimmingpool direkt im Haus.« Lexy seufzte tief. »Einfach toll. Die Leute müssen Millionäre sein.«

»Allerdings.«

Mit einem Ausdruck verträumter Bewunderung sah sie ihm tief in die Augen. »Und du musst ein toller Architekt sein. Baust Villen für Multimillionäre.« Sie legte ihre Hand auf seinen Oberschenkel. »Ich kann mir nicht mal vorstellen, wie das ist, wenn man solche traumhaften Häuser bauen kann.«

In seinem Kopf schrillte die zweite Alarmglocke – lauter als die erste und unmöglich zu ignorieren. Er hielt sich für einen halbwegs intelligenten Mann. Und ein intelligenter Mann merkte, wenn eine Frau ihn anmachte. »An einem solchen Projekt arbeiten noch eine Menge anderer Leute – Ingenieure, Landschaftsarchitekten, Bauunternehmer.«

Er ist einfach süß, dachte sie, als sie ein wenig näher rückte. »Aber ohne dich wüssten sie nicht, was sie zu tun haben. Du bist doch derjenige, der bestimmt, was passiert.«

Ein halbwegs intelligenter Mann trat spätestens jetzt den Rückzug an. Er bewegte sich ein wenig, sodass eine Handbreit Luft zwischen ihnen war. »Aber nur, wenn ich den Entwurf zu Ende bringe.« Er lächelte sie flüchtig an und hoffte dabei, dass sie ihm seine Nervosität nicht anmerkte. »Ich hinke ein bisschen hinter meinem Zeitplan her, deshalb …«

»Dein Entwurf ist wundervoll.« Ihre Hand glitt ein Stückchen seinen Oberschenkel hinauf. Intelligenz hin, Intelligenz her – er war auch nur ein Mensch, und sein Körper reagierte, wie es die Natur vorschrieb.

»Hör mal, Lexy …«

»Ich bin einfach fasziniert.« Sanft schmiegte sie sich an ihn. »Ich würde so gerne mehr von dir sehen.« Ihr Atem streifte seine Lippen. »Viel mehr.« Kurzentschlossen drückte sie ihre Lippen auf seinen Mund und schlang die Arme um seinen Hals.

Nathan brauchte eine Minute. Sie fühlte sich warm und weich an, und da sich nicht mehr viel Blut in seinem Kopf befand, fiel ihm das rationale Denken schwer. Aber er schaffte es, ihre Handgelenke zu packen und sich aus ihrer Umarmung zu befreien.

»Weißt du …« Er räusperte sich. »Lexy, du bist eine sehr attraktive Frau, und ich fühle mich geschmeichelt.«

»Fein.« Ihr Puls beschleunigte sich. Und bei dem Gedanken an Giff, der vor Eifersucht rasen würde, beschleunigte er sich noch mehr. »Warum verschwinden wir dann nicht für ein paar Minuten nach drinnen?«

»Da ist noch was.« Er zog ihre Arme nach unten und hielt ihre Hände fest. »Ich mag mein Gesicht, wie es ist. Ich habe mich dran gewöhnt. Beim Rasieren schneide ich mich kaum noch.«

»Mir gefällt's auch. Ein sehr männliches Gesicht.«

»Danke. Und deshalb habe ich keine Lust, es von Giff umgestalten zu lassen.«

»Was hat das mit Giff zu tun?« Sie schüttelte unwillig den Kopf. »Schließlich gehöre ich ihm nicht.«

Der scharfe Unterton, der jetzt in ihrer Stimme mitschwang, und das hitzige Funkeln in ihren Augen amüsierten ihn. Langsam begann er zu begreifen. »Ihr habt euch gestritten, stimmt's?«

»Ich habe keine Lust, über Giff zu reden. Warum küsst du mich nicht noch mal, Nathan? Du weißt, dass du es willst.«

»Okay, reden wir nicht über Giff. Reden wir über Jo.«

»Ihr gehöre ich ebensowenig.«

»Nein, ich meine, ich …« Er wusste nicht genau, wie er es ausdrücken sollte. »Interessiere mich für sie.«

»Ich dachte, du interessierst dich für *mich*.« Um ihren Worten Nachdruck zu verleihen, befreite sie eine Hand und streifte seinen Schritt.

Nathan schnappte kurz nach Luft und bekam ihre Hand wieder zu fassen. »Lass das.« Seine Stimme nahm nun einen belehrenden Ton an, der jeder Mutter Ehre gemacht hätte. »Lexy, du solltest dich nicht unter Wert verkaufen.«

»Und warum gefällt dir Jo besser als ich? Sie ist kalt und rechthaberisch und …«

»Hör auf damit.« Er drückte ihre Hände einmal kurz und fest zusammen. »Ich will nicht, dass du so von ihr redest. Du magst sie genauso wie ich.«

»Du weißt doch gar nicht, was ich mag. Keiner weiß es.«

Als ihre Stimme brach, tat sie ihm plötzlich leid. Behutsam hob er ihre Hände. Als er sie küsste, blitzte Überraschung in ihrem Blick auf. »Vielleicht weißt du ja noch gar nicht, was du willst.« In der Hoffnung, keinen Fehler zu begehen, gab er eine Hand frei und strich ihr das Haar aus dem Gesicht. »Ich mag dich wirklich, Lexy. Und das ist ein weiterer Grund, weshalb ich dein verlockendes Angebot nicht annehme.«

Schamröte überzog ihr Gesicht. »Ich hab mich lächerlich gemacht.«

»Nein, aber ich mich beinahe.« Erleichtert lehnte er sich jetzt zurück und griff nach seinem mittlerweile lauwarmen Kaffee. »Wahrscheinlich hättest du dir die Sache unterwegs anders überlegt. Und wie hätte ich dann dagestanden?«

Lexy schniefte leise. »Hätte ich wohl nicht. Sex ist das Einfachste auf der Welt. Der Rest ist kompliziert.«

»Wem sagst du das.« Als er ihr den Kaffee anbot, schüttelte sie lächelnd den Kopf.

»Ich hasse Eiskaffee. Ich hab ihn nur getrunken, um dich zu verführen.«

»Netter Zug. Willst du mir von deinem Streit mit Giff erzählen?«

»Ach, spielt doch keine Rolle.« Bekümmert stand sie auf und ging auf und ab. »Ich bin ihm gleichgültig. Es ist ihm egal, was ich mache und mit wem. Er hat heute nicht mal eine Stunde seiner kostbaren Zeit für mich übrig gehabt.«

»Aber Lexy, er ist verrückt nach dir.«

Sie lachte kurz auf. »Ist ja auch keine Kunst.«

»Nicht immer. Nicht, wenn man's ernst mit jemandem meint.«

Sie musterte ihn kritisch. »Jo gefällt dir wirklich?«

»Sieht so aus.«

»Sie nimmt gar nichts leicht.«

»Das merke ich auch gerade.«

»Hast du mit ihr geschlafen?«

»Lexy …«

»Also noch nicht«, sagte sie lächelnd. »Und das wurmt dich.« Sie ließ sich auf der Tischkante nieder. »Willst du ein paar Tipps?«

»Ich denke nicht, dass wir über dieses Thema …« Er brach ab und gab sich einen Ruck. »Schieß los.«

»Sie hat gerne die Fäden in der Hand, die Kontrolle über alles, verstehst du? So lebt sie, so arbeitet sie. Und sie achtet immer darauf, dass zwischen ihr und den anderen noch ein bisschen Luft bleibt, sie bewahrt sich Spielraum.«

Er musste lächeln. Kein Zweifel, er mochte Alexa Hathaway. »Sie wäre verblüfft, wenn sie wüsste, wie gut du sie kennst.«

»Die meisten Leute unterschätzen mich«, erwiderte Lexy achselzuckend. »Und meistens lasse ich sie in dem Glauben. Aber du hast mir heute geholfen, also revanchiere ich mich. Lass ihr nicht zuviel Spielraum. Und wenn der richtige Zeitpunkt gekommen ist, überrollst du sie einfach. Ich glaube, Jo Ellen ist noch nie von einem Mann überrumpelt worden, und genau das braucht sie.«

Lexy musterte Nathan kokett von oben bis unten. Dann grinste sie. »Ich wette, darin bist du ziemlich gut. Und ich wette auch, dass du schlau genug bist, ihr nicht zu erzählen, was zwischen uns passiert ist.«

»Im Leben nicht.«

Doch dann verschwand der feixende Ausdruck aus ihrem Gesicht. »Nathan, finde heraus, was mit ihr los ist.«

»Was mit ihr los ist?«

»Ja, irgendwas quält sie. Und was auch immer es sein mag, sie ist hierhergekommen, um ihm aus dem Weg zu gehen. In der ersten Woche hat sie im Schlaf geweint oder ist die halbe Nacht in ihrem Zimmer auf und ab gegangen. Und manchmal ist da so ein seltsamer Ausdruck in ihren Augen, so als hätte sie Angst. Und Jo hat sonst nie Angst.«

»Hast du mit ihr darüber gesprochen?«

»Ich?« Lexy lachte kurz auf. »Jo würde niemals mit mir über so etwas reden. Ich bin die dumme kleine Schwester.«

»Du bist alles andere als dumm, Lexy. Und ich werde sicher nicht den Fehler machen, dich zu unterschätzen.«

Gerührt beugte sie sich zu ihm hinunter und küsste ihn. »Lass uns Freunde sein.«

»Gerne. Giff kann sich zu dir gratulieren.«

»Aber nur, wenn ich ihm noch eine Chance gebe.« Sie warf den Kopf in den Nacken und erhob sich. »Wahrscheinlich werde ich es tun – wenn er sich ein bisschen Mühe gibt und bettelt.«

»Auch ich wäre dir sehr dankbar, wenn du Giff nichts von deinem Besuch hier erzählen würdest. Es würde ihm keinen Spaß machen, mich zu schlagen.«

»Oh, ich werde keine Namen nennen.« Sie warf einen Blick über die Schulter. »Aber ich glaube, du kriegst das schon hin, Nathan. Da bin ich mir ziemlich sicher. Tschüss.«

Als sie verschwunden war, rieb sich Nathan die Augen. Lexy war eine echte Herausforderung. Er wünschte Giff alles Gute.

Jo bereitete gerade den Picknickkorb vor, als Lexy in die Küche geschlendert kam. Auf der Theke stand schon die fertig gepackte Kameratasche, davor lehnte das Stativ.

»Gehst du picknicken?«, erkundigte sich Lexy beiläufig.

»Ich will an der Nordspitze ein paar Aufnahmen machen. Wird wohl den ganzen Nachmittag dauern.«

»Fährst du allein?«

»Nein.« Jo stellte eine Flasche Wein in den Korb. »Nathan kommt mit.«

»Nathan?« Lexy schwang sich auf die Theke und nahm einen grünglänzenden Apfel aus der Obstschale. »Was für ein Zufall.« Lächelnd rieb Lexy den Apfel an ihrer Bluse, genau zwischen den Brüsten, sauber.

»Ach ja?«

»Ja. Ich komme gerade von ihm.«

»Aha.« Jo erstarrte, versuchte aber, sich nichts anmerken zu lassen.

»Mmm-hmm.« Lexy gefiel es, ihre Schwester an der Nase herumzuführen. Genüsslich biss sie in den Apfel. »Ich bin zufällig an seinem Cottage vorbeigekommen. Er saß auf der Veranda und hat mich zu einem Eiskaffee eingeladen.«

»Aber du magst doch gar keinen Eiskaffee.«

Lexy ließ ihre Zunge in die Backentasche wandern. »Die Geschmäcker ändern sich. Er hat mir den Entwurf gezeigt, an dem er gerade arbeitet. Eine Villa in Mexiko.«

»Ich wusste nicht, dass dich Grundrisse interessieren.«

»Oh, mich interessieren viele Dinge.« Mit teuflischem Funkeln in den Augen biss sie abermals in den Apfel. »Besonders gutaussehende Männer. Er ist große Klasse.«

»Ich wette, dein Interesse schmeichelt ihm ungemein«, sagte Jo trocken und knallte den Deckel des Picknickkorbs zu. »Ich dachte, du wolltest Giff einen Besuch abstatten.«

»Hab ich auch.«

»Dann hattest du ja viel zu tun.« Jo griff nach dem Korb und schulterte die Kameratasche. »Ich muss jetzt los, sonst ist das beste Licht weg, bevor ich ankomme.«

»Habt ein nettes Picknick. Ach, Jo? Würdest du Nathan schöne Grüße von mir ausrichten?«

Nachdem die Tür krachend ins Schloss gefallen war, hielt Lexy sich den Bauch vor Lachen. Noch ein Tipp, Nathan, dachte sie. Bring das grünäugige Monster ruhig ein bisschen auf die Palme – deine Belohnung wird umso süßer sein.

Sie würde es mit keiner Silbe erwähnen. O nein, sie würde auf keinen Fall so tief sinken, es auch nur beiläufigst zur Sprache zu bringen. Jo rückte das Stativ zurecht und beugte sich hinunter, um durch den Sucher den richtigen Winkel festzulegen.

Hier war die Brandung noch viel stärker und überspülte den wilden Küstenstreifen mit Wellen und Gischt. Die Möwen kämpften gegen den Wind an und stießen dabei ihre heiseren Schreie aus.

Die Luft flimmerte vor Hitze und Feuchtigkeit.

Die südliche Begrenzungsmauer des alten Klosters stand noch, die steinerne Einfassung des schmalen Torbogens war intakt. In der Öffnung tanzten Licht und Schatten, wanden sich wilde Ranken. Sie wollte diesen verlassenen Anblick einfangen – die hohen Grasbüschel, die vom Wind angehäuften Sandhügel.

Sie wollte keine Bewegung und musste den richtigen Moment zwischen zwei Windböen abpassen. Eine karge Landschaft, dachte sie. Alles muss scharf zu sehen sein – die Beschaffenheit des Steins, die Ranken, der Sand, all die unterschiedlichen Grautöne.

Um das zu erreichen, musste sie die Verschlusszeit vergrößern und eine kleinere Brennweite wählen. Sie richtete das Objektiv etwas horizontaler aus – sie wollte, dass das Bild leer und verlassen wirkte.

Als sie ein leises Klicken hörte, richtete sie sich unwillkürlich auf. Nathan ließ seine Kamera sinken.

»Was machst du?«

»Ein Foto.« Unbemerkt hatte er schon drei andere geschossen. »Du hast so schön konzentriert ausgesehen.«

Ihr Magen krampfte sich zusammen. Ein Foto, das unbemerkt entstanden war. Aber sie zwang sich zu einem Lächeln. »Lass uns die Kameras tauschen, damit ich dich aufnehmen kann.«

»Ich habe eine bessere Idee. Wir setzen uns vor die Ruine und knipsen uns mit dem Selbstauslöser.«

»Meine Kamera ist nicht besonders gut für Porträtaufnahmen geeignet, Nathan.«

»Macht doch nichts, es muss ja auch nicht perfekt sein.« Er legte seine Kamera zur Seite. »Nur ein nettes Urlaubsfoto von uns beiden.«

»Wenn ich einen Filter hätte …« Sie wandte den Kopf, blinzelte in die Sonne, murmelte vor sich hin, richtete die Kamera ein, kalkulierte Brennweite und Belichtungszeit und zuckte die Achseln.

»Aber Jo.« Er gab sich Mühe, nicht zu lachen. »Es soll doch nur ein Schnappschuss sein.«

»Nein. Stell dich auf die linke Seite der Maueröffnung. Einen halben Meter daneben.«

Sie wartete geduldig, bis er dort stand, wo sie ihn haben wollte. Das Licht war zu hart. Mit einem Reflektor und einem Filter könnte sie ein richtig gutes Bild machen. Er sah verdammt gut aus. An den verwitterten Stein gelehnt, wirkte er stark und lebendig. So männlich und voller Kraft. So sexy, mit dem grauen T-Shirt, das sich um seine breite Brust spannte, und den verwaschenen Jeans, die seine schmalen Hüften betonten.

»Ich verstehe, warum du eigentlich keine Porträts machst.«

Blinzelnd richtete sie sich auf. »Was?«

»Dein Modell würde ins Koma fallen, bis du so weit bist.« Lächelnd streckte er die Hand aus und winkte sie zu sich. »Komm schon, Jo, es muss doch schließlich nicht immer Kunst sein.«

»O doch, es muss immer Kunst sein«, korrigierte sie ihn. Sie wartete noch einen Augenblick, stellte dann die Zeitschaltuhr ein und lief zu ihm hinüber. »Zehn Sekunden. Hey!«

Er hatte die Arme um ihre Taille geschlungen, sie vor sich geschoben und das Kinn auf ihre Schulter gelegt. »Ich mag diese Stellung. Und jetzt entspannen und lächeln.«

Sie entspannte sich und lächelte, während der Auslöser klickte. Als sie sich wieder bewegte, fuhr er ihr durchs Haar.

»Ich mag diese Stellung immer noch.« Er drehte sie zu sich, schlang seine Arme um sie und senkte seinen Mund auf ihren hinunter. »Und diese noch mehr.«

»Ich muss erst meine Ausrüstung wegpacken.«

»Okay.« Er gab ihren Mund frei und ließ seine Lippen an ihrem Hals hinabgleiten.

»Ich – das Licht hat sich verändert. Es ist jetzt nicht mehr gut.« Als ihre Knie zu zittern begannen, wandte sie sich ab. »Tut mir leid, dass es so lange gedauert hat.«

»Schon gut. Es hat mir Spaß gemacht, dir bei der Arbeit zuzusehen. Ich helfe dir, das Zeug wegzuräumen.«

»Nein, nicht nötig, ich mach das schon. Ich werde nervös, wenn jemand an meiner Ausrüstung rumfummelt.«

»Dann mache ich den Wein auf.«

»Ja, gute Idee.« Sie schraubte die Kamera vom Stativ und verstaute sie sorgfältig. »Lexy hat gesagt, sie sei heute Morgen bei dir gewesen.«

»Was?«

»Sie sagt, sie sei an deinem Cottage vorbeigekommen.« Jo hielt den Blick auf ihre Ausrüstung gerichtet – sie verfluchte sich bereits, dass sie nun doch damit angefangen hatte.

Nathan räusperte sich. Plötzlich hatte ihn ein unbändiges Verlangen nach einem Glas Wein überfallen. »Ja, stimmt. Sie war kurz da. Warum?«

»Nur so.« Jo klappte das Stativ zusammen. »Sie hat erzählt, du hättest ihr Pläne gezeigt, an denen du gerade arbeitest.«

Vielleicht hatte er Lexy ja doch unterschätzt. Er goss die beiden Gläser bis zum Rand voll Wein. »Ja, der Mexiko-Auftrag. Ich habe an einigen Details gefeilt, als sie … reinschneite.«

Jo trug ihre Ausrüstung zu ihm hinüber und stellte sie am Rand der Decke ab, die er inzwischen ausgebreitet hatte. »Kann es sein, dass du ein bisschen nervös bist, Nathan?«

»Nein, nur hungrig.« Er reichte ihr das Weinglas, nahm selbst einen großen Schluck und wühlte dann im Picknickkorb. »Was gibt's denn Leckeres?«

»Ist was mit Lexy passiert?«

»Was passiert? Mit Lexy?« Nathan zog eine Lunchbox mit kaltem Grillhühnchen hervor. »Ich weiß nicht, was du meinst.«

Angesichts seines allzu unschuldigen Blicks verengten sich ihre Augen. »Ach nein, wirklich nicht?«

»Was denkst du eigentlich?« Wenn du dich nicht verteidigen willst, beschloss er, greif an. »Glaubst du allen Ernstes, ich hätte mit deiner Schwester …?« Er klang ernstlich gekränkt.

»Sie ist eine schöne Frau.« Jo setzte schwungvoll eine Schüssel Obstsalat auf die Decke.

»Stimmt auffallend. Und das bedeutet natürlich, dass ich sie bei der erstbesten Gelegenheit bespringe. Wofür hältst du mich eigentlich?« Die Empörung in seiner Stimme war größtenteils echt – und, wie er fand, auch absolut gerechtfertigt. »Die eine Schwester verführe ich am Vormittag, die andere am Nachmittag? Vielleicht schaffe ich ja heute Abend noch deine Tante Kate, dann hab ich die ganze Familie durch.«

»Ich habe nicht … Ich wollte bloß wissen …«

»Was genau wolltest du wissen?«

»Ich …« Seine Augen funkelten sie an. Jo erschrak zunächst ein wenig, dann kam sie sich blöd vor. »Nichts, tut mir leid. Ich bin ihr auf den Leim gegangen.« Wütend auf sich selbst fuhr sich Jo mit der Hand durchs Haar. »Ich hätte wissen müssen, dass sie mich nur auf die Palme bringen wollte. Sie wusste ganz genau, dass ich heute mit dir verabredet war und dass wir uns ab und zu treffen. Sie wollte einfach nur sticheln.«

Sie schnaubte verächtlich auf und ärgerte sich immer mehr, dass sie nicht den Mund gehalten hatte. »Ich wollte eigentlich gar nichts sagen«, fuhr sie fort, als Nathan immer noch schwieg. »Ich weiß nicht, warum ich's doch getan habe.«

Er legte den Kopf auf die Seite. »Eifersüchtig?«

Eigentlich war sie froh gewesen, dass sich seine Empörung wieder gelegt hatte und die Wut aus seinem Blick verschwunden war, doch diese Unterstellung konnte sie nun auch nicht auf sich sitzen lassen. »O nein. Ich war nur … Ich weiß nicht, was. Tut mir leid.« Sie griff nach seiner Hand, um die Distanz zu überbrücken. »Tut mir wirklich leid.«

»Schwamm drüber.« Er führte ihre Hand an seine Lippen. »Lass uns so tun, als sei nichts passiert.«

Als sie sich lächelnd zu ihm beugte und ihn küsste, richtete er den Blick gen Himmel und fragte sich, ob er Lexy danken oder sie erwürgen sollte.

17

Unter den besorgten Blicken der Mutter maß Kirby dem kleinen Yancy Brodie die Temperatur.

»Er hat heute Nacht kaum geschlafen, Doc Kirby. Ich habe ihm Tylenol gegeben, aber heute Morgen hatte er wieder Fieber. Jerry musste in aller Herrgottsfrühe mit dem Boot raus; er hat sich schreckliche Sorgen gemacht.«

»Mir ist so heiß«, jammerte Yancy und schaute Kirby an. »Mama hat gesagt, du machst mich wieder gesund.«

»Mal sehen, was ich tun kann.« Kirby strich dem Vierjährigen über den strohblonden Schopf. »Sag mal, Yancy, warst du vor zwei Wochen auf Betsy Pendletons Geburtstagsfest?«

»O ja, da gab's Eis und Kuchen, und ich bin auf einem Esel geritten«, antwortete Yancy mit matter Stimme und ließ seinen Kopf an Kirbys Arm sinken. »Mir ist so heiß.«

»Ja, ich weiß, mein Kleiner. Und stell dir vor, Betsy geht's heute auch nicht gut, und Brandon und Peggy Lee auch nicht. Ich denke, es sind die Windpocken.«

»Die Windpocken? Aber er hat doch gar keine Flecken.«

»Die kommen noch.« Die ersten hatte Kirby soeben in seinen Achselhöhlen entdeckt. »Du darfst nicht kratzen, auch wenn's noch so sehr juckt, hörst du, Yancy. Ich gebe deiner Mom eine Creme, die dagegen hilft. Annie, kannst du dich erinnern, ob ihr, du und Jerry, die Windpocken hattet?«

»Ja, wir hatten sie beide.« Annie seufzte. »Stell dir vor, Jerry hat mich damit angesteckt, als wir Kinder waren.«

»Dann ist es unwahrscheinlich, dass ihr sie noch mal bekommt. Yancy brütet sie jetzt aus, er darf weder mit Kindern noch mit Erwachsenen zusammenkommen, die die Krankheit noch nicht hatten. Ab jetzt bist du in Quarantäne, kleiner Freund«, sagte Kirby und legte ihm einen Finger auf die Nase. »Lauwarme Bäder mit ein bisschen Maisstärke helfen, wenn die Pocken da sind. Ich verschreibe ihm was zum Einreiben und Einnehmen. Hier hab ich leider nur ein paar Probepackungen, also wird Jerry rüber aufs Festland in die Apotheke müssen. Tylenol gegen das Fieber ist gut«, fügte sie hinzu und legte eine kühle Hand auf Yancys Wange. »Ich schau bald wieder vorbei.«

Als sie Annies besorgtes Gesicht bemerkte, strich Kirby ihr tröstend über den Arm. »Er wird wieder gesund, Annie. Die nächsten Wochen werden für euch drei nicht gerade angenehm, aber ich wüsste nicht, warum es zu Komplikationen kommen sollte.«

»Hättest du noch … Könnte ich dich einen Moment allein sprechen, Kirby?«

»Klar. Hier, schau mal, Yancy.« Kirby reichte ihm das Stethoskop, das um ihren Hals baumelte. »Willst du mal dein Herz schlagen hören?« Sie legte ihm das Instrument um und steckte vorsichtig die beiden Stöpsel in seine Ohren. Sein müder Blick wurde wacher. »Hör gut hin, ich rede noch kurz mit deiner Mom.«

Sie führte Annie hinaus in den Gang und ließ die Tür offen. »Yancy ist ein kräftiger, gesunder vierjähriger Junge«, begann sie. »Es gibt keinen Grund, sich Sorgen zu machen. Die Windpocken sind zwar nicht gerade die angenehmste aller Kinderkrankheiten, aber es kommt selten zu Komplikationen. Ich habe hier Literatur darüber, falls es dich interessiert.«

»Nein, das ist es gar nicht …« Annie biss sich auf die Unterlippe. »Ich hab vor ein paar Tagen einen Schwangerschaftstest gemacht – er war positiv.«

»Oh, verstehe. Freust du dich darüber?«

»Ja, sehr sogar. Jerry und ich versuchen schon seit fast einem Jahr, noch ein Kind zu kriegen. Aber … besteht jetzt ein Risiko? Ich meine, kann das Baby geschädigt werden?«

»Du hattest die Windpocken doch als Kind, oder?«

»Ja, meine Mutter hat mir Handschuhe angezogen, um mich am Kratzen zu hindern.«

»Dann ist es wirklich unwahrscheinlich, dass du sie noch mal bekommst.« Und wenn dieser Fall wider Erwarten doch eintritt, dachte Kirby in einem kurzen Anflug von Besorgnis, können wir immer noch weitersehen. »Und selbst wenn du das Virus aufschnappen würdest, ist das Risiko, dass das Baby dadurch geschädigt würde, sehr gering. Aber warum machen wir nicht noch schnell einen Test, um sicherzugehen. Ich könnte dich dann noch rasch untersuchen. Dann wüssten wir, wie weit du bist.«

»Ja, gerne, dann würde ich mich viel besser fühlen.«

»Also, dann los. Wer ist dein Frauenarzt?«

»Als ich mit Yancy schwanger war, bin ich immer rüber aufs Festland gefahren, in die Klinik. Aber ich dachte, dass ich mich dieses Mal in deine Obhut begeben könnte.«

»Darüber können wir später sprechen. Irene Verdon sitzt schon im Wartezimmer. Ich werde sie bitten, sich für ein paar Minuten um Yancy zu kümmern. Und nach der Untersuchung geht ihr beide nach Hause und legt euch hin. Auch du brauchst jetzt Ruhe.«

»Ich habe das Gefühl, dass wir bei dir in guten Händen sind, Kirby«, sagte Annie und strich sich lächelnd über ihren Bauch. »Wir alle vier.«

Um eins hatte Kirby zwei weitere Fälle von Windpocken diagnostiziert, einen gebrochenen Finger geschient und eine Blasenentzündung behandelt. So ist es halt, dachte Kirby, als sie nach dem Erdnussbutterglas griff, das Leben als praktische Ärztin.

Bis zum nächsten Termin hatte sie eine halbe Stunde Zeit, in der sie sich entspannen und in Ruhe etwas essen wollte. Als sich die Tür öffnete, musste sie sich beherrschen, um nicht aufzustöhnen.

Es war ein Fremder. Sie kannte inzwischen jedes Gesicht auf der Insel, aber dieses hatte sie noch nie gesehen. Sie stufte ihn sofort als einen dieser Strandtouristen ein, die von Zeit zu Zeit auf die Insel kamen, der Sonne und der Brandung wegen.

Sein sonnengebleichtes Haar reichte ihm bis auf die Schultern, sein Gesicht war tiefbraun. Er trug eine abgeschnittene Jeans, ein T-Shirt mit Cozumel-Aufdruck und eine Wayfarer-Sonnenbrille mit dunklen Gläsern.

Ende zwanzig, schätzte sie. Sauber und attraktiv. Sie legte ihr Sandwich zur Seite und erwiderte sein zögerndes Lächeln.

»Entschuldigen Sie.« Er warf einen Blick durch den Raum. »Bin ich hier richtig? Mir wurde gesagt, dass hier ein Arzt ist.«

»Ich bin Doktor Fitzsimmons. Was kann ich für Sie tun?«

»Ich habe keinen Termin.« Er blickte flüchtig auf das Sandwich. »Soll ich einen ausmachen?«

»Warum brauchen Sie denn einen?«

»Deswegen …« Er streckte ihr die Hand entgegen. Die Handfläche war schlimm verbrannt, krebsrot mit nässenden Blasen.

»Sieht böse aus.« Automatisch machte sie einen Schritt auf ihn zu und griff nach Hand, um sie zu untersuchen.

»Es war saublöd. Das Kaffeewasser kochte über, und ich habe ohne nachzudenken nach dem Topf gegriffen. Ich wohne drüben auf dem Campingplatz. Ich hab den Jungen im Empfangshäuschen nach einem Arzt gefragt, und er hat mir Ihren Namen genannt.«

»Kommen Sie mit rüber ins Sprechzimmer. Ich säubere die Wunde und verbinde sie.«

»Ich bin mitten in Ihre Mittagspause geplatzt.«

»Kann schon mal passieren in diesem Job. Sie zelten also?« sagte sie, als sie ihren Patienten ins Sprechzimmer führte.

»Ja, ich will noch weiter runter auf die Keys, ein bisschen arbeiten. Ich bin Maler.«

»Ach ja?«

Er nahm auf dem Stuhl Platz, den Kirby ihm zuwies, und betrachtete dann stirnrunzelnd seine Handfläche. »Ich fürchte, das setzt mich erst mal für ein paar Wochen außer Gefecht.«

»Es sei denn, Sie versuchen's mit links«, sagte Kirby lächelnd, während sie sich die Hände wusch und Handschuhe überstreifte.

»Ich habe ohnehin dran gedacht, etwas länger hierzubleiben. Ich finde es toll hier.« Als Kirby begann, die Wunde zu säubern, hielt er den Atem an. »Tut höllisch weh.«

»Kann ich mir vorstellen. Ich empfehle Aspirin. Und einen Topflappen.«

Er lachte kurz auf und zuckte dann wieder vor Schmerz zusammen. »Ich habe Glück, dass es hier überhaupt einen Arzt gibt. So etwas kann sich schnell entzünden, oder?«

»Ja, aber wir werden dafür sorgen, dass es das nicht tut. Was malen Sie denn?«

»Was mir ins Auge fällt.« Er lächelte sie an. »Haben Sie Lust, mir Modell zu stehen?«

Lachend manövrierte sie ihren mit Rollen versehenen Stuhl rüber zu der Schublade, in der sie die Salben aufbewahrte. »Ich glaube nicht, vielen Dank trotzdem.«

»Sie haben ein faszinierendes Gesicht. Mit schönen Frauen erziele ich sehr gute Ergebnisse.«

Sie blickte hoch. Seine Augen waren hinter den getönten Gläsern seiner Brille nicht zu erkennen. Und obwohl sein Lächeln im ersten Moment offen und freundlich gewirkt hatte, entdeckte Kirby jetzt etwas, das Unbehagen in ihr weckte. Ärztin hin oder her, sie war eine Frau und allein mit einem Fremden. Mit einem Fremden, der sie etwas zu unverhohlen betrachtete.

»Das glaube ich Ihnen. Aber als einzige Ärztin auf dieser Insel habe ich genug zu tun.« Sie senkte den Kopf, um die Creme auf die Wunde aufzutragen.

Sei nicht albern, befahl sie sich. Er hatte eine Verbrennung zweiten Grades und sich deswegen an sie, für ihn schließlich auch eine Wildfremde, gewandt. Außerdem war er Künstler. Es war vollkommen normal, dass er sie beobachtete.

»Falls Sie es sich doch noch anders überlegen sollten – ich bin noch eine Weile hier. Mann, die Hand fühlt sich jetzt schon viel besser an.« Erleichtert atmete er aus, und sie spürte, wie sich seine Hand in ihrer entspannte.

Sie kam sich noch alberner vor und warf ihm deswegen ein freundliches Lächeln zu. »Dafür bin ich ja da. Sie müssen die Hand trocken halten. Beim Duschen binden Sie am besten eine Plastiktüte drum. Schwimmen ist in den nächsten Tagen nicht ratsam, und der Verband sollte täglich erneuert werden. Wenn Sie niemanden haben, der Ihnen hilft, kommen Sie einfach vorbei.«

»Vielen Dank. Sie haben gute Hände, Doc«, sagte er, als Kirby die Wunde verband.

»Ja, das sagen alle.«

»Nein, ich meine es ernst – nicht nur heilende Hände. Schöne Hände. Die Hände eines Engels«, fügte er lächelnd hinzu. »Ich würde sie gerne zeichnen.«

»Darüber reden wir, wenn Sie wieder einen Stift halten können.« Sie erhob sich. »Ich gebe Ihnen eine Tube Salbe mit. Falls Sie die Insel nicht verlassen, möchte ich Sie in zwei Tagen wiedersehen. Falls Sie davor abreisen, gehen Sie bitte zu einem anderen Arzt.«

»Okay. Was schulde ich Ihnen.«

»Sind Sie versichert?«

»Nein.«

»Fünfundzwanzig für die Behandlung, zehn für das Material.«

»Fairer Preis.« Er stand auf, fingerte mit der linken Hand seine Geldbörse aus der Gesäßtasche. Vorsichtig zog er mit den Fingern der verbundenen Hand die Geldscheine heraus. »Wird wohl noch 'ne Weile weh tun.«

»Die Leute auf dem Campingplatz werden Ihnen sicher helfen. Auf der Insel sind alle sehr freundlich.«

»Ja, das ist mir schon aufgefallen.«

»Ich schreibe Ihnen eine Quittung.«

»Danke, nicht nötig.« Er trat von einem Bein aufs andere, und wieder beschlich Kirby ein unbehagliches Gefühl. »Wenn Sie dort vorbeikommen, wäre es schön, wenn Sie bei mir reinschauen würden. Ich könnte Ihnen ein paar meiner Bilder zeigen, oder …«

»Kirby, bist du dahinten?«

Die Welle der Erleichterung schwappte so heftig über sie hinweg, dass ihr beinahe schwindlig wurde. »Brian! Ich bin gerade mit meinem Patienten fertig. Also, halten Sie den Verband trocken«, sagte sie knapp und zog ihre Handschuhe aus. »Und geizen Sie nicht mit der Salbe.«

»Alles klar, Doktor.« Er verließ das Sprechzimmer vor ihr. Als er den Mann sah, der mit einem blutdurchtränkten Tuch um die linke Hand gewickelt in der Küche stand, hob er kurz die Brauen. »Sieht aus, als hätten Sie ein Problem.«

»Gutes Auge«, erwiderte Brian trocken und betrachtete die verbundene Hand. »Sieht aus, als wäre ich nicht der Einzige.«

»Harter Tag für die Ärztin.«

»Die Ärztin«, sagte Kirby, die Küche betretend, »hat noch nicht mal fünf Minuten Zeit, um – Brian, um Gottes willen, was ist passiert?« Mit einem großen Schritt war sie bei ihm, packte sein Handgelenk und wickelte rasch die Hand aus dem Tuch.

»Bin mit dem verdammten Messer abgerutscht. Ich wollte gerade – pass auf, ich tropfe dir den ganzen Boden voll.«

»Na und?« Erleichtert betrachtete sie den langen Schnitt auf seinem Handrücken. Er war ziemlich tief und blutete stark, aber es war nichts abgetrennt. »Du musst genäht werden.«

»O nein, muss ich nicht.«

»O doch, mit ungefähr zehn Stichen.«

»Ach was, mach schnell einen Verband drum. Ich muss wieder zurück in die Küche.«

»Sei still«, fuhr sie ihn an. »Bitte entschuldigen Sie mich, ich muss …« Stirnrunzelnd schaute sie sich um. »Oh, ich glaube, er ist schon weg. Komm mit nach hinten.«

»Ich will nicht genäht werden. Ich bin nur hergekommen, weil Lexy und Kate darauf bestanden haben. Und wenn mir Lexy zuvor nicht so auf den Nerv gegangen wäre, hätte ich mich gar nicht geschnitten. Also, desinfizier die Wunde, verbinde sie und lass mich wieder nach Hause gehen.«

»Stell dich nicht kindisch an.« Entschlossen packte sie seinen Arm und zog ihn ins Sprechzimmer. »Setz dich hin, und benimm dich wie ein erwachsener Mann. Wann bist du zum letzten Mal gegen Tetanus geimpft worden?«

»Geimpft? Jetzt hör mal …«

»Muss also schon lange her sein.« Sie wusch sich rasch die Hände, legte die nötigen Instrumente auf ein Edelstahltablett und setzte sich mit einer Flasche Desinfektionslösung vor ihn. »Darum kümmern wir uns nachher. Ich werde das hier säubern und desinfizieren, dann gebe ich dir eine örtliche Betäubung.«

Sein Herz klopfte im selben Takt wie die Wunde, beide immer schneller. »Eine örtliche … Betäubung?«

»Genau. Von den Stichen wirst du nichts spüren.«

»Warum hast du nur so ein Faible für Nadeln?«

»Beweg jetzt bitte deine Finger«, wies sie ihn an. »Gut. Wenigstens sind keine Sehnen durchtrennt. Du hast doch nicht etwa Angst vor Nadeln, Brian?«

»Nein, natürlich nicht.« Als sie nach der Spritze griff, wich alles Blut aus seinem Gesicht. »Doch. Verdammt, Kirby, komm mir damit nicht zu nahe.«

Sie lachte nicht, obwohl er sich dessen ganz sicher gewesen war. Stattdessen schaute sie ihm ernst in die Augen. »Hol tief Luft, atme aus, dasselbe noch mal, und schau auf das Bild über meiner rechten Schulter. Sieh einfach nur das Bild an, und zähle deine Atemzüge. Eins, zwei, drei. So, ein kleiner Stich, und das war's«, murmelte sie, als sie die Nadel unter seine Haut schob. »Zähl schön weiter.«

»Okay, es geht schon.« Den Blick starr auf das Lilienaquarell gerichtet, spürte er, wie ihm der Schweiß den Rücken hinunterrann. »Der beste Zeitpunkt, um eine dumme Bemerkung zu machen.«

»Ich habe in der Notaufnahme gearbeitet. Habe in dem Jahr mehr Blut gesehen als ein normaler Mensch in seinem ganzen Leben. Schussverletzungen, Messerstiche, Autounfälle. Nie bin ich so nah am Rand der Panik gewesen wie eben, als dein Blut auf meinen Küchenboden getropft ist.«

Er wandte den Blick von dem Bild ab und sah ihr in die Augen. »Ich wische es gern wieder auf.«

»Dummkopf.« Sie nahm ein steriles Tuch, um die Wunde abzudecken, und griff nach der Nadel.

Er blickte hinab und sah, wie die Nadel samt Faden seine Haut durchbohrte. Sein Magen drehte sich. Er atmete wieder tief durch und richtete den Blick auf das Aquarell. »Es muss nicht schön werden. Hauptsache, es geht schnell.«

»Ich bin berühmt für meine ordentlichen kleinen Stiche. Entspann dich und atme weiter.«

Da es noch demütigender gewesen wäre, vor ihr ohnmächtig

zu werden, versuchte er zu gehorchen. »Ich habe keine Angst vor Nadeln – ich mag sie einfach nicht.«

»Das ist eine verbreitete Phobie.«

»Ich habe keine Phobie. Ich mag's nur einfach nicht, wenn man mich piekst.«

Sie hielt den Kopf gesenkt, damit er ihr Lächeln nicht sah. »Sehr verständlich. Womit ist Lexy dir auf den Nerv gegangen?«

»Mit dem Üblichen. Mit allem.« Er versuchte, das Ziehen zu ignorieren, als sie die Wundränder zusammenzog. »Ich bin gefühllos. Ich kümmere mich nicht um sie – und um niemanden sonst. Ich verstehe sie nicht. Keiner versteht sie. Wenn ich ein richtiger Bruder wäre, würde ich ihr fünftausend Dollar leihen, damit sie zurück nach New York gehen und ein Star werden kann.«

»Ich habe gedacht, sie wollte den Sommer über hierbleiben.«

»Sie hatte wohl Streit mit Giff. Und weil er ihr nicht hinterherläuft, ist die Dame übellaunig. Bist du bald fertig?«

»Zur Hälfte«, antwortete sie geduldig.

»Zur Hälfte. Prima. Wunderbar.« Wieder hob sich sein Magen. Okay, denk an was anderes. »Wer war denn der Strandläufer?«

»Wer? Ach, die Brandwunde. Sagt, er sei Künstler, auf dem Weg runter zu den Keys. Er bleibt eine Zeitlang drüben auf dem Zeltplatz. Ich weiß noch nicht mal, wie er heißt.«

»Was für ein Künstler?«

»Maler, glaube ich. Er wollte, dass ich ihm Modell stehe. Verdammt, halt still«, sagte sie, als seine Hand zuckte.

»Was hast du ihm geantwortet?«

»Ich fühlte mich geschmeichelt, vielen Dank, hätte aber für so was keine Zeit. Irgendwie hat er mich nervös gemacht.«

Mit seiner freien Hand packte Brian ihre Schulter, sodass Kirby fluchte. »Verdammt, nur noch ein paar Stiche.«

»Hat er dich angerührt?«

»Was?« Nein, was da in seinen Augen funkelte, war weder Angst noch Schmerz. Es war Wut. Kirby genoss es. »Aber klar, Brian. Mit einer Hand hat er mich zu Boden gerungen und mir dann die Klamotten vom Leib gerissen.«

Brians Finger gruben sich in ihre Schulter. »Ich will eine klare Antwort. Hat er dich angefasst?«

»Natürlich nicht. Ich bin nur einen Moment lang etwas nervös geworden, weil das Wartezimmer leer war und er ziemlich interessiert schien. Dann stellte sich heraus, dass er nur meine Hände zeichnen wollte.« Sie ließ die Finger ihrer linken Hand vor seinem Gesicht tanzen. »Die Hände eines Engels. So, und jetzt halt aber still, bevor mir die Naht misslingt. Nicht, dass mir deine Eifersucht nicht schmeicheln würde …«

»Ich bin nicht eifersüchtig. Ich will bloß nicht, dass dich irgendein Strandcowboy belästigt.«

»Er hat mich nicht belästigt, und wenn er es versucht hätte, hätte ich mich schon zur Wehr gesetzt. So, der letzte Stich.« Sie stach ein, zog den Faden durch, verknotete ihn und schnitt ihn ab. Dann betrachtete sie die saubere Naht. »Gute Arbeit, wenn ich so sagen darf.« Sie stand auf, um die Tetanusspritze vorzubereiten.

»Was hättest du getan?«

»Wann getan? Ach, wir sind immer noch beim Thema. Ich hätte ihm eine freundliche Abfuhr erteilt.«

»Und wenn das nichts geholfen hätte?«

»Dann hätte ich ihm kurz seine verbrannte Hand gedrückt, und er hätte sich vor Schmerzen auf dem Boden gewunden.«

Als sie sich mit der Spritze im Rücken wieder Brian zuwandte, sah sie, dass er lächelte. »Das hättest du getan.«

»Durchaus. Ich habe mal einen liebestrunkenen Patienten mit einem sanften Druck auf den Kehlkopf geheilt. Er hat weder mir noch den Krankenschwestern jemals wieder unsittliche Anträge gemacht. Und jetzt schau bitte wieder die Lilien an, Brian.«

Er erblasste. »Was hast du da hinter deinem Rücken?«

»Schau einfach nur auf die Lilien.«

»Oh, gütiger Himmel.« Er wandte den Kopf ab, um einen Augenblick später aufzujaulen.

»Das war nur der Wattebausch. In zehn Sekunden ist alles vorbei. Du wirst einen kleinen Stich spüren.«

Er zog die Luft scharf zwischen den Zähnen durch. »Einen kleinen Stich, Scheiße. Was benutzt du da? Eine Schusterahle?«

»So, fertig.« Sie klebte ein Pflaster über den Einstich und setzte sich wieder, um seine Hand zu verbinden. »Der Verband muss trocken gehalten werden. Ich wechsle ihn, wenn es nötig ist. In zehn Tagen bis zwei Wochen kann ich die Fäden ziehen.«

»Oh, da freue ich mich heute schon drauf!«

»Hier.« Sie griff in die Tasche ihres Kittels und zog einen Lutscher heraus. »Weil du so ein braver Junge warst.«

»Ich höre den Sarkasmus, aber den Lutscher nehme ich.«

Sie packte ihn aus und steckte ihn ihm in den Mund. »Nimm zwei Aspirin«, riet sie ihm. »Die örtliche Betäubung wird bald nachlassen, und dann tut es ziemlich weh.«

»Bekommt sie wenigstens einen Kuss?«

»Na gut.« Sie hob seine Hand und berührte mit ihren Lippen flüchtig den Verband. »Geh in Zukunft vorsichtiger mit deinem Werkzeug um«, sagte sie. »Ich mag deine Hände so, wie sie sind.«

»Dann hättest du also nichts dagegen, wenn ich später noch mal wiederkäme, dich mit einer Hand zu Boden ringen und dir die Klamotten vom Leib reißen würde?«

»Nein, nichts dagegen.« Sie kam ihm ein Stück entgegen, und als sich ihre Lippen trafen, entschlüpfte ihr ein leiser Seufzer. »Je eher, desto besser.«

Brian spähte hinüber zu dem Untersuchungstisch, und langsam überzog ein breites Grinsen sein Gesicht. »Wo ich schon mal da bin, kannst du mich vielleicht von Kopf bis Fuß durchchecken. Du könntest dein Stethoskop tragen – nur dein Stethoskop.«

Bei dieser Vorstellung begann ihr Magen zu kribbeln, aber als sie die Haustür aufgehen hörte, fand sie schnell wieder auf den Boden der Tatsachen zurück. »Ich fürchte, ich muss dir einen Abendtermin geben.« Sie erhob sich und griff nach dem Tablett. »Die Windpocken gehen um, und das ist der nächste Patient.«

»Wer hat denn Windpocken?«

»Frag lieber, welches Kind unter zehn sie nicht hat. Sieben Fälle sind schon aufgetreten, und es werden sicher noch einige mehr.« Sie sah ihn an. »Hast du sie gehabt?«

»O ja. Wir hatten sie alle drei gleichzeitig. Ich glaube, ich war neun, Jo muss also sechs und Lexy drei gewesen sein. Ich schätze, meine Mutter hat tonnenweise Zinksalbe verbraucht.«

»Und ihr Kinder hattet bestimmt eine Menge Spaß.«

»Ja, nach den ersten paar Tagen war's ganz lustig. Mein Vater ist rüber aufs Festland gefahren und hat jede Menge Buntstifte, Malbücher, Barbiepuppen und Matchboxautos gekauft.«

Mit einem Achselzucken verscheuchte Brian die in ihm aufsteigende Sentimentalität. »Er hatte alle Hände voll damit zu tun, uns zu beschäftigen.«

Und eurer Mutter eine kleine Verschnaufpause zu verschaffen, fügte Kirby im Stillen hinzu. »Drei kranke Kinder sind wirklich kein Vergnügen. Klingt, als hätte er das einzig Richtige getan.«

»Ja, sie haben es gemeinsam durchgestanden. Ich habe geglaubt, sie hätten es immer so gehalten. Bis sie weggegangen ist.« Er stand auf. »Ich will dir nicht im Weg rumsitzen. Danke für die Reparatur.«

Als Kirby seinen traurigen Blick bemerkte, nahm sie sein Gesicht zwischen ihre Hände und küsste ihn sanft. »Ich schicke dir die Rechnung. Der Abendtermin ist kostenlos.«

Brian musste lächeln. »Hört sich gut an.«

Er wandte sich zur Tür. Die Worte entfuhren ihm, ohne dass er sich vorher ihrer bewusst gewesen wäre. »Ich glaube, ich bin dabei, mich in dich zu verlieben, Kirby. Und ich hab keine Ahnung, was wir dagegen tun sollen.«

Ohne sich noch einmal umzudrehen, ging er hinaus. Kirby starrte ihm nach. Dann ließ sie sich auf den Stuhl sinken und beschloss, dass ihr nächster Patient wohl noch einen Augenblick warten musste. Bis die Ärztin wieder zu Atem gekommen war.

Kurz vor Sonnenuntergang ging Kirby hinunter zum Strand. Sie wollte abschalten, in Ruhe nachdenken, bevor Brian kam.

Nachdenklich schlenderte sie zum Wasser und betrachtete die Gischt, die ihre Füße überspülte. Das ist genau dasselbe Gefühl, dachte sie, als sich die Welle wieder zurückzog und den Sand unter ihren Füßen mitnahm. Genau dieselbe Empfindung, die Brian in ihr hervorrief. Diese prickelnde Ungewissheit, das Gefühl, sich auf schwankendem Boden zu befinden, ganz gleichgültig, wie fest man darauf zu stehen glaubte.

Sie hatte ihn gewollt und ihn so lange unter Beschuss genommen, bis er sich geschlagen gab. Aber nun schien der Einsatz höher geworden zu sein, höher als sie je zuvor einen riskiert hatte.

Er würde das Wort Liebe nicht leichtfertig in den Mund nehmen. Brian nicht. Sie konnte das. Aber nicht Brian gegenüber. Wenn sie dieses Wort aussprach, musste sie es ernst meinen. Und wenn sie es ernst meinte, musste sie die Konsequenzen ziehen. Die Worte waren erst der Anfang.

Ein Zuhause, eine Familie. Beständigkeit. Sie musste sich erst überlegen, ob sie das überhaupt wollte – und wenn ja, ob mit ihm. Und dann würde sie ihn davon überzeugen müssen, dass er all dies mit ihr wollte.

Keine einfache Sache. Die Blessuren und Narben seiner Kindheit machten Brian zu keinem sehr einfachen Menschen.

Kirby ließ sich den Wind um die Nase pfeifen. Hatte sie ihre Entscheidung nicht schon längst getroffen? In dem Augenblick, als er blutend vor ihr gestanden hatte, als ihr der Schrecken durch alle Glieder gefahren war, als die Angst um ihn ihre professionelle Gelassenheit hinweggespült hatte – war ihr in diesem Moment nicht klar geworden, dass ihre Gefühle weit über das körperliche Verlangen hinausgingen?

Ein flüchtiges Glitzern auf den Dünen ließ sie aufblicken. Als es noch einmal aufblitzte, bemerkte sie, dass es die letzten Strahlen der untergehenden Sonne waren, die von einem Gegenstand reflektiert wurden. Von einem Fernglas, stellte sie schaudernd fest. Um besser sehen zu können, schirmte sie ihre Augen mit der rechten Hand ab und erkannte in der Entfernung eine Gestalt. Unmöglich zu sagen, ob es eine Frau oder ein Mann war. Kirby ging schneller, sie wollte wieder zu Hause sein, hinter geschlossenen Türen.

Sie wusste, dass es albern war. Es war nur jemand, der den

Strand bei Sonnenuntergang betrachtete, und sie war zufällig am Strand. Aber das Gefühl, beobachtet zu werden, ließ sie nicht los, als sie mit schnellen Schritten nach Hause ging.

Sie hatte ihn gesehen, und das machte es nur noch spannender. Seine bloße Anwesenheit hatte sie in Angst versetzt. Leise kichernd fing er sie im Teleobjektiv ein. Und während sie den Strand entlangeilte, drückte er methodisch auf den Auslöser.

Sie hatte eine tolle Figur. Es war ein Vergnügen, sie zu beobachten, während der Wind ihr T-Shirt und ihre dünne Hose an den Körper drückte und jede Linie, jede Rundung betonte. Das Sonnenlicht brachte ihr Haar zum Leuchten und ließ es wie flüssiges Gold erscheinen. Während die Sonne hinter seinem Rücken langsam immer tiefer sank, waren die Töne und Schattierungen satter, weicher geworden. Er war froh, dass er diesmal einen Farbfilm eingelegt hatte.

Und der Ausdruck in ihren Augen, als sie bemerkte, dass sie beobachtet wurde. Durch das Teleobjektiv konnte er sie so nah heranholen, dass er beinahe sah, wie sich ihre Pupillen weiteten.

Wunderschöne grüne Augen, dachte er. Sie passten zu ihr. Genau wie das weich fallende, blonde Haar und ihre sanfte, erotische Stimme.

Er fragte sich, wie ihre Brüste wohl schmeckten.

Sie war bestimmt ein Teufel im Bett. Das traf auf die meisten Zierlichen zu, wenn man sie erst mal so weit hatte. Sie dachte wohl, sie wüsste alles über die menschliche Anatomie, was es zu wissen gab. Aber er konnte der Frau Doktor sicher ein paar Tricks beibringen. O ja, ein paar Sachen konnte er ihr zeigen.

Dann erinnerte er sich an einen Auszug aus dem Tagebuch, der zu diesem Augenblick, zu seiner Stimmung passte. Annabelles Vergewaltigung.

Ich experimentierte. Ich habe mir erlaubt, Dinge mit ihr zu tun, die ich nie zuvor mit einer Frau getan habe. Sie schrie und weinte, Tränen strömten über ihre Wangen und durchweichten den Knebel. Ich nahm sie wieder und wieder. Ich konnte mir keinen Einhalt mehr gebieten. Es war kein Sex, keine Vergewaltigung mehr.

Es war unerträgliche Macht.

Ja, es war diese Macht, die er wollte, das volle Programm, das er bei Ginny nicht erreicht hatte. Weil Ginny fehlerhaft gewesen war. Weil sie kein Engel, sondern eine Hure war – ein Missgriff.

Wenn er sich entschloss, vor dem krönenden Abschluss doch noch ein wenig zu üben, dann war Kirby mit den schönen Augen und den Engelshänden sicher die richtige Wahl. Mit ihr würde es so werden, wie er es wollte.

Das war immerhin eine Überlegung wert. Aber jetzt wollte er hinüber nach Sanctuary gehen und nach Jo Ellen sehen.

Es wurde Zeit, sich wieder in Erinnerung zu rufen.

18

Als Giff sich Sanctuary näherte, sah er Lexy. Sie stand auf einem der Balkone im zweiten Stock, die langen Beine durch die kurzen Shorts betont, das Haar nachlässig hochgesteckt. Sie putzte Fenster, was hieß, dass ihre Laune auf dem Tiefpunkt war.

So verführerisch sie auch aussah, sie musste warten. Giff musste mit Brian sprechen.

Aus den Augenwinkeln heraus beobachtete Lexy, wie Giff seinen Pick-up parkte, würdigte ihn aber keines Blickes. Grimmig lächelnd bearbeitete sie die Fensterscheiben mit Essiglösung und Zeitungspapier, bis sie nur so blitzten. Sie hatte gewusst, dass er kommen würde. Aber er hatte sich Zeit gelassen.

Trotzdem würde sie ihm vergeben – nachdem er ein bisschen gezappelt hatte.

Sie beugte sich lasziv hinunter, um den Lappen auszuwringen, und drehte ihren Kopf dabei fast unmerklich, um nach Giff zu schielen. Als sie Giff in Richtung der alten Räucherkammer laufen sah, wo Brian gerade den Gartenmöbeln einen neuen Anstrich verpasste, schoss sie in die Höhe.

Du Klapperschlange, dachte sie erbost und klatschte den triefenden Lappen gegen das nächste Fenster. Wenn er darauf wartete, dass sie den Anfang machte, konnte er lange warten. Nie mehr würde sie ihm vergeben, nicht in tausend Jahren. Nicht einmal, wenn er für mich über glühende Kohlen läuft, dachte sie und bearbeitete wütend das Fenster. Bitten und betteln sollte er, noch auf dem Sterbebett ihren Namen rufen – sie würde ihn kaltlächelnd links liegenlassen.

Sie schnappte sich den Eimer und zog drei Fenster weiter, sodass sie ihn beobachten konnte.

Giff hatte in diesem Moment keinen Gedanken für Lexys Launen übrig. Während er um die Ecke des Räucherhäuschens bog, stieg ihm der Geruch von frischer Farbe in die Nase, und er hörte das scharfe Zischen der Spraydose. Als er Brian sah, zwang er sich zu einem Lächeln.

Brians Arme waren bis zu den Ellbogen von winzigen meerblauen Farbtupfern übersät, und ebenso seine alte Jeans. Auf einer Plane standen Korbsofas und Sessel. Brian war gerade dabei, einem alten Schaukelstuhl einen neuen Anstrich zu geben.

»Schöne Farbe«, sagte Giff.

Konzentriert vollendete Brian die Armlehne, bevor er die Spraydose sinken ließ. »Du kennst ja Kate. Alle paar Jahre will sie eine neue Farbe – und am Ende ist es doch wieder Blau.«

»Sieht aber trotzdem wie neu aus.«

»Allerdings.« Brian stellte die Dose ab. »Für die Tische hat sie neue Sonnenschirme und für die Sessel neue Polster bestellt. Müssten morgen oder übermorgen mit der Fähre kommen. Auch die Tische drüben auf dem Campingplatz möchte sie gern neu gestrichen haben.«

»Kann ich gerne übernehmen, wenn du keine Zeit dafür hast.«

»Ich werd's schon machen«, erwiderte Brian und lockerte seine Schultern. »Dann komm ich wenigstens raus an die Luft und kann ein bisschen vor mich hin träumen.« Gerade hatte er besonders angenehm geträumt – von Kirby und ihrer gemeinsamen Nacht.

»Wie steht's mit der Veranda?«

»Ich hab die Gaze im Wagen. Wenn das Wetter hält, bin ich Ende der Woche fertig. Wie ich's Miss Kate versprochen habe.«

»Gut, gut. Ich schau's mir nachher mal an.«

»Wie geht's deiner Hand?«, erkundigte sich Giff.

»Ganz gut.« Feixend krümmte Brian die Finger. »Ein bisschen steif, das ist alles.« Brian fragte erst gar nicht, woher Giff davon wusste. Neuigkeiten verbreiteten sich rasch auf der Insel – besonders die schaurigen. Eigentlich ein Wunder, sagte sich Brian, dass noch niemand wusste, dass er die halbe Nacht auf dem Untersuchungstisch der Ärztin verbracht hatte.

»Du und Doc Kirby?«

»Was?«

»Du und Doc Kirby.« Giff rückte seine Kappe zurecht. »Mein Cousin Ned war heute in aller Herrgottsfrühe unten am Strand. Du weißt ja, er sammelt Muscheln, poliert sie und verkauft sie an der Anlegestelle an Tagestouristen. Er hat dich aus Kirbys Haus kommen sehen. Und du kennst ja Neds Mundwerk.«

So viel zum Thema Wunder, dachte Brian. »Ja, kenne ich. Wie lange hat er gebraucht, um die Nachricht in Umlauf zu bringen?«

»Na ja …« Amüsiert rieb sich Giff das Kinn. »Als ich runter zur Anlegestelle gefahren bin, um zu sehen, ob die Gaze schon angekommen ist, hab ich unterwegs Ned aufgegabelt und mitgenommen. Das wären also etwa fünfzig Minuten.«

»Ned war schon mal schneller.«

»Na ja, er kommt langsam in die Jahre, wird im September schließlich zweiundachtzig. Doc Kirby ist schwer in Ordnung«, fügte er hinzu. »Ich kenne niemanden auf der Insel, der sie nicht mag. Was läuft denn so zwischen euch, Bri?«

»Wir haben ein paar Abende zusammen verbracht«, murmelte Brian und bückte sich nach der Spraydose. »Die Leute sollten nicht immer das Gras wachsen hören.«

»Davon war auch gar keine Rede.«

»Wir sehen uns ab und zu, nichts weiter.«

»Ist ja schon gut.«

»Bist du nur gekommen, um mir zu gratulieren, dass ich mit Kirby ins Bett gehe, oder hast du noch was auf dem Herzen?«

Giffs Lächeln verschwand schlagartig. »Ginny.«

Brian seufzte. »Heute Morgen haben die Cops hier angerufen. Ich nehme an, sie haben auch mit dir gesprochen.«

»Sie hatten leider nicht viel zu berichten. Ich glaube, die hätten sich gar nicht mehr gemeldet, wenn ich denen nicht ständig auf die Zehen getreten wäre. Verdammt, Brian, du weißt so gut wie ich, dass die nicht nach ihr suchen. Ginny interessiert die doch gar nicht.«

»Den Eindruck habe ich leider auch.«

»Sie meinten, wir sollten Flugblätter schreiben und in Savannah verteilen. Was, zum Teufel, soll das bringen?«

»Wahrscheinlich nichts. Giff, ich wünschte, ich wüsste, was ich sagen soll. Aber weißt du, Ginny ist sechsundzwanzig und kann tun und lassen, was sie will. So sieht's jedenfalls die Polizei.«

»Aber das ist Quatsch. Ginny hat hier ihre Familie, ihr Zuhause, ihre Freunde. Sie würde niemals ohne ein Wort verschwinden.«

»Manchmal«, sagte Brian langsam, »tun Menschen Dinge, die niemand von ihnen erwartet, die niemand für möglich gehalten hätte. Aber sie tun es trotzdem.«

»Ginny ist nicht Annabelle, Brian. Tut mir leid, dass durch diese Sache für dich und deine Familie alte Erinnerungen geweckt werden, aber wir leben hier und heute, und es geht jetzt um Ginny. Es ist etwas ganz anderes.«

»Nein, ist es nicht.« Brian zwang sich, Ruhe zu bewahren. »Ginny ist nicht verheiratet und hat keine drei Kinder. Wenn sie sich entschlossen hat, der Insel den Rücken zu kehren, lässt sie immerhin keine zerstörte Familie zurück. Aber ich werde mindestens einmal pro Woche bei der Polizei nachfragen, damit sie Ginny nicht vergessen, und wir können im Büro Flugblätter ausdrucken. Aber mehr kann ich nicht tun, Giff. Ich habe keine Lust, zum zweiten Mal mein Leben auf den Kopf zu stellen.«

»Prima.« Giff nickte steif. »Prima. Ich verschwinde am besten, damit du ungestört weiterarbeiten kannst.«

Wütend stapfte Giff zurück zu seinem Wagen. Er stieg ein und knallte die Tür hinter sich zu. Dann ließ er den Kopf aufs Lenkrad sinken.

Er hatte einen Fehler gemacht. Einen großen Fehler. Er hätte Brian nicht anfahren und sich einfach umdrehen dürfen. Ginnys Verschwinden war weder Brians Schuld, noch stand es in seiner Macht, sie wieder herbeizuzaubern. Giff gönnte sich noch einen Augenblick, um sich beruhigen. Dann wollte er sich bei Brian entschuldigen.

Lexy kam aus dem Haus geschlendert. Sie war so eilig die Treppe hinuntergestürzt, dass sie sich beinahe den Hals gebrochen hätte, nur um sicherzugehen, dass Giff nicht wegfuhr, bevor sie ihm ein bisschen Feuer machte. Ihr Herz raste noch. Aber mit einer Hand auf dem Treppengeländer bewegte sie sich bewusst langsam. Auf ihrem Gesicht lag ein abwesendes Lächeln.

Gemächlich ging sie hinüber zu Giffs Wagen und lehnte sich in das heruntergekurbelte Fenster. »Hallo, Giff. Ich wollte gerade ein bisschen spazierengehen, als ich deinen Wagen sah.«

Er schaute ihr direkt in die Augen. »Dann geh halt«, murmelte er und griff nach dem Zündschlüssel.

»Was hast du denn?« Der traurige Ausdruck in seinen Augen war Balsam für ihre Seele. »Geht's dir nicht gut? Bist du etwa traurig?« Sie strich mit der Fingerspitze seinen Arm hinauf. »Vielleicht willst du dich ja bei mir entschuldigen, damit du nicht mehr so allein sein musst.«

Er schob ihre Hand weg. »Weißt du was, Alexa? Nicht mal meine kleine, beschränkte Welt dreht sich nur um dich.«

»Glaubst du, dass du so mit mir reden kannst? Wenn du glaubst, es interessiert mich, worum sich deine Welt dreht, täuschst du dich gewaltig. Es interessiert mich einen Dreck.«

»Dann geht's uns ja ähnlich. So, und jetzt geh.«

»O nein, erst wenn ich dir die Meinung gesagt habe.«

»Deine Meinung interessiert mich nicht. Geh weg, sonst tust du dir weh, wenn ich losfahre.«

Aber Lexy war schneller. Sie griff durch das geöffnete Fenster und zog den Zündschlüssel aus dem Schloss. »Von dir lass ich mir gar nichts sagen.« Ihr Gesicht kam seinem ganz nah. »Bilde dir bloß nicht ein, du könntest mir irgendwas befehlen oder mich zu irgendwas zwingen.«

Sie holte tief Luft, um weiterzureden. Aber wieder erschien in seinen Augen eine tiefe Traurigkeit, wie sie sie bei ihm noch nie zuvor gesehen hatte. Ihr Zorn verflog, und sie strich ihm über die Wange. »Was ist denn los, mein Schatz? Was quält dich?«

Er schüttelte den Kopf, um ihre Hand loszuwerden, aber Lexy wich keinen Zentimeter. »Wir können uns später weiterstreiten. Jetzt erzählst du mir erst mal, was mit dir los ist.«

»Es ist wegen Ginny.« Er stieß mit einem Mal den Atem aus, der ihm die Kehle zugeschnürt hatte. »Es gibt kein Lebenszeichen von ihr, Lexy, nichts, gar nichts. Ich weiß weder, was ich noch tun, noch was ich meiner Familie erzählen soll. Ich weiß selbst bald nicht mehr, was ich von der Sache halten soll.«

»Ich weiß.« Lexy trat einen Schritt zurück und öffnete die Wagentür. »Komm.«

»Ich habe noch viel zu tun.«

»Tu wenigstens einmal in deinem Leben, was ich sage. Komm jetzt mit mir.« Sie nahm seine Hand und zerrte ihn aus dem Wagen. Schweigend zog sie ihn um das Haus herum in den Schatten. »Setz dich hierhin.« Sie drückte ihn sanft in die geflochtene Hängematte, legte den Arm um ihn und bettete seinen Kopf an ihre Schulter. »Schalte wenigstens mal für eine Minute ab.«

»Ich denke gar nicht die ganze Zeit daran«, murmelte er. »Sonst wäre ich schon längst verrückt geworden.«

»Ich weiß.« Sie griff nach seiner Hand. »Es kommt nur manchmal hoch und tut so weh, dass du glaubst, du kannst es nicht aushalten. Aber du hältst es aus – bis zum nächsten Mal.«

»Ich weiß, was die anderen sagen. Sie denken, Ginny hätte sich einfach aus dem Staub gemacht. Es wäre einfacher, wenn ich das auch glauben könnte.«

»Nein, auch dann wäre es nicht einfacher. Es tut immer weh, so oder so. Als Mama weggegangen ist, hab ich Tag und Nacht geheult. Ich hab mir vorgestellt, dass sie mich hören könnte, wenn ich nur genug weinte, und zurückkäme. Als ich älter wurde, hab ich beschlossen, dass sie mich im Stich gelassen hat und dass ich nicht mehr an sie denken wollte. Geweint hab ich dann nicht mehr, aber es hat immer noch genauso weh getan.«

»Ich wünsche mir, dass sie eine Postkarte aus Disney World oder sonstwoher schickt. Dann könnte ich wenigstens wütend sein, anstatt mir diese verdammten Sorgen zu machen.«

Lexy versuchte, es sich vorzustellen: Ginny quietschvergnügt auf einem knallbunten Karussell. »Ja, das sähe ihr ähnlich.«

»Ja.« Er betrachtete ihre ineinander verschränkten Hände. »Ich hab mich gerade mit Brian über Ginny gestritten. Blöde Sache.«

»Mach dir deswegen keine Sorgen. Brian hat ein ziemlich dickes Fell.«

»Und du? Wie dick ist dein Fell?« Er ließ sich zurücksinken und schob geistesabwesend eine Haarklammer zurück in ihren unordentlichen Knoten.

»Wir Hathaways sind hart im Nehmen.«

»Es tut mir trotzdem leid.« Er führte ihre Hand an seine Lippen und küsste sie zart. »Müssen wir uns später weiterstreiten?«

»Ich glaube nicht.« Sie gab ihm einen flüchtigen Kuss und lächelte dann. Über ihnen zwitscherten die Vögel in den Bäumen, und die Blumen verströmten ihren süßen Duft. »Weil ich dich so vermisst habe, vielleicht ein ganz klein wenig.«

Als er sie plötzlich an sich zog und sein Gesicht fest an ihren Hals drückte, stockte ihr der Atem. »Ich brauche dich, Lexy, ich brauche dich so sehr.«

Nachdem sie wieder Luft geholt hatte, ging ihr Atem stoßweise. Sie legte die Hände auf seine Schultern und grub ihre Finger in sein Fleisch. Dann löste sie sich von ihm, stand auf und bemühte sich, ihre Gefühle in den Griff zu bekommen.

Sie wandte ihm den Rücken zu. Giff rieb sich übers Gesicht und ließ seine Hände dann hilflos sinken. »Was hab ich denn jetzt falsch gemacht? Was tue ich bloß, dass ich dich immer wieder vertreibe?«

»Das tust du nicht.« Sie musste sich die Hand auf den Mund pressen, um ihren Atem zu beruhigen, bevor sie sich wieder zu ihm umdrehte. In ihren Augen standen Tränen. »In meinem Leben, in meinem ganzen Leben, Giff, hat mir noch kein Mensch gesagt, dass er mich braucht. Nur Typen, wenn von Sex die Rede war.«

»Das hab ich nicht gemeint. Lexy …«

»Ich weiß.« Sie blinzelte gegen die Tränen an. Sie wollte ihn deutlich sehen. »Ich weiß, dass du das nicht gemeint hast. Und du hast mich auch nicht vertrieben, ich muss nur ein bisschen Abstand gewinnen, bevor ich mich komplett kindisch benehme.«

»Ich liebe dich, Lexy.« Er sprach die Worte langsam aus,

damit sie ihm glaubte. »Ich habe dich immer geliebt und werde dich immer lieben.«

Sie schloss die Augen. Sie wollte diesen Augenblick in ihre Erinnerung aufnehmen: jedes Geräusch, jeden Duft, jedes Gefühl. Dann warf sie sich in seine Arme.

»Halt mich. Halt mich ganz fest, Giff. Egal, was ich tue, egal, was ich sage, bitte, lass mich nie wieder gehen.«

»Alexa.« Er drückte seine Lippen auf ihr Haar. »Ich war immer bei dir. Du hast es nur nicht gewusst.«

»Ich liebe dich auch, Giff. Ich kann mich nicht erinnern, wann es je anders war. Es hat mich nur immer so wütend gemacht.«

»Ist schon gut, mein Schatz.« Lächelnd drückte er sie an sich. »Es macht mir nichts aus, wenn du wütend auf mich bist. Solange du nicht damit aufhörst.«

In ihrem Zimmer legte Jo den Hörer auf. Bobby Banes hatte sich endlich gemeldet. Und ihr zumindest eine Antwort gegeben.

Er hatte das Foto nicht aus ihrer Wohnung genommen.

Aber du hast den Abzug doch gesehen, oder? Eine nackte Frau, zwischen den Bildern von mir. Auf den ersten Blick sah sie aus wie ich, ich war es aber nicht. Ich habe das Foto in der Hand gehalten. Ich hab's aufgehoben. Du musst es gesehen haben.

Sie hörte ihre eigene Stimme, die sich schließlich fast überschlug. Bobbys Antwort klang bedauernd und besorgt.

Nein, tut mir leid, Jo, so ein Foto habe ich nicht gesehen. Nur die von dir. Nein, ein Aktfoto war nicht dabei – jedenfalls erinnere ich mich nicht dran.

Aber es war da. Ich hab's fallen lassen. Es ist mit der Vorderseite nach unten auf die anderen Abzüge gefallen. Denk doch bitte noch mal nach, Bobby.

Dann war es sicher da … Ich meine, wenn du sagst, dass du's gesehen hast …

Seine Stimme hatte nicht überzeugt geklungen. Eher mitleidig, sinnierte Jo.

Resigniert wandte sich Jo vom Telefon ab. Es machte keinen

Sinn, wenn sie sich wünschte, er hätte nicht angerufen, hätte ihr nicht die Antwort auf ihre Frage gegeben. Es war besser, die Wahrheit zu kennen. Jetzt musste sie nur damit leben.

Durch das Fenster fiel Jos Blick auf Lexy und Giff. Sie gaben ein hübsches Bild ab. Zwei junge, gesunde Menschen, eng umschlungen, inmitten einer von blühenden Blumen strotzenden Wildnis. Ein Mann und eine Frau, die an einem Sommernachmittag vor Liebe und erotischer Vorfreude nur so sprühten.

Es sah so leicht, so natürlich aus. Warum konnte sie nur nicht zulassen, dass es auch bei ihr so leicht und natürlich war?

Nathan begehrte sie. Er drängte sie nicht, und er schien nicht böse zu sein, dass sie dieses letzte Stück Distanz nicht aufgab. Aber warum tue ich es nicht?, fragte sich Jo. Warum kann ich mich einfach nicht gehenlassen?

Er weckte Verlangen in ihr. Und in ihrem Innern wusste sie, dass die Lust noch größer werden würde, wenn sie es nur zuließ.

Warum hatte sie Angst, es zuzulassen?

Angewidert wandte sie sich vom Fenster ab. Weil sie im Augenblick alles in Frage stellte. Weil sie jede ihrer Bewegungen beobachtete, sie genau analysierte. Körperlich fühlte sie sich schon viel besser. Die nächtlichen Alpträume und plötzlichen Panikattacken waren seltener geworden.

Aber da war immer dieser Zweifel, diese Angst, dass sie psychisch nicht stabil war. Warum sah sie im Geist immer noch das Foto – das Foto der Toten? Der Toten, die in einer Sekunde ihre Mutter, in der nächsten sie selbst war. Die aufgerissenen Augen, die wächserne Haut. Die Schatten des Haares, das sich kunstvoll wie eine Woge ergoss. Die Art und Weise, wie die Hand drapiert, der Ellbogen angewinkelt war, wie der Arm zwischen den Brüsten ruhte.

Wie konnte sie dieses Bild so deutlich sehen, wenn es niemals existiert hatte?

Und gerade weil sie es konnte, musste sie davon ausgehen, dass sie alles andere als gesund war. Und es hatte gar keinen Sinn, über eine Beziehung mit Nathan nachzudenken, bevor sie nicht wieder bei Verstand war.

Und das wiederum – gestand sie sich selbst ein – war nur eine Ausrede.

Sie hatte Angst vor ihm – das war es. Sie hatte Angst, dass er ihr mehr bedeuten könnte, als sie verkraftete. Und dass er mehr von ihr erwartete, als sie zu geben bereit war.

Er rief bereits Gefühle in ihr wach, die sie noch nie zuvor verspürt hatte. Und deshalb verschanzte sie sich hinter ihrer Feigheit, die sie als Logik tarnte.

Sie hatte es satt, logisch und ängstlich zu sein. Wäre es denn so falsch, es einmal so wie Lexy zu machen? Impulsiv zu sein, sich zu nehmen, was man bekommen konnte?

Sie brauchte jemanden, mit dem sie reden konnte, jemanden, der wenigstens für eine Zeitlang all diese Selbstzweifel und Ängste vertrieb.

Warum konnte es nicht Nathan sein?

Bevor sie ihre Meinung ändern konnte, stürmte sie aus ihrem Zimmer. Und sie griff nicht mal nach ihrer Kamera. Erst als sie Kate ihren Namen rufen hörte, hielt sie inne.

»Ich will gerade weg.« Jo blieb in der Tür zum Büro stehen. Kate saß am Schreibtisch, der unter einem Berg von Papieren und Prospekten verschwand.

»Ich wühle mich gerade durch die Herbstreservierungen.« Kate zog einen Stift hinter ihrem Ohr hervor. »Wir haben eine Anfrage bezüglich einer Hochzeit im Oktober. So etwas haben wir noch nie gemacht. Sie wollen, dass sich Brian um das Essen kümmert. Auch die Trauung und der Empfang sollen hier stattfinden. Es wäre herrlich – wenn ich nur wüsste, wie wir das organisieren sollen.«

»Das wäre toll. Kate, ich bin wirklich auf dem Sprung.«

»Entschuldige.« Sie klemmte den Stift wieder hinters Ohr und lächelte zerstreut. »Ich bin so in Gedanken vertieft. Ach, übrigens, hier ist Post für dich gekommen. Ich wollte sie dir in dein Zimmer bringen, aber dann klingelte das Telefon, und seitdem sitze ich hier wie festgeschraubt.«

Wie auf Befehl klingelte das Telefon erneut, und das Faxgerät meldete mit einem durchdringenden Piepton eine eingegangene Sendung. »Heute kommt auch wirklich alles zusammen«, stöhnte Kate, als sie nach dem Hörer griff. »Sanctuary Inn, was kann ich für Sie tun?«

Jo hörte nichts mehr – außer dem Rauschen in ihren Ohren. Wie in Trance trat sie einen Schritt vor. Die Luft um sie herum kam ihr plötzlich so dick wie Wasser vor. Ihre Hand berührte den weißen, steifen Umschlag. Er war mit einem dicken schwarzen Filzstift in Druckbuchstaben adressiert.

JO ELLEN HATHAWAY
SANCTUARY
LOST DESIRE ISLAND, GEORGIA

Der Aufkleber in der Ecke sagte deutlich: FOTOS. BITTE NICHT KNICKEN.

Mach ihn nicht auf, sagte sie sich. Wirf ihn in den Müll. Schau nicht rein. Aber ihre Finger öffneten schon die Klappe. Sie hörte nicht Kates überraschten Ausruf, als sie den Umschlag mit der Öffnung nach unten drehte und die Fotos auf den Boden fallen ließ. Leise stöhnend ließ sich Jo auf die Knie fallen und durchwühlte sie, schob eines nach dem anderen zur Seite, in verzweifelter Suche nach dem einen. Dem entscheidenden.

Ohne zu zögern, beendete Kate das Telefongespräch und kam auf Jo zugestürzt. »Jo, was ist das? Jo Ellen, was ist passiert? Was hat das zu bedeuten?«, fragte sie, während sie Jo am Arm gepackt hielt und auf die Dutzende von Bildern starrte, auf denen ihre Nichte zu sehen war.

»Er war hier. Er war hier. Hier!« Wieder durchwühlte Jo die Abzüge. Da war sie, beim Strandspaziergang. Schlafend in der Hängematte, in den Dünen, hinter ihrem Stativ in den Sümpfen.

Aber wo war das eine? Wo war es?

»Es muss dabei sein. Es muss!«

In Panik riss Kate Jo auf die Knie und schüttelte sie. »Hör auf. Sofort. Ich will, dass du sofort damit aufhörst.« Kate kannte die Anzeichen. Sie zog Jo hinüber zum Sessel, drückte sie hinein und schob ihr den Kopf zwischen die Knie. »Atme nur. Nichts weiter. Hörst du mich noch? Bleib einfach hier sitzen, atme ganz ruhig und bewege dich nicht. Verstehst du mich?«

Kate stürzte ins Bad, füllte ein Wasserglas und tränkte ein Tuch unter dem Wasserhahn. Dann eilte sie zurück und fand Jo in unveränderter Haltung vor. Erleichtert legte sie das nasse Tuch in Jos Nacken.

»So, das hilft.«

»Ich kipp schon nicht um«, murmelte Jo benommen.

»Das höre ich gern. Richte dich jetzt langsam auf, und nimm einen kleinen Schluck Wasser.« Sie hielt Jo das Glas an die Lippen und stellte dankbar fest, dass langsam wieder Farbe in Jos Gesicht zurückkehrte. »Erzählst du mir jetzt, was los ist?«

»Die Fotos.« Jo ließ sich zurücksinken und schloss die Augen. »Ich bin ihm also doch nicht entkommen.«

»Wem entkommen? Was meinst du?«

»Ich weiß es nicht. Ich glaube, ich werde verrückt.«

»Unsinn«, entgegnete Kate scharf.

»Ich weiß nicht, was es ist. Das ist schon mal passiert.«

»Was meinst du?«

Jo hielt ihre Augen geschlossen. Jetzt fiel es ihr plötzlich nicht mehr schwer, mit der Sprache herauszurücken. »Ich hatte vor zwei Monaten einen Nervenzusammenbruch.«

»Himmel, Jo Ellen.« Kate ließ sich auf die Armlehne des Sessels sinken und strich behutsam über Jos Haar. »Warum hast du mir nicht gesagt, dass du krank bist, Schatz?«

»Ich hab's einfach nicht fertiggebracht, das ist alles. Mir ist plötzlich alles zu viel geworden, alles über den Kopf gewachsen. Und dann kamen die Bilder.«

»Bilder wie diese hier?«

»Bilder von mir. Zuerst nur Bilder von meinen Augen. Nur von meinen Augen.«

»Das ist ja schrecklich. Du musst Todesangst gehabt haben.«

»Ja, das habe ich auch. Ich habe versucht, mir einzureden, dass jemand auf sich aufmerksam machen wollte, damit ich ihm helfe, den Durchbruch als Fotograf zu schaffen.«

»Vermutlich war es so etwas, aber es ist eine schreckliche Methode, um das zu erreichen. Du hättest mit den Fotos zur Polizei gehen sollen.«

»Und ihnen erzählen, dass mir ein Fotograf Bilder schickt?«

Jo öffnete die Augen und schüttelte den Kopf. »Ich dachte, ich käme damit klar, indem ich die Fotos einfach ignoriere. Dann kam der zweite Umschlag an. Diesmal war ich auf den Bildern ganz zu sehen. Und eines … eines, dachte ich, zeigte jemand anders. Aber ich habe mich getäuscht«, sagte Jo trotzig. »Ich hab's mir bloß eingebildet, aber es war nicht so. Es waren nur Bilder von mir. Dutzende. Dann bin ich zusammengeklappt.«

»Und daraufhin bist du hierhergekommen.«

»Ich musste einfach weg. Ich dachte, ich könnte weglaufen, aber das hat nicht funktioniert. Diese Bilder sind hier aufgenommen, hier auf der Insel. Er ist also hier und beobachtet mich.«

»Diese Fotos bringen wir jedenfalls zur Polizei.« Aufgebracht griff Kate nach dem Umschlag. »Der Poststempel ist von Savannah. Vor drei Tagen.«

»Was soll das bringen, Kate?«

»Das werden wir schon sehen.«

»Er könnte sich immer noch in Savannah rumtreiben. Oder sogar auf der Insel.« Sie fuhr sich durchs Haar und ließ die Hände dann in den Schoß fallen. »Soll die Polizei etwa jeden Touristen mit Kamera verhören?«

»Wenn nötig, ja. Mit welcher Kamera wurden die Fotos gemacht?«, fragte Kate. »Wo und wie sind sie entwickelt worden? Wann aufgenommen? Irgendwie muss man das doch feststellen können. Das ist immerhin besser, als hier rumzusitzen und nichts zu unternehmen, oder? Komm, Jo Ellen, steh jetzt auf.«

»Ich will nur, dass es bald vorbei ist.«

»Dann tu etwas«, sagte Kate entschlossen. »Ich kann den Gedanken nicht ertragen, dass dir jemand so etwas antut und du dich nicht wehrst.« Kate griff nach einem der Fotos und hielt es hoch. »Wann ist das gemacht worden? Sieh es dir an und überleg.«

Jos Magen drehte sich um, während sie auf das Bild starrte. Mit zitternden Fingern nahm sie es Kate aus der Hand und betrachtete es. Es ist leicht verschwommen, stellte sie fest. Der Lichteinfall war schlecht. Ihr Körper lag größtenteils im Schatten. Er kann es besser, dachte sie. Dann atmete sie tief aus. Es half, praktisch zu denken, zu kritisieren.

»Das hier hat er verwackelt. An dieser Stelle im Sumpf hatte er keine Deckung. Wahrscheinlich wollte er nicht, dass ich ihn sehe, also musste er sich beeilen.«

»Braves Mädchen. Und wann warst du zum letzten Mal dort?«

»Erst vor ein paar Tagen. Aber ich hatte mein Stativ nicht mit.« Mit gerunzelter Stirn dachte sie nach. »Es muss mindestens zwei Wochen her sein. Nein, eher sogar drei Wochen. Ja, drei. Ich war bei Ebbe draußen, um die Priele zu studieren. Lass mich mal ein anderes Foto betrachten.«

»Ich weiß, dass du das jetzt nicht gern hörst, aber das hier gefällt mir richtig gut.« Lächelnd reichte Kate ihr ein Bild, auf dem Jo in Sams Schoß lag. Wie ein Muster lagen Licht und Schatten über ihnen und gaben der Aufnahme einen traumähnlichen Ausdruck.

»Das war auf dem Campingplatz«, murmelte Jo. »An dem Tag, als mich jemand in den Duschen eingeschlossen und Daddy mich befreit hat. Es waren also doch keine Kinder. Dieses Schwein. Es waren keine Kinder, sondern er. Er hat mich eingeschlossen und sich dann versteckt, um dieses Bild zu machen.«

»War das nicht an dem Tag, an dem Ginny verschwunden ist? Das ist jetzt fast zwei Wochen her.«

Wieder kniete sich Jo auf den Boden, aber diesmal geriet sie nicht in Panik. Kühl und konzentriert ging sie Foto für Foto durch. »Ich kann nicht alle sicher identifizieren, aber die, die ich eindeutig erkenne, sind vor mindestens zwei Wochen gemacht worden. Also gehe ich davon aus, dass das auch auf alle zutrifft. Er hat sie so lange zurückgehalten. Er hat gewartet. Warum?«

»Er hat Zeit gebraucht, um sie zu entwickeln. Um zu entscheiden, welche er dir schickt. Er muss noch andere Verpflichtungen haben. Vielleicht einen Job. Irgendetwas.«

»Nein, ich glaube, dass er ziemlich flexibel ist. Er hat mich bei einem Auftrag auf Hatteras und mehrmals in Charlotte fotografiert. Alltägliche Situationen. Ich denke, dass er jede Menge Zeit hat.«

»Okay. Hol deine Tasche. Wir nehmen das Boot, fahren rüber aufs Festland und gehen mit all diesen Aufnahmen zur Polizei.«

»Du hast recht. Das ist besser, als hier rumzusitzen und Angst zu haben.« Vorsichtig schob sie die Fotos eines nach dem anderen zurück in den Umschlag. »Es tut mir leid, Kate.«

»Was tut dir leid?«

»Dass ich dir nicht eher davon erzählt habe. Dass ich mich dir nicht anvertraut habe.«

»Schon gut.« Kate streckte die Hand aus, um Jo auf die Beine zu helfen. »Jetzt haben wir es ja hinter uns. Und von nun an wirst du dich und wird jeder in diesem Haus sich daran erinnern, dass wir eine Familie sind.«

»Ich weiß nicht, wie du es so lange bei uns ausgehalten hast.«

»Tja, meine Süße«, erwiderte Kate und tätschelte Jos Wange, »das frage ich mich manchmal auch.«

19

Hey, wohin geht ihr?« Lexy sah Kate und Jo aus dem Haus kommen. Auf ihrem Gesicht lag ein strahlendes Lächeln – sie schien auf Wolken zu schweben.

»Jo und ich haben drüben auf dem Festland etwas zu erledigen«, antwortete Kate. »Wir sind gegen …«

»Ich komme mit.« Lexy sauste an den beiden vorbei ins Haus, bevor Kate sie aufhalten konnte.

»Lexy, das ist kein Vergnügungsausflug.«

»Fünf Minuten«, rief Lexy. »In fünf Minuten bin ich fertig.«

»Dieses Mädchen«, seufzte Kate. »Immer will sie dabei sein. Ich werde ihr klarmachen, dass sie diesmal hierbleibt.«

»Nein«, entgegnete Jo entschlossen. »Unter den gegebenen Umständen ist es besser, wenn sie Bescheid weiß. Auch sie muss vorsichtig sein, bis wir mehr herausgefunden haben.«

Kates Herz setzte einen Schlag lang aus, dann nickte sie. »Wahrscheinlich hast du recht. Ich sage Brian Bescheid, dass wir fahren. Mach dir keine Sorgen, mein Schatz.« Kate strich Jo über das Haar. »Das kriegen wir geregelt.«

Aus Sorge, Kate und Jo könnten ohne sie losziehen, stand Lexy zu ihrem Wort. Da sie wusste, dass Kate nicht viel von den knappen Shorts hielt, sprang sie in Rekordzeit in eine Baumwollhose, bürstete rasch durch ihr Haar und band es mit einem grünen Schal zusammen. Auf der Fahrt zur Anlegestelle, wo die Privatboote lagen, frischte sie ihr Make-up auf und plauderte in einem fort.

Als die drei an Bord des zuverlässigen alten Motorboots gingen, klangen Jo die Ohren.

Früher hatte hier ein weißes Boot mit leuchtend roten Streifen gelegen. Die *Island Belle* war Daddys ganzer Stolz gewesen. Wie oft hatten sie auf ihr mit der ganzen Familie die Insel umrundet, wie oft hatte er mit ihnen Überraschungsausflüge aufs Festland zum Eisessen oder ins Kino gemacht?

Sie erinnerte sich, wie sie das Boot gesteuert hatte, auf den Füßen ihres Vaters stehend, um ein bisschen größer zu sein, mit seinen Händen ganz leicht über ihren auf dem Steuerrad.

Ein bisschen nach Steuerbord, Jo Ellen. Genau. Du bist ein geborener Kapitän.

Aber ein Jahr nach Annabelles Verschwinden hatte Sam das Boot verkauft. Sämtliche Nachfolger waren namenlos geblieben. Die Familie hatte nie wieder gemeinsame Ausflüge unternommen.

Aber Jo wusste noch Bescheid. Sie prüfte die Tankanzeige, während Lexy und Kate die Leinen losmachten. Automatisch ging sie in den breitbeinigen Seemannsstand, um das leichte Schaukeln auszugleichen. Sie ergriff das Steuerrad, und als der Motor leise tuckernd ansprang, huschte ein Lächeln über ihr Gesicht.

»Daddy kümmert sich also immer noch um die Maschine.«

»Er hat den Motor im Winter überholt.« Kate setzte sich auf die Bank. Ihre Finger spielten nervös mit der dünnen Goldkette, die über ihrer Baumwollbluse hing.

Sie würde Jo das Steuer überlassen. Das würde sie ablenken. »Wir sollten uns ein neues anschaffen. Eines, das raffinierter aussieht. Dann könnten wir Rundfahrten um die Insel anbieten, an der Wild Horse Cove und am Egret Inlet Station machen und so. Natürlich müssten wir dazu einen Bootsführer anstellen.«

»Warum denn? Daddy kennt die Insel und das Meer drumherum besser als jeder andere«, sagte Jo.

»Ich weiß«, erwiderte Kate achselzuckend. »Aber immer, wenn ich das Thema anschneide, findet er andere Ausreden. Es ist nicht einfach, Sam zu etwas zu bringen, das er nicht will.«

»Du könntest ihm sagen, dass er einen besseren Überblick hat, wenn er dabei ist.« Jo warf einen Blick auf den Kompass und nahm Kurs aufs Festland. »Dann könnte er selbst dafür sorgen, dass die Leute nicht durch die Natur trampeln und das Ökosystem zerstören.«

»Guter Tipp.«

»Wenn du ein neues Boot kaufst, wird er kaum widerstehen können.« Lexy zupfte den Knoten ihres Haartuchs zurecht. »Dann erwähnst du beiläufig, wie schwer es ist, jemanden mit genug Erfahrung zu finden, der außerdem den Touristen etwas über die Natur erzählen und erklären kann, warum Desire all die Jahre überlebt hat und immer noch ein kleines Paradies ist.«

Erstaunt starrten Kate und Jo sie an. Achselzuckend spreizte Lexy die Hände. »Man muss nur wissen, wie man mit den Leuten umgeht, das ist alles. Wenn du erwähnst, wie wichtig es ist, dass die Touristen lernen, die Insel zu respektieren und sie so zu verlassen, wie sie sie vorgefunden haben, wird Daddy nicht nur anbeißen, nein, er wird am Ende sogar glauben, dass es seine eigene Idee war.«

»Du bist ein cleveres Mädchen, Alexa«, sagte Kate. »Das habe ich immer an dir bewundert.«

»Die Insel ist alles, was Daddy am Herzen liegt.« Lexy lehnte sich über die Reling und ließ sich den Wind ins Gesicht pusten. »Was liegt also näher, als ihn damit zu packen? Geht's nicht ein bisschen schneller, Jo? In diesem Tempo kann ich ja rüberschwimmen.«

Jo wollte gerade erwidern, dass es Lexy freistünde, ins Wasser zu springen, aber sie verbiss sich die Bemerkung. Warum nicht? Warum nicht ein bisschen Gas geben und Spaß haben? Sie warf einen Blick zurück auf Desire mit dem weißen Haus auf dem Hügel und griff nach dem Gashebel. »Okay, haltet euch fest.«

Als ein Ruck durch das Boot ging, stieß Lexy einen kurzen Schrei aus, dann warf sie lachend den Kopf zurück. Sie liebte es, von der Insel wegzukommen, irgendwohin zu fahren. »Schneller, Jo! Du konntest von uns allen immer am besten mit diesen Pötten umgehen.«

»Aber seit zwei Jahren hat sie kein Boot mehr gesteuert«, begann Kate und kreischte auf, als Jo das Steuerrad herumriss und das Boot einen rasanten Kreis ziehen ließ. Sie griff nach der Reling, während Lexy begeistert eine Zugabe forderte.

»Sieh mal, da drüben ist Jed Pendletons Fischerboot. Schaukel es doch mal kräftig durch, Jo!«

»Jo Ellen, das wirst du nicht tun!« Kate unterdrückte ihr Lachen. »Untersteh dich!«

Jo verdrehte die Augen. »Aye, aye, Ma'am«, murmelte sie und nahm Gas weg. »Habe nur getestet, wie schnell sie reagiert.«

»Jetzt weißt du es ja«, sagte Kate steif. »Und ich hoffe, der Rest der Fahrt wird angenehmer.«

»Ich will nur schnell da sein.« Lexy drehte sich um und lehnte sich mit dem Rücken an die Reling. »Ich kann's kaum noch abwarten, endlich wieder unter Menschen zu sein, durch Geschäfte zu bummeln. Warum kaufen wir uns nicht alle etwas hübsches Neues? Zum Beispiel ein Partykleid. Und dann veranstalten wir ein Fest, richtig mit Schickmachen und Musik und Champagner. Ich hab mir seit Monaten kein neues Kleid mehr gekauft.«

»Dein Kleiderschrank platzt trotzdem aus allen Nähten«, sagte Jo.

»Ach, das ist doch alles nur altes Zeug. Hast du nicht auch manchmal Lust auf was Neues?«

»Na ja, ein neuer Blitz wäre nicht schlecht«, sagte Jo trocken.

»Weil du dich mehr für deine Kamera interessierst als für dich selbst.« Lexy legte den Kopf schief. »Etwas Blaues würde dir gut stehen. Aus Seide. Und seidene Unterwäsche. Nathan hätte seine helle Freude, falls du ihn ranlässt. Und ich wette, du würdest es nicht bereuen.«

»Alexa.« Kate hob eine Hand hoch und zählte langsam bis zehn. »Das Privatleben deiner Schwester ist für dich tabu.«

»Welches Privatleben? Seitdem sie da ist, will ihr dieser Mann an die Wäsche, und sie lässt ihn nicht.«

»Woher weißt du denn, dass ich ihn nicht lasse?«

»Ganz einfach«, sagte Lexy mit einem feinen, katzenhaften Lächeln. »Wenn du ihn gelassen hättest, wärst du entspannter.«

»Wenn zur Entspannung nur ein paar Quickies nötig wären, müsstest du schon längst im Koma liegen.«

Lachend streckte Lexy wieder ihr Gesicht in den Wind. »Ich

kann dir versichern, dass ich derzeit wunderbar entspannt bin, Schätzchen. Was man von dir leider nicht behaupten kann.«

»Das reicht, Lexy«, sagte Kate ruhig. »Und wir fahren nicht zum Einkaufen rüber, sondern weil deine Schwester in Schwierigkeiten steckt. Sie wollte, dass du mitkommst, damit sie dich einweihen kann und du nicht auch noch in die Sache hineingezogen wirst.«

»Wovon redest du?« Lexy horchte auf. »Was ist denn los?«

»Setz dich«, befahl Kate und zog den Umschlag mit den Fotos aus der Handtasche. »Wir zeigen es dir.«

Zehn Minuten später blätterte Lexy die Fotos durch. Sie hatte einen Kloß im Magen, aber ihre Hände waren ruhig, und sie dachte scharf nach. »Er stellt dir nach, Jo.«

»Ich weiß nicht, ob ich es so nennen würde.« Jos Blick war aufs Meer gerichtet; langsam tauchte im Dunst das Festland auf.

»Doch, genau das ist es, und so musst du es der Polizei klarmachen. Dagegen gibt es Gesetze. In New York hab ich eine Frau kennengelernt, die von ihrem Exfreund nicht in Ruhe gelassen wurde. Er hat sie auf Schritt und Tritt verfolgt, hat sie angerufen und hat ihr aufgelauert. Ein halbes Jahr lang hat sie in Angst gelebt, bevor sie etwas dagegen unternommen hat. So was darf man sich nicht gefallen lassen.«

»Aber sie wusste, wer sie verfolgte«, sagte Jo.

»Aber du musst doch eine Ahnung haben, wer es sein könnte.« Lexy legte die Fotos beiseite – sie machten ihr angst. »Hast du mit jemandem Schluss gemacht, bevor das mit den Bildern anfing?«

»Nein, ich hatte keinen richtigen Freund.«

»Du musst ihn auch nicht für den richtigen halten«, gab Lexy zu bedenken. »Er muss sich dafür halten. Bist du mit jemandem ausgegangen – auch wenn's nur ein einziges Mal war?«

»Nein, mit niemandem.«

»Jo, du warst doch mal mit jemandem essen, im Theater oder im Kino.«

»Nicht mit einem Freund.«

»Nimm's nicht so wörtlich. Dein Problem ist, dass du nur Schwarz und Weiß in deinem Kopf hast. Wie auf deinen Bildern. Aber selbst auf denen gibt's doch Grautöne, oder?«

Jo war sich nicht ganz sicher, ob sie von dem Vergleich ihrer Schwester beeindruckt oder beleidigt sein sollte. »Ich weiß nicht recht …«

»Genau.« Lexy nickte aufmunternd. »Mach eine Liste aller Männer, die dich einladen wollten und die du hast abblitzen lassen. Vielleicht hat dich einer ja nur zwei-, dreimal angerufen, und du hast gedacht, er hätte aufgegeben.«

»Ich hab im letzten Jahr viel gearbeitet. Da war wirklich fast niemand.«

»Gut. Umso besser stehen die Chancen, dass wir den Richtigen finden.« Lexy schlug die Beine übereinander. »Gibt es jemanden in deinem Haus, der versucht hat, mit dir ins Gespräch zu kommen? Denk einfach mal nach.«

»Ich hab nie auf so was geachtet.«

»Dann achte jetzt drauf und denk nach. Du warst schließlich immer die Klügste von uns allen.«

»Lass mich ans Steuer.« Behutsam löste Kate Jos verkrampfte Hände vom Steuerrad. »Setz dich hin und atme tief durch.«

»Durchatmen kann sie später. Jetzt soll sie überlegen.«

»Lass sie mal in Ruhe, Lexy.«

»Nein.« Jo schüttelte den Kopf. »Nein, sie hat vollkommen recht. Du hast recht«, sagte sie zu Lexy, von deren geistigen Fähigkeiten sie nie viel gehalten hatte. »Du stellst genau die richtigen Fragen – Fragen, auf die ich nie gekommen wäre. Die Polizei wird mir wahrscheinlich dieselben stellen.«

»Davon gehe ich aus.«

»Okay.« Jo atmete tief aus. »Wirst du mir helfen?«

»Ich bin schon dabei. Setz dich jetzt hin.« Sie nahm Jos Arm und zog sie neben sich. »Lass uns zuerst alle Männer durchgehen, die in Frage kommen.«

»Viele sind's nicht. Sie fliegen nicht gerade auf mich.«

»Würden sie aber, wenn du's wolltest. Aber das ist ein anderes Thema.« Lexy winkte ungeduldig ab. Darüber konnte man später reden. »Gibt es jemanden, mit dem du regelmäßig zu tun hast, dem du vielleicht nicht viel Bedeutung beimisst?«

»Der einzige Mann, den ich regelmäßig sehe, ist mein Praktikant. Bobby – der Typ, der mich ins Krankenhaus gefahren hat. Er war da, als der letzte Umschlag ankam.«

»Na, so ein Zufall.«

Jos Augen weiteten sich. »Bobby? Das ist lächerlich.«

»Warum? Du sagst, er ist dein Praktikant. Also versteht er was vom Fotografieren. Er kann mit einer Kamera umgehen und einen Film entwickeln. Ich wette, er weiß immer, wo du dich aufhältst, wenn du auswärts Aufträge hast.«

»Natürlich, aber …«

»Und manchmal hat er dich begleitet, stimmt's?«

»Ja, im Rahmen seines Praktikums.«

»Vielleicht gefällst du ihm.«

»Unsinn. Am Anfang war er ein bisschen in mich verknallt.«

»Wirklich? Hast du ihn praktizieren lassen?«

»Er ist zwanzig.«

»Na und?« Lexy zuckte die Achseln. »Okay, du hattest also nichts mit ihm. Er hat Einblick in dein Leben, du gefällst ihm, er weiß immer, wo du bist, er kennt deine Gewohnheiten, und er kann mit einer Kamera umgehen. Er kommt oben auf unsere kurze Liste, würde ich sagen.«

Diesen Gedanken fand sie schrecklicher als all die anderen namenlosen, gesichtslosen Möglichkeiten. »Er hat sich damals um mich gekümmert. Er hat mich ins Krankenhaus gefahren.«

Und er hat behauptet, das Foto nie gesehen zu haben. Jos Magen krampfte sich zusammen.

»Weiß er, dass du nach Sanctuary gefahren bist?«

»Ja, ich …« Jo unterbrach sich selbst, schloss die Augen. »Ja, er weiß, wo ich bin. Heute Vormittag habe ich mit ihm telefoniert. Er hat mich angerufen.«

»Warum hat er dich angerufen?«, fragte Lexy. »Was hat er gesagt?«

»Ich habe ihm eine Nachricht hinterlassen und ihn gebeten, dass er mich zurückruft. Ich musste ihn … etwas fragen. Heute hat er sich gemeldet.«

»Von wo aus hat er angerufen?« Kate warf einen kurzen Blick über die Schulter.

»Ich hab ihn nicht gefragt – und er hat nichts gesagt.« Jo versuchte, gegen die langsam aufsteigende Angst anzukämpfen. »Es macht keinen Sinn, dass Bobby die Fotos geschickt haben soll. Wir arbeiten seit Monaten zusammen.«

»Das ist genau die Art von Beziehung, für die sich auch die Polizei interessieren wird«, beharrte Lexy. »Wer weiß sonst noch, wo du dich aufhältst?«

»Mein Verleger.« Jo rieb sich nachdenklich die Wange. »Der Hausmeister, der Arzt, der mich im Krankenhaus behandelt hat.«

»Das bedeutet, dass im Grunde jeder herausfinden kann, wo du bist. Bobby bleibt trotzdem an erster Stelle der Liste.«

»Ich finde den Gedanken schrecklich, aber er ist logisch.« Jo kratzte sich an der Nase. »Er ist gut genug, um solche Fotos zu machen. Er ist ziemlich begabt. Manchmal macht er noch Fehler – verwackelt oder vertut sich in der Dunkelkammer. Das könnte erklären, warum einige Fotos nicht so gut sind wie der Rest.«

»Warum, was ist denn mit ihnen?« Neugierig zog Lexy die Abzüge aus dem Umschlag.

»Manche haben ziemlich harte Schatten und Kontraste. Hier, siehst du?« Sie deutete auf eine bestimmte Stelle. »Oder da. Andere sind so verschwommen, als hätte er einen schlechten Film benutzt und den Abzug dann übervergrößert. Wieder andere sind unterbelichtet. Und manchen fehlt es an Kreativität.«

»Du bist ganz schön kritisch. Ich finde, du siehst auf den meisten toll aus.«

»Sie sind trotzdem nicht so kunstvoll arrangiert wie die, die er in Charlotte oder auf Hatteras gemacht hat. Wenn ich drüber nachdenke« – stirnrunzelnd ging sie alle noch einmal durch –, »dann werden die Fotos immer unprofessioneller, immer weniger kreativ, je später sie gemacht wurden. Als ob er sich allmählich langweilt. Oder unachtsam wird. Schau hier. Bei der Strandaufnahme hätte er einen Gelbfilter verwenden müssen, weil das Licht zu stark ist. Aber er hat's nicht getan. Ein so grober Fehler ist ihm bis dahin noch nicht unterlaufen.«

Hastig zog sie Fotos aus dem anderen Umschlag. »Hier ist eine Strandaufnahme von Hatteras. Gleicher Winkel, aber er hat einen Gelbfilter benutzt. Er hat sich Zeit genommen. Der Sand, mein Haar im Wind, die Position der Möwe genau über der Welle, die Konturen der Wolken. Ein schönes Foto. Kein Vergleich mit dem anderen.«

»War Bobby mit auf Hatteras?«

»Nein, ich war allein dort.«

»Aber auf Hatteras ist es nicht so einsam wie auf Desire. Du hättest ihn leicht übersehen können. Vielleicht war er ja verkleidet.«

»Verkleidet? Meinst du nicht, mir wäre jemand aufgefallen, der mit Groucho-Brille und einer komischen Nase rumläuft?«

»Mit einem professionellen Make-up, einer Perücke und einer anderen Körpersprache würdest du mich nicht wiedererkennen, wenn ich vor dir stehe. Es ist nicht schwer, in eine andere Haut zu schlüpfen.« Sie lächelte. »Ich mach das die ganze Zeit. Es könnte jeder gewesen sein – gefärbte Haare, Hut, Sonnenbrille, Bart. Wir wissen nur, dass er dort war und dass er hier war.«

Jo nickte langsam. »Und vielleicht ist er schon zurück.«

»Ja.« Lexy legte beruhigend ihre Hand auf Jos. »Aber jetzt halten wir alle nach ihm Ausschau.«

Jo betrachtete Lexys Hand, die auf ihrer ruhte. Sie war fest und warm. »Ich hätte es euch schon eher sagen sollen, euch allen. Aber ich wollte allein damit klarkommen.«

»Das sind aber Neuigkeiten«, sagte Lexy leichthin. »Kate, Jo sagt gerade, dass sie allein damit klarkommen wollte. Erinnerst du dich noch an das kleine Mädchen, das alle zur Seite gestoßen und gesagt hat: ›Ich will es allein machen‹?«

»Sehr geistreich«, murmelte Jo. »Ich habe dir auch nicht zugetraut, dass du für mich da wärst.«

»Noch mehr Neuigkeiten.« Lexy hielt ihren Blick auf Jo gerichtet. »Hör dir das an, Kate. Jo hat mir nicht zugetraut, dass ich ein intelligenter Mensch mit ein wenig Mitgefühl bin. Aber immerhin ist sie da nicht die Einzige.«

»Ich hatte ganz vergessen, wie sarkastisch du sein kannst. Aber da du mit deinen Bemerkungen völlig recht hast, werde ich darauf verzichten, dich in diesem Punkt zu überbieten.«

Ohne Lexys Antwort abzuwarten, verschränkte Jo ihre Finger mit Lexys. »Ich habe mich so geschämt. Die Scham über meinen Zusammenbruch war fast größer als die Angst. Ich wollte auf keinen Fall, dass meine Familie davon erfährt.«

Eine Welle der Zuneigung durchströmte Lexy. Aber auf ihrem Gesicht lag noch immer ein geziertes Lächeln. »Das ist doch dumm, Jo Ellen. Wir sind Südstaatler, und verrückte Familienmitglieder sind bei uns Helden, während sie bei den Yankees auf dem Speicher versteckt werden. Stimmt's, Kate?«

Kate warf ihrem jüngsten Küken einen halb amüsierten, halb stolzen Blick über die Schulter zu. »Allerdings, Lexy. Eine Südstaatenfamilie putzt ihre Verrückten heraus und stellt sie im Wohnzimmer neben dem besten Geschirr zur Schau.«

Jo lachte auf, unbeschwert, wie sie erstaunt feststellte. »Ich bin aber nicht verrückt.«

»Noch nicht.« Lexy versetzte ihr einen freundschaftlichen Puff. »Aber wenn du dich ein bisschen anstrengst, könntest du mit Urgroßoma Lida gleichziehen. Wenn ich mich recht erinnere, war sie es, die Tag und Nacht ihr bestes Kleid getragen und behauptet hat, Fred Astaire würde sie zum Tanzen abholen.«

Wieder musste Jo lachen. »Vielleicht finde ich nach dem Besuch bei der Polizei ja doch noch ein hübsches Abendkleid – für alle Fälle.«

»Denk dran, Blau ist deine Farbe.« Und weil sie wusste, dass es ihr leichter fiel als Jo, umarmte Lexy ihre Schwester. »Ich wollte dir noch was sagen, Jo Ellen.«

»Was denn?«

»Willkommen zu Hause.«

Beladen mit Tüten und Päckchen kamen sie erst kurz nach sechs zurück nach Sanctuary. Lexy hatte unter keinen Umständen auf den Einkaufsbummel verzichten wollen. Kate fragte sich noch immer, wie es Lexy geschafft hatte, sie in neunzig Minuten durch die Geschäfte der Stadt zu schleifen. Aber sie wusste die Antwort.

Nach einer geschlagenen Stunde auf dem Polizeirevier mussten sie sich einfach auf andere Gedanken bringen.

In Erwartung einer ordentlichen Gardinenpredigt von Brian betraten sie die Küche. Er musterte sie kurz von oben bis unten, und angesichts der verräterischen Last brach auch schon das Donnerwetter über sie herein.

»Na, das ist ja super! Ich habe sechs vollbesetzte Tische, komme mit dem Kochen kaum nach, und ihr drei geht in aller Ruhe einkaufen. Ich musste Sissy Brodie zum Bedienen hierhertrommeln, und sie ist nun mal nicht die Hellste. Daddy macht die Drinks, und ich habe gerade zwei Hähnchenbrüste anbrennen lassen, weil diese dämliche Sissy einen Teller Fettuccine Alfredo auf Becky Fitzsimmons' Schoß gekippt hat.«

»Was? Da draußen sitzt Becky Fitzsimmons, und du lässt sie von Sissy bedienen?« Mit einem Stöhnen stellte Lexy ihre Tüten ab. »Bist du verrückt, Brian? Sissy und Becky sind Todfeindinnen, seitdem Jesse Pendleton mit beiden ein halbes Jahr lang geschlafen hat, ohne dass sie voneinander wussten. Sissy hat Wind davon bekommen und ist nach dem Ostergottesdienst vor der Kirche auf Becky losgegangen und hat sie eine nichtsnutzige krötengesichtige Hure genannt. Drei ausgewachsene Männer mussten sie voneinander trennen.«

Genüsslich ließ Lexy die Szene Revue passieren. Dann löste sie ihr Haartuch und schüttelte ihre Mähne. »Ein Teller Fettuccine ist gar nichts. Du kannst von Glück reden, dass Sissy nicht mit einem deiner Messer auf Becky eingestochen hat.«

Brian holte tief Luft. »Nimm den Bestellblock und schaff deinen Hintern hier raus. Du bist eh schon eine Stunde zu spät.«

»Es ist meine Schuld, Brian«, begann Jo und wappnete sich innerlich gegen seine Attacke. »Ich hab Lexy gebraucht, und dann haben wir die Zeit vergessen.«

»Ich kann mir leider nicht den Luxus erlauben, irgendwas zu vergessen. Außerdem stehst du mir im Weg, während du versuchst, deine verantwortungslose Schwester zu entschuldigen.«

Er riss den Deckel von der Pfanne, in der er die Hähnchenbrust dünstete, und wendete das Fleisch. »Und du kannst dir deine beschwichtigenden Worte sparen«, sagte er zu Kate. »Ich hab keine Zeit, um mir Ausreden anzuhören.«

»Es fällt mir nicht im Traum ein, dir welche anzubieten«, sagte Kate förmlich. »An jemanden, der in solch einem Ton mit mir redet, verschwende ich ohnehin kein Wort.« Erhobenen Hauptes segelte sie aus der Küche in den Speisesaal, um Sam hinter der Bar zu unterstützen.

»Es war meine Schuld«, begann Jo erneut. »Kate und Lexy ...«

»Gib dir keine Mühe.« Lexy winkte ab. »Er hört dir nicht zu – er weiß sowieso schon alles, was es zu wissen gibt.« Sie schnappte sich einen Bestellblock und rauschte aus der Küche.

»Flatterhafte, egoistische Kuh«, murmelte Brian.

»Sprich nicht so über sie. Sie ist nichts von alledem.«

»Was ist denn jetzt los. Habt ihr euch plötzlich über den Kaufhauswühltischen wieder versöhnt? Frauen gehen zusammen Schuhe kaufen, und schon sind sie die dicksten Freundinnen.«

»Du hältst nicht viel von Frauen, was? Aber Hilfe von Frauen ist genau das, was ich gebraucht habe. Und wenn wir ein bisschen später zurückgekommen sind, als es dir passt, dann ...«

»Als es mir passt?« Brian klatschte die Hähnchenbrust auf den Teller und drapierte mit wütend zusammengebissenen Zähnen die Beilagen drumherum. Der Teufel sollte ihn holen, wenn er wegen einer Handvoll Frauen die Garnitur ruinierte. »Es geht hier nicht darum, was mir passt. Es geht darum, den Laden hier ordentlich zu führen und den Ruf, den wir uns in fünfundzwanzig Jahren erarbeitet haben, nicht aufs Spiel zu setzen. Es geht darum, den zwanzig Gästen, die mit knurrenden Mägen da draußen im Speisesaal sitzen, nett und freundlich ihr Essen zu servieren. Es geht darum, dass man sein Wort hält.«

»Okay, du bist zu Recht wütend, aber sei auf mich wütend. Die beiden sind meinetwegen mit rübergekommen.«

»Mach dir keine Sorgen.« Er füllte einen Korb mit frischem, dampfendem Maisgebäck. »Ich bin ziemlich wütend auf dich.«

Ihr Blick wanderte über die dampfenden Töpfe auf dem

Herd, über das schon geschnittene Gemüse auf dem Holzbrett. In der Spüle stapelte sich das schmutzige Geschirr, und Brian arbeitete mit seiner verletzten Hand ein wenig linkisch.

»Kann ich dir irgendwie helfen? Ich könnte das Geschirr ...«

»Du kannst mir aus dem Weg gehen«, sagte er, ohne sie anzusehen. »Darin bist du doch am besten, oder?«

Sie akzeptierte den Hieb. »Wahrscheinlich hast du recht.«

Sie verließ die Küche durch die Hintertür. Anders als in ihren Träumen war ihr Sanctuary nicht verschlossen geblieben. Aber der Weg dorthin war immer steinig und voller Schlaglöcher.

Rasch ging sie durch den Wald. Falls jemand sie beobachtete – sollte er doch. Sollte er nur seine verdammten Bilder schießen, bis ihm die Finger schmerzten. Sie würde nicht weiter in Angst zu leben. Sie hoffte, er wäre da, ganz nah. Sie wollte ihn sehen. Jetzt. In diesem Moment.

Sie blieb stehen. »Ich bin stärker, als du denkst«, sagte sie laut und lauschte dem Echo ihrer wütenden Stimme. »Komm raus und überzeug dich selbst davon, du Dreckskerl.« Sie griff sich einen Stock und schlug damit in ihre Handfläche. »Du Schwein. Glaubst du, du kannst mich mit einem Haufen zweitklassiger Fotos in Angst und Schrecken versetzen?«

Sie schlug mit dem Stock gegen einen Baumstamm und genoss die Vibrationen, die ihren Körper dabei durchströmten. Ein Specht stob erschrocken auf und schoss davon.

»Deine Komposition ist Scheiße. Das Licht ist miserabel. Du hast keinen Schimmer vom Fotografieren. Jedes Kind macht bessere Bilder als du.«

Mit zusammengebissenen Zähnen wartete sie darauf, dass jemand auf den schmalen Weg trat. Sie wollte, dass er angriff. Er sollte bezahlen. Aber nichts passierte. Der Wind strich durch die Blätter, und das einzige Geräusch, das sie vernahm, war das harte Klacken der Palmwedel. Das Licht veränderte sich, und es wurde langsam dunkler.

»Jetzt führe ich schon Selbstgespräche«, murmelte sie. »Wenn das so weitergeht, bin ich mit dreißig verrückter als Urgroßoma Lida.« Sie schleuderte den Stock von sich, beobachtete, wie er in hohem Bogen im Gebüsch landete.

Aber sie sah weder die abgetragenen Turnschuhe – nur wenige Zentimeter vom Ort des Aufpralls entfernt – noch die ausgefransten Enden der gebleichten Jeans. Und während sie tiefer in den Wald vordrang, hörte sie weder den stoßweisen Atem noch das heisere, sich vor Erregung überschlagende Flüstern.

»Noch nicht, Jo Ellen, noch nicht. Noch bin ich nicht bereit. Aber jetzt muss ich dir weh tun. Du wirst bereuen, was du eben gesagt hast.«

Langsam richtete er sich auf. Er glaubte zu wissen, wohin sie unterwegs war. Und er kannte den Wald wie seine Westentasche. Mit geschmeidigen Bewegungen verschwand er zwischen den Bäumen, um ihr zuvorzukommen.

TEIL DREI

Liebe ist stark wie der Tod;
Leidenschaft grausam wie das Grab.

DAS HOHE LIED SALOMOS

20

Erst als sie fast an Nathans Cottage angekommen war, bemerkte Jo, welche Richtung sie eingeschlagen hatte. Als sie stehenblieb, hörte sie Schritte. Ein Adrenalinstoß durchströmte sie. Sie ballte die Fäuste, ihre Muskeln wurden hart. Angriffsbereit fuhr sie herum.

Da trat Nathan aus dem Schatten des Waldes.

Als er sie sah, wurde er schneller. Einen Schritt vor ihr blieb er stehen. Seine Schuhe und der ausgefranste Saum seiner Jeans waren feucht, seine Haare vom auffrischenden Wind zerzaust.

»Na, kampfbereit?«

»Sieht so aus.«

Er trat vor und berührte mit seiner Faust ihr Kinn. »In zwei Runden hab ich dich am Boden. Wollen wir's versuchen?«

»Vielleicht ein andermal.« Das Blut, das in ihren Ohren pochte, beruhigte sich langsam wieder. Er hatte breite Schultern. Breit genug, um sich anzulehnen – wenn man der anlehnungsbedürftige Typ war. »Brian hat mich rausgeschmissen«, sagte sie und steckte die Hände in die Taschen. »Also bin ich ein bisschen spazierengegangen.«

»Ich auch. Ich bin fürs Erste genug gelaufen.« Er fuhr ihr mit den Fingern durchs Haar. »Wie steht's mit dir?«

»Ich hab mich noch nicht entschieden.«

»Warum kommst du nicht mit rein …?« Er nahm ihre Hand, spielte mit ihren Fingern. »Denk drüber nach.«

Ihr Blick wanderte von ihren Händen hoch zu seinen Augen und blieb dort. »Du willst doch nicht, dass ich zum Nachdenken reinkomme, Nathan.«

»Komm trotzdem rein. Schon zu Abend gegessen?«

»Nein.«

»Diese Steaks warten immer noch.« Er umfasste ihre Hand

fester und zog sie zur Hütte. »Warum hat Brian dich denn rausgeschmissen?«

»Streit in der Küche. Es war meine Schuld.«

»Na, dann werde ich dich nicht bitten, mir beim Grillen zu helfen.« Er betrat das Blockhaus und schaltete das Licht ein. »Dazu habe ich nur tiefgefrorene Pommes frites und einen weißen Bordeaux zu bieten.«

»Hört sich prima an. Kann ich mal eben telefonieren? Ich will nur Bescheid sagen, dass ich noch … eine Weile weg bin.«

»Aber bitte.« Nathan kramte die Steaks aus der Tiefkühltruhe. Sie ist so sprunghaft, dachte er, während er das Fleisch zum Auftauen in die Mikrowelle legte. An der Oberfläche wütend, darunter unglücklich.

Er fragte sich, warum ihn die Ursachen ihrer schwankenden Stimmungen so brennend interessierten. Während er sie in den Hörer murmeln hörte, machte er sich vergeblich an den Knöpfen der Mikrowelle zu schaffen. Sie legte auf und kam rüber.

»So weit habe ich die Sache noch im Griff«, sagte sie und drückte ein paar Knöpfe. »Im Auftauen habe ich Übung.«

»Ohne Bedienungsanleitung bin ich leider aufgeschmissen. Ich werfe schon mal den Grill an. Da drüben sind ein paar CDs, falls du Musik hören willst.«

Sie schlenderte durch den Raum hinüber zu dem Stapel CDs und der kleinen Kompaktanlage auf dem Couchtisch. Neben schnörkellosem Rock bevorzugte er offensichtlich die frühen Rebellen Mozart und Beethoven. Die Entscheidung zwischen der »Mondscheinsonate« und »Sympathy for the Devil« fiel ihr schwer.

»Das Feuer ist gleich so weit«, verkündete Nathan und wischte sich die Hände an den Jeans ab. »Wenn du …«

»Ich hatte einen Nervenzusammenbruch«, platzte sie heraus.

Langsam ließ er die Hände sinken. »Aha.«

»Du solltest es wissen, bevor die Sache mit uns weitergeht. Ich bin in Charlotte ins Krankenhaus eingeliefert worden. Ich bin zusammengeklappt, durchgedreht, bevor ich hierhergekommen bin. Kann sein, dass ich verrückt bin.«

Ihr Blick war beredt, ihre Lippen zusammengepresst. Nathan wusste, dass ihm nicht mehr als fünf Sekunden Zeit blieben, bis er reagieren musste. »Wie verrückt? So verrückt wie einer, der nackt durch die Stadt rennt und verkündet, er sei Napoleon? Oder so verrückt wie einer, der behauptet, von kleinen grünen Männchen entführt worden zu sein? Ich bin übrigens sicher, dass nicht jeder verrückt ist, der behauptet, von kleinen grünen Männchen entführt worden zu sein.«

Ihr fiel die Kinnlade herunter. »Hast du gehört, was ich gesagt habe?«

»Ja, ja, ich hab's gehört. Ich brauche nur eine kleine Erklärung. Willst du was trinken?«

Sie schloss die Augen. Vielleicht zogen sich Verrückte ja gegenseitig an. »Ich bin noch nicht nackt durch die Stadt gerannt.«

»Sehr gut. Andernfalls hätte ich mir die Sache noch mal überlegt.« Nathan beschloss, sie jetzt besser nicht zu berühren. Er öffnete den Kühlschrank und nahm den Wein heraus. »Also bist du von kleinen grünen Männchen entführt worden.«

»Ich versteh dich nicht«, murmelte sie. »Ich verstehe dich ganz und gar nicht. Ich habe zwei Wochen unter ärztlicher Beobachtung verbracht. Ich habe nicht mehr richtig getickt.«

Er goss zwei Gläser ein. »Jetzt scheinst du aber wieder richtig zu ticken«, sagte er und reichte ihr ein Glas.

»Woher willst du das wissen? Heute wäre ich fast schon wieder zusammengeklappt.«

»Prahlst du oder beklagst du dich?«

»Danach bin ich einkaufen gegangen.« Sie gestikulierte mit dem Glas. »Das ist kein Beweis für geistige Stabilität: um ein Haar zusammenbrechen und dann Unterwäsche aussuchen.«

»Was für Unterwäsche?«

Ihre Augen verengten sich. »Ich versuche dir gerade was zu erklären.«

»Und ich höre zu.« Er ergriff die Gelegenheit, ihre Wange zu streicheln. »Jo, hast du wirklich geglaubt, ich wäre nach dieser Eröffnung nicht mehr an dir interessiert?«

»Vielleicht.« Sie stieß den Atem aus, der ihre Lunge blockiert hatte. »Ja.«

Seine Lippen berührten ihre Stirn, und ihre Augen begannen zu brennen. »Dann bist du wirklich verrückt. Komm, setz dich und erzähl mir alles.«

»Ich kann jetzt nicht sitzen.«

»Okay.« Er lehnte sich an den Küchentisch. »Dann bleiben wir eben stehen. Also, was ist passiert?«

»Ich … Es ist … eine Menge. Beruflicher Stress, aber der ist nicht das Problem. Stress kann man positiv nutzen. Er motiviert. Viel Arbeit und enge Termine haben mir nie was ausgemacht. Ich mag feste Tagesabläufe, Aufgaben, Ziele. Ich stehe früh auf und weiß genau, was ich als Erstes, als Zweites, als Drittes und so weiter mache.«

»Spontaneität ist also nicht deine Stärke.«

»Eine spontane Handlung, und alles verschiebt sich. Wie soll man damit klarkommen?«

»Eine spontane Handlung«, kommentierte er, »und das Leben ist eine Überraschung – komplizierter zwar, aber oft umso interessanter.«

»Mag sein, aber ich hab mir nie ein interessantes Leben gewünscht.« Sie wandte sich ab. »Nur ein normales. Einmal ist meine Welt aus den Fugen geraten, und bis heute habe ich die Stücke nicht wieder zusammensetzen können. Also habe ich eine andere Welt geschaffen. Mir blieb gar nichts anderes übrig.«

Sein Körper straffte sich, und der Wein in seinem Mund schmeckte plötzlich sauer. »Geht es um deine Mutter?«

»Ich weiß es nicht. Vielleicht zum Teil. Die Psychiater waren sich da ganz sicher. Sie war ungefähr so alt wie ich jetzt, als sie uns verließ. Die Ärzte fanden das sehr interessant. Sie hat mich im Stich gelassen. Wiederhole ich den Zyklus, indem ich mich selbst im Stich lasse?«

Sie schüttelte den Kopf und wandte sich ihm wieder zu. »Aber es war nicht nur das. Damit bin ich den größten Teil meines Lebens klargekommen. Ich habe meine Entscheidungen getroffen und durchgezogen, ohne Kompromisse. Ich habe meinen Beruf immer gemocht – er befriedigt mich.«

Er wusste, dass seine Hand nicht ruhig bleiben würde, und stellte das Glas ab. »Jo Ellen, was uns in der Vergangenheit widerfahren ist, was uns andere Menschen angetan haben, darf nicht zerstören, was wir sind. Was wir haben. Das dürfen wir nicht zulassen.«

Sie schloss die Augen; seine Worte trösteten sie. »Das sage ich mir auch. Jeden Tag. Dann sind die Träume gekommen. Ich habe schon immer sehr lebhaft geträumt, aber diese Träume haben mich fast verrückt gemacht. Ich habe weder geschlafen noch gegessen. Ich weiß nicht mehr, ob das schon vor oder erst nach den ersten Bildern angefangen hat.«

»Welchen Bildern?«

»Jemand fing an, mir Fotos zu schicken. Von mir selbst. Zuerst nur von meinen Augen.« Sie strich sich über den Arm, um die Kälte zu vertreiben. »Ich hab versucht, es zu ignorieren, aber es ging nicht. Es hat mich nervös gemacht. Dann kam ein ganzer Packen Fotos – Dutzende. Ich vor dem Haus, im Supermarkt, bei einem Auftrag. Überall, wo ich hinging. Er war da, hat mich beobachtet.« Langsam strich ihre Hand über ihr rasendes Herz. »Und dann habe ich geglaubt, ich würde … mehr sehen. Ich habe halluziniert, bin in Panik geraten. Und zusammengebrochen.«

Wut stieg in ihm hoch. »Irgendein Dreckskerl hat dir nachspioniert, dich verfolgt, dich gequält, und du gibst dir die Schuld für deinen Zusammenbruch?« Er zog sie an sich.

»Ich bin nicht damit klargekommen.«

»Hör auf damit. Ein Mensch kann nicht mit allem klarkommen. Dieser Dreckskerl.« Er starrte über ihre Schulter und wünschte sich, etwas zu haben, womit er kämpfen konnte. »Und was unternimmt die Polizei von Charlotte dagegen?«

»Ich habe es nicht gemeldet.« Als er sie auf Armeslänge von sich stieß, weiteten sich ihre Augen. Und sie wurden noch größer, als sie die Wut in seinem Gesicht sah.

»Was? Du hast es nicht gemeldet? Du lässt den Kerl einfach so davonkommen? Ohne etwas zu unternehmen?«

»Ich wollte nur weg, weg von der ganzen Sache. Ich bin nicht mit der Situation klargekommen. Ich war wie gelähmt.«

Als er bemerkte, dass sich seine Finger in ihre Schulter gegraben hatten, gab er sie frei. Er griff nach seinem Glas und wandte ihr den Rücken zu. Und erinnerte sich daran, wie er sie auf der Insel zum ersten Mal getroffen hatte. Bleich hatte sie ausgesehen, erschöpft, unglücklich, die Augen gerötet.

»Du hast Ruhe gebraucht.«

In drei kurzen Stößen ließ sie ihren Atem entweichen. »Ja, wahrscheinlich. Aber heute ist mir klar geworden, dass ich sie hier nicht finde. Er war hier.« Entschlossen schluckte sie die erneut aufsteigende Panik hinunter. »Er hat mir von Savannah aus Fotos geschickt. Fotos, die er hier auf der Insel gemacht hat.«

Wieder überkam ihn eine Welle der Wut. Um äußere Ruhe bemüht, wandte sich Nathan langsam Jo zu. »Dann werden wir ihn finden. Und ihm das Handwerk legen.«

»Ich weiß ja noch nicht mal, ob er immer noch hier ist. Ob er zurückkommt, ob er … Und das Schlimmste ist, dass ich nicht weiß, warum. Aber langsam fange ich an, damit klarzukommen.«

»Das musst du nicht allein tun. Jo Ellen, mir liegt sehr an dir. Ich lasse nicht zu, dass du die Sache allein anpackst.«

»Vielleicht bin ich deshalb hierhergekommen. Vielleicht musste ich deshalb hierherkommen.«

Er stellte sein Glas ab und nahm ihr Gesicht zwischen seine Hände. »Ich lasse nicht zu, dass dir irgendjemand weh tut. Bitte glaub mir das.«

»Die Polizei hat gesagt …«

»Du bist zur Polizei gegangen?«

»Ja, heute. Ich …« Als seine Lippen zärtlich über ihre strichen, verlor sie einen Moment lang den roten Faden. »Sie haben gesagt, sie würden sich drum kümmern. Aber was sollen sie tun? Ich bin nicht bedroht worden.«

»Du fühlst dich bedroht.« Er ließ seine Hände über ihre Schultern gleiten. »Das ist mehr als genug. Höchste Zeit, etwas dagegen zu unternehmen.« Sein Mund liebkoste ihre Wange, ihre Schläfe, ihr Haar. »Ich passe auf dich auf«, murmelte er.

Die Worte kreisten in ihrem Kopf. »Was?«

»Denk jetzt einfach nicht dran. Nimm dir einen Abend frei.« Er ließ seine Finger an ihrer Wirbelsäule hoch und runter gleiten, bevor er sich zurücklehnte und sie betrachtete. »Ich habe noch nie jemanden gesehen, der ein blutiges Steak und ein Glas Wein nötiger gehabt hätte.«

Er gab ihr Zeit. Das war gut so. Etwas Besseres hätte er nicht tun können. Mühsam brachte sie ein Lächeln zustande. »Hört sich prima an. Es wäre schon gut, wenigstens mal eine Stunde nicht daran zu denken.«

»Dann werf ich jetzt die Steaks auf den Grill, du holst die Fritten raus. Und dann werde ich dich mit meinem neuen Projekt zu Tode langweilen.«

»Kannst du gerne versuchen, aber so leicht bin ich nicht kleinzukriegen.« Sie wandte sich der Gefriertruhe zu, öffnete sie und schloss sie sofort wieder. »Ich mag keinen Sex.«

Verblüfft trat er einen Schritt von der Mikrowelle zurück. Bevor er sie wieder ansah, musste er sich räuspern. »Wie bitte?«

»Sieht so aus, als würde Sex zu dem Deal gehören, den wir hier gerade aushandeln.« Jo verschränkte die Hände ineinander. Es war am besten, es direkt anzusprechen. Am praktischsten. Und jetzt war es raus.

Entschlossen griff Nathan nach seinem Glas und nahm einen großen Schluck. »Du magst keinen Sex.«

»Ich hasse ihn nicht«, begann Jo und nestelte nervös mit ihren Händen herum. »Jedenfalls nicht so sehr wie Kokosnüsse.«

»Kokosnüsse.«

»Ich hasse Kokosnüsse – selbst der Geruch stößt mich ab. Sex ist eher wie … Pudding.«

»Sex ist wie Pudding.«

»Pudding ist mir ziemlich egal.«

»Aha. Das bedeutet, wenn's Pudding gibt, ist es gut, und wenn's keinen gibt, ist es auch nicht schlimm.«

Ihre Schultern entspannten sich allmählich. »Ja, genau so ist es. Ich dachte, ich sag's dir besser vorher, damit du dir keine falschen Hoffnungen machst, wenn wir ins Bett gehen.«

Er ließ die Zunge über seine Zähne gleiten. »Kann es sein, dass du noch keinen richtig guten Pudding gegessen hast?«

Sie lachte. »Das Zeug schmeckt doch immer gleich.«

»Finde ich nicht.« Mit einem großen Schluck leerte er sein

Glas und stellte es ab. Als er langsam auf sie zukam, wurde ihr amüsierter Blick ängstlich. »Und ich bin versucht, dieses Thema hier an Ort und Stelle anzugehen.«

»Nathan, das war keine Aufforderung, das war nur eine …« Als er sie in die Luft hob, blieben ihr die Worte im Hals stecken. »Warte einen Augenblick.«

»Meine Puddings waren berühmt, seinerzeit.«

»Ich habe nicht gesagt, dass ich mit dir schlafen will.«

»Aber du hast doch eben gesagt, es sei dir egal, oder?« Er trug sie durch den Gang, ließ sie aufs Bett plumpsen und legte sich auf sie. »Ein kleiner Pudding hat noch niemandem geschadet.«

»Ich will nicht …«

»O doch, du willst.« Seine Lippen berührten beinahe ihren Mund. »Und ich will auch. Erzähl mir bitte nicht, dass du nicht die ganze Zeit daran denkst.«

Sie spürte seinen warmen, festen Körper, blickte in seine offenen, direkten Augen. »Ich denke dran.«

»Das reicht.« Sein Mund senkte sich auf ihren.

Sein Geschmack, das plötzliche ungezügelte Verlangen nach ihm vertrieb alle Zweifel. Erleichtert, weil er nicht viel von ihr erwarten würde, erwiderte Jo seine Umarmung.

»Dein Mund.« Zärtlich nagte er an ihrer vollen Oberlippe. »Wie sehr habe ich mich nach deinem Mund gesehnt. Er macht mich völlig verrückt.«

Jo musste ein Lachen unterdrücken. Dann trafen sich ihre Zungen, und im selben Moment spürte Jo ein überraschendes Brennen zwischen ihren Schenkeln. Als ihr ein leises Stöhnen entwich, drang seine Zunge weiter und weiter vor.

Ihr wurde schwindlig. So hatte er sie noch nie geküsst. Sie hatte nie gewusst, dass ein leidenschaftlicher Kuss an den unmöglichsten Stellen kribbeln und brennen konnte.

Er riss sich von ihrem Mund los, küsste sanft ihren Hals, ließ seine Zunge dort verweilen, entwirrte sie, Knoten für Knoten. Und Sekunde für Sekunde entspannte sich ihr Körper mehr, während sich in ihrem Innern ein Beben zusammenbraute. Verzaubert ließ sie ihre Hände über seine Schultern, seinen Rücken hinabgleiten.

Als sein Mund wieder auf ihren traf, begrüßte sie ihn leidenschaftlich und genoss die heißen Schauer, die sie durchströmten. Wieder bäumte sie sich unter ihm auf, und diesmal verfluchte sie die Hindernisse, die sie davon abhielten, ihn in sich aufzunehmen.

Mit seinen Zähnen fasste er ihr Ohrläppchen und biss es zärtlich. »Diesmal ist es uns aber nicht egal.«

Er richtete sich auf, bestieg sie rittlings. Die letzten Strahlen der untergehenden Sonne fielen durch das Fenster und setzten die Luft in Brand. Ihr Haar loderte im satten Rot des Herbstlaubs. Ihre Augen waren vom Blau des Hochsommers, ihre Haut schimmerte im zarten Rosaton des Frühlings.

Er nahm ihre Hand, küsste Finger für Finger.

»Was tust du?«

»Ich weide mich an dir. Deine Hand zittert, und deine Augen sind voller Fragen.« Sanft nagte er an ihren Fingerknöcheln. »Es erregt mich.«

»Ich habe keine Angst.«

»Nein, du bist verwirrt.« Er öffnete den ersten Knopf ihrer Bluse. »Und das ist noch besser. Du weißt nicht, was ich im nächsten Augenblick mit dir mache.«

Nachdem er den letzten Knopf geöffnet hatte, schlug er die Bluse zur Seite und ließ seinen Blick abwärtswandern. Sie trug einen stahlblauen BH, dessen seidiger Schimmer sich mit dem milchigen Teint ihrer Brüste maß.

»Schön, schön.« Obwohl er seine Lust kaum noch zügeln konnte, sah er ihr wieder in die Augen. »Wer hätte das gedacht?«

»Das ist nicht meiner.« Als er lächelte, verfluchte sie sich. »Ich meine, ich habe ihn nur gekauft, damit Lexy endlich aufhörte, mich in dem Geschäft zu nerven.«

»Gott segne Lexy.« Er sah ihr ins Gesicht und legte seine Daumen sanft auf den Rand des BHs. Ihre Lider flatterten, senkten sich. »Du weichst mir aus.« Seine Daumen wanderten ein winziges Stück abwärts. »Aber das werde ich ändern. Ich will dich seufzen hören, Jo Ellen. Ich will dich stöhnen hören. Und dann will ich dich schreien hören.«

Sie öffnete die Augen, aber als seine Daumen ihre Brustwarzen erreichten, stockte ihr der Atem. »O Gott.«

»Du versteckst zu viel. Nicht nur deinen beachtlichen Körper. Du versteckst zu viel von dir selbst. Aber ich werde alles sehen und alles haben, bevor wir hier fertig sind.«

Er löste den vorderen Verschluss des BHs und beobachtete, wie der weiche Stoff ihre Brüste freigab. Dann senkte er den Kopf und begann, sie zu liebkosen.

Zuerst entwich ihr ein heiseres Stöhnen, dann atemlose, kleine, spitze Schreie. Die Anspannung schmerzte fast unerträglich. Sie wand sich unter ihm, um ihr Verlangen zu dämpfen, aber es wurde immer brennender.

Atemlos zog sie ihm sein T-Shirt über den Kopf und warf es beiseite. In ihrem Innern toste der Sturm, trieb sie auf diesen hohen, spitzen Gipfel zu und zog sie dann wieder zurück, nur Zentimeter zurück, bevor sie ihn besteigen konnte.

Sein Mund, seine Hände waren überall, und alles, was sie noch zustande brachte, war ein unverständliches Stammeln. Sie krümmte und wand sich, versuchte, sich zu befreien.

Aber er hielt sie in der Falle jenes unerträglichen Verlangens gefangen. Er ließ ihr keine andere Wahl, als den wilden Kampf, den die Empfindungen untereinander ausfochten, durchzustehen. Er zog ihr die Jeans über die Hüften nach unten, bis der blaue Fleck Satin zum Vorschein kam. Sein Mund erforschte ihren Bauch, bewegte sich immer weiter abwärts, bis sein stoßweiser Atem im gleichen Rhythmus wie ihrer ging.

Sie hörte ihr eigenes Betteln nicht.

Er musste nur einen Finger unter den Stoff schieben, musste sie nur berühren, um sie explodieren zu lassen.

Endlich, endlich, war alles, was sie denken konnte, als die Spannung langsam nachließ. Ihre Muskeln wurden schlaff, und dankbar holte sie tief Luft. Nur um sie mit einem unterdrückten Schrei wieder entweichen zu lassen, als seine geschickten, unerbittlichen Finger sie wieder nach oben trieben.

Glaubte sie, das sei schon alles gewesen? Während er den feinen Stoff wegriss, hämmerte das Blut in seinem Kopf, in seiner Brust und seinen Lenden. Glaubte sie, er würde sie beide so leicht davonkommen lassen? Er stemmte ihre Hüften in die Höhe und ließ seiner Zunge freien Lauf.

Und sie schrie.

Ihre Arme wirbelten nach hinten, ihre Hände umklammerten verzweifelt die schmiedeeisernen Bettpfosten, als befürchtete sie, im nächsten Moment von einer gewaltigen Woge weggerissen zu werden. Hinter ihren geschlossenen Lidern zuckten violette Blitze, unter ihrer Haut raste das Blut. Wieder zersprang sie, und tausend Stücke flogen in alle Richtungen.

Seine Hände griffen nach ihren und pressten sie noch fester um die Bettpfosten. Jetzt tauchte er in sie ein, füllte sie aus, nahm sie unerbittlich, um mit langsamen, kraftvollen, ausdauernden Stößen dem Gipfel entgegenzutreiben. Ihr Blick verschwamm, aber dennoch konnte sie seine Augen sehen, in denen das klare Grau sich immer schwärzer trübte.

Hilflos passte sie sich seinem Rhythmus an. Sie rang nach Atem, während er schneller wurde. Als sich sein Mund mit ihrem vereinte, konnte sie sich nur noch ergeben. Dann verlor sie die Kontrolle über ihren Körper und ließ es geschehen.

Und auch er ließ sich jetzt gehen und folgte ihr.

Sie wusste nicht, ob sie geschlafen hatte oder ob sie in ein Koma gefallen war. Aber als sie die Augen öffnete, war es um sie herum finster. Entweder ist es stockdunkel, dachte Jo verwirrt, oder ich bin blind geworden.

Er lag auf ihr, sein Kopf ruhte zwischen ihren Brüsten. Sie fühlte seinen Herzschlag, vernahm das leise Seufzen des Windes, der durch die Läden strich.

Er spürte ihre fast unmerkliche Bewegung. »Ich lass dich gleich frei.«

»Schon gut, ich kann fast atmen.«

Lächelnd küsste er ihre Brüste, dann rollte er sich zur Seite. Bevor sie eine Bewegung tun konnte, nahm er sie in den Arm und zog sie an sich. »Was für ein Pudding.«

Sie öffnete den Mund zu einer spitzen Bemerkung, brachte aber nur ein Lachen zustande. »Wahrscheinlich war ich in Sachen Nachtisch nicht richtig informiert.«

»Dann ist es Zeit für einen Nachschlag.«

Ohne nachzudenken schmiegte sie sich an ihn. »Gib uns noch ein bisschen Zeit, sonst überleben wir das nicht.«

»Keine Angst, zuerst gibt's die Steaks, und dann mach ich dich ein bisschen betrunken. Das war übrigens mein ursprünglicher Plan. Und dann gibt es den nächsten Nachschlag.«

»Was? Du wolltest mich betrunken machen?«

»Das war eine meiner Ideen. Ich habe auch daran gedacht, auf deinen Balkon zu klettern. Mantel-und-Degen-mäßig.«

»Dabei hättest du dir das Genick gebrochen.«

»Ach was, Brian und ich sind früher wie die Affen in den Bäumen herumgeklettert.«

»Damals wart ihr zehn.« Sie stützte sich auf ihren Ellbogen und schüttelte das Haar zurück. »Heute bist du mindestens vierzig Kilo schwerer und kaum gelenkiger.«

»Nicht gerade der richtige Augenblick, um meine Gelenkigkeit in Frage zu stellen, finde ich.«

Lächelnd rieb sie ihre Stirn an seiner. »Du hast völlig recht. Vielleicht überraschst du mich ja eines Nachts.«

»Vielleicht. Aber zuerst …« Behutsam strich er ihr Haar zurück und setzte sich auf. »Aber zuerst gibt's was zu essen.«

»Nathan?« Nachdenklich strich sie das zerwühlte Laken glatt. »Warum betreibst du für mich den ganzen Aufwand?«

Er schwieg einen Moment lang. Er war nicht sicher, ob er seine Reaktion, seine Worte unter Kontrolle hatte. Nachdem er in seine Jeans gestiegen war, betrachtete er ihre Silhouette, die sich gegen die Dunkelheit abhob. »Ich musste dich nur wiedersehen, Jo Ellen. Das war alles. Das hat mich völlig umgehauen, und ich bin immer noch atemlos.«

»Ich bin ganz durcheinander, Nathan.« Sie schluckte, froh, dass er in der Dunkelheit ihr Gesicht nicht sehen konnte. Diese Sehnsucht, die in ihr aufgestiegen war, ließ sich nicht verbergen. »Ich weiß nicht mehr, was ich denke oder fühle. Ohne mich wärst du besser dran.«

»Ich hab mich manchmal für den einfachen Weg entschieden. Normalerweise läuft es darauf hinaus, dass ich mich langweile. Du bist alles andere als langweilig.«

»Nathan …«

»Es ist reine Zeitverschwendung, mit mir zu streiten, während du nackt auf meinem Bett sitzt.«

Sie fuhr sich mit einer Hand durchs Haar. »Stimmt. Wir streiten lieber später.«

»Okay. In der Zwischenzeit kümmere ich mich um die Steaks.« Und da er vorhatte, sie möglichst schnell wieder nackt in seinem Bett zu haben, würde nicht viel Zeit zum Streiten bleiben.

21

Bitte bleib.« Nathan schlang die Arme um Jos Taille und lieb-koste ihren Nacken. Ihr Haar war noch feucht von der gemein-samen Dusche. Der Seifenduft auf ihrer Haut erregte ihn er-neut. »Ich mach dir morgen auch Frühstück.«

Sie legte den Arm um seinen Hals. Die Nähe fiel ihr nicht mehr schwer. »Du hast gar nichts im Haus.«

»Brot. Ich habe Brot da.« Er drehte sie zu sich um. »Ich bin berühmt für meinen Toast.«

»So unglaublich schmackhaft das auch klingt … Nathan.« Halb lachend, halb stöhnend versuchte sie sich aus seiner Um-armung zu befreien. »Glaub mir, wir bringen einander um, wenn ich bleibe. Und ich muss wirklich zurück.«

»Es ist noch nicht mal Mitternacht.«

»Es ist schon nach eins.«

»Dann ist es ja praktisch schon morgen früh, und du kannst gleich hierbleiben.«

»Ich habe zu Hause noch was zu klären. Und außerdem muss ich mich bei Brian entschuldigen; ich hab ihn heute Abend im Chaos zurückgelassen.«

Sie strich ihm übers Gesicht und genoss das Gefühl seiner warmen Haut unter ihren Fingern. Seine Wangen, sein Kinn, seine Bartstoppeln. Hatte sie jemals das Gesicht eines Mannes so genau erforscht? Oder Lust dazu gehabt?

»Und ich muss nachdenken.« Entschlossen entzog sie sich ihm. »Ich bin es gewohnt zu planen, Nathan, alles zu organisie-ren. Das hier ist Neuland für mich.«

Sein Daumen folgte der Falte, die sich zwischen ihren Brauen gebildet hatte. »Dann musst du dich eben umgewöhnen.«

Die zärtliche Berührung jagte ihr eine Gänsehaut über den Rücken. »Aber das braucht Zeit. Und jetzt muss ich nach Hause.«

Er begriff, dass sie es ernst meinte. »Ich fahr dich rüber.«

»Ist nicht nötig.«

»Jo.« Er legte die Hände auf ihre Schultern, seine Stimme war ruhig. »Du läufst auf keinen Fall allein draußen rum.«

»Ich hab keine Angst. Ich werde nie wieder Angst haben.«

»Schön für dich, aber ich bringe dich trotzdem nach Hause. Wir könnten uns natürlich auch noch ein bisschen im Schlafzimmer darüber streiten, und ich bringe dich morgen früh zurück. Hat dein Vater ein Gewehr?«

Jo musste lachen. »Er wird dich nicht erschießen, nur weil du mit mir geschlafen hast.«

»Das wäre die Sache jedenfalls wert gewesen.«

»Hat schon mal jemand auf dich geschossen?« fragte Jo, als sie in seinen Jeep stieg.

»Nein.« Er ließ den Motor an. »Aber habe die Mandeln rausgenommen bekommen. Ist das nicht schlimmer?«

»Ich fürchte, nein.«

Sie streckte die Beine aus und schloss die Augen. Eine wohlige Müdigkeit überfiel sie. Ihr Körper war entspannt, ihr Geist angenehm benebelt. Die Nachtluft fühlte sich wie Seide an.

»Am schönsten sind die Nächte auf dieser Insel«, murmelte sie. »Wenn es still ist und alle anderen schlafen. Dann kann man den Wald und das Meer riechen, das Flüstern der Wellen hören.«

»Man ist allein und doch nicht einsam.«

»Als kleines Mädchen hab ich mir oft vorgestellt, was ich tun würde, wenn ich die Insel ein paar Tage lang ganz für mich allein hätte. Aber dann habe ich es geträumt, und ich hatte Angst. Im Traum bin ich durch das Haus gerannt, durch den Wald und den Strand entlang. Ich habe die anderen gesucht, aber ich war ganz allein. Und dann bin ich schreiend aufgewacht. Daddy hat mich wieder beruhigt.«

»Und jetzt machst du Fotos vom Alleinsein.«

»Ja, wahrscheinlich.« Mit einem Seufzen öffnete sie die Augen und sah in der Dunkelheit einen schwachen Lichtschein. »Kate hat das Licht für mich angelassen.«

Während sie sich dem Haus näherten, sah Jo das Licht durch die Bäume tanzen. Einmal war sie vor diesem Licht weggerannt, einmal war sie darauf zugerannt. Sie hoffte, dass sie eines Tages in beiden Richtungen ohne Angst würde gehen können.

Als sie in die Einfahrt bogen, erhob sich eine Gestalt aus der Hollywood-Schaukel auf der Veranda. Ihr Magen krampfte sich zusammen, aber Nathan legte beruhigend seine Hand auf ihre.

»Du bleibst hier im Wagen.«

»Nein, ich …« Sie atmete auf. »Es ist Brian.« Die Welle der Erleichterung, die sie erfasste, kam ihr fast kindisch vor.

Jetzt erkannte auch Nathan, dass es Brian war. »Okay, lass uns aussteigen.«

»Nein.« Sie drückte seine Hand. »Lass es uns nicht noch komplizierter machen. Wenn er mir immer noch böse ist, dann zu Recht. Ihr seid Freunde, und ich möchte nicht zusehen, wie ihr mit dem Problem fertig werdet, dass du mit seiner Schwes-ter geschlafen hast.«

»Er scheint nicht bewaffnet zu sein.«

Jo musste lachen. »Fahr jetzt nach Hause.« Sie wandte sich ihm zu und streifte mit ihrem Mund flüchtig seine Lippen. Es fiel ihr ganz leicht. »Lass Brian und mich unsere Familienstrei-tigkeiten unter uns ausmachen. Wir sind viel zu höflich, um es vor deinen Augen zu tun.«

»Ich würde dich morgen gern sehen.«

Sie öffnete die Wagentür. »Komm zum Frühstück rüber – es sei denn, du bestehst auf deinem weltberühmten Toast.«

»Ich werde da sein.«

Sie wandte sich zum Gehen. Erst als sie Nathan wegfahren hörte, stieg sie die Stufen zur Veranda hoch. »Hallo«, begrüßte sie Brian kühl. »Schöne Nacht, um auf der Veranda zu sitzen.«

Er blickte sie einen Augenblick schweigend an und kam dann so schnell auf sie zugestürzt, dass sie vor Schreck beinahe laut losgeschrien hätte. Er umarmte sie und zog sie an sich. »Es tut mir leid. Es tut mir so leid.«

Jo war verblüfft. Sie wollte ihm den Rücken tätscheln, und schnappte nach Luft, als er sie von sich stieß und schüttelte.

»Es ist deine eigene Schuld. Es ist so verdammt typisch für dich.«

»Was? Wovon redest du überhaupt? Hör auf, mich rumzuschubsen.«

»Rumschubsen? Den Hintern sollte ich dir versohlen. Warum, zum Teufel, hast du mir nicht erzählt, was mit dir los ist? Warum hast du mir nicht gesagt, dass du Probleme hast?«

»Wenn du mich nicht sofort loslässt …«

»Glaub ja nicht, dass du so weitermachen kannst wie bisher – alle anderen aus dem Weg stoßen, damit du …«

Er grunzte, als ihre Faust in seiner Magengrube landete. Der schnelle, kraftvolle Hieb brachte ihn aus dem Gleichgewicht. Er ließ die Hände sinken und kniff die Augen zusammen.

»Du hast dich wirklich nicht verändert. Eine gute Rechte hattest du schon immer.«

»Du hast Glück gehabt, dass ich mir nicht dein hübsches Gesicht ausgesucht habe. Da du offensichtlich nicht in der Lage bist, dich zivilisiert zu unterhalten, geh ich jetzt ins Bett.«

»Ein Schritt zur Tür, und ich leg dich übers Knie.«

Jo stellte sich auf die Zehenspitzen. »Wag das ja nicht, Brian Hathaway.«

»Fordere mich nicht heraus, Jo Ellen. Seit zwei Stunden warte ich hier auf dich und mache mir wahnsinnige Sorgen.«

»Ich war bei Nathan, was du genau wusstest. Kein Grund, dir über mein Sexleben Sorgen zu machen.«

»Davon will ich nichts hören. Ich spreche gar nicht von Nathan und dir …«

Jo biss sich auf die Zunge, um nicht laut loszulachen. Wenn sie geahnt hätte, wie leicht es war, ihren Bruder zu foppen, hätte sie schon längst ausgiebig Gebrauch davon gemacht.

»Ach so.« Zufrieden über den Punktgewinn schlenderte sie hinüber zu der Hollywoodschaukel, machte es sich darin bequem und kramte eine Zigarette aus der Packung. »Also, worüber möchtest du reden, Brian?«

»Markier nicht die Lässige, Jo Ellen, das steht dir nicht.«

Sie zündete die Zigarette an. »Es ist spät, und ich bin müde. Wenn du mir was sagen willst, dann schieß los, damit ich ins Bett komme.«

»Du hättest nicht allein sein sollen.« Seine Stimme klang

jetzt wieder ruhig. »Du hättest das nicht allein durchmachen sollen, nicht allein im Krankenhaus sein sollen.«

Sie nahm einen langen Zug. »Es war mein Problem.«

»Genau, Jo.« Er machte einen Schritt auf sie zu und hakte dabei die Daumen in die Vordertaschen seiner Jeans. »Deine Probleme, deine Erfolge, dein Leben. Hast du je daran gedacht, jemand anders daran teilhaben zu lassen?«

»Was hättest du denn machen können?«

»Ich hätte da sein können. Ich wäre da gewesen. Ja, jetzt bist du platt, was?« sagte er, bevor sie den Blick senkte. »Ganz gleich, wie kaputt diese Familie ist – ich hätte dich nicht im Stich gelassen. Ab jetzt bist du jedenfalls nicht mehr allein.«

»Ich war bei der Polizei.«

»Ich spreche nicht von der Polizei, obwohl jeder Schwachkopf schon in Charlotte Anzeige erstattet hätte.«

Sie klopfte die Asche ab und nahm noch einen Zug. »Du musst dich entscheiden, ob du mich beschämen oder beschimpfen willst.«

»Ich kann beides.«

Ärgerlich schnippte sie die Zigarette weg und schaute ihr nach, bis die Glut verlosch. »Ich bin nach Hause gekommen, oder?«

»Das war halbwegs vernünftig. Du hast ausgesehen wie etwas, das man fünf Meilen über eine Schotterstraße gezogen hat, und dann erzählst du niemandem, was los ist. Außer Kirby. Du hast es Kirby erzählt, nachdem ich dich zu ihr geschleppt habe, oder?« Seine Augen funkelten. »Die knöpf ich mir später noch vor.«

»Du lässt sie in Ruhe. Ich habe ihr erzählt, dass ich einen Zusammenbruch hatte. Nicht mehr. Und sie ist nicht verpflichtet, ihrem Liebhaber medizinische Sachverhalte mitzuteilen.«

»Du hast es Nathan erzählt.«

»Ja, heute Abend. Ich dachte, das sei nur fair.« Müde rieb sie sich die Stirn. Irgendwo in der Dunkelheit schrie eine Eule.

»Soll ich dir jetzt alles noch mal von vorne erzählen, Brian? Jede kleine Einzelheit?«

»Nein.« Seufzend ließ er sich neben ihr nieder. »Nein, nicht

314

nötig. Ich glaube, du hättest uns schon viel früher eingeweiht, wenn wir nicht alle so zerstritten gewesen wären. Darüber hab ich nachgedacht, während ich hier gesessen und mich in Rage gebracht habe, um dich auszuschimpfen.«

»Dazu gehörte ja nicht viel. Du warst doch schon sauer auf mich, als du mich vorhin aus dem Haus geschmissen hast.«

Er lachte heiser auf. »Es war deine eigene Schuld, dass du dich hast rauswerfen lassen. Es ist immerhin auch dein Haus.«

»Nein, das Haus gehört dir, Brian. Es hat dir immer mehr als allen anderen gehört.« Sie sprach die Worte sanft aus. »Du hast dich immer am meisten darum gekümmert, du hast immer am meisten daran gehangen.«

»Ist das schlimm für dich?«

»Nein, es ist eher beruhigend. Ich brauche mir keine Sorgen über ein undichtes Dach zu machen, weil du es tust.«

Sie legte den Kopf in den Nacken, betrachtete den weißen, glänzenden Anstrich der Veranda und ließ dann den Blick über den mondbeschienenen Garten schweifen.

»Ich will nicht hier leben. Lange Zeit dachte ich, ich wollte nie mehr hier sein. Aber ich habe mich getäuscht. Ich brauche es ab und zu. Das Haus und die Insel bedeuten mir mehr, als ich mir eingestehen wollte. Die warmen, klaren Nächte, der Duft von Jasmin und Mamas Rosen. Lexy und ich können nicht auf Dauer hier leben, so wie du es kannst. Aber wir müssen uns von Zeit zu Zeit vergewissern, dass Sanctuary noch immer auf dem Hügel steht und dass uns niemand die Türen verschließt.«

»Das wird nie passieren.«

»Ich habe geträumt, dass ich vor verschlossenen Türen stand und nicht reinkonnte. Ich habe gerufen, aber niemand kam. Alle Fenster waren dunkel.« Sie schloss die Augen, um sich das Bild in Erinnerung zu rufen, um festzustellen, ob sie es jetzt aushalten konnte. »Ich hab mich im Wald verlaufen. Ich war allein, hatte Angst und hab nicht mehr rausgefunden. Dann sah ich mich selbst auf der anderen Seite des Flusses stehen. Aber es war nicht ich. Es war Mama.«

»Du hast immer seltsame Träume gehabt.«

»Vielleicht bin ich schon immer verrückt gewesen.« Sie lächelte kurz, dann starrte sie in die Dunkelheit. »Ich sehe aus wie sie, Brian. Manchmal schaue ich in den Spiegel und bekomme einen Schreck. Und das war es auch, was mir den Rest gegeben hat. Als diese Fotos ankamen, die Fotos von mir. Ich hab gedacht, auf einem wäre Mama zu sehen gewesen. Sie war tot. Nackt, mit weit aufgerissenen Augen, die wie die Glasaugen einer Puppe ins Leere gestarrt haben. Sie hat wie ich ausgesehen.«

»Jo …«

»Aber das Bild war nicht da«, fügte sie schnell hinzu. »Es hat gar nicht existiert. Ich hab's mir nur eingebildet. Ich mag keine Bilder von mir, weil ich immer sie darin sehe.«

»Du siehst ihr vielleicht sehr ähnlich, Jo, aber du bist ganz anders. Du bringst zu Ende, was du anfängst.«

»Ich bin von hier weggelaufen.«

»Du bist weggegangen«, korrigierte er sie. »Du bist weggegangen, um dir ein eigenes Leben aufzubauen. Das ist etwas ganz anderes, als ein bereits angefangenes Leben aufzugeben und all die Menschen, die einen brauchen, im Stich zu lassen. Du bist nicht Annabelle.« Er legte den Arm um ihre Schulter und gab der Schaukel einen sanften Stups. »Und du bist nicht verrückter als wir anderen hier.«

Jo lachte. »Ein tröstlicher Gedanke.«

Es war schon spät, als Susan Peters das gemietete Cottage verließ. Sie hatte sich heftig mit ihrem Mann gestritten, allerdings nur in gedämpfter Tonlage, damit die Freunde, mit denen sie sich das Cottage teilten, nichts davon mitbekamen.

Ihr Mann war ein Idiot. Eigentlich wusste sie nicht mehr, warum sie ihn geheiratet hatte, geschweige denn, warum sie drei Jahre verheiratet geblieben war. Jedes Mal, wenn sie es wagte, das Thema Hauskauf anzuschneiden, fing er an, von Anzahlungen, Steuern, Kosten und Geld, Geld, Geld zu sprechen. Wofür arbeiteten sie sich beide die Finger wund? Sollte sie bis zum Ende ihrer Tage in einer Wohnung in Atlanta hausen?

Zum Teufel mit den Annehmlichkeiten, dachte sie und warf ihre braunen Locken nach hinten. Sie wollte einen Garten und eine Küche, in der sie all die köstlichen Gerichte kochen konnte, die sie in den Abendkursen gelernt hatte.

Aber alles, was Tom dazu einfiel, war »eines Tages«. Gut und schön, aber wann würde dieser eine Tag kommen?

Wütend zog sie ihre Schuhe aus und stapfte den Strand entlang, den Blick auf das ruhige Meer gerichtet. Sanfte Wellen klatschten leise an das kleine Boot, das sie gemietet hatten.

Für ein blödes Boot war ihm sein Geld nicht zu schade. Er musste ja unbedingt jeden Tag zum Angeln rausfahren.

Für eine Anzahlung hatten sie schon genug. Sie ließ sich auf dem Sand nieder und blickte trotzig auf die mondbeschienene Wasseroberfläche. Sie hatte sich über die Immobilienpreise und alle Einzelheiten der Finanzierung informiert. Und sie wollte es unbedingt, dieses kleine süße Haus in der Peach Blossom Lane.

Natürlich würde es in den ersten Jahren finanziell ziemlich eng werden, aber damit kämen sie schon klar. Sie hatte so sehr gehofft, ihn für diese Idee begeistern zu können.

Außerdem ärgerte es sie grün und blau, dass Mary Alice und Jim in Kürze ein Haus in der hübschen Neubausiedlung beziehen würden. Mit einer Magnolie im Vorgarten und einem kleinen Patio hinter der Küche.

Sie bereute, dass sie nicht bis zu ihrer Rückkehr gewartet hatte, um Tom weiter zu bearbeiten. Das wäre eindeutig klüger gewesen. Sie wusste, wie wichtig es bei Tom war, den richtigen Augenblick zu erwischen. Aber sie war so wütend gewesen – sie hatte einfach nicht aufhören können.

Sie hörte Schritte hinter sich. »Wenn du dich wieder mit mir versöhnen willst, bist du leider vergebens gekommen, Tom Peters. Ich bin immer noch stinksauer auf dich«.

Die Tatsache, dass er nicht antwortete, machte sie noch wütender. »Geh am besten wieder zurück zu deinem Scheckbuch. Du interessierst dich ja doch nur für Geld.«

Immer noch keine Antwort. Sie biss zornig die Zähne aufeinander und drehte sich um. »Hör mal gut zu, Tom – oh.« Die Röte schoss ihr ins Gesicht, als sie ein fremdes Gesicht sah. »Entschuldigen Sie. Ich habe Sie für jemand anderen gehalten.«

Er lächelte freundlich. »Macht nichts. Ich werde Sie auch für jemand anderen halten.«

Noch bevor der Schrei ihren Mund verlassen konnte, schlug er zu.

Es wird nicht perfekt sein, entschied er nach einem Blick auf die Frau, die zusammengekrümmt zu seinen Füßen lag. Diese Übungsstunde war nicht geplant gewesen, aber er hatte nicht schlafen können. Er hatte ständig an Jo denken müssen, und sein sexuelles Verlangen war ungewöhnlich stark gewesen.

Und dann hatte er die hübsche Brünette mutterseelenallein am Strand sitzen sehen, wie ein Geschenk.

Einem geschenkten Gaul schaut man nicht ins Maul, dachte er vor sich hin kichernd, als er sie auf seine Arme lud. Sie würden sich einen anderen Ort suchen. Für den Fall, dass dieser Tom tatsächlich auftauchte.

Sie war ganz leicht, und ein bisschen Training konnte nicht schaden. Er pfiff lautlos vor sich hin, während er sie durch die Dünen trug und schließlich am Fuße eines Sandhügel im Mondschein niederlegte. Ein malerisches Fleckchen, dachte er.

Und vor allem einsam.

Mit seinem Gürtel schnürte er ihre Hände zusammen, und mit einem der Seidentücher, die er immer bei sich trug, knebelte er sie. Er zog sie zuerst aus und stellte erfreut fest, dass ihr Körper straff und durchtrainiert war. Während er aus seiner Jeans stieg, stöhnte sie leise auf.

»Mach dir keine Sorgen, meine Süße, du bist sehr schön. Und sehr sexy. Das Mondlicht schmeichelt dir.«

Er griff nach seiner Kamera, der Pentax-Spiegelreflex, die er gern für Porträts benutzte. Zufrieden stellte er fest, dass er einen hochempfindlichen Film eingelegt hatte. Diesmal wollte er alle Einzelheiten einfangen. Die Fotos sollten messerscharf sein. Er würde in der Dunkelkammer wohl noch ein wenig nachhelfen müssen, damit die Kontraste seinen Vorstellungen entsprachen.

Leise pfeifend montierte er den Blitz auf und drückte dreimal ab, bevor ihre Lider zu zucken begannen.

»Gut, gut, wach nur auf. Schön langsam. Damit ich ein paar Nahaufnahmen von diesem hübschen Gesicht machen kann. Die Augen sind dabei das Beste. Wie immer.«

Als sie die Lider aufschlug, wurde er hart. Ihr Blick war zunächst schmerzvoll und verwirrt. »Schön. Wunderschön. Ja, sieh mich an, Baby. Genau so.«

Entzückt hielt er fest, wie sie allmählich begriff und sich dann Furcht in ihrem Blick widerspiegelte. Als sie sich zu bewegen begann, legte er die Kamera beiseite. Das Gezappel würde die Aufnahmen nur verderben. Immer noch lächelnd griff er nach dem Revolver, der auf seiner fein säuberlich zusammengefalteten Jeans lag, und zeigte ihn ihr.

»Ich will, dass du jetzt schön stillhältst und tust, was ich dir sage. Zwing mich nicht, das Ding hier zu benutzen. Du verstehst mich doch, oder?«

In ihren Augen sammelten sich Tränen. Aber sie nickte. Sie war zu Tode erschrocken, und obwohl sie versuchte, sich nicht zu bewegen, durchlief sie ein Schaudern nach dem anderen.

»Ich will dich nur fotografieren. Wir haben so eine Art Fototermin. Eine hübsche Frau wie du muss doch keine Angst haben, wenn sie fotografiert wird.«

Er tauschte den Revolver gegen die Kamera aus und setzte sein gewinnendstes Lächeln auf. »So, und jetzt ziehst du brav die Knie an und drehst sie nach links. Du hast einen hübschen Körper. Und den wollen wir von seiner besten Seite zeigen.«

Während das Entsetzen in ihrem Blick immer größer und sie bleicher und bleicher wurde, wuchs seine Erregung. Seine Hände begannen zu zittern, und er wusste, dass er nicht länger warten konnte.

Vorsichtig legte er die Kamera auf sein Hemd. Während sein Herz wie wild schlug, legte er behutsam die Hand an ihre Kehle und blickte ihr tief in die Augen.

»Du bist schön«, murmelte er. »Und du bist wehrlos. Das weißt du doch, oder? Du kannst nichts tun. Ich habe dich in der Hand. Oder nicht?«

Sie schluchzte in den Knebel und versuchte zu nicken. Als seine Hand ihre Brust umschloss und zudrückte, flehte sie verzweifelt und warf den Kopf von einer Seite zur anderen. Wie in wilder Flucht grub sie ihre Fersen in den Sand.

Er bestieg sie rittlings. »Das wird dir nicht helfen.« Als sie sich unter ihm wand, durchliefen ihn heiße Schauer. »Je mehr du dich wehrst, desto besser gefällt es mir. Versuch zu schreien.« Wieder quetschte er ihre Brüste zusammen, dann beugte er sich hinunter, um hineinzubeißen. »Los, verdammt, schrei schon.«

Sie brachte ein heiseres Ächzen zustande, das ihr in der Kehle brannte. Verzweifelt kämpfte sie gegen den Knebel in ihrem Mund an, versuchte, ihn zwischen die Zähne zu bekommen, sich mit der Zunge, den Lippen davon zu befreien.

Gewaltsam riss er ihre Schenkel auseinander. Während er sie vergewaltigte, dachte er nur an Jo. An Jo Ellens lange Beine. An Jo Ellens erotischen Mund. An Jo Ellens blaue Augen. Und stieß mit roher Gewalt auf ihre Stellvertreterin ein.

Der Orgasmus war so gewaltig, dass er ihm Tränen der Überraschung und des Triumphs in die Augen trieb. Er war so viel besser als der letzte. Er legte die Hand auf ihren Hals und drückte so lange zu, bis sie sich nicht mehr wehrte.

Diesmal habe ich eine gute Wahl getroffen, dachte er zufrieden, während der Höhepunkt langsam abebbte und ihn ein süßes Gefühl durchströmte. Er hatte seinen Versuchsengel gefunden. Der Wind kühlte seine feuchte Haut, als er sich erhob und die Kamera nahm.

»Vielleicht vergewaltige ich dich noch mal, vielleicht auch nicht.« Beim Lächeln bildeten sich attraktive Fältchen um seinen Mund und seine Augen herum. »Vielleicht tue ich dir weh, vielleicht auch nicht. Es hängt alles davon ab, wie du dich verhältst. Jetzt lieg einfach still da, mein Engel, und denk darüber nach.«

Während sie reglos verharrte, wechselte er das Objektiv. Ihre Pupillen wirkten wie riesige schwarze Monde, nur umgeben von einem schmalen hellbraunen Kreis. Ihr Atem ging kurz und flach. Zufrieden pfeifend legte er den nächsten Film ein. Er verschoss den ganzen Film, bevor er sie ein zweites Mal vergewaltigte.

Sie hatte aufgehört, sich zu wehren. Nur noch ihr Körper war anwesend – er war taub, gefühllos, gehörte nicht mehr ihr. In ihrem Geist war sie in Sicherheit. Sie saß mit Tom auf dem Patio ihres hübschen neuen Hauses in der Peach Blossom Lane.

Sie bemerkte kaum, dass er den Knebel entfernte, schluchzte leise auf und versuchte vergeblich, genug Atem für einen Schrei zu holen.

»Du weißt, dass es dafür zu spät ist.« Seine Worte klangen sanft, fast liebevoll. Dann legte er den Schal um ihren Hals. »Jetzt bist du mein Engel.«

Langsam, ganz langsam zog er zu. Er wollte den Augenblick so lange wie möglich hinauszögern. Er beobachtete, wie sich ihr Mund öffnete, wie sie nach Luft rang. Ihre Fersen hämmerten auf den Sand ein, ihr Körper bäumte sich auf.

Sein Atem ging immer schwerer. Das Gefühl der Macht durchströmte ihn, toste in seinem Schädel, raste durch seine Adern. Er wusste nicht mehr, wie oft er sich zurückhielt und sie wieder zu Bewusstsein kommen ließ, bevor er sie abermals an den Rand brachte. Wie oft er sich erhob, um zur Kamera zu greifen. Nicht nur ein entscheidender Augenblick, dachte er. Nein, viele. Die Todesangst, das Sichfügen, der Funke Hoffnung, als das Leben zurückströmte. Und die Kapitulation, wenn es wieder erlosch.

Schließlich entglitt ihm die Kontrolle, und er machte ein Ende.

Keuchend stieß er Koseworte aus, küsste sie dankbar. Sie hatte ihn auf eine neue Ebene geführt; sie, der unerwartete Engel, den ihm die Vorsehung zu Füßen gelegt hatte. Es hatte so sein sollen. Das verstand er nun. Und er begriff, dass er vor seiner schicksalhaften Begegnung mit Jo noch viel lernen musste.

Er löste den Schal, faltete ihn und legte ihn andächtig auf den Revolver. Er nahm sich viel Zeit, um sie zurechtzulegen, um ihre Hände zu arrangieren, nachdem er den Gürtel abgenommen hatte. Zunächst störten ihn die Striemen an den Handgelenken ein wenig, aber dann kam ihm die Idee, die Hände wie ein Kissen unter ihren Kopf zu schieben.

Dieses Foto würde er *Geschenk eines Engels* nennen.

Dann zog er sich an und schnürte ihre Kleidung zu einem Bündel zusammen. Die Sümpfe waren zu weit entfernt. Dort waren die Reste tief vergraben, die die Alligatoren und die anderen Raubtiere von Ginny übriggelassen hatten. Aber jetzt hatte er weder Zeit noch Kraft für die lange Wanderung.

Aber der Fluss bot ausreichend tiefe Stellen. Er würde sie zu ihrer letzten Ruhestätte tragen und mit Steinen beschwert hinablassen, sodass sie für immer auf dem schlüpfrigen Grund verschwand.

Und dann, entschied er mit einem langen Gähnen, war es Zeit fürs Bett.

22

Im Morgengrauen schlüpfte Giff aus Lexys Zimmer und schlich auf Zehenspitzen die Treppe hinunter. Eigentlich hatte er schon vor Sonnenaufgang wieder zu Hause sein wollen, aber Lexy hatte ihn auf ihre eigene Art zum Bleiben überredet.

Er erinnerte sich, wie Lexy in ihrem winzigen Seidenhemdchen ausgesehen hatte. Bei ihrem Anblick musste selbst der stärkste Mann auf die Knie sinken und Gott für die brillante Idee danken, Eva zu erschaffen. Und sie aus diesem zarten Nichts zu enthüllen war auch keine unangenehme Aufgabe gewesen.

Er beschloss, Lexy am Samstag in Savannah noch eines dieser süßen Seidenhemdchen zu kaufen, sodass er …

Die erotische Phantasie von Lexy in buttermilchfarbener Seide verschwand jedoch blitzartig, als er sich ihrem Vater gegenübersah. Es war unmöglich zu sagen, wer von den beiden verblüffter war: Lexys Liebhaber, dessen Haare wild zu Berge standen, oder Lexys Vater, der eine Schüssel Cornflakes in der Hand balancierte.

Beide räusperten sich.

»Mr. Hathaway.«

»Giff.«

»Ich … ähm … ich habe …«

»Du hast dir sicher den tropfenden Wasserhahn oben angesehen.«

Es war eine Ausrede, so verzweifelt angeboten, wie sie beinahe akzeptiert worden wäre. Aber dann straffte Giff die Schultern und beschloss, nicht den Weg des Feiglings zu nehmen. Er blickte Sam direkt in die Augen. »Nein, Sir.«

Sam stellte die Schüssel auf den Tisch und goss Milch über die Cornflakes. Er fühlte sich äußerst unwohl in seiner Haut. Ein gemurmeltes »Aha« war alles, was ihm einfiel.

»Mr. Hathaway, ich will nicht, dass Sie denken, ich würde mich aus Ihrem Haus schleichen«, fuhr Giff mit fester Stimme fort, obwohl er, wie er innerlich zugab, genau das getan hatte.

»Du bist in diesem Haus seit deinen Kindertagen ein und aus gegangen.« Lass gut sein, Junge, flehte Sam. Lass gut sein und zieh ab. »Du kannst auch heute noch jederzeit kommen und gehen.«

»Ich bin viele Jahre gekommen und gegangen, Mr. Hathaway, und die meisten davon … Ich denke, Sie wissen, was ich für Lexy empfinde. Was ich schon immer für sie empfunden habe.«

Die verdammten Cornflakes weichen durch, dachte Sam. »Daran hat sich wohl nichts geändert, obwohl die meisten das glaubten.«

»Nein, Sir. Das Gefühl ist nur noch stärker geworden. Ich liebe sie, Mr. Hathaway. Ehrlich und aufrichtig. Sie kennen mich und meine Familie schon ein Leben lang. Ich habe immer gewusst, was ich tue. Ich habe etwas Geld zur Seite gelegt. Und ich kann von meiner Arbeit leben.«

»Daran hab ich keinen Zweifel.« Doch Sam runzelte die Stirn. Er hatte zwar erst einen Schluck Kaffee intus, aber langsam dämmerte ihm, worauf Giff hinauswollte. »Giff, wenn du um Erlaubnis bitten willst, meine Tochter zu … besuchen, dann will mir scheinen, dass du diese bestimmte Tür schon geöffnet hast, reingegangen bist und dich häuslich eingerichtet hast.«

Giff wurde knallrot. »Ja, Sir, das kann ich nicht leugnen. Aber es ist nicht diese bestimmte Tür, von der ich rede, Mr. Hathaway.«

»Oh.« Auf der Suche nach einem Löffel zog Sam eine Schublade und hoffte, Giff würde den Wink verstehen und abziehen, bevor die Sache noch unangenehmer wurde. Dann legte er den Löffel hin und starrte Giff an. »Gütiger Gott, Junge, du willst sie doch nicht etwa heiraten?«

Giffs Augen funkelten. »Ich werde sie heiraten, Mr. Hathaway. Ich würde gerne auch Ihren Segen dazu haben, aber heiraten werde ich sie mit oder ohne.«

Ungläubig schüttelte Sam den Kopf und rieb sich die Augen. Warum konnte das Leben nicht ausnahmsweise einmal einfach sein? Da ging ein Mann seinen Weg, kümmerte sich um seine eigenen Angelegenheiten, verlangte von den anderen nicht mehr, als dass sie sich um ihre kümmerten, aber das Leben warf einem immer wieder Heftzwecken vor die bloßen Füße.

»Junge, wenn du sie willst, werde ich dir nicht im Weg stehen. Könnte ich sowieso nicht, und wenn ich mich einzementieren würde. Ihr seid alt genug und wisst, was ihr wollt.« Er ließ die Hände sinken. »Aber ich muss sagen, Giff, du handelst dir keine leichte Aufgabe ein. Du wirst für den Rest deines Lebens kaum mehr eine ruhige Minute haben.«

»Da lege ich keinen gesteigerten Wert drauf.«

»Sie wird jeden Penny, den du gespart hast, ausgeben und keine Ahnung haben, wofür.«

»Sie ist nicht halb so töricht, wie Sie glauben. Außerdem kann ich immer mehr verdienen.«

»Ich werde mich hüten, dir deine Idee auszureden.« Sam streckte Giff die Hand entgegen. »Ich wünsche dir jedenfalls viel Glück.«

Sam sah Giff nach, wie er mit federndem Schritt davonging. Er bezweifelte nicht, dass der Junge verliebt war. Und wenn er sich gelassen hätte, hätte er sich erinnern können, was das für ein Gefühl war: Man war so beschwingt, so wagemutig. So heißblütig.

Während Sam seinen zweiten Kaffee schlürfte, beobachtete er, wie der Himmel zu einem strahlenden sommerlichen Blau aufklarte. Annabelle hatte ihn damals genauso betört wie Lexy heute Giff.

Wie jung sie gewesen waren. Mit knapp achtzehn war er auf die Insel gekommen, um auf dem Fischkutter seines Onkels zu helfen. Die Sonne hatte ihm bei der Arbeit auf den Rücken gebrannt und die rauen Netze ihm die Hände aufgerissen, aber er hatte jede Sekunde genossen.

Er hatte sich Hals über Kopf in die Insel verliebt. In die verschwommenen Grüntöne, die einsamen Fleckchen, die Überraschungen, die ihn nach jeder Windung des Flusses, jeder Straßenkurve erwarteten.

Und dann sah er Belle Pendleton in der Abendsonne Muscheln am Strand sammeln. Sie hatte lange, braungebrannte Beine, einen gertenschlanken Körper, herabfallendes rotes Haar. Ihre Augen waren so strahlend blau wie das Wasser und der Sommer.

Als er sie sah, stockte ihm der Atem.

Er roch nach Fisch, Schweiß und Maschinenöl. Er wollte sich bei einem schnellen Bad im Meer entspannen. Aber sie lächelte ihn an und begann mit ihm zu reden.

Er redete nicht gern. Frauen hatten ihn schon immer eingeschüchtert. Aber diese Erscheinung, die sein Herz schon mit einem Lächeln erobert hatte, brachte ihn vollends aus der Fassung. Im Nachhinein war es ihm ein Rätsel, wie er es geschafft hatte, die Einladung für den Spaziergang am nächsten Abend hinauszustammeln.

Als er sie Jahre später fragte, warum sie ja gesagt hatte, lachte sie nur.

Du hast so gut ausgesehen, Sam. So ernst und süß. Und du warst der erste Junge und der letzte Mann, bei dem mein Herz einen Schlag lang ausgesetzt hat.

Und sie meinte es ernst. Damals, dachte Sam. Nachdem er hart gearbeitet und genug Geld zusammengespart hatte, hielt er bei ihrem Vater um ihre Hand an. Alles war viel förmlicher als jetzt eben mit Giff gewesen. Auch hatte er sich nie im Morgengrauen aus Annabelles Zimmer hinausgeschlichen. Obwohl sie sich an den Nachmittagen oft heimlich im Wald getroffen hatten.

Auch wenn sein Blut schon seit Jahren erkaltet war, konnte er sich noch gut an das Gefühl erinnern, wenn es heiß durch seine Adern pulsierte. Wenn ihn in den ersten Jahren nach Annabelles Verschwinden die Lust überkommen hatte, war er nach Savannah gefahren.

Es machte ihm nichts aus, für Sex zu zahlen. Eine Prostituierte erwartete keine Konversation, keine Liebeserklärungen. Es war nur ein Geschäft. Aber es war schon einige Zeit her, dass er diese Dienste in Anspruch genommen hatte. Und nachdem so viel über Aids und andere Gefahren dieser Art von Sex gesprochen wurde, war Sam ganz froh, dass er darauf verzichten konnte.

Alles, was er brauchte, fand er auf der Insel. Vor allem die Ruhe, auf die Giff keinen Wert legte.

Sam lehnte sich zurück, um gemütlich seinen Kaffee zu Ende zu trinken. Als Jo die Küchentür aufriss, zuckte er leicht zusammen. Es amüsierte ihn ein wenig, als er einen Anflug von Unwillen über ihr Gesicht huschen sah.

»Guten Morgen.« Verdammt, sie wollte nichts weiter, als in Ruhe ihren Kaffee trinken, bevor sie sich an die Arbeit machte. Zum ersten Mal seit Wochen war sie erholt und konzentriert aufgewacht, und sie wollte ihre Energie nicht verschwenden.

»Schöner Morgen«, sagte Sam. »Für heute Abend sind aber Gewitter gemeldet.«

»Hab's gehört.« Sie öffnete den Küchenschrank.

Ein langes, umfassendes Schweigen machte sich zwischen ihnen breit. Als sich Jo ihren Kaffee eingoss, schien es so laut wie ein Wasserfall. Sam verlagerte sein Gewicht.

»Kate hat mir erzählt ... Sie hat's mir erzählt.«

»Das habe ich mir schon gedacht.«

»Geht's dir jetzt besser?«

»Ja, viel besser.«

»Die Polizei wird alles tun, was in ihrer Macht liegt.«

»Ja, alles, was in ihrer Macht liegt.«

»Ich habe über das Ganze nachgedacht. Du solltest die nächste Zeit hier auf der Insel bleiben. Bis die Sache nicht geklärt ist, solltest du nicht zurück nach Charlotte oder woandershin fahren.«

»Ich hatte schon geplant, mich die nächsten Wochen hier aufzuhalten und zu arbeiten.«

»Du solltest bleiben, bis die Sache vorbei ist, Jo Ellen.«

Jo war überrascht von seinem entschlossenen Ton, der seine Worte fast zu einem Befehl machte. »Ich wohne nicht hier. Ich wohne in Charlotte.«

»Du wirst nicht in Charlotte wohnen«, sagte Sam langsam, »bis diese Angelegenheit nicht geklärt ist.«

»Ich werde mir nicht von einem Verrückten mein Leben

diktieren lassen. Wenn ich bereit bin, zurück nach Charlotte zu gehen, werde ich das tun.«

»Du verlässt Sanctuary nicht ohne mein Einverständnis.«

Diesmal klappte ihre Kinnlade herunter. »Wie bitte?«

»Du hast richtig gehört, Jo Ellen. Du hattest schon immer ausgezeichnete Ohren und einen wachen Verstand. Du wirst hierbleiben, bis die Situation sicher genug ist.«

»Und wenn ich morgen abreisen will …«

»Du bleibst«, unterbrach Sam sie. »Meine Entscheidung steht fest.«

»Deine Entscheidung steht fest?« Empört baute sich Jo vor ihm auf. »Du glaubst wohl nicht im Ernst, du könntest nach all den Jahren eine Entscheidung über mich fällen? Ich bin inzwischen siebenundzwanzig.«

»Und wirst im November achtundzwanzig«, erwiderte er gelassen. »Ich weiß, wie alt meine Kinder sind.«

»Und das macht dich zu einem guten Vater?«

»Nein.« Er sah sie ruhig an. »Aber dein Vater bin ich trotzdem. Bis jetzt bist du gut allein zurechtgekommen, aber die Zeiten haben sich geändert. Und deshalb bleibst du erst einmal hier bei uns, damit wir uns um dich kümmern können.«

»Ach wirklich?« Ihre Augen verengten sich. »Dann will ich dir mal erzählen, was ich auch in Zukunft allein machen werde!«

»Guten Morgen.« Lächelnd betrat Kate die Küche. Zwei Minuten lang hatte sie die Unterhaltung auf der anderen Seite der Tür verfolgt und dann entschieden, dass es Zeit zum Einschreiten war. Ihr gefiel es, dass zwischen den beiden ausnahmsweise mal weder Gleichgültigkeit noch Bitterkeit herrschte. Zorn war immerhin etwas Handfestes.

»Der Kaffee duftet wunderbar.«

Mit einer entschlossenen Bewegung stellte sie eine Tasse und die Kanne auf den Tisch und setzte sich neben Sam. »Setz dich wieder, Sam. Und du, Jo, hol deine Tasse zu uns. Ich kann mich nicht erinnern, wann wir zum letzten Mal gemeinsam morgens in aller Ruhe Kaffee getrunken haben. Und nach dem Chaos gestern Abend im Speisesaal haben wir uns das weiß Gott verdient.«

»Ich wollte gerade gehen«, sagte Jo kühl.

»Trink doch zuerst deinen Kaffee aus, mein Schatz. Brian wird uns schon früh genug verjagen. Du siehst aus, als hättest du gut geschlafen«, fügte Kate mit einem strahlenden Lächeln hinzu. »Dein Daddy und ich haben uns Sorgen gemacht, dass du nicht genug Schlaf bekommst.«

»Es gibt keinen Grund, sich Sorgen zu machen.« Widerwillig trat Jo mit ihrer Tasse an den Tisch. »Wir haben alles getan, was zu tun war. Ich fühle mich schon so viel besser, dass ich demnächst zurück nach Charlotte gehen will.« Sie warf Sam einen herausfordernden Blick zu. »Ziemlich bald schon.«

»Wenn du möchtest, dass wir uns zu Tode ängstigen, Jo, bitte sehr.« Kate tat Zucker in ihren Kaffee.

»Ich verstehe nicht …«

»Natürlich verstehst du«, fiel ihr Kate ins Wort. »Du bist nur wütend, und zwar zu Recht. Aber du hast kein Recht, deine Wut an Menschen auszulassen, die dich lieben und sich Sorgen um dich machen. Es ist ganz normal, dass du es tust«, fügte Kate hinzu, »aber es ist trotzdem nicht richtig.«

»Das tue ich doch gar nicht.«

»Umso besser.« Kate tätschelte ihr beschwichtigend die Hand. »Wie ich sehe, willst du heute fotografieren«, sagte sie mit einem kurzen Blick auf Jos Kameratasche. »Ich hab spaßeshalber das Buch rausgekramt, in dem Nathans Vater Bilder von der Insel veröffentlicht hat. Es sind wirklich hübsche Fotos dabei. Das Buch liegt im Salon.«

»Er war ein guter Fotograf«, murmelte Jo.

»Ja, finde ich auch. Ich hab darin sogar ein Foto von Nathan, seinem kleinen Bruder und Brian gefunden. Sie haben im Fluss Forellen gefangen und halten sie stolz in die Luft. Das solltest du dir ansehen, Jo.«

»Mach ich.« Bei der Vorstellung, wie der zehnjährige Nathan eine Forelle hochhob, musste Jo lächeln.

»Vielleicht hast du ja auch Lust, einen Bildband über die Insel zu veröffentlichen«, plauderte Kate weiter. »Für unser Geschäft wäre das hervorragend. Sam, du könntest Jo mit in die Sümpfe nehmen, an das Plätzchen, wo gerade der Lavendel so herrlich blüht. Und in den Wald könntet ihr gehen, dort, wo der Weg von Geißblatt überwuchert ist. Das gäbe ein hübsches Bild ab, Jo Ellen.«

Kate plauderte munter weiter, ohne den beiden anderen eine Möglichkeit zu lassen, sie zu unterbrechen. Dem verblüfften Brian bot sich wenig später ein mehr als ungewohntes Bild: die Familie friedlich um einen Tisch versammelt. Kate begrüßte ihn mit einem strahlenden Lächeln.

»Wir machen uns gleich aus dem Staub, mein Lieber. Jo und Sam haben gerade beraten, an welchen Stellen sie heute Aufnahmen machen. Ihr beiden zieht jetzt am besten los.«

Kate erhob sich rasch und griff nach Jos Kameratasche. »Ich kann's kaum erwarten, die Fotos zu sehen. Beeilt euch, bevor Brian uns rausschmeißt.« Ununterbrochen redend, schob Kate Sam und Jo entschlossen zur Tür hinaus.

»Was hat das denn nun schon wieder zu bedeuten, Kate?«, erkundigte sich Brian stirnrunzelnd.

»Mit ein bisschen Glück war dies der Anfang einer wundervollen Freundschaft.«

»Kaum sind sie durch die Tür, werden sich ihre Wege wieder trennen.«

»Nein, das glaube ich nicht«, widersprach Kate, während sie auf das klingelnde Telefon zuging. »Keiner von beiden wird sich vorwerfen lassen wollen, als Erster die Flucht ergriffen zu haben. Und während beide darauf warten, dass der andere sich zuerst verabschiedet, werden sie den Tag gemeinsam verbringen. Ja, guten Morgen«, sagte sie in den Hörer hinein. »Wie bitte? Was sagen Sie? Ja, ja, natürlich.« Automatisch griff sie nach einem Stift und machte auf dem Block neben dem Telefon eilig Notizen. »Ich kümmere mich sofort darum. Machen Sie sich keine Sorgen, die Insel ist nicht groß. Wir tun, was wir können, Mr. Peters. Ich komme selbst schnell zu Ihnen rüber. Ja, sofort. Bis gleich.«

»Haben die Moskitos wieder eine undichte Stelle im Fliegendraht gefunden?«, erkundigte sich Brian. Aber er ahnte, dass es um etwas Wichtigeres ging.

»Die Peters' haben gemeinsam mit Freunden für eine Woche

das Wild Horse Cove Cottage gemietet. Mrs. Peters ist verschwunden.«

Brian spürte, wie ihm ein Schauer den Rücken hinunterlief. »Kate, es ist noch nicht mal sieben. Sie ist wahrscheinlich früh aufgewacht und macht einen Morgenspaziergang.«

»Er sucht sie schon seit einer Stunde. Ihre Schuhe hat er unten am Strand gefunden.« Sie fuhr sich mit der Hand durchs Haar. »Wahrscheinlich hast du recht, aber er macht sich große Sorgen. Ich werde rübergehen und versuchen, ihn zu beruhigen.«

Sie lächelte zaghaft. »Tut mir leid, mein Lieber, aber Lexy muss heute wohl die Frühstücksschicht übernehmen. Vermutlich wird sie nicht gerade glücklich darüber sein.«

»Um Lexy mach ich mir kein Kopfzerbrechen«, sagte Brian, während Kate auf dem Weg zur Tür war. »Kate, ruf mich bitte an, wenn Mrs. Peters wieder auftaucht, ja?«

»Aber natürlich. Vielleicht ist sie ja schon wieder da, bevor ich dort ankomme.«

Aber sie tauchte nicht auf. Und gegen Mittag lief die Suche nach Susan Peters auf Hochtouren. Feriengäste und Einheimische durchkämmten die Insel. Auch Nathan war dabei. Er hatte Tom und Susan Peters ein- oder zweimal gesehen und erinnerte sich vage an eine hübsche Brünette von mittlerer Größe.

Er ließ die anderen den Strand und die Bucht absuchen, während er sich auf das schmale Landstück zwischen seinem Cottage und Wild Horse Cove konzentrierte. Knapp zweihundert Meter lagen zwischen ihm und den anderen. Langsam suchte er mit dem Blick den Boden ab, und als der Grund zunehmend sandig wurde, mehrten sich die Fußabdrücke der anderen, die hier bereits nachgesehen hatten.

Obwohl er wusste, dass es sinnlos war, kletterte er auf die Dünen. Die dahinter gelegene Bucht war gut zu überblicken, und jeder, der sich hier befunden hätte, wäre schon längst entdeckt worden. Aber nur eine Gestalt war nun am Strand zu sehen – ein rastlos auf und ab gehender Mann.

»Nathan?«

Er drehte sich um und sah Jo die Düne heraufstapfen. Auf dem letzten Meter streckte er ihr die Hand entgegen.

»Ich habe eben bei deinem Cottage vorbeigeschaut. Wie ich sehe, weißt du schon Bescheid.«

»Das da unten muss ihr Mann sein. Ich habe ihn ein paarmal gesehen.«

»Tom Peters. Ich bin seit sieben Uhr morgens unterwegs, fotografieren. Eins von den Pendleton-Kindern hat uns vor etwa einer Stunde benachrichtigt. Es hieß, ihre Schuhe seien unten am Wasser gefunden worden.«

»Ja, das habe ich auch gehört.«

»Man sagt, sie sei vielleicht schwimmen gegangen und … Die Strömung hier ist nicht besonders stark, aber wenn man einen Krampf bekommt oder einfach zu weit rausschwimmt …«

»Wäre sie dann nicht von der Flut angeschwemmt worden?«

»Vielleicht. Aber wenn die Strömung sie weiter rausgezogen hat, werden wir sie erst bei der nächsten Flut finden, und zwar im Süden. Barry Fitzsimmons ist auf diese Weise ertrunken. Wir waren etwa sechzehn. Er war ein ausgezeichneter Schwimmer, und eines Tages schwamm er nach einer Strandparty alleine raus. Er hatte getrunken. Am nächsten Morgen fand man ihn bei Ebbe ein paar hundert Meter weiter südlich.«

Nathan wandte den Blick gen Süden, wo die Wellen weniger sanft gingen. Er musste an Kyle denken, wie er im Mittelmeer versunken war. »Und wo sind dann ihre Kleider?«

»Was?«

»Wenn sie schwimmen gegangen ist, hat sie sich vorher sicher ausgezogen.«

»Kann schon sein. Aber vielleicht ist sie ja schon im Badeanzug hier runtergekommen.«

»Ohne Badetuch?« Es ergab einfach keinen Sinn. »Hat man ihn gefragt, was sie trug, als sie das Haus verließ? Ich gehe runter und spreche mit ihm.«

»Ich denke, wir sollten ihn in Ruhe lassen.«

»Er ist allein und macht sich Sorgen.« Nathan zog Jo hinter sich her, die Düne hinunter. »Vielleicht haben sie sich ja auch gestritten, er hat sie umgebracht und die Leiche beseitigt.«

»Das ist abscheulich und lächerlich. Er ist ein ganz normaler, netter Mensch.«

»Manchmal tun ganz normale, nette Menschen unglaubliche Dinge.«

Im Näherkommen musterte Nathan Tom Peters. Ende zwanzig, etwa eins achtzig groß, durchtrainierter Körper. Er trug zerknitterte kurze Hosen und ein weißes T-Shirt. Geht wahrscheinlich drei-, viermal pro Woche ins Fitnesscenter, dachte Nathan bei sich. Er war bereits gebräunt, und trotz der Bartstoppeln machte er mit seinem erst kürzlich geschnittenen dunkelblonden Haar einen ordentlichen Eindruck.

Als Nathan ihm in die Augen sah, sah er nur blanke Angst.

»Mr. Peters. Tom.«

»Ich weiß nicht, wo ich noch suchen soll, was ich noch tun kann.« Bei diesen Worten kamen ihm die Tränen. Mit einem schnellen Blinzeln vertrieb er sie. »Meine Freunde sind rüber auf die andere Inselseite gelaufen. Ich bin wieder hierher zurückgegangen. Für alle Fälle.«

»Sie sollten sich setzen.« Behutsam nahm ihn Jo am Arm. »Wir gehen zurück zu Ihrem Cottage. Dort können Sie sich ausruhen. Ich mache Ihnen einen Kaffee.«

»Nein, ich kann hier nicht weg. Sie war hier. Gestern Abend war sie hier. Wir haben uns gestritten, mein Gott, so ein blöder Streit. Warum musste das sein?«

Er vergrub das Gesicht in den Händen, drückte die Finger gegen seine brennenden Augen. »Sie will ein Haus kaufen. Aber wir können es uns noch nicht leisten. Ich hab versucht, es ihr zu erklären, aber sie hat mir gar nicht zugehört. Sie ist rausgerannt, und ich war froh, dass sie weg war. Habe mich gefreut, dass ich ins Bett gehen konnte und sie sich draußen abreagiert.«

»Vielleicht ist sie schwimmen gegangen«, sagte Nathan.

»Susan?« Tom lachte kurz auf. »Allein schwimmen, und dazu noch nachts? Nie im Leben. Sie geht ohnehin nie weiter als knietief ins Wasser. Sie hasst es, im Meer zu schwimmen. Sie sagt immer, sie hört Cellomusik, wenn ihr das Wasser bis an die Knie geht. Sie wissen schon: *Der weiße Hai.*« Er lächelte schwach.

Er wandte sich ab und blickte aufs Wasser. »Ich weiß, dass die Leute glauben, sie wäre schwimmen gegangen und dabei ertrunken. Aber das ist unmöglich. Sie liebt es, einfach dazusitzen und raus aufs Meer zu schauen. Sie liebt die Geräusche, den Geruch, aber sie wäre nie reingegangen. Wo, zum Teufel, ist sie nur? Verdammt, Susan, das ist einfach nicht fair! Willst du mich so dazu bekommen, ein Haus zu kaufen? Ich kann hier nicht so rumstehen.«

Er lief die Düne hinauf, wobei er mit seinen Schritten kleine Sandlawinen auslöste.

»Kannst du dir vorstellen, dass sie das tut, Nathan? Ihn zu Tode zu ängstigen, nur weil sie wütend auf ihn ist?«

»Hoffen wir's. Komm.« Er legte den Arm um ihre Taille. »Lass uns zurück zu meinem Cottage gehen und dabei die Augen offenhalten. Dort können wir erst mal abschalten.«

Der Wind frischte auf, während sie die Dünen hinaufstapften. Weiter im Inland begannen Strandginster und Lorbeersträucher dem sandigen Boden Halt zu verleihen. Viele Spuren zerfurchten die Erde: die Kratzer der Sandkrabben, die Krallenabdrücke der wilden Truthähne, die plattgetretenen Stellen, die das Rotwild beim Äsen hinterlassen hatte.

»Vielleicht hat sie die Schuhe ausgezogen, weil sie barfuß gehen wollte«, gab Jo zu bedenken. »Sie war wütend, aufgebracht, wollte allein sein. Es war eine warme Nacht. Vielleicht ist sie die Küste entlanggegangen, immer am Wasser entlang. Das scheint mir am wahrscheinlichsten zu sein.«

Sie wandte sich um und ließ den Blick über das Meer wandern. Der salzige Wind brachte Sand mit sich.

»Vielleicht haben sie sie schon gefunden.« Nathan legte seine Hand auf ihre Schulter. »Sobald wir am Cottage angekommen sind, fragen wir telefonisch nach.«

»Wohin kann sie sonst verschwunden sein?«, fragte Jo achselzuckend. »Es wäre dumm gewesen, in den Wald zu laufen. Dort scheint der Mond nicht, und außerdem hätte sie ihre Schuhe gebraucht. War sie wirklich so wütend, dass sie ihrem Mann einen derartigen Schrecken einjagt? Und alles wegen eines Hauses?«

»Ich weiß es nicht. Eheleute tun sich manchmal gegenseitig die unglaublichsten Dinge an. Dinge, die Außenstehenden grausam oder lächerlich vorkommen.«

»Hast du das auch getan?« Sie studierte sein Gesicht. »Hast du in deiner Ehe grausame oder lächerliche Dinge getan?«

»Kann schon sein.« Er strich ihr eine verwehte Haarsträhne hinters Ohr. »Meine Exfrau hat sicher eine lange Liste solcher Dinge zu bieten.«

»Die Ehe ist oft ein Fehler. Man ist von jemandem abhängig, man klammert sich ganz automatisch an den anderen oder nimmt ihn als selbstverständlich.«

»Ziemlich zynisch für jemanden, der noch nie verheiratet war.«

»Ich hab eine Menge Ehen beobachtet.«

»Beobachten ist weniger riskant, als es selbst zu tun.«

Sie wandte sich wieder ab. »Stell dir vor, sie ist verschwunden, um ihn leiden zu lassen – wie kann er ihr das jemals verzeihen?«

Plötzlich war sie außer sich vor Zorn. »Aber er wird's tun, oder?« Abrupt wirbelte sie zu ihm herum. »Er wird ihr verzeihen, er wird ihr schluchzend zu Füßen liegen und ihr zum Dank das blöde Haus kaufen. Und um ihren Willen zu bekommen, musste sie ihn nur ein paar Stunden durch die Hölle gehen lassen.«

Nathan betrachtete ihre funkelnden Augen und ihre geröteten Wangen. »Vielleicht hast du recht.« Es faszinierte ihn, dass ihre Stimmung von einer Sekunde auf die andere so umschlagen konnte. »Aber du verdammst hier eine Frau, die du nicht mal kennst.«

»Ich kenne andere wie sie. Meine Mutter, Ginny, Menschen, die tun, was ihnen gerade einfällt, ohne sich darum zu kümmern, welche Folgen das für die anderen hat. Ich hasse solche Menschen. Sie sind egoistisch, denken nur an sich selbst.«

In ihrer Stimme schwang tiefer Schmerz mit. Ihr Echo durchströmte ihn, zog seinen Magen zusammen. Ich muss es ihr sagen, dachte er. Ich kann es nicht länger für mich behalten, kann es nicht länger verdrängen, auch wenn ich immer wieder ver-

335

sucht habe, mich davon zu überzeugen, dass es für uns beide das Beste ist.

Es hatte noch einen Tag Zeit, beschloss er. Bis man Susan Peters gefunden hatte. Wenn er die Götter herausforderte, indem er noch einen Tag wartete, noch ein paar Stunden stahl, bevor er ihrer beider Leben erschütterte, würde er den Preis dafür zahlen.

Um wie viel höher als der, den er bereits gezahlt hatte, konnte er schon sein?

Wenn er sicher war, dass sie stark war, wenn er sicher war, dass sie es aushielt, würde er ihr das grässliche Geheimnis offenbaren, das nur er kannte.

Annabelle hatte Desire nie verlassen. Sie war im Wald westlich von Sanctuary in einer Hochsommernacht unter einem weißen Vollmond ermordet worden. David Delaney, der Vater, den er geliebt, bewundert, respektiert hatte, war ihr Mörder.

Über dem Meer sah Jo die ersten Blitze zucken. Die Regenwand zog näher. »Ein Gewitter zieht auf«, sagte sie.

»Ich weiß.«

23

Als die ersten großen Tropfen auf den Boden klatschten, beschleunigte Kirby ihren Schritt. Ihr Suchtrupp hatte sich an der Weggabelung aufgeteilt. Sie hatte den Pfad nach Sanctuary eingeschlagen. Je mehr sie sich dem Waldrand näherte, desto stärker wurde der Regen und desto kälter wehte der Wind. Dann tauchte Brian vor ihr auf, ohne Hut und mit eingezogenem Kopf.

Am Fuß der Terrasse hatte sie ihn eingeholt. Wortlos griff er nach ihrer Hand und zog sie unter das Vordach. Wasser tropfte an ihnen herab.

»Nichts Neues?« Kirby stellte ihren Arztkoffer ab.

»Nein, nichts. Ich komme gerade von der Westseite. Giff hat mit seiner Gruppe den Norden abgesucht.« Müde rieb sich Brian übers Gesicht. »Scheint zu einer Gewohnheit zu werden.«

»Sie ist vor mehr als zwölf Stunden zum letzten Mal gesehen worden.« Kirby blickte in den nun sintflutartigen Regen. »Das ist zu lange. Man wird die Suche unterbrechen müssen, bis das Unwetter vorüber ist. Danach werden wir sie am Strand angespült finden. Das ist die einzige Erklärung. Ihr armer Mann.«

»Es bleibt uns nichts anderes übrig, als abzuwarten. Du brauchst ein trockenes T-Shirt und einen heißen Kaffee.«

»Ja.« Sie strich sich die nassen Haarsträhnen aus dem Gesicht. »Und bei dieser Gelegenheit kann ich mir auch gleich deine Hand ansehen und den Verband erneuern.«

»Der Hand geht's prima.«

»Das entscheide ich«, sagte sie, während sie ihm ins Haus folgte, »nachdem ich sie mir angesehen habe.«

»Wie du willst. Geh hoch und nimm dir was aus Jos Schrank.«

Das Haus schien inmitten des stürmischen Regens still und verlassen. »Ist sie hier?«

»Nein, ich glaube, sie ist unterwegs.« Brian ging an den

Gefrierschrank und nahm eine Dose Bohnensuppe heraus, die er ein paar Wochen zuvor eingefroren hatte.

Als Kirby zehn Minuten später wieder nach unten kam, duftete es in der Küche schon nach frischem Kaffee und heißer Suppe. Die Wärme vertrieb die Anspannung aus ihrem Körper. Sie blieb in der Tür stehen und sah ihm bei der Arbeit zu.

Trotz der bandagierten Hand schnitt er geschickt einige dicke Scheiben von dem dunklen Brot, das er zweifellos selbst gebacken hatte. Sein nasses Hemd klebte ihm am Körper und betonte jeden Muskel. Als er sie mit seinen kühlen blauen Augen ansah, kribbelte es angenehm in ihrem Magen.

»Es duftet wunderbar.«

»Dachte mir, dass du heute noch nichts gegessen hast.«

»Nein, hab ich auch nicht – außer dem altbackenen Brötchen heute Morgen.« Sie hielt ihm das Hemd entgegen, das sie aus seinem Schrank geholt hatte. »Hier, zieh das an. Du holst dir den Tod in deinen nassen Klamotten.«

»Danke.« Er stellte fest, dass sie in eines von Jos tristen grauen Sweatshirts geschlüpft war. Es hing übergroß an ihr herunter und machte sie nur noch zierlicher. »Du siehst ziemlich verloren in dem Ding aus.«

»Na ja, Jo ist auch einen Kopf größer als ich.« Sie sah interessiert zu, wie er das nasse Hemd über den Kopf zog. Seine feuchte Haut war weich und leicht gebräunt. »Mann, Brian, siehst du gut aus.« Als er ganz offensichtlich irritiert die Stirn runzelte, brach sie in fröhliches Gelächter aus. »Zieh schnell das Hemd über, bevor ich mich vergesse.«

»Ist das eine Drohung oder ein Versprechen?« Bevor sie antworten konnte, stemmte er sie an den Ellbogen in die Luft. Als ihre Gesichter auf gleicher Höhe waren, beugte er sich vor und streifte mit seinem Mund ihre Lippen.

»Ausgezeichnete Brustmuskulatur«, sagte sie atemlos und schlang ihre Beine um seine Taille. »Dein Puls ist etwas erhöht«, murmelte sie mit den Lippen auf seiner Halsschlagader. »Nur ein bisschen schnell.«

»Sie haben mir einen Virus eingepflanzt, Doc Kirby.« Brian schnupperte an ihrem Haar; es duftete nach Regen und Limonen.

»Und er scheint ziemlich hartnäckig zu sein. Ich glaube langsam, er verschwindet nie wieder.« Als sie still blieb, drehte er sie, bis er ihre Augen sehen konnte. »Was willst du von mir, Kirby?«

»Ich dachte, ich wüsste es.« Ihre Finger zitterten leicht, als er sie an sein Gesicht führte. »Aber ich bin mir nicht mehr sicher. Aber vielleicht ist dein Virus ansteckend. Spürst du ihn in der Herzgegend?«

»Ja, wie tausend Nadeln.«

»Und senkt und hebt sich dein Magen?«

»Ja, in letzter Zeit dauernd. Was ist los mit uns, Doc?«

»Ich bin nicht sicher, aber …« Als die Verandatür zuschlug, brach sie ab. Gleich darauf waren Stimmen und Poltern zu hören. Seufzend schmiegte sich Kirby an Brian, der sie wieder absetzte.

»Klingt, als wären Lexy und Giff wieder da.« Er ließ Kirby nicht aus den Augen. »Und bestimmt sind noch ein paar von den anderen dabei. Wahrscheinlich haben sie alle einen Mordshunger.«

»Dann helfe ich dir jetzt beim Suppekochen.«

»Ich weiß es zu schätzen.« Grinsend lüftete er den Topfdeckel und ließ den Dampf entweichen. »Unsere Unterhaltung setzen wir bei Gelegenheit fort.«

»Ja.« Sie öffnete den Geschirrschrank. »Bei Gelegenheit.«

Von Nathans Veranda aus beobachtete Jo den Regen. Nervös zog sie an ihrer Zigarette. Sie hatten gleich nach ihrer Ankunft den Fernseher angeschaltet, um den Wetterbericht zu verfolgen, aber der Empfang war unterbrochen. Das Radio rauschte stark; Flutwarnungen und Durchsagen für die Küstenschifffahrt waren zu hören.

Wenn das so weiterging, hätten sie bald keinen Strom mehr, dachte Jo. Und Seen und Flüsse würden sicher über die Ufer treten. Es bildeten sich schon die ersten großen Pfützen.

»Noch keine Neuigkeiten.« Nathan trat auf die Veranda. »Ein Teil der Suchtrupps hat auf Sanctuary Zuflucht vor dem Unwetter gesucht.« Er legte ihr ein Handtuch um die Schultern. »Du zitterst ja. Warum kommst du nicht rein?«

»Ich sehe gern zu.« Blitze stachen in den Himmel, und Jo konnte ihr Echo in ihrem Magen spüren. »Es ist die Hölle, unterwegs in so ein Unwetter zu geraten, aber von einem trockenen Plätzchen aus sind sie herrlich zu beobachten.« Als der Himmel heiß und weiß wurde, atmete sie tief durch. »Wo ist deine Kamera? Ich hab meine zu Hause gelassen.«

»Im Schlafzimmer. Ich hole sie dir.«

Ungeduldig drückte sie die Zigarette in einer zum Aschenbecher umfunktionierten Muschelhälfte aus. Zu viel Energie, dachte sie. In ihr pochte und hämmerte es. Als Nathan mit der Kamera auftauchte, riss sie sie ihm fast aus den Händen. »Was für einen Film hast du drin?«

»Einen vierhunderter«, erwiderte er langsam und sah zu, wie sie den Apparat rasch überprüfte.

»Gut. Der ist empfindlich genug.« Sie hob die Kamera und richtete sie auf die regengepeitschten Bäume und die schwingenden Flechten. »Komm schon, komm schon«, murmelte sie und drückte ab, als der nächste Blitz den Himmel zerriss. »Los, noch mal.« Als der Donner grollte, veränderte sie ihre Position. Ihr Finger juckte, als läge er am Abzug einer Schusswaffe.

»Ich muss runter, damit ich diesen Baum von unten nach oben erwische.«

»Nein.« Nathan bückte sich nach dem Handtuch, das von ihren Schultern gerutscht war. »Du wirst hierbleiben. Du könntest draußen jeden Augenblick von einem Blitz getroffen werden.«

»Was wäre das Leben ohne Risiko?« Sie warf trotzig den Kopf zurück und funkelte ihn herausfordernd an. »Ich weiß ja schließlich auch nicht, wie es mit uns weitergeht. Wie sehr wirst du mich verletzen, Nathan, und wie lange werde ich brauchen, um darüber hinwegzukommen?«

Bevor er antworten konnte, griff sie ihm ins Haar und zog seinen Mund vor ihren. »Es ist mir egal.« Sie grub ihre Zähne in seine Lippen.

»Es darf dir nicht egal sein.« Ärgerlich umschloss er mit seinen Händen ihr Gesicht und zwang sie, ihm ins Gesicht zu sehen. »Du musst endlich begreifen, dass ich dir nur weh tun werde, wenn mir keine andere Wahl bleibt.«

»Ist mir egal«, wiederholte sie und zog seinen Mund abermals zu sich. »Ich will dich jetzt. Jetzt sofort. Ich will dich. Ich will nicht denken, ich will nur fühlen.«

Als sie durch die Tür taumelten, hatte sich sein Verstand bereits verabschiedet. Während er ihr das T-Shirt vom Körper riss, stöhnte sie auf. »Schnell«, stieß sie hervor. »Schnell.«

Sie ließen sich zu Boden sinken, und während sie aus ihren Kleidern und Schuhen schlüpften, landete die Kamera auf dem Teppich. Als er in sie eindrang, kämpfte sie noch mit ihrem T-Shirt. Sie versuchte, sich zu befreien, doch das Gefühl, hilflos ausgeliefert zu sein, steigerte ihr Verlangen nur noch. Als ihre Hände frei waren, grub sie die Finger in seine Hüften, um ihn noch tiefer, noch härter voranzutreiben.

Er hatte die Kontrolle über das Geschehen verloren und gab sich dem Tempo, dem Rhythmus, den Gesetzen der Natur hin. Wenn ihr Verlangen brennend und bedingungslos war, dann war seins verzweifelt. Sein Verlangen, sie zu nehmen, zu haben, zu behalten. Noch einen Tag, noch eine Stunde. Eine Ewigkeit.

Wenn er für die Sünde seines Vaters zahlen musste, indem er sich verliebte, unrettbar verliebte und sie dann verlor, dann wollte er jeden Moment mitnehmen, bevor die Rechnung fällig wurde.

Als der Orgasmus ihren Körper durchflutete, stieß sie einen erleichterten Schrei aus. Er tauchte noch einmal kräftig in sie ein, dann hielt er still. Nach Atem ringend, blickte er auf sie hinab. »War es das, was du wolltest?«

»Ja.«

»Schnell und ohne Gefühl.«

»Ja.«

Seine Hand ballte sich zur Faust. »Glaubst du, das war alles?«

Sie schloss ihre Augen, zwang sich dann, sie wieder zu öffnen. »Nein.«

»Gut.« Er öffnete die Faust und streichelte ihre Wange. Noch ein gestohlener Moment, dachte er, als sie die Augen öffnete und ihn ansah. »Ich hasse es, mich mit dir zu streiten, wenn ich dich noch begehre. Gib mir mehr, Jo Ellen.« Sein Mund liebkoste sie. »Zwing mich nicht, es mir wieder zu holen.«

Sie schlang die Arme um seinen Körper. »Ich hab solche Angst vor dir.«

»Ich weiß. Gib mir trotzdem mehr. Riskier's einfach.«

Seine Lippen warteten auf ein Zeichen von ihr, zuerst auf die Antwort, dann auf ihr Verlangen. Er wollte mehr, so viel mehr als die bloße, brennende Lust, die sie eben gestillt hatten. Mehr als die animalische Vereinigung. Als sie seinen Namen stöhnte, wusste er, dass es der Anfang war.

Ihre Küsse wurden fordernder, ihre Hände suchten. Das neue Verlangen durchströmte sie so gewaltig, als wäre das alte nie gestillt worden. Sie genoss den Geschmack seiner Haut, erforschte mit ihren Lippen sein Gesicht, seinen Hals, seine Brust. Sie gab sich einen Ruck, und beide rollten herum. Jetzt hatte sie das Kommando übernommen, nun konnte sie ihm zeigen, was ihr gefiel.

Der Wind pfiff ums Haus, rüttelte an den Fensterläden. Das Gebälk erzitterte. Aber sie bewegten sich langsam, fast träge. Berühren und schmecken, seufzen und murmeln. Sie verlor sich im wiegenden Rhythmus, im Auf und Ab ihrer Körper.

Er drängte sie zurück, bis er aufrecht saß und sie auf seinem Schoß. Sie beide brauchten jetzt Zärtlichkeit, um den erlittenen Schmerz zu stillen. Und den, der noch kam.

Ihre Blicke ruhten ineinander, als er seinen Mund zu einem Kuss auf ihre Lippen senkte. Er war so tief, so warm, dass sie von einer neuen Welle der Lust überrollt wurde, noch verstärkt durch die Vertrautheit zwischen ihnen. Sie hätte widerstehen können, sie hob eine Hand zu seiner Brust, als wolle sie es tun. Aber ihre Hand sank herab, und sie war verloren.

Und sie gab ihm mehr.

Sie bäumte sich abermals auf, ihr Kopf sank in den Nacken, ihr geschmeidiger Körper bog sich nach hinten, und jeder ihrer Muskeln war zum Zerreißen angespannt, während sie nun wild dem Höhepunkt entgegensteuerte. Es war unerträglich, und doch konnte sie nicht aufhören. Ihr Körper trieb sie vorwärts, immer weiter, zu einem neuen Gipfel der Lust.

Schweiß lag auf ihrer Haut. Als er den Kopf hob, um ihre Brust mit den Lippen zu liebkosen, schmeckte er Salz und

Hitze. Als sie kam, stieß sie atemlose, heisere Schreie aus. Er riss sie an sich und gab nun selbst dem Druck nach.

Ihre Lunge brannte, ihre Kehle war trocken. Sie versuchte zu schlucken, gab aber schnell auf und ließ den Kopf auf seine Brust sinken. Nachdem auch das Rauschen in ihren Ohren abgeklungen war, nahm sie die Stille wahr.

»Es regnet nicht mehr.«

»Mmm-hmm.«

Lachend rang sie nach Atem. »Wir hätten beinahe den Teppich in Flammen gesetzt.« Sie ließ ihre Hände über seinen feuchten Körper gleiten und genoss das Gefühl. »Ich brauche mindestens einen Liter Wasser.«

»Ich hol dir welches.«

»Okay, ich warte hier.«

»So peinlich es mir ist, mir fehlt im Moment die Kraft, dich zum Wasserhahn zu tragen.« Er schob sie von sich und grinste, als sie schlaff auf den Teppich rollte.

Er stand auf und hielt dann inne, um sie zu betrachten. Ihre Haut schimmerte rosig, ihr Haar umgab das Gesicht wie ein Heiligenschein. Ihr Mund war entspannt und weich, die geschwungenen Lippen glühten noch. Er musste einfach zur Kamera greifen.

Als sie das Klicken des Verschlusses hörte, flogen ihre Augen auf. Sie schrie auf und kreuzte instinktiv die Arme vor ihren Brüsten. »Verdammt, was tust du da?«

Augenblicke stehlen, dachte er. Er würde sie noch brauchen. »Himmel, wie schön du bist.« Während sich ihre Augen weiteten, drückte er wieder den Auslöser.

»Hör auf. Bist du verrückt? Ich bin nackt!«

»Du siehst unglaublich aus. Versteck dich nicht, du hast herrliche Brüste.«

»Nathan.« Schützend zog sie die Arme enger um die Brust. »Nathan, leg sofort die Kamera weg.«

»Warum denn?« Immer noch grinsend, senkte er den Apparat. »Du kannst die Fotos selbst entwickeln. Niemand sonst wird sie sehen. Nichts ist so künstlerisch und erregend wie ein Aktfoto.«

»Okay.« Einen Arm noch immer vor der Brust, streckte sie ihm eine Hand entgegen. »Dann lass mich dich aufnehmen.«

»Klar.« Er hielt ihr die Kamera hin und lächelte, als sie erstaunt die Stirn runzelte.

»Das scheint dir ja kein bisschen peinlich zu sein.«

»Nein.«

Sie zeigte auf die Kamera. »Ich will den Film haben.«

»Keine Angst, ich hatte nicht vor, dein Bild an den *Playboy* zu schicken.« Er warf einen prüfenden Blick auf die Anzeige. »Ist nur noch ein Bild drauf. Lass mich dein Gesicht aufnehmen, nur dein Gesicht.«

»Okay, nur mein Gesicht«, stimmte sie zu und lächelte. »Das war's. Und jetzt gib mir den Film.«

»Okay.« Als sie ihren Arm sinken ließ, bewegte er sich rasch und drückte ein letztes Mal ab.

»Verdammt, du hast gesagt, der Film sei zu Ende.«

»Ich habe gelogen.« Lachend erhob er sich und stellte die Kamera auf den Tisch. »Aber jetzt ist wirklich kein Bild mehr drauf. Ich würde gern die Kontaktabzüge sehen, damit ich mir Fotos aussuchen kann.«

»Wenn du glaubst, ich würde den Film entwickeln, irrst du dich.« Sie sprang auf und packte die Kamera.

»Da sind auch die Bilder vom Gewitter drauf.« Lächelnd beobachtete er den Kampf, der sich in ihr abspielte.

»Das war ziemlich raffiniert von dir, Nathan.«

»Eben drum. Zieh das nicht mehr an«, bemerkte er, als sie sich nach ihrem T-Shirt bückte. »Es ist noch feucht. Ich hole dir ein trockenes.«

»Danke.« Als sie ihm nachsah und seinen festen, muskulösen Hintern studierte, beschloss sie, beim nächsten Mal ihre eigene Kamera griffbereit zu haben.

Dann stieg sie in ihre Jeans, nahm den Film aus seinem Apparat und steckte ihn in die Gesäßtasche.

Nathan warf ihr das Hemd zu, als er zurückkam, und schloss dann den Gürtel der trockenen Jeans, die er angezogen hatte. »Ich komme mit dir rüber nach Sanctuary. Vielleicht gibt's inzwischen was Neues.«

»Okay. Die Suchtrupps sind wahrscheinlich schon wieder unterwegs.« Sie versuchte, mit den Fingern ihr zerzaustes Haar notdürftig zu entwirren. »Sieht bestimmt schlimm aus nach dem Sturm. An deiner Stelle würde ich Stiefel anziehen.«

Er warf einen kurzen Blick auf ihre olivgrünen Sneakers. »Du trägst auch keine.«

»Ich würde, wenn ich welche hierhätte.«

»Dann bekommen wir eben beide nasse Füße.« Er nahm ihre Hand und küsste ihre Fingerknöchel. »Heute Abend lade ich dich zum Essen ein.«

»Du lädst mich zum Essen ein?«

»Ja. Wir sitzen gemütlich in eurem Speisesaal, studieren die Speisekarte, bestellen einen guten Wein. Soll dort öfter vorkommen.«

»Aber das ist albern. Ich wohne dort.«

»Ich nicht. Und ich möchte mit dir essen. Du weißt schon: ein schön gedeckter Tisch, Kerzenlicht, nette Unterhaltung. Und alle anderen beobachten uns und denken, was für ein schönes Paar wir doch sind.« Er griff nach der Baseballkappe auf dem Küchentisch und setzte sie ihr auf. »Und ich werde dich die ganze Zeit anschauen und mir vorstellen, dich wieder in meine Arme zu nehmen. Das nennt man romantisch.«

»Romantik ist nicht mein Ding.«

»Hast du auch von Sex behauptet. Und dich getäuscht.« Er nahm sie bei der Hand und zog sie zur Tür. »Vielleicht bietet Brian zum Nachtisch Pudding an.«

Jetzt musste Jo lachen. »Die Leute werden sich wundern, wenn ich im Restaurant esse.«

»Dann haben sie wenigstens ein Gesprächsthema.« Als sie die letzte Stufe hinter sich gelassen hatten, versanken ihre Schuhe im Schlamm.

Der Wald lag in seinem dunklen Grün fruchtbar und geheimnisvoll vor ihnen. Wasser tropfte von den Blättern auf ihre Köpfe, während sie in Richtung Fluss liefen.

»Der Fluss ist über die Ufer getreten«, kommentierte Jo. »So schnell habe ich ihn selten fließen sehen.«

Sie ging einige Schritte ans Wasser, bis sie bis zu den Knöcheln im schlammigen Grund versank. »Daddy ist bestimmt schon unterwegs, um die Schäden zu sichten, aber machen kann man da ohnehin nicht viel. Auf dem Campingplatz gibt's sicher mehr zu tun. Am Strand muss es jetzt herrlich sein, genau richtig zum Muschelnsammeln.«

»Du hörst dich an wie die Tochter deines Vaters.«

Abwesend drehte sie sich um. »Nein. Normalerweise denke ich kaum drüber nach, was hier passiert. In der Hurrikanzeit sehe ich mir die Wetterberichte für diese Gegend genauer an, aber in der Hinsicht sind wir seit langem verschont geblieben.«

»Jo Ellen, du liebst diese Insel. Warum fällt es dir so schwer, das zuzugeben?«

»Sie ist nicht der Mittelpunkt meines Lebens.«

»Nein, aber sie bedeutet dir etwas.« Er trat näher an sie heran. »Viele Dinge, viele Menschen können dir etwas bedeuten, ohne gleich dein Leben zu bestimmen. Du zum Beispiel bedeutest mir etwas.«

In ihrem Herzen schrillte eine Alarmglocke, und sie machte rasch einen Schritt zurück. »Nathan …« Als der Boden unter ihren Füßen nachgab, verlor sie beinahe das Gleichgewicht.

»Du landest gleich im Fluss.« Mit festem Griff packte er ihren Arm. »Und dann heißt es wieder, ich hätte dich gestoßen. Aber das werde ich nicht tun. Ich werde dich nicht stoßen, Jo Ellen, aber es tut mir auch nicht leid, wenn du rutschst.«

»Ich weiß gern, wo der Boden nachgibt, bevor ich drauftrete.«

»Aber manchmal muss man Neuland betreten. Auch für mich ist das unerforschtes Terrain.«

»Das stimmt nicht. Du warst schon mal verheiratet, du …«

»Aber sie war nicht du«, sagte er ruhig. »Ich habe für sie nie das empfunden, was ich jetzt für dich empfinde. Sie hat mich nie so angeschaut wie du gerade. Und ich habe sie nie so sehr begehrt, wie ich dich begehre. Ich habe gar nicht geahnt, wie sehr es alles mein Fehler war. Erst nachdem ich dich wiedergesehen habe, beginne ich es zu begreifen.«

»Das geht mir alles zu schnell.«

»Dann halt dich ran. Und verdammt noch mal, Jo Ellen«,

sagte er mit einem ungeduldigen Seufzer, als er ihren Kopf nach hinten schob, »gib ein bisschen nach.«

Als sein Mund auf ihre Lippen traf, schmeckte sie die Ungeduld und das Verlangen, das tiefer saß, als sie sich eingestehen wollte. Der kurze Anflug von Panik kämpfte in ihrem Innern mit einem Schauder des Entzückens. Und der warme Strom in ihrem Blut fühlte sich wie Hoffnung an.

»Vielleicht stößt du mich ja nicht.« Sie leistete keinen Widerstand, als er sie an sich zog. »Aber ich habe trotzdem das Gefühl unterzugehen.« Sie legte den Kopf an seine Schulter und versuchte, wieder einen klaren Kopf zu bekommen. »Ein Teil von mir möchte es geschehen lassen, aber ein anderer Teil von mir will immer wieder zurück an die Oberfläche. Und ich weiß nicht, was für dich und für mich besser ist.«

Er brauchte diesen Hoffnungsschimmer, das Flüstern in seinem Herzen, das ihm versprach, dass sie überstehen konnten, was geschehen war und was ihnen bevorstand, wenn sie ihn nur stark genug liebte, wenn sie sich gegenseitig nur stark genug liebten.

»Warum überlegst du, was besser für uns ist? Warum überlegst du nicht, was dich glücklicher macht?«

Das hörte sich so einfach an, dass sie lächeln musste. Sie betrachtete den dahinströmenden Fluss. Warum nicht einfach reinspringen und abwarten, was geschah? Fast konnte sie sich mit der Strömung treiben sehen. Fortgerissen von den Wassermassen.

Gefangen unter der Oberfläche, nach oben starrend. In die Tiefe gezogen, weit weg von Luft und Licht.

Der Schrei löste sich aus ihrer Kehle. Sie fiel auf die Knie, bevor er sie festhalten konnte.

»Jo, um Himmels willen!«

»Im Wasser. Da, im Wasser.« Sie presste die Hand vor den Mund, um ihre aufsteigende Hysterie zu unterdrücken. »Ist das Mama? Ist das Mama, da im Wasser?«

»Hör auf.« Er fiel neben ihr auf die Knie, riss sie an den Schultern herum, zwang sie, ihn anzusehen. »Schau mich an. Ich will, dass du aufhörst. Ich lasse nicht zu, dass du noch einmal zusammenbrichst. Ich lasse es nicht zu. Sieh mich nur an und bleib ruhig.«

»Ich habe …« Sie rang nach Atem. »Im Wasser. Ich habe … Nathan, ich werde verrückt. Ich kann nichts dagegen tun.«

»Doch, du kannst.« Verzweifelt zog er sie an sich. »Bleib nur bei mir, bleib nur hier bei mir.« Während sie ein Schauder nach dem anderen überlief, blickte er grimmig aufs Wasser.

Und sah den bleichen Geist, der ihn anstarrte.

»Herr im Himmel.« Krampfhaft zog er Jo noch fester an sich. Dann stieß er sie von sich und ließ sich in den Fluss gleiten. »Da ist sie«, rief er und griff nach dem leblosen Körper.

»Was?«

»Du wirst nicht verrückt.« Keuchend vor Anstrengung griff er mit seiner freien Hand nach ihr und bekam Haar zu fassen. »Hilf mir, sie rauszuziehen.«

»O mein Gott.« Mit einem Schritt war Jo nun am schlüpfrigen Ufer und bemühte sich, nicht ins Wasser zu rutschen. »Gib mir deine Hand, Nathan. Halt sie fest, ich werde versuchen, dich rauszuziehen. Lebt sie noch? Atmet sie?«

Nathan hatte inzwischen einen zweiten, genaueren Blick auf die Frau geworfen. Und vor Schreck und Entsetzen hatte sich ihm der Magen umgedreht – der Fluss war nicht freundlich mit ihr umgegangen. »Nein.« Er sprach tonlos und veränderte seinen Griff. Er sah Jo wieder an. »Nein, sie lebt nicht mehr. Ich halte sie hier fest, damit der Fluss sie nicht fortreißt. Und du läufst nach Sanctuary und holst Hilfe.«

Jo war jetzt ruhig, kühl und ruhig. »Nein, wir bekommen sie schon allein raus«, sagte sie und hielt Nathan die Hand hin.

24

Es war ein grausiges Unterfangen. Zweimal verlor Nathan bei dem Versuch, Susan Peters' Haar aus dem Gewirr von Ästen zu befreien, in dem sich ihr Körper verfangen hatte, das Gleichgewicht. Er nahm Jos Zurufe wahr; ihre Stimme klang verzweifelt gelassen, als sie gemeinsam darum kämpften, das an Land zu ziehen, was der Fluss von Susan übriggelassen hatte.

Ihre Übelkeit ignorierend, robbte Jo bäuchlings immer weiter ans Ufer, bis ihr Kinn mit dem dahinschnellenden Wasser in Berührung kam. Mit einem entschlossenen Griff packte sie die Tote unter den Armen. Jos Atem ging in flachen Schüben, als sie sich einen Moment lang dem Tod gegenübersah.

Sie wusste, dass der Verschluss in ihrem Kopf geklickt, das Bild eingefangen hatte. Dass es für immer ein Teil von ihr sein würde.

Im nächsten Moment nahm sie den Kampf wieder auf, stemmte keuchend Knie und Füße in den schlammigen Grund, um Halt zu finden. Mit letzter Kraft zog Jo die Tote an Land. Sie vermied es, einen weiteren Blick auf sie zu werfen. Dann streckte sie Nathan die Hände entgegen und spürte im selben Augenblick seinen festen Griff. Als er schließlich im brusthohen Wasser stand und sich ans Ufer schwang, rollte sich Jo erschöpft zur Seite und übergab sich.

»Geh zurück zum Cottage.« Nathan hustete heftig und spuckte den modrigen Geschmack des Flusses und des Todes aus.

»Es geht schon wieder.« Sie hockte sich hin und spürte die ersten heißen Tränen über ihre eiskalten Wangen strömen. »Ich brauche noch einen Moment.«

Sie war genauso bleich wie die Tote, und sie zitterte so heftig, dass Nathan sich wunderte, dass man nicht ihre Knochen klappern hörte. »Geh zurück zum Cottage. Du brauchst trockene

Klamotten.« Er umschloss ihre Hand. »Außerdem musst du in Sanctuary anrufen und Hilfe anfordern. Wir können sie nicht so liegenlassen.«

»Du hast recht.« Mit großer Überwindung riskierte Jo einen kurzen Blick. Die Leiche war grau, aufgedunsen und zerschunden, das dunkle Haar eine steife, schlammverklebte Matte. Aber sie war eine Frau gewesen. »Ich bringe etwas zum Zudecken mit.«

»Schaffst du es allein?«

Jo nickte tapfer, und obwohl sich ihr Körper dagegen wehrte, erhob sie sich mühsam. Sie blickte auf ihn hinab. Sein Gesicht war blass und verschmiert, seine Augen waren vom Wasser gerötet. Sie erinnerte sich, wie er ohne zu zögern in den wütenden Fluss gestiegen war, nur auf das bedacht, was getan werden musste.

»Nathan.«

Mit dem Handrücken wischte er sich erschöpft den Schlamm vom Kinn. »Ja?«

»Ach nichts«, murmelte sie. »Später.«

Er wartete, bis ihre Schritte verklungen waren, bis er außer dem Tosen des Flusses und dem Hämmern seines eigenen Herzens nichts mehr hörte. Dann beugte er sich über die Tote und zwang sich, ihr ins Gesicht zu schauen. Sie war hübsch gewesen – das wusste er. Aber sie würde nie wieder hübsch sein. Er biss die Zähne zusammen und berührte sie, drehte ihren Kopf zur Seite, bis er es sah, bis er sicher sein konnte.

Um ihren Hals verliefen blutunterlaufene Striemen. Er riss seine Hand zurück, zog die Knie an und vergrub das Gesicht in seiner schlammverschmierten Jeans.

Himmel, was ging hier vor?

Als Jo auftauchte, hatte er sich wieder im Griff. Sie hatte sich nicht umgezogen, aber er sagte nichts, sondern half ihr, die gelbe Decke über die Leiche zu breiten.

»Sie kommen.« Nervös kaute sie auf ihrer Lippe. »Brian und Kirby. Brian hat abgenommen. Ich hab ihm … alles gesagt. Er sagte, er würde sie mitbringen, als Ärztin, aber sonst niemandem davon erzählen, bis …«

Sie brach ab, betrachtete ratlos die Bäume, die sie umgaben. »Warum ist sie hier aufgetaucht, Nathan? Wie, um Himmels willen, ist sie in den Fluss gekommen? Vielleicht hat sie sich im Dunkeln den Kopf gestoßen und ist hineingefallen. Es ist so entsetzlich. Ich habe erwartet, dass man sie am Strand angespült findet. Aber das hier ist irgendwie schlimmer.«

Nur ein paar Meter vor meiner Haustür, dachte Nathan. Nur ein paar Meter von dem Ort entfernt, an dem er kurz zuvor mit Jo zusammen war. Nur ein paar Meter von dem Ort entfernt, an dem ich die Götter herausgefordert habe, dachte er schaudernd.

War der Leichnam vom Fluss hierhergespült worden, oder hatte man ihn hier abgeladen, so nah bei seinem Cottage, dass er es in einer klaren Mondnacht von seinem Küchenfenster aus hätte sehen können?

Sie griff nach seiner Hand und stellte besorgt fest, dass sie immer noch so eiskalt wie die Leiche am Ufer war. »Du bist völlig durchnässt und durchgefroren. Geh und zieh dir trockene Sachen an, ich warte hier auf die anderen.«

»Nein, ich geh jetzt nicht weg. Ich lass dich nicht allein, und sie auch nicht.«

Sie dachte an Wärme und Trost und schlang die Arme um ihn. »Das war das Mutigste, was ich jemals gesehen habe. Du bist einfach rein, um sie rauszuholen. Du hättest sie drinlassen können, aber du bist reingegangen.«

»Ich musste einfach.«

»Das war großartig von dir, Nathan. Ich werde es nie vergessen.«

Er schloss fest die Augen und wandte sich von ihr ab. »Da kommen sie«, sagte er mit tonloser Stimme. Wenige Augenblicke später waren Brian und Kirby bei ihnen.

Zuerst warf Kirby einen kurzen Blick auf die beiden. »Geht rein, nehmt eine heiße Dusche. Nachher untersuche ich euch schnell noch.« Dann kniete sie sich neben die Decke.

Jo verharrte reglos. »Es muss Mrs. Peters sein. Sie hatte sich da an dem Ast verfangen. Sie muss letzte Nacht in den Fluss gefallen sein, und der Sturm hat sie hierhergetrieben.«

Als sich auch Brian neben die Decke kniete, griff sie nach Nathans Hand. Nachdem Kirby die Decke zurückgeschlagen hatte, nickte Brian grimmig.

»Ja, das ist sie. Sie haben ein paarmal bei uns gegessen. Verdammt.« Er hockte sich hin, rieb sich übers Gesicht. »Ich hole ihren Mann. Wir müssen sie hier wegbringen.«

»Nein, sie darf nicht bewegt werden.« Kirbys Herzschlag beschleunigte sich. »Du musst die Polizei anrufen. Sie sollen so schnell wie möglich kommen. Ich glaube nicht, dass sie ertrunken ist.« Behutsam hob sie das Kinn der Toten, sodass der Bluterguss an ihrem Hals sichtbar wurde. »Es sieht aus, als sei sie erwürgt worden. Ermordet.«

»Wie kann das sein? Wie kann so etwas passieren?« Eng zusammengekauert hockte Lexy auf dem Sofa im Wohnzimmer. Sie presste die Hände zusammen, um sich daran zu hindern, an den Nägeln zu kauen. »Auf Desire wird doch niemand umgebracht. So etwas gibt es hier nicht. Kirby muss sich irren.«

»Bald wissen wir mehr.« Kate schaltete den Deckenventilator an, der Bewegung in die stickige Luft brachte. »Die Polizei wird es herausfinden. So oder so – die arme Frau ist tot, und ihr Mann ... Jo Ellen, hör auf, durchs Zimmer zu laufen. Setz dich und trink den Cognac, sonst bekommst du eine dicke Erkältung.«

»Ich kann jetzt nicht sitzen.« Jo ging von einem Fenster zum anderen, aber sie hätte nicht sagen können, wonach sie Ausschau hielt.

»Setz dich doch bitte«, bat Lexy. »Du machst mich noch wahnsinnig. Ich wünschte, Giff wäre hier. Ich verstehe nicht, warum er sich mit den anderen da draußen herumtreiben muss, anstatt hier bei mir zu sein.«

»Hör mal fünf Minuten auf, dich zu beklagen«, fuhr Jo sie an. »Und halt dir zur Abwechslung selbst das Händchen.«

»Fangt ja keinen Streit an«, schaltete sich Kate ein. »Das hat mir gerade noch gefehlt.«

»Ich halte dieses Warten nicht mehr aus. Ich geh wieder raus.« Jo ging zur Tür. »Ich will sehen, was los ist.«

»Jo, du gehst auf keinen Fall allein.« Kate presste die Hände an den Kopf. »Ich ängstige mich ohnehin schon zu Tode. Du verlässt das Haus auf keinen Fall allein.«

Plötzlich kam Jo ihre Tante alt und zerbrechlich vor. »Du hast recht, Kate. Wir sollten alle im Haus bleiben. Draußen sind wir nur im Weg. Setz dich auch, Kate. Komm.« Sie nahm ihre Tante am Arm und führte sie zum Sofa. »Setz dich zu Lexy und trink einen Cognac. Du bist erschöpft.«

»Ich hol den Cognac«, erbot sich Lexy und stand auf.

»Gib ihr meinen«, sagte Jo. »Ich will ihn nicht.«

Mit schwachem Lächeln nahm Kate das Glas, das Lexy ihr reichte. »Wir sollten Kaffee bereithalten, wenn sie zurückkommen. Ich weiß nicht, ob noch welcher da ist.«

»Ich kümmere mich darum.« Lexy drückte Kate einen Kuss auf die Wange. »Mach dir keine Sorgen.« Als sie sich wieder aufrichtete, sah Lexy Giff im Türrahmen erscheinen.

»Die Polizei ist auf dem Weg. Sie wollen mit Jo sprechen.«

»In Ordnung.« Dankbar strich Jo über die Hand, die Lexy auf ihren Arm gelegt hatte. »Ich bin bereit.«

»Wie lange wollen sie sie denn noch quälen?« Auf der Veranda lauschte Brian den Geräuschen des Waldes, den Zikaden und Fröschen.

»Es kann nicht mehr lange dauern«, erwiderte Kirby ruhig. »Sie ist jetzt schon fast eine Stunde drin. Bei Nathan hat es auch eine knappe Stunde gedauert.«

»Das hätten sie ihr ersparen sollen. Es ist schon schlimm genug, dass sie die Tote entdeckt und geholfen hat, sie aus dem Wasser zu ziehen. Sie sollte es nicht dauernd wiederkauen.«

»Ich bin sicher, dass sie es ihr so leicht wie möglich machen.« Als er ihr einen finsteren Blick zuwarf, seufzte sie nur. »Brian, wir können nichts daran ändern. Wir müssen die Dinge nehmen, wie sie sind. Immerhin wurde hier eine Frau ermordet. Da ist es klar, dass Fragen gestellt werden müssen.«

»Jo hat sie bestimmt nicht umgebracht.« Brian warf sich in die Hollywoodschaukel. »Für dich ist das leichter. Frau Doktor hat so etwas in der Stadt ja jeden Tag gesehen.«

»Vielleicht hast du recht.« Ihren Schmerz verbarg sie unter kühlen Worten. »Aber die Tatsachen bleiben, egal ob leichter oder schwerer. Irgendjemand hat Susan Peters ermordet. Erwürgt. Und jetzt gibt es viele Fragen.«

Grimmig starrte Brian in die Dunkelheit. »Dann sollten sie sich den Ehemann vornehmen.«

»Ich weiß nicht.«

»Das wäre der logischste Schritt. Wenn eine Frau umgebracht wird, ist immer der Ehemann der Hauptverdächtige. Es ist ziemlich wahrscheinlich, dass er es war. Als meine Mutter verschwand, haben sie auch zuerst meinen Vater unter die Lupe genommen. Bis klar war, dass sie nur … weggelaufen ist. Sie werden den armen Teufel in einen kleinen Raum stecken und ihn verhören. Wer weiß, vielleicht war er's ja wirklich.«

Er ließ den Blick zu Kirby wandern. Aufrecht und ruhig stand sie im gelblichen Schein der Verandabeleuchtung. Immer noch trug sie Jos viel zu weiten Pulli. Aber er hatte sie mit der Polizei gesehen, beobachtet, wie sie den Sachverhalt schilderte, mit medizinischen Fachtermini um sich warf, bevor sie sich mit den Leuten von der Gerichtsmedizin über die Leiche beugte.

Er hatte nichts Zierliches an ihr entdecken können.

»Du solltest nach Hause gehen, Kirby. Du kannst hier jetzt nichts mehr tun.«

Sie wollte weinen. Sie wollte schreien. Sie wollte mit den Fäusten auf ihn losgehen, um die unsichtbare Wand niederzureißen, die er plötzlich zwischen ihnen errichtet hatte. »Warum schließt du mich aus, Brian?«

»Weil ich nicht weiß, was ich mit dir anfangen soll. Ich hatte nie vor, dich reinzulassen.«

»Aber du hast es getan.«

»Habe ich das wirklich, Kirby? Oder hast du die Tür aufgebrochen?«

In diesem Augenblick fiel Jos Schatten zwischen die beiden. »Die Polizei ist hier fertig.«

»Geht's dir gut?« Mit einem Schritt war Kirby bei Jo. »Du musst vollkommen erschöpft sein. Du solltest jetzt hochgehen und dich hinlegen. Ich kann dir ein Schlafmittel geben.«

»Nein danke, ich bin schon in Ordnung. Wirklich.« Sie drückte kurz Kirbys Hand. »Das Schlimmste haben wir hinter uns. Ich bin nur traurig und müde. Ist Nathan schon weg?«

»Kate hat ihn überredet, nach oben zu gehen.« Brian erhob sich, um sich selbst davon zu überzeugen, dass es Jo gutging. Und sie wirkte tatsächlich ruhiger, als er erwartet hatte. »Ich glaube, es wird nicht schwer sein, ihn dazu zu bewegen, heute Nacht hier zu schlafen. Die Polizei durchkämmt die Insel bestimmt noch stundenlang.«

»Du solltest auch hierbleiben«, sagte Jo zu Kirby gewandt.

»Nein, ich will nach Hause.« Sie warf Brian einen Blick zu. »Ich werde hier nicht mehr gebraucht. Einer der Polizisten wird mich sicher nach Hause fahren. Ich hol nur meine Tasche.«

»Du kannst gerne bleiben«, erwiderte Brian, aber sie hatte nur noch einen kühlen Blick über die Schulter für ihn übrig, bevor die Tür hinter ihr ins Schloss fiel.

»Warum lässt du sie gehen?«, fragte Jo mit ruhiger Stimme.

»Vielleicht will ich wissen, ob ich es kann. Vielleicht ist es so am besten.«

Jo fielen die Worte ein, die Nathan ausgesprochen hatte, bevor die Welt wieder aus den Fugen geraten war. »Vielleicht sollten wir einfach das tun, was uns glücklich macht, und nicht, was vielleicht am besten ist. Ich werde es jedenfalls versuchen, bevor es zu spät ist. Und bevor es zu spät dafür ist, will ich dir etwas sagen, was ich dir schon früher hätte sagen sollen.«

Achselzuckend schob er die Hände in die Hosentaschen. Die typische Hathaway-Trotzhaltung, dachte Jo. »Spuck's schon aus.«

»Ich liebe dich, Brian.« Vergnügt beobachtete sie, wie sich ungläubiges Erstaunen in seinem Gesicht breitmachte.

Er kam zu dem Schluss, dass es ein Trick war, eine Finte, um das Auge abzulenken, bevor sie zuschlug. »Und, weiter?«

»Und ich wünschte, ich hätte es früher und öfter gesagt.« Sie ging auf die Zehenspitzen und drückte ihrem verwirrten Bruder einen Kuss auf die Lippen. »Aber wenn ich das getan hätte, könnte ich mich jetzt nicht über dein verblüfftes Gesicht amüsieren. Ich gehe hoch und helfe Kate beim Bettenbeziehen, damit sie sich weiter in der Illusion wiegen kann, Nathan würde die Nacht im Gästezimmer und nicht in meinem Bett verbringen.«

»Jo Ellen.« Als Jo schon an der Tür war, hatte Brian seine Stimme wiedergefunden – um sie gleich wieder zu verlieren, als sie sich zu ihm umdrehte.

»Na los.« Sie warf ihm ein breites Grinsen zu. »Sag's einfach. Es ist gar nicht so schwer, wie du glaubst.«

»Ich liebe dich auch.«

»Ich weiß. Du hast das größte Herz von uns allen, Brian. Und das ist es, was dir Angst macht.« Behutsam schloss sie die Tür hinter sich und ging hoch zum Rest der Familie.

Sie träumte, dass sie im Garten von Sanctuary spazierenging. In der lauen Luft lagen die Düfte des Hochsommers. Über ihr strahlte der Vollmond, dick und rund wie in einer Kinderzeichnung. Weiß auf Schwarz. Drumherum bildeten die Sterne ein funkelndes Lichtermeer.

Duftende Blütenköpfe wiegten sich sanft im Wind. Oh, wie sehr sie die strahlendweißen Blüten liebte, die selbst in der tiefsten Finsternis leuchteten. Märchenblumen, dachte sie, die tanzen, während die Sterblichen schlafen.

Sie selbst fühlte sich unsterblich – so stark, so lebendig. Sie warf die Arme in die Luft und wunderte sich, dass sie nicht abhob, um leicht wie eine Feder dahinzuschweben. Die Nacht gehörte ihr. Ihr allein. Wie ein Geist konnte sie dann auf den Wegen lustwandeln und zu den Geräuschen des Windes tanzen.

Dann trat ein Schatten zwischen den Bäumen hervor. Und aus dem Schatten wurde ein Mann. Unsterblich, nur neugierig, lief sie auf ihn zu.

Dann begann sie zu rennen; sie rannte durch den Wald, durch die undurchdringliche Finsternis, während ihr der Regen wütend entgegenpeitschte. Es war jetzt eine ganz andere Nacht, und auch sie war ganz anders. Verängstigt, verfolgt. Gejagt. Der Wind heulte so schaurig wie tausend Wölfe mit entblößten, blutigen Fangzähnen, die Regentropfen stachen wie winzige spitze Speere in ihr Fleisch. Äste peitschten gnadenlos auf sie ein, Bäume sprangen vor, um ihr den Weg zu verstellen.

Sie war jetzt sterblich, erschreckend sterblich. Ein tränenerstickter Schrei löste sich aus ihrer Kehle, als der Jäger ihren Namen rief. Aber der Name war Annabelle.

Jo riss die Decke weg und schoss in die Höhe. Als das Bild noch nicht ganz verschwunden war, lag Nathans Hand schon auf ihrer Schulter. Er lag nicht neben ihr, sondern stand an ihrem Bett. Sein Gesicht war im Dunkel verborgen.

»Es ist alles gut. Es war nur ein Traum, ein böser Traum.«

Sie nickte. Die Hand strich ihr einmal über die Schulter, dann ließ sie los. Die Geste war ein ferner Trost.

»Brauchst du etwas?«

»Nein.« Die Angst ließ allmählich nach. »Ist nicht weiter schlimm. Ich bin daran gewöhnt.«

»Es wäre ein Wunder, wenn du heute Nacht keinen Alptraum hättest.« Er wandte sich ab, ging hinüber zum Fenster.

Sie konnte sehen, dass er seine Jeans anhatte, und als sie ihre Hand über das Laken neben sich gleiten ließ, fand sie es kühl vor. Er hatte nicht neben ihr geschlafen. Er hat es nicht gewollt, dachte Jo. Er war nur auf Sanctuary geblieben, weil er Kates Bitte nicht ablehnen konnte. Und er war nur mit ihr in einem Zimmer, weil es sonst komisch gewirkt hätte.

»Du hast nicht geschlafen, oder?«

»Nein.«

Jo warf einen Blick auf die Uhr. Fünf nach drei. Um diese Zeit wach zu sein war ihr nicht unbekannt. »Vielleicht solltest du eine Schlaftablette nehmen.«

»Nein.«

»Ich weiß, dass das die Hölle für dich war, Nathan, aber du wirst damit leben müssen.«

»Auch Tom Peters wird damit leben müssen.«

»Vielleicht ist er ihr Mörder.«

Nathan hoffte von ganzem Herzen, dass es so war. Und kam sich deshalb schäbig vor.

»Sie haben sich gestritten«, fuhr Jo fort. »Sie ist rausgerannt. Er könnte ihr zum Strand gefolgt sein. Dort haben sie sich weitergestritten, bis ihm die Sicherung durchgebrannt ist. Dann ist er in Panik geraten und hat sie weggetragen. Er wollte sie möglichst weit vom Strand wegbringen, also hat er sie in den Fluss geworfen.«

»Menschen töten nicht immer im Affekt«, erwiderte er sanft. Bitterkeit stieg in ihm auf, schnürte ihm die Kehle zu. »Ich habe kein Recht, in diesem Haus zu sein, bei dir zu sein. Was habe ich mir eigentlich eingebildet? Zurückzukommen. Was, zum Teufel, habe ich geglaubt, tun zu können?«

»Nathan, wovon redest du?« Sie ärgerte sich über das Zittern in ihrer Stimme. Aber sein Ton, sein harter, kalter Ton, machte ihr Angst.

Er drehte sich um und starrte sie an, wie sie in dem riesigen Bett kauerte, die Knie schützend an die Brust gezogen, darüber wie ein bleicher Schatten ihr Gesicht. Ihm wurde klar, dass er viele Fehler gemacht hatte. Egoistische, dumme Fehler. Aber der größte von allen war, sich in sie zu verlieben und zuzulassen, dass sie seine Gefühle erwiderte. Jetzt würde sie ihn hassen. Ihr würde gar nichts anderes übrigbleiben.

»Nicht jetzt. Wir haben schon genug durchgemacht.« Es fiel ihm schwer, zu ihr hinüberzugehen. Genauso schwer, wie es sein würde, sie zu verlassen. Er setzte sich auf die Bettkante und strich ihr über den Arm. »Du musst jetzt schlafen.«

»Du auch. Nathan, wir leben.« Sie nahm seine Hand und drückte sie auf ihr Herz. »Wir müssen da durch und weitermachen – nur das zählt. Diese Lektion habe ich gelernt.« Sie beugte sich zu ihm und berührte seine Lippen. »Und jetzt helfen wir uns gemeinsam durch die Nacht.« Ihre Augen waren dunkel, und auch als ihr Kopf aufs Kissen sank, ließ sie seinen Blick nicht los. »Liebe mich. Ich brauche dich.«

Er wehrte sich nicht, ließ es geschehen. Später würde sie ihn hassen. Aber für den Augenblick war Liebe genug.

Am nächsten Morgen war er verschwunden. Aus ihrem Bett, aus Sanctuary, von der Insel.

»Er hat die Morgenfähre genommen?« Fassungslos starrte Jo Brian an und begriff nicht, wie er Eier braten konnte, wenn die Welt in Trümmern lag.

»Ich hab ihn im Morgengrauen auf dem Weg zu seinem Cottage getroffen.« Brian warf einen Blick auf den Bestellblock. Krisen kamen und gingen, aber die Menschen konnten immer essen, dachte er. »Er sagte, er hätte etwas auf dem Festland zu erledigen. Er meinte, es würde ein paar Tage dauern.«

»Ein paar Tage. Verstehe.« Kein Abschied, kein auf Wiedersehen. Kein Wort.

»Er sah ziemlich fertig aus. So wie du.«

»Die letzten vierundzwanzig Stunden waren für uns alle nicht leicht.«

»Stimmt. Und ich muss den Laden trotzdem schmeißen. Wenn du dich ein bisschen nützlich machen willst, kannst du die Veranda und den Hof fegen und dafür sorgen, dass die Polster wieder auf die Gartenmöbel kommen.«

»Das Leben geht weiter, stimmt's?«

»Daran können wir nichts ändern.« Mit geübtem Griff schlug er frische Eier in die Pfanne. »Man tut einfach, was als Nächstes getan werden muss.«

Er beobachtete, wie sie den Besen aus dem Schrank nahm und nach draußen ging. Und fragte sich, was er, zum Teufel, als Nächstes tun sollte.

»Ich frage mich, wie die Leute essen können, während ihre Münder nicht eine Sekunde lang stillstehen«, stöhnte Lexy, als sie in die Küche gestürzt kam, in Windeseile die leere Kaffeekanne gegen die volle austauschte und Brian einen Stapel neuer Bestellungen auf die Theke knallte. »Wenn mich noch ein Mensch nach dieser armen Frau fragt, bekomme ich einen Schreikrampf.«

»So was ist für die meisten Leute ein gefundenes Fressen.«

»Du hast gut reden, du musst dir nicht ständig all die Fragen anhören.« Für einen Moment ließ sie sich erschöpft an die Theke sinken. »Ich glaube, ich habe heute Nacht nicht länger als zehn Minuten geschlafen. Wahrscheinlich keiner von uns. Wo ist eigentlich Jo?«

»Sie kehrt die Veranda.«

»Gut, dann ist sie wenigstens beschäftigt.« Als Brian ihr einen fragenden Blick zuwarf, schnaubte sie auf. »Bri, ich bin nicht dumm. Für sie muss es schlimmer sein als für uns andere zusammen. Und noch schlimmer, wenn man bedenkt, was sie davor schon durchgemacht hat. Alles, was sie wenigstens für fünf Minuten auf andere Gedanken bringt, ist ein Segen für sie.«

»Ich hab dich nie für dumm gehalten, Lexy. Auch wenn du noch so sehr vorgibst, es zu sein.«

»Heute lassen mich deine Beleidigungen kalt, Bruderherz. Ich mache mir nämlich Sorgen um Jo.« Mit einem kurzen Blick aus dem Fenster stellte sie fest, dass Jo kräftig den Besen schwang. »Körperliche Arbeit hilft bei so etwas immer. Und Gott sei Dank ist da noch Nathan. Er ist genau das, was sie jetzt braucht.«

»Er ist nicht mehr hier.«

Sie wirbelte so heftig herum, dass der Kaffee aus der vollen Kanne schwappte. »Was meinst du damit?«

»Nichts weiter, er ist für ein paar Tage rüber aufs Festland gefahren.«

»Warum das denn? Ausgerechnet jetzt, wo Jo Ellen ihn braucht.«

»Er muss irgendwas erledigen. Geschäftlich.«

»Geschäftlich?« Lexy verdrehte die Augen und griff nach dem Tablett mit den fertigen Gerichten. »Typisch Mann. Wenn man euch braucht, seid ihr nicht da. Ihr seid allesamt so überflüssig wie ein Stier mit drei Titten!«

Mit wehendem Haar verließ sie die Küche. Und irgendwie ging es Brian schon viel besser. Frauen, dachte er. Unmöglich, mit ihnen zu leben, und unmöglich, ohne sie auszukommen.

Eine Stunde später ging Lexy nach draußen. Jo war gerade dabei, den letzten Sonnenschirm aufzuspannen. »Hm, toll sauber und aufgeräumt sieht's hier aus. Geh hoch und hol deinen Badeanzug, wir gehen zum Strand.«

»Warum?«

»Einfach so. Sonnencreme und Badetücher hab ich schon eingepackt.«

»Ich will aber nicht zum Strand.«

»Ich hab auch nicht danach gefragt, was du willst. Du brauchst ein bisschen Sonne. Und wenn du nicht mitkommst, werden Kate oder Brian was anderes zum Kehren oder Schrubben für dich finden.«

Widerwillig betrachtete Jo den Besen. »Das ist ein Argument. Okay, warum nicht? Es ist heiß, ein bisschen Abkühlung kann nicht schaden.«

»Dann beeil dich, bevor sie uns erwischen und zur Arbeit verdonnern.«

Mit kräftigen Zügen ließ Jo die Brecher hinter sich und begann, mit der Strömung zu schwimmen. Sie hatte ganz vergessen, wie sehr sie das Meer liebte – mit ihm zu kämpfen, sich von ihm treiben zu lassen. In der Ferne hörte sie das Quietschen und Lachen eines Pärchens, das in der Brandung miteinander rang.

Als ihre Arme müde wurden, drehte sie sich auf den Rücken. Die Sonne brannte erbarmungslos nieder und blendete sie. Jo schloss die Augen und ließ sich treiben. Als ihre Gedanken zu Nathan wanderten, verdrängte Jo sie.

Er lebte sein Leben und sie ihres. Vielleicht hatte sie schon begonnen, sich zu fest an ihn zu klammern, und deshalb war es gut, dass er so plötzlich verschwunden war. So war sie gezwungen, ihr Gleichgewicht wiederzufinden.

Wenn er zurückkam – falls er zurückkam –, wäre sie nicht mehr so anlehnungsbedürftig.

Verdammt, sie hatte sich in ihn verliebt – das Dümmste, was ihr passieren konnte. Es gab für sie keine gemeinsame Zukunft – allein der Gedanke daran war abwegig. Sie drehte sich um, atmete tief ein und schwamm los.

Sie hatten sich durch besondere Umstände wiedergetroffen und die Chance genutzt. Aber die Umstände änderten sich. Sie hatte sich verändert. Obwohl ihre Rückkehr nach Sanctuary eine schmerzhafte Erfahrung gewesen war, war sie dadurch auch stärker und hellsichtiger geworden.

Sie spürte wieder Boden unter den Füßen und genoss das Gefühl des gegenläufigen Sandes, als sie aus dem Wasser watete.

Lexy lag hingegossen auf dem Strandlaken und stellte dabei

ihre prachtvollen Rundungen zur Schau. Sie ruhte faul auf dem Ellbogen und las in einem dicken Taschenbuch. Auf dem Umschlag war ein Mann mit nackter Brust, unglaublichen Muskeln und einer schwarzen Mähne zu sehen, die ihm über die Schultern fiel; auf seinen vollen Lippen lag ein arrogantes Lächeln.

Leise seufzend blätterte Lexy weiter. Ihr Haar bewegte sich sanft in der leichten Brise, unter ihrem winzigen Bikinioberteil wölbten sich ihre pfirsichfarbenen Brüste, ihre braungebrannten Beine glänzten unter der dicken Schicht von Sonnencreme, und ihre Fußnägel glitzerten korallenrot.

Jo stellte fest, dass sie aussah, als sei sie einer Anzeige für eines dieser teuren Ferienhotels entsprungen.

Jo ließ sich neben sie fallen und rubbelte sich mit dem Handtuch das Haar trocken. »Machst du das eigentlich extra oder instinktiv?«

»Was denn?« Lexy drückte ihre rosa getönte Sonnenbrille nach unten und blinzelte über den Rand hinweg.

»Dich so in Positur zu legen, dass sich jeder Mann im Umkreis von hundert Metern den Hals nach dir verdreht.«

»Ach, das meinst du.« Amüsiert schob Lexy ihre Brille zurück. »Das ist der pure Instinkt, meine Süße. Und Glück. Du könntest genauso aussehen, wenn du nur wolltest. Immerhin hast du schon etwas zugenommen, seitdem du wieder hier bist. Und dieser schwarze Badeanzug steht dir gar nicht schlecht. Sieht sportlich aus. Manche Typen stehen darauf.« Wieder schob sie die Sonnenbrille nach vorn. »Nathan ist offenbar einer von ihnen.«

Jo ließ den Sand durch ihre Finger rinnen. »Ich liebe ihn.«

»Na klar. Warum auch nicht?«

»Ich liebe ihn, Lexy.« Jo betrachtete stirnrunzelnd die Sandkörner, die an ihrer Hand klebengeblieben waren.

»Oh.« Lexy setzte sich auf und grinste. »Wie schön. Hast dir zwar Zeit gelassen, aber dafür hat es sich auch gelohnt.«

»Ich hasse es.« Jo griff sich erneut Sand und drückte ihn in ihrer Faust zusammen. »Ich hasse dieses Gefühl. Mein Magen ist ständig wie zugeschnürt.«

»Das muss so sein. Meiner hat sich schon oft so angefühlt und sich jedes Mal wieder beruhigt.« Nachdenklich schaute sie hinaus aufs Meer. »Bis jetzt. Aber mit Giff ist es anders.«

»Er liebt dich. Seit eh und je. Deshalb ist es anders.«

»Jeder Mensch ist anders, wir sind alle total unterschiedlich. Das macht die Sache ja so spannend.«

Jo neigte den Kopf. »Weißt du, Lexy, manchmal bist du unglaublich einfühlsam. Besonders dann, wenn man nicht damit rechnet. Ich glaube, ich muss dir jetzt gestehen, was ich schon gestern Abend Brian gesagt habe.«

»Was denn?«

»Ich liebe dich, Lexy.« Jo beugte sich zu ihrer Schwester vor und küsste sie auf die Wange. »Ich liebe dich wirklich.«

»Ich weiß, Jo. Du gibst es nicht gern zu, aber du hast uns immer geliebt.« Wie vor einem schweren Geständnis atmete Lexy tief aus. »Wahrscheinlich war ich deshalb so wütend, als du weggegangen bist. Außerdem war ich neidisch auf dich.«

»Neidisch? Du? Auf mich?«

»Ja. Weil du keine Angst hattest zu gehen.«

»Doch, ich hatte Angst.« Jo legte ihr Kinn auf die Knie und beobachtete, wie die Wellen am Strand ausrollten. »Ich hatte sogar entsetzliche Angst. Selbst heute bekomme ich manchmal Panik, wenn ich mir vorstelle, dass ich mich ganz allein durchschlagen muss – Angst vor dem Versagen.«

»Ja, ich habe versagt, und ich kann dir sagen, wie weh das tut.«

»Du hast nicht versagt, Lexy. Du hast es nur nicht zu Ende gebracht.« Jo sah sie offen an. »Wirst du's noch mal versuchen?«

»Ich weiß es nicht. Bis vor kurzem war ich ganz sicher.« Ihr Blick verfinsterte sich. »Das Blöde ist, dass es einfacher wird, hierzubleiben und die Zeit verstreichen zu lassen. Es wird nicht lange dauern und ich bin alt und fett und faltig. Verdammt, worüber reden wir hier eigentlich?«

Ärgerlich schüttelte Lexy den Kopf und kramte eine kalte Dose Pepsi aus der Kühltasche neben sich. »Wir sollten über was Interessantes sprechen. Ich habe mich zum Beispiel immer gefragt …« Sie öffnete die Dose, nahm einen großen Schluck und fuhr sich mit der Zunge über die Lippen. »Wie ist Nathan im Bett?«

Jo musste lachen. »Nein«, sagte sie entschlossen und drehte sich auf den Bauch.

»Auf einer Skala von eins bis zehn.« Lexy stupste sie an. »Oder nenn einfach ein Adjektiv, das es beschreibt.«

»Nein«, wiederholte Jo.

»Nur ein klitzekleines Adjektiv. ›Unglaublich‹ vielleicht?« bohrte Lexy. »Oder ›märchenhaft‹? Vielleicht ›denkwürdig‹?«

Jo stieß einen leisen Seufzer aus. »›Phantastisch‹«, sagte sie, ohne die Augen zu öffnen. »Er ist phantastisch.«

»Oh, phantastisch.« Lexy fächerte sich mit der Hand Luft ins Gesicht. »Das gefällt mir. Phantastisch. Küsst er dich mit offenen oder mit geschlossenen Augen?«

»Kommt drauf an.«

»Was, er macht beides? Das ist ja unglaublich. Man weiß nie, was kommt. Genau wie ich es mag. Und wie ist es, wenn er …«

»Lexy«, unterbrach Jo sie kichernd. »Du brauchst dir gar keine Mühe zu geben – ich werde dir keine weiteren Einzelheiten über Nathans Liebestechniken verraten. Stattdessen werde ich jetzt ein Nickerchen machen. Weck mich bitte gleich wieder auf.«

Und zu ihrem großen Erstaunen schlief sie schon im nächsten Moment tief und fest.

25

Nathan ging auf dem alten türkischen Kelim in der zwei Etagen hohen Bibliothek Dr. Jonah Kauffmans auf und ab. Draußen, zwei Dutzend Stockwerke weiter unten, staute sich die Hitze in den Straßen New Yorks. In dem eleganten Penthouse war es kühl, und der Trubel der Stadt schien Welten entfernt.

In Kauffmans Domizil hatte man nie den Eindruck, in New York zu sein. Immer wenn Nathan das in ruhigen Farben gehaltene, mit vergoldeten Schnitzereien verzierte, großzügige Foyer durchquerte, hatte er das Gefühl, sich in England zu befinden.

Der Ausbau der Bibliothek von Dr. Kauffman war einer von Nathans ersten Aufträgen gewesen. Dabei hatte er Wände und Decken versetzt, um die Massen von Büchern unterzubringen, die der renommierte Neurologe besaß. Außerdem war es für Nathan eine Herausforderung gewesen, den Geschmack seines Auftraggebers zu treffen. Kauffman hatte ihm absolut freie Hand gelassen.

In diesem Fall sind Sie der Arzt, Nathan. Behelligen Sie mich nicht mit gestalterischen Fragen, dann werde ich Sie bei der nächsten Gehirnoperation nicht um Unterstützung bitten.

Also hatte sich Nathan für das warme Nussholz, für großzügige Ornamente und ein raumhohes, dreiflügliges Fenster in einem gemütlichen Erker entschieden.

Während er wartete, versuchte Nathan, sich zur Ruhe zwingen. Diesmal war er als Patient gekommen, und sein Schicksal lag in den erfahrenen Händen dieses Mannes.

Schon sechs Tage waren seit seiner Abreise von Desire vergangen. Sechs unendlich lange Tage.

Kauffman kam herein und schloss die mächtigen, gepolsterten Türen hinter sich. »Tut mir leid, dass ich Sie habe warten lassen, Nathan. Sie hätten sich schon einen Brandy einschenken können. Aber Sie machen sich nichts aus Brandy, stimmt's? Sei's drum, dann müssen Sie eben so tun als ob, mein Lieber.«

»Ich bin Ihnen sehr dankbar, dass Sie mich empfangen, Doktor. Und dass Sie … sich meiner persönlich annehmen.«

»Sie gehören doch zur Familie, Nathan.« Kauffman nahm eine Kristallkaraffe vom Sideboard und füllte zwei Schwenker.

Er war eine beeindruckende Erscheinung, etwa eins fünfundneunzig groß, schlank, und hielt sich für seine siebzig Jahre sehr gerade. Sein weißes, aber noch immer volles Haar trug er zurückgekämmt. Seine etwas schmalen Lippen waren von einem kurzen Bart umgeben. Er bevorzugte den klassischen Schnitt englischer Anzüge, die Eleganz italienischer Schuhe und bot zu jeder Tageszeit einen makellos gepflegten Anblick.

Trotzdem waren es seine dunklen Augen unter den schwarzen, buschigen Brauen, die die Aufmerksamkeit des Betrachters auf sich zogen. Als Kauffman Nathan ein Glas reichte, wurde sein Blick wärmer. »Setzen Sie sich, Nathan, und entspannen Sie sich. In absehbarer Zukunft werden wir Ihr Gehirn nicht anbohren.«

Nathans Magen hob sich. »Und die Untersuchungen?«

»Die Ergebnisse waren alle negativ. Ich habe sie mir selbst angesehen. Es konnte weder ein Tumor noch Schatten oder andere Anomalien festgestellt werden. Sie haben ein kerngesundes Gehirn und Nervensystem, Nathan. Und jetzt setzen Sie sich endlich.«

»Gern.« Nathan ließ sich dankbar in das weiche Lederpolster des Ohrensessels sinken. Obwohl Nathan Brandy verabscheute, nahm er einen Schluck und genoss das Brennen in seiner Kehle. »Ich nehme an, dass Sie alle Aspekte berücksichtigt haben.«

»Allerdings. Die CT- und MRI-Scans waren absolut normal. Die allgemeinen Untersuchungen, Blutanalyse und dergleichen haben gezeigt, dass Sie ein völlig gesunder dreißigjähriger Mann sind.« Kauffman schwenkte seinen Brandy und roch daran. »Aber verraten Sie mir doch, was Sie veranlasst hat, sich einer derart aufwändigen Untersuchung zu unterziehen.«

»Ich wollte sicher sein, dass ich gesund bin. Ich habe befürchtet, unter Blackouts zu leiden.«

»Haben Sie Gedächtnislücken?«

»Nein. Nun ja, woher soll ich das wissen? Ich hatte den Verdacht, dass ich in einem solchen Zustand … etwas getan haben könnte, an das ich mich nicht mehr erinnere.«

Kauffman spitzte interessiert die Lippen. Er kannte Nathan zu gut, um ihn für einen Hypochonder zu halten. »Haben Sie dafür konkrete Anhaltspunkte? Haben Sie sich an Orten wiedergefunden, ohne zu wissen, wie Sie dorthin gekommen sind?«

»Nein, das nicht.« Nathan genoss das Gefühl der Erleichterung, das ihn langsam durchdrang. »Ich bin also körperlich in Ordnung?«

»Sie sind körperlich in einer exzellenten, um nicht zu sagen beneidenswerten Verfassung. Aber Ihre emotionale Verfassung steht auf einem anderen Blatt. Sie haben ein schwieriges Jahr hinter sich, Nathan. Der Verlust Ihrer Familie fordert seinen Tribut. Und kurz davor die Scheidung. Das waren viele Verluste, viele Veränderungen. Ich selbst vermisse David und Beth sehr. Ich habe sehr an ihnen gehangen.«

»Ich weiß.« Nathan starrte in diese dunklen Augen. Hatte er es gewusst?, fragte er sich. Hatte er einen Verdacht? Aber in Kauffmans Gesicht war nur Anteilnahme zu erkennen.

»Und Kyle.« Kauffman seufzte tief. »Er war noch so jung – so ein überflüssiger Tod.«

»Wenn ich wenigstens Zeit gehabt hätte, um den Tod meiner Eltern zu verkraften …« Und um Gott dafür zu danken, dachte Nathan. »Kyle hat mir in den letzten Jahren nicht sehr nahegestanden. Der Tod unserer Eltern hat daran nichts geändert.«

»Und jetzt fühlen Sie sich schuldig, weil Sie nicht so sehr um ihn trauern wie um Ihre Eltern.«

»Vielleicht.« Nathan stellte das Glas zur Seite und fuhr sich mit der Hand übers Gesicht. »Ich weiß schon nicht mehr, wo die Schuld beginnt. Doktor Kauffman, Sie waren mit meinem Vater seit dreißig Jahren befreundet, schon vor meiner Geburt. Was könnte einen scheinbar ganz normalen Mann mit einem völlig normalen Leben dazu treiben, ein grausames Verbrechen zu planen und durchzuführen?« Nathan griff wieder nach seinem Glas, verspürte diesmal jedoch keine Lust, daraus zu trinken. »Ist er verrückt? Ist er krank? Könnte es körperliche Ursachen haben?«

»Das kann ich nicht sagen, Nathan, es wäre viel zu spekulativ. Glauben Sie, dass Ihr Vater ein solches Verbrechen begangen hat?«

»Ich weiß es.« Bevor Kauffman etwas sagen konnte, stand Nathan auf und ging wieder auf und ab. »Ich kann es Ihnen nicht erklären. Zuerst müssen es andere erfahren.«

»Nathan, David Delaney war ein loyaler Freund, ein treuer Ehemann, ein liebender Vater. Darin sollten Sie Ruhe finden.«

»Darin kann ich schon seit seinem Tod keine Ruhe mehr finden. Ich habe ihn begraben, Doktor Kauffman, ihn und meine Mutter. Und ich würde gern den Rest begraben. Wenn ich sicher sein könnte«, sagte er leise, »dass es nie wieder geschieht.«

Kauffman beugte sich nach vorn. Seit einem halben Jahrhundert behandelte er Menschen, und er wusste, dass weder der Körper noch der Geist gesunden konnten, bevor es das Herz nicht tat. »Was er Ihrer Ansicht nach auch immer getan hat, Sie sind nicht dafür verantwortlich.«

»Aber wer dann? Wer sonst ist verantwortlich? Ich bin der Einzige, der übriggeblieben ist.«

»Nathan.« Kauffman seufzte leise. »Sie waren ein aufgewecktes Kind und sind nun ein begabter, intelligenter junger Mann. Aber schon in der Vergangenheit habe ich manchmal bemerkt, dass Sie gern die Verantwortung für andere übernehmen. Sie haben öfter für ihn den Kopf hingehalten, als für Sie oder Kyle gut war. Wiederholen Sie diesen Fehler jetzt nicht in einer Sache, die Sie weder ändern noch rückgängig machen können.«

»Das sage ich mir seit Monaten. Ich hatte fest vor, nicht mehr in der Vergangenheit herumzustochern, mich auf die Gegenwart zu konzentrieren und die Zukunft zu schmieden. Aber es gibt eine Frau.«

»Aha.« Kauffman entspannte sich, lehnte sich wieder zurück.

»Ich liebe sie.«

»Das freut mich zu hören. Ich würde sie gern kennenlernen. Hat sie auch auf dieser Insel Urlaub gemacht?«

»Nein, ihre Familie lebt dort. Sie ist im Augenblick dort zu Besuch. Sie hatte selbst … Schwierigkeiten. Wir haben uns schon als Kinder kennengelernt, und als ich sie jetzt wiedergesehen habe, da … Um es kurz zu machen: Eins ergab das andere. Ich hätte es nie so weit kommen lassen dürfen.« Er trat ans Fenster und blickte auf den Central Park hinunter, der sein dickes grünes Sommergewand trug.

»Warum sollten Sie sich Ihr eigenes Glück verwehren?«

»Weil ich etwas weiß, was sie betrifft. Wenn sie es erfährt, wird sie mich hassen. Und schlimmer noch: Ich weiß nicht, wie sie darauf emotional reagieren wird.« Weil der Park ihn an den Wald auf Desire erinnerte, wandte er sich vom Fenster ab. »Ist es für sie besser, wenn sie etwas glaubt, das ihr sehr, sehr weh tut, aber nicht der Wahrheit entspricht, oder die Wahrheit zu erfahren, auch auf die Gefahr hin, dass sie nicht mit dem Schmerz leben kann? Wenn ich's ihr sage, verliere ich sie, aber ich weiß nicht, ob ich mit ihr leben kann, ohne es ihr zu sagen.«

»Liebt sie Sie?«

»Sie beginnt, mich zu lieben. Wenn ich nichts dagegen unternehme, wird sie sich in mich verlieben.« Der Anflug eines Lächelns huschte über sein Gesicht. »Ihr würde es nicht gefallen, das zu hören. Als ob es unvermeidlich sei, als ob sie keine Kontrolle darüber hätte.«

Kauffman hörte die Wärme in Nathans Stimme zurückkehren. Er hatte den Jungen immer besonders gemocht. Mehr noch als seine eigenen Enkel. »Aha, eine unabhängige Frau. Das sind immer die interessantesten – und die schwierigsten.«

»Sie ist faszinierend – aber sie ist alles andere als einfach. Sie ist sehr stark, selbst wenn sie verletzt ist. Und sie ist tief verletzt. Sie hat eine Mauer um sich herum errichtet, aber in den vergangenen Tagen hat die Mauer erste Risse bekommen. Vielleicht habe ich dazu beigetragen. Und tief in ihrem Innern ist sie sehr weich und mitfühlend.«

»Sie haben bisher mit keinem Wort ihr Äußeres erwähnt.« Diese Tatsache war für Kauffman die wichtigste. Der äußere

Schein hatte ihn zu drei Ehen verleitet, und jeder dieser Ehen war die Scheidung gefolgt. Für ein glückliches gemeinsames Leben waren mehr als Äußerlichkeiten gefragt.

»Sie ist wunderschön«, sagte Nathan einfach. »Sie wäre lieber ganz normal und durchschnittlich, aber das ist sie nicht. Jo traut äußerer Schönheit nicht. Sie baut auf Kompetenz, Wissen und Ehrlichkeit.« Resigniert starrte Nathan in den Brandy, den er kaum angerührt hatte. »Ich weiß nicht, was ich tun soll.«

»Die Wahrheit ist nobel, aber sie ist nicht immer angebracht. Ich kann Ihnen nicht sagen, was Sie tun sollen, aber ich habe immer fest daran geglaubt, dass wahre Liebe stärker als alles andere ist. Vielleicht sollten Sie sich fragen, was mehr Liebe verlangt: die Wahrheit oder das Schweigen.«

»Aber wenn ich schweige, dann hat das Fundament, auf dem wir aufbauen, schon einen Riss. Ich bin der einzige Mensch, der es ihr sagen kann, Doktor Kauffman.« Nathan hob den Blick. »Ich bin der Einzige, der übrig ist.«

Am nächsten Tag kehrte Nathan nicht zurück auf die Insel. Auch nicht am Tag darauf. Am dritten Tag war Jo zu der Überzeugung gelangt, dass es egal war. Sie hatte Besseres zu tun, als auf ihn zu warten.

Am vierten Tag verfluchte sie sich dafür, dass sie morgens und abends zur Anlegestelle gelaufen war. Und nach einer Woche war ihre Laune so miserabel, dass sie jeden anfuhr, der es wagte, sie anzusprechen.

In der Hoffnung, den Frieden wiederherstellen zu können, wagte sich Kate nach einer heftigen Auseinandersetzung zwischen Jo und Lexy in die Höhle des Löwen.

»Warum verkriechst du dich an einem so herrlichen Morgen in deinem Zimmer?«, fragte Kate und riss mit einem Ruck die Vorhänge zur Seite, sodass das Sonnenlicht in den Raum flutete.

»Ich will meine Ruhe haben. Und wenn du glaubst, ich würde mich bei Lexy entschuldigen, dann täuschst du dich.«

»Ihr beiden könnt euch so viel streiten, wie ihr wollt, solange ihr mich aus dem Spiel lasst. Aber ich habe etwas dagegen, dass du in diesem Ton mit mir sprichst, junge Dame.«

»Entschuldige«, sagte Jo kühl, »aber dies ist mein Zimmer.«

»Das ist mir ganz egal – du hast dich anständig zu benehmen. Seit Tagen beobachte ich nun schon, wie du deine Umwelt tyrannisierst. Jetzt reicht's.«

»Dann sollte ich wohl langsam wieder abreisen.«

»Das ist deine Entscheidung. Mein Gott, Jo Ellen, der Mann ist kaum eine Woche weg und taucht sicher bald wieder auf.«

»Ich weiß nicht, von wem du sprichst.«

Bevor Kate es verhindern konnte, platzte es aus ihr heraus. »Für wie dumm hältst du mich eigentlich, Jo Ellen? Ich bin immerhin ein paar Jahre älter als du.« Mit einem Seufzer ließ sich Kate neben Jo auf die Bettdecke fallen. »Ein Blinder mit Krückstock sieht, dass du dich in Nathan Delaney verguckt hast. Und das ist das Beste, was dir seit Jahren passiert ist.«

»Ich habe mich in niemanden verguckt – auch nicht in Nathan Delaney.«

»Soll er bei seiner Rückkehr etwa erfahren, dass du während seiner Abwesenheit missgelaunt durch die Gegend geschlichen bist?« Kate bemerkte erfreut, dass Jo einen roten Kopf bekam. »Es gibt hier einige, die es ihm brühwarm berichten würden, wenn du so weitermachst. Ich würde ihm diese Genugtuung nicht gönnen.«

»Falls er je wiederkommt, werde ich ihn nicht mal ansehen.«

Kate tätschelte Jos Knie. »Das meine ich aber auch.«

Jos Augen verengten sich. »Ich dachte, du magst ihn.«

»Tue ich auch. Sehr sogar. Aber wenn er dich unglücklich macht, endet meine Sympathie für ihn. So, und jetzt los«, befahl sie Jo, während sie selbst aufstand. »Schnapp dir deine Kamera und mach dich an die Arbeit. Und wenn er wiederkommt, wird er sehen, dass das Leben auch ohne ihn weitergegangen ist.«

»Du hast absolut recht. Ich werde gleich meinen Verleger anrufen und ihm das Okay für die letzten Fotos durchgeben. Und dann geh ich raus und mache ein paar neue Aufnahmen. Ich hab nämlich schon eine Idee für das nächste Buch.«

Lächelnd beobachtete Kate, wie Jo vom Bett sprang und in ihre Schuhe schlüpfte. »Das ist ja großartig. Werden dann auch Bilder von der Insel darin sein?«

»Ja, viele sogar. Und diesmal auch Menschen. Gesichter. Niemand soll mehr behaupten, ich sei einsam und würde mich hinter meiner Kamera verstecken.«

»Das wird auch keiner, Schätzchen. So, ich lass dich allein, damit du an die Arbeit gehen kannst.« Vergnügt verließ Kate Jos Zimmer. Vielleicht kehrte jetzt ja ein wenig Friede ein.

Jos Begeisterung hielt an. Zum ersten Mal in ihrer Laufbahn als Fotografin war sie auf der Jagd nach Gesichtern, die sie durch die Kamera studieren, sezieren konnte: Giffs funkelnde Augen unter dem Schild der Baseballkappe, die Art, wie er mit dem Hammer umging; Brians konzentrierter, selbstvergessener Blick, wenn er an seiner Arbeitsplatte in der Küche stand.

Aber am einfachsten war Lexy zu fotografieren. Sie liebte es, zu posieren. Doch Jos Lieblingsaufnahme war ein Foto, das Lexy und Giff im Garten zeigte, der glückliche Ausdruck auf ihren Gesichtern, als Giff Lexy in der Luft herumwirbelte.

Nicht einmal ihren Vater ließ Jo aus. Bei einem abendlichen Spaziergang fing sie den so typischen, nachdenklichen Blick ein, mit dem er über die Sümpfe schaute.

»Aber jetzt legst du das Ding weg«, sagte Sam mit gerunzelter Stirn, als Jo die Kamera abermals auf ihn richtete. »Kann mich nicht erinnern, dass du mir früher damit so auf die Nerven gefallen bist.«

»Inzwischen bin ich ja auch berühmt. Meine Fans jubeln, sobald ich die Kamera in die Hand nehme.« Als ein leises Lächeln über sein Gesicht huschte, drückte sie den Auslöser. »Du siehst gut aus, Daddy. Hier draußen wirkst du wie ein König.«

»Wenn du so verdammt berühmt bist, solltest du den Leuten keinen Honig ums Maul schmieren müssen, um ein Bild von ihnen zu bekommen.«

Lachend ließ Jo die Kamera sinken. »Stimmt. Aber du siehst wirklich gut aus. Heute Nachmittag hab ich Elsie Pendleton fotografiert. Die Witwe Pendleton, du weißt schon. Sie hat sich nach dir erkundigt. Mehrmals sogar.«

»Seit dem Tag, an dem sie ihren Mann begraben hat, sucht sie nach einem Ersatzmann. Ich werde es bestimmt nicht sein.«

»Wofür dir deine Familie sehr dankbar ist.«

Wieder musste Sam grinsen. So kannte er weder sie noch sich selbst. »Du bist heute so gut gelaunt.«

»Eine nette Abwechslung, findest du nicht? Ich hatte mich selbst satt.« Sie hockte sich hin, um das Objektiv zu wechseln. »Es war für mich höchste Zeit, etwas in meinem Leben zu verändern. Hierher zurückzukommen war vielleicht der Anfang.« Sie ließ den Blick über das Marschland wandern. »Mir über einiges klarzuwerden, mich selbst eingeschlossen. Ich habe begriffen, dass ich mich nicht geliebt gefühlt habe, weil ich gar nicht zugelassen habe, dass mich jemand liebt.«

Sie blickte auf und sah, dass er ihr Gesicht studierte. »Such sie nicht in mir, Daddy.« Sie schloss die Augen. »Such sie nie wieder in mir. Es tut mir weh, wenn du das tust.«

»Jo Ellen ...«

»Mein ganzes Leben habe ich alles getan, um ihr nicht ähnlich zu sehen. Ich habe mich nie geschminkt, weil ich dann in den Spiegel hätte sehen müssen. Und dabei hätte ich sie gesehen, so wie du eben.« Tränen traten in ihre Augen. »Was soll ich tun, Daddy, damit du siehst, wer ich bin?«

»Ich sehe dich, doch ich sehe gleichzeitig auch sie. Bitte nimm es mir nicht übel, Jo Ellen, aber euch Frauen werde ich nie verstehen.« Er stemmte die Hände in die Hosentaschen und wandte sich ab. »Mit dir kann man reden, Jo Ellen, aber Lexy macht mich wahnsinnig. Sie ist so trotzig und störrisch. Ein falsches Wort, und sie ist zu Tode beleidigt. Wenn sie nicht bald diesen Giff heiratet, werde ich noch verrückt.«

Lächelnd schüttelte Jo den Kopf. »Ich habe gar nicht gewusst, dass du sie so sehr liebst, dass du dich von ihr zum Wahnsinn treiben lässt.«

»Natürlich liebe ich sie. Sie ist doch mein Mädchen, oder nicht?« Seine Stimme klang rau. »So wie du.«

»Ja.« Jo lächelte. »So wie ich.«

Wenn das Licht nicht mehr viel hergab, zog sich Jo in die Dunkelkammer zurück. Gespannt machte sie sich ans Entwickeln. Nicht nur das Fotografieren selbst, sondern auch der Weg vom

Film über die Negative zu den Kontaktabzügen war sehr aufregend. Durch die Lupe betrachtete sie kritisch jede Aufnahme.

Von einem Dutzend Aufnahmen wurde vielleicht eine ihren Ansprüchen gerecht. Und doch füllte sich die Trockenleine rasch mit Abzügen, die ihr gefielen. Als ihr ein unmarkierter Film in die Hände fiel, schnalzte sie ärgerlich mit der Zunge.

Wie nachlässig, dachte sie. Sie stellte den Wecker ein, schaltete das Licht aus und machte sich ans Entwickeln. In der Dunkelheit fühlte sie sich wohl. Sie bewegte sich instinktiv, rein nach Gefühl. Die Spannung in ihr wuchs. Was würde sie gleich sehen? Welche Augenblicke würden für immer festgehalten sein, nur weil sie es in jenem Moment so entschieden hatte?

Sie schaltete die rote Lampe ein und stieß kurz darauf einen halb schockierten, halb amüsierten Schrei aus. Sie betrachtete sich selbst: nackt auf Nathans Teppich liegend.

Sie hielt den Streifen in die Höhe und studierte die anderen Negative, die Aufnahmen, die sie von dem Gewitter gemacht hatte. Als sie die Bilder sah, die Nathan vorher gemacht haben musste, verzog sie den Mund.

Auf einem waren die Dünen mit den blühenden Wiesen im Vordergrund und dem aufgewühlten Meer mit den schaumbekrönten Wellen dahinter zu sehen. Nicht schlecht, dachte sie. Für einen Amateur. Aber auf den Kontaktabzügen würde noch der eine oder andere grobe Fehler zutage treten.

Ihr Blick wanderte zurück zum Ende der Filmrolle. Zu ihrem Gesicht, ihrem Körper. Als ihre Hand nach der Schere griff, um die Negative zu vernichten, hielt sie inne. War sie wirklich so prüde, so dickköpfig, dass sie ihre Neugier nicht befriedigte?

Außer ihr würde niemand die Bilder zu sehen bekommen.

Sie machte sich wieder an die Arbeit. Es konnte nicht schaden, Kontaktabzüge zu machen. Die mit ihr drauf konnte sie später immer noch zerreißen. Aber zuerst wollte sie sie sehen.

Jetzt summte sie nicht mehr zu der Musik aus dem Radio; sie war viel zu konzentriert und aufgeregt.

Der Bogen war kaum trocken, als sie ihn auf den Leuchttisch legte und nach der Lupe griff. Sie hielt den Atem an, als die Bilder größer wurden.

Sie sah so … lüstern aus. Ja, lüstern war wohl das passende Wort: die Augen halb geschlossen, die Lippen nach der sexuellen Befriedigung entspannt. Ihr Körper wirkte sehr weiblich. Offensichtlich hatte sie zugenommen, ohne es zu merken. Die Rundungen waren eindeutig vorhanden.

Noch nie zuvor hatte sie jemand so gesehen. Aber sie hatte es zugelassen, und eine Sekunde lang wünschte sie sich, es würde noch einmal geschehen.

Sie sehnte sich nach seiner Berührung, nach dem Gefühl, begehrt zu werden. Tief in ihrem Innern verlangte sie danach, wieder zu dieser Frau zu werden, die sie auf den Abzügen vor sich sah. Von ihm beherrscht zu werden und zu wissen, dass sie auch ihn beherrschen konnte.

Er hatte ihr dieses Gefühl gegeben, den Augenblick auf Film gebannt und sie dadurch gezwungen zu begreifen, was er ihr gab. Und was sie verlieren konnte, wenn sie ihn verlor.

»Du Mistkerl, Nathan, dafür hasse ich dich.«

Sie stopfte den Kontaktbogen in eine Schublade. Nein, zerreißen würde sie ihn nicht. Sie wollte ihn als Erinnerung aufbewahren und immer dann wieder hervorholen, wenn sie sich versucht fühlte, einem Mann zu vertrauen.

»Jo Ellen«, ertönte Lexys Stimme, und im nächsten Augenblick klopfte es ungeduldig an der Tür.

»Ich arbeite.«

»Ja, ich weiß. Aber vielleicht nicht mehr lange. Rat mal, wer mit der Abendfähre angekommen ist.«

»Brad Pitt.«

»Wär das nicht toll. Aber ich wette, dir ist Nathan Delaney lieber. Er ist unten in der Küche. Er sucht dich.«

Jos Herz machte einen Satz. »Sag ihm, ich bin beschäftigt.«

»Ich hab ihm schon für dich die kalte Schulter gezeigt. Hab ihm gesagt, dass du keinen Grund hast, alles stehen- und liegenzulassen, nur weil er wieder aufgetaucht ist.«

»Gut gemacht, vielen Dank.«

»Aber du solltest – ach, mach doch endlich die blöde Tür auf, Jo. Ich hab keine Lust zu schreien.«

Da Lexy gerade ganz oben auf ihrer Bestenliste stand,

machte Jo die Tür so weit auf, dass Lexy hereinschlüpfen konnte.

»Ich wäre dir dankbar, wenn du ihm sagst, dass ich im Augenblick kein Bedürfnis verspüre, ihn zu sehen, weil ich mit wesentlich wichtigeren Dingen beschäftigt bin.«

»Ich wünschte, du würdest ihm das genau so ins Gesicht sagen. Ich geh gleich los, um es ihm auszurichten, und bin sofort wieder da, um dir seine Antwort mitzuteilen.«

»Wir sind doch nicht im Kindergarten.«

»Stimmt. Das hier ist interessanter und spannender. Du machst es schon ganz gut, Schwesterherz. So, ich denke, er hat lange genug unten in der Küche geschmort, um den nächsten Schlag abzubekommen.« Lexy rieb sich die Hände. »Mach dir keine Sorgen, gemeinsam bekommen wir ihn schon klein.«

In den Türrahmen gelehnt, sah Jo Lexy nach. Dann schloss sie die Tür und machte sich daran, ihre Arbeitsbank aufzuräumen, stellte die Flaschen mit den Chemikalien wieder an ihren Platz.

Als sie Schritte hörte, stürzte sie zur Tür, um Lexys Bericht entgegenzunehmen. Doch vor ihr stand plötzlich Nathan, und seine Augen funkelten.

»Ich muss mit dir sprechen. Bitte komm mit.« Seine Stimme klang entschlossen und alles andere als entschuldigend.

»Ich denke, du weißt, dass ich zu tun habe. Und ich habe dich nicht hier reingebeten.«

»Spar dir die Allüren, Scarlett.« Er packte sie am Handgelenk und zog sie hinter sich her. Als sie ihm mit ihrer freien Hand eine Ohrfeige verpasst hatte, verengten sich seine Augen. »Okay, dann machen wir es eben auf die harte Tour.«

Er wirbelte sie durch die Luft, bis sie über seiner Schulter lag. Jo war so überrascht, dass sie nicht einmal den Fluch ausstoßen konnte, der ihr auf der Zunge lag. Erst als sie auf dem Gang waren, hatte sich Jo soweit gefangen, dass sie zur Gegenwehr überging und auf Nathans Rücken eintrommelte.

Er blieb unbeeindruckt. »Ich habe den ganzen Tag im Auto gesessen, um noch die Abendfähre zu erwischen, und jetzt wirst du so höflich sein, dir anzuhören, was ich zu sagen habe.«

»Höflich? Was weißt du denn schon von Höflichkeit?« Auf der engen Treppe hatten ihre Befreiungsversuche zur Folge, dass sie sich den Kopf anschlug. »Ich hasse dich.« Ihr Schädel brummte.

»Darauf bin ich vorbereitet.« Entschlossen schleppte er sie in die Küche. Lexy und Brian starrten die beiden entgeistert an. »Entschuldigt mich«, sagte er knapp und trug sie nach draußen.

»Hast du je etwas Romantischeres gesehen«, seufzte Lexy.

»Scheiße.« Brian stellte den Auflauf ab, den er gerade aus dem Ofen geholt hatte. »Sobald er sie runterlässt, zerkratzt sie ihm das Gesicht.«

»Ach, was weißt du schon von Romantik.« Versonnen ließ sich Lexy an die Theke sinken. »Ich wette um zwanzig Dollar, dass er sie innerhalb einer Stunde im Bett hat. Mit ihrer Zustimmung.«

Brian hörte, wie Jo mit schwächer werdender Stimme schwor, einen gewissen Yankee bei der nächsten Gelegenheit zu kastrieren. Grinsend nickte er. »Die Wette gilt.«

26

Während Nathan den Jeep über die Shell Road jagte, kochte Jo vor sich hin. Sie hatte beschlossen, sich nicht aus dem fahrenden Wagen zu stürzen. Stattdessen würde sie ihm die Haut in Fetzen vom Leib reißen, sobald sie anhielten.

»So hatte ich es nicht geplant«, murmelte Nathan. »Aber ich muss unbedingt mit dir reden. Es ist sehr wichtig. Ein denkbar schlechter Zeitpunkt für irgendwelche albernen Frauenspielchen.«

Er ignorierte ihr leises, warnendes Zischen. »Ich hab nichts gegen einen Streit. Unter normalen Umständen habe ich überhaupt nichts dagegen. Reinigt die Atmosphäre. Aber dies hier sind keine normalen Umstände, und wenn du deine Nase hoch trägst, wird alles nur noch komplizierter.«

»Also ist es meine Schuld?« Sie funkelte ihn an, als er den Jeep ruckartig vor dem Cottage zum Stehen brachte.

»Es geht hier nicht um Schuld, Jo. Es geht hier um …« Er brach jäh ab, weil er Wichtigeres zu tun hatte als reden.

Sie ging nicht mit Zähnen und Klauen auf ihn los, sondern mit geballten Fäusten, und ihr erster Hieb traf ihn völlig unerwartet.

»Du lieber Himmel!« Er wünschte, er hätte über die Situation lachen können. Er wünschte, er hätte sie wortlos zu sich ziehen können und sie fest an sich drücken können.

In seinem Mund machte sich der Geschmack von Blut breit, und er hoffte, dass sie ihm nicht den Kiefer gebrochen hatte. Schließlich gelang es ihm, sie zurück in den Sitz zu drücken, während sie beide nach Atem rangen.

»Würdest du bitte aufhören, mir das Gehirn, das übrigens einwandfrei funktioniert, zu Brei zu schlagen?« Er verstärkte seinen Griff und wich aus, als sie versuchte, ihm ihr Knie zwischen die Beine zu rammen. »Ich will dir nicht weh tun, Jo.«

»Schade, ich dir schon. Ich will mich dafür rächen, dass du mich so behandelt hast.«

»Es tut mir leid.« Er senkte seine Stirn auf ihre und versuchte, zu Atem zu kommen. »Es tut mir leid, Jo.«

Sie weigerte sich nachzugeben, weigerte sich, die Verzweiflung in seiner Stimme zu bemerken. »Du weißt ja nicht mal, was dir leidtut.«

»Mehr als du ahnst.« Jetzt trafen sich ihre Blicke. »Bitte komm mit rein. Ich muss dir etwas erzählen, auch wenn es mir noch so schwerfällt. Danach kannst du mich grün und blau schlagen, ohne dass ich mich dagegen wehre. Ich schwöre es.«

Jo spürte, dass irgendwas nicht stimmte. Ihre Wut verwandelte sich in Angst. Bevor ihre Phantasie Kapriolen schlagen konnte, sagte sie gelassen: »Okay. Ich komme mit rein, du kannst mir sagen, was du zu sagen hast, und dann ist es aus mit uns.« Sie löste sich aus seinem Griff, öffnete die Beifahrertür. »Niemand wird mich jemals wieder im Stich lassen.«

Nathans Mut schwand, aber er betrat das Cottage und machte das Licht an. »Ich möchte, dass du dich setzt.«

»Ich brauche mich nicht zu setzen, und was du möchtest, interessiert mich nicht.« Sie verschränkte die Arme vor der Brust. »Wie konntest du verschwinden? Einfach aus meinem Bett steigen, ohne ein Wort abhauen und tagelang wegbleiben? Du hast doch gewusst, wie ich mich dabei fühle. Auch wenn du mich satt hattest, hättest du mich nicht so verletzen müssen.«

»Dich satt haben? Himmel, Jo, ich habe in den letzten acht Tagen jede Sekunde an dich gedacht.«

»Hältst du mich für so blöd, dass ich auf eine solche Lüge hereinfalle? Wenn dir wirklich so viel an mir läge, wärst du nicht einfach so gegangen. Ich war dir von Anfang an egal.«

»Wenn du mir egal gewesen wärst, wäre ich geblieben. Und wir würden nicht dieses Gespräch führen.«

»Du hast mich verletzt, gedemütigt, du ...«

»Ich liebe dich.«

Wie von einer Ohrfeige getroffen zuckte sie zurück. »Glaubst du etwa, ich bekäme jetzt weiche Knie? Denkst du, du kannst das sagen, und ich komme in deine Arme gelaufen?«

»Nein. Aber wenn ich dich nicht liebte, würde ich nicht hier stehen und mich von dir beschimpfen lassen.« Er gab dem unbändigen Verlangen nach, sie zu berühren, nur schnell seine Hand über ihre Schulter gleiten zu lassen. »Ich liebe dich, Jo Ellen. Vielleicht schon seit damals, als du mir mit sieben den Kopf verdreht hast. Du musst es mir glauben. Bevor ich es dir sage, muss ich sicher sein, dass du mir glaubst.«

Sie starrte ihn an, und nun begannen ihre Knie zu zittern. »Ich glaube, du meinst es ernst.«

»Das reicht mir, um meine Vergangenheit, meine Gegenwart und meine Zukunft in deine Hände zu legen.« Er nahm ihre Hand, betrachtete sie einige Momente und ließ sie wieder los. »Ich war in New York. Dort lebt ein Freund meiner Familie, er ist Arzt, Neurologe. Ich habe mich von ihm untersuchen lassen.«

»Untersuchen lassen?« Verblüfft starrte sie ihn an. »Weshalb – o mein Gott, du bist krank! Ein Neurologe? Was hast du? Einen Tumor?« Das Blut gefror ihr in den Adern. »Aber dagegen kann man heute etwas tun. Du kannst dich …«

»Ich bin nicht krank, Jo. Ich habe keinen Tumor. Ich bin vollkommen gesund. Aber ich wollte ganz sicher sein.«

»Du bist gesund?« Wieder verschränkte sie die Arme vor der Brust. »Das verstehe ich nicht. Du bist nach New York gefahren, um dein Gehirn untersuchen zu lassen, obwohl du gesund bist?«

»Ich habe gesagt, dass ich ganz sicher sein wollte. Ich habe befürchtet, ich könnte Blackouts haben oder schlafwandeln oder so. Ich hatte Angst, ich könnte Susan Peters ermordet haben.«

Fassungslos ließ sie sich auf die Armlehne des Sessels sinken, während sie ihn unverwandt anstarrte. »Wie kommst du denn auf so eine verrückte Idee?«

»Weil sie hier auf der Insel erwürgt wurde. Weil ihre Leiche versteckt wurde. Weil ihr Mann, ihre Familie, ihre Freunde vielleicht nie erfahren hätten, was passiert ist.«

»Hör auf damit!«, stieß sie atemlos hervor. Ihr Herz jagte, ihr Kopf drehte sich, Schweiß strömte aus ihren Poren. Sie kannte die Anzeichen. Gleich würde die Panik sie wieder überfallen. »Ich will nichts davon hören.«

»Mir fällt es auch nicht leicht, aber wir haben keine andere Wahl.« Er blickte ihr ins Gesicht. »Mein Vater hat deine Mutter getötet.«

»Das ist ja verrückt, Nathan.« Sie wollte aufspringen und wegrennen, aber sie konnte sich nicht bewegen. »Und grausam.«

»Ja, das ist es. Und es ist die Wahrheit. Vor zwanzig Jahren hat mein Vater deine Mutter umgebracht.«

»Nein, Nathan. Dein Vater, Mr. David, war nett, er war unser Freund. Du redest irr. Meine Mutter ist weggelaufen.« Ihre Stimme zitterte, brach, kehrte zurück. »Sie ist weggelaufen.«

»Sie hat Desire nie verlassen. Er ... er hat ihre Leiche im Sumpf vergraben.«

»Warum sagst du das? Warum tust du das?«

»Weil es die Wahrheit ist und ich schon zu lange den Mund gehalten habe.« Nathan zwang sich, auch den Rest zu erzählen, während Jo die Augen schloss und wild den Kopf schüttelte. »Er hat es in dem Moment geplant, als er sie zum ersten Mal sah.«

»Nein. Hör auf damit!«

»Ich kann es nicht rückgängig machen. Er hat sein Tagebuch und ... und Beweise in einem Banksafe aufbewahrt. Ich habe es nach dem Tod meiner Eltern gefunden.«

»Du hast es gefunden.« Tränen liefen ihr übers Gesicht, während sie ihre Knie umschlang und ihren Körper hin und her wiegte. »Und bist hierher zurückgekehrt.«

»Ich bin zurückgekommen, um mich der Vergangenheit zu stellen, um mich zu erinnern, wie jener Sommer war. Wie er war ... damals. Und um zu entscheiden, was ich tun soll – es ruhen lassen oder es deiner Familie sagen.«

Das vertraute Gefühl aufsteigender Panik erfüllte sie, toste in ihrem Kopf. »Du hast es gewusst. Die ganze Zeit hast du es gewusst. Deshalb bist du zurückgekommen. Und du hast mit mir geschlafen, während du es gewusst hast.« Vor Ekel wurde ihr schwindlig, als sie aufsprang. »Du warst in mir.« Wut durchfuhr sie, bevor sie ihn ohrfeigte. »Ich habe es zugelassen.« Sie ohrfeigte ihn erneut, und er verteidigte sich nicht, noch wich er ihr aus. »Weißt du eigentlich, wie ich mich fühle?«

Er hatte gewusst, dass sie ihn voll Hass, Abscheu und sogar Angst ansehen würde. Und er musste es akzeptieren. »Ich hab's mir nicht klargemacht. Mein Vater … Er war mein Vater!«

»Er hat sie getötet, hat sie uns weggenommen. Und all die Jahre …«

»Jo, ich habe es erst nach seinem Tod erfahren. Seit Monaten versuche ich, es zu begreifen. Ich weiß, was du jetzt durchmachst …«

»Wie kannst du das wissen?« Sie stieß die Worte hervor. Sie wollte ihn verletzen, ihn leiden lassen. »Ich kann hier nicht bleiben. Ich kann dich nicht ansehen. Nein!« Mit geballten Fäusten machte sie einen Satz zurück, als er die Hand nach ihr ausstreckte. »Wenn du mich anfasst, du Mistkerl, bringe ich dich um.« Sie drehte sich um und rannte davon. Nathan versuchte nicht, sie aufzuhalten. Aber er folgte ihr in einigem Abstand. Wenn er sonst nichts tun konnte, wollte er wenigstens sicher sein, dass sie heil in Sanctuary ankam.

Aber sie lief nicht nach Sanctuary.

Sie konnte nicht nach Hause. Konnte den Gedanken daran nicht ertragen. Am liebsten hätte sie sich auf den Boden geworfen, sich zusammengekrümmt und hemmungslos geweint. Aber sie hatte Angst, dass sie nicht mehr die Kraft fände, wieder aufzustehen.

Also rannte sie weiter. Ohne Ziel, durch den Wald, durch die Dunkelheit, während sich in ihrem Kopf die Bilder jagten.

Das Foto von ihrer Mutter war wieder lebendig geworden. Langsam öffneten sich die Augen. In ihnen lagen Verwirrung, Angst, Schmerz. Der Mund öffnete sich zu einem Schrei.

Wie ein Messer fuhr Jo der Schmerz in die Seite. Wimmernd hielt sie sich die Taille, während sie weiterrannte.

Unter ihren Füßen war jetzt Sand, vor ihr lag das Meer. Ihre Lunge brannte, sie keuchte. Sie stolperte, fiel auf Knie und Hände, rappelte sich mühsam wieder auf, rannte taumelnd weiter. Sie wollte weg, nur weg, weg von dem Schmerz und all den entsetzlichen Gedanken.

Sie hörte, wie jemand ihren Namen rief. Eilige Schritte im Sand. Jo geriet ins Straucheln, fiel beinahe wieder, fing sich in letzter Sekunde, ballte die Fäuste, bereit zum Kampf.

Als sie herumschoss, sah sie Kirby, im Bademantel mit klatschnassem Haar, frisch aus der Dusche.

»Jo, was ist los? Ich hab dich von meiner Veranda aus gesehen …«

»Fass mich nicht an!«

»Okay, okay.« Kirby senkte ihre Stimme. »Warum kommst du nicht einfach mit mir. Du bist verletzt, deine Hände bluten.«

»Ich …« Verwirrt blickte Jo an sich hinunter, sah ihre zerschundenen Handflächen, von denen Blut hinabtropfte. »Ich bin gefallen.«

»Ich weiß. Ich hab's gesehen. Komm mit, ich mach die Wunde sauber.«

»Nicht nötig, ist schon gut.« Sie spürte ihre Hände nicht einmal. Doch dann begannen ihre Knie zu zittern, ihr Kopf drehte sich. »Er hat meine Mutter umgebracht. Kirby, er hat meine Mutter ermordet. Sie ist tot.«

Vorsichtig näherte sich Kirby ihr, bis sie behutsam den Arm um Jos Schultern legen konnte. »Komm mit mir.« Ohne Widerstand ließ sich Jo von ihr zum Haus führen. Als Kirby sich noch einmal umdrehte, sah sie Nathan im Schatten der Bäume stehen. Für den Bruchteil einer Sekunde trafen sich ihre Blicke im Mondlicht. Dann drehte er sich um und verschwand in der Dunkelheit.

»Mir ist schlecht«, murmelte Jo. Langsam spürte sie ihren Körper wieder. Ein Prickeln wie von tausend Nadelstichen durchlief sie. Ihr Magen brannte.

»Es ist alles gut. Du brauchst Ruhe. Stütz dich auf mich, wir sind gleich da.«

»Er hat sie umgebracht. Nathan hat alles gewusst. Er hat es mir erzählt.« Kirby schleppte Jo die wenigen Stufen zu ihrem Cottage hinauf. »Meine Mutter ist tot.«

Schweigend half Kirby Jo ins Bett und breitete eine leichte

Wolldecke über ihr aus. Inzwischen zitterte Jo am ganzen Körper. »Ganz langsam atmen«, befahl ihr Kirby. »Konzentrier dich auf jeden Atemzug. Ich hole etwas, das dir guttun wird, bin gleich wieder da.«

»Ich brauche nichts.« Eine neue Welle von Panik erfasste Jo. Sie umklammerte Kirbys Hand. »Kein Beruhigungsmittel. Ich schaffe es ohne Medikamente. Ich kann es, ich muss.«

»Natürlich kannst du es.« Kirby ließ sich auf der Bettkante nieder und fühlte Jos Puls. »Willst du es mir erzählen?«

»Ich muss mit jemandem darüber sprechen. Und meiner Familie kann ich es nicht erzählen, noch nicht. Ich weiß nicht, was ich tun soll. Ich weiß nicht mal, was ich fühlen soll.«

Jos Puls verlangsamte sich wieder, und ihre Pupillen nahmen wieder die normale Größe an. »Was hat Nathan dir erzählt, Jo?«

Jo starrte an die Decke. »Er hat mir erzählt, dass sein Vater meine Mutter umgebracht hat.«

»O mein Gott.« Entsetzt führte Kirby Jos Hand an ihre Wange. »Wie konnte das passieren?«

»Ich weiß es nicht. Ich konnte nicht länger zuhören. Ich wollte es nicht mehr hören. Er hat gesagt, sein Vater hätte sie ermordet. Er hätte Tagebuch geführt. Nathan hat es gefunden und ist hierher zurückgekehrt. Ich habe mit ihm geschlafen.« Tränen rollten ihr übers Gesicht. »Ich habe mit dem Sohn des Mörders meiner Mutter geschlafen.«

Kirby wusste, dass jetzt Ruhe nötig war. Ruhe und kühle Logik. Ein falsches Wort und Jo konnte wieder zusammenbrechen. »Jo, du hast mit Nathan geschlafen. Weil er dir etwas bedeutet und du ihm.«

»Er hat es gewusst. Er ist zurückgekommen, obwohl er wusste, was sein Vater getan hat.«

»Und das muss ihm schrecklich schwergefallen sein.«

»Woher willst du das wissen?« Wütend stützte sich Jo auf die Ellbogen. »Wieso sollte es ihm schwergefallen sein?«

»Es war mutig von ihm, Jo«, fuhr Kirby leise fort. »Jo, wie alt war er, als deine Mutter starb?«

»Welchen Unterschied macht das schon?«

»Neun oder zehn. Er war ein Kind. Willst du einem Kind die Schuld geben?«

»Nein. Aber jetzt ist er kein Kind mehr, und sein Vater …«

»Genau. Nathans Vater. Nicht Nathan.«

Ein Schluchzen löste sich aus ihrer Kehle. »Er hat sie mir weggenommen.«

»Ich weiß. Es tut mir so leid.« Kirby nahm Jo in die Arme. »Es tut mir so schrecklich leid.«

Als Jo schluchzend in ihren Armen lag, wusste Kirby, dass dieser Sturm erst der Anfang war.

Eine Stunde später war Jo wieder in der Lage, einen klaren Gedanken zu fassen. Sie nippte an dem heißen, süßen Tee, den Kirby ihr gemacht hatte. Die Trauer hatte die Panik weggespült.

»Ich wusste, dass sie tot ist. Ein Teil von mir hat es immer gewusst, seit es passiert ist. Ich habe von ihr geträumt. Als ich älter wurde, habe ich die Träume verdrängt, aber sie sind immer wiedergekommen. Immer öfter und immer stärker.«

»Du hast sie geliebt. Und wenn es noch so schrecklich ist: Nun weißt du, dass sie dich nicht verlassen hat.«

»Aber das tröstet mich nicht. Ich wollte Nathan weh tun. Auf jede nur mögliche Weise. Und ich habe es getan.«

»Und das findest du nicht normal? Also bitte, Jo.«

»Ich wäre beinahe wieder zusammengebrochen. Wenn du nicht da gewesen wärst, wäre es sicher passiert.«

»Aber ich war ja da.« Kirby drückte Jos Hand. »Und du bist stärker, als du denkst. Stark genug, um damit fertigzuwerden.«

»Ich muss.« Jo nahm noch einen Schluck Tee und stellte dann die Tasse ab. »Ich muss zurück zu Nathan.«

»Du musst heute Abend gar nichts mehr tun, außer dich ausruhen.«

»Doch. Ich habe ihn nicht gefragt, warum und wie und …« Sie schloss die Augen. »Ich will die Antworten wissen. Ich kann ohne diese Antworten nicht damit leben. Bevor ich nach Hause zu meiner Familie gehe, muss ich die Antworten kennen.«

»Ich kann dich zu ihm begleiten. Wir könnten die Fragen gemeinsam stellen.«

»Ich muss es allein tun, Kirby.« Als Jo die Augen öffnete, stachen sie dunkel aus ihrem bleichen Gesicht hervor. »Ich liebe den Mann, dessen Vater meine Mutter ermordet hat.«

Als Kirby sie vor Nathans Cottage absetzte, konnte Jo durchs Fenster seine Umrisse erkennen. Sie fragte sich, ob es für sie beide im ganzen Leben je etwas Schwereres geben würde, als miteinander und mit der Vergangenheit konfrontiert zu sein.

Wortlos öffnete er ihr die Tür und ließ sie eintreten. Er hatte damit gerechnet, sie niemals wiederzusehen, aber als sie vor ihm stand, wusste er nicht, was schwerer gewesen wäre – damit zu leben oder sie so zu sehen: bleich und gebrochen.

»Ich muss dich fragen … Ich muss es wissen.«

»Ich werde dir alles sagen, was ich weiß.«

Sie rieb die Hände aneinander und versuchte, sich auf den Schmerz zu konzentrieren. »Haben sie … Waren sie zusammen?«

»Nein.« Er wollte sich abwenden, zwang sich dann aber, dem Schmerz in ihren Augen standzuhalten. »Es war nichts zwischen ihnen. Sogar in seinem Tagebuch hat er geschrieben, wie sehr sie ihre Familie liebte. Ihre Kinder, ihren Mann. Jo …«

»Aber er wollte es, er wollte sie.« Sie öffnete die Hände. »Haben sie gekämpft? War es ein Unfall?« Ihr Atem stockte. Ihre Frage war ein Flehen. »Es muss ein Unfall gewesen sein.«

»Nein.« Mein Gott, es ist alles viel schlimmer, dachte er. »Er kannte ihre Gewohnheiten. Er hat sie beobachtet. Er wusste, dass sie nachts oft im Garten spazierenging.«

»Sie … sie liebte die Blumen bei Nacht.« Nochmals rollte vor ihren Augen der Traum ab, den sie in der Nacht gehabt hatte, als sie Susan Peters gefunden hatten. »Besonders die weißen. Sie liebte ihren Duft und die Stille. Sie nannte es ihre Stunde.«

»Er hat die Nacht gewählt«, fuhr Nathan fort. »Er hat meiner Mutter eine Schlaftablette in den Wein gegeben, sodass sie … sein Verschwinden nicht bemerkte. Alles, was er tat, hat er in seinem Tagebuch festgehalten. Er hat geschrieben, dass er am Waldrand westlich des Hauses auf Annabelle wartete.« Mit jedem seiner Worte, jedem Blick in Jos Gesicht starb er ein bisschen mehr. »Er schlug sie nieder und schleppte sie in den Wald.

Er hatte alles vorbereitet – die Beleuchtung, das Stativ. Es war kein Unfall, es war überlegt, geplant, kalkuliert.«

»Aber warum?« Jo musste sich setzen. Steifbeinig wankte sie zum Sessel. »Ich kann mich gut an ihn erinnern. Er war freundlich zu mir. Und geduldig. Er ist mit Daddy zum Fischen gegangen. Und Mama hat ihm Nusskuchen gebacken, weil er ihn so gern mochte.« Sie stieß ein hilfloses Schluchzen aus, presste die Hand auf den Mund, um es zu unterdrücken. »Ich kann nicht glauben, dass er sie ohne Grund umgebracht hat.«

»Er hatte einen Grund.« Er ging in die Küche und kam mit einer Flasche Scotch wieder. »Einen aberwitzigen Grund.«

Er goss sich ein Glas ein und stürzte es in einem Zug hinunter. Dann wartete er einige Augenblicke, bis die Wirkung des Alkohols einsetzte.

»Ich habe ihn geliebt, Jo. Er war ein wunderbarer Vater. Wenn er unterwegs war, hat er immer zu Hause angerufen – nicht nur, um mit meiner Mutter zu sprechen, sondern mit uns allen. Und er hörte zu – nicht so wie viele Erwachsene, die nur so tun, als hörten sie Kindern zu. Er war wirklich interessiert.«

Er wandte sich wieder Jo zu. »Er hat meiner Mutter Blumen mitgebracht, einfach so. Wenn ich abends im Bett lag, habe ich sie zusammen lachen hören. Wir waren glücklich, und er war der Mittelpunkt. Aber jetzt muss ich erkennen, dass es keinen Mittelpunkt gab, dass er fähig war, etwas Entsetzliches zu tun.«

»Ich fühle mich ausgehöhlt«, brachte Jo heraus. »Ausgehöhlt. Erschöpft. All die Jahre …« Sie schloss einen Moment die Augen. »Und ihr habt danach einfach so weitergelebt?«

»Außer ihm wusste niemand davon, er war sehr vorsichtig. Ja, wir haben ganz normal weitergelebt. Bis er starb und ich zwischen seinen Unterlagen das Tagebuch und die Fotos fand.«

»Die Fotos.« Der Schwebezustand wurde jäh unterbrochen. »Die Fotos von meiner Mutter. Als sie tot war.«

Er musste ihr alles sagen, auch wenn es noch so grausam war. »Den ›entscheidenden Augenblick‹ hat er es genannt.«

»O Gott«, murmelte sie. Von David Delaney hatte sie diese Lektion gelernt und sie an ihre eigenen Schüler weitergegeben.

Den entscheidenden Augenblick festhalten, ahnen, wann die Dynamik einer Situation den Höhepunkt erreicht, wissen, in welchem Moment man den Auslöser drücken muss, um das stärkste Bild zu bekommen. »Es war eine Studie, ein Fototermin.«

»Ja, das war der Zweck. Er wollte den Tod planen, inszenieren, herbeiführen und festhalten.« Eine Welle des Ekels überkam ihn. Er stürzte noch einen Scotch hinunter, um die Übelkeit in seinem Magen zu betäuben. »Aber das kann nicht alles gewesen sein. Irgendetwas muss in seinem Innern geschlummert haben, etwas, das kein Mensch bemerkt oder vermutet hat. Er hatte Freunde, war beruflich erfolgreich. Er war nach außen hin ein ganz normaler Mensch: Er sah sich Baseball im Fernsehen an, liebte Krimis, grillte gern und wünschte sich Enkel.«

Jedes Wort riss ihn entzwei. »Aber es gibt keine Entschuldigung für das, was er getan hat. Keine Absolution.«

Jo machte einen Schritt auf ihn zu. Im Augenblick konzentrierte sich ihr Denken und Fühlen nur auf eines. »Er hat sie danach fotografiert. Ihr Gesicht. Ihre Augen. Ihren Körper. Aktaufnahmen. Er hat sie sorgfältig arrangiert. Den Kopf nach links geneigt, den Arm über die Brust gelegt.«

»Woher …«

»Ich habe es gesehen.« Sie schloss die Augen, alles in ihrem Kopf drehte sich. Schmerzhaft kalt durchströmte sie Erleichterung. Eine eisige Schicht über heißer Trauer. »Ich bin nicht verrückt. Ich war auch nie verrückt. Ich hatte keine Halluzinationen. Es war real.«

»Wovon redest du?«

Ungeduldig zerrte sie die Zigarettenpackung aus der Hosentasche. Doch als sie das Streichholz entzündete, starrte sie nur wie gebannt auf die Flamme. »Meine Hand zittert nicht mehr«, murmelte sie. »Sie ist absolut ruhig. Ich werde jetzt nicht zusammenbrechen. Ich werde es schaffen. Ich werde nie wieder zusammenbrechen.«

Besorgt eilte er zu ihr. »Jo Ellen.«

»Ich bin nicht verrückt.« Jäh hob sie den Kopf und führte dann die Flamme mit sicherer Hand zur Zigarette. »Nie wieder

Angst vor einem Zusammenbruch.« Sie stieß den Rauch aus und blickte ihm nach. »Jemand hat mir ein Foto von meiner Mutter geschickt. Eines der Fotos, die dein Vater gemacht hat.«

Ihm gefror das Blut in den Adern. »Das ist unmöglich.«

»Ich habe es gesehen. Ich habe es in der Hand gehalten. Damals konnte ich es mir nicht erklären; es hat mich verfolgt, mich an den Rand des Wahnsinns getrieben.«

»Du hast mir erzählt, dass dir jemand Aufnahmen von dir selbst geschickt hat.«

»Ja, das auch. Und dazwischen befand sich dieses Foto, in der letzten Sendung, die ich in Charlotte erhielt. Und nach meiner Entlassung aus dem Krankenhaus war das Bild verschwunden. Der Absender muss in meine Wohnung eingedrungen sein und es sich zurückgeholt haben. Ich habe geglaubt, ich würde halluzinieren. Aber es hat existiert; alles ist wirklich passiert.«

»Ich bin der einzige Mensch, der es dir geschickt haben könnte. Aber ich habe es nicht getan.«

»Wo sind die Aufnahmen? Die Negative?«

»Weg.«

»Wie meinst du das?«

»Kyle wollte sie vernichten – zusammen mit dem Tagebuch. Ich war dagegen. Ich wollte Bedenkzeit, um zu entscheiden, was damit geschehen soll. Wir haben uns gestritten. Er meinte, das alles sei zwanzig Jahre her und es bringe nichts, das alles wieder aufzurühren. Die Sache könne uns beide ruinieren. Er war wütend, dass ich in Betracht zog, mich an die Polizei zu wenden oder mit deiner Familie Kontakt aufzunehmen. Am nächsten Morgen war er verschwunden, und mit ihm das Tagebuch und die Fotos. Ich hatte keine Ahnung, wo er steckte. Das Nächste, was ich hörte, war die Nachricht von seinem Tod. Ich nehme an, dass er nicht damit leben konnte. Er hat die Beweise vernichtet und anschließend sich selbst.«

»Aber die Fotos sind nicht vernichtet worden.« Ihr Gehirn arbeitete einwandfrei – klar und kühl. »Sie existieren, genau wie die Bilder von mir. Ich sehe aus wie meine Mutter. Es liegt nahe, dass sich eine Obsession für sie auf mich überträgt.«

»Glaubst du, ich hätte nicht auch daran gedacht? Als wir Susan Peters fanden und ich sah, wie sie umgebracht worden war, dachte ich … Aber ich bin der einzige Überlebende meiner Familie, Jo. Ich habe meinen Vater begraben.«

»Hast du auch deinen Bruder begraben?«

Er starrte sie an, schüttelte den Kopf. »Kyle ist tot.«

»Woher weißt du das? Weil irgendwelche Leute behaupten, er sei betrunken von einem Boot gefallen? Und was, wenn er lebt, Nathan? Er hatte die Fotos, die Negative und das Tagebuch.«

»Aber er ist ertrunken. Er war laut den Leuten, die mit ihm auf der Jacht waren, betrunken und deprimiert. Erst am nächsten Morgen haben sie sein Verschwinden bemerkt. Seine ganzen Klamotten, seine Fotoausrüstung waren noch auf dem Boot.«

Als Jo nichts sagte, begann er, unruhig im Zimmer auf und ab zu laufen. »Ich muss akzeptieren, was mein Vater getan hat. Und jetzt soll ich glauben, mein Bruder sei noch am Leben und verantwortlich für all das? Für deinen Zusammenbruch und …« Er blieb ruckartig stehen. »Für den Mord an Susan Peters.«

»Meine Mutter wurde erwürgt, nicht wahr, Nathan?«

»Ja.«

Jo zwang sich, Ruhe zu bewahren, einen Schritt nach dem anderen zu machen. »Susan Peters wurde vergewaltigt.«

Nathan begriff, was Jo wissen wollte. Gequält schloss er die Augen. »Ja.«

»Wenn es nicht ihr Mann war …«

»Die Polizei hat keinerlei Beweise gegen den Ehemann gefunden. Sie haben ihn wieder auf freien Fuß gesetzt. Ich habe mich auf dem Rückweg eigens danach erkundigt.« Die nun folgenden Worte fielen ihm besonders schwer. »Jo Ellen, sie werden nach dem Mord an Susan Peters Ginnys Verschwinden neu aufrollen.«

»Ginnys Verschwinden?« Während Jo begriff, machte sich Entsetzen in ihr breit. »O nein, Ginny.«

Er konnte sie nicht berühren, konnte ihr keinen Trost bieten.

Langsam trat er hinaus auf die Veranda, stützte sich auf das Geländer und starrte ins Leere. Als er hinter sich das Quietschen der Tür hörte, richtete er sich wieder auf.

»Weshalb hat dein Vater das getan, Nathan? Welchen Zweck hatten die Fotos, wenn er sie niemals jemandem zeigen konnte?«

»Perfektion. Kontrolle. Nicht nur zu beobachten und festzuhalten, sondern das Bild zu erschaffen. Die perfekte Frau, das perfekte Verbrechen, das perfekte Bild. Sie war schön, intelligent, anmutig. Sie allein war die Sache wert.«

Nachdenklich betrachtete er die Glühwürmchen, die in der Dunkelheit ihre Kreise zogen. »Ich hätte es euch allen gleich sagen sollen, direkt nach meiner Ankunft. Aber ich brauchte selbst noch Zeit, um alles zu begreifen. Zuerst habe ich mein Zögern gerechtfertigt, indem ich mir eingeredet habe, ihr hättet die Unwahrheit akzeptiert. Und die Wahrheit ist um so viel grausamer. Und dann habe ich geschwiegen, weil ich dich wollte. Du warst verletzt. Ich wollte warten, bis du mir vertrautest, bis du dich in mich verliebtest.«

Seine Fingern spielten nervös am Geländer, während sie hinter ihn trat. »Solche Rechtfertigungen funktionieren eine Zeitlang sehr gut. Aber nach dem Mord an Susan Peters konnte ich die Wahrheit nicht länger ignorieren, dein Recht, es zu erfahren. Ich kann an dem, was geschehen ist, nichts mehr ändern. Ich kann nichts tun, um den Schaden, den mein Vater deiner Familie zugefügt hat, zu lindern.«

»Nein, du kannst nichts mehr tun. Er hat mir meine Mutter weggenommen, hat uns in dem Glauben leben lassen, sie hätte uns verlassen. Dieser grausame, selbstsüchtige Akt hat unsere Leben zerstört, hat unserer Familie einen Riss zugefügt, den wir nicht kitten können.« Jos Stimme zitterte; sie biss sich auf die Lippe, um weitersprechen zu können. »Sie muss voller Angst, voller Panik gewesen sein. Sie hat nichts getan, um es zu verdienen, außer dass sie war, wie sie war.«

Sie sog die Seeluft tief ein, atmete sie wieder aus. »Ich wollte dich dafür verantwortlich machen, Nathan. Weil du hier bist. Weil du ein Leben lang eine Mutter hattest. Weil du mich geliebt und mir ein Gefühl gegeben hast, das ich noch nie erlebt hatte. Ich musste dir die Schuld geben, und ich habe es getan.«

»Damit habe ich gerechnet.«

»Du hättest es mir nicht sagen müssen. Du hättest für den Rest deines Lebens schweigen können. Ich hätte es nie erfahren.«

»Aber ich hätte mit diesem Wissen leben müssen. Jeder einzelne Tag wäre eine Lüge gewesen.« Er drehte sich zu ihr um. »Ich wünschte, ich hätte damit leben, dir die Wahrheit ersparen können. Aber ich konnte es nicht.«

»Und jetzt?« Sie wandte das Gesicht zum Himmel. »Soll ich dich für etwas bezahlen lassen, das geschehen ist, als wir beide noch Kinder waren?«

»Warum nicht?« In seiner Stimme schwang Bitterkeit mit. »Wie kannst du mich je wieder anschauen, ohne ihn zu sehen, ohne zu sehen, was er getan hat? Und ohne mich dafür zu hassen.«

Genau das habe ich getan, dachte Jo. Sie hatte ihn angeblickt, seinen Vater gesehen und ihn gehasst. Er hatte ihre Beschimpfungen und Schläge hingenommen, ohne sich zu verteidigen.

Mutig hatte Kirby ihn genannt. Und sie hatte recht gehabt.

Jo begriff, dass auch er verletzt war. Warum wurde ihr erst jetzt klar, dass er dasselbe Maß an Schmerz ertragen musste wie sie. »Intelligenz oder Mitleid erwartest du wohl nicht von mir? Offenbar hast du keine hohe Meinung von mir.«

Ungläubig starrte er sie an. »Ich verstehe dich nicht.«

»Das tust du offenbar wirklich nicht, wenn du annimmst, dass ich nach dem ersten Schock, der ersten Trauer nichts Besseres zu tun habe, als dich dafür verantwortlich zu machen und zur Rechenschaft zu ziehen.«

»Er war mein Vater.«

»Wenn er noch am Leben wäre, würde ich ihn umbringen für das, was er uns allen, auch dir, angetan hat. Ich werde ihn bis ans Ende meines Lebens hassen. Ihm werde ich nie vergeben. Und du, Nathan, kannst du damit leben? Oder wirst du einfach weggehen? Ich werde dir sagen, was ich tue.« Bevor er antworten konnte, sprudelten die Worte nur so aus ihr heraus.

»Ich werde mich nicht bestehlen lassen. Ich werde mir die Chance auf echtes Glück nicht wegnehmen lassen. Aber wenn du weggehst, werde ich dich hassen. Und niemand wird dich je mehr hassen als ich.«

Mit diesen Worten drehte sie sich um, stürzte zurück ins Haus und schlug die Tür hinter sich zu.

Nathan brauchte einen Augenblick, um mit dem Schock, mit dem Gefühl von Dankbarkeit fertig zu werden. Aber er konnte es nicht fassen. Er folgte Jo ins Haus. »Jo Ellen, willst du, dass ich bleibe?«, fragte er mit ruhiger Stimme.

»Habe ich das nicht eben gesagt?« Nervös zog sie eine neue Zigarette aus der Packung, schleuderte sie im nächsten Moment in die Ecke. »Warum soll ich schon wieder verlieren? Warum soll ich schon wieder allein sein? Wie konntest du es zulassen, dass ich mich in dich verliebe, um mich dann aus deinem Leben zu entfernen, nur weil du glaubst, es sei für mich das Beste? Nur weil du es für ehrenhaft hältst? Zum Teufel mit der Ehre, wenn sie mich um das betrügt, was ich zum Leben brauche. Ich bin schon einmal bestohlen worden, habe schon einmal verloren, was ich dringend brauchte, und ich konnte nichts dagegen tun. Aber jetzt bin ich nicht mehr hilflos.«

Sie zitterte vor Wut, ihre Augen funkelten, ihr Gesicht glühte. Er hatte nie etwas Großartigeres gesehen. »Mit allem habe ich heute Abend gerechnet. Aber nicht damit. Ich habe mich darauf vorbereitet, dich zu verlieren. Aber ich habe mich nicht darauf vorbereitet, dich zu behalten.«

»Ich bin kein verdammter Manschettenknopf.«

Ein überraschtes, heiseres Lachen löste sich aus seiner Kehle. »Ich weiß nur, dass ich dich liebe.«

»Das könnte ich dir sogar glauben, wenn du mich dabei umarmen würdest.«

Den Blick unverwandt auf sie gerichtet, ging er auf sie zu. Er nahm sie in die Arme, zuerst zögernd, dann drückte er sie fester und fester an sich, vergrub sein Gesicht in ihrem Haar. »Ich liebe dich.« Als er ihren Duft einsog, den Geschmack ihrer Haut auf seinen Lippen spürte, überwältigten ihn die Gefühle. »Ich liebe dich, Jo Ellen. Ich liebe dich unendlich.«

»Dann werden wir es schaffen. Wir lassen es uns nicht wieder wegnehmen.« Ihre Stimme klang entschlossen. »Nie wieder.«

Reglos lag er da und hoffte, dass sie schlief.

Die Frau neben ihm, die Frau, die er liebte, war in Gefahr. Und noch immer hatte er Mühe zu begreifen, von wem diese Gefahr ausging. Er war entschlossen, sie zu schützen, auch wenn er sein eigenes Leben riskieren musste. Und er war bereit zu töten – kein Preis war ihm zu hoch.

Sie hatten keine andere Wahl, als es durchzustehen. Sie hatten dem Schicksal einige Augenblicke gestohlen. Aber früher oder später mussten sie dem Spuk gegenübertreten, der sie seit zwanzig Jahren verfolgte und ihnen jetzt ganz nah war.

»Nathan, ich muss es meiner Familie sagen.« Im Dunkeln griff sie nach seiner Hand. »Ich muss den richtigen Moment und die richtigen Worte finden. Ich möchte, dass du es mir überlässt.«

»Aber ich will dabei sein, Jo. Du kannst es ihnen sagen, aber lass mich bitte dabei sein.«

»Einverstanden. Aber es warten noch andere Dinge auf uns.«

»Du brauchst Schutz.«

»Versuch nicht, den weißen Ritter zu spielen, Nathan. Das finde ich fürchterlich.« Ihr flapsiger Kommentar endete mit einem überraschten Aufschrei, als er sie hoch auf die Knie zog.

»Dir darf nichts passieren.« Seine Augen glitzerten gefährlich. »Was ich auch dafür tun muss, ich werde es tun.«

»Ich bin nicht meine Mutter, ich bin nicht Ginny, und ich bin auch nicht Susan Peters. Ich bin weder ein wehrloses Opfer noch dumm oder naiv. Niemand wird sich einen Spaß daraus machen, mich zu jagen.«

Da er mit einer heftigen Reaktion nur ihren Stolz verletzt hätte, zwang Nathan sich zur Ruhe. »Nötigenfalls lade ich dich auf die Schulter und schleppe dich von der Insel, so wie ich dich vorhin hierhergeschleppt habe. Dann bringe ich dich an einen sicheren Ort und schließe dich ein. Und wenn du das vermeiden möchtest, dann versprich mir, dass du auf der Insel keinen Schritt allein machst.«

»Ich glaube, du überschätzt deine Fähigkeiten.«

»In diesem Fall nicht.« Er fasste ihr Kinn und zwang sie, ihn anzuschauen. »Sieh mich an, Jo. Du bedeutest mir alles. Alles kann ich ertragen, nur nicht, dich zu verlieren.«

Ein Schauder durchlief sie, doch diesmal war es weder Angst noch Wut. »So sehr hat mich noch nie jemand geliebt. Irgendwie muss ich mich erst noch daran gewöhnen.«

»Versprich es mir bitte.«

»Also gut«, fügte sie sich seufzend. »Ich werde das Haus nicht allein verlassen. Dieser ganze Beziehungskram scheint mit einer Menge Kompromisse verbunden zu sein. Wahrscheinlich hatte ich deshalb so lange keine Lust darauf.« Sie hockte sich hin. »Wir dürfen nicht rumstehen. Ich bin nicht die einzige Frau auf der Insel. Ich bin nicht Annabelles einzige Tochter.«

»Nein, wir werden nicht tatenlos rumstehen. Ich werde mich gleich ans Telefon hängen und versuchen, ein paar zusätzliche Informationen über Kyles Unfall zu beschaffen. Es war keine leichte Zeit, da ist mir sicher einiges entgangen.«

»Was weißt du über seine Freunde, seine Finanzen?«

»Nicht viel. In den letzten Jahren standen wir uns nicht mehr so nah wie früher.« Nathan öffnete das Fenster. »Wir haben uns in unterschiedliche Richtungen entwickelt.«

»Was für ein Mensch war er?«

»Er war … sehr auf die Gegenwart fixiert. Er lebte für den Augenblick, wollte jeden Moment auskosten, ohne sich Gedanken über die Konsequenzen, die Zukunft zu machen. Aber er hat damit nie jemandem geschadet.«

Es war ihm sehr wichtig, dass sie das begriff. »Er machte sich die Dinge leicht. Er war sehr charmant und talentiert. Dad pflegte zu sagen, dass Kyle es zu einem der besten Fotografen der Welt bringen konnte, wenn er nur etwas mehr Ehrgeiz entwickelte. Und Kyle sagte immer, dass Dad zu kritisch mit seiner Arbeit sei und ihn darum beneidete, dass er sein ganzes Leben und seine Karriere noch vor sich hatte.«

Nathan ließ die Worte noch einmal an sich vorbeiziehen. Und begriff, was er eben gesagt hatte. War es Konkurrenzdenken? Wollte der Sohn seinen Vater übertrumpfen? Sein Herzschlag beschleunigte sich, das Blut pochte in seinen Schläfen.

»Ich werde jetzt ein paar Anrufe machen«, sagte er entschlossen. »Wenn wir diese Möglichkeit ausschließen können, können wir uns auf andere konzentrieren. Kyle könnte zum Beispiel ertrunken sein, aber davor die Fotos einem Kollegen oder einem Freund gezeigt haben.«

»Vielleicht.« Jo wollte sich nicht auf vage Spekulationen einlassen. »Wer immer es war, kann fotografieren und hat Talent. Er ist unbeständig, manchmal nachlässig, aber talentiert.«

Nathan nickte schweigend. Sie hatte soeben eine perfekte Beschreibung seines Bruders geliefert.

»Er muss die Fotos selbst entwickelt haben«, fuhr Jo fort. »Das bedeutet, dass ihm eine Dunkelkammer zur Verfügung steht. Sowohl in Charlotte als auch hier. Der Brief, den ich hier bekommen habe, wurde in Savannah aufgegeben.«

»Man kann Dunkelkammern stundenweise mieten.«

»Ja, das hat er wahrscheinlich getan. Oder er hat eine Wohnung, ein Haus gemietet und seine eigene Ausrüstung mitgebracht. Oder eine neue gekauft. In seinen eigenen vier Wänden und mit seiner eigenen Ausrüstung hätte er alles besser unter Kontrolle.« Ihre Blicke trafen sich. »Und das ist es doch, was ihn antreibt, oder? Die perfekte Kontrolle.«

Den Augenblick kontrollieren, die Stimmung, das Motiv, das Ergebnis manipulieren. Das ist die wahre Macht der Kunst. Nathan erinnerte sich an die Worte seines Vaters aus dem Tagebuch.

»Ja, es geht um Kontrolle. Wir werden alle Händler für Fotobedarf anrufen, um herauszufinden, ob jemand eine Dunkelkammerausrüstung bestellt und nach Savannah hat liefern lassen. Es wird nicht leicht sein und nicht schnell gehen.«

»Stimmt, aber es ist wenigstens ein Anfang.« Bei dem Gedanken, endlich etwas unternehmen zu können, ging es Jo schon viel besser. »Wahrscheinlich ist er allein. Er braucht die Freiheit, kommen und gehen zu können, wie es ihm passt. Er hat mich hier auf der Insel an allen möglichen Stellen fotografiert, also kann er sich frei bewegen. Am besten halten wir nach einem Mann Ausschau, der allein mit einer Kamera unterwegs ist. Auch auf die Gefahr hin, dass es nur ein Vogelliebhaber ist.«

»Wenn es Kyle ist, würde ich ihn sofort erkennen.«

»Bist du dir da sicher? Auch wenn er alles daran setzt, nicht erkannt zu werden? Ich bin überzeugt, dass er weiß, dass du hier bist. Und dass wir zusammen sind. Annabelle Hathaways Tochter und David Delaneys Sohn. Vielleicht schließt sich für ihn auf diese Weise der Kreis. Und wenn das wirklich so ist, Nathan, dann bist du genauso in Gefahr wie ich.«

27

Gegen Mittag wachte Jo allein auf. Sie konnte sich weder erinnern, wann sie länger als bis zehn Uhr, noch wann sie jemals so tief und traumlos geschlafen hatte.

Sie fragte sich, ob sie sich nicht ruhelos, erschöpft oder verzweifelt hätte fühlen sollen. Aber vielleicht hatten diese Gefühle sie schon lange genug gequält und waren nun, da sie die Wahrheit kannte, überflüssig geworden. Jetzt konnte sie um ihre Mutter trauern.

Und mehr noch: Sie konnte um all die Jahre trauern, in denen sie ihre Mutter verdammt hatte, eine Frau, die nicht die geringste Schuld auf sich geladen hatte, sondern Opfer eines Wahnsinnigen geworden war.

Jetzt konnte sie Trost finden.

»Er liebt mich, Mama«, flüsterte sie. »Vielleicht ist das der Weg, auf dem uns das Schicksal für seine Grausamkeit entschädigt. Ich bin glücklich. Ganz egal, wie verrückt die Welt jetzt ist, ich bin glücklich mit ihm.«

Sie schwang die Beine aus dem Bett und schwor sich, dass sie von nun an zusammenstehen und kämpfen würden.

Nathan führte gerade ein weiteres Telefonat – diesmal mit dem amerikanischen Konsulat in Nizza. Er hatte nicht geschlafen. Seine Augen brannten. Er kam sich vor, als würde er im Kreis herumirren, in verzweifelter Suche nach Informationen, nach einem Hinweis, den er vor ein paar Monaten übersehen hatte.

Und die ganze Zeit nagte das schlechte Gewissen an ihm, dass er insgeheim hoffte, sein Bruder möge tatsächlich tot sein.

Die Schritte auf der Treppe ließen ihn aufblicken. Als er auf der Veranda Giff auftauchen sah, zwang er sich zu einem Lächeln. Nachdem er aufgelegt hatte, winkte er Giff herein.

»Ich will nicht stören«, sagte Giff.

»Kein Problem, ich bin fertig.«

»Ich bin auf dem Weg zum Live Oak Cottage und wollte dir nur schnell diese Pläne hier geben. Du hast doch neulich gesagt, es würde dir nichts ausmachen, den Entwurf zu begutachten, den ich für das neue Solarium in Sanctuary angefertigt habe.«

»Ja, das interessiert mich sehr.« Dankbar für die Abwechslung nahm Nathan die Pläne entgegen und rollte sie auf dem Küchentisch aus. »Ich hab angefangen, mir selbst ein paar Gedanken dazu zu machen, aber dann kam etwas dazwischen.«

»Soso.« Giff zwinkerte vergnügt, als Jo an der Schlafzimmertür erschien. »Verstehe. Guten Morgen, Jo Ellen.«

Sie konnte nur hoffen, dass sie nicht rot anlief, als beide Männer sie anstarrten. Sie hatte eines von Nathans T-Shirts angezogen, und obwohl es ihr bis zu den Oberschenkeln reichte, war sie sicher, man sähe, dass sie darunter nichts anhatte.

»Morgen, Giff.«

»Ich wollte nur schnell was abgeben.«

»Oh, kein Problem, ich ... ich hol mir nur schnell einen Kaffee.« Sie huschte zum Küchentresen und goss sich eine Tasse ein. »Bin gleich wieder weg.«

Giff war sicher, dass Lexy ihn später nach Details löchern würde, also wagte er einen Vorstoß. »Willst du nicht auch einen Blick auf die Pläne werfen? Du weißt doch, Kate schwebt etwas Besonderes vor, und du hast doch ein gutes Auge für so was.«

Höflich sein oder Würde bewahren? Eine unmögliche Entscheidung für eine Frau, die nach den strengen Gesetzen der Südstaaten erzogen worden war. Jo gab sich Mühe, beidem gerecht zu werden, und ließ ihren Blick über eine mit säuberlichen Zahlen und gestrichelten Linien übersäte Zeichnung wandern.

Nathan zwang sich, seine Aufmerksamkeit weg von Jos Beinen und hin auf den Entwurf zu lenken. »Nicht schlecht. Machst du die Vermessung selbst?«

»Ja, zusammen mit Bill. Er macht drüben auf dem Festland Vermessungen und hat die richtige Ausrüstung.«

»Schau mal hier: Wenn du hier einen Winkel« – mit seinem

Finger zog er auf dem Papier eine Linie – »anstatt dieser Geraden einfügen würdest, müsstest du dort drüben nicht ausheben und könntest den Garten als Teil der Struktur erhalten.«

»Aber müsste man dann nicht hier diese Ecke abschneiden? Würde das nicht komisch aussehen, wenn man vom Haupthaus kommt? Miss Kate würde Zustände bekommen, wenn ich davon anfange, Türen und Fenster des Haupthauses zu versetzen.«

»An dem bestehenden Gebäude muss nichts verändert werden.« Nathan rollte den Plan weiter auf, sodass die Gesamtansicht zum Vorschein kam. »Gut gemacht«, murmelte er. »Wirklich gut. Jo, hol mir doch bitte ein Blatt Papier von dort drüben.« Abwesend deutete Nathan quer durch den Raum. »Viele meiner Mitarbeiter sind nicht in der Lage, so etwas zu entwerfen.«

»Ehrlich?« Erstaunt riss Giff die Augen auf.

»Wenn du dich doch noch entschließt, den Abschluss zu machen, und ein Praktikum brauchst, sag einfach Bescheid.«

Nathan griff nach einem Stift und zeichnete einige Linien auf das Papier, das Jo ihm gebracht hatte. »Sieh mal, so kann man es auch machen: keinen Winkel, sondern eher eine Rundung. Du verwendest dieselben fließenden Linien wie beim Dach. Die fügen sich ganz natürlich in den Garten ein.«

»Ja, verstehe.« Giff bemerkte, dass sein Entwurf neben den Linien Nathans steif und unbeholfen wirkte. »In einer Million Jahre würde ich es nicht lernen, so etwas zu entwerfen.«

»Klar würdest du das. Das Konzept stammt schließlich von dir. Wenn man eine gute Arbeit vor sich hat, ist es nicht mehr schwer, die eine oder andere Kleinigkeit zu verbessern. Wichtig ist, dass der Grundgedanke stimmt.«

Nathan richtete sich auf und betrachtete seine kühnen Bleistiftstriche aus der Entfernung. Der Anbau stand fix und fertig vor seinem inneren Auge. »Dein Entwurf ist der kundenfreundlichere, weil er kostengünstiger ist und der traditionellen Vorstellung entspricht.«

»Deiner ist der ausgefallenere.«

»Aber es ist nicht immer das, was die Kunden wollen.« Nathan legte den Stift nieder. »Wie dem auch sei: Denk über beide Entwürfe nach, oder zeig Kate einfach beide, sodass sie selbst entscheiden kann. In jedem Fall muss vor dem Baubeginn noch etwas Feinarbeit an den Entwürfen geleistet werden.«

»Hilfst du mir dabei?«

»Klar.« Ohne nachzudenken ergriff Nathan Jos Kaffeebecher und trank daraus. »Sehr gern sogar.«

Erfreut rollte Giff die Entwürfe zusammen. »Ich glaub, ich fahr schnell rüber zu Miss Kate. Dann kann sie sich in Ruhe überlegen, wie sie's haben möchte. Ich bin dir wirklich dankbar, Nathan.« Giff tippte an seine Baseballmütze. »Bis später, Jo.«

Jo sah zu, wie Nathan ein neues Blatt Papier holte. Er trank ihren Kaffee aus und begann einen weiteren Entwurf.

»Du weißt nicht mal, was du eben getan hast«, murmelte Jo.

»Wie weit ist das Beet mit den hohen, blauen Blumen von dieser Ecke hier entfernt?«

»Nein.« Jo holte einen frischen Becher aus dem Schrank. »Du hast keine Ahnung, was du getan hast.«

»Was? Oh!« Verblüfft betrachtete er den Kaffeebecher. »Entschuldige, ich habe deinen Kaffee getrunken.«

»Abgesehen davon – was ich sowohl ärgerlich wie liebenswert fand.« Sie legte die Arme um seine Taille. »Du bist ein guter Mensch, Nathan. Ein wirklich guter Mensch.«

»Danke.« Normalität. Eine Stunde lang würden sie sich in Normalität wiegen. »Meinst du, weil ich dir keinen Klaps auf den Po gegeben habe, als du vorhin in meinem T-Shirt aus dem Schlafzimmer gekommen bist – obwohl ich es so sehr wollte?«

»Nein, das war klug. Hast du nicht sein Gesicht gesehen?« Sie berührte seine Wangen. »Ist es dir nicht aufgefallen?«

Erstaunt schüttelte er den Kopf. »Offenbar nicht. Sprichst du von Giff?«

»Ich kenne niemanden, der Giff nicht mag, aber in den Augen der meisten ist er ein geschickter und zuverlässiger Handwerker, mehr nicht. Nathan ...« Sanft berührten ihre Lippen seine. »Du hast ihm gerade gesagt, dass er mehr ist und dass er noch einiges auf dem Kasten hat. Und du hast es ihm auf eine so beiläufige Art zu verstehen gegeben, dass er gar nicht daran zweifeln kann.«

Sie ging auf die Zehenspitzen und drückte ihre Wange an seine. »Du gefällst mir. Ich mag dich, wie du bist, Nathan.«

»Du gefällst mir auch.« Er schloss sie in seine Arme. »Und ich mag uns, wie wir zusammen sind.«

Erhobenen Hauptes betrat Kirby Sanctuary. Wenn Jo da war, musste sie mit ihr sprechen, und zwar unter vier Augen. Auf keinen Fall durfte der Rest der Familie von ihr erfahren, was sie seit gestern Abend wusste. Wenn Jo nach dem Gespräch mit Nathan gestern Abend wieder nach Hause gekommen war, würde die Familie jetzt in heller Aufregung sein.

Und dann würde sie als Hausärztin der Familie gebraucht.

Aber deshalb hatte man sie nicht gerufen.

Um Brian nicht über den Weg zu laufen, hatte sie für ihren Besuch die Zeit zwischen Frühstück und Mittagessen gewählt. Außerdem hatte sie den Haupteingang benutzt und nicht den hinteren Eingang durch die Küche.

Da es ihnen gelungen war, sich seit einer Woche aus dem Weg zu gehen, kam es nicht auf einen weiteren Tag an. Wenn Kate sie nicht inständig gebeten hätte vorbeizuschauen, weil ein Gast auf der Treppe ausgerutscht war, hätte sie bestimmt keinen Fuß nach Sanctuary gesetzt. Kaum hatte Kirby das Haus betreten, kam Kate auf sie zugestürzt.

»Ach Kirby, du glaubst gar nicht, wie dankbar ich dir bin. Es ist sicher nichts als ein verstauchter Knöchel, aber die Frau stellt sich an, als hätte sie sich sämtliche Knochen gebrochen.«

Ein Blick in Kates Gesicht genügte Kirby, um zu wissen, dass Jo noch nichts erzählt hatte. »Schon in Ordnung, Kate.«

»Ich weiß, dass du heute deinen freien Nachmittag hast, aber ich konnte sie wirklich nicht beruhigen.«

»Kein Problem, Kate, ehrlich.« Kirby folgte ihr die Treppe hinauf. »Es ist immer besser, sich so etwas anzuschauen. Im Zweifel röntge ich den Knöchel, und wenn doch etwas Ernsteres vorliegt, können wir sie rüber aufs Festland verfrachten.«

»Dann brauchten wir uns wenigstens das Gejammer nicht

mehr anzuhören«, sagte Kate, als sie an die Tür klopfte. »Mrs. Tores, die Ärztin ist da. Schick die Rechnung an uns«, raunte Kate Kirby zu, »und vergiss nicht den Aufschlag für den Hausbesuch.«

Eine halbe Stunde später verließ Kirby das Zimmer. Ihr Kopf schwirrte von der Litanei der Beschwerden, die sie sich hatte anhören müssen. In diesem Augenblick bog Kate um die Ecke.

»Alles in Ordnung?«

»Ich war nah dran, ihr eine Beruhigungsspritze zu geben. Der Frau geht's blendend, Kate. Erst als ich sie mit Dutzenden von Fachausdrücken überhäuft hatte, war sie zufrieden. Ihr Knöchel ist leicht gedehnt, ihr Herz ist so stark wie das eines Ochsen, und ihre Lunge ist noch viel stärker. Ich hoffe nur für dich, dass sie nicht mehr allzu lange bleibt.«

»Übermorgen reist sie ab. Komm mit in die Küche. Dort stehen schon eine frisch gemachte Limonade und ein Stück von Brians vorzüglichem Kirschkuchen bereit.«

»Vielen Dank, Kate, aber ich muss wirklich gehen. Zu Hause wartet ein riesiger Berg Papierkram auf mich.«

»O nein, ohne eine Erfrischung lasse ich dich nicht gehen. Diese Hitze hält doch kein Mensch aus.«

»Ich liebe Hitze«, begann sie – und erstarrte, als Brian durch den Vordereingang trat.

Er hatte den Arm voller Blumen. Er hätte damit lächerlich aussehen müssen. Sie wollte, dass er lächerlich aussah. Stattdessen wirkte er mit dem üppigen Strauß frischer Schnittblumen in seinen gebräunten, muskulösen Armen nur noch männlicher.

»O Brian, ich bin so froh, dass du dazugekommen bist.« Kate eilte die Treppe hinunter. »Ich wollte heute Morgen selbst raus in den Garten, aber der Sturz von Mrs. Tores hat alles durcheinandergebracht.«

Ununterbrochen weiterplappernd, nahm sie Brian die Blumen ab. »Ich werde die Sträuße selbst herrichten. Du hast leider gar kein Gespür dafür. Ich schwöre es dir, Kirby, dieser Mann stopft sie einfach in die Vase und denkt, damit sei die Sache erledigt. Brian, du sorgst bitte dafür, dass Kirby ein Glas

Limonade trinkt und von dem Kirschkuchen isst. Sie ist nur mir zuliebe gekommen, und das ist das mindeste, was wir für sie tun können. Also, ab in die Küche mit euch. Ich kümmere mich jetzt um die Blumen.«

»Ich habe keinen Hunger«, sagte Kirby steif, als Kate die Treppe hochlief. »Ich wollte gerade gehen.«

»Aber du hast doch bestimmt fünf Minuten Zeit für eine Limonade. Kate ist sonst beleidigt.«

»Einverstanden. Wenn ich den Hinterausgang nehme, bin ich ohnehin schneller zu Hause.« Sie drehte sich um und steuerte im Eiltempo die Küche an. Wenn er die Wahrheit über seine Mutter erfuhr, würde sie alles für ihn tun, was in ihrer Macht stand. Aber im Augenblick hatte sie genug mit sich selbst zu tun.

»Wie geht's der Patientin?«

»Die könnte Tango tanzen, wenn sie wollte. Sie ist völlig in Ordnung.« Kirby betrat die Küche, und Brian nahm einen Krug voll goldgelber Limonade mit viel Fruchtfleisch und Minze aus dem Kühlschrank. Als ihr das Wasser im Mund zusammenlief, schluckte sie entschlossen. »Was macht deine Hand?«

»Ist schon wieder in Ordnung. Ich merke kaum noch was.«

»Wo ich schon da bin, würde ich sie mir gerne noch mal ansehen.« Sie stellte ihren Arztkoffer auf dem Frühstückstisch ab. »Die Fäden hätten vor ein paar Tagen gezogen werden sollen.«

»Ich dachte, du hättest es eilig.«

»So musst du nicht extra zu mir rüberkommen.«

Mit dem Krug in der Hand hielt er inne und blickte sie an. Hinter ihrem Rücken fiel die Sonne durchs Fenster und ließ ihr Haar glänzen. Ihre Augen schimmerten dunkelgrün wie das stürmische Meer.

»Okay.« Er stellte das gefüllte Glas vor ihr ab und setzte sich. Trotz der Hitze waren ihre Hände kühl. Und trotz ihrer Wut waren sie sanft. Sie konnte kein Anzeichen für eine Entzündung entdecken. Die Naht war gut verheilt und würde nur eine kaum sichtbare Narbe hinterlassen. Kirby öffnete ihren Koffer und nahm die Schere heraus.

»Es geht ganz schnell.«

»Schneid bitte keine neuen Löcher in meine Hand.«

Mit einer geschickten Bewegung durchtrennte sie den ersten Faden und entfernte ihn mit der Pinzette. »Da wir beide auf dieser Insel wohnen und uns auch in Zukunft über den Weg laufen werden, sollten wir uns aussprechen.«

»Es ist alles gesagt, Kirby.«

»Für dich vielleicht, für mich nicht.« Sie durchtrennte das nächste Stück und zog. »Ich will wissen, warum du mir aus dem Weg gehst und warum du die Sache zwischen uns auf diese Weise beendet hast.«

»Weil sie weiter gegangen ist, als ich es wollte. Keiner von uns beiden hat daran geglaubt, dass es mit uns funktionieren könnte. Also habe ich als Erster beschlossen, es zu beenden. Das ist alles.«

»Aha, verstehe. Du hast mich fallenlassen, bevor ich dich fallenlassen konnte.«

»Ja, so ungefähr.« Er wünschte, ihr Duft würde ihm nicht ständig in die Nase steigen. »Ich glaube, so war es am einfachsten.«

»Und du magst einfache Sachen, nicht wahr? Du magst es, wenn die Sachen so laufen, wie du es willst.«

Ihre Stimme klang sanft, aber er traute ihr nicht recht – um so weniger, als sie ein verdammt scharfes Instrument in der Hand hielt. Er nickte. »Stimmt. Aber du bist genauso, auf deine Art. Dir gefällt es genauso, wenn alles nach deinem Kopf geht.«

»Das würde ich so nicht sagen. Aber du hättest gern eine Frau, die tatenlos dasitzt und gespannt darauf wartet, was du als Nächstes tust oder als Nächstes willst. Und das passt mir bestimmt nicht.«

»Nein, ganz sicher nicht. Und ich war nicht auf der Suche nach einer Frau oder einer Beziehung – wie auch immer du es nennen willst. Du bist mir nachgelaufen, du siehst gut aus, und irgendwann hatte ich es satt, ständig nein zu sagen.«

»Das ist wenigstens ehrlich. Beim Sex sind wir beide auf unsere Kosten gekommen – es gibt also keinen Grund, sich zu beschweren.« Sie zog den letzten Faden. »Fertig.« Sie hob den Blick. »Das war's, Brian. Die Narbe wird blasser werden. Bald wirst du dich nicht mal mehr daran erinnern, dass du dir weh getan hast. Ich gehe jetzt, nachdem das geklärt ist.«

Als sie sich erhob, blieb er sitzen. »Danke.«

»Vergiss es einfach«, sagte sie. »Ich mach's genauso.« Sie verschwand durch den Hinterausgang und schloss leise die Tür hinter sich.

Erst als sie den Wald erreicht hatte, begann sie zu rennen.

»Na prima.« Brian griff nach Kirbys unberührter Limonade und stürzte sie mit wenigen großen Schlucken hinunter. Wie Säure traf die Flüssigkeit auf seinen verkrampften Magen.

Er hatte richtig gehandelt, oder nicht? So war es für ihn selbst und auch für sie das Beste. Er hatte dafür gesorgt, dass die Sache nicht ausuferte, nicht zu tief ging und zu kompliziert wurde. Er hatte zwar ihren Stolz gekränkt, aber davon hatte sie noch jede Menge. Sie hatte Stolz und Klasse und Hirn und einen netten kleinen Körper mit der Energie eines Sprengkopfs.

Himmel, sie war eine tolle Frau.

Nein, ich habe richtig gehandelt, versicherte er sich noch einmal und hielt sich das kalte Glas an die Stirn, denn plötzlich war ihm verdammt heiß. Früher oder später hätte sie ihn doch abserviert, und dann wäre er der Dumme gewesen.

Sie hatte viel zu viel Power, um ewig auf Desire zu bleiben. Das richtige Angebot von der richtigen Klinik, vom richtigen Institut oder wem auch immer, und sie würde ihre Koffer packen.

Himmel, wie sie mit der Leiche von Susan Peters umgegangen war, wie aus der Frau eine eiskalte Ärztin geworden war, die kühl und bestimmt Anweisungen gegeben hatte, deren Hände ohne das geringste Zittern mit äußerster Präzision alle notwendigen Griffe ausgeführt hatten – so etwas hatte er noch nie gesehen.

Das hatte ihm die Augen geöffnet. Er hatte es hier nicht mit einer zarten, zerbrechlichen Blume zu tun, die sich auf Dauer damit zufriedengab, auf einer winzigen Insel im Ozean Sonnenbrände zu behandeln und mit dem Besitzer einer Pension zusammen zu sein, der Soufflés schlug und Hühnchen briet. Nein, das war bestimmt nicht das, was sie wollte.

Also hatte er es hinter sich gebracht, und bald würde das Leben wieder seinen gewohnten Gang gehen – so wie er es liebte.

Verdammter Trott, dachte er in einem plötzlichen Anflug von Wut. Dann fiel sein Blick auf ihren Arztkoffer auf dem Tisch. Neugierig öffnete er ihn und betrachtete den Inhalt.

Sie wird ihn schon abholen kommen, entschied er. Er hatte schließlich Besseres zu tun, als ihr ihre Sachen nachzutragen.

Aber vielleicht brauchte sie ihre Instrumente in der Zwischenzeit. Ein Notfall konnte sich jeden Moment ereignen. Und dann wäre es seine Schuld, wenn sie ihre Sachen nicht dabeihatte. Ein Mensch konnte dabei sterben …

Ein Menschenleben wollte er nicht auf dem Gewissen haben. Achselzuckend griff er nach dem Koffer, der schwerer war, als er gedacht hatte. Er würde ihn einfach nur bei ihr abstellen. Nicht mehr und nicht weniger.

Er beschloss, den Wagen zu nehmen – es war zu heiß zum Laufen. Außerdem kam er so vielleicht vor ihr an, konnte den Koffer an der Tür abstellen und wieder weg sein, bevor sie auftauchte.

Als er in ihre Einfahrt bog, dachte er, sein Plan sei aufgegangen, und bemerkte widerwillig, dass er enttäuscht war. Er wollte sie doch nicht mehr wiedersehen, basta.

Aber als er zur Tür kam, stellte er fest, dass sie doch schneller als er gewesen war. Er konnte sie weinen hören.

Das Geräusch ließ ihn schlagartig innehalten. Es war ein atemloses, bitteres Schluchzen, das ihm durch und durch ging. Er bezweifelte, dass es für einen Mann etwas Schrecklicheres als eine weinende Frau gab.

Leise öffnete er die Tür, schloss sie behutsam hinter sich. Mit wackligen Knien ging er zu ihrem Schlafzimmer, während er den Koffer von einer Hand in die andere wandern ließ.

Sie lag zusammengerollt auf dem Bett, wie ein Häufchen Elend, die Haare wirr vor dem Gesicht hängend. Mit weiblichen Tränen hatte er schon Bekanntschaft gemacht – schließlich war Lexy seine Schwester. Aber niemals hätte er damit gerechnet, dass Kirby so verzweifelt weinen konnte. Nicht die Frau, die ihn herausgefordert hatte; nicht die Frau, die ohne mit der

Wimper zu zucken ein Mordopfer in Augenschein genommen hatte. Nicht die Frau, die gerade erhobenen Hauptes und mit kaltem Blick seine Küche verlassen hatte.

Bei Lexy gab es in solchen Situationen zwei Möglichkeiten: sich entweder möglichst schnell zu verdünnisieren oder sie in den Arm zu nehmen und zu trösten, bis es vorbei war. Er entschied sich für die zweite Möglichkeit, setzte sich auf die Bettkante und griff nach ihr, um sie an sich zu ziehen.

Sie schoss in die Höhe und schlug nach der Hand, die sie berührte. Unbeeindruckt von ihrer Gegenwehr nahm er sie in die Arme.

»Hau ab! Fass mich nicht an!« Die Demütigung, die durch sein Auftauchen jetzt zu dem Schmerz kam, war mehr, als sie ertragen konnte. Sie trat, schob und sprang vom Bett auf. Mit verquollenen Augen stand sie da und funkelte ihn an.

»Was fällt dir ein hierherzukommen? Verschwinde von hier!«

»Du hast deinen Koffer vergessen.« Er kam sich albern vor, wie er auf ihrem Bett lag, und richtete sich auf. »Ich habe dich weinen hören. Ich wollte dich nicht zum Weinen bringen – ich wusste nicht mal, dass ich das kann.«

Sie zog einige Kosmetiktücher aus der Pappschachtel auf ihrem Nachttisch und wischte sich übers Gesicht. »Woher willst du wissen, dass ich deinetwegen weine?«

»Ich gehe nicht davon aus, dass du in den vergangenen fünf Minuten jemanden getroffen hast, der dich in einen solchen Zustand versetzt. Also ist das die logische Schlussfolgerung.«

»Oh, du bist so wunderbar logisch, was?« Sie zerrte noch eine Handvoll Tücher aus der Schachtel und warf sie wütend auf den Boden. »Ich habe mich nur selbst bemitleidet. Das ist mein gutes Recht. Und jetzt verschwinde endlich!«

»Falls ich dich verletzt habe …«

»*Falls* du mich verletzt hast?« Außer sich vor Verzweiflung nahm sie die Schachtel und warf sie nach ihm. »Was glaubst du eigentlich, was ich bin? Ein Punchingball, auf den man eindrischt und der einfach so zurückfedert? Zuerst sagst du mir, dass du mich liebst, und dann sagst du mir, dass es vorbei ist.«

»Ich hab gesagt, ich glaube, dass ich mich in dich verliebe.«
Seiner Ansicht nach war dieser Unterschied geradezu lebenswichtig. »Ich habe es rechtzeitig in den Griff bekommen.«

»Du ...« Sie bemerkte, dass sie im wahrsten Sinne des Wortes rotsah. Mit verschwommenem Blick griff sie nach dem nächstbesten Gegenstand und schleuderte ihn in seine Richtung.«

»Himmel, Kirby!«, schrie Brian auf, als die kleine Kristallvase wie eine funkelnde Kugel an seinem Kopf vorbeiflog. »Du wirst mir noch den Kopf nähen müssen, wenn du so weitermachst.«

»Den Teufel werde ich tun!« Sie griff nach ihrem Lieblingsparfümflakon und ließ ihn der Vase folgen. »Meinetwegen kannst du verbluten. Ich werde keinen Finger mehr für dich rühren, du Mistkerl.«

Blitzschnell duckte er sich, hechtete auf sie zu und hielt sie gerade noch rechtzeitig fest, bevor sie mit dem silbernen Kosmetikspiegel auf ihn losgehen konnte. »Ich kann dich so lange wie nötig festhalten«, sagte er keuchend, nachdem er sie aufs Bett geworfen hatte, und drückte sie auf die Matratze. »Ich habe jedenfalls keine Lust, mich von dir verstümmeln zu lassen, nur weil ich deinen Stolz verletzt habe!«

»Meinen Stolz verletzt?« Ihre Gegenwehr erstarb, und Tränen traten in ihre Augen. »Du hast mir das Herz gebrochen.« Dann wandte sie den Kopf ab und ließ ihren Tränen freien Lauf. »Ich habe keinen Stolz mehr, den du verletzen könntest.«

Verwirrt ließ er sie los. Sie drehte sich nur auf die Seite und rollte sich wieder zusammen. Sie schluchzte nicht mehr; ihre Tränen liefen jetzt lautlos über ihre Wangen.

»Lass mich in Ruhe, Brian.«

»Ich dachte, ich könnte das. Ich wusste, dass du mich irgendwann wegschicken würdest. Also warum nicht gleich? Ich wusste, dass du nicht bleiben würdest.« Er sprach mit ruhiger Stimme, während er ihr Haar durch seine Finger gleiten ließ. »Ich wusste, dass du nicht hierbleiben, dass du nicht bei mir bleiben würdest. Und wenn ich nicht jetzt die Notbremse gezogen hätte, dann hätte es mich umgebracht, wenn du gegangen wärst.«

Sie war jetzt sogar zu erschöpft, um zu weinen. Langsam öffnete sie Augen. »Und warum kann ich nicht bleiben?«

»Warum solltest du? Du kannst doch hingehen, wohin du willst. Nach New York, Chicago, Los Angeles. Du bist jung, du bist schön, du bist intelligent. Du könntest einen Haufen Geld verdienen, Golf spielen, eine schicke Praxis haben.«

»Wenn ich irgendetwas davon haben wollte, hätte ich es mir schon längst genommen. Wenn ich nach New York oder Chicago oder L. A. hätte gehen wollen, wäre ich schon längst dort.«

»Und warum bist du es nicht?«

»Weil ich hier sein will. Weil ich das immer wollte. Weil ich immer die Ärztin sein wollte, die ich hier bin. Und weil ich immer so leben wollte, wie ich hier lebe.«

»Aber du kommst doch aus einer ganz anderen Welt«, beharrte Brian. »Aus einer ganz anderen Umgebung. Dein Vater ist reich …«

»Und meine Ma sieht gut aus.« Während sie schniefte, entging ihr das winzige ungewollte Zucken um Brians Mund.

»Ich meine doch nur …«

»Ich weiß, was du meinst.« Ihr Kopf fühlte sich an wie ein prall aufgeblasener Ballon, der jeden Augenblick platzen konnte. Gleich würde sie eine Tablette nehmen, später. »Ich mach mir nichts aus Golfen. Das ist alles so steif und wichtigtuerisch. Warum sollte ich Golf spielen, wenn ich stattdessen auf meiner Terrasse sitzen und auf den Ozean blicken kann? Und das jeden Tag meines Lebens. Hier kann ich in den Wald gehen, die Tiere beobachten, sehen, wie sich der Nebel über dem Fluss hebt.«

Sie bewegte sich ein bisschen, sodass sie sein Gesicht sehen konnte. »Und du, Brian, warum bleibst du hier? Du könntest doch genauso gut in all diese Städte gehen, die Küche eines vornehmen Hotels leiten oder ein eigenes Restaurant aufmachen. Warum tust du es nicht?«

»Weil es nicht das ist, was ich will. Alles, was ich brauche, finde ich hier.«

»Genau wie ich.« Sie bettete ihr Gesicht wieder auf die Decke. »Und jetzt lass mich bitte allein.«

Er stand auf, schaute auf sie hinab. Er fühlte sich groß und unbeholfen. Er versenkte die Daumen in seinen vorderen Taschen und entfernte sich einige Schritte, ging auf und ab, blieb am Fenster stehen, um hinauszublicken, um wieder sie anzuschauen. Reglos lag sie da. Er fluchte innerlich, atmete tief aus, ging zur Tür. Und drehte sich wieder um.

»Ich habe vorhin nicht die Wahrheit gesagt, Kirby. Ich habe es nicht beendet. Ich wollte es, aber es ging nicht. Es geht nicht weg … dieses Gefühl. Ich hab's versucht, aber es ist einfach nicht verschwunden.«

Sie fuhr sich übers Gesicht und richtete sich auf. Nein, irgendwie sah er nicht besonders glücklich aus. In seinen Augen war Bedauern zu erkennen, sein Mund wirkte trotzig, und seine ganze Körpersprache verriet Verdruss. »Ist das deine reizende Art, mir mitzuteilen, dass du mich liebst?«

»Hab ich das nicht gesagt?«

»Du stößt mich aus deinem Leben, du demütigst mich, indem du mich hier in einem schwachen Moment aufstöberst, du sprichst mir meine Gefühle und meinen Charakter ab, und dann sagst du mir, dass du mich liebst?« Kopfschüttelnd strich sie ihr feuchtes Haar aus dem Gesicht. »Das muss der romantische Moment sein, von dem jede Frau träumt.«

»Ich habe dir nur ehrlich gesagt, was ich fühle.«

Sie stieß einen langen Seufzer aus. War das etwa Freude, was sich da ganz tief in ihrem Innern langsam breitmachte? Sie beschloss, dieses Gefühl fürs Erste noch in Schach zu halten. »Da ich dich aus einem Grund, an den ich mich nicht erinnern kann, ebenfalls zu lieben scheine, mache ich dir einen Vorschlag.«

»Ich höre.«

»Warum machen wir nicht einen Strandspaziergang. Einen schönen, langen Spaziergang. Die frische Luft macht dir vielleicht den Kopf wieder klarer. Und dann kannst du ja noch mal versuchen, mir zu sagen, was du fühlst.«

Er betrachtete sie eine Weile und stellte fest, dass sein Kopf schon klarer wurde. »Nichts dagegen«, antwortete er und streckte ihr eine Hand entgegen.

28

Etwas Unheilvolles lag in der Luft. Sam konnte es fühlen. Es war mehr als die gewöhnliche Schwüle, als der tief herabhängende Himmel. Er dachte voll Sorge an den Hurrikan Carla, der gerade über die Bahamas hinwegfegte. Im Wetterbericht hieß es zwar, dass Carla aufs offene Meer abziehen werde, aber Sam wusste, dass Wirbelstürme weiblich und daher unberechenbar waren.

Die Chancen standen gut, dass Carla an Desire vorbeiziehen und ihre Wut an Florida auslassen würde, doch Sam war skeptisch. Die Luft war zum Schneiden dick; man konnte kaum noch atmen.

Er wandte sich zum Gehen, um zu Hause einen Blick auf die kleine Wetterstation zu werfen, die Kate ihm zu Weihnachten geschenkt hatte, und die Kurzwelle abzuhören. Kein Zweifel, dass ein Sturm heraufzog. Es fragte sich nur, wann er kam.

Als er die Hügelkuppe erreichte, sah er am äußersten Ende des Gartens ein Paar. Die beiden standen im milden Licht der untergehenden Sonne, und Jos Haar leuchtete wie eine Flamme. Sie lehnte an der Schulter des Mannes, und es war nicht zu übersehen, dass sich die beiden mochten.

Der kleine Delaney, dachte Sam. Jetzt ist er ein Mann. Und die Hand dieses Mannes ruhte auf dem Po von Sams Tochter. Sam atmete aus und fragte sich, was er davon halten sollte.

Dann trafen sich ihre Münder. Der leidenschaftliche Kuss verriet, dass sie schon mehr gemeinsam getan hatten, als sich nur zu küssen.

Und was sollte er davon halten?

Früher wäre das nicht möglich gewesen. Er erinnerte sich, wie er damals um Annabelle geworben hatte und wie sie sich beide heimlich wie Diebe davongestohlen hatten, um ihre Zärtlichkeiten im Verborgenen auszutauschen. Wenn Belles Vater sie dabei in der Öffentlichkeit erwischt hätte, wäre der Teufel los gewesen.

Mit festem Schritt ging Sam weiter – er trat so fest auf, dass man ihn unmöglich überhören konnte. Doch zu Sams Missfallen stoben die beiden nicht mit schuldbewussten Gesichtern auseinander, sondern trennten sich nur widerwillig, um sich ihm Hand in Hand zuzuwenden.

»Wir haben Gäste im Haus, Jo Ellen, und solch eine Sondervorstellung ist nicht im Preis inbegriffen.«

Überrascht blickte Jo ihn an. »Okay, Daddy.«

»Wenn ihr euren Gefühlen freien Lauf lassen wollt, dann tut das bitte dort, wo euch nicht die halbe Insel zusehen kann.«

Mit Mühe unterdrückte Jo ein Kichern, senkte den Blick zu Boden und nickte gehorsam. »Jawohl, Sir.«

Sam stellte sich gerade hin und sah Nathan an. »Ich nehme an, Sie sind alt genug, um zu wissen, was Sie tun.«

Nathan deutete Jos warnenden Händedruck richtig und folgte ihrem Beispiel. »Ja, Sir«, erwiderte er in respektvollem Ton.

Zufrieden mit den Antworten blickte Sam mit gerunzelter Stirn zum Himmel hoch. »Sturm im Anzug«, murmelte er. »Wird uns besuchen, egal, was die Wetterfrösche behaupten.«

Jo begriff, dass er Konversation betrieb. »Carla ist Kategorie zwei und auf dem Weg nach Kuba. Sie sagen, dass sie sich wahrscheinlich raus aufs Meer verzieht.«

»Sie wird sich nicht drum kümmern, was sie sagen. Sie wird tun, was ihr gefällt.« Er sah Nathan wieder an und musterte ihn. »In New York sind Wirbelstürme ziemlich selten, nehme ich an.«

War das eine Herausforderung? fragte sich Nathan. Ein kleiner Stich, um seine Männlichkeit zu testen?

»Nein, aber ich war in Cozumel, als Gilbert dort sein Unwesen getrieben hat.« Er hätte fast den Tornado erwähnt, den er über Oklahoma hatte hinweggrasen sehen, und die Lawine, die an seinem Chalet vorbei zu Tal gedonnert war, als er in der Schweiz gearbeitet hatte.

»Dann wissen Sie ja Bescheid«, sagte Sam. »Ich habe gehört,

dass Sie zusammen mit Giff an dem Sonnenraum arbeiten, auf den Kate so scharf ist.«

»Es ist Giffs Auftrag. Ich steuere nur ein paar Ideen bei.«

»Scheint, als hätten Sie Ideen genug. Erklärt mir doch mal, was ihr aus meinem Haus machen wollt.«

»Das mache ich gern.«

»Gut. Jo Ellen, ich nehme an, dein junger Mann rechnet mit einer Einladung zum Abendessen. Sag Brian Bescheid, dass er einen hungrigen Magen mehr zu füllen hat.«

Jo öffnete den Mund, aber ihr Vater hatte sich schon abgewandt. Ihr blieb nichts anderes übrig, als Nathan einen kurzen Blick zuzuwerfen und zum Haus zu gehen.

Als sie die Küche betrat, war Brian gerade dabei, Shrimps zu säubern. Und zu singen, wie Jo überrascht feststellte.

»Was ist bloß in dieses Haus gefahren?«, fragte Jo. »Daddy macht Konversation und will die Pläne fürs Solarium sehen, und du singst in der Küche.«

»Ich hab nicht gesungen.«

»Aber klar hast du. Es war zwar eine ziemlich lausige Version von ›I Love Rock and Roll‹, aber man kann es als singen bezeichnen.«

»Und wenn schon. Ist schließlich meine Küche.«

»Das hört sich schon besser an.« Sie öffnete den Kühlschrank und holte ein Bier heraus. »Willst du auch eins?«

»Gute Idee, ich zerfließe förmlich.« Mit dem Handrücken wischte er sich über seine schweißnasse Stirn und griff nach der geöffneten Flasche, die sie ihm entgegenhielt. Er nahm einen langen Zug. »Wie sieht's aus, kann sich Nathan heute ohne Humpeln fortbewegen?«

»Ja, aber ich hab ihm die Lippe blutig geschlagen.« Sie griff in die weiße Keramikdose und fischte einen Schokoladenkeks heraus. »Ein Bruder mit ein wenig Anstand hätte das für mich übernommen.«

»Du hast immer gesagt, dass du für dich selbst kämpfen willst. Wie kannst du nur Schokokekse mit Bier runterspülen? Das ist ja widerlich.«

»Mir schmeckt's. Kann ich dir helfen?«

Jetzt war Brian überrascht. »Was meinst du mit ›helfen‹?«

»Zur Hand gehen«, schnauzte Jo. »Irgendwas schneiden oder umrühren.«

Er nahm noch einen Schluck und sah sie prüfend an. »Ein paar Karotten könnte ich brauchen. Geschält und gerieben.«

»Wie viele?«

»Für zwanzig Dollar. So viel kostest du mich nämlich.«

»Wie bitte?«

»Ach nichts, nur eine kleine Wette mit Lexy. Ein Dutzend reicht«, sagte er und wandte sich wieder seinen Shrimps zu.

Jo zählte die Karotten ab und begann, sie mit langsamen, präzisen Bewegungen zu schaben.

»Wenn es etwas gäbe, an das du dein Leben lang geglaubt hast, etwas, mit dem du gelernt hast zu leben, das aber nicht der Wahrheit entspricht – würdest du lieber weiter an das Falsche glauben, oder wolltest du die Wahrheit wissen, auch wenn sie schlimmer ist?«

»Schlafende Hunde soll man nicht wecken.« Er warf die Shrimps in eine Mischung aus kochendem Wasser, Bier und Gewürzen. »Lässt man den Hund andererseits lange genug schlafen, wird er eines Tages alt und verliert die Zähne.«

»Nicht sehr hilfreich.«

»War ja auch eine komische Frage. Hey, Jo, du hast die Karottenschalen in der ganzen Küche verteilt.«

»Ich feg sie auf.« Am liebsten hätte sie auch ihre Worte weggefegt, aber sie hätte immer gewusst, dass sie da waren. »Kannst du dir vorstellen, dass ein Mann, ein ganz normaler Mann mit einer Familie, einem Beruf, einem Haus, ein Mann, der mit seinem Sohn Nachlaufen spielt und seiner Frau Blumen mitbringt, noch eine andere Seite hat? Eine kalte, dunkle Seite, die niemand sieht, sodass er in der Lage ist, unfassbare Dinge zu tun, um im nächsten Augenblick wieder zu seiner normalen Existenz zurückzukehren, sich im Fernsehen ein Baseballspiel anzusehen und mit seiner Familie Eis essen zu gehen?«

Brian nahm das Sieb aus dem Schrank und stellte es in die Spüle. »Du hast heute ja 'ne Menge seltsamer Fragen auf Lager, Jo Ellen. Schreibst du ein Buch oder so was Ähnliches?«

»Kannst du nicht einfach sagen, was du denkst?«

»Okay.« Er rührte die Shrimps ein letztes Mal im Topf um. »Wenn du es philosophisch willst: Die alte Geschichte von Jekyll und Hyde hat die Menschen schon immer fasziniert. Gut und Böse, die beide gleichzeitig in einem Menschen existieren. Keiner von uns ist ohne Schattenseiten.«

»Ich spreche nicht von Schattenseiten. Ich meine nicht den Ehemann, der der Versuchung erliegt und seine Frau mit einer anderen betrügt. Ich spreche von dem wirklich Bösen, das keinen Hauch schlechtes Gewissen mit sich bringt. Aber man sieht es nicht, nicht mal die Menschen, die ihm am nächsten sind.«

»Kommt mir so vor, als könnte man das Böse am leichtesten verstecken, wenn man kein Gewissen hat. Wenn man keine Reue empfindet, gibt es keinen Spiegel, der die Tat reflektiert.«

»Keinen Spiegel, der die Tat reflektiert«, wiederholte Jo. »Er müsste aus schwarzem Glas sein, nicht wahr?«

»Hast du noch mehr komische Fragen auf Lager?«

»Wie wär's mit der: Kann der Apfel weit vom Stamm fallen?«

Grinsend packte Brian den dampfenden Topf und goss die Shrimps mitsamt dem kochenden Wasser in das Sieb. »Kommt ganz auf den Apfel an, würde ich sagen. Ein gesunder, starker Apfel springt ein paarmal auf und kann leicht einige Meter vom Stamm wegrollen. Aber ein fauler plumpst runter und bleibt direkt neben dem Stamm liegen.«

Er drehte sich um, um nach seinem Bier zu greifen, doch als er ihr blasses Gesicht mit den großen, dunkel schimmernden Augen sah, hielt er inne und schüttelte den Kopf. »Was ist los?«

»Du hast recht«, sagte sie ruhig. »Du hast absolut recht.«

»In Parabeln bin ich stark.«

»Ich nehme dich beim Wort, Brian.« Sie wandte sich wieder den Karotten zu. »Nach dem Abendessen müssen wir miteinander reden. Die ganze Familie. Wir treffen uns im Wohnzimmer. Ich werd's den anderen sagen.«

»Die ganze Familie? Alle im selben Raum? Wen willst du bestrafen?«

»Es ist sehr wichtig, Brian. Für uns alle.«

»Ich verstehe nicht, warum ich hier Däumchen drehen soll. Ich hab noch eine Verabredung.« Lexy starrte in den Spiegel hinter der Bar und spielte mit ihren Haaren. »Es ist schon kurz vor elf. Ich wette, Giff hat's aufgegeben, auf mich zu warten, und liegt schon im Bett.«

»Jo hat gesagt, es sei wichtig«, erinnerte sie Kate. Sie bemühte sich, mit ihren Stricknadeln ein gleichmäßiges Klappern zustande zu bringen. Sie strickte schon seit zehn Jahren an derselben Decke und war fest entschlossen, sie vor der Jahrtausendwende zu Ende zu bringen.

»Wo ist sie dann?«, erkundigte sich Lexy und suchte mit ihren Blicken demonstrativ den Raum ab. »Außer uns beiden kann ich hier niemanden entdecken. Brian hat sich's bestimmt drüben bei Kirby gemütlich gemacht, und Daddy ist über Kurzwelle seinem blöden Hurrikan auf den Fersen, der wahrscheinlich sowieso einen großen Bogen um die Insel macht.«

»Sie tauchen sicher gleich auf. Warum gießt du uns nicht ein Glas Wein ein?« Dies war einer von Kates kleinen Träumen: den Abend im Kreis der Familie verbringen und die Ereignisse des Tages durchsprechen.

In diesem Augenblick betrat Sam den Raum und warf Kate einen belustigten Blick zu. Diese Decke schien niemals fertig zu werden, und irgendwie kam sie ihm jedes Mal, wenn er sie sah, scheußlicher vor. »Weißt du, was Jo Ellen im Schilde führt?«

»Nein, keine Ahnung«, erwiderte Kate munter. »Setz dich am besten. Lexy holt einen Wein.«

»Ein Bier wäre mir lieber.«

»Ich nehme Ihre Bestellung gern entgegen, mein Herr«, sagte Lexy gereizt. »Bedienen ist schließlich mein Leben.«

»Ich kann mir mein Bier selbst holen.«

»Oh, setz dich nur, ich hole es schon«, sagte sie knapp.

Gehorsam ließ sich Sam neben Kate auf dem Sofa nieder und trommelte mit den Fingern auf seine Knie. Als Lexy wenig später mit einem schaumgekrönten Pils vor ihm stand, hob er den Blick. »Jetzt möchtest du sicher ein Trinkgeld haben.« Während Lexy ihn erstaunt ansah, nickte er ernst. »Eine Hand wäscht die andere.«

Kates Nadeln hörten auf zu klappern, Lexy blickte ihren Vater entgeistert an, und Sam starrte in sein Bierglas, während sein Nacken rot anlief.

»Mein Gott, Sam, du hast einen Witz gemacht. Lexy, bitte erinnere mich morgen daran, dass ich diesen Tag rot im Kalender ankreuze.«

»Sarkastische Frauen sind der Grund, weshalb ich lieber meinen Mund halte«, murmelte er, während Kate schallend lachte.

Lexy beobachtete grinsend, wie Kate Sams Knie tätschelte.

In diese Szene platzte Jo: ihr Vater, ihre Tante und ihre Schwester – fröhlich im selben Raum versammelt.

Ihr Mut schwand. Mit einem solchen Bild hatte sie nie gerechnet, und nie hätte sie geahnt, dass es ihr so viel bedeutete. Gemeinsam mit dem Mann, der hinter ihr stand, war sie in der Lage, es zu zerstören.

»Da ist sie ja«, rief Kate aus. Als sie Nathan entdeckte, glaubte sie zu wissen, was Jo zu verkünden hatte, und hörte schon die Hochzeitsglocken läuten. Aufgeregt legte sie ihr Strickzeug beiseite. »Wir wollen gerade eine Flasche Wein aufmachen. Oder wäre euch Champagner lieber?«

»Nein, nein, Wein ist in Ordnung«, entgegnete Jo rasch. Ihre Nerven waren zum Zerreißen angespannt. »Bleib ruhig sitzen, Kate, ich kümmere mich schon darum.«

»Ich hoffe, es dauert nicht lange, Jo. Ich hab noch was vor«, sagte Lexy.

»Tut mir leid, Lexy.« Eilig teilte Jo die Gläser aus – sie wollte es so schnell wie möglich hinter sich bringen.

»Setz dich, Jo«, befahl Kate. »Machen Sie's sich bequem, Nathan. Ich bin sicher, dass auch Brian gleich auftaucht. Ach, da ist er ja schon. Brian, stellst du bitte den Ventilator an, ja? Die Hitze ist mörderisch. Unten am Fluss ist es sicher kühler, nicht wahr, Nathan?«

»Etwas.« Er setzte sich. Es war ausgemacht, dass er Jo das Tempo vorgeben ließ. Sein Blick wanderte hinüber zu Sam. Sie hatten an diesem Abend eine halbe Stunde damit verbracht, die Pläne durchzugehen und den Anbau zu diskutieren. Und die ganze Zeit hatte Nathan das Gefühl gequält, den Mann zu betrügen.

Jetzt war es an der Zeit, reinen Tisch zu machen und den Konsequenzen ins Auge zu sehen. »Wie bitte?«, sagte er, als er plötzlich bemerkte, dass Kate mit ihm sprach.

»Ich wollte nur wissen, ob Ihnen die Arbeit hier genauso leichtfällt wie in New York.«

»Es ist eine nette Abwechslung.« Sein Blick traf Jos, als sie ihm sein Glas Wein reichte. Bringen wir's hinter uns, sagten ihr seine Augen.

»Setzt du dich bitte, Brian«, bat Jo ihren Bruder.

»Hmmm.« Sie war mitten in seinen Tagtraum geplatzt, in dem er sich ausmalte, wie er sich wenig später zu Kirby schleichen und sie auf ganz spezielle Weise wecken würde. »Ja, natürlich.«

Er ließ sich in einen Sessel fallen und kam zu dem Schluss, dass er nie in seinem Leben so glücklich und zufrieden gewesen war. Er zwinkerte Lexy zu, die sich auf seine Armlehne setzte.

»Ich weiß nicht, wie ich es euch sagen soll.« Jo atmete tief durch. »Ich wünschte, ich müsste die schlafenden Hunde nicht wecken.« Sie sah zu Brian hinüber. »Aber es geht nicht anders. Ganz gleich, ob es das Beste ist oder nicht, habe ich das Gefühl, dass ich das einzig Richtige tue. Daddy.« Sie ging zu ihrem Vater und setzte sich auf den Beistelltisch, sodass ihre Augen auf gleicher Höhe waren. »Es geht um Mama.«

Sie sah, wie seine Lippen schmal wurden, und obwohl er sich nicht bewegte, fühlte sie, wie er von ihr abrückte.

»Sie ist tot, Daddy. Sie ist seit zwanzig Jahren tot.« Während sie sprach, griff sie nach seiner Hand. »Sie hat dich nicht verlassen. Sie ist nicht von Sanctuary weggelaufen. Sie wurde umgebracht.«

»Wie kannst du so etwas sagen?« Erregt sprang Lexy auf. »Wie kannst du nur so etwas behaupten, Jo?«

»Alexa.« Sam hielt den Blick auf Jo gerichtet. »Schweig!« Er brauchte selbst einen Augenblick, um sich von dem Schlag zu erholen, den Jo ihm versetzt hatte. Auch er hätte dieses Thema am liebsten beendet, aber ein Blick in ihr sorgenvolles Gesicht sagte ihm, dass es kein Zurück mehr gab. »Du wirst gute Gründe für deine Behauptung haben, Jo.«

»Ja.«

In knappen Worten berichtete sie von dem Foto, das man ihr geschickt hatte, von dem Schock des Wiedererkennens, von der unleugbaren Gewissheit, dass es Annabelle war.

»Ich habe in meinem Kopf hundert verschiedene Möglichkeiten durchgespielt«, fuhr sie fort. »Dass es erst viele Jahre später aufgenommen worden war, dass es nur ein fotografischer Trick war, nur ein schrecklicher Witz. Dass ich mir alles nur eingebildet habe. Aber keine dieser Möglichkeiten hat die Wahrheit getroffen, Daddy. Es war Mama, und die Aufnahme wurde hier auf dieser Insel gemacht, in der Nacht, in der sie verschwand.«

»Wo ist das Foto?«, wollte Sam wissen. »Wo ist es?«

»Es ist weg. Die Person, die es mir geschickt hat, hat es sich zurückgeholt, während ich im Krankenhaus war. Aber ich schwöre, dass das Bild existiert und dass es Mama war.«

»Woher weißt du das? Wie kannst du dir so sicher sein?«

Jo öffnete den Mund, doch in diesem Augenblick trat Nathan vor. »Weil ich das Foto auch gesehen habe. Weil mein Vater es gemacht hat, nachdem er sie getötet hat.«

In Sams Kopf toste ein Sturm, während er sich langsam erhob. »Sie wollen mir allen Ernstes erzählen, dass Ihr Vater Annabelle umgebracht hat? Dass er eine Frau getötet hat, die ihm nichts Böses angetan hat, und sie dann fotografiert hat? Dass er sie fotografiert hat und Ihnen die Aufnahmen gezeigt hat?«

»Nathan hat es nicht gewusst, Daddy.« Jo packte Sams Arm. »Er war damals ein kleiner Junge. Er hat es nicht gewusst.«

»Aber jetzt ist er kein Junge mehr.«

»Nach dem Tod meines Vaters habe ich die Fotos zusammen mit seinem Tagebuch gefunden. Jo sagt die Wahrheit. Mein Vater hat Ihre Frau umgebracht. Er hat es niedergeschrieben und das Tagebuch, die Negative und die Abzüge in einen Banksafe geschlossen. Ich habe sie nach dem Tod meiner Eltern gefunden.«

Als seine Worte verklungen waren, hörte man nur noch das

Geräusch des Ventilators, Lexys leises Schluchzen und die abgehackten Atemstöße, die durch Sams Lunge gingen.

Plötzlich hatte er sie wieder vor Augen, die Frau, die er so sehr geliebt hatte, die Frau, die er so oft verflucht hatte. Ihr Bild wurde immer deutlicher, seine Wut immer größer. Und seine Trauer.

»Zwanzig Jahre hat er es für sich behalten.« Sam ballte die Fäuste, aber er wusste nicht, gegen wen er sie richten sollte. »Dann finden Sie es heraus, kommen zurück und vergreifen sich an meiner Tochter. Und das lässt du zu?« Er warf Jo einen brennenden Blick zu. »Du hast es gewusst und hast es geschehen lassen.«

»Ich habe dasselbe gefühlt wie du jetzt, als er es mir gesagt hat. Genau dasselbe. Aber dann habe ich darüber nachgedacht, lange darüber nachgedacht, und habe begriffen, dass Nathan nicht dafür verantwortlich ist.«

»Aber sein Vater, sein eigenes Blut.«

»Sie haben recht.« Nathan machte einen weiteren Schritt nach vorn, sodass Jo nicht mehr zwischen ihm und ihrem Vater stand. »Ich bin hierhergekommen, um zu entscheiden, was zu tun ist. Und dann habe ich mich in sie verliebt, obwohl ich kein Recht dazu hatte.«

Brian schob Lexy behutsam zur Seite, sodass sie ihr Gesicht in ihren eigenen Händen anstatt an seiner Schulter vergraben konnte. »Warum?«, fragte er, und seine Stimme war so aufgewühlt wie sein Inneres. »Warum hat er das getan?«

»Es gibt nichts, wodurch sich seine Tat rechtfertigen ließe«, sagte Nathan müde. »Annabelle hatte keinerlei Schuld daran. Er … er hat sie ausgewählt. Für ihn war es eine Art Studie. Er hat weder im Affekt noch aus Leidenschaft gehandelt. Ich habe keine Erklärung dafür.«

»Am besten, Sie gehen jetzt, Nathan«, schaltete sich Kate in ruhigem Ton ein. »Lassen Sie uns jetzt bitte allein.«

»Erst wenn alles gesagt ist.«

»Ich will Sie nicht länger in meinem Haus haben.« Sams Stimme war gefährlich leise. »Ich will Sie nicht länger auf meinem Land haben.«

»Ich gehe erst, wenn ich Jo in Sicherheit weiß. Denn der Mörder von Susan Peters und Ginny Pendleton wird erst ruhen, wenn er auch Jo hat.«

»Ginny.« Kate griff nach Sams Arm.

»Ich habe keinen Beweis dafür, dass Ginny ermordet wurde, aber ich bin ganz sicher, dass es so war. Nachdem Sie mich bis zu Ende angehört haben, werde ich gehen.«

»Lasst ihn zu Ende sprechen.« Lexy wischte sich die Tränen aus dem Gesicht; ihre Stimme klang überraschend fest und entschlossen. »Ginny ist nicht einfach nur weggelaufen, das hat mir mein Gefühl die ganze Zeit schon gesagt. Ihr ist dasselbe passiert wie Mama, nicht wahr, Nathan? Und wie Susan Peters.«

Sie faltete die Hände im Schoß, um sich zu sammeln, und wandte sich dann zu Jo. »Du hast hier Fotos bekommen. Fotos, die hier auf der Insel aufgenommen wurden. Es wiederholt sich.«

»Du kannst mit einer Kamera umgehen, Nathan.« Brians Augen hatten sich zu Schlitzen verengt.

Es tat weh, diese Worte aus dem Mund eines Freundes zu hören. »Du hast keinen Grund, mir zu trauen, aber du solltest mich trotzdem anhören.«

»Lass mich es erklären, Nathan.« Jo ließ einen Schluck Wein durch ihre trockene Kehle rinnen.

Jo ließ in ihrer Schilderung keine noch so geringe Einzelheit aus und endete mit den Schritten, die sie gemeinsam mit Nathan unternehmen wollte, um auch die restlichen Antworten zu finden.

»Sein Vater hat also unsere Mutter umgebracht«, fasste Brian mit bitterer Stimme zusammen, »und sein Bruder ist für den Rest verantwortlich. Na prima.«

»Wir wissen noch nicht, wer für den Rest verantwortlich ist. Aber falls es tatsächlich Nathans Bruder ist, ist Nathan nicht dafür verantwortlich.« Jo ging auf Brian zu. »Jemand hat mir kürzlich eine Parabel von Äpfeln erzählt, die vom Baum fallen. Und dass manche stark genug sind, um wegzurollen, während die faulen unter dem Baum liegenbleiben.«

»Dreh mir nicht das Wort im Mund um«, antwortete Brian

wütend. »Sein Vater hat unsere Mutter ermordet und unser Leben zerstört. Jetzt gibt es eine weitere Tote, vielleicht sogar zwei. Und du erwartest von uns, dass wir ihm auf die Schulter klopfen und ihm vergeben? Das kann nicht dein Ernst sein.«

Zornig verließ er den Raum.

»Ich kümmere mich um ihn.« Einen Augenblick blieb Lexy vor Nathan stehen und betrachtete ihn aus ihren rotgeweinten Augen. »Er ist der Älteste von uns, und vielleicht hat er sie am meisten von uns allen geliebt. Aber er täuscht sich, Nathan. Es gibt nichts, was wir dir vergeben müssten. Du bist auch nur ein Opfer, so wie wir alle.«

Bewundernd blickte Kate ihr nach. »Wer hätte gedacht, dass sie so sensibel ist.« Dann seufzte sie. »Wir brauchen etwas Zeit, Nathan.«

»Ich gehe mit dir«, begann Jo, doch Nathan schüttelte den Kopf.

»Nein, du bleibst hier bei deiner Familie. Wir alle brauchen Zeit.« Er drehte sich um und blickte Sam ins Gesicht. »Wenn Sie mir noch etwas sagen möchten …«

»Ich weiß, wo ich Sie finden kann.«

Mit einem kurzen Nicken verließ Nathan den Raum.

»Daddy …«

»Ich habe dir jetzt nichts zu sagen, Jo Ellen. Du bist eine erwachsene Frau, aber im Moment lebst du unter meinem Dach. Ich bitte dich, auf dein Zimmer zu gehen und mich allein zu lassen.«

»Ich weiß, was du fühlst, und ich weiß, wie weh es tut. Du brauchst Zeit, um es zu verarbeiten.« Sie wich seinem Blick nicht aus. »Aber ich werde sehr enttäuscht sein, wenn du nach dieser Zeit immer noch den Sohn für die Schuld des Vaters verantwortlich machst.«

Ohne zu antworten verließ Sam den Raum.

»Geh jetzt auf dein Zimmer, Jo.« Kate legte die Hand auf Jos Schulter. »Ich werde tun, was in meiner Macht steht.«

»Machst auch du ihn dafür verantwortlich, Kate?«

»Ich weiß im Augenblick nicht, was ich denken oder fühlen soll. Ich weiß, dass der Junge leidet, aber Sam leidet auch. Mein

Mitgefühl gilt zuerst ihm. Geh jetzt, und zwing mich nicht zu Antworten, die ich im Moment selbst noch nicht kenne.«

Kate fand Sam auf der Veranda, die Hände auf dem Geländer ruhend und in die Nacht starrend. Wolken waren aufgezogen; sie verdeckten den Mond und die Sterne. Ohne Licht zu machen, trat sie hinter ihn.

»Nun trauere ich wieder.« Seine Hände glitten rastlos über das Geländer. »Es ist nicht richtig, dass ich noch einmal um sie trauern muss.«

»Nein, das ist es nicht.«

»Ist es ein Trost, dass sie die Kinder und mich nicht verlassen hat? Dass sie nicht einfach weggelaufen ist und uns vergessen hat? Wie kann ich all die hässlichen Gedanken zurücknehmen, all die Nächte, in denen ich sie als egoistisch und herzlos verflucht habe?«

»Diese Gedanken sind nicht deine Schuld, Sam. Du hast geglaubt, was auf der Hand lag. Eine Lüge zu glauben setzt dich nicht ins Unrecht. Die Lüge ist unrecht.«

Er richtete sich auf. »Wenn du mir gefolgt bist, um den Jungen zu verteidigen, kannst du gleich wieder reingehen.«

»Nein, deshalb bin ich nicht hier. Aber Tatsache ist, dass sich Nathan in seinem Vater ebenso getäuscht hat wie du in Belle. Nun habt ihr beide erfahren, dass ihr euch in jemandem geirrt habt, doch er ist derjenige, der damit zurechtkommen muss, dass sein Vater sich als egoistisch und herzlos entpuppt hat.«

»Geh wieder ins Haus.«

»In Ordnung, du dickköpfiger, trotziger Esel. Bleib ruhig allein hier draußen stehen und zerfließe vor Selbstmitleid.« Entschlossen wandte sich Kate zum Gehen – und fuhr zusammen, als Sam nach ihrer Hand griff.

»Geh nicht.« Die Worte brannten wie Tränen in seiner Kehle. »Bitte nicht.«

»Wann bin ich jemals gegangen?«, seufzte sie. »Sam, ich weiß nicht, wie ich dir, wie ich den Kindern helfen soll. Es bricht mir das Herz, wenn ich euch leiden sehe und nicht weiß, was ich dagegen tun soll.«

»Ich kann nicht mehr so um sie trauern, wie ich es sollte,

Kate. Zwanzig Jahre sind eine lange Zeit, und ich bin nicht mehr derselbe wie damals, als ich sie verlor.«

»Du hast sie geliebt.«

»Ich habe sie immer geliebt, sogar als ich sie verfluchte. Du weißt doch, wie sie war, Kate. Eine herrliche Frau.«

»Ja, ich habe sie immer darum beneidet, wie sie durch ihre bloße Anwesenheit jeden um sie herum zum Strahlen brachte.«

»Aber auch ein sanftes Licht hat seinen Reiz.« Er betrachtete ihre ineinander verschlungenen Hände. »Du warst immer für uns da«, fuhr er vorsichtig fort. »Sie wäre sehr dankbar für alles gewesen, was du für mich und die Kinder getan hast. Ich hätte dir früher sagen sollen, wie dankbar ich bin.«

»Zuerst habe ich es ihr zuliebe getan, und dann mir zuliebe. Sam, ich glaube nicht, dass Belle gewollt hätte, dass du von neuem um sie trauerst. Sie hat niemals einen Groll gehegt. Und sie hätte einen zehnjährigen Jungen nicht für die Tat seines Vaters verantwortlich gemacht.«

»Ich bin so hin- und hergerissen, Kate. Ich kann mich noch daran erinnern, dass sich David Delaney damals an der Suche nach Belle beteiligt hat.« Er schloss die Augen, um die aufsteigende Wut zu unterdrücken. »Der Hurensohn hat zusammen mit mir die ganze Insel durchkämmt. Seine Frau hat sich an diesem Tag um unsere Kinder gekümmert. Und ich war ihm dankbar dafür. Gott vergib mir. Ich war diesem Mann dankbar.«

»Er hat dich getäuscht«, sagte sie ruhig. »Er hat seine eigene Familie getäuscht.«

»Und jetzt, wo ich weiß, was er getan hat, kann ich ihn nicht mehr dafür bezahlen lassen.«

»Möchtest du seinen Sohn dafür büßen lassen?«

»Ich weiß es nicht.«

»Sam, was ist, wenn er recht hat? Was ist, wenn jemand Jo dasselbe antun will wie damals Annabelle? Wir müssen alles tun, um sie zu schützen, um das zu verhindern. Und wenn ich etwas weiß, dann dass Nathan Delaney sich einem fahrenden Zug in den Weg stellen würde, um sie zu schützen.«

»Diesmal weiß ich selbst, was zu tun ist. Diesmal bin ich vorbereitet.«

Der Waldrand bot in der mondfinsteren Nacht ausgezeichneten Schutz. Und doch hatte er der Versuchung nicht widerstehen können, ein wenig näher heranzukriechen. Noch immer schluckte die Dunkelheit seine Bewegungen.

Es war ein aufregendes, prickelndes Gefühl, dem Haus so nah zu sein, die Worte des alten Mannes so deutlich zu hören. Jetzt wussten sie Bescheid, und dieser Gedanke erregte ihn noch mehr. Sie dachten, sie wüssten alles. Sie dachten, sie verstünden. Und mit diesem Wissen wiegten sie sich in Sicherheit.

Aber sie täuschten sich.

Er strich über den Revolver, der im Schaft seines Stiefels steckte. Wenn er wollte, konnte er ihn auf der Stelle ziehen und die beiden abknallen. Dann waren die beiden Frauen allein im Haus, denn Brian war kurz zuvor wutentbrannt und in halsbrecherischem Tempo weggefahren.

Er konnte nicht nur eine, sondern beide Töchter von Annabelle haben – nacheinander oder gleichzeitig. Eine nette *ménage à trois.*

Aber es passte nicht in seinen Plan. Und der Plan hatte bisher so gut funktioniert. Er würde Disziplin beweisen und schrittweise vorgehen. Wenn er die Erfahrung mit Annabelle kopieren wollte, musste er sich noch eine Weile gedulden.

Er verschwand wieder zwischen den Bäumen und ergötzte sich noch eine Stunde am Anblick von Jos erleuchtetem Fenster.

29

Allein joggte Kirby den Strand entlang. Im Osten färbte die aufgehende Sonne den Himmel blutrot. Wenn die alte Regel stimmt, dachte sie, nehmen sich die Seeleute besser in Acht. Aber Kirby selbst genoss den wunderschönen Morgen mit dem lodernden Sonnenaufgang und dem frischen Wind.

Vielleicht schlug Carla doch noch zu. Das konnte spannend werden und Brian eine Zeitlang von seinen Sorgen ablenken.

Wenn sie nur die richtigen Worte für ihn finden könnte. Aber in der Nacht zuvor, als er in ihr Haus gestürmt kam, hatte sie ihm nur zuhören können, wie sie Jo zugehört hatte. Doch als sie ihn trösten wollte, so behutsam wie sie Jo getröstet hatte, hatte er ihre Worte zurückgewiesen. Also hatte sie ihm stattdessen die Leidenschaft gegeben, die er wollte und die seinen Kummer wenigstens für den Augenblick betäubte.

Sie hatte ihn nicht überreden können, bis zum Morgen zu bleiben. Vor Sonnenaufgang war er aufgestanden und verschwunden. Aber er hatte sie an sich gezogen und umarmt. Und sie wusste, dass er gestärkt und getröstet nach Sanctuary zurückgekehrt war.

Jetzt wollte sie einen klaren Kopf bekommen. Wenn der Mann, den sie liebte, Sorgen hatte, dann waren es auch ihre Sorgen. Und sie war fest entschlossen, alles zu tun, um ihm zu helfen.

Dann sah sie Nathan; er stand am Strand, dort wo die gewaltigen Brecher ausrollten. Loyalität kämpfte mit Vernunft, als sie langsamer wurde. Doch am Ende siegte ihr Wille zu helfen, Wunden zu heilen. Sie konnte niemanden leiden sehen.

»Was für ein Morgen.« Sie musste ihre Stimme heben, um die herandonnernden Wellen und den stürmischen Wind zu übertönen. Leicht schnaufend kam sie neben ihm zum Stehen. »Na, entspricht der Urlaub Ihren Erwartungen?«

Er musste lachen. »O ja. Das ist der Urlaub meines Lebens.«

»Sie brauchen einen Kaffee. Er ist zwar alles andere als gesund, aber manchmal wirkt er Wunder.«

»Ist das eine Einladung?«

»Richtig.«

»Vielen Dank, Kirby, aber wir wissen beide, dass ich Persona non grata bin. Brian würde es nicht gefallen, wenn Sie einen Kaffee mit mir trinken. Und ich kann's ihm nicht mal verübeln.«

»Ich entscheide für mich selbst und mache mir gern mein eigenes Bild. Deshalb ist er verrückt nach mir.« Sie legte die Hand auf seinen Arm. Nein, sie konnte niemanden leiden sehen. Selbst die Luft um Nathan herum war von Schmerz erfüllt. »Kommen Sie mit. Betrachten Sie mich einfach als die Inselärztin und schütten Sie mir Ihr Herz aus.« Sie lächelte ihn an. »Wenn Sie wollen, stelle ich Ihnen auch eine Beratung in Rechnung.«

»Das hört sich gut an.« Er atmete tief durch. »Ein Kaffee würde mir tatsächlich guttun. Und ein offenes Ohr.«

»Und ich habe beides. Kommen Sie.« Sie hakte sich bei ihm ein und führte ihn vom Strand weg. »Die Hathaways haben's Ihnen also nicht leicht gemacht.«

»Ach, ich weiß nicht, sie waren noch recht gnädig. Die Gastfreundschaft der Südstaaten, Sie wissen schon. Ich sage Ihnen, mein Vater hat eure Mutter vergewaltigt und ermordet. Zum Teufel, keiner hat auch nur versucht, mich zu lynchen.«

»Nathan.« Sie blieb vor ihrer Veranda stehen. »Was sich ereignet hat, ist eine schreckliche Tragödie. Aber niemand wird Sie mehr dafür verantwortlich machen, wenn er erst mal Zeit hatte, darüber nachzudenken.«

»Jo tut's nicht. Und sie ist die Verletzlichste von allen.«

»Sie liebt Sie.«

»Lexy tut's auch nicht«, murmelte er. »Sie hat mir in die Augen gesehen und gesagt, dass ich nichts dafür kann.«

»Lexy ist es gewohnt, Masken und Vorwände zu benutzen. Vielleicht erkennt sie deshalb schneller als die meisten den Kern einer Sache.« Kirby öffnete die Tür. »Nichts von dem, was geschehen ist oder gerade geschieht, ist Ihre Schuld.«

»Vom Verstand her ist mir das klar, und ich bin kurz davor, mich gefühlsmäßig davon zu überzeugen – ich will es, weil ich Jo will. Aber es ist noch nicht vorbei, Kirby. Mindestens noch eine Frau ist ermordet worden, also ist es noch nicht vorbei.«

Sie nickte und hielt die Tür für ihn auf. »Ja, auch darüber werden wir sprechen.«

Carla suchte die Südostküste Floridas heim, gab Key Biscayne einen schnellen, wilden Kuss und zog dann in Richtung Norden ab. Auf ihre kapriziöse Weise tanzte sie einen Tango mit Fort Lauderdale, warf Wohnmobile durch die Luft und ließ einige Tote zurück. Aber sie schien nicht bleiben zu wollen.

Ihr Auge war kalt und weit, ihr Atem schnell und gierig. Seit ihrer Geburt über dem warmen Wasser der Karibik war sie stärker geworden.

Wie eine rachsüchtige Hure fegte sie zurück aufs Meer und stieß auf ihrem Weg ihre spitzen Absätze in die kleinen Inseln unter sich.

Lexy kam in das Zimmer gestürzt, in dem Jo gerade die Tagesdecke über dem frisch gemachten Bett glattstrich. Das warme Sonnenlicht strömte durch die weit geöffnete Balkontür in den Raum und beleuchtete gnadenlos die tiefen Ringe unter Jos Augen, die eine schlaflose Nacht verrieten.

»Carla hat gerade St. Simons erreicht«, sagte Lexy atemlos.

»St. Simons? Ich dachte, sie würde nach Westen ziehen.«

»Sie hat sich's anders überlegt. Sie rast nach Norden, Jo. In den letzten Nachrichten hieß es, dass sie weder an Stärke noch an Geschwindigkeit verliert und dass ihre ersten Ausläufer noch vor Einbruch der Dunkelheit hier ankommen werden.«

»Wie stark ist sie?«

»Sie hat inzwischen Kategorie drei erreicht.«

»Das bedeutet Windgeschwindigkeiten von mehr als hundert Meilen pro Stunde. Wir müssen das Haus sichern.«

»Wir werden die Touristen evakuieren, bevor der Seegang so stark ist, dass der Fährbetrieb eingestellt wird. Kate bittet dich, dass du ihr unten beim Auschecken hilfst. Ich helfe Giff beim Verbarrikadieren der Fenster.«

»Gut, ich bin gleich unten.«

»Daddy hängt vor dem Radio und verfolgt die Sturmmeldungen, und Brian ist zum Hafen gefahren und sorgt dafür, dass das Boot aufgetankt und startklar ist, falls auch wir die Insel verlassen müssen.«

»Daddy verlässt die Insel ganz sicher nicht. Er bleibt hier, und wenn er sich an einem Baumstamm festbinden muss.«

»Aber du kommst mit.« Lexy trat an ihre Schwester heran. »Ich habe eben in deinem Zimmer die gepackten Koffer stehen gesehen.«

»Ich habe keinen Grund, noch länger hierzubleiben.«

»Das ist falsch, Jo. Wir müssen gemeinsam einen Weg finden, diese Geschichte zu regeln. Und wir müssen Mama begraben.«

»Himmel, Lexy.« Jo schlug entsetzt die Hände vors Gesicht.

»Ich spreche nicht von ihrem Körper. Aber wir müssen auf dem Friedhof einen Stein aufstellen, und wir müssen uns von ihr verabschieden. Sie hat uns geliebt. Solange ich lebe, habe ich das Gegenteil geglaubt und mir selbst die Schuld dafür gegeben.«

Als Lexys Stimme brach, ließ Jo die Hände sinken. »Aber wie konntest du nur so etwas denken?«

»Ich bin die Jüngste. Ich hab geglaubt, sie hätte kein Kind mehr gewollt, ich sei unerwünscht gewesen. Und so hab ich mein halbes Leben damit verbracht, Menschen zu zwingen, mich zu lieben, mich zu begehren. Ich hab mich in das verwandelt, von dem ich glaubte, dass es ihnen gefiel. Mal war ich dumm, mal war ich klug. Mal war ich hilflos, mal war ich gewitzt. Und ich hab immer darauf geachtet, dass ich als Erste wegging.«

Behutsam schloss sie die Balkontür. »Ich hab eine Menge scheußlicher Sachen getan«, fuhr sie fort. »Und ich werde wohl auch nicht so bald damit aufhören. Aber jetzt, wo ich die Wahrheit kenne, hat sich in mir etwas verändert. Ich muss mich von ihr verabschieden. Wir alle sollten das tun.«

»Ich schäme mich, dass ich nicht selbst daran gedacht habe«, murmelte Jo. »Falls ich abreise, bevor alles Notwendige arrangiert ist, komme ich noch mal wieder. Versprochen.« Sie bückte sich nach der schmutzigen Bettwäsche, die sie abgezogen hatte. »Trotz allem bin ich froh, dass ich hierhergekommen bin. Ich bin froh, dass sich die Dinge zwischen uns geklärt haben.«

»Ich auch«, antwortete Lexy lächelnd. »Vielleicht kannst du mir ja Abzüge von den Fotos schicken, auf denen ich drauf bin, oder noch ein paar mehr von mir schießen. Ich könnte sie gut für meine Mappe gebrauchen. Die Castingleute werden ganz schön Augen machen, wenn sie Bilder sehen, die von einer der besten Fotografinnen des Landes aufgenommen wurden.«

»Wenn Carla fort ist, machen wir Fotos, bei deren Anblick es die Herren in New York von ihren Stühlen haut.«

»Wirklich? Toll!« Sie warf einen wütenden Blick aus dem Fenster. »Verdammter Hurrikan. Vielleicht können wir die Fotos ja drüben in Savannah schießen. Wir könnten für ein paar Tage ein Studio anmieten und …«

»Lexy.«

»Ach, schon gut.« Lexy hob die Hände. »Aber dieser Gedanke macht mehr Spaß als die Vorstellung, Sanctuary mit Brettern zu vernageln. Ich will auf den Fotos richtig sexy aussehen. Wir könnten vielleicht eine Windmaschine besorgen und …«

»Lexy«, wiederholte Jo mit einem unterdrückten Lachen.

»Ich geh schon, ich geh schon. Ich hab da ein irres Nachthemd«, murmelte sie, während sie zur Tür schlenderte, »und vielleicht leiht mir Kate Grandma Pendletons Perlen.«

Jo lachte wieder, während Lexys Gemurmel langsam verhallte. Sorgfältig bündelte sie die Bettwäsche und trug sie hinaus zum Rollwagen. Durch den Spalt einer Tür sah sie, dass das Pärchen aus Toronto bereits packte. Die anderen Gäste vermutlich auch.

Als Jo nach unten kam, sah sie ihre Befürchtungen bestätigt. Vor der Haustür türmte sich Gepäck, und im Salon drängten sich Gäste, die angstvoll zum Himmel hinaufstarrten.

Kate saß hinter dem Tresen, inmitten eines Chaos aus Papieren und Formularen und besorgten Anfragen. Ihr freundliches Lächeln wirkte etwas mitgenommen, als sie aufblickte.

Sie warf Jo einen entschuldigenden, leicht verzweifelten Blick zu. »Mr. und Mrs. Littleton, vor dem Haus wartet der Wagen. Mr. und Mrs. Parker. Miss Houston. Ja, ja, ich komme gleich. Wenn sich die übrigen Gäste bitte gedulden mögen, meine Nichte kümmert sich sofort um Sie.«

Kate quetschte sich durch die Menge und ergriff Jos Arm. »Raus hier. Man könnte meinen, es stünde ein Atomangriff bevor.«

»Die meisten haben wohl noch keinen Hurrikan erlebt.«

»Deshalb bin ich auch froh, dass sie bald fort sind. Mein Gott, diese Insel hat schon Stürme überstanden und wird auch noch einige überstehen …«

Auf der Suche nach einem ruhigen Plätzchen schleppte Kate Jo in die Toiletten im Foyer. Mit einem erleichterten Seufzer schloss sie die Tür hinter sich. »Wenigstens zwei Minuten Ruhe. Tut mir leid, dass ich dich in diesem Chaos allein lasse.«

»Schon in Ordnung. Ich kann die nächste Gruppe im Jeep zum Hafen bringen.«

»Nein«, erwiderte Kate scharf, bevor sie sich über das Waschbecken beugte und sich kaltes Wasser ins Gesicht spritzte. »Du wirst das Haus nicht verlassen, ohne dass einer von uns bei dir ist. Ich will mir nicht auch noch um dich Sorgen machen.«

»Aber ich kann doch die Türen des Wagens verriegeln.«

»Nein. Und ich bin nicht gewillt, noch weiter über dieses Thema zu diskutieren. Dafür fehlt uns wirklich die Zeit. Du kümmerst dich um die Gäste im Haus, während ich mich hinters Steuer klemme und die Leute aus den Cottages aufsammle. Brian ist schon unterwegs zum Campingplatz. Bald wird er mit einem weiteren Schwung Leute zum Auschecken ankommen.«

»Okay, Kate, wie du meinst.«

»Dein Vater hat das Radio runter in die Küche gebracht.« Sie fasste Jo an beiden Armen. »Er ist in Rufweite. Du gehst kein Risiko ein, verstehst du mich?«

»Ich verstehe. Ich muss noch Nathan anrufen.«

»Das habe ich schon versucht. Er hat nicht abgenommen. Ich

fahre bei ihm vorbei, bevor ich die nächsten Gäste ins Haupthaus bringe. Mir ginge es besser, wenn er auch schon hier wäre.« Kate atmete tief durch, straffte die Schultern und öffnete die Tür.

Jo warf einen Blick in Richtung Salon, aus dem noch immer ein Stimmengewirr drang. »Beeil dich bitte«, sagte sie und zwang sich zu einem Lächeln, während sie sich ins Getümmel stürzte.

Draußen wuchtete Giff eine Spanplatte vor das große Fenster des Speisesaals, und Lexy, die zu seinen Füßen kniete, hämmerte geschickt den ersten Nagel ins Holz. Sie plapperte ohne Pause, aber Giff hörte nur jedes dritte Wort. Der Wind war etwas abgeflaut, und der Himmel färbte sich allmählich schwefelgelb.

Der Hurrikan kommt, dachte er, und zwar schneller als erwartet. Seine Familie hatte ihr Haus bereits sturmfest gemacht und würde in Sicherheit sein.

»Hat irgendjemand Nathan angerufen?«

»Keine Ahnung.« Lexy schlug den nächsten Nagel ins Holz. »Daddy würde ohnehin nicht zulassen, dass er uns hilft.«

»Dein Vater ist nicht dumm, Lexy. Er will sein Haus in Sicherheit wissen. Und er hatte eine Nacht Zeit nachzudenken.«

»Er ist so stur wie sechs Mulis mit Verstopfung, und Brian steht ihm da in nichts nach. Es gibt Leute, die die Urenkel von diesem Mistkerl Sherman dafür verantwortlich machen, dass er Atlanta in Schutt und Asche gelegt hat.«

»Die gibt es sicher.« Giff hob die nächste Spanplatte an.

»Diese Leute haben einfach kein Hirn im Kopf.« Entschlossen holte Lexy aus und trieb einen weiteren Nagel ins Holz. »Und es ist eine schreckliche Vorstellung, dass mein eigener Vater und mein leibhaftiger Bruder zu dieser Gattung gehören. Außerdem sind sie blind, denn eine Achtzigjährige erkennt ohne Brille, wie sehr Nathan Jo Ellen liebt. Und es ist nicht richtig, dass die beiden sich deshalb schuldig fühlen sollten.«

Sie richtete ihren Oberkörper auf und blies sich eine Haarsträhne aus dem Gesicht. Dann sah sie ihn stirnrunzelnd an.

»Warum grinst du so? Sehe ich nach dem bisschen Arbeit schon so schrecklich aus?«

»Du bist das Schönste, was ich jemals gesehen habe, Alexa Hathaway. Und du überraschst mich immer wieder aufs neue, auch wenn ich dich schon in- und auswendig kenne.«

»Was du nicht sagst, Süßer.« Lexy legte den Kopf schief.

Giff schob die Hand in die Hosentasche und kramte nach dem kleinen Kästchen, das er eingesteckt hatte. »Ich habe mir den Augenblick zwar etwas anders vorgestellt, aber ich glaube, ich habe dich nie mehr geliebt als jetzt in dieser Sekunde.«

Er förderte das Kästchen zutage, öffnete es und beobachtete, wie sich ihre Augen weiteten, als sie den kleinen, in Gold gefassten Diamanten im Sonnenlicht funkeln sah.

»Heirate mich, Alexa.«

Ihr Herz hämmerte gegen die Rippen, und ihr Blick verschleierte sich. Sie schlug die Hand vor den Mund.

»Oh, wie kannst du nur! Wie kannst du nur alles kaputtmachen?« Wütend schlug sie den Hammer gegen das Holz.

»Wie hab ich eben noch gesagt?«, murmelte er. »Du überraschst mich immer wieder. Willst du, dass ich dir den Antrag im Mondschein bei Kerzenlicht mache?«

»Nein, nein, nein.« Leise aufschluchzend ließ sie den Hammer abermals auf das Holz niedersausen. »Steck den Ring wieder ein. Du weißt genau, dass ich dich nicht heiraten kann.«

Giff stemmte die Hände in die Hüften. »Nein, weiß ich nicht. Vielleicht kannst du's mir ja erklären.«

Wütend sah sie ihm ins Gesicht. »Du weißt genau, dass ich ja sagen werde, wenn du oft genug fragst, weil ich dich so liebe. Aber dann muss ich auf dieser verdammten Insel bleiben, dann werde ich nie wieder nach New York gehen und Theater spielen. Und in ein paar Jahren werde ich dich hassen und bereuen, dass ich dich geheiratet habe. Mein ganzes Leben lang werde ich mir vorwerfen, dass ich es nicht noch mal versucht habe.«

»Wie kommst du denn auf die Idee, ich würde erwarten, dass du meinetwegen das Theater und New York aufgibst?«

Verwirrt wischte sie sich die Tränen von den Wangen. »Ich verstehe dich nicht. Was meinst du?«

»Ich meine, dass ich auch Pläne und Ideen habe. Ich habe nicht vor, mein Leben lang auf Desire den Hammer zu schwingen.«

Er nahm seine Baseballkappe ab, wischte sich mit dem Unterarm den Schweiß von der Stirn, und schob sich die Kappe wieder in den Nacken. »In New York wird eine Menge gebaut, oder? Und auch in New York muss immer etwas repariert werden.«

Langsam ließ sie die Hände sinken und sah ihm in die Augen. »Du meinst also, dass du nach New York gehen wirst. Dass du in New York leben willst. Meinetwegen.«

»Nein, das habe ich nicht gesagt.« Ungeduldig ließ er den Deckel des Kästchens zuschnappen und schob es zurück in die Hosentasche. »Wenn ich es nur deinetwegen täte, ginge es mir nicht anders als dir hier auf der Insel. Ich will damit sagen, dass es für uns beide gut ist, wenn wir nach New York gehen. Und von dem Geld, das ich zurückgelegt habe, könnten wir sogar eine Weile leben. Ich muss schließlich noch mal die Schulbank drücken, wenn ich in Nathans Firma ein Chance bekommen will.«

»In Nathans Firma? Du willst in New York studieren?«

»Ich hab Lust, die Stadt kennenzulernen. Und dich auf der Bühne zu sehen – im Rampenlicht.«

»Vielleicht komme ich aber nie dorthin.«

»Ich bin sicher, dass du es schaffst«, antwortete er mit glänzenden Augen. »Ich habe noch niemanden gesehen, der mehr Rollen spielen kann als du. Ich glaube ganz fest an dich, Lexy.«

Weinend vor Freude fiel sie ihm in die Arme. »Oh, Giff, womit habe ich dich bloß verdient?« Sie nahm sein Gesicht zwischen ihre Hände. »Du bist absolut perfekt für mich.«

»Dafür habe ich auch lange genug geübt.«

»Wir werden es schaffen, ganz bestimmt. Und ich werde solange bedienen, bis du mit der Ausbildung fertig bist oder ich meinen Durchbruch geschafft habe. Ganz egal, was kommt. Schnell, schnell, steck ihn mir an.« Sie streckte ihm die Hand entgegen. »Ich kann's kaum erwarten.«

»Irgendwann schenke ich dir noch einen größeren.«

»Brauchst du nicht.« Als er ihr den Ring an den Finger steckte, sich zu ihr hinunterbeugte und sie küsste, überlief sie ein Schaudern. »Du kannst mir gern alle Juwelen der Welt kaufen, wenn wir reich sind. Und ich gebe zu, dass ich eines Tages wirklich reich sein will, Giff, aber dieser Ring ...« Sie hob die Hand und hielt den kleinen Stein ins Licht, sodass er nur so funkelte. »Er ist einfach perfekt.«

Nach zwei Stunden hämmerte Jos Kopf, und vor ihren Augen verschwamm alles. Kate hatte inzwischen zwei weitere Fuhren Gäste von den Cottages abgeholt, im Haupthaus abgesetzt und dann runter zur Anlegestelle gefahren. Brian hatte ein Dutzend Camper abgeladen und war gleich wieder aufgebrochen, um die nächsten aufzusammeln. Von Nathan wusste sie nur, dass er dabei half, die Cottages in der Nähe des Strandes sturmfest zu machen.

Im Augenblick war das Haus leer; nur das monotone Klopfen des Hammers war noch zu hören. Aber es konnte nicht mehr lange dauern, bis Kate mit der letzten Ladung Gäste aus den Cottages ankam. Die nach Süden und Osten gerichteten Fenster waren bereits vernagelt, und das Innere des Hauses lag im Halbdunkel.

Als sie die Haustür öffnete, fuhr ihr eine Windböe entgegen. Die kühle Luft traf sie nach der Schwüle, die im Haus herrschte, wie ein Schlag. Im Süden war der Himmel schwarz. Sie sah Blitze zucken, hörte aber keinen Donner.

Sie war gespannt auf die nächste Wettermeldung und beschloss, vorsichtshalber ihre Negative und die Abzüge aus der Dunkelkammer zu holen und in Kates Safe im Büro zu verwahren.

Da ihr nicht nach einem Zusammentreffen mit ihrem Vater zumute war, nahm sie die Haupttreppe und warf automatisch einen kurzen Blick in alle Zimmer, um sicherzugehen, dass keiner der Gäste in der Eile etwas vergessen hatte. Sie löschte die Lichter und ging mit schnellen Schritten hinüber zum Privattrakt. Das Hämmern war jetzt lauter, und das nahe Geräusch beruhigte sie. Wir igeln uns ein, dachte sie. Wenn Carla Sanctuary heimsuchen wollte, würde das Haus standhalten wie zuvor.

Als sie an Kates Büro vorbeiging, hörte sie von draußen gedämpfte Stimmen, und im gleichen Augenblick schob sich ein Stück Spanholz vor das Fenster. Entweder war Brian zurück, oder ihr Vater ging Giff zur Hand, entschied sie.

Sie machte Licht in der Dunkelkammer und schaltete das Radio an.

»Hurrikan Carla ist zur Klasse drei hochgestuft worden und wird die der Küste von Georgia vorgelagerte Insel Little Desire vermutlich gegen neunzehn Uhr erreichen. Die Touristen wurden bereits von der Insel evakuiert, und auch die Bewohner sind aufgefordert, sie so schnell wie möglich zu verlassen. Es werden Windgeschwindigkeiten von bis zu einhundertzwanzig Meilen pro Stunde erwartet, und die ersten Sturmausläufer werden mit der Flut eintreffen.«

Jo fuhr sich durchs Haar; ihr anfänglicher Optimismus schwand. Sie wusste, dass es kaum schlimmer kommen konnte. Cottages würden entweder dem Sturm oder den Wellen zum Opfer fallen. Die Zeit läuft, dachte sie mit einem Blick auf die Uhr. Sie musste Nathan und Kirby finden, und auch wenn es ihrem Vater nicht passte – er und die ganze Familie mussten schnellstens die Insel verlassen.

Hastig riss sie eine Schublade auf. Die Abzüge konnte sie hierlassen, aber nicht die Negative. Als sie die Hand danach ausstreckte, gefror ihr das Blut in den Adern.

Auf ihren säuberlich geordneten Negativen lag ein Stapel Abzüge. In ihrem Kopf drehte es sich, ihre Haut war feucht, als sie das Gesicht ihrer Mutter erblickte. Es war das Foto, das sie schon einmal gesehen hatte, in einer anderen Dunkelkammer – in einem anderen Leben, so kam es ihr beinahe vor. Durch das Dröhnen in ihrem Kopf hindurch hörte sie sich leise aufstöhnen, als sie nach dem Foto griff.

Es war Wirklichkeit. Sie spürte das glatte Papier zwischen ihren Fingern. Ihr Atem ging flach, als sie den Abzug umdrehte und die sauber geschriebenen Worte las.

TOD EINES ENGELS

Sie zuckte kurz zusammen, zwang sich dann aber, den Blick auf das nächste Foto zu richten. Eine Welle der Trauer überkam sie. Die Pose war fast identisch, als ob der Fotograf Wert darauf gelegt hätte, alles genauso zu arrangieren. Aber es war Ginny. Ihr lebhaftes, freundliches Gesicht war stumpf, ihr Blick leer.

»Es tut mir leid«, flüsterte Jo und drückte den Abzug an ihre Brust. »Es tut mir so leid.«

Das dritte Foto war mit Sicherheit eines von Susan Peters.

Jo schloss die Augen, versuchte, die aufsteigende Übelkeit zu unterdrücken. Ihre Knie gaben nach.

Das Foto zeigte sie selbst. Ihre Augen waren sanft geschlossen, ihr nackter Körper leuchtete bleich. Sie stieß einige würgende Geräusche aus, während ihr das Foto aus der Hand glitt und sie einen Schritt nach hinten trat.

Sie tastete hinter ihrem Rücken nach der Türklinke. Sie stieß an den Tisch, das Radio fiel herab, und abgehackte Musikfetzen ertönten. Am liebsten hätte sie geschrien.

»Nein.« Sie ballte die Hände zu Fäusten, grub die Fingernägel in ihre Handballen, bis sie den Schmerz spürte. »Nein, ich werde es nicht zulassen. Ich werde nicht daran glauben. Es wird nicht geschehen.«

Sie zwang sich mit aller Gewalt zur Ruhe, zählte ihre Atemzüge, bis der Schwindel verflog. Dann bückte sie sich entschlossen nach dem Foto.

Ja, es war ihr Gesicht. Eindeutig. Es war aufgenommen worden, bevor ihr Lexy die Haare geschnitten hatte, vor dem Lagerfeuer am Strand. Also vor ein paar Wochen, denn das Strandfest hatte zu Beginn des Sommers stattgefunden. Sie hielt das Foto näher an die Lampe und zwang sich, es objektiv und professionell zu betrachten.

Schon nach wenigen Sekunden war ihr Blick so klar, dass sie bemerkte, dass zwar das Gesicht ihres war, aber nicht der Körper. Die Brüste waren zu voll, die Hüften zu weiblich. Sie legte das Foto neben das von Annabelle und erkannte, dass man ihren Kopf auf den Körper ihrer Mutter montiert hatte. Man hat uns zu einer Person gemacht, dachte sie.

Das war es also, was er wollte.

Brian lenkte den Jeep über den Versorgungsweg des Camping-platzes. Auf einigen Parzellen hatten die Camper ein wildes Durcheinander hinterlassen, aber nach dem Sturm würde das auch keinen Unterschied mehr machen. Der Wind fegte bereits scharf wie eine Rasierklinge zwischen den Bäumen hindurch. Als eine Bö den Jeep erfasste, packte Brian das Lenkrad noch fester. Er rechnete damit, dass ihnen nicht mehr als eine Stunde für die letzten Arbeiten bleiben würde.

Er musste sich zwingen, nichts zu überstürzen. Nach seiner letzten Patrouille über den Campingplatz wollte er Kirby abho-len und sie nach Sanctuary bringen. Ihm wäre es zwar lieber gewesen, sie aufs Festland zu verfrachten, doch er wusste ge-nau, dass sie nie zugestimmt hätte. Wenn ein Inselbewohner blieb, würde sie ebenfalls bleiben, um sich um mögliche Verlet-zungen zu kümmern.

Sanctuary stand schon seit mehr als hundert Jahren an die-ser Stelle. Und auch dieses Unwetter würde es überleben.

Die Probleme lagen woanders. Der Sturm würde sie vom Festland abschneiden – keine Telefonverbindung mehr, kein Strom, keine Fähren. Nur noch das Radio. Er hatte den Genera-tor aufgetankt, damit sie wenigstens Notstrom hatten. Und er wusste, dass Kate immer genügend Trinkwasser in Flaschen im Haus hatte.

Im Geiste hakte Brian seine Checkliste ab. Als er sich über-zeugt hatte, dass niemand mehr auf dem Campingplatz war, wurde er ruhiger. Als plötzlich eine Gestalt aus dem Gebüsch auf die Straße trat, stieg Brian fluchend in die Bremsen.

»Sie Idiot!« Wütend sprang Brian aus dem Wagen. »Beinahe hätte ich Sie überfahren. Müssen Sie ausgerechnet mitten auf die Straße springen?«

»Ach ja?«, erwiderte er grinsend. »Gutes Timing, was?«

»Kann man wohl sagen.« Brian wies auf den Jeep. »Los, stei-gen Sie ein. Vielleicht kann ich Sie noch auf die letzte Fähre bringen, aber viel Zeit ist nicht mehr.«

»Nur keine Eile.« Immer noch grinsend zog der Mann die Hand hinter dem Rücken hervor und drückte ab.

Ein brennender Schmerz durchzuckte Brians Brust. Er taumelte zurück. Als er zu Boden fiel, sah er, wie ihn die Augen eines Freundes aus Kindertagen anlachten.

»Einer weniger.« Mit der Stiefelspitze drehte er Brians leblosen Oberkörper um. »War nett, dich wiederzusehen, alter Kumpel. Und danke für den Jeep.«

Als er in den Wagen sprang, warf er Brian einen letzten Blick zu. »Mach dir keine Sorgen. Ich bring ihn zurück nach Sanctuary. Früher oder später.«

Der Regen peitschte gegen die Fensterscheiben, als Kirby ihren Notfallkoffer packte. Gelassen versuchte sie, an alle Eventualitäten zu denken. Sie war zu dem Schluss gekommen, dass man die Verletzten am besten nach Sanctuary brachte, denn ihr eigenes Haus würde dem Sturm möglicherweise nicht standhalten.

Sie hob einen Karton an und wollte ihn gerade zu ihrem Auto schleppen, als die Tür aufflog. Sie brauchte einen Augenblick, um die Gestalt in dem gelben Regenmantel mit tief ins Gesicht gezogener Kapuze als Giff zu identifizieren.

»Hier.« Sie drückte ihm den Karton in die Hände. »Bring das in den Wagen, ich hole den nächsten.«

»Hab mir schon gedacht, dass du eine ganze Menge von dem Zeug mitnimmst. Beeil dich, das Biest kommt näher.«

»Ich hab schon fast alles beisammen.« Sie schlüpfte in ihren Ölmantel. »Wo ist Brian?«

»Hat noch eine Runde über den Campingplatz gedreht. Ist noch unterwegs.«

»Dann wird's aber höchste Zeit«, sagte sie. Besorgt holte sie den letzten Karton. Als sie auf die Veranda trat, fuhr ihr eine scharfe Bö entgegen, die sie zurück ins Haus drückte. Sie beugte den Oberkörper nach vorn und kämpfte sich mühsam voran.

»Ist dein Haus sicher?«, brüllte Giff gegen das Tosen der Brandung an, als er ihr den Karton aus dem Arm riss und in den Jeep warf.

»So gut es geht. Nathan hat mir heute Vormittag geholfen. Ist er schon wieder in Sanctuary?«

»Nein, hab ihn nicht gesehen.«

»Um Himmels willen.« Sie strich sich die triefenden Haarsträhnen aus dem Gesicht. »Wo stecken sie bloß? Lass uns bitte am Campingplatz vorbeifahren, Giff.«

»Wir haben nicht mehr viel Zeit, Kirby.«

»Trotzdem. Vielleicht ist Brian in Schwierigkeiten. Der Wind könnte schon die ersten Bäume entwurzelt haben. Wenn er vorhin nicht in Sanctuary war und du ihn auf dem Weg auch nicht getroffen hast, muss er noch drüben auf dem Campingplatz sein. Ich betrete Sanctuary erst, wenn ich weiß, wo er steckt.«

Er öffnete die Tür und schob sie in den Jeep. »Okay, du bist der Boss,« rief er.

»Verdammte Scheißkarre.« Nathan ließ wütend seine Hand auf das Lenkrad niedersausen. Er hatte seine wichtigsten Unterlagen und Geräte in den Jeep geladen, und jetzt wollte die Karre nicht anspringen. Sie machte sich noch nicht mal die Mühe, zu stottern oder zu spucken. Zornig stieg er aus, während der Regen ihm ins Gesicht peitschte. Fluchend öffnete er die Motorhaube. Ausgerechnet jetzt musste die Karre ihren Geist aufgeben. Aber er hatte keine Zeit mehr, nach der Ursache zu forschen.

Er musste zu Jo, und zwar sofort. Sonst war alles erledigt.

Er ließ die Motorhaube wieder herunterkrachen, verabschiedete sich im Geiste von seiner Ausrüstung und machte sich in Richtung Fluss auf den Weg. Erst nach einer Viertelmeile stromaufwärts würde er ihn überqueren können, und der Marsch durch den Wald nach Sanctuary war sicher kein Vergnügen.

Hinter ihm knackte und knarrte es im Gebüsch. Der Wind wütete im Geäst, und als Nathan sich zum Gehen wenden wollte, stieß ihn eine Bö fast spielerisch zurück. Über ihm zuckten die Blitze und tauchten den Himmel in loderndes Orange.

Der Wind brannte ihm in den Augen, ließ seine Sicht verschwimmen. Die Gestalt, die hinter einem Baum hervortrat, sah er erst, als er beinahe mit ihr zusammenstieß.

»Was, zum Teufel, machen Sie denn noch hier?« Es dauerte fast zehn Sekunden, bis er das Gesicht erkannte. »Kyle.« Entsetzen verdrängte den Schrecken. »Mein Gott, was hast du getan?«

»Hallo, Bruderherz.« Kyle streckte ihm die Hand entgegen, als würden sie sich beim Einkaufen treffen. Als Nathan den Blick senkte und seinen entgeisterten Blick auf die Hand seines Bruders richtete, stieß Kyle ihm den harten Kolben des Revolvers gegen die Schläfe.

»Noch einer weniger.« Diesmal warf er den Kopf zurück und lachte dröhnend. Der Sturm gab ihm Kraft. Seine Gewalt erregte ihn. »Hab's nicht fertiggebracht, meinen Bruder über den Haufen zu schießen, auch wenn er ein unverbesserliches Arschloch ist.« Er ging in die Hocke und flüsterte, als könne Nathan ihn noch hören. »Der Fluss wird über die Ufer treten, hörst du, Bäume werden umfallen. Was auch immer passiert, Bruderherz, es wird Schicksal sein.«

Er richtete sich wieder auf, ließ seinen Bruder in einer Pfütze aus Regen und Blut liegen und machte sich auf den Weg zu der Frau, von der er beschlossen hatte, dass sie ihm gehörte.

30

Der Regen prasselte auf die Windschutzscheibe des Jeeps, die Scheibenwischer hatten keine Chance. Die Straße löste sich unter den Reifen förmlich auf, und Giff musste um jeden Meter kämpfen.

»Wir fahren nach Sanctuary«, sagte er. »Brian weiß, dass es sinnlos ist, jetzt noch draußen zu sein, und ich weiß es auch.«

»Dann nimm die Westroute.« Sie betete, dass es nur der Sturm war, der ihr Herz rasen und ihre Glieder erstarren ließ. »Auf der wäre er auch gefahren. Dann sind wir zumindest sicher.«

»Die Südroute ist aber wesentlich schneller.«

»Bitte.«

Widerstrebend steuerte Giff den Wagen nach links. »Brian wird mir das Fell über die Ohren ziehen, weil ich dich länger als unbedingt notwendig durch dieses Unwetter kutschiere.«

»Der Umweg dauert doch nur fünf Minuten.« Sie beugte sich vor und versuchte, durch das Wasser auf der Frontscheibe etwas zu erkennen. »Was ist das? Da liegt irgendwas am Straßenrand.«

»Wahrscheinlich Kram, den ein Camper bei der Abreise verloren hat. Die Leute sind Hals über Kopf …«

»Stop!« Entschlossen griff Kirby ins Lenkrad, woraufhin der Jeep ins Schleudern geriet.

»Verdammt, willst du uns in den Graben steuern? Hey …« Er versuchte, nach ihrem Arm zu greifen, erwischte aber nur noch einen Zipfel ihres Ölmantels, während sie sich hinaus in den Wasserfall stürzte. »Verdammte Weiber.« Gegen eine Windbö ankämpfend, drückte er die Fahrertür auf. »Kirby, komm zurück, der Sturm pustet dich weg wie einen Strohhalm.«

»Hilf mir, Giff, verdammt! Es ist Brian!« Mit steifen Fingern riss sie sein blutiges Hemd auf. »Er ist angeschossen.«

»Wo bleiben sie bloß?« Während der Sturm das Haus umtoste, lief Lexy im Wohnzimmer auf und ab. »Wo stecken sie nur? Giff ist jetzt schon fast eine Stunde unterwegs, und Brian beinahe zwei.«

»Vielleicht sind sie irgendwo anders untergeschlüpft.« Kate bemühte sich, nicht in Panik zu geraten. »Möglicherweise war der Rückweg zu gefährlich, und sie sind irgendwo untergekrochen.«

»Giff hat gesagt, er kommt zurück. Er hat's mir versprochen.«

»Dann wird er auch kommen.« Kate faltete die Hände, um sie ruhig zu halten. »Sie tauchen bestimmt jeden Augenblick auf, und zwar durchnässt und müde. Komm, Lexy, lass uns Kaffee machen, bevor wir hier völlig apathisch werden.«

»Wie kannst du nur an Kaffeemachen denken, wenn ...« Sie unterbrach sich selbst, schloss kurz die Augen und nickte dann. »Du hast ja recht. Alles ist besser, als untätig herumzusitzen.«

»Lass uns was Warmes zum Essen vorbereiten, Kaffee aufbrühen und trockene Kleidung zurechtlegen.« Kate war schon wieder bei den praktischen Fragen des Lebens und nahm vorsichtshalber die Taschenlampe mit, als sie den Raum verließen.

Als die beiden verschwunden waren, erhob sich Jo. Ihr Vater stand in der gegenüberliegenden Ecke des Zimmers, hatte ihr den Rücken zugewandt und starrte auf die vernagelten Fenster, als wollte er mit seinen Blicken die Spanplatten durchbohren.

»Daddy, er war hier im Haus.«

»Was?«

»Er war im Haus.« Sam drehte sich langsam um. »Ich wollte es Kate und Lexy noch nicht sagen. Die beiden sind schon verstört genug. Ich hatte gehofft, dass sie noch die letzte Fähre aufs Festland erwischen, aber da Brian noch unterwegs ist ...«

Sams Magen begann zu brennen. »Bist du sicher?«

»Ja. Er ... er war in meiner Dunkelkammer. In den letzten beiden Tagen. Wann genau, weiß ich nicht.«

»Nathan Delaney hat sich im Haus aufgehalten.«

»Es ist nicht Nathan.«

Sams Blick blieb hart und starr. »Da bin ich mir nicht sicher.

Geh zu Kate und Lexy in die Küche und bleib dort. Ich mache einen Gang durchs Haus.«

»Ich komme mit.«

»Du tust, was ich dir sage. Geh in die Küche. Und keine von euch dreien wird ohne die beiden anderen den Raum verlassen.«

»Aber er hat's auf mich abgesehen. Wenn sie in meiner Nähe sind, schweben sie nur in noch größerer Gefahr.«

»Niemand wird euch in meinem Haus ein Haar krümmen.« Er packte sie am Arm, um sie notfalls gegen ihren Willen in die Küche zu schleppen. In diesem Augenblick flog die Eingangstür auf, und ein Schwall Regen und Wind fegte in die Halle.

»Nach oben, Giff, er muss nach oben.« Keuchend stützte Kirby mit all ihrer Kraft Brians Oberkörper, während Giff unter dem Gewicht ins Taumeln geriet. »Ich brauche das Material aus dem Wagen. Sofort«, befahl sie knapp in Sams und Jos Richtung. »Außerdem Laken, Handtücher und Licht. Schnell, er hat so viel Blut verloren.«

Kate kam durch die Halle angerannt. »Herr im Himmel, was ist passiert?«

»Er ist niedergeschossen worden.« Kirby bemühte sich, mit Giff Schritt zu halten, ohne den Blick von Brians Gesicht abzuwenden. »Funkt rüber aufs Festland und fragt, wie lange es dauert, einen Hubschrauber zu schicken. Er muss dringend ins Krankenhaus. Außerdem brauchen wir die Polizei. Schnell, bringt mir das Verbandsmaterial. Ich habe schon zu viel Zeit verloren.«

Ohne den Regenmantel überzustreifen, stürzte Sam hinaus in den Sturm. Der Wind raubte ihm die Sicht, bevor er den Jeep erreicht hatte; das Hämmern des Bluts in seinen Schläfen und das Tosen des Unwetters machten ihn taub. Er zerrte die erste Kiste aus dem Jeep, während hinter ihm Jo für die nächste bereitstand.

Sie schulterten die Kartons und kämpften sich Seite an Seite zurück ins Haus.

»Sie haben ihn in die Garden Suite getragen. Dort ist das nächstgelegene Bett.« Mit allen Kräften drückte Lexy hinter ihnen die Tür ins Schloss. »Sie sagt nicht, wie schlimm es ist. Sie sagt überhaupt nichts. Kate ist schon am Funkgerät.«

Jo umklammerte die Kiste, bis ihre Knöchel weiß hervortraten, und wuchtete sie die Treppe hoch.

Kirby hatte ihren blutverschmierten Ölmantel abgestreift und achtlos beiseitegeworfen. Sie hörte weder das Prasseln des Regens noch das Heulen des Windes. Sie hatte nur noch ein Ziel: Brian am Leben zu halten.

»Ich brauche mehr Kissen. Wir müssen Rumpf und Beine höher als den Kopf lagern. Er befindet sich im Schockzustand. Er braucht mehr Decken. Es ist ein glatter Durchschuss, ich habe die Austrittswunde gefunden.«

Sie presste Verbandspäckchen oben auf die Rückseite seiner rechten Schulter. Ihre Hände waren blutüberströmt. »Ich weiß nicht, welche inneren Verletzungen die Kugel verursacht hat. Aber am schlimmsten ist der Blutverlust. Sein Blutdruck ist sehr niedrig, der Puls schwach. Welche Blutgruppe hat er?«

»A negativ«, antwortete Sam. »Wie ich.«

»Dann müssen Sie ihm Blut spenden. Jemand muss es Ihnen abnehmen, aber ich habe nicht genug Hände.«

»Ich werde das machen«, schaltete sich die herbeieilende Kate ein. »Einen Hubschrauber können sie erst schicken, wenn der Sturm abgezogen ist. Im Augenblick liegt alles lahm.«

Sie war keine Chirurgin. Zum ersten Mal in ihrem Leben wünschte sich Kirby, sie hätte den Wunsch ihres Vaters erfüllt. Die Einschusswunde war kein Problem. Aber beim Austreten hatte die Kugel ein beinahe faustgroßes Loch in Brians Rücken gerissen. Sie spürte Panik in sich aufsteigen und schloss kurz die Augen.

»Okay, weiter. Wir müssen ihn stabilisieren. Giff, halte hier den Druck aufrecht, ja hier, und halte ihn fest. Auch wenn es durchblutet, nimmst du den Mull nicht weg. Nimm noch mehr. Drück mit der andern Hand weiter auf die Arterie. Achte drauf, dass du mit den Fingern flach und gleichmäßig drückst. Kate, hol meine Tasche. Darin findest du einen Gummischlauch. Daraus machen wir eine Aderpresse.«

Als sie die Schlinge knüpfte, wurde sie plötzlich wieder

ruhig. Sie hatte sich entschieden zu heilen, und genau das würde sie jetzt tun. Sie warf einen langen Blick in Brians wächsernes Gesicht. »Ich lass dich nicht gehen, hörst du?«

Als sie die Nadel unter seine Haut schob, wurde es dunkel im Haus.

Langsam glitt Nathan durch einen roten Nebel zurück zur Oberfläche. Instinktiv begriff er, dass er sie erreichen musste, auch wenn der Schmerz mit jedem Zentimeter, den er sich der dünnen, schimmernden Haut näherte, unerträglicher wurde. Er war bis aufs Mark durchgefroren und hatte das Gefühl, durch eiskaltes Wasser gezogen worden zu sein.

Er fühlte sich in einem dunklen, brutalen Alptraum gefangen. Der Wind heulte wie tausend Dämonen, und Wasser ergoss sich über ihn und drang in Mund und Nase ein, wenn er versuchte, Atem zu holen. Er rollte sich auf die Seite und rappelte sich auf Hände und Knie. Der anschwellende Fluss hatte ihn schon erreicht. Er versuchte, auf die Füße zu kommen, rutschte aber aus und verlor erneut das Bewusstsein. Der Schwall kalten Wassers, mit dem sein Gesicht beim Aufprall in Berührung kam, brachte ihn wieder zu sich.

Kyle. Es war Kyle gewesen. Zurück von den Toten. Dieser Kyle hatte keine braunen Haare mehr, sondern lange blonde, und seine Haut war nicht die blasse eines Städters, sondern dunkelbraun. Und in seinen Augen stand der blanke Wahnsinn.

»Jo Ellen.« Er stieß die Worte aus, während er versuchte, auf allen vieren dem ansteigenden Fluss zu entkommen. Er flüsterte den Namen wie ein Gebet, während er seine Finger in die Rinde eines Baumes grub, um wieder auf die Füße zu kommen. Und während er stolpernd und taumelnd in Richtung Sanctuary rannte, brüllte er ihn.

»Ich werde ihn nicht verlieren.« Kirbys Worte klangen nüchtern, während sie im Licht der Gaslaterne arbeitete. Nachdem sie mit aller Macht ihre Ängste und Zweifel vertrieben hatte, war ihr Kopf glasklar. »Bleib bei mir, Brian.«

»Du brauchst mehr Licht.« Giff strich Lexy übers Haar. »Wenn ihr hier ohne mich auskommt, versuche ich, den Generator anzuwerfen.«

»Wer immer das getan hat …« Lexy griff nach seiner Hand. »Er könnte überall sein.«

»Du bleibst hier.« Er führte ihre Hand an seine Lippen. »Vielleicht braucht dich Kirby.« Dann ging er zum Bett, beugte sich zu Brian hinunter, als wolle er ihm etwas zuflüstern, und murmelte nur für Sam hörbar: »Haben Sie eine Waffe im Haus?«

Sam wandte den Blick nicht von dem Gummischlauch ab, durch den sein Blut in den Körper seines Sohnes floss. »In meinem Zimmer, oben im Schrank, ist ein Metallkasten. Darin ist eine .38er und Munition.« Dann hob er kurz den Blick und musterte den Mann vor sich. »Ich verlasse mich darauf, dass du sie benutzt, wenn du sie brauchst.«

Giff antwortete mit einem kurzen Nicken und warf Lexy ein flüchtiges Lächeln zu. »Bin gleich wieder da.«

»Gibt es noch eine Laterne oder Kerzen?« Kirby hob Brians Lid. Seine Pupillen waren im Schockzustand riesig erweitert. »Wenn ich nicht die Wunde am Rücken verschließe, verliert er mehr Blut, als er bekommt.«

Kate eilte mit der Taschenlampe herbei und richtete den Lichtkegel auf das rohe Fleisch. »Lass ihn nicht gehen.« Nur mit Mühe konnte sie die Tränen zurückhalten. »Lass meinen Jungen nicht gehen.«

»Wir verlieren ihn nicht, Kate.« Sam ergriff die Hand, die sie zur Faust geballt hatte.

»Giff kommt offenbar nicht mit dem Generator klar«, sagte Jo mit gedämpfter Stimme. »Ich geh schnell runter und hole noch eine Taschenlampe.«

»Ich komme mit«, erbot sich Lexy.

»Nein, du bleibst hier. Vielleicht braucht Kirby deine Hilfe. Daddy kann nicht helfen, und Kate hält auch nicht mehr lange durch. Ich beeile mich.« Sie drückte die Schulter ihrer Schwester.

Dann nahm sie eine der Taschenlampen und schlüpfte leise aus dem Raum. Sie musste irgendetwas tun, irgendetwas, um die Angst um Brian und Nathan zu unterdrücken. Um sie alle.

Wenn Nathan auch niedergeschossen worden war und jetzt irgendwo da draußen verblutete? Sie konnte nichts dagegen tun. Wie sollte sie später damit weiterleben?

Bei dem lauten Krachen, dem Splittern von Glas zuckte Jo zusammen. Sie erstarrte. Eine weitere Kugel? Noch mehr Blut? Dann sah sie die aufgebrochenen Spanplatten vor dem Fenster des Salons und die Regenflut, die dort eindrang, wo der Ast durchgestoßen war.

Sie griff nach einer Gaslaterne, zündete sie an und hielt sie in die Höhe. Sie musste Giff finden. Sobald sie Kirby die Laterne gebracht hatte, musste sie noch mehr Holz auftreiben, um den Schaden zu reparieren, bevor es zu spät war.

Als sie sich umdrehte, stand er vor ihr.

»Wie nett.« Kyle trat in den Lichtkegel. »Ich wollte gerade hochkommen, um dich zu holen. Nein, du wirst nicht schreien.« Er hob den Revolver, sodass sie ihn deutlich sehen konnte. »Ich töte jeden, der runterkommt, um nachzusehen, was hier los ist.« Er grinste breit. »Wie geht's deinem Bruder?«

»Er wird durchkommen.« Sie senkte die Laterne, sodass die Schatten dunkler wurden. Der Sturm fegte ihr durch das zersplitterte Spanholz entgegen und trieb den Regen in ihr Gesicht. »Es ist lange her, Kyle.«

»Gar nicht so lange, im Angesicht der Ewigkeit. Und ich bin dir ja schon seit Monaten ziemlich nahe, sozusagen. Wie haben dir meine Arbeiten gefallen?«

»Sie sind … ganz gut.«

»Du Biest«, zischte er wütend. Dann zuckte er die Achseln. »Komm schon, sei ehrlich. Der letzte Abzug. Keine schlechte Idee, das musst du zugeben, alt und neu gemischt. War eine meiner besten Studien.«

»Bestenfalls ein Klischee. Wo ist Nathan?«

»Wahrscheinlich dort, wo ich ihn liegengelassen habe.« Seine Hand schoss vor und packte sie am Haar. »Ausnahmsweise werde ich mich mal mit Freude dem widmen, was mein großer Bruder übriggelassen hat. Wie ich es sehe, hat er dich bloß … präpariert. Aber ich bin viel besser als er. War ich immer.«

»Wo ist er?«

»Vielleicht zeig ich's dir. Wir machen eine kleine Fahrt.«

»Nach draußen?« Sie täuschte Widerstand vor, als er sie zur Tür zerrte. Sie wollte, dass er aus dem Haus verschwand, koste es, was es wolle. »Du willst wirklich raus, bei diesem Wetter? Du musst vollkommen verrückt sein.«

»Was ich bin, mein Schatz, ist stark.« Er fuhr mit den Lippen über ihre Schläfe. »Mächtig. Ich werde dafür sorgen, dass dir nichts passiert, solange nicht alles perfekt ist. Ich habe alles genau geplant. Mach die Tür auf.«

In diesem Augenblick gingen die Lichter an. Jo nutzte den Moment und schwang die Lampe, um ihn in den Unterleib zu treffen. Stattdessen erwischte sie den Oberschenkel. Trotzdem stöhnte er vor Schmerz auf und lockerte seinen Griff. Jo entkam ihm, riss die Haustür auf und stürzte hinaus in den Sturm. »Wenn du mich willst, du Arschloch, dann komm und hol mich!«

Kaum eine Minute später kam Giff die Kellertreppe hoch. Als er die letzte Stufe zur Halle erreicht hatte, fegte ihm eine scharfe Windböe entgegen. Er sah die sperrangelweit offene Haustür und den herabstürzenden Regen. Kaltblütig zog er die Pistole aus dem Hosenbund und entsicherte sie. Er war kurz davor abzudrücken, als Nathan durch die Tür taumelte.

»Jo Ellen – wo ist sie?«

»Was ist mit dir passiert?« Giff hielt die Pistole widerstrebend auf Nathan gerichtet, als er auf ihn zuging.

»Ich wollte herkommen, mein Bruder ...« Er geriet ins Schwanken, fuhr sich über die klaffende Platzwunde an seiner Schläfe. »Es war mein Bruder.« Seine Sicht verschwamm.

»Hast du nicht gesagt, er sei tot?«

»Ist er nicht.« Nathan schüttelte den Kopf, um ihn wieder klar zu bekommen. »Ist er nicht«, wiederholte er. »Wo ist Jo?«

»Ihr geht's gut, sie ist in Sicherheit. Aber auf Brian ist geschossen worden.«

»Himmel, wie geht es ihm? Ist er tot?«

»Kirby kümmert sich um ihn. Geh von der Tür weg, Nathan. Schließ sie hinter dir. Lass die Hände, wo ich sie sehen kann.«

»Verdammt.« Gleichzeitig mit seinem Aufstöhnen hörten sie den Schrei. »Das ist Jo. Sie ist draußen.«

»Wenn du dich bewegst, drücke ich ab.«

»Er wird sie umbringen. Das kann ich nicht zulassen. Es darf nicht passieren. Verdammt, Giff, wir müssen sie finden, bevor es geschieht.«

Er hatte die Wahl zwischen Instinkt und Vernunft. Giff hoffte, dass seine Entscheidung richtig war, und hielt Nathan die Pistole hin. »Wir werden sie finden. Er ist dein Bruder. Tu, was du tun musst.«

Jo unterdrückte einen weiteren Schrei, als neben ihr ein Ast vom Umfang eines Männerrumpfs niederkrachte. Um sie herum herrschte Finsternis, der Lärm des Unwetters. Herumwirbelnde Fetzen von Moos und Flechten schlugen ihr ins Gesicht. Die Palmwedel rasselten wie Säbel. Zentimeterweise kämpfte sie sich vorwärts.

Irgendwann ließ sie sich auf die Knie fallen und umschlang einen Baumstamm, um nicht vom Sturm fortgerissen zu werden.

Sie wollte ihn in die Irre führen, aber jetzt hatte sie selbst jede Orientierung verloren. Der Wald umgab sie wie eine feindliche Macht. Der Regen prasselte wie tausend Messerstiche auf sie nieder, schnitt schmerzhaft in ihr Fleisch. Nicht einmal ihren eigenen Atem konnte sie mehr hören, obwohl sie wusste, dass sie keuchte, denn ihre Lunge brannte wie Feuer.

Sie musste zurück, bevor er die Suche nach ihr aufgab, denn wenn er vor ihr zum Haus zurückkehrte, würde er sie alle umbringen. So wie er Nathan umgebracht hatte. Schluchzend robbte sie auf dem Bauch weiter, grub die Finger in den aufgeweichten Boden, um sich langsam voranzuziehen.

Im Haus klemmte Kirby den Schlauch ab, der Sams Blut in Brians Körper leitete. Sam musste sich erst erholen, bevor sie ihm weiteres Blut abnahm. »Sam braucht jetzt viel Flüssigkeit und Eiweiß. Zum Beispiel Saft«, fuhr sie fort, während sie ihren verspannten Rücken streckte und routinemäßig nach Brians

Hand griff, um ihm den Puls zu fühlen. Als seine Finger ihre berührten, flog ihr Blick auf sein Gesicht. Seine Lider zuckten fast unmerklich.

»Er kommt zu sich. Brian, mach die Augen auf. Komm zurück, Brian. Konzentrier dich, öffne die Augen.«

»Geht es ihm besser? Wird er wieder gesund?« Lexy rückte näher, bis ihre Schulter Kirbys berührte.

»Sein Puls ist jetzt etwas stärker. Gib mir die Blutdruckmanschette. Brian, mach die Augen auf. Ja, gut so.« Aufgeregt beobachtete sie, wie er sich bemühte, die Augen zu öffnen. »Ganz langsam, ganz langsam. Beweg dich nicht. Versuch nur, mich anzuschauen. Kannst du mich erkennen?«

»Ja.« Die Schmerzen in seiner Brust waren höllisch. Wie durch einen Nebel glaubte er jemanden weinen zu hören, aber Kirbys Augen waren trocken.

»Gut.« Ihre Hand zitterte leicht, aber sie bemühte sich, sie ruhig zu halten, während sie ihm mit der Taschenlampe in die Augen leuchtete. »Bleib ruhig liegen, ich muss dich untersuchen.«

»Was ist passiert?«

»Du bist verletzt worden, mein Junge.« Hilflos weinend nahm Kate seine Hand und führte sie an ihre Wange. »Kirby bringt dich wieder auf die Beine.«

»Verschwommen«, brachte er hervor und wandte den Kopf. Er sah das bleiche, erschöpfte Gesicht seines Vaters, dann den Gummischlauch. »Tut verdammt weh«, murmelte er und beobachtete erstaunt, wie Sam sein Gesicht in den Händen vergrub und zu schluchzen begann. »Was, zum Teufel, ist hier los?« Unter dem Druck von Kirbys Händen ließ er sich wieder zurücksinken.

»Nicht bewegen, hab ich gesagt. Du verpfuschst mir sonst meine ganze Arbeit. Gleich bekommst du was gegen die Schmerzen. Der Blutdruck steigt weiter, er stabilisiert sich.«

»Kann ich ein Glas Wasser oder so was bekommen? Ich fühle mich, als wäre ich …« Er brach ab, als schlagartig die Erinnerung zurückkehrte. Die Gestalt auf der Straße, der Revolver im fahlen Licht, der Schmerz in seiner Brust. »Geschossen. Er hat auf mich geschossen.«

»Kirby und Giff haben dich gefunden«, berichtete Lexy, als sie nach der anderen Hand ihres Bruders griff. »Sie haben dich nach Hause gebracht. Kirby hat dir das Leben gerettet.«

»Es war Kyle. Kyle Delaney.« Der Schmerz kam jetzt in Wellen, ließ seinen Atem kurz werden. »Ich hab ihn erkannt. Seine Augen. Davor trug er eine Sonnenbrille. Er war … an dem Tag, als ich mir in die Hand geschnitten habe. In deiner Praxis – es war Kyle, der bei dir war.«

»Was? Der Maler?« Kirby ließ die Spritze sinken, die sie gerade aufgezogen hatte. »Der Strandläufer?«

»Das war Kyle Delaney. Er war die ganze Zeit schon hier.«

»Halt ihn fest, Lexy. Verdammt, Brian, du darfst dich nicht bewegen.« Besorgt angesichts seiner Versuche, sich aufzurichten, setzte Kirby die Spritze eher hastig als geschickt. »Halt still, sonst setzen die Blutungen wieder ein. Hilf mir, Kate, er wird sich selbst verletzen, bevor die Spritze wirkt.«

Kate legte eine Hand auf Brians Schulter. Dann warf sie einen Blick durch den Raum. »Wo ist Jo? Wo ist Jo Ellen?«

Verloren, verirrt in der Dunkelheit und der Kälte. Sie fragte sich, ob der Wind nachließ oder ob sie sich nur an ihn gewöhnt hatte. Sie versuchte sich vorzustellen, wie sie auf die Füße sprang und rannte – sie wollte sich mit aller Macht zwingen, es zu tun, aber sie war zu schwach, zu müde, zu erschöpft. Sie konnte nur noch kriechen.

Sie hatte vollkommen die Orientierung verloren und befürchtete, in den Fluss zu rutschen und zu ertrinken. Aber solange die Hoffnung bestand, dass sie doch die richtige Richtung erwischt hatte, würde sie nicht aufgeben. Sie wollte nach Hause.

Ein weiterer Ast krachte irgendwo hinter ihr herunter; der Aufprall erschütterte den Boden. Einen Moment lang glaubte sie, jemanden ihren Namen rufen zu hören, doch der Wind übertönte das Geräusch. Er ruft mich, dachte sie, und ihre Zähne schlugen aufeinander. Sie war sicher, dass er sie in der Hoffnung rief, sie würde aufgeben, sodass er sie töten konnte wie die anderen. So wie sein Vater ihre Mutter getötet hatte.

Dann sah sie das Licht, nur einen schmalen Strahl, und rollte sich hinter einem Baum zusammen. Aber das Licht bewegte sich nicht, flackerte nicht, wie es eine Taschenlampe oder Laterne in der Hand eines Mannes getan hätte.

Sanctuary, dachte sie und presste ihre schlammverschmierten Hände vor den Mund, um ein Schluchzen zurückzuhalten. Ein schmaler Lichtstreif, der durch das kaputte Fenster des Salons drang. Sie mobilisierte ihre letzten Kräfte und zwang sich, aufzustehen. Mit einer Hand stützte sie sich an einem Baumstamm ab, bis sich ihr Kopf nicht mehr drehte. Dann konzentrierte sie sich wieder auf den Lichtschein und setzte langsam einen Fuß vor den anderen.

Als sie den Waldrand erreicht hatte, begann sie zu rennen.

»Ich wusste, dass du zurückkommst.« Kyle trat auf den Weg, drückte ihr den Revolverlauf an den Hals. »Ich hab dich lange genug beobachtet, um zu verstehen, wie du tickst.«

Diesmal gelang es ihr nicht, die Tränen zurückzuhalten. »Warum tust du das? Reicht es nicht, was dein Vater getan hat?«

»Ich war ihm nie gut genug, weißt du. Nicht so gut wie er, und natürlich auch nicht so gut wie sein Goldjunge. Aber alles, was mir fehlte, war die richtige Inspiration.« Er grinste, während ihm der Regen übers Gesicht lief und der Sturm durch sein Haar fegte. »Jetzt müssen wir dich erst mal ein bisschen zurechtmachen. Alles kein Problem. Meine Ausrüstung ist drüben auf dem Campingplatz. In der Männerdusche, erinnerst du dich?«

»Ja, ich erinnere mich.«

»Ich mag solche Späße. Ich hab Nathan eine ganze Menge solcher Streiche gespielt, ohne dass er jemals was gemerkt hat. Oh, ist Mr. Kitty-Cat weggelaufen? Nein, keine Angst, Mr. Kitty hat nur ein kleines Bad im Fluss genommen. In einer Plastiktüte.« Mit einem heiseren Lachen schüttelte Kyle den Kopf. »Mit solchen Sachen hab ich ihn wahnsinnig gemacht.«

Er gestikulierte mit der Waffe. »Der Jeep steht da drüben auf der Straße. Was von der Straße übrig ist. So weit müssen wir schon noch laufen.«

»Du hast ihn gehasst.«

»Kann man wohl sagen.« Er stupste sie an, damit sie sich in Bewegung setzte. »Mein Vater hat ihn immer vorgezogen. Aber dann hat sich herausgestellt, dass unser Vater gar nicht der Mann war, für den ihn alle gehalten haben. Mann, war das 'ne Überraschung. David Delaneys kleines Geheimnis. Er war gut, aber ich bin besser. Und du bist mein Meisterstück, Jo Ellen, so wie Annabelle seins war. Und Nathan wird dafür gradestehen. Ein netter Gedanke. Wenn er überlebt, wandert er in den Knast.«

Sie stolperte, richtete sich wieder auf. »Er lebt?«

»Schon möglich. Natürlich wird er allen von meiner Auferstehung berichten, aber früher oder später werden sie seine Hütte durchsuchen und die Fotos finden, die ich dort versteckt habe. Zu schade, dass ich nicht mehr genug Zeit habe, auch noch dein Bild dazuzulegen.«

Vielleicht lebt er wirklich noch, schoss es ihr durch den Kopf. Jetzt würde sie erst recht darum kämpfen, auch am Leben zu bleiben. Entschlossen strich sie ihr triefendes Haar aus dem Gesicht und drehte sich zu ihm um. Nein, sie hatte sich nicht getäuscht – der Sturm flaute wirklich langsam ab. Jetzt konnte sie den Kampf wieder aufnehmen.

»Das Dumme ist nur, Kyle, dass dein Vater ein erstklassiger Fotograf war. Sein Stil war vielleicht ein bisschen konservativ und manchmal etwas gewöhnlich. Du dagegen bist bestenfalls drittklassig. Die Arrangements sind armselig, und du hast keine Disziplin. Und von Ausleuchtung hast du praktisch keine Ahnung.«

Als er ausholte, war sie vorbereitet. Sie tauchte unter seiner zuschlagenden Hand hindurch und rammte ihm den Kopf in den Magen. Der Stoß riss ihm die Beine unter dem Körper weg, er ging zu Boden. Sie packte sein Handgelenk, streckte die andere Hand nach der Waffe aus, aber er bekam ihr Bein zu fassen und zog sie ebenfalls zu Boden.

»Du Miststück. Glaubst du, ich lasse mich von dir beschimpfen? Glaubst du, ich lasse mir alles von dir verderben?«

Er packte nach ihrem Haar, aber seine Hand griff ins Leere.

Blitzschnell drehte sie sich um die eigene Achse und hielt ihn mit einem gezielten Fußtritt auf Abstand.

Sie sah, wie er den Revolver hob.

»Kyle.«

Kyles Aufmerksamkeit und seine Waffe richteten sich beide nach rechts. »Nathan.« Sein Grinsen wurde breiter, und aus der Lippe, die ihm Jo Ellen aufgerissen hatte, tropfte Blut auf sein Kinn. »Das ist ja interessant. Du wirst das Ding nie benutzen.« Er deutete mit dem Kinn auf die Waffe, die Nathan auf ihn richtete. »Du hast nicht genug Mumm zum Töten.«

»Wirf den Revolver weg, Kyle. Das Spiel ist aus.«

»Noch ein Irrtum. Unser Vater hat es begonnen, und ich werde es zu Ende führen.« Langsam erhob er sich. »Ich werde es beenden, Nathan, und zwar so, wie er es sich nicht mal hätte träumen lassen. Mein entscheidender Augenblick, mein Triumph. Er hat nur gesät, und ich werde die Früchte ernten.«

Immer noch grinsend, machte er einen vorsichtigen Schritt nach vorn. »Ich werde die Früchte ernten, Nathan. Sie gehören mir. Stell dir vor, wie stolz er gewesen wäre. Ich bin nicht nur in seine Fußstapfen getreten, ich übertreffe ihn sogar noch.«

»Ja.« Obwohl sein Körper kalt war, brannte eine heiße Übelkeit in Nathans Magen. »Du hast ihn übertroffen, Kyle.«

»Höchste Zeit, dass du es zugibst.« Kyle neigte den Kopf. »Ist das jetzt eine Pattsituation? Legst du mich um, oder lege ich dich um?« Er lachte kurz auf. »Und weil du ein Feigling bist, weiß ich schon, was passiert. Aber wie wär's, wenn ich die Spielregeln ein bisschen verändere und sie zuerst erschieße?«

Als er den Revolver auf Jo richtete, drückte Nathan ab. Kyle taumelte zurück, sein Mund klappte auf, und er presste die Hand auf die Brust, wo Blut ausströmte. »Du hast mich umgebracht. Du hast mich wegen einer Frau umgebracht.«

Als Kyle zusammensackte und sich auf dem Boden krümmte, ließ Nathan die Waffe sinken. »Du warst schon tot«, murmelte er. Dann ging er auf Jo zu, die sich mühsam aufraffte. Er nahm sie in die Arme. »Er war schon tot.«

»Jetzt ist alles vorbei.« Sie drückte ihr Gesicht an seine Schulter. »Jetzt ist alles vorbei.«

Giff kam die aufgeweichte Straße entlanggerannt. Als er den zusammengekrümmten Mann auf dem Boden liegen sah, verhärtete sich sein Blick. Dann blickte er Nathan an. »Bring sie nach Hause.«

Nathan nahm Jo an seine Seite und führte sie durch den abflauenden Sturm nach Sanctuary.

Epilog

Die Hubschrauber mit Polizei und Notarzt sind schon unterwegs. Sie bringen dich aufs Festland.«

»Ich will aber nicht ins Krankenhaus.«

Kirby trat ans Bett und nahm Brians Hand, um noch einmal seinen Puls zu prüfen. »Zu dumm. Du bist nicht in der Lage, dich mit deiner Ärztin zu streiten.«

»Was sollen die denn noch mit mir anstellen? Du hast mich doch schon wieder zusammengeflickt.«

»Oh, an dir gibt's noch jede Menge Arbeit. Ich hab nur das Allernötigste getan.« Sie kontrollierte die Verbände und stellte zufrieden fest, dass keine neuen Blutungen aufgetreten waren. »Du wirst von ein paar hübschen Krankenschwestern umsorgt, bekommst ein paar tolle Medikamente, und in einigen Tagen bist du wieder auf den Beinen.«

Brian dachte nach. »Wie hübsch sind die Krankenschwestern?«

»Ich bin sicher, dass sie …« Ihre Stimme brach, und obwohl sie sich schnell umdrehte, sah er die Tränen in ihren Augen.

»Hey, ich hab doch nur Spaß gemacht.« Er tastete nach ihrer Hand. »Ich werde sie nicht mal ansehen.«

»Tut mir leid. Ich dachte, ich hätte mich unter Kontrolle.« Sie drehte sich wieder um, ging in die Hocke und legte den Kopf auf seine Bettdecke. »Ich hatte solche Angst, so schreckliche Angst. Du hast enorm viel Blut verloren, und dein Puls ist mir förmlich unter den Fingern weggerutscht.«

»Aber du hast mich gerettet.« Er strich ihr übers Haar. »Du hast mich zurückgeholt und bist bei mir geblieben. Sieh dich mal an.« Er streichelte sie, bis sie den Kopf hob. »Du hast noch keine Sekunde geschlafen.«

»Das kann ich später tun.« Immer wieder küsste sie seine Hände. »Ein paar Tage lang.«

»Du könntest deine Beziehungen spielen lassen und dich in meinem Krankenzimmer einquartieren.«

»Vielleicht.«

»Dann könntest du mit mir zurückkommen und hier das Zimmer mit mir teilen, während ich mich erhole.«

»Könnte ich.«

»Und wenn ich wieder auf dem Damm bin, könntest du den Rest meines Lebens mit mir teilen.«

Sie wischte sich eine Träne von der Wange. »Falls das ein Heiratsantrag ist, musst du vor mir knien und nicht ich vor dir.«

»Aber du bist doch so eine entschlossene Frau.«

»Stimmt.« Sie legte ihre Wange in seine Hand. »Und da ich ein bisschen dafür verantwortlich bin, dass du den Rest deines Lebens noch vor dir hast, ist es nur recht und billig, dass ich es mit dir teile.«

»Der Garten ist völlig hinüber.« Jo schaute nach unten, wo niedergewalzte Blumen im Schlamm ertranken. »Es wird Wochen dauern, alles aufzuräumen, zu retten, was zu retten ist, und neu anzufangen.«

»Ist es das, was du willst?«, fragte Nathan sie. »Retten, was zu retten ist, und neu anfangen?«

Sie warf ihm einen Blick zu. Der Verband, den Kirby ihm an der Schläfe angelegt hatte, stach erschreckend weiß aus seinem Gesicht hervor. Unter seinen Augen lagen tiefe Schatten; er wirkte noch immer erschöpft.

Sie schlang die Arme um ihre Brust und drehte sich langsam um. Die Sonne strahlte wieder, die Luft war erstaunlich frisch. Sie betrachtete die Verwüstung: die umgestürzten Bäume, der Haufen Schutt, der früher der kleine Springbrunnen gewesen war, die Räucherkammer, die kein Dach mehr hatte. Äste und Laub und Scherben übersäten die Terrasse.

Über ihren Köpfen waren Giff und Lexy dabei, die Spanplatten von den Fenstern des oberen Stockwerks zu entfernen, damit wieder Licht in die Räume kam. Dann erblickte Jo ihren Vater und Kate am Waldrand; verwundert und gleichzeitig erfreut sah sie, wie ihr Vater den Arm um Kates Schultern legte.

»Ja, das möchte ich. Ich möchte noch eine Zeitlang bleiben und mithelfen. Es wird nicht genauso werden, wie es war, aber vielleicht wird's besser.«

Sie legte die Hand über die Augen, um gegen die Sonne sein Gesicht zu erkennen. »Brian wollte mit dir reden.«

»Ich habe ihn besucht, bevor ich hier rauskam. Wir haben uns ausgesprochen. Es wird wahrscheinlich nicht so werden, wie es war.« Auf seinem Gesicht erschien ein leises Lächeln. »Aber vielleicht wird's besser.«

»Und mit meinem Vater hast du auch gesprochen.«

»Ja, er ist sehr froh, dass es seinen Kindern gutgeht.« Er schob die Hände in die Hosentaschen. Seit der vorigen Nacht, als Kate ihr ein heißes Bad eingelassen, ihr einen Tee mit Whiskey eingeflößt und sie zu Bett gebracht hatte, hatte er sie nicht mehr berührt. »Er glaubt, es habe Mut erfordert, dass ich meinen Bruder getötet habe.«

»Es hat Mut erfordert, dass du mir das Leben gerettet hast.«

»Das hatte nichts mit Mut zu tun.« Er entfernte sich auf dem schlammigen Weg einige Schritte. »Ich habe nichts gefühlt, als ich abgedrückt habe. Für mich war er schon tot. Ich war nur erleichtert, ein Ende zu machen.«

»Mach mir nicht weis, dass es keinen Mut erfordert hat. Du warst verletzt, in jeder Hinsicht. Und du hast dich durch den Sturm gekämpft, um mich zu suchen. Du warst mit etwas konfrontiert, womit niemand konfrontiert sein sollte, und du hast getan, was niemand je genötigt sein sollte zu tun. Wenn die Polizei hier ist, werde ich ihnen sagen, dass du ein Held bist.«

Sie legte die Hand auf seinen Arm. »Du hast mir das Leben gerettet. Mir und meiner ganzen Familie. Und du hast das Andenken meiner Mutter gerettet.«

»Aber er ist immer noch mein Vater. Und er ist immer noch mein Bruder.« Seine Augen schimmerten dunkel, als er auf sie hinabblickte. »Das werde ich niemals ändern können.«

»Nein, das kannst du nicht. Und jetzt sind sie weg.« Sie sah nach oben und hörte das noch entfernte Surren des Hubschraubers. Sie wollte es wissen, bevor sie die grausamen Geschehnisse wieder einholten. Bevor die Polizei mit all ihren Fragen da war. »Du hast gesagt, dass du mich liebst.«

»Ja, das tue ich, mehr als alles andere.«

»Ist das nicht etwas, was du ein Fundament nennen würdest? Ich meine, ein Mann wie du weiß doch, was man einreißen muss, was man wieder aufbauen kann, was man verstärken muss, damit es hält. Willst du retten, was zu retten ist, und noch mal neu anfangen, Nathan?«

»Ja, das will ich.« Er machte einen Schritt auf sie zu. »Mehr als alles andere.«

Sie streckte ihm die Hand entgegen. »Warum tun wir's dann nicht gemeinsam?«

Werkverzeichnis der im
Heyne und Diana Verlag
erschienenen Titel von
Nora Roberts

© Bruce Wilder

Die Autorin

Nora Roberts wurde 1950 in Silver Spring, Maryland, als einzige Tochter und jüngstes von fünf Kindern geboren. Ihre Ausbildung endete mit der Highschool in Silver Spring. Bis zur Geburt ihrer beiden Söhne Jason und Dan arbeitete sie als Sekretärin, anschließend war sie Hausfrau und Mutter. Anfang der Siebzigerjahre zog sie mit ihrem Mann und den beiden Kindern nach Maryland aufs Land. Sie begann mit dem Schreiben, als sie im Winter 1979 während eines Blizzards tagelang eingeschneit war. Nachdem Nora Roberts jedes im Haus vorhandene Buch gelesen hatte, schrieb sie selbst eins. 1981 wurde ihr erster Roman *Rote Rosen für Delia* (Originaltitel: *Irish Thoroughbred*) veröffentlicht, der sich rasch zu einem Bestseller entwickelte. Seitdem hat sie über 200 Romane geschrieben, von denen weltweit über 500 Millionen Exemplare verkauft wurden; ihre Bücher wurden in mehr als 30 Sprachen übersetzt. Sowohl die Romance Writers of America als auch die Romantic Times haben sie mit Preisen überschüttet; sie erhielt unter anderem den Rita Award, den Maggie Award und das Golden Leaf. Ihr Werk umfasst mehr als 195 New-York-Times-Bestseller, und 1986 wurde sie in die Romance Writers Hall of Fame aufgenommen.
Heute lebt die Bestsellerautorin mit ihrem Ehemann in Maryland.

E-Books

Alle Romane in diesem Werkverzeichnis sind auch als E-Book erhältlich.

Besuchen Sie Nora Roberts auf ihrer Website
www.noraroberts.com

1. Einzelbände

Licht in tiefer Nacht *(Come Sundown)*
So lange Bodine denken kann, liegt ein Schatten über dem Familienanwesen. Ihre Tante Alice lief mit achtzehn fort und wurde nie wieder gesehen. Was niemand ahnt: Alice lebt. Nicht weit entfernt, ist sie Teil einer Familie, die sie nicht selbst gewählt hat …

Dunkle Herzen *(Divine Evil)*
Eine New Yorker Bildhauerin erlebt in ihren Albträumen eine »Schwarze Messe«, welche in ihrem Heimatort in Maryland stattfindet. Sie erinnert sich an den grauenvollen Tod ihres Vaters und entschließt sich zur Heimkehr in ihr Elternhaus. Dunkle Mächte werden daraufhin wiedererweckt.

Erinnerung des Herzens *(Genuine Lies)*
Eine alleinerziehende Mutter und erfolgreiche Autorin soll für eine Filmdiva die Memoiren verfassen. Sie erhält deshalb immer häufiger Drohbriefe, je mehr sich die Diva in ihren brisanten Informationen öffnet.

Gefährliche Verstrickung *(Sweet Revenge)*
Die schöne Adrianne führt ein Doppelleben: bei Tag elegante Society-Lady, bei Nacht gefürchtete Juwelendiebin. Doch all ihre Einbrüche sind bloß Fingerübungen für ihren größten Coup: Sie will jenen Mann bestehlen, der einst ihrer Mutter das Leben zur Hölle machte. Nur einer könnte ihre Pläne zunichtemachen: Philip Chamberlain, Ex-Juwelendieb und Interpol-Agent …

Das Haus der Donna *(Homeport)*
Eine amerikanische Kunstexpertin wird zu einer wichtigen Expertise über eine Bronzefigur aus der Zeit der Medici nach Flo-

renz eingeladen, doch vorher wird sie überfallen und mit einem Messer bedroht. Die Echtheit der Figur und der Überfall stehen in einem gefährlichen Zusammenhang.

Im Sturm des Lebens *(The Villa)*
Teresa Giambelli legt die Führung ihrer Weinfirma in die Hände ihrer Enkelin Sophia und in die von Tyker, dem Enkelsohn ihres zweiten Mannes, beide charakterlich sehr unterschiedlich. Als vergiftete Weine der Firma auftauchen, erkennen beide, dass sie gemeinsam für ihre Familie und das Weingut kämpfen müssen.

Insel der Sehnsucht *(Sanctuary)*
Anonyme Fotos beunruhigen die Fotografin Jo Hathaway, und deshalb kommt sie nach Jahren zurück in ihr Elternhaus auf der Insel Desire. Dort findet sie ihren Vater und die Geschwister vor. Jo versucht herauszufinden, weshalb ihre Mutter vor langer Zeit verschwand.

Lilien im Sommerwind *(Carolina Moon)*
South Carolina. Tory Bodeen findet keine Ruhe, seit vor achtzehn Jahren ihre beste Schulfreundin Hope ermordet wurde. Heimlich stellt sie Nachforschungen an, unterstützt von Hopes Bruder. Sie stellen fest, dass Hope das erste Opfer einer Mordserie ist.

Nächtliches Schweigen *(Public Secrets)*
Der Sohn eines umjubelten Bandleaders wird entführt und dabei versehentlich getötet. Die Tochter Emma beobachtet die Untat, stürzt dabei und verliert jede Erinnerung an die Täter. Sie quält sich mit Vorwürfen und versucht mithilfe eines Polizeibeamten, ihr Gedächtnis wiederzuerlangen. Dadurch gerät sie in große Gefahr.

Rückkehr nach River's End *(River's End)*

Auf mörderische Weise verliert die kleine Livvy ihre Eltern, ein Hollywood-Traumpaar. Die Großeltern bieten ihr im friedlichen River's End eine neue Heimat. Jahre später kommen die Erinnerungen und damit die Gefahr, dass bedrohlicher Besuch eintreffen könnte.

Der Ruf der Wellen *(The Reef)*

Auf der Suche nach einem geheimnisumwitterten Amulett vor der Küste Australiens wird James Lassiter bei einem Tauchgang ermordet. Dessen Sohn Matthew und sein Onkel sind weiter auf der Suche, zusammen mit Ray Beaumont und dessen Tochter Tate, und entdecken ein spanisches Wrack.

Schatten über den Weiden *(True Betrayals)*

Nach der Trennung von ihrem Mann erhält Kelsey einen Brief von ihrer totgesagten Mutter. Diese widmet sich seit ihrer Entlassung aus dem Gefängnis der Pferdezucht in Virginia. Kelsey entdeckt dort ihre Wurzeln, verliebt sich, beginnt aber auch in der Vergangenheit ihrer Mutter zu forschen: Weshalb wurde ihr ein mysteriöser Mord zur Last gelegt?

Sehnsucht der Unschuldigen *(Carnal Innocence)*

Innocence am Mississippi ist für die Musikerin Caroline Waverly der richtige Ort der Erholung nach einer monatelangen Tournee mit Beziehungskonflikten. Tucker Longstreet, Erbe der größten Farm in Innocence, verliebt sich in Caroline. Drei Frauen werden innerhalb einiger Wochen ermordet, eine von ihnen war die ehemalige Geliebte von Tucker.

Die Tochter des Magiers *(Honest Illusions)*

Roxanne teilt das geerbte Talent für Magie mit Luke, einem früheren Straßenjungen, den ihr Vater, ein Zauberkünstler, einst aufnahm. Allerdings erleichtern sie Reiche auch um deren Juwelen. Sie werden Partner in der Zauberkunst und in der Liebe. Ein dunkler Punkt in Lukes Vergangenheit lässt ihn verschwinden – Jahre später taucht er wieder auf ...

Tödliche Liebe *(Private Scandals)*
Die erfolgreiche Fernsehmoderatorin Deanna Reynolds hat Glück im Beruf – und in der Liebe mit dem Reporter Finn Riley. Doch eine eifersüchtige Kollegin und anonyme Fanpost machen ihr das Leben schwer.

Träume wie Gold *(Hidden Riches)*
Philadelphia. Die Antiquitätenbesitzerin Dora Conroy kauft eine Reihe von Objekten und gerät damit ins Blickfeld von internationalen Schmugglern. Sie und der ehemalige Polizist Jed Skimmerhorn beginnen, Diebstähle und Todesfälle im Umkreis der geheimnisvollen Lieferung zu untersuchen.

Verborgene Gefühle *(Hot Ice)*
Manhattan. Auf der Flucht vor Gangstern landet der charmante Meisterdieb Douglas Lord im Luxusauto von Whitney. Dabei erfährt sie von Douglas' Plan, im Dschungel von Madagaskar einen sagenhaften Schatz zu suchen.

Verlorene Liebe *(Brazen Virtue)*
Zwei Schwestern. Während Grace unbekümmert alleine als Krimiautorin lebt, arbeitet Kathleen als Lehrerin an einer Klosterschule und verdient sich nebenbei Geld mit Telefonsex für den Scheidungsanwalt. Ein lebensgefährlicher Job, denn Grace findet Kathleen mit einem Telefonkabel erdrosselt.

Verlorene Seelen *(Sacred Sins)*

Washington. Blondinen sind die Opfer eines Frauenmörders, die Tatwaffe immer eine weiße Priesterstola. Mithilfe der Psychiaterin Tess Court versucht Police Sergeant Ben Paris, die Mordserie aufzuklären. Doch nicht nur er hat ein Auge auf Tess geworfen.

Der weite Himmel *(Montana Sky)*

Montana. Der steinreiche Farmer Jack Mercy verfügte in seinem Testament, dass seine drei Töchter aus drei Ehen erst dann ihren Erbteil erhalten, wenn sie ein Jahr lang friedlich zusammen auf der Farm verbringen. Sie versuchen es, doch in dieser Zeit geschehen auf der Farm mysteriöse Dinge.

Tödliche Flammen *(Blue Smoke)*

Reena Hale ist Brandermittlerin und kennt durch ein schlimmes Kindheitserlebnis die Macht des Feuers. Neben Bo Goodnight interessiert sich noch jemand sehr für sie – allerdings verfolgt dieser Unbekannte ihre Spur, um die Macht des Feuers für seinen Racheplan zu benützen.

Verschlungene Wege *(Angels Fall)*

Reece Gilmore ist auf der Flucht: vor der Erinnerung und vor sich selbst. Als sie sich endlich in einem Dorf in Wyoming dem einfühlsamen Schriftsteller Brody anvertraut, glaubt sie, zur Ruhe zu kommen. Doch die Vergangenheit holt sie bald ein.

Im Licht des Vergessens *(High Noon)*

Phoebe MacNamara kennt die Gefahr. Geiselnehmer, Amokläufer – kein Problem für die beim FBI ausgebildete Expertin für Ausnahmezustände. Aber erst die Liebe zu Duncan hat sie unverwundbar gemacht. Glaubt sie. Bis sie von einem Unbekannten brutal überfallen wird. Fortan muss sie um ihr Leben fürchten.

Lockruf der Gefahr *(Black Hills)*

Tierärztin Lilian führt auf ihrer Wildtierfarm in South Dakota ein erfülltes, aber auch abgeschiedenes Leben. Fast zu spät erkennt sie die Gefahr, der sie ausgesetzt ist, als ein Mann sie und ihre Familie bedroht. In letzter Minute nimmt sie die Hilfe ihrer Jugendliebe Cooper an. Kann er sie retten?

Die falsche Tochter *(Birthright)*

Als die Archäologin Callie Dunbrook an den Fundort eines fünftausend Jahre alten menschlichen Schädels gerufen wird, ahnt sie nicht, dass dieses Projekt auch ihre eigene Vergangenheit heraufbeschwören wird.

Sommerflammen *(Chasing Fire)*

Die Feuerspringerin Rowan kämpft jeden Sommer erfolgreich gegen die Brände in den Wäldern Montanas. Doch seit ihr Kollege dabei ums Leben kam, plagen sie Schuldgefühle. Hätte sie Jim retten können?

Gestohlene Träume *(Three Fates)*

Tia Marshs Leben gehört der Wissenschaft. Dass das Interesse für griechische Mythologie ihr einmal zum Verhängnis wird, ahnt sie nicht – bis sie Malachi Sullivan begegnet. Der attraktive Ire ist dem Geheimnis dreier Götterfiguren auf der Spur, und nicht nur er will die wertvollen Statuen um jeden Preis besitzen …

Das Geheimnis der Wellen *(Whiskey Beach)*

Eli Landon wird unschuldig des Mordes an seiner Frau verdächtigt. Im Anwesen seiner Familie an der rauen Küste Neuenglands sucht er Zuflucht. Auch seine hübsche Nachbarin, Abra Walsh, will dort ihre schmerzhaften Erinnerungen vergessen. Doch während sich die beiden näherkommen, holt sie die Vergangenheit ein.

Ein Leuchten im Sturm *(The Liar)*

Nach dem Unfall ihres Mannes erfährt Shelby, dass Richard ein Betrüger war. Der Mann, den sie geliebt hat, ist nicht nur tot – er hat niemals existiert. Shelby flüchtet mit ihrer Tochter zu ihrer Familie nach Tennessee, wo sie Griffin kennenlernt. Doch Richards Lügen folgen ihr und werden zur tödlichen Bedrohung.

Strömung des Lebens *(Under Currents)*

Von außen betrachtet ist das Leben der Bigelows perfekt. Doch hinter den Kulissen tyrannisiert der Vater seine Familie. Als Sohn Zane sich schließlich zur Wehr setzt, kommt das jahrelange Martyrium ans Licht. Fast zwanzig Jahre später findet die junge Landschaftsgärtnerin Darby McCray in Lakeview ein neues Zuhause. Auch Zane kehrt als erfolgreicher Anwalt in seinen Heimatort zurück. Die beiden fühlen sich sofort zueinander hingezogen, doch ihre aufblühende Liebe wird von der Vergangenheit überschattet. Was damals geschehen ist, holt die beiden wieder ein und wird zur gefährlichen Bedrohung ...

Vermächtnis der Dunkelheit *(Legacy)*

Adriana erlebt in ihrer Kindheit Traumatisches, doch sie geht als starke Frau daraus hervor. Schon mit siebzehn gründet sie ein gefeiertes Fitnessunternehmen in New York. Alles scheint perfekt, bis Adriana ein Drohbrief erreicht, dem jedes Jahr ein weiterer folgen wird. Um Abstand zu gewinnen, beschließt sie, nach Traveler's Creek zurückzukehren, wo ihre Großeltern leben. Während Familie und Freunde zusammenrücken und alte Wunden heilen, kommt Adrianas Stalker immer näher. Aber diesmal ist sie bereit, sich zu verteidigen.

2. Zusammenhängende Titel

a) Quinn-Familiensaga

– Tief im Herzen *(Sea Swept)*

Maryland. Der Rennfahrer Cameron Quinn kehrt zurück in die Kleinstadtidylle an das Sterbebett seines Adoptivvaters. Dieser bittet ihn, sich mit den beiden Adoptivbrüdern um den zehnjährigen Seth zu kümmern. Er ist ein ebenso schwieriger Junge, wie es Cameron einst war. Hinzu kommt, dass sich die Sozialarbeiterin Anna Spinelli einmischt, um zu prüfen, ob in dem Männerhaushalt die Voraussetzungen für eine Adoption gegeben sind.

– Gezeiten der Liebe *(Rising Tides)*

Ethan Quinn übernimmt während der Abwesenheit seiner Brüder die Rolle des Familienoberhaupts. Seine Arbeit als Fischer und die Verantwortung für den zehnjährigen Seth binden ihn an die kleine Stadt. Außerdem liebt er Grace Monroe, eine alleinerziehende Mutter, welche den Haushalt der Quinns führt.

– Hafen der Träume *(Inner Harbour)*

Gemeinsam kämpfen die drei Quinn-Brüder um das Sorgerecht für Seth, denn sie wissen, dass Seths Mutter eher am Geld als an dem Jungen gelegen ist. Da kommt die Bestsellerautorin Sybill in die Stadt und will unbedingt verhindern, dass Seth von Philipp und seinen Brüdern adoptiert wird.

– Ufer der Hoffnung *(Chesapeake Blue)*

Seth Quinn hat sich durch die Fürsorge seiner älteren Brüder zu einem erfolgreichen Maler entwickelt. Als er aus Europa nach Maryland zurückkehrt, wird er von seiner leiblichen Mutter mit der Publikation seiner Kindheitsgeschichte erpresst. Seth lernt Drusilla kennen, welche sich auch nicht mehr mit ihrer leiblichen Familie identifizieren kann.

b) Die Garten-Eden-Trilogie

– Blüte der Tage *(Blue Dahlia)*

Tennessee. Die Witwe Stella Rothchild kehrt mit ihren kleinen Söhnen in ihre Heimat zurück. Die Gartenarchitektin beginnt, sich ein neues Leben in der Gärtnerei Harper aufzubauen, unterstützt von der Hausherrin Rosalind. Alles ist gut, bis Stella dem Landschaftsgärtner Logan Kitridge begegnet. Doch jemand will diese Verbindung verhindern.

– Dunkle Rosen *(Black Rose)*

Rosalind Harper hat sich in die Arbeit gestürzt, um den Tod ihres Mannes zu überwinden. Besonders der Gartenkunst widmet sie sich. Doch in dem harperschen Anwesen geht ein Geist um. Rosalind engagiert den Ahnenforscher Mitchell Carnegie, um zu erfahren, um welche übernatürlichen Kräfte es sich dabei handelt.

– Rote Lilien *(Red Lily)*

Hayley Phillips kommt mit ihrer neugeborenen Tochter Lily zu ihrer Cousine Rosalind Harper und findet dort ein neues Heim. Für Rosalinds Sohn Harper empfindet sie tiefe Gefühle, doch dann ergreift eine dunkle Macht von Hayley Besitz.

c) Die Jahreszeiten-Reihe

– Frühlingsträume *(Vision in White)*

Gemeinsam mit ihren Freundinnen Parker, Laurel und Emma betreibt Mac eine erfolgreiche Hochzeitsagentur. Sie lebt und arbeitet mit den drei wichtigsten Menschen in ihrem Leben – wozu braucht sie da noch einen Mann? Doch als Mac Carter trifft, gerät ihr so gut ausbalanciertes Leben ins Wanken.

– Sommersehnsucht *(Bed of Roses)*

Freundschaft und Liebe – das geht nicht zusammen. Zu dumm nur, dass sich Emmas langjähriger Freund Jack völlig überraschend als ihre große Liebe erweist. Nun steckt Emma in der Klemme, zumal sie weiß, wie sehr Jack an seiner Freiheit hängt.

– Herbstmagie *(Savor the Moment)*

Laurel verliebt sich in den smarten Staranwalt Del, den Bruder ihrer Freundin Parker. Er ist für sie die Liebe ihres Lebens, aber sieht der heiß begehrte Junggeselle das ebenso?

– Winterwunder *(Happy Ever After)*

Parker ist anscheinend mit ihrem Beruf verheiratet – bis Malcolm in ihr Leben tritt. Aber wie soll sie mit ihm eine Beziehung führen, wenn er sich weigert, über seine Vergangenheit zu sprechen?

d) Die O'Dwyer-Trilogie

– Spuren der Hoffnung *(Dark Witch)*

Iona verlässt Baltimore, um sich im sagenumwobenen County Mayo auf die Suche nach ihren Vorfahren zu machen. Als sie den attraktiven Boyle trifft, bietet er ihr an, auf seinem Gestüt zu arbeiten. Schnell spüren beide, dass sie mehr verbindet als die gemeinsame Leidenschaft für Pferde. Doch dann droht ein dunkles Familiengeheimnis das Glück der beiden zu zerstören.

– Pfade der Sehnsucht *(Shadow Spell)*

Ionas Cousin Connor O'Dwyer hat die Frau fürs Leben noch nicht gefunden, doch auf wundersame Weise fühlt er sich immer mehr zur leidenschaftlichen Meara hingezogen. Das Glück wird getrübt, als Cabhan, der alte Feind der Familie, Meara benutzt, um sie alle zu vernichten. Hält der Kreis der Freunde dieser Herausforderung stand?

– Wege der Liebe *(Blood Magick)*

Branna und Fin waren schon mit siebzehn ein Paar, doch dann ist ihre Liebe zerbrochen. Branna liebt Fin zwar noch immer, sie fühlt sich aber von ihm verraten und misstraut ihm seither. Doch sie gehören beide zum magischen Kreis der Freunde und kämpfen gemeinsam gegen Cabhan, den unversöhnlichen Feind des O'Dwyer-Clans. Aber welche Rolle spielt Fin eigentlich in diesem Kampf? Ist er in die Machtspiele seines Vorfahren verwickelt, oder steht er aufseiten von Iona, Connor und Branna?

e) Die Schatten-Trilogie

– Schattenmond *(Year One)*

Lana und Max verbindet eine große und außergewöhnliche Liebe. Als eine weltweite Seuche ausbricht und New York innerhalb kürzester Zeit ins Chaos stürzt, fliehen sie aus der Stadt und gründen mit Gleichgesinnten die Gemeinschaft New Hope. Doch auch hier rückt die Gefahr dem Paar bedrohlich nahe. Lana setzt alles daran, dem Inferno zu entkommen, denn sie trägt inzwischen ein Kind unter dem Herzen, die »Auserwählte«, ihre zukünftige Tochter, die als Einzige in der Lage sein wird, dem Leid der Menschheit ein Ende zu setzen.

– Schattendämmerung *(Of Blood and Bone)*

Fallon trägt eine schwere Verantwortung: Sie wurde mit den Kräften geboren, die notwendig sind, um die postapokalyptische Welt vom Bösen zu befreien. Doch dafür muss sie ihrer geliebten Familie den Rücken kehren und von der kleinen Farmerstochter zur mutigen Kriegerin werden. Gleichzeitig tritt immer wieder Duncan in ihr Leben, mit dem sie etwas Tieferes verbindet, als sie sich eingestehen will. Um den dunklen Mächten und dem Mörder ihres leiblichen Vaters Einhalt zu gebieten, muss das junge Mädchen magische und nichtmagische Wesen zusammenbringen und Hinterhalt und Intrigen enttarnen, die die Gesellschaft noch vor der ersten Schlacht zu unterwandern drohen.

– Schattenhimmel *(The Rise of Magicks)*

Die erste Schlacht ist bereits geschlagen, doch der große Kampf um Gut und Böse steht noch bevor: Die junge Fallon führt ihre Armee nach Washington D.C., um die schwarze Magie aus der Welt zu verbannen. Sie ist die Auserwählte, die nach der Apokalypse die Welt wiederaufbauen und ihre Bewohner vereinen soll. Auf der jungen Frau liegt eine große Last, denn die Familie des Mörders ihres Vaters sinnt auf Rache an ihr und ihren Liebsten. Doch ihre große Mission fällt Fallon mittlerweile leichter als die Deutung ihrer Gefühle für Duncan, dessen Schicksal unlösbar mit ihrem verwoben ist.

3. Sammelbände

a) Die Unendlichkeit der Liebe

(Drei Romane in einem Band)

Auch als Einzeltitel erschienen:

– Heute und für immer *(Tonight and Always)*

Kasey gewinnt das Herz von Jordan und seiner Nichte Alison, aber jetzt fürchtet Großmutter Beatrice, dass sie die Macht über ihre Familie verliert.

– Eine Frage der Liebe *(A Matter of Choice)*

Ein Antiquitätenladen im Herzen Neuenglands. Ohne Jessicas Wissen dient er einer internationalen Schmugglerbande als Umschlagplatz für Diamanten. Zu ihrem Schutz reist der New Yorker Cop James Sladerman nach Connecticut, wo ihm Jessica die Ermittlungen aus der Hand nimmt.

– Der Anfang aller Dinge *(Endings and Beginnings)*

Die beiden erfolgreichen Fernsehjournalisten Olivia Carmichael und T. C. Thorpe sind erbitterte Konkurrenten im Kampf um die neuesten Meldungen. Sie kommen sich näher, doch da gibt es einen dunklen Punkt in Olivias Vergangenheit.

b) Königin des Lichts (A Little Fate)

(Drei Fantasy-Kurzromane in einem Band)

– Zauberin des Lichts *(The Witching Hour)*

Aurora muss den Königsthron zurückerobern, nachdem Lorcan ihre Eltern getötet und ihre Heimatstadt zerstört hat. Verkleidet gelangt sie an den Hof des Tyrannen. Dort trifft sie auf dessen Stiefsohn Thane und verliebt sich.

– Das Schloss der Rosen *(Winter Rose)*

Der schwer verletzte Prinz Kylar wird von Deidre, Königin der Rosenburg, auf welcher ewiger Winter herrscht, gerettet und gepflegt. Dafür will Kylar die Rosenburg von ihrem Fluch befreien.

– Die Dämonenjägerin *(World Apart)*

Kadra ist auf der Jagd nach den Bok-Dämonen. Dabei erfährt sie, dass sich der Dämonenkönig Sorak des Tors zu einer anderen Welt bemächtigt hat. Um beide Welten vor dem Untergang zu bewahren, folgt sie Sorak dorthin. Sie landet mitten in New York, in der Wohnung von Harper Doyle. Sie braucht seine Hilfe.

c) Im Licht der Träume (A Little Magic)

(Drei Romane in einem Band)

– Verzaubert (Spellbound)
Der amerikanische Fotograf Calin Farrell begegnet im Schlaf der Hexe Bryna, welche ihn um Hilfe bittet, und wird dazu bewogen, nach Irland zu reisen, ins Land seiner Vorfahren. Dort kommt er dem Rätsel auf die Spur: Die Vorfahren von Calin und Bryna waren vor tausend Jahren ein Paar. Doch der Magier Alasdir hatte ihr Leben zerstört – und er versucht es aufs Neue.

– Für alle Ewigkeit (Ever After)
Allena aus Boston soll eigentlich ihrer Schwester in Irland helfen. Durch Zufall verbringt sie stattdessen einige Tage im Haus von Conal O'Neil. Die offenbar zufällige Begegnung scheint vom Schicksal vorbestimmt zu sein, denn die beiden fühlen sich stark zueinander hingezogen.

– Im Traum (In Dreams)
Die Amerikanerin Kayleen landet durch einen Sturm im Haus des Magiers Draidor. Kayleen verliebt sich sofort in Draidor, und er bereitet ihr einen im wahrsten Sinne des Wortes zauberhaften Aufenthalt.